서
대
로

2호

샤오양쥐안 후통

샤오양쥐안의 배

6호

5호

입 구

1호

3호

후궈쓰

후궈쓰 대로

〈『사세동당』의 주요 등장인물과 가계〉

- 1호집: 첸모인(시인)과 그의 부인, 첸멍스(장남)과 그의 아내와 아기, 첸중스(차남, 자동차 기사)
  천예추(학자, 첸 부인 동생) 진싼(첸 시인의 사돈, 며느리의 아버지)

- 2호집: 리 씨 부부(리쓰예, 리쓰마), 리쓰다마. 쓰마는 모두 리쓰예의 부인으로 동일 인물

- 3호집: 관샤오허, 다츠바오(부인), 유퉁팡(첩), 가오디(큰 딸), 자오디(작은 딸)

- 4호집: 청창순, (외)할머니, 마 과부(마 부인), 샤오추이(인력거꾼), 그의 아내, 쑨치(이발사)와 그의 아내

- 5호집: 4대가 한 집에 사는 사세동당
  치 노인(치 큰 형, 치 어른), 톈유(장남)과 그의 부인(톈유 부인), 루이쉬안(장손)과 그의 부인 윈메이(샤오순얼
  애미), 루이펑(둘째 손자)와 그의 부인 뚱보 쥐쯔. 루이취안(셋째 손자), 증손자 샤오순얼. 증손녀(뉴뉴, 뉴쯔)

- 6호집: 딩웨한(John)과 그의 아내, 샤오원과 그의 아내 원뤄샤, 류 사부(포장사)와 그의 아내

- 그 밖의 등장인물: 바이순장(경찰간부), 란둥양(친일파), 까오(의사), 리쿵산(경찰특무과장), 창얼예(치 씨 댁 묘지기)

- 샤오양쥐안의 배: 샤오양쥐안 마을을 인체의 모양에 비유하여 사람의 배 부분을 뜻함

四世同堂 (사세동당)

상

四世同堂(사세동당) 상

초 판 발행 2016년 4월 11일
개정판 발행 2024년 12월 20일

저자 老舍 ┃ 역자 김종도 ┃ 감수 최우석
펴낸이 박찬익 ┃ 편집장 권효진 ┃ 편집디자인 정봉선 이수빈
펴낸곳 ㈜ **박이정** ┃ 주소 경기도 하남시 조정대로45 미사센텀비즈 8층 827호
전화 031) 792-1195 ┃ 팩스 02) 928-4683 ┃ 홈페이지 www.pijbook.com
이메일 pijbook@naver.com ┃ 등록 2014년 8월 22일 제2020-000029호.

ISBN 979-11-5848-977-9 (04820)
     979-11-5848-976-2 (세트)

* 책값은 뒤표지에 있습니다.

老舍 著

상

김종도 譯 · 최우석 監修

四世同堂

사세동당

박이정

• 저자

老 舍 (본명: 舒庆春)

라오서(老舍, 1899-1966)의 본명은 수칭춘(舒慶春), 자는 서위(舍予)이며 베이징 만주족의 기인(旗人) 집안에서 태어났다.

중국 현대의 유명한 소설가이자 극작가인 그는 1924년 영국으로 건너가 런던대학 동방학원에서 강의하면서 장편소설을 쓰기 시작했다. 귀국 후 치루(齊魯)대, 칭다오(靑島)대에서 교편을 잡았다. 1949년 이후에는 중국작가협회 부주석, 베이징시 문화연합회 주석 등을 역임했다. 1966년 8월 24일 문화대혁명이 막 시작되고 반동 지식인으로 몰리자 북경 태평호에 투신하여 생을 마쳤다.

저서로는 〈장씨의 철학〉, 〈이마〉, 〈조자왈〉, 〈이혼〉, 〈묘성기〉, 〈낙타상자〉, 〈사세동당〉, 〈찻집〉, 〈정홍기 아래〉, 〈월아〉, 〈북소릿꾼〉 등의 작품들이 독자들의 많은 사랑을 받았다.

• 역자

김종도

서울대학교 사범대학 졸업, 연세대 언어학 박사, 수원대 교수 역임, 2007년 정년 퇴임, 정년 후 한국과 중국에서 십여 년 동안 중국어 공부, 현재 노사연구에 정진

• 감수자

최우석

고려대학교 중어중문학과 중국문학 학사,

국립대만대학(國立臺灣大學) 중국어학과 중국문학 석사

고려대학교 중어중문학과에서 중국문학 박사

국립안동대학교 중어중문학과 학과장, 중국어문연구학회 회장

• 도움 주신 분

장우영(張祐榮) 고려대학교 중어중문학과 중국문학 전공 박사과정

이영(李瑩) 베이징외국어대학교北京外国语大学 아시아학 박사

홍지혜(洪智惠) 복단대학교复旦大学 박사수료

1부 황혹

서문 · 9

1 · 11	2 · 22	3 · 39	4 · 58	5 · 73	6 · 87
7 · 102	8 · 115	9 · 134	10 · 150	11 · 167	12 · 190
13 · 200	14 · 221	15 · 239	16 · 262	17 · 286	18 · 306
19 · 321	20 · 342	21 · 368	22 · 392	23 · 411	24 · 433
25 · 460	26 · 491	27 · 512	28 · 532	29 · 562	30 · 587
	31 · 612	32 · 632	33 · 655	34 · 677	

1부

황혹

주) 황혹 : 두렵고 당황스러움

서문

만약 만사가 '계획대로 된다면' 이 책은 아래와 같은 체제가 될 것이다:

1. 장 — 백장, 매장은 만자로 이루어진다.
2. 자 — 합쳐서 백 만자
3. 부 — 3부. 제1부는 34장, 2부와 3부는 각각 33장이다. 합치면 모두 100장이 된다.

원래는 이렇게까지 세세하게 나눌 필요가 없다. 이 소설의 이야기가 본래 한 꿰미로 긴밀하게 연결되어 있고, 3개의 독립된 '3부곡'으로 나눌 수 없기 때문이다. 그러나 발표와 출판의 편의상 적당한 곳에 붉은 선으로 구획해서 눈길을 주게 하지 않을 수 없다. 따라서 어쩔 수 없이 3개의 부제로 《황혹》, 《투생》, 《기황》을 붙였다. 향후 소설 전편을 탈고하여 푸른 표지의 수상본(绣像本)*으로 묶여지게 되면 이 세 개 부재는 사라질 것이다.

• • •

* 청나라 시기 통속소설 중 인물의 그림이 삽입된 도서 유형. 정교한 디자인으로 인해 '수를 놓아 만들었다(绣像)'는 명칭을 얻게 되었다.

지금으로서는 글이 쓰여 지는 대로 발표하는 중이다. 15만자를 채우면 1권으로 묶을 예정이며, 각 부는 2권이 됨으로 총 6권이 될 것이다.

그러나 2권이 출판될 때 1권은 그 속의 ≪황혹≫ 부분에 포함시켜, ≪사세동당≫의 1부가 될 것이다. 이후에는 제2부, 제3부도 그대로 만들어져 전집이 이루어 질 것이다. 전집의 내용이 나오면 그때 가서 다시 별도의 계획을 세우고자 한다. 석판인쇄가 좋으나 목판 인쇄가 좋으냐 하는 것은 이후에 할 얘기이니 잠시 마음 쓰지 말자.

이 책을 쓰려고 계획할 때는 꽤나 큰 포부가 있었다. 그러나 정작 집필하기 시작하니 정신적, 물질적, 신체적 측면 모두에서 고통이 따랐다. 그래서 감히 이 소설을 완성하리라고 장담할 수 없다. 운좋게 소설을 다 써낼 수 있다 해도 과연 좋은 작품일지는 별개의 문제다. 이런 시국에 가만히 앉아 집중해서 백 만자를 쓴다는 것이 과연 좋은 일일지 아닐지 차마 단언할 수가 없다. 됐다! 더 얘기해서 뭐하랴!

34년 4월1일 학질에 걸려 고생하면서
노사 北碚에서

1

치 노인은 두려운 것이라고는 없는 사람이다. 한 가지가 있다면 팔순 잔치를 딱(보란듯이) 벌어지게 치르지 못할까 하는 것이다. 한창 때 그는 8국 연합군이 베이핑성[1]에 진격하여 어떤 만행을 저질렀는지 두 눈으로 똑똑히 보았다. 얼마 안 있어, 청나라 황제가 어떻게 자리에서 물러나고 잇따라서 내전이 이어지는 것을 보아왔다. 그때는 9개의 성문이 닫히고 밤낮 총성과 포성이 끊이지 않았다가 성문이 다시 열리고, 대로상에 승리에 도취된 군벌들의 큰 마차와 말들이 질주하기도 했다. 전쟁이 그를 놀라 자빠지게 하지도 못했고, 평화는 그를 기쁘게 했다. 늘 하던 것처럼 그는 명절이 닥치면 명절을 쇠고 해가 바뀌면 조상에게 제사를 지냈다. 그는 분수를 지키는 공민(公民)일 따름이다. 바라는

• • •
1 북경의 옛 이름. '연경'이라고도 함.

게 더 있다면 아무 탈 없이 편안하게 하루하루를 보내어 먹을 것 입을 것, 걱정하는 처지에 이르지 않게 되기를 바라는 것이다. 세상이 이렇게 어지러울 때에도 그에게는 살아남을 방법이 있었다. 제일 중요한 것은 3개월 치 식량과 짠지를 마련해두는 것이다. 이렇게 그는 포탄이 공중에 날아다니고, 군인들이 날뛰더라도, 대문을 닫아걸고, 거기다 깨진 큰 독에 돌을 가득 채워서 대문을 막아놓고, 엎드려 재난이 지나가기를 기다리면 그만이다.

어째서 치 노인이 3개월치 식량에 짠지만 준비하는가? 그는 베이핑이 천하에 제일 믿을 수 있는 성이라고 내심 여겼기 때문이다. 치 노인은 베이핑에서 라면 어떤 재난이 닥치더라도 3개월이 채 안 되어 재난은 물러가고 그 후는 만사가 대길(大吉)이 되리라 믿었다. 베이핑의 재난은 누구나 피하기 힘든 두통과 같이, 며칠만 지나면 자연히 좋아진다는 생각이었던 것이다. 그래서 치 노인은 못 믿겠으면 두고 봐라 하면서, 손가락을 꼽으면서 열거한다. 직환(直皖)[2] 전쟁은 몇 개월 끌었지, 그러고 직봉(直奉)[3]전쟁은 몇 개월 끌었나. 그래 봐라, 베이핑의 재난은 3개월을 넘기지 않는다고!

7·7항전[4]이 시작된 그해, 치 노인도 이미 75세가 되었다. 이제 집안일에는 다시 관심을 두지 않는다. 할 일이라고 해봐야 마당에 있는 화분에 물 주기랑, 옛날이야기 하는 것이랑, 새장 안의 꾀꼬리에게 먹이를

• • •

2 1920년 7월 14일에서 23일까지 직계군벌과 안휘군벌이 패권 싸움으로 개시한 전쟁.
3 1922년과 1924년에 직계군벌과 봉천군벌이 북양군벌의 패권을 잡고자 일으킨 전쟁.
4 노구교사건을 일컫는다. 1937년 발발한 노구교사건은 일본의 대중국침략전쟁의 시발점이 되는 사건으로, 중국의 국치일로도 기록된다.

주고 물을 갈아주는 것이다. 또 한 가지 더 보태면 증손자나 증손녀를 데리고 큰 길이나 후퉈쓰로 느릿느릿 산책을 하는 것이 전부다. 그러나 노구교에서 포성이 한 번 울리자, 치 노인도 꼼짝 없이 마음이 쓰이지 않을 수 없게 되었다. 치 노인은 사세동당(四世同堂)[5]의 큰 어른이니 어쩔 수 없는 노릇이다.

자식은 이미 50이 넘었다. 며느리는 노상 병으로 골골거리고 있다. 그래서 치 노인이 늘 장손부를 불러댄다. 노인이 장손부를 좋아하는 여럿 이유가 있다. 첫째는 장손부가 자식을 낳아서 증손자와 증손녀를 안겨준 것이고, 둘째는 그녀가 이미 집안 가례를 잘 지켜 살림을 꾸려 나 갈 줄 아는 것이다. 이 점이 머리를 닭 둥지처럼 파마해서 마음을 혼란케 하는 둘째 손부와 다른 것이다. 셋째는 아들이 늘 집에 없고 며느리는 허구헌날 병치레를 하니, 사실상 장손과 장손부가 집안을 도맡을 수밖에 없는 것이다. 게다가 장손은 종일 밖에서 글을 가르치고, 저녁에는 수업 준비와 시험지 채점으로 바쁘니, 열 명이나 되는 집안 식구의 살림, 이웃 친지들의 경조사를 챙기는 것은 장손부 손에 맡겨질 수밖에 없었다. 이 일이 결코 쉬운 일이 아니었다. 그러니 치 노인도 그녀를 무척 아끼는 게 당연하다. 거기다 치 노인이 어려서 귀로 듣고 눈으로 익힌 기적인(旗籍人)[6]들의 허다한 예의범절도 있었다. 이들의 범절에는 며느리가 시아버지 앞에서는 손을 늘어뜨리고 시립해야 했다. 그러나 며느리는 이미 50이 넘은 여인이고 거기다 몸에

• • •

5 4개 세대의 가족 구성원이 한 집에 사는 집.
6 기적에 포함되는 만주족. 만주족은 모두 8기 중 하나의 기에 포함되어 있었으며, 저자 라오서 역시 만주족 8기 출신이었다.

병을 지니고 있다. 그렇다고 치 노인이 며느리가 손을 늘어뜨리고 시립
하지 않도록 한다면 그건 곧 가례를 어기는 것이다. 그렇다고 치 노인
은 그녀가 범절을 지켜서 차렷 자세로 서 있게 할 만큼 모질게 마음을
먹을 수 없었다. 그러니 차라리 장손부와 집안일을 상의하는 게 더
마음이 편했다.

　치 노인은 등이 좀 굽기는 했어도 아직도 집안에서 제일 키가 큰
편이다. 한창 시절에는 어디가든 '키다리 치가'라 불렸다. 큰 키에다
긴 얼굴인 모습이니, 마땅히 위엄이 넘칠 만도 했다. 하지만 눈이 작아서
웃을 때는 실눈이 되곤 했기에, 사람들은 그가 허우대만 컸지 특별히
위압적이라고 느끼진 않았다. 노년에 이르러 그는 외모가 한결 멋스러
워졌다. 얼굴은 누렇고, 수염과 눈썹은 흰 눈처럼 하얬다. 눈가와 뺨에
는 항상 미소를 머금은 잔주름들이 물결치고 실눈은 그 잔주름과 하얀
눈썹 사이에서 가늘게 웃음 짓고 있는 것이 상냥해보였다. 그가 크게
웃을 때는 실눈 사이에서 한줄기 빛이 새어나오는 것이 마치 치 노인이
품고 있는 무한한 지혜를 한꺼번에 터뜨리지 않고 조금씩 만 드러내는
느낌이었다.

　장손부를 불렀다. 수염 빗으로 흰 수염을 빗질하면서 한참이나 아무
말도 하지 않았다. 노인은 어릴 적에 어린이책 세 권과 육언잡자(六言雜
字)[7]라는 책을 읽은 것이 전부다. 소년기와 장년기에 고생 깨나 했다.
혼자 힘으로 집을 사고 일가를 이루었다. 자식은 사숙에 보내어 3년간
공부를 시키고 도제교육을 받게 했다. 손자대에 이르러 당시의 세태를

• • •
7 고대 중국에서 사용되었던 식자 교육을 위한 입문서.

따라 대학에 보냈다. 현재는 상노인이 되어 학문에는 자식에 미치지 못할 뿐더러(아들은 논어를 외우고 선생에게 칭찬을 들을 정도로 붓글 씨도 잘 쓴다), 손자에게도 뒤처져서 혹시나 손자들이 자신을 얕볼까 내심 겁을 내고 있었다. 이 때문에 젊은이들과 이야기 할 때는 항상 얼마간 입을 다물고 자기도 생각을 할 수 있다는 것을 보여준다. 그렇지 만 장손부에게는 그럴 필요가 없었다. 그녀는 글자도 많이 모를 뿐 아니라 하루 종일 아이들을 불러대거나 자질구레한 살림살이 이야기가 고작이기 때문이다. 하지만 시간이 지나면서 습관이 된 터라 어쩔 수 없이 손부를 잠시 동안 세워두었다.

장손부는 학교에 들어간 적이 없어 학명이라고 할만한 게 없었다. 시집 온 후에 남편이 박사학위처럼 이름(윈메이(韻梅))을 붙여주었다. 윈메이란 이름은 별로 행운을 가져다주지 못하는 듯했다. 그래서 치 씨 집안에서 통용되지 않았다. 시부모와 치 노인도 자연히 이름을 부를 필요도 없고 부르는 습관도 들이지 않았다. 다른 사람들도 그녀가 가정 주부에 불과하기에, '윈(韻)[8]'이나 '메이(梅)[9]'와는 관계가 없는 것 같이 생각했다. 하물며 치 노인은 '윈메이(韻梅)'와 '윈메이(運煤)[10]'는 발음도 같기에 뜻도 같을 것이라고 생각했다.

"좋아, 그녀가 하루 종일 늦게까지 바쁜데 너희들은 석탄까지 운반하 게 할 만큼 모진 마음을 가졌느냐?"

• • •
8 운치
9 매화
10 석탄을 옮긴다는 뜻

이후에는 그녀의 남편조차 이름을 부르는 것을 껄끄럽게 여겼다. 그래서 그녀는 "형수" "어머니" 등과 같은 가족 관계 명칭을 제외하면 "샤오순얼 애미" 즉 아들 샤오순얼[11]의 어머니로 불려졌다.

샤오순얼 애미는 못생기지 않았다. 그녀는 보통 체격에 둥근 얼굴과 반짝 거리는 큰 눈을 가지고 있었다. 걷고 이야기하고 먹고 일하는 모든 그녀의 동작은 경쾌했다. 동작이 빠르기는 했어도 당황하지 않았다. 그녀는 세수하고 머리 빗고 화장하는 것이 워낙 빨라서 때때로 우연히 분이 고루 발라지면 더 아름다워 보였다. 그렇지만 혹시나 분이 고르게 발라지지 않으면 그녀의 모습은 조금 눈에 거슬리기도 했다. 그래도 남들이 조롱하기라도 하면 언짢아하지도 않고 그들과 함께 자신을 향해 웃었다. 그녀는 천성이 착했다.

치 노인이 턱수염을 충분히 빗질을 하고 손바닥으로 구레나룻을 두어 번 매만지고 나서 샤오순얼 애미에게 말을 건넸다.

"양식이 얼마나 남았나?"

샤오순얼 애미는 크고 물기가 촉촉한 눈을 빠르게 두 번 움직였다. 그녀는 이미 노인이 무슨 생각을 하는지 알기 때문에 간단명료하게 대답했다. "아직 석 달 치 양식이 남아있습니다."

사실 집에 있는 양식은 그 정도의 양은 아니었다. 그녀는 곧이곧대로 말해서 노인의 잔소리를 불러일으키고 싶지는 않았다. 그녀는 노인과 아이들에 게 선의의 거짓말을 어떻게 하는지 알았다.

• • •

11 小의 우리말 표기다. "작다" 혹은 "귀여운"의 의미. 어린이에게 애칭으로 붙여쓴다. 예)샤오순얼.
    때때로 경칭이 되는 수도 있다. 예)샤오원(小文)

16

"짠지는?" 노인은 두 번째 중요 항목을 언급했다.

그녀는 훨씬 더 빨리 말했다.

"충분합니다. 마른 장아찌, 소금에 절인 무, 전부 있습니다!" 그녀는 노인이 정말 친히 점검을 하더라도, 그 정도는 사서 채워 넣을 수 있다는 것을 알고 있었다.

"좋아."

노인은 만족했다.

석 달 치 양식에 짠지만 있으면, 하늘이 무너지더라도 치가는 버틸 수 있다.

그러나 노인은 이것으로 걱정을 다한 것이 아니라고 생각했다. 그는 반드시 장손부에게 이 문제의 이치를 모두 이야기해야 했다.

"일본 악마들이 다시 말썽을 일으켰어. 흠, 하려면 하라지! 경자년 (1900년)에 8국 연합군이 북경성에 진격했어. 황제까지 도망을 쳤지. 그래도 내 머리를 부러뜨리지는 못했어! 8개 나라 군인들도 못한 짓을 일본 귀신 몇 놈이 어쩌겠어? 여기는 복지이고 성도야. 아무리 소란과 혼란이 길어져도 석 달 이상 안 가. 그러나 우리가 조심해야 하고 너무 지나치게 대담하게 굴면 안 돼. 우리는 적어도 워터우와 절인 짠지를 준비해야 해. 이것이 세상 이치야."

치 노인이 한 마디 할 때마다 샤오순얼 애미는 머리를 끄덕이거나 '예'라고 했다. 그녀는 이미 노인의 말을 적어도 50번은 들었다. 그러나 그녀는 처음 듣는 양 했다. 노인은 자기 말을 알아들어주는 사람이 있다는 것을 알고는 감화력을 높이기 위해서 목소리를 높이기도 한다.

"네 시애비는 나이가 50이 넘었는데도 집안일을 처리하는 데는 우리보다 한참 멀었어. 네 시애미는 간단히 말해 병골이라서 무엇을 의논이라도 할라치면 그냥 끙끙거리기만 해! 이 집은 내가 너에게 말하지만 너와 나에게 달려 있어. 우리가 집안일을 걱정하지 않으면 온 가족이 아마도 바지도 못 찾아 입을 걸. 내 말 믿지?"

샤오순얼 애미는 '믿는다' 거나 '믿지 않는다'고 단언 하기에는 멋쩍었다. 그녀는 눈을 떨구고 웃기만 했다.

"루이쉬안 안 왔니?"

노인이 물었다. 루이쉬안은 그의 장손자다.

"그는 오늘 4~5시간 수업이 있어요."

"흥, 대포 소리가 나는데 빨리 집에 오지 않고서! 루이펑과 미친 마누라는?"

노인이 물어본 것은 둘째 손자와 머리를 닭 둥지 모양으로 파마한 그의 아내에 대한 것이었다.

"그 둘은……."

그녀는 무어라고 답해야 좋을지 몰랐다.

"그 젊은 것들은 꿀에 기름을 친 것 마냥 사이가 너무 좋아서 잠시도 떨어질 줄 몰라. 남들에게 웃음을 사는 것도 두려워하지 않는 것 같아."

샤오순얼 애미는 웃었다.

"요즘 젊은이들은 다 그래요."

"볼썽사나운 짓이야!"

노인이 단호하게 말했다.

"이게 모두 네 시어머니가 걔네를 오냐오냐한 탓이야. 나는 갓 결혼한 여자가 하루 종일 베이하이나 둥안시장에 드나들고⋯ 그리고 그 무슨 영화관이었지? 하여튼 그런 꼴은 본 적이 없다."

"저도 할 말이 없네요!"

그녀는 정말 말할 수 없었다. 왜냐하면 아직도 그녀는 영화관에 가본 적이 없기 때문이다.

"셋째는?"

셋째 애는 루이취안이다. 아직 결혼은 하지 않아서 셋째 애라 한다. 사실 그는 곧 대학을 졸업할 예정이다.

"셋째 도련님은 뉴쯔 데리고 놀러 갔어요."

뉴쯔는 샤오순얼의 여동생이다.

"걔 왜 학교에 안 갔더냐?"

"셋째와 제가 한참 얘기했습니다. 그는 우리가 일본인과 싸우지 않으면 베이핑도 지킬 수 없을 것이라고 말했습니다."

샤오순얼 애미는 분명하고 빠르게 말했다.

"그가 이 말을 할 때는 얼굴이 상기되었습니다. 그는 주먹을 불끈 쥐기까지 했습니다. 저는 계속 타일렀습니다. 우리 치 씨 집은 일본인에게 죄 지은 것이 없으니, 그들이 우리에게 화풀이 하지는 않을 거라고. 저는 좋은 뜻으로 말 한 거예요, 그가 속을 좀 삭힐 수 있길 바랬거든요.

아하, 그런데 제가 일본인과 한 통속이라도 되는 줄 아는 것처럼 저를 노려볼 줄은 몰랐죠. 저는 더 이상 말을 못했습니다. 뉴쯔를 안더니 성을 내면서 나갔어요! 할아버지, 제가 뭐 잘못했어요?"

노인은 잠시 멍하니 있더니 무언가 감개하는 바가 있듯이 말했다.
"나는 셋째에 대해 맘이 안 놓인다. 조만간 그 녀석이 집 안에 화를
불러올지 모르겠다."

바로 이때 마당에서 샤오순얼의 응석부리는 소리가 들렸다.

"할아버지! 할아버지! 오셨어요? 복숭아 사왔어요? 왜 안 사왔어요!
한 개도 없어요. 할아버지, 나빠요!"

샤오순얼 애미가 방 안에서 말했다.

"순얼아, 할아버지에게 무슨 말 버릇이냐? 다시 허튼 소리하면 가만
안 둘 테다!"

샤오순얼이 끽소리도 못했다. 할아버지가 들어오셨다. 샤오순얼 애
미가 급히 차를 따라 드렸다.

할아버지(치롄유)는 나이가 50줄에 들어선 수염이 검고 키가 작은
노인이었다. 보통 체격에 상당히 부티가 나고 얼굴은 동그랬다. 눈썹
이 짙고 눈은 크고 두발과 수염은 짙고 검었다. 큰 상점의 장궤[12]같이
위엄 있는 모습이었다. 사실은 현재 바로 전면 3칸짜리 점포의 장궤였
다. 그의 걸음걸이는 매우 진중해서 한 걸음 한 걸음 걸을 때 마다
얼굴의 살도 떨렸다. 장사가 몸에 배어 얼굴에는 항상 화기를 띠고
있으며 코에는 웃음으로 인한 주름이 잡혀 있었다. 그런데 오늘은
그의 심기가 별로 좋지 않아 보였다. 그는 억지로 웃으려고 했지만
눈에는 웃을 때 보여주는 빛이 없었고 코에도 미소가 만들어내는 주름
이 잡히지 않았다. 그는 웃을 때라도 감히 머리를 쳐들고 큰 소리를

• • •
12 사장.

내지 않았다.

"왜 그러니? 큰애야!"

치 노인은 손가락으로 흰 수염을 잡고서 아들의 검은 수염을 바라보면서 왠지 모르지만 마음속으로 불안해하고 있는 모양이었다.

검은 수염의 작은 노인은 아주 부자연스럽게 앉았는데, 마치 흰 수염의 노인이 그에게 정신적으로 압박을 가한 것 마냥이었다. 아버지를 힐끗 보고 난 뒤 머리를 푹 숙이고 낮은 소리로 말했다

"시국이 좋지 않아요!"

"전쟁이 일어날 것 같습니까?"

샤오순얼 애미가 큰 며느리 자격으로 대답하게 질문 했다.

"인심이 매우 불안합니다!"

치 노인이 천천히 일어났다.

"샤오순얼 애미야. 깨진 항아리 준비했니?"

2

치가네 집은 시청구 후궈쓰 부근의 '샤오양쥐안' 후퉁(胡同)[13]에 있다. 이곳은 당초에 양우리가 아니었나 생각할 수 있을 정도다. 왜냐하면 이곳은 일반적인 베이핑의 다른 후퉁과 다르기 때문이다. 보통 후퉁처럼 쭉 뻗어 있거나 가끔 굽는 모퉁이가 있는 모양이 아니었다. 오히려 조롱박과 비슷하였다. 서대로로 통하는 곳은 호리병의 주둥이와 목에 해당되어, 길고 가늘 뿐만 아니라 더럽기조차 했다. 호리병의 주둥이는 아주 협소해서 사람들이 조심해서 찾지 않거나, 우체부에게 물어 보지 않으면 지나치기 쉬웠다. 일단 호리병 속으로 진입하면, 담 밑에 싸여 있는 쓰레기를 보고서 비로소 안으로 당당하게 들어갈 엄두가 난다. 콜럼버스가 바다에 떠있는 물건들을 보고서야 앞으로 나아갈 용기를

• • •

13 북경의 골목. 때로는 '마을'을 뜻할 수도 있음.

내듯이 해야 한다. 몇 십 보 쯤 들어오면 갑자기 눈이 트이게 될 정도로 넓어지는 호리병 가슴에 해당하는 부분을 보게 된다. 이 가슴 부분은 동서로 40보 쯤 되고, 남북으로 30보 정도 되는 둥근 우리 같고, 가운데 큰 회나무 두 그루가 서 있고, 주위에 6~7가구가 둘러 있는 곳이다. 다시 앞으로 나아가면 호리병의 허리에 해당하는 작은 골목이 나온다. "허리"를 두르고 있는 것은 공터다. 이 공터는 '가슴'의 대략 3배 크기이고 호리병의 배에 해당한다. '가슴'과 '배'가 곧 양우리였는지? 그것은 역사가들이 고찰해볼 문제일 것이다.

치가네 집은 호리병 가슴에 있다. 대문은 서향이고 큰 회나무를 마주 보고 있다. 애초에 치 노인이 집을 살 때 집터가 좋아서 샀다고 한다. 그는 이곳이 좋았다. 후통 입구가 좁아서 남의 주의를 끌지 않아 안전하다고 생각했다. 그리고 호리병 가슴에 6~7호가 있어서 안정감을 주었을 것이다. 문 밖의 두 개의 큰 회나무는 놀이터를 제공해 주고, 말이나 마차가 다니지 않아, 아이들이 마음 놓고 뛰놀 수 있는데다가 회나무의 꽃, 열매, 그리고 곤충은 아이들에게 장난감이 되어줄 것이다. 동시에 누추한 골목이기는 해도 서쪽으로 대로로 통하고 배후에는 후궈쓰(7~8 일 길일[14]에 묘회[15]가 열린다)가 있어 물건을 사는데 불편이 없다. 이런 이유 때문에 그는 집을 사기로 했다고 한다.

집 자체는 사실 그렇게 고급스럽지 않았다. 첫째로 구조가 고급스럽지 않았다. 마당은 동서가 길고 남북은 짧은 긴 엿가락 같아서 남북의

• • •

14 7일과 8일은 신불과 인연이 깊은 길일이다.
15 임시 시장.

방은 서로 마주보지 않았다. 마주본다 해도 마당은 솔기 같아서 배의 선실들 중간에 난 통로 같았다. 남쪽방은 두 칸이고 대문 가까이에 붙어 있다. 북쪽방은 다섯 칸이고 남쪽 마당 담에 면해 있다. 두 방의 동쪽방은 마당의 동쪽 끝이다. 동방의 북쪽에는 조그마한 공터가 있다. 그게 변소다. 남쪽 마당 밖은 오래된 향촉 가게의 향을 사르는 곳으로 몇 그루 나무가 있다. 이 몇 그루 나무가 있는 것이 다행이다. 만약 그게 없었으면 치가네 집 남쪽 담 밖은 아무것도 없는 텅 빈 공간이 되었을 것이다. 아니면 오히려 기차역의 건물처럼 되어 바로 들로 통했을 것이다.

둘째로 집이 그렇게 튼튼하게 지어진 편이 아니었다. 북쪽 방 목재를 제외한 다른 부분은 칭찬할 만한 곳이 없었다. 다른 방들도 칭찬받을 정도는 아니었다. 치 노인 수중에 들어온 후에 남쪽방의 높은 벽과 동쪽방의 뒤 담이 두어 번이나 무너졌다. 경계 담(모두 깨진 전석으로 쌓은 것)은 매년 우기만 되면 무너져 내리는 걸 피할 수 없었다. 마당은 맨 흙이고 벽돌을 깐 통로도 없었다. 우기만 되면 마당 안이 한자나 물이 차서 출입하는 사람들이 맨발로 다녀야만 했다.

치 노인은 이 집을 매우 좋아했다. 자기가 골라 산 집이기도 해서 구조나 건축 상태가 좋지 않아도 자부심을 가질 가치가 있다고 생각했다. 다음으로 이 집을 가진 후로 식구가 늘면 늘었지 줄지 않아서 이제 4대가 한 집에 살게 되었기 때문이다. 이곳의 풍수는 틀림없이 좋을 것이다! 장손 루이쉬안이 결혼할 때 집을 철저하게 뒤집어엎어 대수리를 했다. 그때는 큰 아들 톈유(天佑)도 힘을 보탰다. 그는 아버지가 산 집이 대대로 전해질 보루가 되어 아버지 면목도 세워주고 후손들에게도 부끄럽지 않게 되리라고 생각했다.

목재가 부실한 것은 교체하고 깨진 전석은 모두 온전한 것으로 바꾸었다. 목재 부분은 모두 기름칠을 했다. 수리가 끝난 집은 구조상으로는 여전히 집주인의 체면을 세워줄 만한 정도는 아니었다. 하지만 격은 높아져서 이 샤오양쥐안에서 손꼽히는 좋은 집이 되었다. 치 노인은 새 집을 보고서 만족해서 안도의 한숨을 내쉬었다. 회갑에 은퇴하기로 결정하고 오로지 정원을 가꾸는데 온 힘을 기울였다. 남쪽 담장 아래에는 가을 해당화, 옥잠화, 수국, 호이초를 빼곡히 심었다. 정원 한가운데는 4개의 큰 석류 화분과 두 개의 협죽도 화분을 놓고 또 큰 힘을 들이지 않아도 꽃을 피우는 작은 화초들을 심었다. 남쪽 방 앞에는 두 개의 대추나무, 하나는 크고 흰 대추가 열리는 나무, 또 하나는 달고 시큼한 '연밥' 대추가 열리는 나무를 심었다.

자기 방, 자기의 손자, 손수 심은 화초를 보면서 평생 노력이 헛되지 않았다고 자부했다. 베이핑성이 망하지 않을 성(城)이듯이 자신의 집은 영원히 썩지 않을 집이 될 것이다.

현재 톈유 부부는 샤오순얼을 데리고 남쪽 방에 산다. 5칸 북쪽 채의 중간이 객청이다. 객청의 동서에 각각 문이 있어서 루이쉬안의 방과 루이펑의 침실로 통한다. 동쪽 곁방과 서쪽 끝방은 모두 별개의 방문이 있다. 동쪽 끝방이 루이취안의 방이고 서쪽 끝방은 치 노인의 침실이다. 동쪽 방은 주방이다. 양식을 쌓아두고 석탄과 불쏘시개를 모아둔다. 석류분과 협죽도 분이나 잡다한 물건들을 보관해둔다. 당초에 이 집을 샀을 때 동쪽방과 남쪽방은 세를 놓아서 마당이 너무 텅비어 보이지 않게 했다. 요즘은 손자들이 방을 모두 차지하게 되어서노인의 마음은 흡족해졌다. 그는 늙은 큰 나무처럼 마당을 가지로 채우고 가지마다 자기의 꽃과 잎을 피우고 있었다.

후통 내에서도 그는 득의에 차있었다. 4~5십년 동안 내내 여기서살아 왔다. 이웃 모두가 오늘 이사 왔다가 내일 이사 가거나 해서1~2십년을 사는 사람이 드물었다. 그들은 살아있기도 죽기도 하고 흥하기도 망하기도 했지만 오직 치 노인만이 홀로 뿌리를 박고 있었다.그는 집안이 흥해서 이 누항을 떠난 자들에게 그는 굳이 아첨하지않았다. 집이 망해서 이 누항에서조차 삶을 이어나가지 못했던 자들을그가 구제할 방법도 없었다. 그는 늙어서 여기를 떠날 수 없고 꼼짝하지않고 살아서 후통 전체의 큰 어른이 되어왔다는 것을 안다. 새로 이사온 사람들은 반드시 자기에게 인사하러 온다. 이웃에서 결혼이나 초상이 나서 잔치를 벌일라치면 그는 반드시 상석에 앉는다. 그는 이 일대의큰 어른이며, 사람들이 번성하고 가세가 흥성함을 상징하였다!

후통 가슴쯤에 서쪽 길로 난 문이 있었지만 이제는 닫혀있다. 남쪽으로는 두 개의 문이 있는데, 모두 청수재(清水脊)[16]식의 문루였다. 그곳의 집들은 상당히 질서정연하게 배치되어 있었다. 길 북쪽에는 두개의 대문이 있다. 마당이 그렇게 크지는 않지만 서너넛 집이 함께산다. 남쪽에 귀인들이 산다면 북쪽은 빈민들이 살았다. 길 동쪽에는

• • •

16 평민들이 거주하는 마을에서 가장 비싼 비용과 정교한 기술을 필요로 했던 문 디자인의 일종.

26

대문이 3개 있다. 남쪽 끝이 바로 치 씨 네였다. 치 씨와 담을 사이에 두고 있는 마당들은 긴 형태를 띠었으며. 세 개의 가구가 그곳에 살고 있었다.

그 너머에는 안팎으로 두 개의 마당이 있으며 20개 정도의 방이 있다. 거기에는 적어도 7~8가구가 살며 사는 사람들 은 인품이 고르지 못했다. 그래서 여러 집이 섞여 사는 다세대주택이라 하면 된다. 치 노인은 이런 집은 볼품이 있다고 생각하지 않았으며 그 안에 사는 사람도 이웃 사람으로 대해주고 싶지 않았다. 그래서 그는 진정한 이유를 숨기기 위해 그 집은 반은 호리병 '가슴'에 있고 반은 '허리'에 있다고 하였다. 게다가 나머지 반절 이상은 호리병 허리 쪽에 속하기 때문에, 가까운 이웃이라고 할 수 없다고 말했다. 그러고는 '가슴'과 '허리'가 아마 10여리가 떨어진 듯이 여겼다.

치 노인은 다세대주택을 제외하고 나머지 5개집도 등급을 매겼다. 최고로 중요하게 생각하는 집은 서쪽에서 첫 번째 1호집이라고 문패를 달고 남쪽으로 대문이 나있는 집이다. 그 집에 사는 사람은 성이 첸(钱)이었다. 그 집은 이사를 갔다가 다시 이사를 온 사람이다. 오고 가고를 합쳐서 15-6년을 살고 있다. 첸 부부는 톈유와 동년배다. 그리고 두 명의 도련님들이 루이쉬안과 같은 학교에 다녔다. 현재 큰 아들은 이미 결혼을 했고, 둘째는 약혼을 했지만, 아직 식은 올리지 않았다. 보통 사람들 눈에는 첸 집안사람들이 좀 이상하게 보였다. 그들은 모두 누구에게나 예의를 깍듯이 차렸다. 그것이 오히려 상당한 거리를 두는 것 같이 보였다. 그들은 모두를 존경하는 듯하면서도, 모두를 그리 대수롭게 여기지 않는 것도 같았다. 그들의 옷은 하나같이 10년이나 때로는 20년 정도 뒤떨어진 것이었다. 첸 선생은 지금도 겨울에 붉은 모직 소재의 큰 모자를 쓴다. 그 집 부녀자는 대문 밖을 한 발자국도 나오지 않는다. 꼭 필요할 때는 대문간에 서서 바늘이나 실 혹은 채소 등을 샀으며, 이때도 대문을 빼족이 열어서 비밀이 새어 나갈까 두려워하는 듯 했다.

남자들은 다른 집 남자들처럼 출입하지만 몹시 조심하기 때문에 남들이 깊이를 잴 수 없게 했다. 첸 선생은 일을 하지 않아서 대문을 나서는 일이 거의 없었다. 다만 술기가 얼굴에 오르면, 낡은 옷을 입고 대문간에 서서 머리를 쳐들고 회나무 꽃을 보거나 어린이들을 향해 웃었다. 그 집의 형편은 어떤가? 무엇이 그들 인생의 즐거움인가? 그들 삶의 어려움은 무엇 인가? 아무도 몰랐다. 그 집 마당 안에서는 어떤 움직임도 없는 듯 했다. 후통에서 결혼식이 있거나 상여가 나가거나 혹은 배춤(旱船) 혹은 원숭이놀이가 있어서 모두가 구경하러 나왔을 때조차 첸 씨 집 사람들은 늘상 하던 대로 문을 꽁꽁 잠궈 둘 따름이었다. 그들은 그냥 사는 것 같지 않고 빚쟁이를 피하거나 피난을 온 것 같았다.

후통 내에서는 치 노인과 루이쉬안이 첸 씨 집에 드나들었고, 첸 씨 집의 비밀을 알았다. 사실 첸 씨 집에는 비밀이라고 할 게 없었다. 치 노인은 이 점을 분명히 알고 있으나 그저 남들에게 말하고 싶지 않았다. 이렇게 그는 마치 첸 씨 집을 위해서 비밀을 지킬 책임을 지고, 그 덕에 자신의 신분을 높이는 것 같았다.

첸 씨 마당은 크지 않았지만 꽃이 빼곡히 심어져 있었다. 치 노인

댁 꽃모종과 씨앗은 모두 이 집에서 가져온 것이었다. 첸 선생의 집안에
는 꽃 이외에 고서와 서예첩이 있었다. 그가 매일 하는 일은 꽃에 물을
주고 책을 보고 그림 그리고 시를 읊조리는 것이었다. 특별히 흥이
나면 인진주(茵陈酒)를 두 사발쯤 마셨다. 첸 선생은 시인이다. 그는
자신의 시를 남에게 보여주는 법 없이 혼자 음미했다. 그의 생활은
자신의 이상에 따라 적절히 안배한 것이다. 그것이 남들에게 통하든
통하지 않든 상관하지 않았다. 그는 때로는 굶어도 말 한마디 하지
않았다. 그의 큰 아들은 중학교에서 몇 시간 가르치고 있었지만, 취미
방면에서는 아버지를 빼다 박았다. 둘째 아들이 제일 시인 냄새가 안
나는 사람으로 자동차 운전기사였다. 첸 선생은 아들이 자동차 운전하
는 것을 반대하지는 않았지만 아들의 몸에서 나는 기름 냄새는 좋아하
지 않았다. 그 때문에 둘째 녀석은 집에 드물게 왔다. 비록 기름 냄새
때문에 부친과 의견 충돌은 없었지만 말이다. 첸 씨 집 부녀들은 남자들
의 전제 때문이 아니라 옷 때문에 부끄러워서 두문불출하는 것 같았다.
첸 선생과 그의 아들은 결코 누구에게 강압하는 사람은 아니었다. 다만
그들의 금전적인 능력과 생활의 취미가 옷에 주의를 기울일 여유를
주지 않았다. 그래서 집안의 부녀자들은 꼭꼭 숨어서 되도록 자신의
결함을 드러내지 않으려 했다
    치 노인이 첸 선생과 내왕 할 때도 치 노인이 첸 선생을 만나러
갔지 첸 선생이 치 씨 댁에 오는 법은 절대로 없었다. 치 노인이 술
한 병을 첸 선생에게 보냈다면 첸 선생은 반드시 값이 세 배나 나가는
물건을 아들을 시켜 들려 보냈다. 그는 절대로 남에게 물건을 그냥

받는 법이 없었다. 그의 수중에 여유있는 적이 없는데도 그랬다. 계산하지도 않았고 기록해 두지도 않았다. 돈이 있으면 쓰고 돈이 없으면 침묵 속에서 시나 생각할 따름이었다. 그의 큰아들도 비슷한 기질을 가지고 있었다. 그는 집에서 몇 시간이나 그림 연습을 하거나 했지 수업을 몇 시간 더해서 수입을 늘릴 생각은 하지 않았다.

성격을 보나 학식을 보나 취미를 보나 치 노인은 첸 선생과 좋은 벗이 될 수 없었다. 그러나 그들은 뜻밖에 좋은 벗이 되었다. 첫째로 치 노인이 나이가 지긋해서 자신의 옛 추억들을 함께 얘기할 나이 많은 친구를 필요로 했기 때문이다. 둘째로 첸 선생의 학문과 인품을 좋아했기 때문인 것 같았다. 첸 선생은 평생 누구에게든 알랑거리기 싫어서 내왕하지 않지만, 그와 왕래하길 원하는 사람을 향해서는 거절하는 것도 싫어했다. 그는 상당히 고상했지만 남을 경멸하는 나쁜 버릇은 없었다. 남이 자기를 만나러 오면 자상하고 친절하게 대할 뿐이었다.

첸모인 선생은 57세인데도 흰 머리가 거의 없었다. 키가 작고 상당히 뚱뚱했으며 입은 반들반들하고 물기가 있었으며, 이빨은 보기 좋게 검었다. 그의 용모는 너그럽고 인정이 두터운 상당히 사랑스런 모습을 하고 있었다. 둥근 얼굴에 눈이 컸지만 항상 생각에 잠긴 듯 감고 있었다. 그의 목소리는 언제나 나지막하며 겸손하고 화기에 차있어서 남을 안심시켰다. 그가 시를 얘기하고 그림을 얘기할 때 치 노인은 알아듣지 못했다. 치 노인이 증손자가 홍역을 앓고, 둘째 손부가 머리를 비행기 모양으로 볶았다고 얘기해도, 첸 선생의 흥미를 끌지 못했다. 그러나 두 분 사이에는 일종의 묵계가 있었다. 당신은 말해라 나는 듣는다. 내가 말하면 당신이 들어라. 첸모인 선생이 그림 이야기를 할 때는 치 노인이 머리를 끄덕이며 좋습니다라고 한다. 치 노인이 소소한 집안 이야기를 하면 모인 선생은 수시로 "어찌 하는 게 좋을까요?" 혹은 "정말이요?" "맞아요!" 등과 같은 짧은 구로 말한다. 정말 대답할 말이 없으면 그는 눈을 감고 연방 머리를 끄덕인다.

최후에 이르면 두 분의 이야기가 화초를 가꾸는데 미치게 된다. 그러면 두 분은 도도히 흐르는 강물처럼 끊이지 않고 이야기가 이어져서 모처럼 유쾌해진다. 치 노인의 석류에 대한 취미는 큰 열매를 많이 달리게 하는 것이었다. 첸 노인의 흥미는 아름다운 붉은 꽃과 열매의 아름다움을 보는데 있었다. 그러나 재배법은 서로 다른 방법이라도 서로 함께 갈고 닦을 필요가 있었다.

화초에 대해 한 바탕 얘기를 나눈 후 첸 선생은 치 노인을 단출한 식사에 초대한다. 첸 씨 댁 부인네들은 이 기회를 빌어 치 노인과 집안일을 얘기한다. 이때는 첸 선생 조차도 생활에는 시 짓고 그림 그리는 것 이외에 장맛이 짜고 달다는 문제도 있다는 것을 인정하지 않을 수 없었다.

루이쉬안이 때로는 할아버지가 첸 씨 댁으로 갈 때 모시고 가기도 하고 혼자 가기도 한다. 혼자 갈 때는 십중팔구는 아내나 다른 사람이 성질을 부렸을 때였다. 그는 이성으로 자기 자신을 통제할 줄 아는 사람이었다. 가끔 화가 날 때도 있긴 했지만. 소리를 지르면서 난리를 피우는 일은 없었다. 그는 소리 없이 첸 씨 댁에 가서 첸 씨 부자와 가사나 국사와 거리가 먼 이야기를 나누어 가슴 속의 분노를 발산했다.

첸 씨 댁 외에 치 노인은 첸 씨 댁 맞은편에 2호 문패를 달고 있는 리 씨 댁을 좋아했다. 후통 전체에서 리 씨 노인이 치 노인과 동년배였다. 키는 치 노인보다 한 치 정도 작았다. 키가 작아진 것은 치 노인보다 원래 작아서가 아니라 허리가 굽었기 때문이었다. 그의 직업의 표지라 할 수 있는 큰 혹이 목에 붙어 있었다. 20-30년 전에, 베이핑에는 이러한 큰 혹을 가진 사람이 적잖았다. 그들은 전문적으로 이삿짐 나르는 짐꾼이었다. 이 사람들은 귀중품(자기병, 큰 괘종시계, 남목이나 화리나무로 된 목기)을 잘 묶어서 좁은 나무판을 목으로 받친 채, 그것을 어깨로 둘러메고 걸어갔단다. 그들은 안정적으로 걸어야 하고, 목덜미에 굉장히 힘을 들여야 했다. 그렇게 해야 비로소 무게를 감당하고, 짐을 훼손하지 않는다고 보장할 수 있었다. 사람들은 이 사람들을 '목이 움푹 패인 (窩脖)짐꾼'이라 불렀다.

짐수레가 생긴 이후에 이러한 전문가를 대표하는 표현이 움푹 패였다는 것에서 끝다로 바뀌게 되었다. 요즘 젊은이는 이 직업으로 밥을 먹어도 혹이 생기지 않았다. 리쓰예는 젊은 시절에 분명히 매우 멋진 일꾼이었을 것이다. 비록 목에 혹이 있고, 등이 눌려서 약간 굽어졌다고 하더라도 말이다. 이제는 그의 나이가 치 노인과 어금버금하다. 그래도 긴 얼굴에 주름살은 그리 많지 않았다. 눈도 흐리지 않았고 웃을 때는 그의 눈과 이빨이 빛을 발하여 젊은 시절에는 미남이었을 것이라고 짐작할 수 있다.

2호집에는 세가구가 사는데 건물은 리쓰예[17] 소유다. 치 노인이 리쓰예를 좋아하는 것은 리쓰예가 재산도 직업도 없는 떠돌이가 아니라서가 아니라 리쓰예가 호인이기 때문이다. 직업적인 면에서, 언제나 진심을 다하고 돈을 쓰는데 자제심을 발휘했다. 때로는 가난한 이웃이 이사를 갈 때는 밥값만 받고 공전을 말하지 않았다. 직업 이외에도 재난을 당했을 때 그는 자동적으로 남을 돕는데 앞장섰다. 예를 들어 어떤 지역에 전쟁이 나면 그는 언제나 모험적으로 총을 매고 거리로 나가 소식을 알아다 모두에게 알려주고 준비에 만전을 기하게 했다.

성문이 닫히려고 하면 곧 회나무 아래에서 고함을 질렀다. "성문이 곧 닫힙니다! 빨리 양식을 준비하십시오!" 재난이 지나가고 성문이 열리면 잇따라 소리를 지른다. "태평합니다. 안심하십시오!" 치 노인이 일대에 큰 어른으로 자처하지만 남을 돕는 일에서는 리쓰예에 못 미치는 것을 부끄럽게 생각했다. 그래서 어떤 의미인지 모르겠네요? 품격으로는 리쓰예를 존경하지 않을 수 없었다. 비록 리 씨네의 아들도 "집꾼"이고, 리 씨 집도 더럽고 가난한 여러 집과 뒤섞어 사는 다세대에 속했지만 말이다. 두 노인들이 회나무 아래에서 마주보고 서 있을라 치면 두 집 젊은이들이 재빨리 작은 의자를 가지고 나온다. 왜냐하면 그들은 두 노인이 5~60년 전 이야기를 시작하면 적어도 두어 시간은 걸릴 것이라는 것을 알기 때문이다.

리쓰예의 가까운 이웃 4호와 치 노인의 가까운 이웃 6호도 모두 작은 다세대였다. 4호는 이발사 쑨치 부부와 마 씨 과부와 그녀의 외손자가 산다. 손자는 "회전하는 음반으로 소리를 내는 축음기입니다!"라

---

17 리쓰예(할아버지), 리스따(예). 리스마(할머니), 리스따(마).

고 외치는 것이 직업 이다. 그 외에 인력거꾼 샤오추이가 사는데 그는 인력거를 끌지 않으면 마누라를 두들겨 패는 게 일이었다. 6호 집도 다세대였지만 4호에 사는 사람보다 직업이 한등 고급이었다. 북쪽 방에 사는 딩웨한은 기독교 신자였는데 동교민항의 "영국대사관"에서 웨이터로 일하고 있었다. 북쪽 모퉁이에는 천막 치기를 업으로 하는 류 사부네 부부가 살고 있다. 류 사부는 남의 집에 천막 치는 일 이외에 권법을 연마하고 사자춤을 출 줄 알았다. 동쪽방에는 원씨 부부가 살고 있었다. 부부는 노래와 연극을 했다. 표면상으로는 아마추어였지만 뒤로는 출연료를 받았다.

치 노인은 4호와 6호 사람들에 대해서는 언제나 가까이 하지도 멀리 하지도 않는 태도를 취했다. 일이 생기면 형편 닿는 대로 돕고 일이 없으면 상관하지 않았다. 리쓰예는 달랐다. 그는 누구든지 본인이 도움이 닿는 대로 도와주고 싶었으며, 4호나 6호 사는 사람들이 모두 친구일 뿐만 아니라 심지어 7호—치 노인이 좋아하지 않는 다세대였다—사람들도 기꺼이 그의 도움을 받았다. 그러나 그렇게 해도 리쓰예는 부인에게 늘 꾸지람을 들었다. 부인은 머리가 하얗게 씌었으며 눈은 근시안이었다. 어느 하루도 '늙은 영감탱이'라고 욕하지 않는 날이 없었다.

그녀의 꾸지람은 리쓰예가 친구를 돕는데 전심전력을 다하지 않는다는 것 때문이었다. 이런 책망은 리쓰예가 의(義)를 다해야 할 때 용기를 내야 한다는 독촉이었다. 후퉁 아이들 전부는 잘났거나 못났거나 더럽거나 추하거나 간에 모두가 리스마 할머니의 '귀염둥이'였다. 리쓰마는 성인들에게도 직접 그런 애칭을 부르기는 부끄럽게 느껴지기도 했지만, 마음속으로는 모두가 그녀의 '귀염둥이'임에 다름없었다. 그녀의 눈은 누가 못났는지 잘났는지 똑똑히 구별할 수 없었을 뿐만 아니라, 그녀의 맘속에는 빈부나 노소도 구별하지 않았다. 그녀는 고생하는 사람은 모두 불쌍하면서도 사랑스럽다고 여겼으며, 그들 부부가 도와야 한다고 생각했다. 이 때문에 후퉁 사람들은 어떤 때는 치 노인을 존경하면서도 멀리할 수 밖에 없다고 생각했지만 리씨 부부는 언제나 사랑했다. 후퉁 사람들이 억울한 일이 있으면 리씨 할머니에게 풀어놓는다. 그러면 할머니는 곧 남편에게 도와주도록 성화를 부릴 뿐 아니라 진정성 있고 풍부한 동정의 눈물을 펑펑 쏟았다.

챈 씨 집과 치 씨 집 사이에 있는 3호집은 치 노인의 눈엣가시였다. 치 씨 집을 수리하기 전에는 3호집이 샤오양쥐안에서는 제일 번듯한 집이었다. 치 씨 집은 수리한 후를 따져도 3호집의 스타일에 미치지 못했다. 첫째로 3호집은 문 밖에는 회나무 쪽으로 영벽이 있었으며, 검은 부분은 검게 흰 부분은 희게 칠해져 있었으며, 중간에 사면이 2 척인 붉은 복(福)자가 선명했다. 치 씨네는 문 밖에 영벽18이 없을 뿐만 아니라 후퉁 전체에서 누구네 집에도 없었다.

둘째로 문루를 두고 말하면 3호집의 것은 청수재(清水脊)였다. 반면 치 씨 집은 화장(花墻)19이었다. 셋째로 3호집은 제대로 갖춰진 사합방20이고 마당에는 전석이 깔려있다. 넷째로 3호집은 여름이면 반드

* * *
18 가림벽.
19 윗부분이 구멍이 뚫려있는 담.

시 류 사부를 시켜 새 차일을 깔았다. 그러나 치 씨 집은 시원한 그늘을 얻으려면 두 그루의 큰 회나무 그림자 크기 정도 밖에 안 되는 대추나무를 믿는 게 고작이었다. 이러니 치 노인이 질투하지 않을 수 없었다!

생활방식을 논하자면 치 노인은 정신적인 압박감과 반감을 느꼈다. 3호 주인은 관샤오허였다. 마누라가 둘이고 그 중에 둘째는 펑톈 대고(奉天大鼓)[21]를 노래하던 한물간 기생 유퉁팡이다. 관 선생은 50줄에 들어선 톈유와 비슷한 나이 또래였지만 서른 살 넘짓으로 밖에 보이지 않았으며 서른 살 먹은 사람보다 더 멋쟁이였다. 관 선생은 매일 면도를 하고 열흘에 한 번 이발을 하고 새치는 한 올이라도 뽑아버렸다. 그의 의복은 양복이든 중국 옷이든 모두 최고의 옷감으로 만들었다. 옷감이 최고가 아니면 반드시 최신 유행이었다. 키가 작고 얼굴도 작고 손발도 작고 무엇 하나 작지 않은 게 없었다. 그래도 균형이 잘 잡혔다. 균형이 잘 잡힌 사지에, 아름다운 몸매, 거기에 최신 유행의 복장, 그는 하나의 화려하고 매끄러운 유리구슬 같았다. 그는 비록 작지만 기백은 커서 평소에 사귀는 사람은 모두 명사고 귀인이었다.

집안에 요리사 한 명과 꽤나 예절을 체득하고 있는 남자 하인 또 항상 비단신을 신은 노파가 있었다. 손님이 오면 언제나 사람을 벤이팡(便宜坊)으로 보내 훈제 오리를 주문하고, 라오바오펑(老宝丰)으로도 보내 오래된 죽엽청을 사오게 한다.

• • •

20 방4개가 마당을 가운데 두고 ㅁ자를 이루는집.
21 설창 예술의 일종.

마작판을 벌려 적어도 48판을 돌린다. 거기다 밥 먹기 전후에 고서(鼓書)와 이황(二簧)22을 불러야 한다. 관 선생은 신분이 괜찮은 이웃에게는 상당히 예를 차린다. 그러나 전통적인 관혼상례를 제외하고 친밀하게 내왕하는 경우는 없었다. 리쓰예, 류 사부, 이발사 쑨치와 샤오추이 등을 대할 때는 그들의 직업만 보고 인간으로 치지 않았다. "류 씨, 내일 차일 좀 쳐 주어!" "쓰예, 오후에 동성에 가서 물건 좀 사다주어. 늦지 말아!" "샤오추이야, 너 왜 걸음이 이렇게 느려. 이런 식이면 다음부터 네 인력거는 못 타겠어! 알아들었어?" 그들에 대해서 그는 언제나 단순하면서도 권위가 있는 명령을 내렸다.

관 씨 부인은 키가 컸다. 나이가 50이 넘었는데도 붉은 색 옷을 입는 것을 좋아했다. 그래서 밖에서는 다츠바오(大赤包)23라 불렸다. 다츠바오는 붉은 보퉁이를 뜻하는데, 붉은 보퉁이는 호박의 일종이었다. 붉어지면 베이핑의 어린이들이 가지고 노는 장난감이 되었다. 이 별명은 상당히 그럴싸하다. 아이들이 붉은 보퉁이를 가지고 놀게 되면 껍질이 곧 쭈글쭈글해져서 안에서 검은 씨가 튀어나온다. 관 씨네 마누라도 얼굴이 적잖은 주름살이 지고 코에는 제법 많은 주근깨가 있었다. 아무리 그녀가 붉게 분을 바른다 해도 얼굴에 있는 적잖은 주름과 검은 점을 온전히 가리지는 못했다. 그녀의 기세는 그녀의 남편보다 셌다. 그녀의 일거수일투족은 거의 모두가 서태후와 비슷했다. 그녀는 관 선생보다 더 교제를 좋아하고 사교를 잘 했다. 이틀 밤낮이고 마작을

. . .

22 고서는 중국의 전통적인 설창 예술의 일종이며, 이황은 경극의 곡조 중 하나이다.
23 붉은 보퉁이

해대도 서태후의 건방지고 당당한 모습 을 유지할 수 있었다.

관 선생의 부인은 딸을 둘 낳았다. 관 선생이 유퉁팡을 첩으로 들인 것은 아들을 보고자 해서였다. 그러나 유퉁팡은 아직까지도 아들을 낳지 못했다. 그러나 그녀가 본처와 언쟁을 벌이면 마치 10명의 아들을 거느린 것처럼 위세가 대단했다. 세월이 지나 아름다움을 잃었지만, 그녀의 눈매는 매우 매혹적이었다. 그녀의 눈매는 하루 종일 얼굴에서 이리저리 움직였다. 딸 둘, 가오디와 자오디는 원래도 본판이 괜찮았지만 두 어머니의 가르침 탓으로 꾸밀 줄도 알고 애교를 부릴 줄도 알았다.

치 노인은 3호집을 부러워했지만 그 집 사람은 대수롭지 않게 생각했다. 특히 둘째 손부의 복장과 차림새가 관 씨 댁 사람과 경쟁하듯 하고, 셋째 손자 루이취안이 자오디와 늘상 왕래하는 게 못마땅했다. 그 때문에 화가 치밀어 오를 때는 그 집 쪽을 가리키면서 "그 집 사람들을 본받지 말라! 배워서 좋을 게 없다!"라고 넌지시 암시했다. 이는 만약 셋째 손자가 자오디와 사귀기를 지속한다면 손자를 대문 밖으로 쫓아낼 것임을 암시하였다.

3

치 노인은 깨진 항아리에 돌을 가득 채워 대문을 막아 두었다.

리쓰예가 회나무 아래에서 미리 주의를 주었다.

"이웃 사람들 보이소, 모두 빨리 양식을 준비하세요. 성문이 곧 닫힙니다."

치 노인은 자기가 제갈량이라는 생각이 들었다. 그는 대문 너머로 이 사부에게 비 오기 전에 우장을 준비하였다며 말할 수는 없었으나, 스스로가 귀신처럼 일을 처리한다고 자만하고 있었다.

득의양양한 그는 너무나도 낙관적인 판단을 내렸다. 3일이 지나지 않아 정세가 평정을 되찾을 것이라면서.

장남 톈유는 책임감이 강한 사람이라 성문이 닫힐수록 가게에서 머무는 날이 많아졌다.

며느리는 병으로 골골하면서도, 일본 놈들이 소란을 피운다는 소문을 듣고, 길게 한숨 쉬었다. 그녀는 만일 자신이 양일간에 병사하면 관이 성 밖으로 나가지 못할까 두려워했다. 갑자기 그녀의 병이 위중해졌다.

루이쉬안은 눈을 잔뜩 찌푸리고 말 한마디 없었다. 그는 집안 살림을 도맡고 있어서, 위험이 닥치더라도, 한숨을 쉬거나 탄식을 할 수 없었다.

루이펑과 그의 모던(modern) 부인은 국사에 대해서도 집안일에 대해서도 관심이 없었다. 할아버지가 대문을 닫아 걸어버리자 집안에서 포커나 치면서 시름을 달랬다. 노인이 마당에서 잔소리를 하면 이 둘은 서로 쳐다보며 어깨를 움츠리고, 혀를 장난스레 내뱉었다.

샤오순얼 애미는 28살밖에 되지 않았지만 이미 환난을 겪을 대로 겪어왔다. 그녀는 할아버지의 관심과 걱정에 공감했다. 동시에 그녀는 두려워하지도 허둥거리지도 않았다. 그녀는 마음이 몸보다 더 성숙한 것 같았으며, 사리에 밝았다. 환난은 실제적이어서 운이 좋아도 피할 수 있는 것이 아니었다. 다만 사람이란 살아남기를 원하지만 환난 중에도 살아날 구멍을 찾아야 한다고 생각했다. 진인사대천명(盡人事待天命)24이다. 요컨대 이 어려운 시기에 살아나가는 길은 혼자서 때때로 위험에 용감하게 맞서서야할 때는 맞서고 조심해야 할 때는 조심해서 위험한 사태를 막는 것이다. 반드시 조심하면서 대담하게, 한편으로는 싸우면서, 한편으로는 도망을 쳐야만 한다. 억울한 일을 당하더라도

• • •
24 사람이 할 바를 다하고, (하늘이) 복을 내리기를 기다려야 한다.

살아가야 한다. 억울한 가운데서 감미로움이 있음을 음미하면서 살아
야지만 계속 살아갈 힘이 생기는 것이다.

그녀는 치 노인에게 대답을 하거나 맞장구치면서 눈물을 머금고,
지나간 고난을 추억하면서, 이번의 위험도 빨리 지나가기를 희망했다.
그녀는 사흘이 지나지 않아 평정을 되찾을 것이라는 노인의 판단을
듣고서 웃었다.

"그래요 틀림없이 좋아지겠지요!"라고 한 후에 의논조가 되었다.

"저는 일본놈들이 무슨 짓을 하려는 건지 모르겠어요! 우리 중에
누구도 그들에게 죄를 짓지 않았는데, 저렇게 칼 들고 창을 휘두르며
못살게 구는 것보다 모두들 평화롭게 지내는 게 훨씬 낫지 않나요?
짐작컨대 일본 녀석들은 틀림없이 천성이 고약한 말썽꾼일거요. 그렇
지요?"

노인은 잠시 생각하더니 말을 이었다.

"내가 어릴 적부터 우리는 일본 사람들에게 우롱당해 왔다. 간단하게
무어라고 말해야할지 모르겠다. 됐어! 이번에는 그렇게 일을 심각하게
벌이지만 않으면 좋겠네! 일본인들은 작은 이익을 노리기를 좋아해.
이번에 노구교를 맘에 들어 하는 가봐."

샤오순얼 애미는 궁금하여 답답했다.

"왜 노구교에만 눈독 들이는 걸까요?

"왜 노구교만이겠어요?

큰 다리는 먹을 수도 운반할 수도 없잖아요!"

"다리 위에 사자상이 있지 않니! 이번 일을 나에게 맡기면 내가 사자

상을 그들에게 보내줄건데. 그 사자상이야 어디에 있든 무슨 소용이람."

"네! 저는 사자상으로 무엇을 할 건지 모르겠어요." 그녀는 마음이 답답했다.

"왜놈들이 왜놈이 아니라 할까봐, 눈에 보이는 것이면 다 좋아한다!" 노인은 일본인들의 심리를 잘 아는데 만족해했다.

"경자년 난리25 때 일본군이 성에 들어와서 집집을 뒤지고 다니면서 물건들을 찾으려고 혈안이 되었다. 처음 장식품, 시계를 강탈하고 나중에는 구리 문고리까지 뜯어갔단다."

"대개 구리를 금으로 잘못 알았기 때문일 거야. 세상물정 모르는 것들이지!"

샤오순얼 애미는 화가 울컥 치밀어 올랐다. 자기 자신은 남의 물건이라면, 풀 한 포기라도 거저 가지고 오는 법이 없는 사람이었다.

"큰 형수님!"

루이취안이 갑작스레 소리를 질렀다.

"왜?"

놀라서 펄쩍 뛰면서

"셋째 도련님, 왜 그래요?"라고 말했다.

"형수님, 입 좀 다무시지요. 형수님 말씀이 제 속을 뒤집어 놓습니다."

집 전체에서 아무도 루이취안과 샤오순얼을 제외하고 할아버지께 대드는 사람은 없다. 현재 큰 형수의 말을 가로막고 나선 것은 할아버지

• • •

25 1900년 발발한 의화단의 난. 백련교 분파인 의화단이 외국 열강의 침입으로 피해 본 농민들과 합심하여 벌인 배외적인 운동. 라오서의 아버지는 의화단의 난에서 전사하였다.

말씀에 대들고자 하는 뜻도 있었다.

할아버지도 말 속에 숨은 뜻을 알아차렸다.

"뭐라고! 니가 내 말이 듣기 싫으면 귀를 막으면 되잖니!"

"듣기 싫어요!"

루이취안의 생긴 모습은 할아버지와 비슷했다. 여위고 키가 컸다. 그러나 사고방식은 할아버지와 수 백 년의 차이가 있었다. 그의 눈도 작았지만 총기가 있었으며 눈알은 검은 콩알처럼 빛났다. 학교에서는 농구선수였다. 공을 칠 때는 두 눈알이 농구공을 따라 번득거렸지만, 농구공이 손에 들어오면 입을 꽉 다물어, 뭔가를 애써 삼키는 것만 같았다. 그의 눈과 꼭 다문 입은 그의(성질은 급하지만 결단력이 있는) 성격을 드러내었다. 현재 그의 눈이 할아버지에게서 형수에게로 옮겨 갔다. 마치 농구장에서 상대팀의 선수를 감시하는 것처럼.

"일본인이 노구교의 사자상을 노란다고요? 웃기는 소리! 그들은 베이핑 을, 천진, 화북, 나아가서 중국 전체를 노리고 있는 거요!"

"됐어요, 됐어요! 셋째 도련님, 그만하세요."

형수는 할아버지 기분을 건드릴까 겁이 났다.

사실 치 노인은 손자에게 진짜로 성낸 적이 없다. 만약 손자나 증손자가 함께 있는 자리에서 증손자가 화를 돋우면 할아버지는 웃기만 한다.

"큰 형수, 왜 항상 그 모양이에요! 누가 옳은지 그른지 상관없이, 시국이 얼마나 엄중한지도 상관하지 않고, 형수는 항상 말하지 말라고만 하십니다."

셋째는 큰형수를 싫어하지는 않지만 큰형수가 일을 어물쩍 처리하는 방법은 분명히 싫었다. 현재 형수에게 화를 내고 있지만, 그가 진짜로 싫어하는 유형의 사람은 어떤 사람이든지간에 시비를 논하지 않고 얼버무리기만 하는 자였다.

"그렇게 하면 안된다면, 내가 어떻게 해야 하는지 가르쳐 주세요."

샤오순얼 애미도 셋째 도련님과 말다툼을 하고 싶지 않았다. 자기가 몇 마디만 더 하면 할아버지께서 셋째에게 화를 내실지 모른다.

"모두가 배가 고프면 밥 달라하고, 추우면 옷 달라하면서, 내가 어떻게 천하대사에 대해 관심을 가질 수 있어요?"

"글쎄요."

셋째가 질문을 그만두었다.

농구공을 던져 넣을 수 없어 머리를 긁적거리는 것과 마찬가지로 그는 여위고 긴 억센 손가락으로 머리를 긁적거렸다.

할아버지는 웃었다. 눈 속에는 나이 들었지만 장난기 어린 눈빛이 비쳤다.

"셋째야! 네 형수 면전에서 함부로 구는구나! 나와 형수가 없으면 너는 밥이라도 얻어먹을 수 있을 것 같애? 그런데 국가 대사를 말하라니!"

"일본놈들이 베이핑을 부숴버리려 하는데 밥 먹어서 무슨 소용이 있어요."

루이취안은 이를 갈았다. 그는 일본놈 들을 정말이지 증오했다.

"그래! 경자년에 8개국 연합군이..."

노인은 장기인 옛날 얘기를 한편 풀어낼 참이었다. 그런데 고개를 처드니 루이취안이 보이지 않았다. "저 놈 자식! 나한테 말로 못 이기니 내빼다니! 저 녀석!"

누가 대문을 두드렸다.

"루이쉬안! 나가서 문 열어라!"

치 노인이 소리 질렀다.

"얼추 니 아버지 올 시간이다."

루이쉬안은 동생 루이취안에게 도와달라고 해서 돌이 가득 차 있는 깨진 항아리를 밀쳐 내었다. 문 밖에는 뜻밖에도 아버지가 아니라 첸 모인 선생이 서 있었다. 형제 둘이 모두 얼떨떨해졌다. 첸 선생의 내방은 극히 드문 일이었다. 루이쉬안은 바로 시국이 긴박하다는 것을 알아차리고 마음이 불안해졌다. 루이취안은 위험을 감지하였지만, 흥분만을 느꼈지 불안하거나 두렵지 않았다.

첸 선생님은 크고 낡은 소매 끝과 목부분이 다 닳아버린 푸른 적삼을 입고 있었다. 그래도 그는 굉장히 상냥하고 차분했다. 그러나 그가 친구 집을 예외적으로 방문한 것은 현재 그가 침착하지 못한 상황이라는 뜻임을 알았다. 그는 미소를 띠고 낮은 목소리로 물었다.

"어르신들, 모두 집에 계시죠?"

"들어오십시오. 첸 아저씨!"

루이쉬안은 길을 터주었다.

첸 선생은 약간 머뭇거리다 안으로 들어갔다.

루이취안은 성큼성큼 걸어가서 할아버지에게 고했다.

"첸 선생님 오셨습니다."

치 노인은 알아들었다. 온 가족이 모두 듣고 놀랐다. 치 노인은 영접하러 나왔다. 놀라기도 하고 기쁘기도 해서 말이 잘 나오지 않았다.

첸모인 선생님은 아주 자연스러운 태도로 미안한 듯이 말했다.

"처음으로 어르신 집을 방문했습니다. 처음으로 말이에요. 게을러서, 다시 말하면 대문을 나서기 싫어서예요."

객청[26]에 앉아서 첸 선생은 루이쉬안에게 말했다.

"제발 차는 내오지 말게! 예의 차리지 말게. 그러면 다시 오지 않을 걸세."

이는 그가 긴말 안하고 본론으로 들어가 바로 찾아온 뜻을 말하고, 치 씨네 사람들 노소를 두루 만나고 싶어 하지는 않는다는 점을 암시한다.

치 노인은 실질적인 문제를 꺼냈다.

"요즘 양일간에 당신 걱정을 했습니다. 우리는 오랜 이웃이고 친구입니다. 예의 차릴 것 없습니다. 양식이 있습니까? 없으면 말씀만 하십시오. 양식은 다른 물건하고 달라서 하루, 한 끼라도 없어서는 안 됩니다!"

모인 선생님은 있다 없다 말을 하지 않으셨다. 눈물을 머금고 모호한 미소를 띨 뿐이었다. 오히려 이미 양식이 떨어졌지만, 그딴 일에 크게 마음 쓸 것 없다는 식이었다.

"저는—"

미소를 띠고 눈을 감은 채 말했다.

"루이쉬안 도련님에게 배움을 청하고 싶어요!"

• • •
26 응접실.

그는 루이쉬안을 한 번 훑어보았다.

"시국이 어떻게 되어갈 것 같은가. 자네가 보듯이 나는 국사에 별 관심이 없는 사람이네. 그러나 내가 자유롭게 살아가는 게 모두가 국가가 베풀어 준 것이 아닌가. 이 며칠 동안 도대체 일이 손에 잡히지 않아. 나는 곤궁한 것, 고생 같은 것을 두려워하지 않아. 내가 두려워하는 것은 우리의 베이핑성이야. 꽃은 나무에서 피었을 때 비로소 아름다운 법이야. 그런데 사람이 그것을 꺾으면 끝장이야. 베이핑성도 그래. 베이핑성은 최고로 아름다워. 그러나 적에게 점령당하면, 꺾인 꽃 같이 되어버려! 안 그러니?"

그들이 답이 없자 그는 두어마디 보탰다.

"베이핑성이 나무라 치면 나는 바로 꽃이야. 비록 한 송이 쓸모 없는 꽃이라 할지라도 말야. 만약 베이핑이 불행을 당하게 되면 나도 다시 살고 싶지가 않다네."

치 노인도 몹시 베이핑에 대한 신념을 말하고 싶었다. 그리고 첸 선생에게 지나치게 걱정하지 않아도 된다고 말하고 싶었다. 하지만 그는 첸 선생의 말을 온전히 이해하진 못했다. 첸 선생의 말은 전당표에 쓰인 글자 같았다. 글자이긴 하지만 글자를 쓰는 방식이 달랐다―마음대로 잘못 추측했다가는 다른 물건을 찾게 되는 낭패를 당한다. 여하튼 입술이 달싹거리기는 했지만 말을 꺼내지는 않았다.

루이쉬안은 양일간에 마음이 왠지 불안했다. 원래 비관적으로 말하고 싶었지만 할아버지도 함께 있는 터라 마음대로 입을 놀릴 수가 없었다.

루이취안은 거리낄 것이 없었다. 그는 더 일찍 말하고 싶었지만 적당한 사람을 못 찾았다. 큰 형은 학문이 깊고 상식이 풍부했지만, 저렇게 고의적으로 입을 다물고 있으니, 무슨 방법을 써도 말하려 들게 하지 못 했을 것이다. 둘째형은 둘째 형수와 영화 이야기나 놀러 다닐 이야기나 하라면 잘 하겠지. 둘째형과 이야기 하느니 차라리 할아버지나 큰형수와 이야기 하는 게 더 나았다. 그 분들의 이야기는 적어도 생활에 관계되는 기본적인 살림살이에 관한 대한 이야기일 테니. 재미는 없어도 적어도 생활에 관계는 있다. 얼씨구나 하고 그는 첸 선생님을 붙잡았다. 그는 첸 선생님이 자신이 수긍하는 노선은 아닐지라도 생각이 깊은 분이라는 것을 안다. 그는 일어서서 허리를 펴고 말했다.

"제가 보기에 전쟁이 아니면 항복해야 합니다."

"그렇게 심각한가?"

첸 선생의 미소가 얼굴에 얼어붙고 뺨의 살이 실룩거렸다.

"다나카 제독이 천황에게 바친 상주문이 존재하는 한, 일본 군벌이 중국을 침략하지 않을 수 없습니다. 소위 9·18 사건[27]이 존재하는 한, 그들은 곧 중국을 침략하지 않을 수 없습니다. 그들의 침략은 끝이 없으며 전 세계를 정복하면 아마도 화성까지 정복하려 들 것입니다."

"화성이라니?"

할아버지는 도저히 손자의 말을 믿을 수 없었다. 화성이 도대체 베이핑의 어느 거리에 있는지, 더더욱 알 수 없었다. 루이취안은 할아버지 질문을 아랑곳하지 않고 당당하게 말을 이었다.

• • •

27 1931년의 만주사변.

"일본의 종교, 교육, 기질, 지세, 군비, 공업과 해적문화의 기초, 군벌의 야심 전부가 침략 일변도입니다. 암거래, 사고치기, 남의 목에 목마를 타고 똥을 싸는 것, 모두가 침략자의 필수적인 수단입니다! 노구교를 포격한 것은 수단의 일부에 불과 합니다. 이번에 어물쩍 넘어가면 열흘이나 반달이 지나지 않아 다른 곳, 서원[28] 혹은 후궈쓰에서 훨씬 더 큰일을 일으킬 것입니다. 일본은 이제 호랑이 등에 타고 있어서 난동을 일으키지 않을 수 없습니다."

루이쉬안은 얼굴에 미소를 띠고 있었으나 이미 눈은 촉촉이 젖어 있었다.

치 노인은 '후궈쓰'라는 말을 듣자 마음이 떨렸다. 후궈쓰는 샤오양쥐안에서 엎어지면 코 닿을 데 아닌가!

첸 선생님은 나지막이 말했다.

"셋째 도련님, 우리는 어떻게 해야 할까요?"

루이취안은 비분강개한 탓에 말은 몇 마디 하지 않는데 목이 쉬고 기력이 다한 것 같았다. 마음이 산란하여 더 말할 수 없었다. 그는 이성적으로는 중국의 군비는 일본의 적수가 되지 않는다는 점을 알았다. 만약 전쟁이 일어 나면 우리가 반드시 큰 패배를 맛볼 것이라고 생각했다. 그러나 감정적으로는 바로 저항하고 싶었다. 만약 하루가 늦어지면 일본인들은 그만큼 더 이득을 보는 셈이다. 적이 완전히 포진하면 우리는 반격이 더 어려워 질 것이다. 그는 저항하고 싶었다. 만약 정말로 중국과 일본 사이에 전투가 벌어지 면 자신의 생명을 국가에

• • •
28 서병영.

49

바칠 각오가 되어 있었다. 그러나 다른 사람들에게서 "목숨을 바치면 승리를 얻을 수 있을까?"라는 질문을 받을까 두려웠다.

그는 자기가 희생할 각오를 절대 의심하지 않았지만 남에게서 질문을 받는 것은 싫었다. 그는 대학 졸업을 앞두고 있어서, 다른 사람 면전에서 용감하지만 무모한 모습을 보인다거나, 감정에 따라 아무렇게나 지껄일 수는 없는 법이었다. 몸에 땀이 났다. 머리를 긁적이며 앉았다. 얼굴에는 여러 개의 붉은 반점이 돋았다.

"루이쉬안?"

첸 선생의 눈은 루이쉬안에게 의견을 제시하길 요청하고 있었다.

루이쉬안은 웃으면서 나지막한 목소리로 말했다.

"차라리 전쟁을 하는 편이 낫겠습니다!"

첸 선생은 눈을 감고 루이쉬안의 말을 음미하는 듯 했다.

루이취안은 벌떡 일어나서 형의 어깨에 손을 얹고 말했다.

"형! 형!"

그의 얼굴이 붉어졌다. 큰소리로 두어 번 형을 부르더니 말을 잇지 못했다.

바로 그때 샤오순얼이 뛰어 들어왔다.

"아버지! 문 앞에, 문 앞에...."

치 노인은 말할 기회도 대상도 놓쳐버렸다. 재빨리 증손자를 붙잡았다.

"너 말이야! 너! 방금 문 좀 열었다고 밖으로 뛰쳐나가다니, 정말 말을 안 듣는구먼! 밖에 일본놈들이 난리치고 있는 통에!"

샤오순얼의 코에 주름이 잡히고 작은 입을 삐죽거렸다.

"왜놈이 와도 나는 안 무서워! 중화민국 만세!"

그는 자신만만하게 작은 주먹을 쳐들었다.

"순얼아! 문 앞에 뭔 일이야?"

루이쉬안이 물었다.

샤오순얼은 손가락으로 바깥쪽을 가리키며 상당히 비밀스런 표정으로 말했다.

"그 사람이 왔어! 당신을 보고 싶대요!"

"누구 말이냐?"

"3호집 사람 말예요!"

샤오순얼도 그가 누구인지 알았다. 그러나 평소에 어른들이 흉보는 소리를 들어서인지, 그 사람의 이름을 입에 올리고 싶지 않았다.

"관 선생?"

샤오순얼이 아버지에게 고개를 끄덕거렸다.

"누구, 오우, 그 사람이라고!"

첸 선생이 일어섰다.

"첸 선생, 앉으세요!"

치 노인이 말했다.

"갈래요!"

첸 선생이 일어섰다.

"선생님이 그 사람과 얘기하기 싫으시면 내 방으로 갑시다!"

치 노인은 마음을 다하여 만류했다.

"아니요! 다른 날 다시 오지요! 나오지 마세요!"

첸 선생은 재빨리 대문 쪽으로 걸어갔다.

치 노인은 샤오순얼의 부축을 받으며 배웅했다. 그가 문간에 다다르니 첸 선생은 이미 남쪽방 앞 대추나무 아래를 지나고 있었다. 루이쉬안과 루이취안이 좇아가서 전송했다.

관샤오허가 대문간 안에 서있었다. 그는 30년 전에 유행했던, 나중에 한 번도 유행한적 없다가 지금 두 번째로 유행중인 용무늬를 넣은 감색 비단 두루마기를 입고 있었다. 몸에 잘 맞아서 당당하게 보였다. 아래에는 흰 바탕에 가는 감색선이 들어있는, 끝단은 묶지 않은 산동 비단 바지를 입었다. 발에는 푸른색 양말을 신고 흰색 배바닥을 댄 감청색 비단신 을 신고 있었다. 그의 그림자조차 아름답게 보였다. 첸 선생이 나오자, 그는 만면에 웃음을 머금고 감색 두루마기 옷섶에서 손을 내밀어, 첸 선생이 잡아주기를 기다렸다.

첸 선생은 태도의 자연스러움을 흐트리지 않으면서 어떤 치레도 하지 않고 성큼성큼 걸어 가버렸다. 관 선생의 손이 허공에 떠있었다.

관 선생도 멋쩍었지만 아무 일 없는 듯이 루이쉬안 쪽으로 손을 뻗어서 친밀하게 그의 손을 잡았다. 또 루이취안의 손을 잡고 왼손을 위에 겹쳐 눌러서 친밀함을 더했다. 치 노인은 관 선생을 좋아하지 않았다. 샤오순얼을 데리고 자기 방 안으로 들어갔다. 루이쉬안과 루이취안은 손님을 모시고 객청으로 들어가 이야기를 나누었다.

관 선생은 치 씨 집에 두어 번 왔다. 첫 번째는 치 씨 집 큰할머니가 돌아가셨을 때였다. 빈소에서 향과 제주를 올리고 오래 머물지 않고 곧 나갔다. 두 번째는 루이쉬안이 시립 중학교 교장이 되었다는 소문이 돌았을 때였다. 그는 미리 축하 인사를 하러 들러 상당히 오래 앉아 있었다. 나중에 소문이 거짓으로 밝혀지자 다시는 오지 않았다.

오늘은 첸 선생을 만나고 싶어서 왔다가 치 씨 집안사람만 순서대로 만나보았다.

관 선생은 군벌이 혼전을 벌일 때, 별로 높지 않은 몇몇 관직을 거쳤지만, 부수입이 꽤 짭짤한 자리들이였다. 그는 세무 서장을 역임하고 현의 현장, 성정부의 작은 관직을 맡았다. 최근 몇 년간 관운이 별로 좋지 않았다. 이 때문에 난징 정부를 혐오하고 실의에 찬 명사, 관료, 군벌과 빈둥거렸다.

그는 친구 중에 한 명은 반드시 세력을 재정비하여 대권을 잡을 것이며, 그때는 자신의 관운이나 재운이 트일 것이라 생각했다. 이 친구들과 사귈 때는 옷과 차림새에 격을 높였다. 동시에 그의 이황가락과 마작 기술도 나쁘지 않았다. 최근에 염불을 배우고 부적과 법술을 연구했다. 그래서 청조의 유신이 잘 가는 자선 단체 기타 종교 단체의 자선기관에그도 참가할 자격이 있기는 했다. 그는 부처나 아무 신도 믿지 않았다. 불교나 신도를 이용하여 사람을 사귀려 했으므로, 그에게는 종교 단체 행사에 가는 것이 노래 부르거나 도박하는 것이나 같았다.

그가 하지 못하는 것은 시를 짓는 것과 매화나 산수를 그리는 것이다. 그가 사귀는 명사들은 말할 필요도 없이 이러한 잡기 한 둘은 할 줄 알았다. 톈진에 우거하는 전현직 고관들, 돈은 있지만 세력을 잃은 군벌이나 관료들은 옛날에 한두 가지 기예를 익히고 있었다. 글자를 많이 모르는 딩 선생조차 페인트 붓으로 호(虎)자는 쓸 줄 안다. 그래서 글씨를 못 쓰고 그림을 못 그리는 부자들조차도 이런 놀이에 대해 말하기 좋아한다. 이런 종류의 놀이는 마치 부유한 부인들이 다이아몬드와 진주처럼 부자들의 장식품이었다.

그는 진작 첸 선생이 시를 짓고 그림을 잘 그리는 줄 알았다. 그리고 집안 형편이 넉넉치 못한 것도 알았다. 그는 오랫동안 첸 씨 집에 선물을 보내 배우고 싶다는 뜻을 전하고 싶었다. 그는 자신이 그림을 그리고 시를 지을 생각은 없었다. 바라는 것은 용어를 배우고 화가나 시인들의 이름을 알고, 그들의 유파를 알아서 다른 사람들의 면전에서 추태를 당하지 않는 것이었다.

그는 별짓을 다해 첸 선생과 면식을 트려 했지만, 첸 선생은 시종일관 큰 고목처럼 끔적도 하지 않았다. 그러나 그는 감히 당당하게 첸 선생을 방문할 수 없었다. 그러다가 거절이라도 당할라치면 다신 찾아 볼 면목이 서지 않기 때문이다. 오늘 첸 선생이 치 씨 집에 가는 것을 보고 건너왔다. 치 씨 집에서 면식을 틔우고 나면 곧 직접 화분이랑 화초, 좋은 술 몇 병을 보내어 가르침을 얻을 기회를 마련하고 싶었다.

그리고 그가 첸모인 선생이 살림이 궁색하지만 집에 유명 작가의 서예나 그림 작품 몇 점을 가지고 있으리라고 짐작했다. 자연히 첸 선생의 고서화를 사들인다면 첸 씨 집이 바로 '류리창'29이 아닌가. 그러나 돈을 그런 곳에다가 쓰고 싶지 않았다. 그래도 첸 선생과 나름

• • •
29 고서화 판매상과 골동품상들이 물건을 판매하는 거리.

친해지면, 몇 건의 보물을 손에 넣을 방법을 찾을 수 있을 테니, 얼마나 손쉬운 방법인가? 집에 골동품 하나만 있다면 몇 년 동안의 오래된 죽엽청주와 아름다운 첩 이외에 전시할 만한 물건이 또 생기는 격이니, 자신의 신분을 높일 수 있지 않을까?

그래도 그는 첸 선생에게 이렇게 완곡하게 거절을 당하리라고 생각하지 못했다. 그는 기분이 좋지 않았다. 그는 첸모인 선생이 명사라는 사실을 인정했다. 그러나 첸모인 선생보다 훨씬 더 유명한 명사들도 이렇게까지 거만하지 않았다. '체면을 세워주려 해도 뻔뻔하게 구네! 좋았어, 두고 보자!' 그는 보복을 하고 싶었다. '흥, 첸 성을 가진 녀석, 내가 일이 잘 풀리면 너로 재미 좀 보겠다!' 표면상으로는 침착하게 얼굴에 미소를 띠고 치 씨 형제에게 대충 얘기를 나눴다.

"양일간 시국이 불안하지요! 좋은 소식 없습니까?"

"소식이라뇨."

루이쉬안은 관 선생을 좋아하지 않았다. 그러나 그와 한 두 마디 맞장구를 치지 않을 수 없었다.

"관 선생이 보시기에는 어때요?"

"글쎄요—"

관 선생은 눈을 내리깔고 입을 벌려 매우 식견 있는 척을 했다.

"글쎄—말하기 어렵지만! 언제나 당국은 응대를 제대로 하지 못하니. 만약 제대로 상대했더라면, 내 생각에는 이렇게까지 심각한 경지에 이르지는 않았을텐데!"

루이쥐안은 얼굴이 붉어졌다. 무례하게 질문을 던졌다.

"관 선생님, 선생님께서는 어떻게 처리해야 한다고 생각하십니까?"

"내가 말인가요?"

관 선생은 미소를 머금고 잠시 입을 다물었다.

"글쎄다. 그 자리에 있지 않으면 당면 문제를 어떻게 다룰지를 논하지 말라고 했지요! 나는 현재 불법 연구에 빠져 있어서. 두 분에게 말하건대 불법은 재미가 대단해서, 그 묘함이 무궁무진하지요. 불법에 대해 좀 알게 되니, 마음속에는 좋은 술을 한 모금 마신 것처럼 황홀해진다오. 전날 쑨칭라오 씨 집에서 (딩 선생, 리 장군, 팡시라오, 모두 거기에 있었지요.) 서왕모를 청해와서 그녀에게 사진을 찍어드리기도 했죠. 현묘해서 말로 다 할 수 없었지요. 생각해 보세요, 서왕모를 아주 잘 보이게 사진을 찍어 드렸다니까요, 그녀 입술에 두 가닥의 수염이 나 있습니다. 메기수염 같이. 아주 길지요. 여기에서—"

손가락으로 입술을 가리켰다.

"이렇게 쭉"

손을 어깨 쪽으로 감싸며, 기다려서 말을 이었다.

"여기까지 닿았지요, 현묘해요!"

"그게 바로 불법인가요?"

루이취안은 버릇없이 물었다.

"당연하지! 당연하지!"

관 선생은 얼굴이 굳어지면서 엄숙하게 말했다.

"불법은 넓고 넓어서 끝이 없지, 변화무궁해서 메기수염에 나타날 수도 있지요!"

그가 막 불법에 대해 말을 이으려고 할 참에 마당에서 시끄러운 소리가 들렸다. 그는 벌떡 일어나서 귀를 기울였다.

"오우, 둘째 딸이 돌아왔구나! 어제 베이하이에 놀러갔는데, 아마도 거리에서 소란이 일어나서 베이하이가 앞뒤 문을 잠갔을 것입니다. 안에 갇힌 사람들이 마음을 놓을 수 없었겠지요. 그래도 나는 당황하지 않지요. 불도를 닦는 사람에게는 이런 좋은 점이 있다오. 마음속으로는 매우 어지럽다 할지라도, 결코 서두르거나 당황하는 법은 없지요. 부처님이 우리 대신에 일체를 안배하신다. 좋아, 저는 가봐야겠습니다. 다음 날 다시 얘기합시다."

말을 마치자 얼굴에는 차분한 기색이 돌았으나, 다리는 재빨리 밖을 향해 걸어 나갔다.

치 씨 형제는 밖에까지 나와 전송했다. 루이쉬안은 셋째 동생을 힐끗 보았다. 동생의 얼굴이 잠깐 붉어졌다.

문간에 다다르자 관 선생은 상당히 친절하게 낮은 소리로 루이쉬안에게 말했다.

"당황하지 마세요! 일본인들이 성 안에 들어온다 한들 우리도 무슨 수가 있겠지요! 무슨 잘 안 되는 일이라도 있으시면 저를 찾아오세요. 우리는 이웃이 아닌가요. 마땅히 서로 도와야지요!"

4

하늘은 뜨거웠지만 전국의 인심은 얼어붙었다. 베이핑이 함락되었다!

리쓰예는 회나무 그늘 아래서 처참한 목소리로 외쳤다

"흰 천을 준비하세요! 만일 깃발을 꼭 달아야 한다면, 도장밥으로 붉게 원을 그려도 좋아요! 경자년에 한 번 단 적이 있지요!"

그는 신체가 건장했는데도 오늘은 피곤했다. 말을 마치자 땅 위에 털썩 쭈그려 앉아 멍하게 푸른 회나무 벌레를 쳐다보고 있었다.

리쓰마는 양일간에 어렴풋이 어떤 위험이 다가오는 것을 느끼기는 했지만 자세히 알아보지는 않았다. 오늘에야 일본 군인이 성 안에 들어온 것을 똑똑히 알았다. 그녀는 근시안인 눈을 연이어 껌벅거렸다. 얼굴이 하얘졌다. 그녀는 늙은 남편을 꾸짖는 것도 잊고 집 밖으로 나가서 할아버지 옆에 쭈그리고 앉았다.

인력거꾼 샤오추이는 등을 까 놓은 채로 들락날락 허둥대고 있었다. 그는 양식이 떨어졌다. 오늘은 차를 낼 수가 없어서, 몇 번 들락거리다 리 씨 부부한테 갔다.

"리쓰마 할머니, 또 적선해주십시오!"

리쓰예는 머리를 쳐들지 않고 땅 위에 있는 푸른 벌레를 보고 있었다. 리쓰마 할머니는 평소처럼 큰 소리로 지껄이지도 않고 조용하게 대답했다.

"기다려. 내가 잡합면30을 두어 근 보내줄게!"

"정말 감사합니다, 할머니!"

샤오추이의 목소리도 그리 높지 않았다.

"너에게 일러두겠는데, 얘야, 너 집에서 좀 싸우지 말아라. 일본놈들이 성에 들어왔어!"

리쓰마 할머니는 말을 끝내고 한숨을 쉬었다.

이발사 쑨치는 이발소용 천막에서 솜씨를 발휘하지 않고, 부근일대의 전포들을 돌면서 매월 월정액을 받고 면도를 해주며 생활했다. 솜씨를 논하자면 눈썹을 다듬고, 귀를 후비고, 등을 안마하고, 수염을 깎는 일에는 뛰어났다. 그런데 새로 나온 디자인, 머리 가르기, 파마 등은 일절 할 줄 몰랐고, 배우려고도 하지 않았다. 어차피 그가 판매하는 서비스들은 그런 종류의 손기술은 필요로 하지 않았다. 오늘은 점포들이 문을 열지 않아서 집안에서 술로 울적함을 달래고 있었다. 얼굴이

• • •

30 콩가루 조금 섞은 옥수수 가루.

붉어졌다. 술기운으로 한 바탕 화풀이를 하고 싶었다.

"넷째 할아버지, 속도 좋으시구려. 모두에게 백기를 걸라니, 누가 걸기를 좋아하고 누가 걸겠어요? 이 쑨치는 못 걸겠소! 나는 일본놈들이 밉소. 나는 기다렸다가 일본놈들이 우리 샤오양쥐안에 들어오기만 하면 이 쑨치의 주먹맛이 얼마나 매서운지 보여주겠소!"

보통 날이었으면 샤오추이는 쑨치와 논쟁을 벌이다 한 바탕 말싸움을 벌였을 것이다. 그들 둘이 천하대사를 두고 말싸움을 벌일 때는 원수였다. 현재는 리쓰예가 눈짓을 하자 샤오추이는 한 마디도 하지 않고 피해버렸다. 쑨치는 샤오추이가 꽁무니를 빼는 것을 보고 실망하는 눈치였다. 그래도 리 노인이 자기와 한담을 나누어주기 바랐다. 그런데 리쓰예는 한 마디도 하지 않았다. 쑨치는 조금 불쾌해졌다. 한참이 지나서야 리쓰예가 일어서서 증오와 분노가 뒤섞인 표정으로 말했다.

"쑨치! 너 집에 가서 잠이나 자라!"

쑨치는 술기운이 남아 있었지만 감히 리쓰예에게 대들지는 못하고 집으로 돌아갔다.

6호에서는 아무도 나오지 않았다. 샤오원부부는 평소대로라면 목청을 고르고 있어야 했다. 그러나 감히 소리는 낼 수 없었다. 류 사부는 집에서 자기의 단도를 공들여 닦고 있었다.

머리 위에는 비행기가 날지 않고 성 밖에서도 포성이 울리지 않았다. 정적이 깔렸다. 맑은 하늘에 파동이 이는 듯 하더니, 거기에 따라 사람들의 맥박이 가볍게 뛰고 금빛 별, 흰 광선이 번쩍였다. 망국의 정적!

루이쉬안은 꽤나 통통하였고, 아버지를 빼다 박았다. 그가 무슨 옷을 입든 모습은 상당히 자연스럽고 단아[31]했다. 이렇게 단아한 태도는 치 씨 집 내력이었다. 치 노인과 아들 톈유는 분수를 아는 상인이었다. 그들의 행동거지와 말에서조차 숨김없이 이러한 특징이 드러났다. 루이펑은 교육을 받았다. 그래서 할아버지와 부친을 대수롭지 않게 보았다. 그는 온힘을 다해 우아함을 배우려 하고 유행을 따랐다. 그러나 유행을 쫓다가 지나쳐서 장사꾼 티가 나고 거간꾼 냄새가 났다. 단아함은 물론이고 오히려 집안 전래의 순박함마저 잃어버렸다. 셋째 아들 루이취안은 못난 자식이었다. 그는 단아한 것에는 관심이 없었으며 어디서나 거칠었다. 다만 루이쉬안은 어디서 배우고 터득한 것인지 모르지만 자연스럽게 온화하고 우아한 성품을 지녔다. 할아버지, 아버지와 마찬가지로 일을 할 때는 대단히 진지했다. 다만 진지한 중에도 두 노인네와 다르게 그는 굉장히 자연스러워서 절대로 긴장감을 드러내지 않았다. 그는 굉장히 검약해서 한 푼도 낭비하지 않았다. 그러나 써야 할 곳에서는 타산을 따지지 않고 간 크게 썼다. 그가 기분이 좋지 않을 때에도 그저 봄 그늘과도 같아, 사람들은 갑자기 광풍이 몰아치고 폭우가 쏟아질 걱정을 할 필요가 없었다. 그는 기분이 좋을 때는 그냥 미소를 지을 뿐인데, 마치 자신이 왜 즐거워해야 하는지에 대해 웃는 것 같았다.

그는 상당히 열심히 공부해서 중국과 서구의 문예, 모두에 대해서 상당한 지식을 갖추고 있었다. 다만 애석하게도 기회 혹은 돈이 없어서

• • •

31 교양미가 있고 우아함을 일컫는다.

외국에 가서 지식을 심화시킬 수 있는 기회가 없었다. 학교에서 그는 아주 좋은 동료이자 교사였지만, 가장 사랑받는 사람은 아니었다. 이는 그가 수업을 절대로 대충하는 법이 없기 때문이었다. 게다가 동료들과의 사귐도 적당한 선에서 멈추었다. 그래서 그는 누구에게도 상당한 거리를 유지했지만 고의적으로 냉담한 적은 없었다. 그리고 누구에게 아부하려고 빙 둘러 말하지도 않았다. 그는 자신의 능력으로 밥벌이를 했지 구태여 남의 호의를 얻으려 노력할 필요가 없었다.

사고방식을 논하자면 그는 셋째와 가장 비슷했지만, 셋째보다 더 깊은 사상을 지녔다. 이 때문에 집안 전체에서 셋째랑만 말이 통했다. 그러나 그는 셋째와 다르게 평소에 자기의 의견을 밝히고 싶어 하지 않았다. 이는 그가 교만해서 소귀에 경 읽기를 싫어해서라기보다는, 마음속에 부끄러움을 항시 품고 있었기 때문이다—예를 들어 그는 갑(甲)이 옳은 줄 알면서도, 을(乙)의 결과만 내놓을 수 있곤 했다. 병(丙), 심지어 정(丁)에만 미치기도 했다. 그는 때로는 여자 같았다. 행동할 때는 항상 모두의 이해를 얻고자했다. 예를 들면 결혼할 나이가 되자 그는 일찍이 이미 연애가 얼마나 신성하며 결혼은 자기가 결정해야 한다는 것을 알고 있었다. 그러나 그는 아버지가 정해주신 "윈메이"를 아내로 맞이했다.

그는 평생 사랑하지 않은 여인에게 매어서는 안 된다는 것을 알았지만 할아버지, 부모의 눈에 눈물을 흘리게 하고 그들의 근심어린 모습을 보는 것을 참을 수 없었다. 그는 그들을 대신하여 또 약혼한 처녀를 대신하여 생각했다. 생각을 좀 해보니 그는 모두의 어려움을 분명히 알게 되었다. 하지만 동시에 모두에게서 이해를 받고 싶었다. 그는 약혼녀와 결혼하지 않을 수 없었다. 그러고서 그는 이렇게 나약한 자신을 비웃었다. 동시에 그는 조부와 부모의 얼굴에 근심이 가시고 즐거움이 깃드는 것을 보고 일종의 자랑스러움, 즉 자기 희생의 자랑스러움을 느꼈다.

눈이 내리면 그는 반드시 베이하이로 가서 시산의 눈 덮인 봉우리를 보기 위해 작은 백색 탑에 올랐다. 그는 거기서 한 번에 한 시간 넘게 서 있을 수 있었다. 먼 곳에 있는 흰 산봉우리를 보면서 자신의 생각을 지극히 먼 곳으로 끌고 갔다. 그는 속세의 먼지를 털어버리고 호젓한 산 중에서 글을 읽거나 큰 배를 타고 세계를 주유하고 싶었다. 부득이 백색 탑에서 내려오게 될 때는 자신의 마음을 높은 산 먼 바다로부터 추스른다. 그리고는 가정과 학교에서의 자신의 책임으로 생각이 돌아온다. 그는 인간 세계에서의 자신의 책임을 벗어나 이상에 다다를 방법이 없었다. 그리하여 그는 현세로 돌아와 현명한 손자나 자애로운 아버지처럼 마음이 여리게 샤오순얼과 할아버지에게 드릴 딤섬을 산다. 그래, 멀리 높이 날 수 없게 된 이상 집안에서 남녀노소의 웃음소리가 번지게라도 하자! 그의 어쩔 수 없는 듯한 미소가 얼어서 빨개진 얼굴에 번졌다.

그는 어떤 취미도 없었다. 술은 황주 한 근 정도는 마실 수 있었지만, 명절 때가 아니면 절대로 술에 마음이 끌리는 법이 없었다. 담배는 피우지 않았다. 차는 물과 차를 구별할 줄도 모를 정도였다. 취미라면 할아버지를 도와 꽃을 심거나, 일요일에 핑안 극장에 가서 한 두 번 영화를 보는 것이다. 그가 영화를 보는 것은 실제적 목적이 있어서이다. 그의 영어 실력은 대단했다. 그러나 말은 능숙하지 못해서 유성 영화로라도 공부하고 싶은 마음이었다. 매번 핑안 극장에 조조로 가서, 제일 앞줄에 앉는 것은 돈을 절약하기 위해서이기도 하고 분명히 듣기 위해서였다. 그는 거기 앉으면 머리조차 돌리지 않았다. 혹시나 둘째 루이펑 부부가 오면 반드시 일등석에 앉기 때문이다. 그가 앞자리에 앉는 것이 부끄러워서가 아니라 둘째 부부가 마음이 편치 않을까 싶어서였다.

베이핑이 함락되었다. 루이쉬안은 뜨거운 솥 속에 든 개미처럼 어쩔 줄을 몰라 했다. 그는 평소의 평정을 잃어버리고 그걸 숨기려 하지도 않았다. 문 밖에 나오자 그는 고개 들어 하늘을 쳐다보았다. 하늘은 맑고 아름다웠다. 그도 자신이 베이핑의 푸른 하늘 아래에 있다는 것을 안다. 고개를 숙이자 마치 강렬한 햇빛에 눈이 부신 듯 눈앞이 캄캄해졌다—하늘은 여전히 저렇게 푸른데 베이핑은 이미 중국인의 것이 아니라니! 그는 급히 집안으로 들어갔다. 평소에 그가 쌓아온 베이핑에 대한 지식 중에서 중국과 일본의 전쟁과 세계의 관계에 대해서 추리해 보았다. 갑자기 어머니와 샤오순얼의 목소리가 들렸다. 그는 벌떡 일어났다. 마치 검은 구름 같은 세계 대세 속에서 튀어나온 듯 했다. 그는 중·일 전쟁이 반드시 세계의 역사와 지리를 바꾸어 놓을 것임을 알았다. 하지만 자신의 눈앞에는 온 집안 남녀노소의 안전은 물론 의식주가 놓여 있었다.

조부는 이미 70을 넘어섰다. 다시는 돈을 버는 일은 못할 것이다. 부친도 돈벌이에는 한계가 있다. 이미 그도 50을 넘겼다. 모친은 병든 몸이라 놀람과 당황함을 견뎌내지 못한다. 둘째의 수입은 부부가 쓸 돈이 될까 말까다. 셋째는 아직 재학 중이다. 천하가 태평하다면 입는 것 먹는 것으로 걱정하지 않고, 재난과 어려움 없이 무난하게 살아갈 것이다. 오늘 베이핑이 망했다. 무엇을 해야 마땅한가? 평소에는 자신이 가장 역을 맡아왔다. 오늘부터 그의 책임과 어려움이 몇 배가 될 것이다. 한편으로 그는 공민, 게다가 지식이 있고 능력도 있는 공민이다. 공민으로서 이렇게 국가가 위난에 처했을 때 국가를 위해 무엇을 해야 하는가? 다른 한편 집안의 노인네들은 노인네 대로, 어린이는 어린이대로, 자기를 의지해왔으며 이제부터는 자기를 더 필요로 할 것이다. 자기는 손사래를 치고 도망가면 그만인가? 안 돼! 안 돼! 그러나 도망가지 않으면 적의 발아래에서 망국노가 되지 않을 수 없다. 그건 참을 수 없다. 참을 수 없어!

나갔다 들어왔다 하면서, 그는 어떻게 하는 것이 좋을지 생각할 수가 없었다. 그의 지식은 그에게 최고의 책임을 요구하고, 그의 이해심은 그에게 최고로 절박한 문제를 생각해보라고 강요한다. 그는 문천상, 사가법[32]을 비롯한 수많은 민족 영웅들을 생각하고 두보가 전란 중에 떠돌아다니면서 읊은 시가를 생각했다.

둘째는 방안에서 라디오―일본인들의 라디오를 듣고 있었다.

셋째는 마당에 있었다. 그는 풀쩍 뛰면서 말했다. "둘째 형, 그 라디오 끄지 않으면 돌멩이로 부숴버릴테요!"

• • •

32 명말의 정치가이자 군사가로, 중국의 민족 영웅으로 널리 알려진다. 간신 마사영의 권력을 싫어해서 양저우로 물러간 후, 예친왕 도도가 이끄는 청나라 군대의 공격을 받았다. 사가법은 그곳에서 치열한 시가전을 벌였고, 결국 붙잡혀서 살해당하게 되었다.

샤오순얼은 놀라서 할머니 방안으로 뛰어 들어갔다. 할머니는 기어 들어가는 목소리로 셋째를 불렀다.

"셋째야! 셋째야!"

루이쉬안은 아무 소리 안 하고 셋째를 자기 방으로 끌어들였다.

형제는 둘 다 오랫동안 멍하게 쳐다보기만 했다. 둘 다 말하고 싶었지만, 어디서부터 이야기를 시작해야 될지 몰랐다.

"형!" 셋째가 먼저 정적을 깨트렸다.

루이쉬안은 마치 대추가 목구멍에 걸려 있는 듯이 대답을 못했다. 셋째는 하고 싶은 말을 생각해냈지만 잊어버렸다.

방안, 마당, 어디에도 소리 하나 들리지 않았다. 하늘은 맑고 햇빛은 밝았다. 그러나 큰 성 전체가 마치 밝은 햇빛 아래의 고묘처럼(9개 성문이 굳게 닫힌)큰 성 이었다. 갑자기 멀리서 마치 산 위에서 바위가 굴러 내려오는 것 같은 소리가 들렸다.

"셋째야, 들어봐!"

루이쉬안은 폭격기 소리라고 생각했다.

"적들의 탱크야. 거리에서 무력시위를 하는가봐!"

셋째의 입가에 입술의 떨림을 막기 위한 듯한 참담한 미소가 지어졌다.

"그래! 탱크야! 여러 대인데! 흥!"

형도 귀를 기울이더니 말하고 나서 입술을 깨물었다. 탱크 소리가 점점 커져서 하늘과 땅 모두를 떨게 했다.

평화를 사랑하는 중국에서도 가장 평화를 사랑하는 베이핑, 역대의 지혜와 심혈을 기울여 조성한 호수와 산, 궁전, 제단, 절, 저택, 누각, 9개의 용무늬를 채색한 영벽, 팔을 둘러싼 듯한 늙은 측백나무, 가지를 늘어뜨리고 있는 푸른 버드나무, 흰 옥석 다리, 사계절의 화초, 맑고 경쾌한 언어, 따뜻하고 아름다운 예의바른 사람들의 모습, 성실한 상거래, 느린 걸음걸이, 궁중에서 들을 수 있었던 가극.... 무엇 때문에, 무엇 때문에 돌연히 비행기와 탱크가 베이핑의 상공과 아스팔트를 강간하는가!

"큰형!"

셋째가 소리 질렀다.

대로의 탱크, 몇 개의 철광탄이 폭발하는 듯한 굉음이 울리며, 루이쉬안의 귀와 마음을 멀게 하는 것만 같았다.

"큰형!"

"뭐?"

루이쉬안이 고개를 돌려서 셋째의 목소리를 찾았다.

"아! 말해봐!"

"저요 탈출해야겠어요! 큰형! 여기서 망국노가 될 수는 없어요!"

"뭐라고?"

루이쉬안의 마음은 탱크소리와 함께 앞으로 달리고 있었다.

"저 탈출해야겠어요!"

루이취안이 되풀이 했다.

"가다니? 어디로!"

탱크 소리가 잦아들었다.

"어디라도 좋아요! 일장기 아래에서는 살 수가 없어요!"

"맞아!"

루이쉬안은 고개를 끄덕였다. 통통한 얼굴에 흰 닭살이 돋았다.

"그러나 너무 서두르는 것 아니니? 사정이 변할지 누가 알아. 만일 며칠이 지나 '평화'스럽게 해결되면 부질없는 짓이 되지 않니? 너는 일 년만 있으면 졸업이잖니!"

"형은 일본인이 베이핑을 입에 물었는데 다시 뱉어낼 것 같아요?"

"화베이의 이익을 전부 주지 않으면 어림도 없어!"

"화베이가 없으면 베이핑이 존재할 수 있을 것 같아요?"

루이쉬안은 잠시 얼떨해하다가 겨우 입을 열었다.

"내가 말하건대 우리가 그들에게 경제침략을 허용하면, 그들이 군을 철수할 것이라고. 무력 침략은 경제 침략만큼 이익이 되지는 않아."

탱크소리가 먼 곳에서 나는 가벼운 천둥소리로 바뀌었다.

루이쉬안은 귀를 기울이다가 이어서 말했다.

"나는 너가 가는 것을 막지 않겠다. 다만 조금만 기다려!"

"기다리다 갈 수 없게 되면 어쩌지요?"

루이쉬안은 한 숨을 쉬었다.

"아아! 너... 나는 영원히 갈 수가 없어!"

"형, 우리 함께 갑시다."

루이쉬안의 비참한 미소가 우울한 얼굴에 잠시 나타났다.

"내가 어떻게 가니? 일가의 늙은이들, 어린애들은 어쩌고...."

"정말 애석하구려! 형, 한 번 생각해봐요. 우리나라 안에서 형만큼 고등교육을 받고 능력 있는 사람이 몇이나 되요?"

큰형은 한 숨을 쉬었다.

"나는 어쩔 수 없어! 너는 충(忠)을 다해라! 나는 효(孝)를 다하마!"

마침 그때 리쓰예는 서서 바이 순장하고 이야기 중이었다. 바이 순장은 40세쯤 되었다. 얼굴을 깨끗하게 면도해서 활력이 있어 보였다. 그는 말을 잘해서 이웃끼리 말싸움이 일어나면 한 쪽으로는 비판하고, 한 쪽으로 겁을 줄 수 있었다. 큰일은 작게 만들고, 작은 일은 없던 것으로 해버린다. 이 때문에 샤오양쥐안 사람들은 그의 말솜씨를 두려워하고 그의 호의를 귀하게 여겼다.

오늘 바이 순장은 풀이 죽어있었다. 그는 자신의 책임이 중요하다는 것을 알고 있었다. 순경이 없으면 치안이 유지될 수 없다는 것을 알고 있었다. 그는 샤오양쥐안 일대의 순경에 불과하지만 베이핑 전체에서 어느 부분은 자기 것이라고 생각해왔다. 그는 베이핑을 사랑했다. 그리고 그가 베이핑성의 순경임에 자부심을 가졌다. 그런데 오늘 베이핑이 일본인들에 의해 점령되었다. 이제부터 일본인들을 위해서 치안을 유지해야하다니! 논리적으로 말하면 베이핑이 이미 외국인의 손에 들어갔으므로 근본적으로 치안이라는 게 없다. 다만 자기는 제복을 입고 있으니 순경이다! 자기가 무엇을 해야 하는지 도무지 분명치가 않았다!

"당신 어떻게 할거요! 순장!"

리쓰예가 물었다.

"그 사람들이 마음대로 사람을 죽일 수도 있을까요?"

"나는 감히 무어라고 말할 수 없소. 쓰예 아저씨!"

바이 순장은 나지막하게 말했다.

"저는 마치 큰 항아리에 갇혀서 하늘과 땅을 볼 수 없게 된 느낌입니다!"

"우리에게 군대가 얼마나 있소? 그리고 모두 어디에 있는 거요?"

"모두 전투 중이요! 일본인들을 이기지 못할 뿐이오. 요즘 같은 때에는 용기가 있고 신체만 튼튼하다고 되는 게 아니오. 그들의 총과 대포가 얼마나 무서운지. 그들은 비행기, 탱크도 있다오. 우리는 ..."

"그럼, 베이핑성을 잃은 셈입니까?"

"탱크부대가 지나갔소. 당신도 들었지요?"

"정말이지요?"

"그래요!"

"어쩌지요?"

리쓰예는 목소리를 낮추었다.

"바이 순장, 나는 당신한테만 하는 말이지만 일본 놈들을 증오한다오!"

바이 순장은 사방을 한 번 둘러보았다.

"누구나 그들을 증오하지오! 됐어요, 우리 진지한 이야기나 하죠. 쓰예 아저씨, 아저씨가 치 씨와 첸 씨 집에 가서 책들 태워버리라고 전해주세요. 일본인들은 독서하는 사람을 미워한다오. 집에 삼민주의 관련서적이나 양서(洋書)가 있으면 더더욱 안 돼요! 내 생각에 이 후퉁에서 두 집에 책이 있을 것이요. 가 보세요. 저는 가기가 좀—"

바이 순장은 자기의 제복을 내려다보았다.

리쓰예는 머리를 끄덕였다. 바이 순장은 힘없이 후통 허리 안으로 걸어갔다.

리쓰예는 첸 씨 집 문을 두드렸으나 대답하는 사람이 없었다. 그는 첸 선생이 약간 괴팍한 면이 있다는 점을 알았고, 이 난리 통에도 남의 주의를 끄는 것이 불편하다고 생각하였다. 그래서 잠시 기다렸다가 치 씨 댁으로 갔다.

치 노인은 그를 성의껏 환영해서 리쓰예 마음을 기쁘게 했다. 그는 치 노인이 고릿적 이야기를 꺼내어, 정작 해야 할 말을 잊어버릴까 싶어서 대문을 열고 들어가자 곧장 찾아온 이유를 설명했다. 치 노인은 책에 대해 호의적이지 않았다. 그러나 책이란 돈 주고 산거니 태우기에는 아까웠다. 그는 손자들에게 골라서 고물상에 팔아버리라고 시킬 작정이었다.

리쓰예는 이웃의 안전에 대해 성심을 다해 걱정을 했다.

"그러면 안 돼요! 요즈음에는 고물상을 못 만나요. 설사 있다 해도 책을 사지는 않을 거요."

말을 마치자 첸 씨 집 대문을 두드려도 문을 열어주지 않더라고 치 노인에게 일렀다.

치 노인은 마당에 있는 루이취안을 불렀다.

"루이취안, 애야, 양서 같은 것 모두 태워버려라! 모두 살 때는 비싸게 사왔지만 놓아두면 화를 불러 올 수 있겠지?"

셋째는 할아버지에게 말했다.

"보세요. 진시황의 분서갱유가 따로 없네요. 어떻게 생각하세요?"

"셋째 말이 맞구먼. 너는 정말 떠나야겠다! 나는 떠날 수 없게 된 이상 운명을 따를 수밖에 없다! 너가 가라! 나는 여기서 책 태우고 백기 달고 망국노가 될 테니!"

큰형은 더 이상 스스로를 통제하지 못하고 눈물을 흘렸다.

"잘 들었느냐, 셋째야?"

치 노인이 또 물었다.

"들었습니다! 곧바로 손을 쓰지요!"

루이취안은 귀찮다는 듯이 할아버지에게 대답했다. 그리고는 목소리 낮추어 말했다.

"큰형! 형이 이렇게 나오면 내가 어떻게 가지요?"

루이쉬안은 손등으로 눈물을 닦았다.

"너는 너의 길을 가라, 셋째야! 잊지 말라. 영원히 잊지 말라. 너의 형은 못난이가 아니라는 것을…"

그는 목이 메어 말을 잇지 못했다.

5

    루이취안은 책을 골라서 태우는 일을 큰형에게 넘겼다. 그는 몹시 책을 사랑했다. 그러나 이제 그는 자신과 책의 관계가 그렇게 친밀하다고 생각지 않았다. 그는 마땅히 책을 내려놓고 창과 칼을 들어야 한다고 생각했다. 그는 책을 사랑하고 가정을 사랑하고 학교를 사랑하고 베이핑을 사랑했지만, 지금은 그것들이 자기 마음속에 중요한 위치를 차지하지 않았다. 청년의 뜨거운 피가 그로 하여금 상상의 나래를 펴게 했다. 그는 며칠 간은 탈출하는 꿈을 꾸고 꿈속에서도 도망을 다녔다. 그는 어떻게 떠날지 어디로 갈지 결정할 수 없었지만, 그의 마음은 이미 몸에서 빠져나간 듯 했다. 방안이나 마당에서도 그는 이미 높은 산, 큰 강, 선명한 군기, 비장하고 처량한 경치, 피같이 붉은 천지를 볼 수 있었다. 그는 선혈이 튀고 포화가 작렬하는 곳으로 내달아서 전투에 뛰어들고 싶었다. 거기에서는 일장기를 짓밟고 청천백일기를 바람에 휘날리게 하리라.

백여 년 압박을 받아온 중국은 이러한 청년 무리들을 낳았다. 그들은 가정과 사회의 압박을 뚫고 나와 자유인으로 탈바꿈하려 한다. 그들은 국가와 민족의 족쇄를 부수고 세계를 향해 가슴을 쭉 펴고 서 있는 세계의 시민(공민)이 되고자 한다. 그들은 새로운 중국의 역사사를 창조해내지 않는 이상 제대로 살아갈 방도가 없었다. 그들의 심장은 모든 것에 대항해서 싸우라고 외치고 있다. 루이취안은 바로 이러한 청년 중의 하나다. 그는 수천 년 동안 중국이 가장 신성한 것으로 생각해온 가정을 그저 일종의 생활 속에서의 관계로 보았다. 국가가 도움을 호소하는 소리를 듣자 어떠한 장애도 그들이 그 소리에 호응하는 것을 막지 못했다. 마치 깃털이 다 자란 작은 새가 되어 깃들여 살던 둥지를 떠나는 것과 같았다.

치 노인은 리쓰예가 첸 씨가 문을 열어주지 않더라고 한 말을 듣고 마음을 놓을 수 없었다. 그는 첸 씨 집에는 책이 많다는 것을 안다. 그는 루이쉬안을 보내어 경고를 보내고 싶었는데 루이취안이 용기를 내어 가겠다고 했다.

이미 등불을 밝혀야 할 때가 되었다. 집 밖의 두 그루 큰 나무가 굉장히 큰 암탉처럼 자애로운 검은 날개를 펴서, 5~6채 집들을 날개 아래에 감싸 안고 있는 것 같이 보였다. 마당에는 등불 하나 비치지 않았다. 다만 3호집(유일하게 전등을 달고 사는) 관 씨 댁의 마당이 휘황했다. 마치 설 쉴 때처럼, 영벽의 일부에 푸른 회나무 잎들이 흰 벽에 그림자를 그리고 있었다. 루이취안은 문을 차마 세게 두드리지는 못하고, 영벽 앞에 잠시 멈춰서서 1호집 문고리를 가볍게 두드리며 낮은 소리로 헛기침을 했다. 두 가지 짓을 한꺼번에 해서 집안의 주의를 끌고자 했다. 몇 번 반복하자 안에서 낮은 소리가 들렸다.

"누구세요?"

첸 아저씨 목소리였다.

"접니다. 루이취안입니다!"

그는 문틈에 입을 대고 대답했다.

안에서 재빨리 소리 없이 문이 열렸다. 문간이 칠흑같이 어두웠다. 루이취안은 약간 불안했다. 그는 잠시 들어가느냐 마느냐 망설였다. 그는 아저씨가 원하든 원하지 않든 온 뜻을 먼저 말해 버리고 싶었다.

"첸 아저씨! 우리는 책을 많이 태웠어요! 오늘 바이 순장이 리쓰에더러 우리 집에 전해달라고 했대요!"

첸 선생은 문을 열면서 말했다.

"셋째야, 들어가서 말하자! 내가 앞장서마. 마당 안이 캄캄하다."

방문 앞에 이르자 첸 선생은 루이취안에게 잠시 기다리라고 이르고 등불을 켰다. 루이취안은 수고하지 마시라고 말했다. 첸 선생은 슬픈 듯이 미소를 띠고 말했다.

"일본인이 아직 등을 켜는 것은 금지하지 않았어!"

어둠 속에서 등을 밝힌 후에 비로소 루이취안은 자기의 주위에 뺑 둘러 있는 길고 짧은 거무틱틱한 꽃무더기를 보았다.

"셋째야, 들어오너라!"

첸 선생이 방안에서 불렀다. 루이취안이 들어갔지만 앉지는 않았다.

노인이 물었다.

"왜 그래! 책을 태워야 된다고?"

루이취안은 방안을 한 번 둘러보았다.

"저 선장본들은 대체로 재난을 면할 수 있을 것 같지 않나요? 일본인들은 우리나라의 독서인들 특히 신간을 읽는 사람들을 더 증오한답니다. 고전을 읽는 사람들은 화를 불러일으킬 정도까지는 가지 않지요!"

첸모인 선생은 잠시 눈을 감았다.

"오우! 그런데 우리 장교와 병들 중에 많은 사람들은 글자를 몰라도 칼로 일본인들의 목을 치고 있잖니! 안 그래?"

루이취안은 웃었다.

"침략자들이 다른 사람도 인간이고, 인성을 가지고 있고, 화를 낼 줄 안다는 것을 인정한다면 침략을 할 수가 없겠지요! 일본인들은 시종 우리들이 모두 개이고 차버려도 끽 소리도 한 번 내지 않을 것이라 생각합니다."

"그건 가장 큰 착오야!"

첸 선생은 통통한 짧은 손을 뻗쳐서 손님이 앉기를 청하고는 자기도 앉았다.

"나는 지금까지 국가 대사에는 관심이 없었어. 왜냐하면 내가 잘 모르는 것에 대해 말하고 싶지 않았기 때문이야. 그러나 누군가가 내 나라를 망하게 한다면 참을 수 없어. 나는 내 나라 사람이면 누가 명령을 내리더라도 좋지만 다른 나라 사람이 우리의 관리인이 되는 건 볼 수 없어!"

그의 목소리는 평소와 같이 낮았지만 평소와 같이 온화하지는 않았다. 잠시 가만히 있더니 더 낮은 소리로 말했다.

"너도 알고 있었니? 둘째가 오늘 집에 왔었지."

"둘째형이요? 어디 있어요? 보고 싶습니다."

"갔다네. 갔어."

첸 선생은 말 속에 무슨 비밀을 숨긴 듯이 말했다.

"와서 뭐라고 말하던가요?"

첸모인은 루이취안의 귀에 대고 말하듯 목소리를 더 낮추어 속삭였다.

"둘째는 나에게 작별인사하려고 왔었어!"

"형이 어디에 가는데요?"

"어디에 가는게 아냐! 그는 다시 집에 오지 않을 거라고 했어! 그리고 앞으로 호구조사를 할 때 자기 이름을 넣을 필요가 없다고 했어. 자신을 이 집의 가족으로 치지 말라고 했단다."

첸 선생의 목소리는 낮았지만 눈에는 평소에는 없던 한 줄기 빛이 있었다. 그 빛 속에는 절박함, 흥분, 일말의 자부심까지 번득였다.

"그 형이 무엇을 할 작정인데요?"

선생은 낮게 웃었다.

"둘째는 선장책을 좋아하지 않아, 그리고 양장책도 좋아하지 않았지. 하지만 그는 일본인들에게 머리 숙이고 싶어 하지 않았지! 너도 알겠지?" 루이취안은 머리를 끄덕였다.

둘째 형 그들이랑 싸우려고요? 이거 소문이 나면 곤란할텐데요?"

"왜 소문이 나면 곤란해지냐?"

첸 선생은 갑자기 성이 난 것처럼 목소리를 높였다. 마당에서 첸 할머니가 기침을 두어 번 했다.

"아무것도 아니야! 치 씨 댁 셋째와 한담하는 중이야!"

첸 선생은 창 밖에 대고 말했다. 그러고 나서 목소리를 낮추어 루이취 안에게 말했다.

"그것은 자랑스러워해도 좋은 일이야! 나는 (가로놓인 풀도 건드리려 하지 않고 세로 놓인 풀도 쥐려하지[33] 않는 사람이야)이러한 아들을 가졌는데 내가 무엇을 두려워하랴? 나는 글을 보며 시를 찾는 일밖에 못해. 그런데 일개 운전사인 내 아들이 나라가 망하자 선혈로 시를 쓰고자 하는구나! 나는 아들 한 놈을 잃지만, 국가는 한 명의 영웅을 얻는다네! 언젠가 일본인들이 나에게 와서 우리를 죽인 놈이 너의 아들 이지 하면 나는 내 가슴을 그들의 창끝에 들이밀며 말할거다. 그래, 그렇다. 나는 또 그들에게 말할 거란다. 우리에게는 내 아들과 같은 사람이 억수로 많다. 너희들 무더기로 와라. 한 놈씩 모두 저며줄테다! 너희 놈들, 여기 와서 탈 자동차, 살 방, 마실 물, 먹을 밥 모두를 중독 시킬 것이다! 너희들은 독살될 거다!"

첸 선생은 단숨에 말하고는 눈을 감았다. 입술이 파르르 떨렸다.

루이취안은 멍해졌다. 멍청하게 앉아 있다가 벌떡 일어났다. 그러더니 첸 선생에게 달려가 풀썩 주저앉아 머리를 조아렸다.

"첸 아저씨! 나는 지금까지 아저씨는 별 볼일 없이 넋두리나 하는

• • •

33 게을러서 아무 일도 하지 않는.

사람이라 여겼어요. …제가 사과드립니다!"

아저씨가 무어라고 말하기 전에 재빨리 일어섰다.

"첸 아저씨, 저는 떠날래요!"

"떠난다고?"

첸 선생은 찬찬히 루이취안을 바라보았다.

"좋아! 너는 당연히 가야지! 갈 수 있어! 너는 심장이 뜨겁고 신체가 양호하다!"

"아저씨, 다른 말씀 없으세요?"

그러자 루이취안은 첸 아저씨가 어떤 사람보다, 심지어는 본인의 부모님과 큰형보다도 더 사랑스럽게 느껴졌다.

"한 마디만 하지! 절대로 낙심하지 마라. 낙심하게 되면 남의 단점만 보게 되고, 자기가 의기소침해진 것을 모르게 된다! 기억해 둬라, 셋째 야!"

"명심하겠습니다! 저는 그저 제가 떠나면 남아 있을 형이 걱정되는 겁니다! 루이쉬안 형님은 생각도 있고 능력도 있지만 집에 매여 떠날 수가 없습니다! 그는 집안에서 그 누구와도 말이 잘 통하지 않지만, 그저 누구에게나 웃으며 당가[34] 노릇을 하곤 하는 걸요! 제가 떠난 후에 첸 아저씨가 형을 늘 위로해주세요! 형은 아저씨를 존경합니다!"

"그래 마음 놓게나! 우리는 백만 명을 모두 떠나게 할 수는 없다. 결국은 남는 사람들이 있다. 우리처럼 떠날 수 없는 늙고 병든 사람들도 용기를 가져야 한다. 용감하게 떠나는 너희들의 용기에 못지않을 것이

• • •
34 집안 살림을 맡은 사람, 혹은 가장

다. 너희들은 용감하게 포탄을 맞이하러 앞으로 나아가라. 우리는 족쇄가 몸에 채워지기를 기다릴 것이다. 그래도 우리는 지조를 잃지 않을 것이다! 가거라. 나와 함께 술 한 잔 하자!"

첸 선생님은 잠시 탁자 아래를 더듬더니 술병을 하나 꺼냈다. 연한 녹색, 비취처럼 연하고 맑았다. 선생님은 손수 인진주를 따랐다. 술잔을 찾으려하지도 않고 찻잔에 두 잔을 따랐다. 그러고는 고개를 들고 반잔이나 되는 술을 단숨에 들이키더니 몇 번 쩝쩝 입맛을 다셨다.

루이취안은 주량이 크지 않았으나 약한 모습을 보이기 싫어서 단숨에 들이켰다. 술의 열기가 혀에서 심장에까지 전해졌다.

"첸 아저씨!"

루이취안은 목구멍으로 열기를 들이키면서 말했다.

"저는 작별인사차 다시 오지 않을 거요. 비밀은 어느 정도 지켜야 합니다!"

"다시, 작별이라니? 사실대로 말하면 나는 이번 이별 후에 너희들을 다시 보리란 희망을 품지 않을 거야. 바람이 소소히 부는구나, 역수의 물이 차구나. 장사가 한 번 떠남이여 다시 돌아오지 않으리!"[35]

첸 선생은 술병을 놓자 눈가가 촉촉히 젖었다.

루이취안은 배 속의 술기운이 점점 발산되었다. 그는 머리가 어질어질해지면서, 넓은 곳으로 가서 통쾌하게 바깥 공기를 빨아들이고 싶었다.

"저는 가겠습니다!"

• • •

[35] 사기에 나오는 형가가 진시황을 암살하기 위해 연나라를 떠날 때 역수를 건너면서 부른 이별가.

그는 다시 첸 선생이 밖으로 나오려는 것을 볼 엄두가 나지 않았다.

첸 선생은 술병을 손으로 누른 채 멍하니 있었다. 루이취안이 방문을 나가자 뒤쫓았다. 그는 아무 소리도 없이 루이취안에게 대문을 열어주고 루이취안이 나가는 것을 보았다. 그 후 문을 가만히 닫아 걸고 한숨을 쉬었다.

루이취안은 술을 반사발이나 마셨다. 찬바람을 쐬니, 피가 강물이 열린 수문을 터져 나오듯이 빨리 흐르는 것 같았다. 회나무 검은 그늘 아래에 서니 그의 머릿속에는 무수한 서로 관계 있는 듯도, 관계가 없는 듯도 한 이미지들이 주마등처럼 두서없이 연속적으로 스치고 지나갔다. 그는 저녁식사 후 등불이 휘황찬란할 때의 메이시 제, 셴위커우 일대에서 사람들이 술 냄새 풍기는 얼굴로 만족한 듯이 '커' 하는 소리를 내며 극장 안으로 밀려들어가는 광경을 본다.

극장 안에는 사람들의 머리를 아프게 할 정도로 등불이 밝고 이 밝은 등불 아래에서 활극(活劇) 가락이 흐르고 있었다. 빛이 반짝이자 그는 한 눈에 알아보았다. 둥안시장에서 베이하이 연안에서 쌍쌍의 청춘남녀들이 서로의 어깨에 기대고 눈에 사랑의 불꽃을 튀기며 전광극장이나 광루극장, 혹은 핑안극장을 향해 가고 있다. 극장에서는 부드러운 음악이나 사랑 노래들이 흘러나온다.

그는 또 베이하이에 떠 있는 보트들이 등 아래 혹은 연잎들 가운데에서 흔들 흔들거리는 것을 본다. 중산공원의 늙은 측백나무 아래에 앉아 있거나 산보하는 모던 숙녀들. 이때는 평소대로라면 당연히 어디든지 떠들썩해야 한다. 인력거, 마차, 전차, 자동차, 모두가 분주하게 달리고 있다.

한 줄기 시원한 바람이 불어오며 그의 환상을 떨쳐 버렸다. 그는 귀를 기울인다. 거리에는 아무 소리도 들리지 않는다. 언제나 들리던 전차 종소리, 노점상들의 외치는 소리, 오늘은 모두 멈췄다. 베이핑이 슬프게 울고 있었다!

갑자기 회나무 끝이 밝아졌다. 돌연히 집들의 용마루가 보였다. 빛줄기가 비치자 눈앞은 칠흑 같은 어두움이 이전보다 더 검어보였다. 먼 곳, 하늘 위에서 돌연히 한 줄기의 빛이 쏟아지더니, 빠르게 오가며 반짝거렸다. 잠시 후에 또 한 줄기의 빛이 방금의 빛 한 줄기와 교차되더니 이내 멈추었다. 천상은 밝아지고 아래는 어두워졌다. 공중에서 흰 십(十)자가 만들어지더니 떨리고 있었다. 별들은 빛을 잃었다. 침략자의 괴상한 눈이 성 밖에서 베이핑의 검은 밤을 훑고 있었다. 성 전체가 정적에 빠졌다. 그 괴상한 눈 같은 탐조등이 위력을 발휘하고 있었다.

루이취안은 주기가 거의 사라졌다. 얼굴은 언제부터인지 모르게 눈물에 젖어 있었다. 그는 쉽게 눈물을 흘리는 사람이 아니었다. 그러나 술기운, 정적, 떨리는 흰 빛, 그리고 쿵쿵 거리는 심장 등이 함께 모여 자기도 모르게 눈물을 흘리게 했다. 그는 눈물을 닦을 겨를도 없었다. 여전히 눈물이 얼굴에 남아 있었으나 기분은 좋아졌다.

3호집 문이 열렸다. 자오디 아가씨가 나왔다. 계단 위에서 고개를 들고 무엇인가를 찾고 있었다. 아마 그 흰 광선을 찾는가 보다. 그녀는 키가 작고 아버지를 닮아 예뻤다. 그녀는 눈이 가장 보기 좋았다. 눈은 깊고 맑고 눈동자는 검었다. 그녀의 눈동자는 눈의 어느 부위에 있던간에 상관없이 기민하고 매혹적으로 보였다. 만약 그 눈알이 없었으면 그녀의 모습은 균형이 잡히고 아름답기야 했겠지만, 특별히 남의 이목을 끄는 곳은 없었을 것이다.

그녀의 눈은 전신을 기민하게 보이게 했고 그녀의 모든 결점을 덮어주었다. 또 그녀의 입 대신에 가장 표현하기 어려운 마음과 정감을 말해주었으며, 또 그녀의 마음과 머리를 대신하여 사랑의 꽃을 피울 수 있었다. 그녀는 고상하고 심원한 지식은 물론 남의 존경을 살 인격이나 행동이라고는 어느 하나도 없었지만 그녀의 눈이 그녀가 일체를 정복할 수 있게 했다. 그녀의 눈을 들여다보면, 곧 다른 걱정을 모두 잊고, 그녀가 사랑스럽다는 것을 깨닫게 해준다. 그녀의 눈빛은 사람의 마음속을 파고들어 즉시 사람을 미치게 만든다.

그녀는 지금 짧은 흰 비단 윗옷, 아주 짧고 풍덩하고 깃이 없는 윗옷을 입고 있다. 그녀의 흰 목덜미가 전부 드러나 있으며 아래턱은 위로 치켜들고 있다. 마치 하늘의 선녀가 하늘의 동정을 살피고 있는 듯하다. 마당의 전등이 회나무 위를 비추고 회나무의 푸른색이 그녀의 흰 비단 윗옷을 물들여서, 연필로 가볍게 그늘을 그리듯 회색 명암을 드리운다. 그림자가 비단의 광택을 가리지 않고 오히려 빛과 그림자가 섞여서 옷이 가볍게 떨리는 듯한 느낌을 주었다. 그 모습은 마치 잠자리의 날개가 공중에서 떨리는 듯 했다.

루이취안의 심장도 빠르게 고동쳤다. 그는 더 생각할 것 없이 재빨리 뛰어가, 하늘에서 뛰어내리듯 그녀 앞에 우뚝 섰다. 그러자 그녀가 놀라서 손으로 가슴을 가렸다.

"너구나?"

그녀는 손을 그대로 둔 채 놀라서 더 검고 맑은 눈을 그의 얼굴에 고정시켰다.

"잠시 걸을까?"

루이취안이 가볍게 말했다.

그녀는 머리를 흔들었다. 눈에는 미안한 기색이 역력했다.

"그제 밤새 베이하이에 갇혀 있어서 다시 모험을 할 수 없어!"

"우리가 베이하이에서 산책할 기회가 또 있을까?"

"왜 없겠어?"

그녀는 오른손으로 문설주를 짚고 얼굴을 약간 기울이면서 물었다.

루이취안은 대답하지 않았다. 마음이 혼란스러웠다.

"아버지가 말씀하셨어. 사정이 그렇게 심각하지는 않대!"

"오우!"

그의 말투에는 놀라움과 반감이 섞였다.

"네 모습 좀 봐! 들어가자. 마작이나 몇 판 돌리자. 괜찮지? 요새 너무 답답하잖아!"

그녀는 다가섰다.

"나는 못해! 내일 봐!"

그는 공을 몰고 가듯이 자기 집 대문 쪽으로 두어 발자국 걸어갔다. 문을 열고 뒤를 돌아보니, 그녀는 여전히 그 자리에 서 있었다. 그는 다시 그녀와 몇 마디 나누고 싶었으나 성난 듯이 쾅하고 문을 닫아버렸다.

그는 밤잠을 잘 자지 못했다. 이성적으로 보았을 때 남녀, 부모, 형제, 친구 사이의 일체의 사랑과 정을 단절하고 자신을 전쟁이라는 격량 속에 던져서 국가에 대한 책임을 다하길 원했다. 그러나 정감과 애정(특히 애정)은 항상 그의 이성 속으로 파고들어, 그가 가로막힌 곳에서도 길을 낼 수 있도록 하였다.

그는 상상했다. 만약 자오디가 함께 베이핑을 탈출하여 항전에서 함께 공작할 수만 있으면 얼마나 좋겠나! 그는 자신에게 절대로 전쟁이 끝나기 전에는 연애 하지 않겠다고 맹세했다. 그는 자기가 사랑하는 여자친구와 같은 길을 가서 같은 공작을 했으면 했다. 그렇게만 될 수 있으면 자신의 공작이 특별히 빛날 수 있을 것인데!

자오디의 말, 태도에 몹시 실망했다. 성이 함락된 날 마작을 할 생각을 할 것이라고는 생각도 하지 못했는데!

다시 생각해보고서 그는 자오디를 용서하고 모든 잘못은 그녀의 부친에게 있다고 생각했다. 그는 그녀의 본성을 교육으로서 개조시킬 수 없는 것이라고 믿을 수는 없었다. 만약 그녀가 정말로 그를 사랑했다면, 그는 분명 행위와 사랑으로 그녀를 감화시켜서 그녀를 쓸모 있는 여인이 되게 할 수 있다고 믿었다.

야아! 설령 그녀의 본성이 좋지 않다 하더라도, 그녀는 여전히 사랑스럽지 않은가! 그녀를 매번 만날 때마다 그는 자신의 몸과 마음이 그녀의 검은 눈동자 속으로 흡수되는 것 같이 느꼈다. 그녀는 전부였고 자신은 아무것도 아니었다. 그는 쾌활해지고 따뜻하고 부드러워졌다. 그리고 그녀는 어느 누구도 그에게 줄 수 없는 일종의 생명의 파동을 줄 수 있었다. 그녀의 면전에서는 그는 연당 안에서 조그마한 둥근 연잎 위에서 자고 있는 비취색 개구리 같았다. 자신의 주위에는 향기, 아름다움, 따뜻함이 가득했다.

에라 모르겠다 그녀 마음대로 하라 해라! 일본인들이 이미 성에 들어왔는데 아직도 그런 생각을 한다고? 한심해! 그는 눈을 감아버렸다!

그래도 잠이 오지 않았다. 온갖 생각이 다 났지만 분명하지가 않았다. 한 번 두 번 세 번이나 생각했다. 그 스스로도 인내심이 바닥나게 되었다. 하지만 여전히 잠을 잘 수가 없었다.

그는 그녀 대신에 생각하기 시작했다. 만약 그녀가 베이핑에 남아 있다면 그녀의 장래가 어떻게 될까? 아마도 그녀의 부친이 관직을 구하려고 그녀를 일본인에게 보내지 않을까? 여기에 생각이 미치자 후다닥 일어나 앉았다. 그녀가 일본인 시중을 든다고? 그녀의 아름다움, 온화함, 일만 가지나 되는 애교, 눈짓, 동작을 모두 짐승에게 바친다고?

그러나 그의 추측이 사실이 된다고 해도 자기에게는 무슨 방법이 있는가? 역시 먼저 일본 놈들을 몰아내는 수밖에 없잖은가? 그는 다시 등을 침대에 놓였다.

첫 번째 닭 울음소리가 들렸다. 그는 가만히 1, 2, 3, 4… 하고 숫자를 세었다.

6

　치 노인처럼 여생을 편안하게 보내기를 바랐는데 침략자들의 소총과 대포에 희망이 산산이 부셔져버린 노인들이 많았다. 그들은 약간의 애국심은 있었지만 몸은 늙고 기력은 쇠잔하여 일할 힘이 없었다. 그들은 그저 참을 수밖에 없었다. 얼마나 참아야 한단 말인가? 참아낼 수 있을까? 그들은 이미 6~70년을 살았다. 남은 세월이 몇 년이든 자기가 자신의 삶의 주인이 될 수가 없다. 비록 오래잖아 묘지 속으로 들어가길 희망하지만 묘지가 이미 적의 손에 넘어갔다. 그들은 어떻게 하는 것이 좋은지 모른다!

　치톈유 같은 반(半) 노인도 많다. 하는 일은 이미 고정되어 있고 정력이란 것도 남은 게 많지 않다. 그들은 자신의 재주와 힘의 한계를 분명히 알고 있다. 다만 기력이 완전히 쇄하기 전에 몇 년간을 전심전력을 다하여 자손들에게 생활의 기초를 마련해주고자 할 따름이다. 가능하다면 그 후 몇 년이라도 청복을 누리기를 바랄 뿐이다. 그들은 야심도 없다. 다만 본분을 다하여 의식을 벌고 가업을 지탱하기만 구할 뿐이다. 그런데 덜컥 적들이 그들의 성에 들어왔다. 기관, 학교, 상점, 회사…일체가 문을 닫았다. 베이핑을 떠난다고? 그들은 아무 준비도 된 게 없었다. 게다가 가정의 짐이 집 기둥에 단단히 그들을 묶어두었다. 떠나지 않는다면? 내일은 어떻게 지내야 하는가? 그들에게는 최소한 10~20년의 인생이 남아 있을지도 모른다. 그 정도의 세월동안 소나 말처럼 채찍으로 맞으면서 살아가야 하지 않을까? 그들은 어떻게 하는 게 좋을지 모른다!

치루이쉬안 같은 장년도 허다하다. 직업 있고, 가정 있고, 지식도 있고, 애국심도 있다. 방법만 있다면 반드시 국난에 뛰어들 것이다. 절대로 남에게 뒤처지지 않을 것이다. 그들은 일본인들을 원망한다. 일본인도 자기들을 원망하는 줄 안다. 루이쉬안을 두고 말해보자. 한 집안의 어른들과 어린이들이 큰 돌처럼 등을 누르는 짐이 되어 고개를 들 수 없게 하고 눈을 땅에 박게 한다. 비록 그는 날아가고 싶지만, 몸은 꼼짝도 못한다. 현재는 학교의 문이 닫혀 있다. 언제 문이 열릴지 알 수 없다. 모르겠다. 개학을 하더라도 무슨 낯으로 학생을 가르칠 것인가? 설마 교탁에 서서 어린 학생들에게 기꺼이 망국노가 되라고 말해야 하나? 만약 학교가 영원히 문을 닫는다면 그는 다른 살길을 찾지 않으면 안 된다. 그러나 그가 과연 일본인이나 일본인 주구에게 머리를 조아려 밥을 빌어먹을 수 있을까? 그는 어떻게 해야 좋을지 모른다!

루이취안 같은 허다한 청년들도 있다. 무기가 수중에 있으면 곧장 달려가 적을 죽이려 들 것이다. 그들은 평소에 국가를 들으면 숙연하게 경건해진다. 국기를 보게 되면 흥분을 느꼈다. 그들의 마음은 편협하지 않고 격렬하지 않다. 다만 그들은 한 번 그들의 국가에 생각이 미치면 자연히 주관적이고 절대로 파괴되지 않을, 다른 사고방식을 허용하지 않을 의견을 가지고 있다—그들은 자기의 국가가 가장 좋고 영원히 완전하고 광명에 차 있으며 흥하고 왕성하기를 희망한다. 그들은 이러한 생각에 자부심을 가졌는데, 이는 역사상 전에 없던 신 국민의 기상이기 때문이다. 그들은 스스로를 존중하고 자부심을 느끼며, 일본인들을 심히 증오하지 않을 수 없다. 왜냐하면 일본인들은 기십년 동안 매일 매일 그들의 국가의 존엄을 손상하고 국토의 온전함을 훼손해 왔기 때문이다. 그들은 영광스럽게 살려면 우선 일본인들에게 반항하지 않으면 안 된다고 생각한다! 그게 바로 새로운 국민의 첫째 책임이다! 현재 일본 군인들이 그들의 베이핑을 파괴했다! 그들은 비록 죽을지라도 그러한 모욕은 참을 수 없다. 그러나 그들의 손에는 아무 것도 없다. 맨손으로 적들의 비행기나 탱크에 저항할 수는 없다. 당장 적들을 죽이러 가지 못하니 즉시 베이핑에서 탈출하여 성 밖에서 싸우고 있는 군대에 들어갈 수밖에 없다. 그렇지만 그들은 어떻게 간단 말인가? 어디를 향해 가야하나? 사전 준비가 되어 있을 턱이 없다. 하물며 사정이 호전될 수도 있지 않은가? 아무도 모른다. 그들은 모두가 학생이다. 학업이 얼마나 중요한지 안다. 시국이 완화되면 학업을 계속해야 한다. 그들은 반드시 학업을 마치고 나서 심신을 국가에 받치고 싶어 한다. 그들은 마음이 급해서 결말이 어떻게 될지 알고 싶다. 그러나 누구도 그들에게 예언을 해 줄 수 없다. 그들은 어떻게 하는 게 좋은지 모른다.

수많은 샤오추이와 같은 이들이 베이핑의 함락으로 순식간에 굶게 되었다. 수많은 원 씨 부부와 같은 이들이 입을 다물고 다시는 태평성대를 춤추고 노래할 수가 없게 되었다. 순치 같은 이들도 셀 수 없을 만큼 많다. 그들은 일본 놈들을 욕하지만 억울한 마음을 발산해버릴 더 좋은 방법이 없었다. 류 사부와 같은 이들도 수두룩한데, 그들은 자신의 무예로 일본놈들과 사생결단을 하고 싶었다. 그러나 적들의 탱크가 아스팔트 위에 1리나 더 길게 늘어서 있다. 아주 많은…. 누구나 먹고 마시는 절박한 문제가 있고, 누구나 굴욕과 치욕을 느꼈다. 그들 모두가 시국이 앞으로 어떻게 변할까 헤아려보지만―누구도 어떻게 해야 할지 몰랐다.

베이핑 전체가 사나운 바다에 떠 있는 키를 잃어버린 일엽편주였다! 배 위에 있는 사람들 모두 도움이 될 일을 하고 싶어도 누구의 능력도 그들 자신조차 구하기에 충분치 않았다! 사람들 모두가 마음에 고민이 가득한 분위기였다.

위취안산의 개울물은 한가히 흘렀다. 지수이탄, 허우하이, 싼하이[36]의 푸른 연잎은 여전히 맑은 향기를 내뿜고 있다. 북면과 서면의 청산이 하늘의 밝은 푸른빛을 받아 수면에 우람한 모습을 비추고 있다. 천단과

• • •

36 난하이, 베이하이, 중하의 합칭, 북경의 옛 황성 안에 있는 태액지

90

공원에 있는 푸른 노송, 측백나무와 붉은 담, 황금빛 기와가 웅장한 아름다운 경치를 이루고 있다. 그러나 베이핑인들은 베이핑과의 옛날의 관계를 잃어버렸다. 베이핑은 이미 베이핑 사람들의 베이핑이 아니게 되었다. 노송과 황금빛 기와의 위에 일장기가 걸려있다! 사람들의 눈이, 화가의 손이, 시인의 마음이 이제는 감히 베이핑의 웅장함과 아름다움을 쳐다보지도, 그리지도, 생각할 수조차 없게 되었다! 베이핑의 모든 것이 치욕으로 덮여있다! 사람들의 눈이 서로에게 묻고 있다. '어쩌지?' 돌아오는 대답은 머리를 흔들거나 부끄러움뿐이다.

다만 관샤오허 선생의 마음은 그리 불편한 것을 느끼지 못했다. 그는 리쓰예, 샤오추이, 쑨치, 리우서푸보다 훨씬 더 "국가" "민족" "사회" 같은 명사에 대한 많은 지식을 가지고 있다. 기회가 닿으면 그런 명사들을 이용하여 연단에 올라가 일장 연설을 할 수도 있다. 그러나 샤오추이 같은 이들은 그런 명사를 입에 담을 수 없지만 오히려 마음속에는 일종의 기질, 특히 일본인에게 불복하는 기질이 가득하다. 관 선생은 말솜씨가 현란하지만 마음속에 이런 성깔은 없었다. 그가 말하는 것과 믿는 것은 별개의 것이었다. 그가 입으로 "국가민족"이라고 말하더라도 그의 마음은 자기밖에 몰랐다. 그는 자신이 전부였다. 그는 자기가 찬란하게 빛나는 별이고, 다츠바오, 유퉁팡, 그리고 딸들은 위성이었다―샤오양쥐안 3호집 사합[37]은 그의 우주였다. 이 우주 안에서 밥을 짓고 떠들썩하게 술을 마시고 마작을 하고, 창극을 하고, 좋은 의복을 입고, 언쟁을 하고, 성질을 부리는 것이 계절에 따라

• • •

37 동서남북 모두 방이 있는 �口자 집.

일어나는 바람과 비와 같았다. 이 우주 안에서 국가와 민족과 같은 말은 명사에 불과했다. 국가를 팔아서 밥을 먹고 의복이 더 아름다워진다면, 이 우주의 주재자 관샤오허는 눈 하나 깜빡거리지 않고 국가를 팔아먹을 것이다. 그는 마음속으로 생명이 바로 생활이고 생활은 곧 화려하고 편안해야 한다고 생각한다. 그는 자기의 이상과 생활수준에 도달하기 위해서 못할 일이 없다고 생각한다. 그에게는 무엇이든 가짜였다. 심지어 국가와 민족도 가짜라고 여겼지만 자신의 술과 밥, 여인, 옷, 돈 만큼은 진짜라고 믿었다.

그는 일찍부터 언제나 난징 정부에 원한이 많았다. 왜냐하면 국민정부가 시종 그에게 벼슬자리를 내려 준적이 없었다. 이러한 원한이 커져서 중국을 대수롭지 않게 생각했다. 그는 중국에 희망이 없다고 생각했다. 왜냐하면 중국 정부가 자기에게 관직을 내린 적이 없기 때문이었다. 더 나아가 그는 영국과 프랑스 정부라도 자기에게 관직만 준다면 사랑스럽게 여길 수 있다고 생각했다. 현재 일본인이 베이핑에 진격해왔다. 일본인이 자신을 등용해줄 수 있지 않을까? 한참을 생각한 후에 그의 얼굴에 미소가 떠올랐다. 마치 봄바람이 얼음을 녹여서 단단한 얼음에 물방울이 노출되듯이 미소가 얼굴에 번졌다.

일본인이 일시에 천명이나 만명의 관리를 파견할 수는 없을 터, 틀림없이 일본에 저항하지 않는 인간들에게 일을 맡길 것이라 생각했다. 그렇게만 되면 그가 최고의 자격을 갖춘 사람이라고 생각했다. 왜냐하면 양심상으로도 자기는 항일 사상이란 눈곱만큼도 없기 때문이다. 동시에 그가 사귀는 친구 중에 적잖은 사람들이 일본인과 상당한 관계에 있었다. 그들이 일본인들을 도와서 일을 한다면 자기를 내버려 둘 수 없지 않은가? 여기에 생각이 미치자 그는 거울 속의 자신을 찬찬히 들여다보았다. 미간이 확실히 밝아지고 눈에 빛이 났다. 그는 시허옌 푸라이 지점의 관상대가가 말해주었듯이, 2년 이내에 좋은 운을 만날 터이다. 거울을 들여다보면서 "퉁팡!" 하고 소리쳤다. 그는 사람을 부를 때 자기가 굉장히 기백이 있다고 생각했다. 그리고 목소리가 맑고 물기가 촉촉하다는 것에 생각이 미치자, 자신이 대운을 만날 것이라는 확신이 한 층 더 커졌다.

"왜 그래요?"

퉁팡의 애교어린 목소리가 마당에 울렸다

기분이 좋았기 때문에 그녀의 목소리가 특별히 감미로워서 듣기가 좋았다. 마치 영원히 지워지지 않을 커다란 선홍빛의 큰 입술을 보는 듯 했다. 그도 그녀에게서 전염이 된 듯이 목소리가 감미롭고 날카로웠다.

"저번에 신선의 눈을 가진 관상쟁이가 어느 해에 나한테 대운이 트인다 했지?"

물으면서 머리를 한 쪽으로 돌려 미소를 띤 채 그녀가 답하기를 기다렸다.

"그게 바로 올해지요?"

그녀가 말을 '요'에서 멈췄다.

"바로 금년이야! 올해가 바로 소띠 해예요?"

"바로 소띠 해야! 그가 말하길 소띠 해에 운이 돌아온다고 했지?"

"맞아, 한마디 한마디 똑똑히 기억하고 있어!"

그는 아무 말도 하지 않았다. 마음속에서 뜨거운 열기가 솟아 올라오는 것을 느꼈다. 그는 곧 말이 나오지 않았지만 마음속으로 단정했다. 그는 일본인들이 아주 사랑스럽다고 느꼈다. 그에게 좋은 운을 가져다 줄테니까!

성안 사람 모두가 당황하고 불안해할 때 관샤오허는 활동을 개시했다. 처음 집 밖을 나갈 때 그는 약간 불안했다. 길에서 중요한 길목 예를 들어 쓰파이러우, 신제커우, 후궈쓰 입구에는 모두 무장한 일본인들이 초소를 세우고 착검한 총을 든 채 보초를 서고 있었다. 사람들은 길목을 지날 때마다 초소를 향해 반드시 국궁을 했다. 그는 국궁하는 것을 좋아했다. 특히 일본식으로 절하는 것을 매우 좋아했다. 그러나 만일 몸에 아무런 배지나 표지가 없어서 일본 군인이 알아보지 못해서 자기를 귀찮게 굴면 어떡하지?

그 일본인들은 넘쳐나는 게 총탄이라서 마음대로 가지고 놀다가 사람을 쏘아버릴 수도 있어! 또, 그는 어떻게 나가야 할까? 걸어가야 할까? 아니면 잠시 샤오추이를 불러다 인력거를 세낼까? 만약 걸어서 부자들 집에 가면 사람들에게 웃음을 사지 않을까? 설마 관샤오허가 성이 망했다고 인력거 타는 신분을 잃어버린다는 건 아니겠지? 인력거를 타고 가다 만일 사거리에서 일본인들을 만나면 어떻게 해야 하는가? 인력거에서 꼼짝없이 앉아 있는 것으로는 안 될 것 아닌가? 이것도 큰 문제다!

오랫동안 생각한 후에 샤오추이의 인력거를 세내기로 했다. 샤오추이가 불려오자 관 선생은 그에게 몇 가지 조건을 제시했다.

"추이가야, 요즘 어때?"

샤오추이는 머리통이 울퉁불퉁한 호박 같은 젊은이였다. 아무 기운도 없는 것처럼 대답했다.

"어땠느냐고요? 굶어 죽는 거 말고 더 있겠어요!"

그렇다, 관 선생은 샤오추이의 주요 고객이었지만, 샤오추이는 관 선생을 대수롭게 여기지 않았다.

"됐어!"

관 선생은 아랫것들에 맞게 격을 낮추어 상종하듯이 미소를 띠었다.

"오늘은 굶어죽지는 않게 되겠다. 나를 태우고 나가자고!"

"나간다고요? 성 밖에 포탄이 날아다닌답니다!"

샤오추이는 대포를 그리 두려워하지 않았지만, 오히려 마음속으로 관 선생이 밖으로 나돌아가는 이유에 대해 의문이 들며 반감이 생겼을 뿐이다. 그는 관 선생이 왜 나가는지 확실히 몰랐지만 추측은 할 수 있었다. 연일 포화가 계속되는 때에 나가려는 것은 반드시 일본인들과 무슨 결탁을 하기 위해서일 것이다. 그는 이 시점에 일본인들과 내왕하는 사람을 증오했다. 그는 허리띠를 졸라매고 두어끼 굶어도 그런 인간을 태우고 사람이 가득한 거리를 달리고 싶지 않았다. 샤오추이와 같이 삶이 힘든 사람들은 인류와 기타 동물의 가장 큰 우환인 굶주림을 종종 마주한다. 그러나 언제나 기아와 마주하기 때문에 오히려 기아와 더 용감하게 싸운다. 적극적이든, 그들은 결코 쉽게 굴복하지 않으려 했다.

그러나 관 선생은 이런 도리를 몰랐다. 교만과 경멸적인 기색을 펴고 말했다.

"내가 너를 공짜로 부린다드냐? 돈 주마!"

아래턱을 가볍게 쳐들었다.

"평소에는 너에게 하루 8모를 주었는데 오늘은 1위안! 1위안 주마!" 그는 잠시 멈칫하더니 보충하여 "1위안!"라고 말했다. 이 두 단어는 사탕처럼 군침을 돌게 하여, 입속에서 맛을 음미하며 발화된 것이었다. 그는 이 두 마디면 가난한 사람이 포탄 속을 뚫고 앞으로 달릴 수 있게 한다고 생각했다.

"차고가 잠겼어요. 어디에서 차를 빌리지요? 게다가…"

샤오추이는 아래 말을 잇지 못했다. 호박 같은 얼굴에 귀찮다는 기색이 드러났다.

"됐어! 됐어!"

관 선생은 불끈 화가 치밀었다.

"안 할 거면 안 한다고 해, 빙빙 돌려 말하지 말고! 너 같은 놈은 굶어 죽어도 싸다!"

다츠바오는 며칠째 마작 할 사람이 없었고 산책을 나갈 수도 없어서 인상을 찌푸리고 있었다. 그녀는 이미 유퉁팡과 한 바탕 소란을 피웠다. 그녀는 이제 기회를 잡아 전쟁터를 새로 개척하고 싶었다. 얼굴을 쳐들고, 눈썹을 치켜뜨고, 걸음걸이를 묵직하게 하고, 노기가 전신을 감싸고, 포장도로의 증기롤러같이 앞으로 나섰다. (하찮아서) 샤오추이 같은 존재는 거들떠보지도 않고 관 선생을 손가락질 했다.

"당신 그 사람과 무슨 얘기 하는 거요. 꺼지라면 되는 거 아니요!"

샤오추이의 호박 같은 얼굴이 붉어졌다. 그는 재빨리 나가고 싶었다. 그러나 자기를 억제할 수 없었다. 평소에 그는 다츠바오를 미워해왔다. 오늘 일본인들이 성에 들어온 때이기에 더더욱 밉게 느껴졌다.

"말할 때 욕설을 달지 말라고요. 제가 당신에게 이르겠소. 남자다운 남자는 여자와 다투지 않아요. 내가 말대꾸라도 하면, 너는 감당 못한다니까!"

"뭐라고?"

다츠바오의 눈의 살기가 두 개의 기관총 총구처럼 샤오추이의 얼굴을 조준했다. 그녀의 얼굴에 있는 주근깨 하나하나가 혈색을 띠며, 무대분장 한 것 마냥 으로 분장한 것처럼 자주빛이 되었다.

"뭐라고?"

그녀는 흔들림 없이 악의를 품은 듯한 모습으로 두어 걸음 앞으로 다가섰다.

"너 뭐라고 했지?"

샤오추이는 조금도 그녀를 두려워하지 않았다. 다만 마음속으로는 약간 괴로움을 느꼈다. 그녀가 만약 손을 쓴다면 자기는 속으로 끙끙거릴 수밖에 없기 때문이었다. 그녀는 여자이니까 반격할 수는 없었다.

샤오추이는 알아맞혔다. 다츠바오가 느닷없이 그의 뺨을 세게 때렸다. 그는 화가 났다.

"뭐야? 사람을 때렸어?"

그러나 반격하려 들지 않았다. 베이핑은 망했다. 그러나 베이핑의 예교는 여전히 몸에 남아있었다.

"치고 싶으면 일본인을 치는 게 어때?"

"좋아! 좋아!"

관 선생은 샤오추이가 맞는 꼴을 보자, 사태를 결말짓고 싶었다. 그는 다가와서 다츠바오를 떼놓았다.

"샤오추이, 너 안 가니?"

"가다니! 묘하군! 뭘 믿고 사람을 때리지? 너희 집 일가는 모두 일본인이구나?"

샤오추이는 서서 움직이지 않았다.

둘째 부인 퉁팡이 들어왔다. 애교가 넘치는 두 눈이 주위를 둘러보고는 사태가 어떻게 되어가는 지 파악했다. 그녀는 샤오추이 편을 들기로 결정했다. 첫째 그녀는 고서(鼓书)[38]가수 출신이라 가난하고 어려운 사람을 동정하기 때문이요. 둘째는 다츠바오에게 대들기 위해서였다. 그래서 샤오추이를 감쌀 수밖에 없었다.

"됐어. 샤오추이. 남자는 여자와 싸우지 않는 법이요. 그녀에게 성내지 말아요?"

샤오추이는 두어마디 좋은 말을 듣자 기분이 조금 누그러졌다.

"그렇지 않아요, 둘째부인! 제 말을 들어보세요!"

"전부 말할 필요 없어요. 모두 알아요. 한 이틀 기다려 봐요. 밖이 조용해지면 당신 저 데리고 놀러 가야 해요. 집에 가서 좀 쉬어요!"

퉁팡은 앞으로 다츠바오가 다시는 샤오추이의 인력거를 절대로 타지

• • •
38 중국 민간 노래이야기의 하나

않을 것이라는 것을 알았다. 그래서 고의로 이렇게 말해서 반항의 의사를 표현했다.

샤오추이는 두 사람(관 선생과 다츠바오)의 고객에게 잘못했다는 것을 안다.

그래서 퉁팡이 동정과 보살핌을 베풀자 난처함을 벗어날 기회를 잡았다.

"좋아요, 둘째부인. 제가 부인의 체면 보아드리지요!"

그렇게 말하고 얼얼한 얼굴을 손으로 쓰다듬고는 밖으로 나갔다.

샤오추이가 대문을 나가자 관 선생은 목청을 높여 말했다.

"저놈새끼, 체면을 세워주려 해도 뻔뻔한 거 봐라! 너 보았지. 앞으로 다시는 저놈의 인력거는 타지 않을 거야"

그러고 나서는 빠른 걸음으로 방안을 두어 바퀴 돌았다. 마치 막 사람을 때려죽인 것처럼 남은 위세를 떨쳤다!

"됐어요, 당신!"

다츠바오도 진짜 위세를 떨치면서 말했다.

"당신은 인력거꾼 하나 제대로 다루지 못하는군요. 당신은 손도 없어요? 당신 집의 집안 요정이 인력거꾼 편을 들면 당신은 한 마디도 못하면서 당신은 자신을 대장부로 여기는군요! 언젠가 당신 첩이 인력거꾼과 도망을 가도 당신은 찍소리 못 할 거요! 이 개자식 같으니!"

그녀의 말 속에는 퉁팡을 꾸짖고 있었지만 퉁팡은 이미 자기 방으로 피신해버렸다. 승리에 취한 귀뚜라미처럼 동이 안에서 몰래 득의에 차 있었다.

관샤오허는 웃으며 절대로 유쾌한 말이랄 수 없는 욕을 들으면서도 대꾸하지 않기로 작정했다. 그는 말다툼으로 재수없는 말을 해서 좋은 운을 잃을까 두려웠다. 그는 다시 거울 앞으로 가서 자신의 양미간과 눈썹과 눈을 찬찬히 살펴보았다. 양미간은 확실히 빛이 나서 적잖은 위안을 느꼈다.

관부인은 잠깐 쉬고 나서 노기를 띤 채 물었다.

"당신 인력거 불러서 뭐하려고? 설마 이 시국에도 더러운 여자랑 약속이라도 잡은 것은 아니지?"

관 선생은 준수한 얼굴을 돌려 아름다운 미소를 띤 채 말했다.

"오 나의 아내여, 나는 진지한 일 좀 처리하러 나가는 거요!"

"당신이 무슨 진지한 일을? 십 년래에 작은 자리라도 하나 꿰차지 못하면서!"

"내 곧 하나 꿰찰 거요."

"뭐라구요?"

"천자가 바뀌면 신하도 바뀐다 하잖소—당신도 잘 알지?"

"흥!"

다츠바오의 콧구멍에서 믿을 수 없다는 소리가 새어나왔다. 그러나 재빨리 "응" 소리로 고쳐 내뱉고 나서 크게 깨달은 듯한 표시를 했다. 그녀는 곧 입술은 쳐들고 입술 모서리는 내려서 콧구멍 속으로 웃음기를 흘렸다. 그녀의 희노애락은 모두 정도와 기복이 심했고, 느끼는 기분마다 표현이 분명했다. 그녀는 자기가 짜증나면 짜증난다는 티를 내고, 기쁘면 웃어야지만 자신의 기백을 드러낼 수 있으며, 서태후와 비슷한 기품을 지닐 수 있다고 생각하기 때문이다 . 그녀의 음성이 갑자기 맑고 밝아졌다.

"왜 일찍 이야기하지 않았어! 갑시다. 나도 당신과 같이 갈래요!"

"우리 둘이 간다고?"

"차 부르면 되는 거 아냐?"

"가게들도 다 문을 닫았잖아!"

"철문이라도 우리는 부수고 지나갈 수 있어! 가자!"

7

쑨치는 평소에 샤오추이하고는 의견이 맞지 않았다. 그래도 샤오추이가 억울한 일을 당할라치면 진심으로 샤오추이를 동정했다.

"뭐야? 다츠바오가 감히 사람을 때린다니?"

쑨치는 20년 넘게 머리를 밀어왔기 때문에 눈이 약간 근시였다. 그래서 눈을 가늘게 뜨고 물었다.

"제기랄, 그 연놈들은 아직 일본 놈들과 결탁하지도 않았는데 그렇게 나오다니. 얼마 안 있으면 그 사람들 일본 놈들의 뭐도 빨아주고, 그럼 우리 살 길이 남을 수가 있겠나?"

샤오추이는 고의로 큰 소리로 말하여 3호집 사람들이 들을 수 있게 했다.

"그들이 감히 그런 짓을 해!"

쑨치의 목소리도 낮지 않았다.

"우리 가 보자. 맨발인 놈이 신 신은 놈을 두려워하랴?"

쑨치와 샤오추이의 연합 전선으로 후퉁 사람 모두가 관가가 한 짓을 알게 되었다. 모두가 국가 대사가 어떻게 변할지는 모르지만 관샤오허가 인정머리가 없다고 생각했다.

이러한 "여론"이 곧 바이 순장의 귀에도 들어갔다. 그는 샤오추이를 후미진 곳으로 불러서 타일렀다.

"너 말이야. 말조심해! 이 세월에 누가 누구 편인지는 아무도 확실히 알 수 없다. 최상은 남에게 밉보이지 않는 거야! 알아들었어?"

"알겠습니다!"

샤오추이는 지금까지 일개 인력거꾼으로 살면서 순경에게 호감을 갖고 있지 않았다. 바이 순장은 예외였다. 얼마나 여러 번 그가 주사를 부리거나 돈이 떨어져 발광을 했을 때도 바이 순장 그 사람은 입이 무서웠지만 맘씨는 좋아서 그를 연행하려 하지 않았다. 이 때문에 바이 순장의 말이 마음을 완전히 누그러뜨리지는 못해도 억지로라도 따를 수밖에 없었다.

"바이 순장, 일본군인들이 영원히 베이핑을 점령하지는 않겠지요?"

"글쎄, 나도 모르겠어. 나는 그놈들이 곧 대가리를 처들 것이라는 것을 알아요!"

바이 순장은 한숨을 쉬었다.

"왜요?"

"왜라니! 너 알듯이 전투가 일어나면, 좀도둑들, 아편 밀수자들, 양아

치들이 모두 소란 한 바탕 벌이곤 하지. 나는 순경이니까 분명히 안다고, 우리는 분명 알지만 그놈들은 어쩔 수가 없어. 우리 자신조차 내일이 어떻게 될지 모르잖아. 이번은 또 달라. 일본인들이 오는 거잖아. 그들이 나쁜 놈, 교활한 놈들을 비호해 주지 않겠어? 자네 두고 봐라, 얼마 안 가 대로상에 공공연히 아편 사라고 외치거나, 우리의 눈알을 파가던지 할 걸."

"저런, 그러면 이후로는 우리 같은 호인이 살 길이 없겠네요?"

"호인이라고? 성 전체가 일본 때문에 함락되었는데, 이 시국에 호인이란 것이 땡전 한 푼 가치가 있을 것 같아? 하지만 다시 본론으로 돌아가야지. 나쁜 놈이 머리와 꼬리를 흔들면서 아첨한다 할지라도, 호인은 계속 호인 노릇을 해야해! 우리는 참아야 돼. 사람들에게 미움 살 필요는 없지. 좋은 신을 신고 더러운 개똥을 밟을 수 없어. 너 내 말 알겠어?"

샤오추이는 머리를 끄덕였지만 마음으로는 뭐가 뭔지 몰랐다.

사실상 일본인조차 사태가 분명치 않았다. 일본은 영국이나 미국 같이 정치가 군사를 결정하는 방식도, 독일과 이탈리아처럼 군사가 정치를 결정하는 방식도 아니었다. 일본의 경우, 민족성이 거의 일본의 모든 것을 결정하는 것 같다. 일본은 하늘처럼 큰 야심을 지녔지만, 스스로 다리가 짧고 키가 작다고 부끄러워 한다. 그래서 지구를 전부 삼키려는 욕망을 가지고 있지만, 공공연히 어떤 주의나 명목을 내세울 엄두는 내지 못했다. 일본은 군인들이 화를 불러일으킨 이후에야 사람 속일 적당한 명사와 설명법을 찾으려 한다. 일본의 정치는 군대의 뒤

닦아주기 위한 것이다.

베이핑을 함락시키기 이전에, 일본군은 베이핑, 톈진, 바오딩에 그 지역 건달들을 매복시켰다. 그들로 하여금 자기들 대신에 파렴치한 일들을 하게끔 만들었다. 일본인 자신들도 인정하기 부끄러운 일들이었다. 베이핑이 함락되기에 이르자 이 건달들이 갑자기 등장하여 일을 벌일 자격과 재능이 없었다는 것이 문제였다. 게다가 일본은 관리들이 준비되어 있지 않아서 명령을 시달할 수 없는 것이 또 하나의 문제였다. 이 때문에 베이핑은 그저 군사적으로 점령된 것이었지만 모든 것이 이상하게 멈춰버렸다.

샤오추이의 다리, 쏜치의 손, 원 씨의 입이 모두 할 일이 없어졌다. 다만 관샤오허의 발은 멈출 줄 모르는 말발굽 같았다. 하지만 그는 바쁘게 돌아다닌 것에 비해 쉽사리 희망을 찾진 못했다. 다츠바오와 함께 한 이틀 돌아다니고 나서야, 겨우 정치와 군사적 본영이 톈진에 있다는 것을 분명히 알게 되었다. 베이핑은 세계라는 성 안의 공원이고 문물의 보고이지만, 정치와 군사상으로는 톈진에 부속되어 있었다. 중국 침략을 책동하는 일본인들은 톈진에 있다. 일본인들을 도와주길 가장 원하는 중국인들도 그 곳에 있다. 만약 톈진이 문과 무를 총동원한 대전이라는 큰 규모의 극을 방불케 했다면, 베이핑은 공성계책[39]에 불과했다.

그러나 관샤오허는 낙망하지 않았다. 그는 장차 좋은 운이 트일

• • •

39 성을 비워서 적을 속이는 계책. 삼국지에서 제갈량이 이 계책으로 사마의를 속임

것이라고 철석같이 믿고 있다. 게다가 다츠바오의 격려와 협조로 그만두려 해도 그만둘 수가 없었다. 유퉁팡을 첩으로 들인 이후로 그는 종종 첩과 결탁하여 다츠바오를 협공했다. 다츠바오가 성깔이 드세서 큰소리치고 싸우고 말썽을 부리지만, 그녀의 마음은 상당히 솔직하고 몇 마디만 좋게 해주면 쉽게 진짜로 믿어버리고 사람을 용서하였다.

관샤오허는 한편으로 항상 몰래 첩을 응원하고 다른 한편으로는 다츠바오에게 감미로운 말을 해주었다. 이 때문에 다츠바오는 유퉁팡을 굉장히 원망하고, 되도록 자기 남편을 이해하려고 했다. 동시에 그녀는 미색으로나, 연령상으로도 퉁팡과 맞장 뜰 수 없다는 것을 알았다. 그래서 남편을 용서하는 것은 일종의 어쩔 수 없이 패배 중에 승리를 얻는 방법이었다. 그녀가 교제로 남편을 돕고자 하는 열성은 퉁팡과 자신의 장기를 겨루고자 하는 마음에서 비롯되었다. 성이 망하고 나라가 치욕을 당하는 때에 이르러 마작을 못하고 연극을 보지 못하는 것을 제외하면 특별히 가슴 아픈 것도 없고 샤오허에게 좋은 기회가 오리란 생각도 없었다. 남편의 말을 듣자 그녀는 곧 흥분이 되었다. 곧 눈앞에 관직, 금전, 술과 밥, 화려하고 아름다운 옷이 어른거렸다. 그녀는 당연히 목숨을 내걸어 남편을 도와, 이 좋은 것들이 자기 수중에 굴러들어오게 해야 했다. 그녀의 열성과 노력이 샤오허를 감동시켰다. 그래서 이 며칠 동안 부인에게 특별히 살갑게 대하여, 그녀의 머리 몇 가닥에 파마끼가 잘 안 입혀졌다고 선의 어린 지적까지 해줄 정도였다! 그러자 그녀도 적잖이 마음이 따뜻해졌고, 잠시 퉁팡과 휴전

상태가 이어졌다.

셋째 날 그녀는 관샤오허와 역할을 나누기로 결정했다. 양일간의 경험에 비추어 베이핑에 있는 친구들이 큰 힘이 없다는 것을 알았다. 그래서 그녀는 어차피 연락할 사람이 많은 것은 이익이 될지언정 손해는 없을 터이니, 한편으로는 샤오허에게 그들을 찾아가게 했다. 다른 한편 자기는 새로운 길을 개척해서 여자들만 찾아 나섰다. 그들은 톈진에 거주하는 부호들의 어머니, 아내, 첩, 혹은 아기씨들을 방문했다. 그녀들은 경극을 듣는 것을 좋아해서이거나 다른 모종의 원인 때문에 베이핑에 남아있다. 그녀는 샤오허가 택한 쪽보다 이 쪽에 더 승산의 여지가 많다고 여겼다. 왜냐하면 그녀는 이미 자기의 능력을 믿었고, 관직과 지위를 얻으려면 연줄이 필요하다는 것을 알기 때문이다. 그녀는 샤오허를 밖으로 내보내고 퉁팡이 집을 보도록 부탁하였으며, 두 딸도 내보냈다.

"너희들도 늘 집안에 앉아 공밥 먹지마라! 밖으로 나가 아빠 활동을 도와라! 정부가 남경으로 옮긴이래 너희 아빠가 면직당했어. 우리가 굶지 않고 공밥을 먹을 수 있다 해도 오래 이대로 가다간 장래가 어떻게 되겠어? 아버지가 활발하게 활동할 수 있고, 왕조가 바뀔 때를 틈타서, 우리가 아버지를 떠받들어서 우뚝 솟아나도록 하자! 알아들었어?"

가오디와 자오디 둘 다 어미 만큼 열심은 아니었다. 그들의 가정교육이 흥청거리고, 사치스럽고 즐겁게 노는 것을 좋아하도록 해서 그렇기도 하지만, 그들 역시 결국은 젊은이들이었다. 그들도 어느 정도 망국의 수치를 알고 있었다.

자오디가 먼저 입을 열었다. 그녀는 엄마의 "막내" 딸이었다. 그 탓에 언니보다 귀여움을 더 받았다. 오늘 그녀는 일본병이 와서 집을 뒤질까 겁이 나서 연하게 분칠을 하고 립스틱을 바르지는 않았다.

"엄마, 길에서 일본병을 만나면 수색을 당하게 된다네! 그들은 고의적으로 여자의 가슴을 더듬을꺼야!"

"그들에게 더듬어라 그래! 살점도 더듬으라지!"

다츠바오는 일단 결심을 내리면 그 어떤 것도 두려워하지 않았다.

"너는?"

가오디에게 물었다.

가오디는 동생보다 머리 하나만큼 키가 컸다. 뒷모습이 보기 좋았지만 얼굴은 별로 예쁘지는 않았다. 입술은 두껍고 코가 낮았다. 다만 두 눈이 꿋꿋한 정신을 드러내었다. 그녀의 몸과 성격이 애미를 빼다 박았기에 애미는 별로 좋아하지 않았다. 성격이 쎈 두 사람은 부딪치기만 하면 서로 물러나는 법이 없었으니, 불꽃을 튀길 수밖에 없었다. 집안 전체에서 그녀가 제일 사리분별이 분명하여, 때때로 다른 사람이 듣고 싶어 하지 않는 말도 스스럼없이 내뱉었다. 이 때문에 모두가 감히 그녀를 건드리지 못하고, 그녀는 모두에게서 미움을 샀다.

"엄마, 내가 엄마라면 나는 딸들을 부려서 아버지가 관직을 얻게 하지는 않겠어! 체면을 잃잖아!"

가오디의 짧은 코가 단단한 작은 방망이가 된 것처럼 말했다.

"좋아! 너희들 갈 필요 없어! 나중에 아버지가 돈 벌어오면 너희들,

손 벌리지 마라!’ 다츠바오가 수놓은 손가방을 집어서 작은 단향 쥘부채를 집어서 전사가 돌격하듯이 나갔다.

“엄마!”

자오디가 그녀를 불러 세웠다.

“화내지마, 나는 갈게! 어디에 갈지 말해주어?”

다츠바오는 바삐 손가방에서 조그마한 종이와 지전을 몇 장 꺼냈다. 종이를 가르키면서 말했다.

“여기 몇 집에 가거라! 단도직입적으로 일 달라고 말하지는 마. 알겠어? 말씀하시는 것을 잘 듣고, 어떤 길로 갈 것인지를 탐색하라. 알아들었니? 내일 내가 직접 다시 가겠어. 내 혼자 다닐 수 있으면 절대로 너희들 수고를 끼치지 않는다! 정말! 내가 다리가 시큰거릴 정도로 다니는 것이 어디 나 혼자를 위해서냐!”

두 딸에게 분부하고 나서 다츠바오는 혼자서 중얼거리며 밖으로 나갔다. 자오디의 수중에는 종이쪽지와 지전 몇 장이 떨어져 있었다. 자오디는 가오디를 향해 혀를 내밀었다.

“아차! 먼저 속여서 몇 원을 더 울궈내서, 언니, 우리 둘 놀러가자! 엄마가 돌아오면 몇 집 모두 갔다고 말하자. 그런데 사람들이 집에 없더라고 말하면 다 된 거 아냐?”

“어디 가서 놀 건데. 아직도 놀러다닐 마음이 있니?”

가오디는 눈을 찌푸리면서 말했다.

“정말 놀러 갈 곳이 없겠구나! 어디에서든 더러운 일본놈들이 말썽을 부려! 언제나 태평세월이 돌아올는지?”

자오디가 작은 입술을 삐죽이면서 말했다.

"누가 알겠어? 자오디, 만약 우리가 일본병들을 싸워서 쫓아버리지 못하고, 아빠가 정말 일본을 위해서 일하면, 우리는 어떻게 되지?"

"우리?"

자오디는 눈을 깜박거리며 잠시 생각했다.

"난 도무지 모르겠어! 언니는?"

"그러면, 나는 다시 우리 집 밥을 먹지 않을 거야!"

"오우!"

자오디는 목을 움츠렸다.

"언니 듣기 좋은 말만 골라서 하는구나! 언니는 밥을 벌어먹을 능력이 있니?"

"하참!"

가오디는 긴 한숨을 쉬었다.

"내가 보기에, 언니 또 중스 생각하는구나, 딴 게 아니고!"

"나는 정말 그에게 물어보고 싶어. 도대체 이게 다 무슨 일인지!"

중스는 첸 씨 집의 자동차 운전하는 둘째 아들이다. 그는 상당히 늠름하게 생겼다. 운전할 때 그의 얼굴은 붉게 상기되고, 머리는 덥수룩하였다. 이런 모습은 그를 자유로우면서도 굉장히 활달해 보이게 했다. 일단 푸른색 작업복을 벗고, 평상복으로 갈아입고, 머리도 단정하게 빗으면 잘생긴 똑똑한 기술자 같았다. 관 씨 집과 이웃해 살지만 지금까지 관 씨 집 사람들에게 별다른 주의를 기울이지 않았다. 첫째는 집에 자주 돌아오지 않아서이고, 둘째는 기계를 좋아하기 때문이었다.

하루 종일 늦게까지 자동차 기계를 만지작(그는 이미 자동 수리를 배웠다) 거렸다. 고장 난 시계나 라디오를 분해했다가 다시 조립하는 데 시간을 보내기도 했다. 그의 마음속에는 여자를 생각할 여유가 없었다. 그의 약혼녀는 형수의 숙부 여동생이고 어머니가 정했다. 그는 형수가 착실한 사람이라는 걸 알고, 형수 숙부의 여동생도 나쁘지 않을 것이라고 믿었다. 그는 가정에서 혼처를 정하는데 반대하지 않았지만 결혼에 열을 올리지도 않았다. 어머니가 그에게 '언제 국수를 먹을 수 있나?'라고 물어도 그는 항상 '바쁘지 않습니다! 내가 자동차 수리점을 낼 때까지 기다리세요.'라고 대답했다. 그의 희망은 작은 수리점을 열어, 사장 겸 사원이 되어 조립까지 일체의 일을 다 하는 것이었다. 그는 자동차 밑에 드러누워 작은 부속들을 만지작거리고 싶어 한다. 다하고 나서 움직이지 못하던 차가 움직이게 되면 그는 최대의 희열을 느꼈다.

한때는 회사에 대절되어 탕산까지 차를 몰기도 하였다. 가오디는 어느 때 한 단체에 참가하여 탕산까지 중스가 운전하는 차를 타고 여행한 적이 있다. 그녀는 멀미 때문에 운전석에 타고 갔다. 그녀는 중스를 알아보았다. 중스는 그녀가 누군지 별로 개의치 않았다. 얘기를 나누면서 그녀가 관 씨 집 처녀라는 것을 알고, 그녀에게 예의를 깍듯이 차렸다. 그녀에게는 당연히 해야 할대로 한 것이지 별로 다른 생각이 없었다. 그러나 가오디는 그의 모양이 마음에 들었고, 이것이 로맨스의 시작이라고 여겼다.

가오디는 적잖은 남자친구가 있었다. 그런데 남자친구들이 자오디를 한번 보면 꿀벌이 더 향기 나고 감미로운 다른 꽃을 보았을 때처럼 그녀를 버렸다. 그녀는 그 때문에 동생과 말다툼을 벌이곤 했고, 동생은 곧장 기가 살아서 반격을 가했다. '나는 언니의 친구를 빼앗을 필요가 없어. 그들이 나를 좋아하게 되는 걸 어쩌란 말이야? 아마도 언니의 코를 다른 사람이 좋아하지 않는가봐!' 이러한 냉혹한 공격에 가오디는 하도 울어 눈이 부을 정도였다. 어머니도 옆에서 한마디 거든다. '그래. 너가 좀 더 이쁘고 인맥도 넓었더라면, 일찍 결혼해서 내 근심을 덜 수 있잖냐!' 어머니의 본심은 가오디도 알고 있었다. 만약 동생만큼만 예뻐서 부잣집에 시집가면 관 씨 집에 좋은 점이 없겠는가?

이 때문에 가오디는 점점 환상으로 위안을 받으려 했다. 그녀는 항상 언젠가는 잘생긴 남자를 우연히 만나게 되어, 한적한 곳에서 그와 한눈에 반하게 되는 것을 상상했다. 그리고 결혼할 때가 되어 그가 얼마나 멋진지 보여줘서 집사람들을 놀래키고 싶었다. 그녀는 사랑이 필요했다. 이왕 사랑을 얻지 못하게 된 이상, 그녀는 머릿속에서 스스로에게 직접 사랑을 만들어 주었다.

우연히 중스를 만나게 되자, 그녀는 마음속의 이상이 실현되는 것으로 생각했다. 그녀의 귀는 서쪽 담에 못 박혀 있었다. 서쪽 마당의 기침소리 하나하나에 그녀의 심장은 뛰었다. 그녀는 인내심이 있었으나 일을 저지르는 것을 두려워하지 않았다. 그녀는 마음을 다하여 첸 씨의 동정에 귀를 기울였으나, 첸 씨 집일에 대해서 아는 게 별로 없었다. 그녀는 전화번호부에서 회사 위치를 알아내어, 늘 빙빙 돌아서 회사문 앞을 왔다 갔다 하며, 중스를 한번 만나려 했으나 시종 만날 수가 없었다. 이렇게 감을 잡을 수 없을 수록 일종의 사랑스러운 고통이 커져갔다. 그녀는 환상으로 모자라는 사실을 보충할 수 있었다. 중스의 신상, 성격, 능력 등을 환상으로 채우고 그를 최고의 이상적인 청년으로 만들었다.

그녀는 애정소설을 즐겨 읽기 시작하였으며 남몰래 이야기를 썼다. 어느 하나의 이야기도 완전하게 쓰기 힘든 법인 건 사실이지만, 그녀 글에는 오탈자와 맞춤법 오류는 아주 많았다. 이야기 중의 주연은 언제나 중스였고 여자 주인공은 자기이거나 때로는 자오디였다. 자오디가 여주인공이면 반드시 비극이었다.

자오디가 완성되지 않은 이야기를 몰래 보았다. 그녀는 세계에서 가오디가 이 비밀이 있다는 것을 알게된 최초의 사람이었다. 자오디는 항상 자기를 비극의 주인공으로 만드는 것에 보복하려고 중스를 수단 삼아 언니를놀렸다. 그녀가 보기에는 첸 씨 집 사람들은 모두가 이상했다. 중스는 확실히 잘생긴 청년이지만 직업과 신분이 너무 낮았다. 언니가 비록 예쁘지는 않지만 운전수에게 시집가다니. 가오디의 마음 속 중스는 모든 것을 할 줄 알고 모든 것을 아는 사람이었다. 그저 잠시 동안 운전을 취미로 삼는 것이었지, 어느 날 갑자기 눈에 띄게 하루아침에 영웅이 되거나 혹은 거대한 유산을 물려받은 소설 속에서 볼 수 있는 사람처럼 될 것이다. 자오디가 놀릴 때마다 그녀는 엄숙하게 대답한다.

"정말 그와 이야기하고 싶어, 그는 분명 모든 것을 알고 있을 거야!"

"오늘 자오디가 중스를 거론하자 가오디는 엄숙하게 대답하고 나서 덧붙였다.

"그래. 그는 에누리 없이 운전수에 불과해. 그러나 일본사람에게
무릎을 꿇고 관직을 구걸하는 사람보다는 낫다!"

8

　치루이쉬안의 마음은 괴로웠다. 8월 중순이 조부의 75번째 생일이다. 왕년에 그는 반드시 해삼, 통닭, 생선로 주석을 마련하고 가까운 친구, 친척을 초치하여 떠들썩하게 하루를 보냈다. 금년에는 어떻게 한담? 이 일만은 노인들과 상의할 수 없다. 상의를 하면 친척과 친구를 초대하지 않으려는 의도로 비춰질 수 있기 때문이다. 노인이 표면상 찬동하더라도 마음속으로는 불쾌해 할 것이다─노인의 연세는 연말의 달력과 같아 뜰을 때마다　남은 게 몇 장 되지 않은 것을 눈으로 보게 된다. 이 때문에 노인들은 자기 생일을 특별히 신경 쓴다. 생일과 죽을 날의 거리가 그렇게 멀지 않아지기 때문이다.

　"제가 보기에…"

　샤오순얼 애미가 한참 뜰을 들이더니 남편에게 건의한다.

"그래도 옛날처럼 지냅시다. 당신은 몰라요. 금년은 아무 소리 없이 넘어가면 노인네가 틀림없이 병이 날거요? 그렇지요?"

"그렇게 심각해?"

루이쉬안이 괴로운 듯이 잠시 미소를 띠었다.

"당신은 노인께서 넌지시 말하는 것 못 들었어요?"

샤오순얼 애미가 베이핑말로 말했다. 샤오순얼 애미의 베이핑말은 당당하고 떳떳하게 내뱉어 질 때 어휘도 풍부하고 어조도 경쾌하였다. 마치 맑은 날 삼경에 야경 도는 사람의 딱딱이 소리 같았다.

"요 이틀 사이에 거리의 가게들이 문을 닫기만 하면 아무 일도 없을거라는 얘기가 나돌아요. 이거 우리 들으라고 하는 말 아닌가요? 노인네가 아무리 산다 해도 몇 년을 더 사시겠어요. 그리고 우리가 술이나 고기를 준비하지 못했는데 친척이나 친구들이 오면 우리가 허둥거리지 않겠어요?"

"그들이 초청하도록 기다리지 않고 알아서 온다고? 이런 전쟁통인 세월에?"

"그러면 난감하지! 천하에 어떤 난이 일어나도, 우리 베이핑인들은 절대로 예절을 잊지 않지!"

루이쉬안은 입을 다물었다. 평소에 그는 베이핑에 사는 것을 자랑스럽게 여기고, 전국에서 표준 국어로 인정되는 말을 할 수 있고, 황제가 건조한 정원, 사직단을 공원으로 하고 있고, 진귀한 책들을 볼 수 있고, 최고의 견해가 피력되는 언론으로 귀를 적시고, 단순히 눈으로 보고 귀로 들은 것만으로도 허다한 지식을 접할 수 있는 것을 자랑스럽게 여겼다. 그래서 심부름꾼, 소상인들조차 풍도가 있다! 그는 오늘 윈메이의 이야기를 듣고 나니, 베이핑 사람인 것이 싫어졌다. 천하에 난이 일어난 것도 아랑곳 하지 않고, 오우, 망국노가 되었는데도, 생일 축하를 해야 하다니!

"당신 상관하지 마. 전부 내가 할 테니. 볶은 채소면을 먹는다고 할지라도, 친구가 오면 서로 얼굴을 맞대며 멍을 때릴 정도는 아니잖아! 노인이 보고 싶은 것은 사람이다. 산해진미를 차려드려도 몇 입 밖에 못 잡수신다!"

샤오순얼 애미는 말을 끝내고, 득의에 차서 그녀의 맑고 큰 눈으로 한 바퀴 둘러보았다. 마치 천당, 인간 지옥을 모두 그녀가 이해하고 관리하고 있는 듯했다.

치톈유가 어떤가 보려고 집에 왔다. 그의 얼굴은 여위었고 부자연스런 웃음을 띠고 있었다.

"가게 문을 언제나처럼 열지만 그저 간판만 걸지요. 장사가 되든 안되든 문을 열어놓으면 통쾌한 기분이 들어요!"

그는 죄송하다는 듯이 치 노인에게 보고했다.

"문 여는 것으로 되었다! 가게 문을 열면 어쨌든 시장이 있는 것이니, 태평하게 보이잖냐!"

치 노인의 얼굴에 미소가 떠올랐다.

치톈유는 부친과 어색하게 몇 마디 나누고 자기 방으로 가서 마누라를 만났다. 그녀는 병이 들어 골골하지만 마음은 세밀하여 국사를 묻고 가게 형편을 물어보았다. 톈유는 국사에 대해서는 어두웠다. 그는 상인 단체를 믿었다. 상인 단체가 일단 헌납을 권유하면, 그는 전쟁이 나리라는 것을 알아차렸고, 상인 단체가 사람을 보내어 치안을 유지하면, 곧 평온하게 될 것으로 알았다. 이번에는 상인 단체의 중요 인물이 개인적인 활동을 하는 것을 제외하면, 상회 자체는 아무 표시도 하지 않았는데, 경찰이 점포를 열라는 통고를 보냈다. 이 때문에 톈유는 대세가 어떻게 결말이 날지 확실히 알 수가 없었다.

장사가 어떠냐는 문제는 전적으로 평화냐 난리가 나느냐에 의해 결정이 난다. 톈유의 난처함은 시국이 어떻게 되느냐에 대해 분명히 모르기 때문이었다. 이 때문에 물건을 바로 사들일지 말지를 결정할 수 없었다.

"일본놈들이 성에 들어오고 잠시 동안은 장사가 제대로 되지 않았지요. 장사란 물건이 값이 떨어지면 물건을 들여놓고, 시국이 조금 평화로워져서 값이 오르면, 우리는 이문을 남기고 팔지요! 그러나 내가 마음대로 할 수는 없어요. 주인들이 돈을 내어 놓으려 하지 않으면 나는 기다릴 수밖에요! 저는 마음이 썩 좋지 않아요! 요번 난은 어느 때의 난과는 같지 않아요. 이번에는 일본놈들이 우리를 쳤고 우리끼리 전투를 벌인 게 아니에요. 그놈들이 어떤 속셈을 가졌는지 누가 알겠습니까?"

"하루하루 되는 대로 사는 거죠. 성급하게 굴 거 없어요!"

"제가 조급해하지 말라고요? 가게가 돈을 벌어야 제 몫이 있을 수 있어요."

"하늘이 무너지면 모든 사람이 망하는 거죠, 방법이 있겠습니까?"

이야기가 여기에 이르자 루이쉬안이 들어왔다. 할아버지 생신 일을 거론했다. 부친은 눈살을 찌푸렸다. 그의 마음속에는 부친이 생일잔치를 정월 26일에 재물신에게 제사 드리듯이 차려드리고 싶지, 절대로 아무렇게나 넘기고 싶지 않았다. 다만 일본군인들이 성에 들어오자 그는 실제로 정신을 차릴 수가 없었다. 한참 생각하다가 낮은 소리로 말했다.

"니가 어떻게 하든 나는 좋아!" 루이쉬안은 정해진 것이 없었다.

모두가 멍해져서 말이 없었다. 그래도 마음속에는 만 마디 말이 들어있었다. 그때 벽 넘어 샤오원 부부의 호금소리가 들려왔다. 원씨 부인은 성 밑에서 목을 다듬듯이 가사를 읊지 않고 이~아~아~라고 구음만 내고 있었다.

"아직도 저런 것을 할 마음이 있나!"

루이쉬안이 눈썹을 찡그리며 말했다.

"모두가 먹고 살아야지!"

톈유는 창극을 좋아하지 않았지만 사실대로 말하지 않을 수 없었다. 이 말에는 숨겨진 뜻이 있었다. 톈유는 사람 생각의 근본을 포착한 셈이다. 바로 누구나 어떤 압력을 받더라도 밥은 먹어야한다는 것을!

루이쉬안은 슬그머니 나와 버렸다. 그는 방안이 숨이 막혔다. 부친의 한 마디가 단테의 지옥을 보여주는 듯 했다. 지옥이라 해도 그곳의 혼령들은 떠들썩하게 소란을 피울 것이다. 자신이 살아가려면 혼령과 함께 옥신각신 할 수 밖에 없다!

"루이쉬안!"

텐유의 부르는 소리가 방문으로부터 뒤쫓아 나왔다.

"너도 학교에 한번 가봐라!"

샤오순얼은 마침 벽돌 조각을 들고 나무에 달린 대추를 향해 던지려 하고 있었다. 루이쉬안은 멈춰 서서 먼저 샤오순얼에게 말했다.

"너 대추 따려고 하지마라. 주의하지 않으면 할머니 방 유리창을 깨고야 말거야!"

"집 앞에 사탕 파는 사람도 없고, 대추 두어 개도 먹으면 안되나?"

샤오순얼은 억울하다는 듯 말했다.

할머니가 방안에서 말을 이었다.

"따도록 해주어라! 아이들이 요즘 아무 것도 먹지 못했다!"

샤오순얼이는 우쭐거리면서 벽돌조각을 더 높이 던졌다.

루이쉬안은 부친에게 물었다.

"어떤 학교 말이에요?"

"천주교당 말이야. 내가 방금 그 쪽에서 왔는데 종소리를 들었어. 이미 수업이 시작된 거 같아."

"좋아요! 저 한번 가보지요!"

루이쉬안은 마음속의 울적한 기분을 풀고 싶었다.

"저도 갈래요!"

샤오순얼이 대추 잎만 떨어뜨리고, 대추 하나도 못 따자, 계획을 바꾸어 아버지 따라, 거리로 나가려 했다.

할머니가 대답했다.

"너 가면 안 돼! 길거리에는 일본귀신들이 있어. 할아버지에게 너에게 대추 몇 개 따주시게 할 테니. 착하지!"

루이쉬안은 모자 쓸 생각도 하지 않은 채 바쁘게 밖으로 나왔다. 그는 두 곳에서 가르치고 있었다. 한 쪽은 시립중학교이고, 18시간 정도하고 있으며, 모두 영어를 가르쳤다. 또 하나는 천주교에서 설립한 보습학교였다. 여기서는 4시간 정도 중국어를 가르쳤다. 그는 이 4시간 수업을 적은 보수라도 얻기 위해 담당한 것이 아니었다. 오히려 학교의 이태리 및 기타 국적 신부들에게 라틴어와 불어를 배우고 싶어서 학교에 나가고 있었다. 그는 머리가 녹스는 것을 두고 볼 사람이 아니었다.

대로상에는 변화가 없었다. 그는 대로상에 눈이 휘둥그레질 정도의 큰 변화가 있어서 이빨을 악 물게 만들고, 부모나 자녀를 신경쓰지 않고 국난에 뛰어들게 해줄 정도였으면 했다. 그러나 거리는 옛날 그대로였지만 사람이나 마차의 왕래가 적어 적막하고 공허하여 불안하기까지 했다. 아버지 말씀대로 가게 문은 여전히 열려있었지만 장사가 되는 것 같지 않았다. 건실하고 예를 지키는 점원들 중에 일부는 계산대에 침착하게 앉아 있고, 어떤 이들은 졸고 있었고, 어떤 이들은 멍청하게 밖을 내다보고 있었다. 후통 입구에는 인력거들이 놓여있고, 인력거꾼들은 평소처럼 희희덕거리지 않았다. 그들은 담장에 기대어 있거나 인력거 발받이에 앉아있었다. 치욕의 겉옷은 바로 정적이었다.

그는 후궈쓰 입구에 두 명의 무장한 일본병들을 보았다. 그들은 마치 키 작고 펑퍼짐한 곰 인형처럼 길 가운데 서 있었다. 루이쉬안의 머리가 땀을 흘렸다. 그는 머리를 숙이고 가게 문을 스치듯이 지나가서 샛길로 들어갔다. 그는 양 발이 목화를 밟듯 살금살금 걸었다. 멀리

지나가서 겨우 머리를 치켜들었다. 그는 어떤 사람이 자기를 부르는 것 같았지만, 그래도 머리를 숙이고 계속 걸어갔다. 그는 자기의 이름이 그렇게 부끄럽게 느껴질 수가 없었다.

학교에 도착해보니 이미 수업이 진행 중이었다. 그러나 학생들이 모두 출석하지 않았다. 오늘 그는 수업이 없었지만 이태리인 더우 신부를 만나보러 들어갔다. 평소 더우 신부는 상당히 좋은 사람이었다. 오늘 치루이쉬안의 눈에는 매우 냉정하고 거만한 사람 같았다. 루이쉬안은 자기 생각이 사실인지, 아니면 기분이 안 좋아서 예민하게 생각한 건지 알 수 없었다. 몇 마디 해 보고 난 뒤 신부가 냉랭한 얼굴로 루이쉬안이 무단결근한 사실을 지적했다. 루이쉬안은 분을 누르고 말했다.

"지금 같은 시국에는 반드시 임시 휴학일거라고 생각했지요."

신부는 한결 더 오만해졌다.

"오우! 평상시 당신네들 모두가 상당한 애국자였지요. 막상 포성이 울리니 당신들은 모두 숨기 바쁘군요! "

루이쉬안은 침을 삼키고 잠시 멍해졌다. 그는 분노를 삭였다. 그는 신부의 지적이 어느 정도 사실이라고 생각했다. 베이핑인들은 서양인들과 같은 모험정신 영웅심이 모자라는 것은 사실이었다. 신부는 하느님을 대신하는 자로서 당연히 사실을 말해야 한다. 여기에 생각이 미치자 웃으면서 가르침을 청했다.

"더우 신부님! 당신이 보기에 중·일전쟁이 앞으로 어떻게 전개될 것 같아요?"

신부는 원래 웃고 싶었다. 그러나 경멸이 섞인 신경의 파동은 웃음을 거두어 들였다.

"모르겠소! 나는 거저 중국에는 왕조가 바뀌는 것은 항상 있는 일이라고만 알고 있어요!"

루이쉬안의 얼굴이 뜨겁게 타올랐다. 그는 신부의 얼굴에서 인류의 악한 근성을 보았다―즉(어떤 비열한 수단을 이용해서 얻은 승리라도) 승리를 숭배하는 근성, 그리고 패배자를 경멸하는 근성. 그는 아무말도 없이 밖으로 나왔다.

그는 오리쯤 가다가 몸을 돌려 되돌아갔다. 직원 휴게실에 들려 사직서를 써서 더우 신부에게 보냈다―다시는 수업하러 가지 않는다고.

다시 학교에서 나오자 약간 마음이 가벼워졌다. 그러나 얼마 지나지 않아 자기가 득의에 찰 이유가 없다는 것을 깨달았다. 조롱 안에 갇혀 있는 작은 새가 다시는 노래하지 않겠다는 뜻을 세우지만 그게 무슨 소용인가? 그는 골치가 아팠다. 혼이 나간 채 샤오양쥐안의 입구에 다다랐다. 갑자기 길거리에 왁자지껄한 소리가 났다. 인력거꾼이 급히 인력거를 후통 안으로 끌어넣고, 가게는 허둥지둥 문을 닫았다. 몇명의 순경이 행인을 쫓아내었다.

"가지마라! 돌아가! 후통 안으로 들어가!"

가게 문 닫는 소리는 언제나 사람에게 불쾌감을 주었다. 루이쉬안은 멈춰섰다. 한 눈에 바이 순장을 알아봤다. 다가가서 물었다.

"공습입니까?"

이 말은 문득 떠오른 것이지 특별한 뜻은 없었다. 그러나 질문이 되어 한번 입 밖으로 나오자 마음속이 밝아졌다.

"우리도 공군이 있지. 베이핑을 폭격하러 왔구나! 일본놈들과 함께 죽으면 감지덕지지!"

그는 몰래 혼자 기도했다.

바이 순장의 미소는 바로 치욕과 어쩔 수 없음, 그리고 말할 수 없는 수많은 억울함이 뒤섞인 것이었다.

"무슨 공습? 길을 비우다니? 뭐…"

그는 매우 빠르게 사방을 휙 훑어본 후, 작은 소리로 말했다.

"일본인이 통행 차단시켰어요!"

루이쉬안은 마음이 새까맣게 탔다. 머리를 숙이고 골목 어귀로 들어갔다.

큰 회나무 아래에 샤오추이의 인력거가 목이 옆으로 젖혀진 채 너부러져 있었다. 샤오추이의 호박 같은 얼굴이 붉으락푸르락하고 손짓발짓하며 리쓰예에게 말했다.

"못 보셨어요? 내가 인력거를 끌고 나가자 또 통행 금지 조치 시키네요! 도대체 어떻게 살라는 건지. 단칼에 나를 베어버리면 차라리 속시원하겠어! 이렇게 느릿느릿 고통을 주는 건 정말 참을 수 없어!"

리쓰예는 오늘따라 소식이 더뎠다. 미안한 마음으로 루이쉬안을 불러 세웠다.

"큰 길은 어때? 치선생!"

"식사 하셨나요 쓰예?"

루이쉬안은 멈춰 서서 억지로 웃으며 말했다.

"아마 일본인들이 여기를 지나는가 봐요. 교통차단!"

"성문이 닫히지 않았어요?"

리쓰예의 마음속에는 성문이 닫히지 않으면 정세가 험악한 정도에 이른 것은 아니었다.

"그 정도는 아니겠죠!"

"30년 동안 이런 국면은 보지 못했네!"

리쓰예가 개탄했다. "황상이 계실 때는 황상이 외출하면 교통차단이 되었지요! 일본인들은 자기가 황제라도 되는 줄 아는가봐?"

루이쉬안은 대답할 말이 없어서 처참한 미소를 띠었다.

"치선생!"

샤오추이가 검은 손으로 루이쉬안을 끌어서 적삼에 손톱자국을 남겼다.

"당신 보시기에 도대체 어떻게 되겠어요? 정말로 저 여편네가 저렇게 구박을 하니 군인이나 되버릴까요!

루이쉬안은 리쓰예와 샤오추이의 정감을 좋아했지만 그들의 문제에 대답할 방법이 없었다.

쓰다마는 해진 신을 끌고 있었다. 심한 근시안을 가늘게 뜨고서 문을 나왔다.

"누가 군인이 된다고 했어? 역시 샤오추이야? 저놈 자식 아내는 어쩌고 군인이 되려고 해? 정말 대단하구먼! 아내를 나한테 데리고 올 작정이라도 되나? 빨리 집에 가서 잠이나 자! 가게 문이 열릴 때까지 기다렸다가 좋아지면 인력거나 끌어라!"

"리쓰예네 아주머니, 가게가 언제까지 문을 닫을지 누가 알아요! 해 떨어지면 당연히 계엄인데 내가 누구를 태워요?"

"소금 빌리는 것 걱정마라. 또 식초도. 내가 여기서 허튼소리 하지 말라 했지!"

샤오추이는 리쓰예네 아주머니에게 대들다가는 비싼 대가를 치른다는 것을 안다. 흥흥거리면서 인력거를 마당 안으로 끌어넣었다.

"저 물건 보아라!

리쓰예네 아주머니는 공격 대상을 바꾸었다.

"가게가 모두 문을 닫았는데 당신은 왜 소리를 질러서 알리지 않은 거요. 모두가 알도록 알려야 할 것 아니요?"

이야기가 여기에 이르러서야 루이쉬안을 보았다.

"오우! 치 씨 댁 큰 도련님, 내 눈이 침침해서 못 알아보았소. 치씨 도련님, 이번에 또 성문이 잠기고, 교통차단 되었어요. 도대체 무슨 일이요?"

루이쉬안은 아무 말도 할 수 없었다. 그는 화북의 정치를 담당하는 사람을 원망했다. 평소에 백성들을 독 안에 가둬두고, 환난이 닥치면 그들은 손사래 치면서 가버린다. 그러고는 독을 꽁꽁 봉해서 적에게 통째로 남겨준다! 수천 년의 문화와 역사에 의거하면 민중의 의기를 제대로 쓸 수 있다. 하지만….

"저도 분명히 말할 수 없습니다. 며칠이 지나면 좋아지길 바라야지요!"

그는 이렇게 말할 수밖에 없었다. 멋쩍어 하면서 자리를 떴다.

문에 들어오자 치 노인, 톈유 부부가 대추나무 아래에 모여서 한담을 나누는 것이 보였다. 루이펑은 반만 붉어진 대추를 손에 쥐고 먹으면서 말했다.

"이 정도면 됐어! 일본인이라도 좋아, 중국인이라도 좋아, 누군가 책임만 진다면 다 방법이 생기는 법이야. 방법이 있으면 일본과 우리의 마음이 평온해질 거야!"

말하고 나서 대추씨를 혀끝을 이용하여 땅에 뱉었다. 아주 교묘하게 대추를 위로 던져놓고 입으로 받아먹었다.

루이펑은 아주 메마르게 생겼다. 그의 몸에는 그 어디에서도 기름기가 없는 것 같았다. 이 때문에 그는 꾸미는 것을 특히 좋아하였다. 인공적인 것으로서 천연적인 것을 보완할 수 있다고 생각되는 부분에는 노동력과 돈 들이는 것을 아까워하지 않으며, 경건히 수리를 가했다. 그의 두발은 항상 가운데 가르마를 타고 흘러내릴 정도로 기름을 발랐다. 그의 작고 마른 얼굴은 면도가 깨끗이 되어 있었으며 껍질을 벗긴 올방개 같았다. 얼굴에는 화장용 크림을 를 발랐다. 그의 작은 마른 손의 손톱은 언제나 깨끗이 손질이 되어 있었으며 기름이 발라져 있었다. 그의 의복은 최신 유행 따르고 있으며 선명했다. 그는 하늘의 다리 위에서 한가하게 노니는 듯 했다. 사람들은 모두 그가 인기 여배우를 위하여 악기를 반주하는 기둥서방 쯤으로 생각했다.

혹은 그가 머리가 작아서 뇌도 크지 않기 때문에, 언제나 실제적인 문제만 주의를 기울여서, 항상 발걸음을 줄일 수 있는 지름길만 택했다.

그는 조금의 이상도 지니고 있지 않았다.

현재 그는 중학교 서무주임이었다.

루이쉬안과 루이취안은 둘째를 대수롭지 않게 생각했다. 그런데 치노인, 톈유, 톈유 부인 모두 상당히 그를 좋아했다. 왜냐하면 그의 현실주의가 노인들이 안전하고 믿을 수 있고 밖에서 말썽을 일으키는 데까지 이르지 않으리라 생각하게 했기 때문이다. 그가 연애를 해서 신여성을 처로 데리고 오지 않았으면 노인들은 틀림없이 그를 당가로 삼았을 것이다. 그는 장 보기와 교제를 할 줄 알고 여러 친척들과 말이 통했다. 불행히도 그런 신여성 처를 데리고 오다니. 그는 너무 현실적이고, 그녀는 너무 이기적이었다. 둘이 하나로 합쳐지니 노인들은 그들에게서 부적절한 점이 있다는 것을 간파했다. 그래서 둘째는 가정에서 중요한 지위를 잃었다. 이 실패에 보복하기 위해서, 그는 고의적으로 가정사를 묻지 않았으며, 형수가 물건을 비싸게 사거나 일을 잘 못 처리했을 때, 잘못을 들추거나 비평하고 공격하기까지 했다.

"형!"

루이펑은 굉장히 친절하게 불러서 마음속의 통쾌함을 드러냈다.

"우리 학교는 우선 학교를 유지하기 위해서 예금을 사용하기로 결정했어. 일인당—교장, 교원, 직원을 불문하고—모두 잠시 동안 매월 20원 유지비를 주기로 했어. 아마 형 학교도 그렇게 할 거야. 20원이면 나 혼자서 인력거 타고 담배 사피우기도 부족해! 그러나 결국 방법이 있을거야! 그렇지! 듣자하니 일본의 군정 요인들이 일본 대사관에서 회의를 연대. 아마 곧 중일 양 방면의 책임자를 발표할 수 있을 거야.

책임자가 있으면 경비문제도 결말이 날 것이라고 생각해. 유지비도 그렇게 오래 걸리지는 않을 거야. 좋아, 두서가 잡히니까. 누가 정부를 조직하든 우리는 돈만 받아서 밥만 먹으면 되지!"

루이쉬안은 호탕하게 웃어서 자신의 의견을 드러내지 않았다. 그는 부자형제 사이에는 때로는 침묵이 가장 좋은 보험이라는 것을 알고 있었다.

치 노인은 연신 머리를 끄덕여 둘째 손자의 의견에 전적으로 동의했다. 그러나 그는 아무 말도 하지 않았다. 왜냐하면 둘째 손부가 옆에 있어서 당장 손자를 추켜세우면, 앞으로 부부가 교만해질 것 같아서였다.

"너 교당에 가보았니? 어때?"

톈유가 루이쉬안에게 물었다.

루이펑이 재빨리 끼어들었다.

"형, 그 학교는 형의 근거지야! 공립학교—혹은 바른대로 말하면 중국인이 운영하는 학교—의 전도가 어떻게 될지 아무도 말 못해. 외국인들은 정말 일처리가 철저해! 형은 마땅히 행동을 취해서 몇 시간 더 얻어야 돼! 서양인들은 절대로 유지비 따위 걷어가지 않을거야 월급을 못 주게 되지 않을 거야!"

루이쉬안은 원래 얼마동안은 학교에서 자기가 한 일에 대해 가족들에게 말하고 싶지 않았다. 자신이 다른 일을 찾아서 손실을 벌충할 수 있게 되면 모두에게 말하고 싶었다. 둘째가 이렇게 줄줄이 말하니 화가 치밀었다. 그는 여전히 웃고 있었지만 보기 어색한 웃음이었다.

그는 낮지만 분명하게 말했다.

"나는 이미 그 네 시간도 사임해버린걸!"

"뭐—"

둘째는 '뭐' 다음에 '요'를 말하지 않고 입을 다물어 버렸다. 평소에 그는 셋째와 늘 말다툼을 벌였다. 셋째는 둘째형을 두려워하지 않았고, 그도 셋째를 두려워하지 않았다. 말싸움은 결과가 없이 끝나기 일쑤였다. 형에게는 몰래 공격하지 공개적으로 도전하려 하지는 않았다. 그는 형을 두려워했다. 오늘 루이쉬안의 안색이 좋지 않은 걸 보고 재빨리 입을 다물었다. 치 노인은 장손자가 굴러들어온 떡을 밖으로 밀어내는 방식에 아주 불만이지만 뭐라고 말하기도 불편해서 못 들은 척 했다.

톈유는 장자의 일거수일투족이 모두 분수에 맞으며, 사람이 사회에서 일을 하려면 나아가는 때도 있고 물러나는 때도 있으며, 눈 깜짝할 사이에 진퇴를 결정해야 함으로, 남이 어떤 원인 때문인가를 묻는 것을 원치 않는다는 것을 알고 있었다. 이 때문에 그는 남이 루이쉬안에게 물을까 두려워했다. 그래서 급히 말을 이었다.

"네 시간 정도인데 뭐! 괜찮아! 큰애야. 너도 좀 쉬어야지!"

샤오순얼 애미는 동쪽 방에서 일을 하고 있었다. 양 손이 젖고 빨개졌다. 손으로 이마의 땀을 닦으며 방안의 동정을 탐색했다. 집안 모두의 얘기를 분명히 들을 수는 없지만 직감으로 뭔가 이상한 기류가 흐르는 것을 짐작했다. 남편이 북쪽방으로 가는 것을 보고 그녀는 물었다.

"시원한 녹두탕이 있는데 잡수시겠소?"

그녀의 목소리에는 미안함이 담겨있었다. 그녀는 마치 자기가 한 일이 모두를 불쾌하게 한 듯이 미안해했다.

　루이쉬안은 머리를 저으며 셋째 방에 들어갔다. 셋째는 침대에 누워서 선장본을 보고 있었다—양서는 모두 큰형이 태워버려서 무료함을 달랠 겸, 왜 선장본이 안전한지 알고 싶어서 한 권을 집어 들어 보고 있었다. 한참 들여다보았다. 그가 보고 있는 책은 대학연의(大學衍義)였다. 그는 분을 삭이고 천천히 큰 글자를 보았다. 글자들은 모두 선명하게 인쇄되었지만, 마치 무대 위의 노배우처럼 낡은 복장을 하고 뒤뚱뒤뚱 팔자걸음을 걷는 것 같았다. 그가 외국어나 중국어로 과학서적을 읽을 때 책에 쓰여 있는 빽빽한 작은 글자가 벼룩처럼 검고 또록또록했다. 그는 눈썹을 찡그리며 눈으로 글자들을 잡아서 하나하나씩 머릿속에 넣었다. 그는 주의력과 시력을 쏟아 부어 한 단락을 읽었다. 하지만 일단 한 단락의 지식을 소화하게 되면, 기분이 좋아지고 뇌도 점점 힘이 세지는 것 같았다. 작은 글자와 선명한 도표들을 이해하고 나니, 그는 마음이 넓어지고 상상의 나래를 펼치게 되었다. 그 작은 글자와 그림들에서 시작해서, 우주의 질서, 위대함, 정밀함, 그리고 아름다움에까지 생각이 미치게 되었다. 그는 농구를 하고 있으면 온 몸이 힘과 근육으로 가득 찬 듯했으나, 마음은 텅 빈 것으로 느꼈다. 책을 읽을 때 그는 바로 몸을 잊고 우주의 모든 구석이 정교한 지식으로 가득 찼다고 느꼈다. 지금은 이 옛 책의 큰 글자가 그에게 머리를 흐리멍덩하게 하여 도대체 무슨 말을 하고 있는지 알 수가 없었다. 그는 적들이 왜 선장본을 두려워하지 않는지 이해하기 시작했다.

　"큰형! 나갈려고?"

그는 책을 한 쪽으로 미뤄놓고 일어나 앉았다.

루이쉬안은 두 신부를 만난 경과를 동생에게 얘기하고 덧붙였다.

"쓸데없는 짓이지! 그러나 마음은 통쾌해!"

"나는 형이 그 정도로 정열이 있다는 게 반가워!"

루이취안이 흥분해서 말했다.

"이 정도의 정열도 쓸모가 있을지 누가 알랴? 얼마나 오래 유지될지?"

"당연히 쓸모가 있어! 인간이 그 정도의 정열이 없다면 하루 종일 머리를 숙이고 모이를 쪼아 먹는 닭과 무엇이 달라? 어느 정도 오래 지속할 수 있을지에 대해서는 말하기 어려워. 큰형은 우리 집 온 가족 때문에 고생을 했어. 나도 그중에 들어가지. 모두가 형의 무거운 짐이야!"

"더우 신부의 의기양양 하는 표정 생각만 하면, 쿵쿵거리면서 당당하게 뛰쳐나가 중국인의 자존심을 지키고 싶어. 더우 신부조차 우리를 대수롭지 않게 보는데 다른 사람이야 불문가지(不問可知)지! 우리가 계속 고개를 숙인 채 못난이처럼 굴면, 이 세계에는 우리를 동정하고, 인간으로 보는 사람이 하나도 남지 않을 거야!"

"큰형은 그렇게 말하면서 왜 종종 내가 가는 것을 말리는건지!"

"아니야, 나는 말리지 않겠어! 언젠가 때가 되면 반드시 너를 놓아 줄 거야!"

"그러나 비밀을 지켜주세요. 큰 형수에게도 말하지 말아주세요."

셋째의 목소리는 낮았다.

"당연하지!"

"나는 엄마에 대해 마음 놓을 수 없어! 엄마는 몸이 그렇게 약한데, 내가 몰래 떠나면 엄마는 죽도록 울지 않겠어?"

루이쉬안은 멍해지더니 겨우 말을 이었다.

"무슨 방법이 있니? 나라가 망하면 집안도 반드시 망할 수밖에!"

9

일본 군벌들의 생각대로라면, 가장 마음에 들고 간단한 계획은 어느 한 곳을 점령하면, 그 곳에 군사정부를 세우고 군인을 수령으로 앉히고 정치적 권력을 총칼로 유지하는 것이다. 다만 그렇게 하려면 전반적인 군사계획과 충분한 병력은 필수적이다. 사실상 그들은 지대한 침략 야심은 있었으나 완전한 용병계획과 북 한 번 쳐서 화베이를 점령할 수 있는 병력이 없었다. 그러므로 그들의 야심은 거짓과 사기의 유혹을 떨칠 수 없었다. 그들은 동쪽에서 대포 몇 방 쏘고 서쪽에서 북을 치면 중화 정부와 인민들이 간담이 서늘해져서 강화를 요청할 것이고, 그러면 최소 손실로 최대의 이익을 취할 수 있다고 생각했다. 사기는 제일 위험한 것이다. 왜냐하면 마지막에 가서는 도리어 자기 자신에게 사기치고 속아넘어가는 꼴이 되기 때문이다.

일본군이 베이핑과 톈진을 공략했으나 침공을 완결 짓지는 못했다. 그들은 실수를 거듭하면서도 전투를 계속해야 했다. 창검을 이용하여 얻은 먹고 사는데 필요한 비곗덩어리를 정객들과 자본가들에게 나누어 줄 수 없었다. 일본군인들은 정객과 거상들을 싫어했다. 그러나 그들에게 비곗덩어리를 나누어 주지 않을 방법도 없었다. 일본군인들은 중국의 한간(汉奸)[40] 들을 매우 싫어했다. 그러나 한간들의 시의적절한 도움만이 그들이 적은 병력으로 한 성이나 한 현을 진압하여 복종시킬 수 있게 해준다.

그들은 손에 묻은 피를 닦고, 그들이 싫어하는 정객과 한간과 손을 잡을 준비를 해야 한다. 손을 잡은 후 정객과 한간들은 허다한 듣기 좋은 말로 중국인과 그들 자신을 속이려 할 것이다. 정객과 한간들은 평화를 제일 기피했지만, 오종종한 그 인간들은 '평화를 표방하곤 한다. 그들은 원래 자기 자신에게만―진급하기 위해, 돈을 갈취하기 위해, 전쟁을 일으키기 위해―충성하면서도 천황에게 충성한다는 소리만 한다. '무사도' 정신은 이 때문에 변질되어 사람을 속이고 자기 자신도 속인다. 그리하여 응당 위풍당당해야 할 무사가 일종의 어릿광대로 변질된다.

그렇지 않고 그들이 솔직하게 자신들을 흉노나 한니발에 비유하여, 뜨겁게 달구어진 쇠채찍으로 대지를 쳐부순다면 역사적으로 영원히 저주받을 악명을 남길 것이 뻔하다. 마귀와 마치 마귀와 천사가 영원히 대립하는 것 같이 말이다. 그런데 그들은 살인과 방화도 일삼고, 피의

• • •
40   친일파.

흔적과 불 탄 자리를 종이로 덮으려고도 한다. 그렇다면 역사적으로 그들에게 제대로 이름을 붙일 수는 없고, 그들을 마지못해 족제비나 쥐 따위에 비유할 것이다.

베이핑이 쥐들을 위해 교통차단을 했다. 쥐는 교활하고 사람을 두려워한다.

그들의 모임은 전쟁의 압박이 아니었다면 절대 결론을 내리지 못했을 것이다. 그들에게는 정객과 한간의 도움이 필수적인 것이 아니었지만, 그들을 돕는 다면 그로부터 부당한 이익을 취하기에 좋았다. 그들은 다른 사람에게 이윤을 얼마나 나누어주어야 하는가? 어떠한 이윤을 분배해야 하나? 자기가 **빼앗아** 온 것에 남이 손을 벌리다니. 그게 참을 수 있는 일인가? 특히 쥐새끼 눈을 하고 있는 일본 무사들에게는 말이다. 만약 자기들 본심대로라면 기관총을 장착하고 한 시간 동안이면 베이핑을 큰 도살장으로 만들어버릴 수 있었다. 그러고 나서 고궁의 보물, 도서관의 책, 오래된 절, 유명한 정원의 신기한 꽃과 진귀한 장식품들을 싹 쓸어 내어 가지고 갈 수 있다. 빙빙 글을 지어 원하는 것을 얻을 필요가 없는 것이다. 그러나 베이핑에는 허다한 서양인들이 있다. 일본 무사는 반드시 가면을 쓰고 흉악한 얼굴을 가려야 한다. 정객들은 또 말한다. 그건 정치적 문제이며 그렇게 많은 총알을 허비할 필요가 없다. 자본가들도 만면에 웃음을 띤 채 말한다. 도살은 경제의 논리에 위배된다고. 최후로 한간들은 국궁하고 읍을 한 채 진술한다. 베이핑 사람들은 착실해서 절대로 일본에 항거하지 않으며 응당 '황군'이 관대히 봐주기를 원할 것이다. 이리하여 아주 간단한 일이 복잡한 일로 바뀌어 도살과 겁탈이 이 정부 조직하기와 '왕도(王道)'의 실시라는 전략으로 바뀌었다.

이렇듯 군사 점령 작전이 정부를 조직하는 방향으로 우회하게 되자, 톈진에 숨어있는 실의한 군벌과 관료들이 대실망을 한다. 그들이 관직을 차지하여 돈을 긁어모으고 싶은 욕심은 이미 왜구의 침입에 따라 곧 기대에서 현실로 변할 예정이었다. 그들은 일본군인에게 머리만 조아리면 부귀를 얻을 수 있다고 생각한다. 그들은 일본군이 선택에 신중을 기하였으며, 머리가 만져지는 자를 모두 그들이 쓸 만한 사람으로 치지 않는다는 점은 생각지도 못했다.

동시에 일본군에게도 파벌이 있고, 정객과 자본가도 각각 패거리가 있어서, 일본인이 일본인과 싸워야하고 중국인이 반드시 이 혼전을 따르다 보면, 중요한 세력이 어디에 있는지 알지 못한다. 그들이 아주 간단히 일본 군벌을 의부로 삼는 방법은 누구든지 아빠라고 부르는 것과 맞먹는다. 그들은 허둥거리고 분주하게 날뛰고, 도청하고, 결탁하고, 경쟁하지만 발탁되지 못할까 두려워한다―이번에 무대에 진출해야지만 '개국일등공신'의 자격과 향락을 누릴 수 있다. 그들은 여름 변소 속의 구더기처럼 활발히 움직인다.

훨씬 더 가련한 사람은 관샤오허 같은 인간이다. 그들이 손잡았던 인간들은 허둥거리다 결국 어떻게 된지 모르고 그들 자신은 이미 한결 더 머리가 흐리멍덩해졌다. 그들은 다만 부모가 그들에게 다리를 두 개 더 주지 주지 않는 것을 한탄할 뿐이었다! 그들은 이미 힘이 다 빠져 버릴 정도로 뛰어다녔지만, 사태는 여전히 아득하다.

관샤오허의 잘생긴 눈이 퀭하니 구덩이가 파이고 얼굴색은 거무튀튀해졌다. 하지만 그는 절대 낙담하지 않았다. 곧 반전되어 운이 좋아질 것이라 굳게 믿고 절대로 인사를 소홀히 하지 않았다. 오히려 그는 화락하게 말하지만 목소리가 쉬기도 하고 목에서 쉰내가 나기도 했다. 그는 목캔디를 사서 입에 물기도 한다. 설령 말을 할 수 없을 때라도 입은 항상 다른 할 일이 있었다. 그의 일은 두서가 없을지라도 그는 이미 각 처로 부지런히 돌아다녀 적잖은 명사와 논리를 배웠다. 갑(甲)에게서 배운 것을 을(乙)에게 팔아먹고, 을에게서 배운 한마디를 병(丙)에게 전하는 식이었다. 정말이지 도저히 말할 곳이 없으면 마누라나 딸에게 가르쳐준다. 게다가 이러한 전수와 선전은 자신의 실패를 가려줄 수 있었다. 그는 말 한 마디가 채 끝나기도 전에 하품하곤 하며, 본인이 너무 노력했기에 피곤하다는 점을 과시한다.

그가 어느 정도 성공을 거두었으면 한가하게 이웃에게 혹은 옆집 사람들에게 마음을 쓰거나 배려하지 않았을 것이다. 지금은 사정이 여전히 불확실하여, 옆집 사람에게 주의를 기울였다. 왜 치루이쉬안과 같은 사람들이 끽 소리 없이 대문을 나가지 않고 중문을 넘지 않는 식인 건가? 그들은 어떤 계산을 하고 무엇을 알고 있는가? 그는 첸모인 선생에 대해서 특별히 주의하고 있다. 첸 선생같이 나이 지긋하고 학식이 있는 위인이라면 반드시 일본인의 도래로 좋은 운을 만나게 될 것이다. 그가 며칠 동안 분주히 다니는 중에 적잖은 명사들을 만났다.

그중에 어떤 이는 시문으로 일본인들과 친구로 사귀어 시사(詩社) 비슷한 것을 창립할 준비를 하는 사람도 있었다.

이런 시인과 문인들의 입에서 관샤오허는 상투적인 말을 배웠다.

"일본인들은 시 짓기를 좋아하고 그것도 모두 중국의 구(旧)시를 짓는다! 소위 백화시[41]라는 것은 아무 가치도 없는 것으로 여긴다!"

어떤 사람은 회화와 서예를 매개로 일본인에게 접근할 준비를 한다. 그럼 관샤오허는 또 그들로부터 한 가지 기예를 배우곤 했다.

"예술이란 국적이 없다. 중국인이 그리는 그림은 일본인이 그리는 것과 똑같이 아름다워야 한다. 우리들은 미적인 것으로서 미적인 것을 얻어낸다. 누가 이기고 지고로 나뉘지 않는다!"

어떤 사람은 화초 심기를 보신책으로 삼으려 준비하면서 말한다.

"일본인들은 화초를 가장 좋아한다. 동양(일본)에서는 꽃을 화병에 꽂는 것조차 연구한다. 모두 함께 모여 화초를 감상할 수 있다. 중국인과 일본인으로 가를 필요가 있나!

이런 말도 관샤오허 선생은 기꺼이 배웠다.

이러한 준비 과정과 말들은 관샤오허로 하여금 첸모인 선생에게 생각이 미치게 했다. 첸 모인 선생은 시문을 할 수 있고 그림을 그릴 수 있고 거기에 꽃 심기를 좋아한다. 모든 것에 재주가 있다. 그의 심장이 뛰었다. 만약 선생을 앞장세우고 시사 혹은 화사(画社)를 설립하고 혹은 꽃집을 열고 자기가 경영을 한다면…. 그러면 직접 일본인들을 끌어들일 수 있을 테니 매일 이곳저곳에 부탁하며 일을 꾀할 필요가 없지 않은가?

생각이 여기에 미치자 그는 홀연히 크게 깨우쳤다. 오우! 첸 선생

• • •
41 현대시

그렇게 냄새나고 고집불통인 것도 당연하지, 마음속에 다 생각이 있는 게야! 그는 첸 선생을 만나러 가고 싶었지만 거절당할까봐 두렵기도 했다. 그는 지난번 치 씨 댁 문 앞에서 첸 선생과 마주친 광경을 생각하면, 다시 거절당하고 싶지 않았다. 그는 먼저 치 씨 댁에 가서 탐색해보고 싶었다. 치루이쉬안이 첸모인에 대한 소식을 안다면, 그때가서 다시 첸 씨네에 어떻게 방문할 수 있을지 결정해도 좋을 것 같았다. 희망만 있다면 문전박대를 받아도 개의치 않을 것이다. 동시에 관샤오허는 치루이쉬안이 심오한 수가 있는 것이 아닌지 궁금했다. 그렇지 않으면 그렇게 허둥대지도 않고 한가히 집안에 웅크리고 있을 리가 없지 않은가! 관샤오허는 목캔디를 입에 물고 머리를 빗으며 치 씨 댁을 힐끗 쳐다본다.

"루이쉬안!"

그는 문간에서 두 손을 받쳐 들고 친절하게 불렀다.

"아무 일 없어? 내가 자네를 보러왔네!"

루이쉬안과 함께 방으로 들어가서 자리 잡고 앉자 먼저 샤오순얼을 칭찬한 연후에 본론에 들어갔다.

"뭔가 아는 거 없어?"

"없습니다!"

"고민이요!"

관샤오허 선생은 루이쉬안이 고의로 말을 하지 않는다고 생각했다. 그래서 자기가 가진 자료를 정보와 바꾸고 싶었다.

"나는 며칠간 계속 외출을 했으나 들은 게 거의 없다오. 하지만 현재의 큰 추세에 대해서는 대체적으로 잘 알고 있소. 일반적으로 말하면 모두가 중국과 일본이 반드시 합작할 것으로 생각하는 가봐요.”

“모두라니요?”

루이쉬안은 누구에게도 밉보이고 싶진 않았다. 다만 관 선생 같은 부류의 인간을 만나면 자기도 모르게 말에 가시가 담기게 되었다.

관 선생은 그 가시를 느끼고 눈을 굴리며 말했다.

“물론 우리는 모두 중국이 무력으로써 외부의 침략을 막아낼 수 있길 바라죠. 하지만 우리가 일본을 타도할 수 있을지 없을지는 알 수 없는 문제요. 베이핑은 의심할 여지없이 잠시 일본인 점령 하에 있게 될 것 같소. 내 생각에 우리 같이 쓸모 있는 사람은 응당 일을 해서 우리 인민의 손해를 최소화해야 하오. 이 후통 안에서 나는 자네와 첸 노인을 높이 평가하며 특별히 관심을 가지고 있소. 요즘 첸 노인은 어떻소?”

“요 며칠 동안 그를 만나러 가지 않았습니다.”

“그 분은 무슨 활동이라도 하는 거 아닌가요?”

“모릅니다! 그는 활동을 하지 않을 거요. 그는 시인이요!”

“시인이 활동하지 않으리란 법은 없죠! 듣자하니 두쉬우링은 요직에 앉을 가능성이 크다고 하던데요!”

루이쉬안은 다시 이야기를 계속하기 싫었다.

“우리 함께 모웅을 만나러 가는 게 어때요?”

“다음날 가지요!”

“어느 날 말이요? 자네가 시간을 정해요!”

루이쉬안이 궁지에 몰리자 말을 대충대충 대꾸하는 것을 공격 전략으로 삼았다.

"뭐 하려고 그 분을 찾아요?"

"글쎄?"

관 선생의 눈빛이 반짝였다.

"그 문제를 자네와 의논하고 싶네! 나는 첸 선생이 시를 쓰고 그림도 그리고 화초 기르기도 좋아하시는 것을 알아요. 일본인은 그런 예술들을 좋아한다오. 우리—그러니 자네, 나, 첸 선생—가 시화사 같은 것을 조직하면 작게는 몸을 보호할 수 있고, 크게는 일본인과 사귈 수 있으니, 어느 정도 발전할 수 있는 법이오! 우리는 반드시 그렇게 해야하고, 나는 그것은 확실히 온당하고 적절한 길이라고 확신한다네!"

"그러면, 관 선생, 당신은 일본인이 영원히 우리 베이핑을 차지할 수 있으리라고 생각하는 거요?"

"그들이 한 달을 차지해도 좋고 백년이라도 좋소. 우리는 준비를 해야 돼요. 사실을 말하면 자네는 너무 소극적이야! 이 시대에 우리가 충분히 활동하기만 하면 맛있는 것도 즐길 수 있고, 안 그래요?"

"내 생각에는 첸 선생님은 절대로 그런 일은 하려들지 않을 거요!"

"우리가 그를 만나보지 않고 단정질 수 있어요? 누구의 마음속이 어떤지 자세히 얘기하지 않고는 알 수가 없지!"

루이쉬안의 통통한 얼굴이 상기되었다.

"나 자신은 관여 않겠소!"

그는 이 한마디가 관 선생의 기분을 상하게 한 것 같아서 다시 지껄일 필요가 없다고 생각했다.

관 선생은 화를 내는 대신에 웃으며 말했다.

"자네는 시를 짓지 않고 그림도 그리지 않지, 상관 없어! 나도 할 줄 모른다오! 첸 노인이 문장을 짓고 우리 둘은 사무를 관장하자는 거야. 빨리 일에 착수해서 간판을 만들면 일본인들이 풍문을 듣고 올 거야. 그러면 우리 샤오양쥐안이 바로 문화 중심이 되는 거야!"

루이쉬안은 더는 참지 못하고 냉소를 터뜨렸다.

"자네 생각해 보게! 나는 이 일은 해볼 가치가 있다고 생각해! 잘하면 우리에게도 유익할 것이고 잘 안 되더라도 손해는 없어!"

관 선생은 이렇게 말하며 일어나서 마당으로 나갔다.

"아니면 이렇게 하는 건 어떻소? 내가 자리를 마련하지. 첸 선생님을 오시게 해서 모두가 얘기해봅시다? 우리 집에 오고 싶지 않으면 내가 술과 안주를 여기로 보내지? 자네 생각은 어떤가?"

루이쉬안은 대답하지 않았다.

대문에 이르러서 관 선생이 또 물었다.

"어때?"

루이쉬안은 자기도 모르게 뭔가를 말한 다음 몸을 돌려 들어가 버렸다. 그는 더우 신부의 말을 생각했다. 신부의 말과 관샤오허의 말을 한 곳에 넣고 그는 몸서리를 쳤다.

관샤오허가 집에 도착하자 마누라도 방금 전에 도착해 있었다. 그녀는 옷을 갈아입으면서 세수할 물과 쏸메이탕을 머금고 있었다. 그녀의 붉은 참외 같은 얼굴에는 이미 분이 벗겨지고, 입과 코가 크게 숨을 빨아들이고 뱉었다. 그 소리가 얼마나 큰지 마치 일본인들의 기관총 두세 자루를 방금 빼앗아 온 것 같았다.

다츠바오가 남편의 재물과 봉록에 대해서는 매우 낙관적이다. 그것은 남편의 능력을 믿어서가 아니고 자기의 손과 눈이 탁월하다고 믿기 때문이다. 그녀는 이 며칠 동안에 이미 돈 많은 5명의 첩들과 의자매가 되고 마작 솜씨를 발휘하여 2천위안을 땄다. 그녀는 예언했다. 오래잖아 일본 부인들과 자매관계를 맺을 것이고 일본 군정의 요인이 마작하러 올 것이라고 말했다.

그녀는 자기만족에 도취되어 남에 대해서 잘못을 들추어 내지 않을 수 없었다.

"자오디! 너 뭐했니? 가오디는? 왜? 더 열심히 뛰어야 할 때 오히려 쉬고 있다니?"

그리고 겉으로는 두 아가씨를 향해 말했지만, 그녀의 실제 목표는 따로 있었다.

"뭐, 나가서 돌아다니니 얼굴이 탔다고? 나는 늙어서 얼굴 가죽이 타는 것은 두려워하지 않아! 나는 남편을 도와 집을 흥하게 하여 가업을 일으키려면 하얀 얼굴만 믿으면서 요정 노릇을 할 수는 없다는 점을 잘 알지!"

말을 마치자 귀를 기울였다. 만약 유통팡이 반항이라도 하면 반격할 준비를 갖추었다.

그러나 유통팡은 말이 없었다.

다츠바오는 남편에게로 총구를 돌렸다.

144

"당신 오늘은 왜그래? 나가지도 않구? 모든 일은 나한테 떠넘기면서 말야? 당신 부끄럽지 않아? 나가, 아직 일러. 당신 내 말 듣고 밖에 갔다 와! 당신 전족한 처녀애가 아니잖아. 성큼성큼 걷는 게 두려워?"

"내 나가지, 나가!"

관 선생은 거드름 피우며 말했다.

"마님, 화내지 마십시오!"

그러고는 모자를 집어 들고 느릿느릿 밖으로 나갔다.

그가 나간 후 유퉁팡이 다츠바오를 향해 포문을 열었다. 그녀가 포문의 방향을 조절하고 있는 시간에는 관 선생이 집에 있을 때 말썽을 일으켰다는 죄명을 쓰지 않기 위해 참고 또 참을 수 있었다. 일단 그가 밖으로 나가면 그녀의 총탄이 튀어나왔다. 다츠바오의 입은 이미 몹시 거칠어져 있었고 퉁팡은 그보다 몇 배나 더 거칠었다. 자기 귀로 도저히 참을 수 없는 지경에 이르자 그녀는 솔직하게 털어놓았다.

"나는 창기 출신이지만 조금도 신경쓰지 않는다!"

유퉁팡은 자기 부모가 누군지 기억할 수 없었다. '유'라는 성은 길러준 양어머니 성이다. 4살 때 그녀는 유괴되어 팔렸다. 8살에 고서를 배우기 시작했다. 그녀는 상당히 총명해서 겨우 10살 때 무대에 올라가서 돈을 벌게 되었다. 13살에는 그녀의 사부에게 겁탈당했다. 이 때문에 신체 발육이 장애를 입어 키가 크지 않아 작았다.

작은 얼굴은 평평하고 피부는 상당히 촉촉했다. 특별히 매력 있는 것은 그녀의 눈이었다. 그녀의 목소리는 꽤 좋았지만 기운이 부족해서 쉽게 목이 쉬고 힘이 빠졌다.

그녀의 눈이 목소리의 부족을 메워주었다. 먹고 살기 위해 눈이 노래에 도움이 되게 했다. 그녀가 무대에 나가면 먼저 눈을 좌우로 한 바퀴 둘러본다. 이렇게 해서 무대 밑의 관중들이 모두 그녀가 자기 자신을 보고 있다고 느끼게 했다. 이에 힘입어 그녀는 한때 잘 나갔다. 그녀가 베이핑에 와서 기예를 펼쳤을 때는 이미 22살이었다. 첫째는 베이핑에 유명 배우가 매우 많았고, 둘째는 이미 두 번의 낙태 경험 때문에 기력이 더욱 약해졌다. 그래서 베이핑에서는 그다지 뜻을 이루지 못했다. 이러한 실의의 순간에 관 선생이 그녀를 돈으로 속량해주었다. 다츠바오의 키가—다른 말 할 필요 없이—너무 커서 관 선생은 키 작은 여자를 들이고 싶었다.

퉁팡이 몇 년 만 글을 읽었다면 그녀의 경력이나 그녀의 총명함으로 유용한 인간이 되었을 것이다. 일보를 양보하더라도 글을 읽지 않아도 정정당당하게 시집을 갔으면, 그녀의 사회적 경험, 그녀가 겪은 고통으로 훌륭한 주부가 되었을 것이다. 그녀는 화려한 옷, 귀를 즐겁게 하는 말과 미소, 산해진미가 차려진 주식이 심신을 부패시키고, 결국 그녀를 연고자가 없는 무덤에 던져 넣는 독약이라는 사실을 잘 알았다. 겉으로는 매혹적인 눈으로 노래하고 남을 웃겼지만 남몰래 눈물로 얼굴을 씻었다. 그녀는 부모 형제 친척도 없었다. 눈을 떠보면 세계는 텅 비어 있었다. 텅 빈 세계에서 그녀는 누구에게나 웃으며 윙크를 보내서 두 끼 밥을 벌어먹었다. 스무 살 때 그녀는 이미 일체가 공허하다는 것을 깨닫고 진실한 남자를 만나면 그와 진실한 삶을 살고 싶었다. 그러나 첩밖에 될 수 없었다. 그녀의 요염한 눈빛을 단 한번에 바꾸기엔 힘들지 몰라도, 퉁팡은 멋진 남자를 만나면 모든 나쁜 습관을 기꺼이 버리길 희망했다. 그러나 첩이란 전적으로 노리개에 불과하다. 여러 사람을 매혹시켜야 하는 대신에 한 사람에게 즐거움을 주어야 한다. 다시 다츠바오의 질투와 압박이 가해지는 가운데, 그녀는 입 안에 들어있는 밥도 뱉어야 하는 지경에 이르지 않도록 남편의 사랑을 다투어야 했다. 한편으로 그녀는 옛날의 유혹하던 기술을 사용하여 남편의 마음을 묶어야 했다. 다른 한편 모욕을 감수하고 탁자 다리에 붙어있는 조개껍질이 되지는 않겠다고 결심했다. 게다가 그녀의 마음 됨됨이는 다른 어떤 사람에 비해도 더 나쁘지 않았다.

또 그녀는 강호를 많이 떠돌아 다녔었기에 보통 사람보다 더 의기가 있었다. 여자로서 말하면 다른 어느 여인보다도 더 정절을 지키는 여자였다. 그녀가 13살에 순결을 잃고 22살에 이미 두 번이나 낙태를 했지만, 이 모두 자신의 잘못으로 인한 것이 아니었다. 이로 인해서 다츠바오가 그녀를 공격하면 할수록 더 거세게 대들었다. 그녀는 다츠바오도 자기를 욕할 자격이 없다고 생각했다. 불행히도 그녀의 항변은 원래는 이해를 구하기 위해서인데, 큰 소리로 욕을 하는 형식으로 표현했기 때문에 더 많은 공격과 원한을 불러일으켰다.

오늘 그녀는 유퉁팡 자신뿐만 아니라 자기의 고향—즉 랴오닝—까지 욕을 들어먹게 했다. 그녀는 자기가 관 밖의 출신인지 확실히 모르지만 선양의 작은 개울가에서 자기의 기예를 팔았던 기억이 났다. 그리고 그녀의 말 속에 그 곳의 냄새가 배어있었다. 그녀는 부모가 없으며 제대로인 고향이라도 있었으면 했다. 그렇게 해야 스스로를 뿌리 없는 부평초로 여기지 않을 수 있으니까. 그녀는 일본인들이 그녀의 고향을 속이고 **빼앗아서** 얼마나 학대해왔는지 알고 있었다. 이 때문에 다츠바오가 일본인에게 접근하려고 온갖 수단을 다하는 것을 깊이 증오했다.

집안 전체에서 그녀는 가오디와만 말이 통했다. 관 선생은 그녀를 상당히 잘 대해주었다. 다만 그의 사랑은 그녀를 총애하고 놀아주는 것이 전부였으며, 그녀의 의사를 존중하지 않았다. 가오디는 부모의 환심을 사지 못해 친구를 갖고 싶어 했다. 그래서 그녀는 퉁팡을 평등하게 대했으며, 퉁팡도 성의를 다해 가오디를 대했다.

퉁팡이 한참 동안 욕을 퍼붓자 가오디가 그녀에게 그만하라고 권고했다. 폭풍우가 지나간 후에는 대체로 날씨가 맑은 법이다. 퉁팡이 노기를 발산한 후 가오디에 대해 특별히 싹싹했다. 둘은 얘기를 시작했다. 차츰차츰 가오디는 자기의 조그마한 비밀들을 퉁팡에게 말하게 되고 퉁팡의 많은 감회를 자아냈다.

"여자로 태어난다는 건, 에휴, 무슨 말을 할 필요가 없어요. 큰 아가씨, 여자는 연과 같아요. 연이 알록달록하고 공중에서 흔들거려서 아름다운 모습만 보지 마요. 사실은 실 끝이 남의 손 안에 있는 걸! 그 손에 복종하지 않으면 끈을 잘라버리려고 애써야 해요. 그래요, 머리가 아래로 곤두박질치면 나무에 떨어지거나 전선에 걸리곤 하죠. 심지어 날개와 고리도 찢어져서 볼품없이 되어 버리기 마련이죠!" 푸념을 한 바탕 늘어놓더니, 이야기가 원점으로 돌아왔다. "나는 서쪽집 둘째 도련님을 못 봤어. 어쨌든 시집 가려면 착실한 사람에게 시집 가세요. 조금 가난한 거는 신경쓰지 않고 둘이서 편안하게 살면 그걸로 충분해요! 서두르지 마세요. 제가 알아볼게요! 내 평생은 끝났어요. 눈을 똑바로 뜨고 보아도 나와 가까운 사람은 하나도 없어요. 그래요, 저에게도 남편이 있죠. 그러나 남편이라고 할 수도 없어요! 그래도 내 마음이 넓고 **뻔뻔한** 덕에 이리 사는 거 같아요. 그렇지 않았다면 저는 일찍이 똥구덩이 속에서 죽었을 것이다. 됐어요, 아가씨에게 좋은 혼사가 있길 바랄 뿐이예요. 우리가 이렇게 가까이 지낸 보람이 있게 말이죠."

가오디의 낮은 코 위에 웃음이 번졌다.

10

베이핑의 하늘이 높이 높이 솟아 올라갔다. "8·13"[42] 상하이에서의 포성이 오랫동안 베이핑인들의 머리를 누르고 있던 구름을 걷어냈다.

루이쉬안의 미간이 풀리며 통통한 얼굴에 웃음기가 번졌다. 그는 자기도 모르게 웨우무의 만강홍(滿江紅)[43]을 흥얼거렸다.

루이취안은 샤오순얼을 데리고 마당을 한 바퀴 돌았다. 그리고 뉴쯔를 들어 올렸다 내려놓더니 다시 잡았다. 뉴쯔는 놀라서 떨면서 날카로운 소리로 웃었다. 그래서 샤오순얼 애미를 놀라게 했다.

"셋째 도련님, 잘못해서 걔의 연약한 팔다리를 삐게 하면 어쩔려고요!"

· · ·

42 일본이 상하이를 침공한 1937년 8월 13일을 가리킨다. 이를 계기로 국민당과 공산당이 임시적으로 합심하여 일본군과 대치하였으며, 많은 사상자가 발생하였다.
43 사패의 하나.

샤오순얼 애미가 큰 소리로 항의했다.

치 노인은 상하이가 지명인 것은 알았지만, 상하이에서의 항전에 대해서는 조금도 관심이 없었다. 그는 그저 개탄하기만 했다. "액운이로다! 액운이야! 또 얼마나 많은 사람이 죽었을꼬!"

톈유는 감정적으로는 중국과 일본이 결사항전을 벌였다는 소식에 흥분을 감추지 못했다. 하지만 이성적으로는 자기 장사를 걱정해야 되는데도, '당분간 장사는 글렀어. 물건이 모두 상하이에서 오잖아!'라고 말했을 정도다.

"아버지, 아버지는 늘상 그런 물건들만 생각하시지 나라 걱정은 언제 해요?"

루이취안은 늙은 아버지를 나무랐다.

"나는 일본인과 전쟁하는 건 좋지 않다고 말하지 않았다!"

톈유는 미안한 듯이 항변했다.

샤오순얼 애미는 영문도 모르고, 무슨 일인지 묻기도 불편했다. 모두가 행복한 모습을 보고 하는 일에 공을 더 들였다. 게다가 그녀는 회향 소를 넣은 만두를 먹자고 모두에게 제안했다. 루이취안은 큰 형수가 만두를 먹어서 이 날을 기념하자는 생각인 줄 알고는 크게 칭찬했다.

"형수님, 제가 도울게요!"

"도련님! 쉬어요! 농구하던 손으로 어떻게 만두를 빚어요! 생색내지 말아요!"

톈유 부인이 모두가 말다툼을 하는 줄 알고 한마디 했다.

"무슨 일이야?"

루이취안은 남쪽 방으로 가서 먼저 창문을 모두 열고 어머니에게 말했다.

"엄마! 상하이에서 전투가 벌어졌어!"

"좋아! 장 위원장[44]이 대원수가 되었니?"

"네! 어머니! 우리가 승리할 수 있을 거 같아요?"

루이취안은 기분이 좋아서 어머니가 군사 문제를 모른다는 것을 잊어버렸다.

"누가 알아! 어쨌든 먼저 일본인들을 수만 명 죽이고 말하자!"

"그래요! 엄마 정말 잘 아시네!"

"너희들 만두 먹을 거지?"

"큰 형수 생각이야! 형수는 솜씨가 대단해. 무엇이든 안단 말이지!"

"나 좀 부축해다오. 내가 소를 만드는 걸 도와야겠다. 네 형수는 소를 너무 짜게 버무린단 말이야!"

"어머니, 가만히 계세요. 넘쳐나는 게 사람인데요. 저도 손을 쓸건데요 뭐!"

"니가?"

엄마는 웃으면서 천천히 일어나 앉았다.

루이취안이 서둘러 어머니를 부축하려 했지만 손을 어디에 두어야 좋을지 몰랐다.

"됐어! 내버려 두어. 내가 내려갈 수 있어! 요 며칠 사이 좀 나아졌어!"

사실 그녀의 병은 여름철 비 같아서 온다고 하면 오고, 멈춘다 하면

• • •
44 장개석.

멈추었다. 그녀의 상태가 좋을 때는 건강이 좋은 사람과 별 차이 없었다. 그러나 갑자기 몸이 안 좋아지면 빨리 누워서 잠을 청해야 했다.

그녀는 천천히 신을 신고 일어섰다. 일어서니 키가 그렇게 작고 여위었을 수가 없었다. 루이취안은 지금까지 한 번도 어머니를 유심히 살펴본 적이 없었던 것 같았다. 그는 놀랐다. 그는 엄마를 몹시 사랑했다. 그러나 지금까지 어머니가 이렇게까지 자그마한 노부인인 줄은 몰랐다. 다시 보니 엄마는 할아버지, 부친과 모두 닮지 않았다. 그녀는 치 씨 집 사람이 아니었다. 그러나 그녀는 자기 모친이다. 그는 이상하다고 느꼈지만 그런 만큼 그녀를 더 사랑했다. 다시 보니 그녀의 얼굴은 누랬다. 귀는 얇어서 거의 투명했다. 그는 갑자기 서글퍼졌다. 상하이에서 전투가 벌어졌다. 자기는 조만간 집에서 뛰쳐나가야 한다. 상하이가 자기를 부르고 있다. 자기가 뛰쳐나간 후에 언제 다시 어머니를 뵐 수 있을지 아무도 모른다. 엄마를 다시 볼 수 있을까?

"엄마!"

그가 불렀다. 마음속의 생각을 엄마에게 털어놓고 싶었다.

"응?"

"응,―아무것도 아니오!"

그는 마당으로 나갔다. 머리를 들어 높고 푸른 하늘을 쳐다보며 한숨을 쉬었다.

그는 동쪽 방에 가보았다. 큰 형수가 자신이 만두 빚기를 도와주는 것을 용납하지 않는다는 언동을 보고, 소리 없이 큰형을 찾으러 갔다.

"큰형! 저 탈출해야겠죠? 생각해보니 상하이에서 전투가 벌어지면 많은 사람이 필요할 텐데 집에 앉아서 좋은 소식만 기다릴 수 없어요!"

"상하이로 간다고?"

"그래요! 전에는 가고 싶어도 목적지를 찾을 수가 없었죠 . 이제는 갈 곳이 있는데 왜 또 못 가요? 더 이상 떠나지 않는다면 나는 폭발할거요!"

"어떻게 가지? 톈진을 일본인이 쥐고 있어. 너는 젊고 건장한데다가, 학생처럼 보이지. 이런 너를 일본인들이 쉽게 봐줄까? 난 도통 마음이 놓이지 않아!"

"형은 종종 너무 꾸물거려! 이것은 모험이야. 주도면밀하게 생각할 수 없어! 일단 베이핑을 빠져나간 뒤에 다시 얘기해야지. 일단 한 걸음 내딛은 후에 비로소 다음 발걸음을 생각해야 한다고!"

"우리 다시 자세히 생각해보자!"

루이쉬안은 미안한 듯이 말했다.

"어떻게 가지? 어떻게 변장하지? 어떤 물건들을 가져가야지? 모두 생각해야 돼!"

"그러면 차라리 가지 말던가!"

루이취안은 성을 내지 않았으나, 참지 못하고 밖으로 나갔다.

루이펑은 약간 임기응변식으로 행동했다. 모두가 대체로 상하이의 개전 소식을 반기자 그는 당연히 동조해야 된다고 생각했다. 그의 마음 속에는 전쟁을 하는 것이 좋으냐 안 하는 것이 좋으냐를 자세히 생각해 본 적이 없다. 그는 남의 미움을 사지 않으려 할 뿐이었다.

루이펑은 항전을 찬성하다가도 재빨리 생각을 바꾼다. 마누라의 말하는 기세가 유별났기 때문이다.

루이펑의 마누라는 좋게 말해서 부티가 났다. 나쁘게 말하면 고기 덩어리에 불과했다. 키가 크지 않으면서 목은 없었다. 심하게 말하면 맥주통 같았다. 얼굴은 원래는 우둔하게 생겼다. 얼굴은 안료를 뒤집어쓴듯했다. 머리는 닭둥지 같이 파마해서 훨씬 더 우둔하고 무서워 보였다. 루이펑은 말랐지만 마누라는 풍만했다. 이 때문에 루이취안은 화났을 때 그들을 싸잡아 '강유상제(剛柔相济)'[45]라 불렀다. 그녀는 한 덩이 고기일 뿐만 아니라 극도로 이기적인 고기 덩어리였다. 그녀의 뇌는 지방 덩어리였으며, 그녀의 마음은 아무리 좋게 말해도 돼지 허벅지와 같은 물건이었다.

"상하이에서의 전투가 즐거울 수 있어?"

그녀의 두꺼운 입술이 느릿느릿 달싹거렸다. 목소리는 목구멍에 지방이 낀 것처럼 크지 않았다.

"나는 아직 상하이에 못 가봤는데! 폭격으로 납작해지면 어쩌지?"

"폭격해도 납작해지지는 않아!"

루이펑은 만면에 웃음을 머금고 말했다.

"전쟁은 중국 땅에서 일어나지만 큰 양옥들은 조계지에 있어. 어떻게 폭격할 수 있어? 혹시 불행히도 조계지가 폭격당하더라도 괜찮아. 우리가 돈이 생겨서 놀러갈 때는 이미 수리를 마쳤을 거야. 외국인들은 돈이 많아 수리한다 하면 수리하고, 허문다면 허물지. 엄청 빠르다니까!"

• • •

45 강하고 부드러움이 서로 돕는다.

"어쨌든지간에 상하이에서 전투가 벌어지고 있다는 말은 듣기 싫네요! 내가 한 번 놀러가고 난 뒤 전투를 해도 되잖아?"

루이펑은 매우 난처했다. 그는 전투를 막을 힘도 없는 터에, 마누라에게 욕을 들어먹기 싫었다. 그래서 상하이 전투건을 다시 입에 올리지 않는 것만이 상책이라 생각했다.

"돈이 생기면 상하이에 놀러간다니."

마누라는 루이펑의 침묵으로 기분을 풀지 못해서 말을 이었다.

"당신, 언제쯤 되어서야 돈 좀 벌 수 있는 거예요? 당신에게 시집온 게 재수 없는 짓이야! 이 집 사람들 보아요. 남녀노소가 모두 수전노들이어서 영화관에 가는 것조차 무슨 죄를 저지르는 것 같아! 하루 종일 늦게까지 말도 하지 않고, 웃지도 않고, 놀지도 않고, 상당한 것 같이 입을 빼물고 있어서!"

"조금만 참아!"

루이펑의 조그마하고 여윈 얼굴이 마치 천이 갈라지듯 미소를 띠우고, 매우 간절하게 말했다.

"당신, 내 사정이 나아질 때까지 기다려. 내가 쓸 만큼만 벌면 분가해 나가자!"

"기다려! 기다려! 기다려! 항상 기다리라는 말 뿐이지! 도대체 언제까지 기다리라는 말인가!"

루이펑 부인의 살찐 얼굴이 빨개지고, 콧잔등에서 기름이 배어 나왔다.

중국 비행기가 출동했다! 베이핑 사람들의 마음은 하늘을 찌를 듯

했다! 샤오추이의 귓전에는 노상 비행기 소리가 들리는 듯해서 고개를 처들고 찾아보았다. 그는 적군의 비행기를 한 대라도 보았지만 중국 비행기라고 우겼다. 그는 호박 같은 얼굴을 붉히며 들고 쑨치에게 대들었다.

"머리 깎고 수염 미는 것에 대해서는 내가 할 수 있는 말이 없어. 너는 스승을 모시고 도제가 된 적이 있으니까! 하지만 눈매를 논할 때라면 너는 입 닥치고 있어야 해. 넌 근시잖아요! 나는 똑똑히 보았다고! 비행기 날개에 청천백일기가 그려져 있었어! 한 치의 오차도 없어! 우리 비행기가 이미 상하이를 폭격했으니 베이핑도 폭격할 수 있단 말이야!"

쑨치도 본래 우리 비행기가 베이핑까지 올 수 있다니 기쁘다고 생각했다. 하지만 샤오추이가 저런식으로 말하니 이를 핑계 삼아 말대꾸하고 싶었다. 샤오추이가 근시안을 공격하기에 이르자 그는 패배를 인정하고 흰 수건을 꿰어 찼다. 그리고 히히하고 웃으며 가게로 일하러 갔다. 가게에 이르러 샤오추이의 말을 과장해서 상인들에게 말해주었다. 그는 한 손으로 다른 사람의 얼굴을 누르고, 다른 한 손으로는 칼로 얼굴과 턱 아래 수염을 밀었다. 그러면서 낮은 목소리로 간절하게 말한다.

"나는 방금 아군의 폭격기 7대를 보았어. 얼마나 크든지! 날개 위에 청천백일이 아주 선명하게 그려져 있었다니까!"

그의 면도날 위협 아래에 놓인 사람은 누구나 간에 이의를 제기할 수 없었다.

샤오추이는 흥얼거리며 인력거를 끌고 나갔다. 인력거 대기소에서도 그는 다름없이 중국 비행기를 보았다고 방송했다. 길거리에서 일본병을 보면 고개를 쳐들고 달렸다. 그는 상당히 먼 곳까지 달려가서 큰소리로 선포했다. "너희 나쁜 놈들 모두 뒈져라!" 그런 후에 하늘에서 우리 비행기를 본 일을 자기 인력거 손님에게 말해주었다.

리쓰예는 오랫동안 일을 받지 않았다—성 밖에 수시로 포성이 울리고 며칠간은 순경마저도 파업했다. 이런 상황에서 누가 이사를 가겠나. 오늘 작은 일을 하나 치루었다. 이사가 아니고 출상하는 일이었다. 그는 원래 짐꾼이었지만 만년에 이르러 상사일도 했다. 그는 짐을 잘 묶고 상자, 궤짝, 의자들을 안전하게 옮길 수 있었으니 당연히 관도 실수 없이 옮길 수 있었다. 후궈쓰 입구에서 관이 들것에 올려졌다. 종이돈이 흰 나비처럼 공중에 휘날리고 리쓰예는 높고 뚜렷하게 소리 지른다. "세대주에서 80위안을 내 놓았습니다!" 관을 메는 사람이 일제히 "야아!"하고 소리 지른다. 리쓰예는 상복을 입고 정신을 똑바로 가다듬고 손에 든 박자 맞추는 막대기를 가슴에 가득 찬 근심, 걱정, 후회를 털어버리듯이 두드린다.

리쓰마는 샤오양쥐안 입구 큰길가에 서서 남편(리쓰예)이 출상하는 것을 본다. 중요한 책임을 지고 얼마나 당당한가. 몇 번이고 눈을 닦고 리쓰예를 바라보며 미소를 머금고 "저 늙은 것 좀 봐라!"라고 말한다.

천막장이 류 사부도 할 일이 생겼다. 경찰은 가림 천막을 치고 있는 집에 빨리 천막을 거두라고 통지했다. 경찰은 천막을 거두는 이유를 모두에게 말하지 않았다. 그러나 사람들은 일본놈들이 중앙정부의 비행기가 폭격하는 것을 두려워하기 때문이라고 추측했다. 왜냐하면 삿자리로 둘러친 천막은 쉽게 불이 붙기 때문이다. 류 사부는 천막 거두어 드리러 다니느라 바빴다. 높은 지붕 위에 서서 그는 우리 비행기를 볼 수 있기를 희망했다.

샤오원 부부는 오늘 돌연히 마당에서 마치 이제는 부끄러워 할 것이 없다는 듯이 음정 고르기 연습을 했다.

4호집 마 씨 과부도 입구에 나와서 내다보았다. 그녀는 간이 작아서 노구교에서 포성이 한 번 울리자 문 밖을 나오지 않았다. 그녀는 19살이나 먹은 외손자 청창순이가 장사하러 집 밖을 나가는 것조차 혹시 실수라도 할까 싶어서 허락하지 않았다. 그녀의 머리는 완전히 백발이 되었지만 머리부터 발끝까지 깨끗하고 단정했다. 손가락에는 무겁고 큰 40년 전 스타일의 크고 무거운 은색 반지를 끼고 있었다. 그녀의 모습은 리쓰마보다도 훨씬 온화해 보였다. 마음이 대단히 자상스러운 것은 리쓰마와 대동소이 했다. 그러나 행동은 리쓰마 처럼 적극적이거나 활달하지는 않았다. 왜냐하면 35살부터 수절하느라 신중하지 않을 수 없었기 때문이다.

그녀의 수중에는 약간의 저축이 있었지만 아무에게도 드러내지 않았다. 그녀는 대단히 검소하게 살았다. 그리고 그녀의 손자에게 작은 장사를 시켰다. 외손자 청창순은 8살에 부모님 두 분이 모두 돌아가시자 외할머니에게 맡겨졌다. 그는 머리가 커다랗고 말할 때 오랫동안 상풍을 앓은 듯이 콧소리가 섞였다. 머리도 크고 말할 때조차 코맹맹이 소리를 냈기 때문에 약간 바보처럼 보였다. 사실 그는 어리석지 않았다.

외할머니는 그를 극진히 대했다. 매끼마다 반드시 그에게 기름진 음식을 차려줬으나, 정작 자신은 영원히 채소 반찬을 먹어도 괜찮았다. 그에게 직업을 골라주어야 할 시점에 외할머니는 심사숙고하였다. 결과적으로 그에게 라디오와 오래 된 음반을 사다주고 오후에 거리를 돌아다니게 했다. 창순은 자신이 창극을 좋아했으므로 이 직업을 대단히 좋아했다. 그는 영업하는 것을 취미 활동처럼 생각했다. 그는 자기가 가지고 있는 음반들의 가사와 곡조를 부를 수 있었다. 음반이 낡아서 중간에 끊기면 자기가 입으로 흥얼거리면서 보충했다. 때로 그가 사람들에게 노래 곡조를 하나 반절을 불러주면, 사람들은 그가 큰 소리로 노래 부르는 것을 짜증스럽게 여기기도 했다. 그가 말을 할 때는 코맹맹이 소리가 섞이지만 노래 부르기 시작하면 코맹맹이 소리는 자취를 감추었다.

오히려 그의 콧소리 덕에 노래의 끝부분 음들이 코로 들어가서 깊고 힘 있게 들리기도 했다. 그의 장사는 꽤 괜찮았다. 몇몇 거리의 사람들은 그만을 기다렸으며, 다른 사람은 거들떠보지 않았다. 그래서 그의 코맹맹이 소리는 그의 상표가 되었다. 그의 꿈은 앞으로 무대에 올라가 흑두(黑頭)[46]의 배역으로 노래를 부르는 것이었다. 그의 머리도 크고 코맹맹이 소리가 그 배역에 잘 어울린다고 생각되었기 때문이다.

요즈음 창순은 남모르는 고민이 있어서 어쩔 줄을 몰랐다. 할머니가 나가서 거리를 돌아다니는 것은 물론 집에서 라디오 트는 것조차도 허락하지 않기 때문이었다. 그가 라디오를 꺼내어 틀려고 하면 외할머

• • •
46 경극에서 검은 얼굴을 한 배역으로, 보통 호탕하고 위풍당당한 성격을 지닌다.

니는 말했다.

"유성기 소리 내지마라. 창순아, 왜놈이 들을라!"

오늘 창순은 할머니에게 말했다.

"괜찮아요. 저도 나가서 장사하겠어요! 상하이에서 전투가 벌어졌어요. 우리 비행기 천 대가 일본인들을 폭격했다오. 우리는 확실히 이겨요! 상하이에서 승리하면 우리 베이핑도 평안해질 겁니다!"

외할머니는 창순의 말을 크게 믿지 않았기에 큰 맘 먹고 친히 문밖에 나가서 상황을 조사하였다. 마치 문 밖을 나서면 상하이를 볼 수 있는 것처럼 여기는 모습이었다.

노부인의 백발이 햇빛 아래에서 은빛 광을 뿜어냈다. 큰 회나무의 녹색 빛이 그녀의 얼굴을 비추어 피부의 누른색이 바랜 듯 했고, 주름진 곳에는 약간 어두운 색을 덧칠한 듯 했다. 후통에는 행인이 없고 아무런 인기척도 없었다. 그녀는 잠시 홀로 서 있다가 천천히 집으로 들어갔다.

"어때요? 외할머니!"

창순이가 급하게 물었다.

"별 거 없다. 정말 평정되었을 수도 있겠구나!"

"상하이전투에서 우리가 반드시 이길 겁니다! 외할머니, 제 말을 믿으시면 틀림없을 거예요!"

창순은 공구를 챙겨서 오후에 장사할 준비를 했다. 창순은 공구를 챙겨서 오후에 장사할 준비를 했다.

후통에 사는 모두가 들떠서 승리를 영접할 준비를 했다. 다만 관샤오허는 마음이 썩 좋지는 않았다. 그의 일에는 아직 희망이 보이지 않았다.

만약 일들이 확정되면 상하이에서 전투가 벌어지든 말든 혼란한 틈을 타서 뭐라도 차지할 수 있을 것이다. 다만 아직 사정이 결정이 되지 않았고, 상하이가 이미 항전 중에 있다. 만에 하나 중국이 승리라도 하는 날이면, 그는 잡지 못한 여우의 엉덩이만 잘못 건드려 구린내 맡은 꼴이 될까 두려웠다. 그는 기분이 좋지 않아 잠시 활동을 중지하고 사태를 관망하기로 결정했다.

다츠바오는 그렇게 생각하지 않았다.

"당신 왜 그래? 일이 막 시작되었는데 왜 진이 빠진 거예요? 상하이에서 전투가 벌어지고 있다고? 우리와 무슨 관계가 있지? 난징 병사들이 일본인들을 몰아낸다고? 웃기는 소리! 난징이 여섯 개나 있어도 안 돼!"

다츠바오의 말이 거의 들어맞았다. 그녀는 여생 동안의 돈 벌이와 그것을 누리는 것이 이번 한 번에 달려 있어서 절대로 중간에 그만 두어서는 안 된다고 생각했다.

공교롭게도 6호에 사는 딩웨한이 들어왔다. 딩웨한의 부친은 기독교 신자였으며, 경자년에 의화단에 피살되었다. 부친이 순교하자 자식이 양인들의 보호를 받았다. 딩웨한은 겨우 13살에 "영국대사관"에 들어가 잡일을 했다. 점점 승진되어 웨이터가 되었으며 지금은 40여 세였다. 비록 웨이터는 그렇게 고귀한 직업이 아니지만, 샤오양쥐안 사람들은 딩웨한이 보통 사람들과 다르다고 여겼다. 자신도 허풍을 떨었다. 집안 얘기가 나오면 다른 사람들에게 자기가 기독교를 세습한 신자라고 말했다. 직업 얘기가 나오면 자기는 영국대사관에서 서양일을 한다고 말한다—그는 대사관을 '부(府)'로 칭했다. 왜냐하면 '부(府)'는 '궁(宮)' 바로 다음으로 위대했기 때문이다. 그는 샤오양쥐안 6호에 세 칸짜리 정방에 살고 있어서 순치나 샤오추이가 사는 한 칸짜리 작은 집과 같을 수는 없었다. 그의 세 칸 방은 모두 잘 갖추어지고 깨끗했으며 거의 서양식으로 꾸며져 있었다. 책상 위에는 허다한 내용의 모양이 같지만 표지가 다른 사복음서[47]와 찬가 같은 양서들이 꽂혀 있었다. 찬장 안에는 좀 오래 되었지만 그럭저럭 곧장 사용가능한 맥주병, 샴페인 병, 각양각색의 유리병, 커피상자가 들어있었다. 옷차림을 논하자면 그에게 특별한 구석이 있었다. 그는 종종 낡은 양복에 장삼을 마고자 삼아 입고 있었다—당연히 양식 마고자였다.

후퉁 전체에서 그만이 관 씨 댁과 왕래했다. 우선 그는 다른 사람들을 대수롭지 않게 생각했기 때문이다. 다른 사람들도 그를 특별히 존경하지 않았기에, 서로 왕래할 필요가 없었다. 둘째로 그는 관 씨 댁을 높이 평가했는데 관 씨 딩웨한의 서양물 먹은 모습을 좋아했기 때문이다. 이로써 우정의 기초가 다져진 셈이었다. 여기에다 관 씨네는 그가 영국 '부(府)'에서 가지고 나온 버터, 커피, 진짜 옥스퍼드 마멀레이드 잼 등을 좋아하고 갖고 싶어했다. 관 씨네는 그 식품들이 진짜 서양 것임을 알아주었다. 이런 탓에 서로 관계가 더욱 돈독해졌다. 그는 이런 종류의 서양 물건들을 관 씨 댁에 공정한 가격으로 팔기도 했다.

이번에 그는 스코틀랜드 위스키 반 병만 가져왔는데, 관 선생에게 거저 줄 생각이었다.

• • •
47 성경.

만약 딩웨한이 그저 그런 양식집의 보이였다면, 다츠바오는 그를 상대하지 않았을 것이다. 설령 그가 매일 버터와 통조림을 가져다준다 한들 말이다. 딩웨한은 영국부에서 웨이터를 하고 있었는데, 그렇게 되면 생각보다 복잡한 문제였다. 궁중의 환관은 본래 신체 불구의 노예 이지만, 황궁에서 일한다는 이유로 사람들이 그를 특수하게 대하는 것이라고 생각해보자. 같은 맥락에서, 다츠바오 역시 딩웨한을 다른 눈으로 대할 만했다. 사실 그녀는 딩웨한과 그가 가지고 오는 물건이 모두 신기해서 주의를 끌 정도는 아니라고 여겼다. 하지만 '영국부'라는 힘 있는 세 글자의 문자를 눈여겨볼 만하다고 생각했다. 딩웨한은 영국 부에서 왔고 그 물건들도 영국부에서 왔다. 이로 인해 다츠바오는 관씨 집안이 영국대사관과 자부할 만한 관계가 있는 것으로 여기게 되었다. 그래서 손님에게 커피나 과일 잼을 내 놓을 때마다 그녀는 재삼 설명을 곁들인다. "이것은 영국부에서 가져온 것이오!" '영국부'라는 말은 그녀의 입안에서 껌처럼 달달히 느껴졌다.

딩웨한이 병을 들고 오는 것을 본 다츠바오는 즉시 남편을 나무라는 것을 그만두고, 얼굴에 한껏 미소를 띠었다. "오우! 딩웨한!" 그녀는 '웨한'[48]이라는 한 마디를 특히 좋아했다. 그 말은 '영국부'와 같이 황제와 같은 웅장하고 위대한 맛은 없지만 적어도 '정어리'나 '위스키'와 어깨를 나란히 할 정도의 서양 맛이 있다.

딩웨한은 40세 남짓했다. 깨끗이 면도하고 허리는 꼿꼿했다. 눈은 영원히 정면을 바라볼 엄두를 내지 못하는 듯했으며, 언제나 다른 사람

• • •
48 영어 이름 '존(John)'을 중국어로 옮긴 것.

의 손에 시선을 고정시켰다. 마치 그 사람의 손에 칼과 포크가 쥐어진 것처럼. 다츠바오가 친절하게 부르는 소리를 듣고 눈에 웃음을 띠었다 —영국부에서 오래 지낸 그는 감히 시끄럽게 웃거나 말하지 못했다.

"무얼 가지고 오시나?"

다츠바오가 물었다.

"위스키! 관부인, 당신 드리려고!"

"주신다고?"

그녀 심장이 두근거렸다. 그녀는 작은 이득 취하기를 좋아했다. 그녀는 술병을 받아 젖먹이 아기를 안듯이 가슴에 꼭 안았다.

"고마워요, 웨한! 무슨 차 마실래요? 녹차 드실래요? 당신은 영국부에서 홍차를 마시겠지요. 입맛을 바꾸어야겠군요!"

"앉으시오, 웨한!"

관 선생은 상당히 예의를 차렸다.

"당신 무슨 소식 들은 것 없어요? 영국부에서는 상하이 전투를 어떻게 보고 있어요?"

"중국이 일본을 이길 수 있을까? 외국인들 모두 말하기를 대개 3개월 아니면, 길어봤자 반년이면 모든 게 끝날 것이라고 말합니다!"

딩웨한은 객관적으로 말했다. 그는 중국인이 아니라 영국의 주중국 외교관처럼 말했다.

"어떻게 끝이 날 거 같나요?"

"중국 군대가 완전 패배할 것이오!"

다츠바오는 이 말을 듣자 기분이 들떠서 들고 있던 술병을 땅에 떨어뜨릴 뻔 했다.

"관샤오허! 당신 들었지요? 내가 일개 여자이기는 하지만 내 식견이 남자 못잖다고! 마음 크게 먹고 좋은 기회 놓치지 마요!"

관샤오허는 잠시 멍해지더니 미소를 띠었다.

"당신 말이 맞아! 간단히 말해 당신은 사고할 줄 아는 탱크야!"

11

특정한 문화 환경에서 태어난 사람은 필연적으로 자신이 속한 문화가 어떠한지 잘 알지 못한다. 물속의 물고기처럼, 물 밖으로 뛰쳐나가 과연 물이 어떠한 모습인지 볼 수 없는 것이다. 만약 이 사람이 완전히 객관적으로 자신의 문화를 이해할 수 없다면, 객관적으로 그것을 관찰할 수 있는 방관자가 있다. 하지만 방관자는 해당 문화 환경 밖에서 생활하기 때문에, 그 문화의 진짜 맛을 음미하기에는 역부족이다. 그래서 그들은 몇 점의 연지를 보고서 아름답다고 단정하거나, 몇 개의 점 때문에 전체가 추하다고 단정해 버린다. 불행히도 그 관찰자들이 자신의 마음속에 있는 선입견을 증명하려는 욕심으로 자료를 수집한다면, 급급한 나머지 마마자국만 보고 연지는 못 본 채 지나갈 수도 있다.

일본인은 상당히 세심하다. 그들은 중국의 모든 것을 오랫동안 세밀하게 관찰하고 조사했으므로, 중국인을 가장 잘 이해하고 있다고 자부한다. 그들은 중국의 광공업, 농업, 상업 상황에 대해서는 중국인보다 더 분명히 알고 있다. 다만 그들은 수치 몇 개로써 중국 문화의 기초를 이해했다고 생각한다. 이것은 마치 여행 지침서를 보고 산수를 감상하는 시를 창작하려는 것과 같다. 동시에, 그들은 사기와 우롱을 일삼기 위해 대부분 중화민족의 찌꺼기들만을 접한다. 불행히도 이 찌꺼기들은 그들에게 편리함을 제공 한다 제공하고, 일본인들은 이들이 중국인 전체라고 생각하게 된다. 중국 문화는 예의염치가 없으며 남자는 모두 도둑이고 여자는 창녀라고 단정한다. 국제적인 우의야말로 문화를 이해하는 진정한 기초이다. 피차의 문화를 이해하고 존중함으로써 세계의 평화가 이루어지기 마련이다. 역으로 일본인들이 채택한 방법은 저택을 약탈하는 도둑들의 방법과도 같다. 개 한 두 마리를 매수해서 귀중한 물건 훔치기에 성공한 셈이다.

이때부터 일본인들은 주택의 물건들이 모두 자신의 것이어야 여기며, 저택에는 만두로 매수할 수 있는 개가 한 두 마리 밖에 없다고 생각한다. 그래서 일본인은 큰 손해를 보게 되었다. 그들의 세심함, 정밀함, 부지런함, 용감함은 그 두 마리 개 때문에 헛되이 되었다. 그들은 도둑으로 돌변하였고, 도둑은 전 인류의 심판을 받기 마련이다!

그들은 베이핑이 함락된 후에 중국이 전면적인 항전에 나설 것이라는 생각은 못해 보았다. 그들의 군인 심리로는 총포로 베이핑과 톈진을 침탈하면, 군사 점령의 방식을 사용할 수 있을 것이라 생각했다. 한 쪽으로는 조용한 정치적 해결을 가장하고 한 쪽으로는 침탈을 실행하여 돈을 벌어 우선 호주머니에 금은을 가득 채우는 것이다. 이렇게 하면 돈도 벌고 군인의 명성과 위세를 자신들 나라에서 계속 떨칠 수 있었다. 이 때문에 상하이의 항전이 베이핑과 톈진의 적들을 허둥거리게 만들었다. 그들은 한 쪽으로는 전쟁을 하고 다른 쪽으로는 베이핑과 톈진을 안정시켜야 했다. 그들은 베이핑과 톈진의 보물들을 몸에 지닌 채 전쟁할 수는 없었다.

어떻게 베이핑과 톈진을 평온하게 만들 수 있을까? 그들은 조금도 사전에 준비가 되어 있지 않았다. 마음대로 도살해버리는 것이 간단명료한 방법이다. 그러나 난징 정부가 전면 항전을 부르짖자, 그들도 도살이 위험한 짓이라는 생각이 들었다. 그래서 그들은 자기들이 키워온 중국 주구들을 끌어내어 베이핑과 톈진을 지키는 편이 낫겠다는 생각이 들었다. 만약 그들이 이즈음에 이르러 중국이 항전할 수 있었던 이유를 알았더라면 어땠을까? 필시 중국이 군사적인 방법 외에도 쓸모 있는 민간의 힘을 구비했고, 물질적인 손실이 있더라도 억누를 수 없는 결심을 지녔기 때문임을 알았더라면 어땠을까? 그랬다면 일본인은 끝없는 구렁텅이에 빠지지 않도록 군사를 자발적으로 거두었을 것이다. 그러나 여전히 그들은 중국이 깊고 두터운 문화를 가진 국가라고 생각하지 않고 중국이 가진 총포의 숫자로 중국의 일체를 평가했다. 인류 최대의 참극은 무력으로 상대를 평가하는 것이다. 곰이나 개처럼 자기의 힘에 도취하여 종종 힘을 뽐내려 하다가, 지혜야말로 진짜로 가치 있다는 사실을 무시하는 것이다.

오랫동안 준비해온 베이핑 톈진 정치 조직, 죽었는지 살았는지 모를 정무위원회 외에는 아무 쓸모가 없는 지방 유지회와 일본의 사주를 받는 꼭두각시 시정부만 등장했다. 일본 군인들의 마음속은 썩 기분이 좋지 않았다. 이것들의 초라한 몰골들은 "제국"의 존엄에 해를 끼친다고 생각했기 때문이었다. 한간들은 기분이 좋지 않았다. 왜냐하면 앞장서 설칠 때 잠시 기분이 좋았지만, 극히 소수를 제외하고는 모두가 벌떼처럼 관직을 차지하지 못했기 때문이었다. 풍자하기 좋아하는 사람들은 이를 꼭두각시놀음에 빗대었다. 사실 꼭두각시 놀음에는 화려한 소품, 음악, 배역 모두가 갖추어져야 한다. 그에 비해 지금 이러한 상황은 꼭두각시 놀음에 속하지도 않는다. 꽹과리 하나, 양 한 마리, 원숭이 한 마리가 펼치는 극에 불과하다. 그런데 돈, 심혈, 인간 목숨까지 바쳐서 얻은 것이 고작 한바탕 원숭이 놀이가 되어버리다니! 얼마나 웃기는 일이고 가련한 짓인가!

　관샤오허는 딩웨한의 말을 듣고 원숭이 놀이에 뛰어들기로 했다. 전면적 항전 같은 것은 한 쪽에 미뤄두고 절대로 다시 고려하지 않기로 결심했다. 시장과 경찰국장이 이미 발표했으므로 그는 자신도 시정부와 경찰국 편을 들기로 결심했다. 그는 시정과 경찰 업무에 대해서 아는 것이라고는 없다. 그러나 그는 관료가 되는 데는 특별한 기교가 필요하다고 여기곤 했다. 거기에 관련된 전문 학식은 어떠한지에 대해서는 신경쓰지도 않고 말이다.

　그와 다츠바오가 사나흘 분주하게 돌아다녔으나 아무 소득이 없었다. 샤오허는 어찌해야 좋을지 모르는 가운데 스스로를 용서할 나름대로의 이유를 찾아냈다.

"내가 보기에 상하이의 전투는 어쩌면 그냥 보여주기식일 수도 있어. 사실 참전한 사람들도 뼛속 깊이는 강화를 바라고 있을지도 모르지. 강화 후에는 베이핑의 관원들이 모두 난징 정부에서 임명한 사람이니, 베이핑에서의 인사이동은 거의 없을 것이야. 안 그러면 우리처럼 능력, 경험, 활동 능력이 있는 사람들이 지금 허탕 치고 있을 이유가 없지!"

"지랄한다!"

다츠바오는 기분이 좋지 않았지만 이를 악물고 자신이 실패했다는 것을 인정하려 들지 않았다.

"당신 실력은 어디 갔나? 내가 당신에게 묻잖아! 정말 실력이 있다면, 손을 뻗어서 한 자리 잡아서 나한테 보여주어 봐! 스스로 무능하다고 인정하지는 못할 망정, 허튼 생각 하면서 기 죽기나 하기는! 앞으로 많은 날들이 남았는데 지금 기가 죽어서 되겠나? 허리를 꼿꼿이 펴고 무어든 나가서 해보라고!"

관 선생은 할 수 없이 웃고 웃을 뿐이었다. 아내와 계속 다투기엔 불편하니, 마음속으로 결정했다. 무슨 수를 쓰든지 관직을 꿰차서 마누라에게 자신의 건재를 보여줄게다!

그즈음 진짜 소식과 뜬금없는 유언비어가 어디서 불어오는지 모를 바람처럼 때로는 차갑고 때로는 뜨겁게 베이핑을 휩쓸고 갔다. 베이핑은 이미 세계인의 마음속에서 죽었지만, 베이핑 사람들은 다시 살아나서 중화의 모든 지방의 영웅들과 함께 용감하게 항전에 뛰어들었다. 둥베이의 의용군이 난커우의 적들과 싸워 이천 명이나 사상자를 내게 했고, 청두에서는 아군이 상륙하는 적들을 격퇴시켰으며, 스좌장이 폭격을 당하고⋯이러한 사실이거나 거짓 소식이 잇따라 베이핑에 전해져서 성 전체에 퍼졌다. 특별히 샤오양쥐안 사람들을 흥분시킨 것은 한 청년 운전기사가 난커우 부근에서 30여 명의 일본군인이 타고 있는 차를 산골짜기 개골창에 처박아서 일본군을 육장으로 만들고 산화했다는 소식이었다. 그 청년이 누구인가? 아무도 몰랐다. 다만 그 청년은 틀림없이 첸 씨 댁 둘째일 것이라고 추측할 뿐이었다. 그는 젊고 베이핑에서 운전하고 자주 집에 돌아오지 않기 때문이었다⋯⋯. 이러한 사실들을 후퉁 사람들은 유력한 증거로 삼아 반드시 그가 맞다고 추측했다.

그러나 첸 씨 댁 대문은 굳게 닫혀 있었기에, 그들은 소식을 알아볼 방법이 없었다. 그들은 양 옆에 문신(門神)[49] 도 없고, 칠도 벗겨진 문을 향해 존경과 찬탄이 담긴 눈길을 보낼 뿐이었다!

루이쉬안은 사람들이 소곤거리는 소리를 듣고 마음속으로 놀라기도 하고 기쁘기도 했다. 그는 조모가 하시던 말씀을 들은 적이 있다. 경자년에 8개국 연합군이 쳐들어 왔을 때 허다한 높은 지위에 있던 가문 사람들이 스스로 목숨을 끊었다 한다. 그들이 순도를 택한 심리가 무엇인지는 모르지만, 루이쉬안은 그것이 절개의 표현 방식이라고 여겼다. 이번에 일본인들이 베이핑에 쳐들어오자, 사람들은 경자년 때보다 더 총명해져서 전쟁터에서 죽은 장병들을 제외하고 순도하는 관리나 인민은 한 사람도 없었다. 그게 정말 똑똑한 것일까? 그는 감히 단정할 수 없었지만, 지금으로서는 첸 씨 댁 둘째의 자결보다도 더 장렬하고

• • •
49 문을 지키는 장군상으로, 집집마다 음력 정월에 좌우에 붙이곤 한다.

더 뜻있는 순도의 일화를 듣고는 이렇게 생각했다. 베이핑 사람 중에도 자기처럼 고지식하고 안일만 추구하지 않는 영웅도 있다고. 그는 그 사건이 사실이라고 믿었다. 왜냐하면 첸 노인이 루이취안에게 첸중스가 다시 집에 돌아오지 않을 것이라고 말한 적이 있기 때문이었다. 동시에 그는 이 사건이 첸 씨 댁 전체를 연좌시킬까 두려웠다. 모두가 첸중스를 흠모한 나머지 멋대로 이름과 성을 거론하여 퍼트릴지 모르기 때문이었다. 그는 리쓰예를 찾아갔다.

리쓰예는 몰래 모두들에게 절대로 소문내지 말라고 당부하겠다고 하였고, 감탄의 뜻을 내비추었다.

"우리 모두가 첸 씨 댁 둘째와 같다면 왜놈은 물론이고 일본도 감히 우리 털 하나 건드리지 못할 거요!"

루이쉬안은 첸 선생에게 찾아가려다 가지 않았다. 첫째는 이웃들의 주의를 끌까 두려웠고, 둘째는 노인이 아직도 이 일을 모르고 있었을 경우 오히려 그를 걱정시킬까 해서였다. 리쓰예가 당부하니, 모두들 주의해야겠다고 생각했다. 그러나 그가 샤오추이를 마주치기 전에 샤오추이가 이미 유퉁팡에게 이 말을 한 상황이었다. 샤오추이는 관 선생과 다츠바오의 미움을 샀지만, 여전히 유퉁팡과 가오디는 계속 그의 인력거를 이용했다. 퉁팡은 어려운 사람에게 동정심을 지녔기에 일부러 그의 인력거를 탔다. 게다가 샤오추이에게 얼마의 잔돈을 더 주어, 그가 다츠바오에게 거저 뺨을 맞은 것이 되지 않게 했다. 가오디도 진심으로 모친에게 반항했고, 모친이 샤오추이를 미워할 수록 샤오추이의 인력거를 더 많이 탔다.

퉁팡은 샤오추이의 인력거를 타고 그와 한담을 나누는 것을 좋아했
다. 집에서는 다츠바오가 모든 일을 처리했으므로 집안일에 대해 들어
볼 기회가 없었다. 그녀는 시집을 갔지만 주부가 될 수 없어서, 자기가
여관에 사는 창기라고 생각했다! 이 때문에 그녀는 샤오추이 일가의
가정생활에 대한 이야기를 듣기 좋아하고 샤오추이의 아내를—가난
하고 노상 얻어맞기도 했지만 결국은 살림을 맡아 했으니—부러워했
다. 샤오추이는 자기의 살림살이 얘기만 하는 것이 아니라 이웃들 얘
기도 했다. 늘상 하듯이 영광스럽게 생각하는 일은 꼭 그녀에게 얘기
해주었다.

"관 부인!"

관 씨 댁 사람들이 없을 때 그는 늘 그녀를 부인이라 불러, 호의로써
호의를 얻고자 하는 마음을 표현했다.

"우리 후퉁에 놀라운 일이 일어났습니다."

"놀라운 일이라니요?"

그녀가 그가 헐떡거리는 숨을 고르도록 질문을 던졌다.

"첸 씨 댁 둘째가 일본병들이 탄 자동차를 계곡에 처박아버렸답니다!"

"그래요? 누가 그러든가요?"

"모두가 그렇게 말해요!"

"오우! 정말 대단하군요!"

"베이핑 사람들 모두가 무능하지는 않나봐요!"

"그럼 그 사람은 어떻게 됐어요?"

당연히 죽었지요! 목숨을 바친 사건이오!"

툰팡이 집에 돌아와서 이야기를 더 과장해서 가오디에게 말했다. 이때 자오디가 몰래 엿들었다. 자오디는 또 기자가 보도하는 '본사 특별 송신' 뉴스를 전하듯이 관 선생에게 이야기를 알렸다.

관샤오허가 자오디의 보고를 듣고도 마음에 아무런 감동을 느끼지 못했다. 그는 첸 씨 댁 둘째가 바보 같은 짓을 했다는 생각을 했다. 사람은 명이 하나뿐인데 남을 처박아 죽이고 자기도 죽어버리면 그건 밑지는 장사! 이런 비판 이외에 다시 그 특별 사건에 대해 어떤 생각도 없었다. 그는 입에서 나오는 대로 다츠바오에게 일을 전했다.

다츠바오는 무슨 일을 하기로 결정하면 꿈에서조차 그 사건을 보곤 했다. 그녀의 생각은 관샤오허의 관직을 얻는 것에 맴돌아서, 바람이 부는 것이나 까치가 처마 끝에 앉는 것도 모두 관샤오허의 관운과 관련지어 생각했다. 첸 씨 둘째 이야기를 듣자 그녀는 곧 새로운 결정을 했다.

"샤오허!"

그녀는 눈을 껌벅거렸다. 그녀의 얼굴에 덮어 씌워진 장엄하고 신비한 기운이 서태후가 내각의 대신들과 국가대사를 의논하는 것 같았다.

"가서 보고해요! 이게 바로 당신이 출세할 길이라고요!"

관샤오허는 멍해졌다. 그가 탐관오리가 되어 뇌물을 받으라면, 그는 용감하게 시키는 대로 했을 것이다. 그러나 그는 용기가 없어서 가슴을 펴고 직접 살인을 하지는 못한다.

"왜 그래? 당신!"

다츠바오가 따지고 들었다.

"보고하라고? 그러면 재산 몰수당할 텐데!"

샤오허는 첸 씨 댁이 몰수당하고, 모두가 칼을 맞고 죽으면 첸 선생이 반드시 귀신이 되어 소란 피우러 올 것이라고 여겼다!

"이 멍청한 놈아! 앞날이나 걱정해라. 남의 집이 몰수되든 무슨 상관이야! 그리고, 당신은 첸 늙은이에게 퇴짜 맞았잖아? 복수할 생각이나 해봐. 이번 기회에!"

"복수"라는 말을 듣자 마음이 움직였다. 그는 첸모인이 그렇게 단호하게 거절해서는 안 된다고 생각했다. 그렇다면 첸 씨 댁이 몰수당하면 그건 화를 스스로 불러들인 것이 아닌가—그러니 사후에 귀신이 되어 날뛸 수 없지! 그도 생각에 생각을 거듭했다. 그래서 그는 원래 첸모인이 구리고 냄새나는 것은 일본인과 관계를 맺고 있기 때문이 아니고, 난징 정부와 연락을 주고받기 때문이라고 결론 내렸다. 그렇지, 난징이 정말 승리한다면 모인이 득세하겠지. 그렇게 되면 관샤오허 자신에게 떨어지는 떡이 있을까?

"그게 정말이야?"

그는 물었다.

"퉁팡이 들은 얘기라 하니, 물어봐요!"

다츠바오가 의지[50]를 내렸다.

퉁팡에게 꼬치꼬치 물어보아도 사실인지 아닌지 확신할 수가 없었다. 그는 반신반의해야 할 소식으로 상을 구할 생각은 없었다. 그런데 다츠바오는 생각이 달랐다.

• • •

50 서태후같은 황후의 명령.

"정말인지 거짓인지 상관 없어, 우선 고소하고 다시 말하자고! 그 말이 거짓이라도 무슨 상관이야. 우리말이 거짓이라도 우리의 진심은 거짓이 아니잖아! 우리가 윗사람에게 일본 사람에 대한 마음이 진실하다는 것을 알려주면 그것으로 좋은 거 아니겠어? 당신 간땡이가 작아서 못 가겠으면 내가 가지!"

샤오허의 마음은 여전히 편치 않았다. 그러나 감히 황후의 수고스러운 친정은 생각할 수가 없어, 어쩔 수 없이 동의하였다.

퉁팡은 재빨리 가오디에게 이 사실을 말했다. 가오디는 방안에서 뱅뱅 돌고 있었다. 중스, 그녀의 환상 속의 영웅이 진정한 영웅이 되었다. 그녀는 이러한 영웅은 응당 자기 것이라야 한다고 생각했다. 그러나 그는 이미 죽었다. 그녀의 사랑, 예언, 아름다운 환상이 모두 허사가 되었다! 그녀가 비구니가 될 필요가 없고 아직 그녀가 이 세상에서 할 만할 일이 있다면, 바로 첸 씨 댁 사람들을 구하는 일일 것이다. 그런데 그녀가 어떻게 첸 선생을 만날 수 있을까? 첸 선생은 밖에 나오는 법이 없고 대문은 언제나 굳게 닫혀있다. 그녀가 대문에서 문 열어달라고 소리 지르면 자기 집안사람들이 듣게 될 것이다. 편지를 써서 문틈으로 들이밀면 어떨까? 그것도 적절치 않을 것 같다. 그녀는 자신이 친히 첸 선생을 찾아가야지만 간절하고 자세하게 말을 전할 수 있다고 생각했다.

그녀는 퉁에게 도와달라고 부탁했다. 퉁팡은 담을 넘어가라고 제의했다. 그녀는 말했다.

"우리 남쪽 방 서쪽에 그리 크지 않은 회나무가 한 그루 있지 않니?

회나무에 올라가면 담 위에까지 닿을 거야!"

가오디는 기꺼이 이러한 모험을 하고 싶었다. 그녀의 마음은 중스의 희생으로 기이한 환상으로 가득 차 있었다. 그녀는 중스 죽음은 그녀의 정신적 감응을 받은 결과라고 여겼다. 그렇다면, 그녀 자신도 그의 사후에 무엇인가 비범한 일을 해야 한다고 생각했다. 그녀는 담을 넘기로 결정하고 퉁팡에게 망을 보아달라고 부탁했다.

아마 9시쯤이었다. 관 선생은 아직 집에 오지 않았다. 다츠바오오는 두통이 나서 일찍 잠자리에 들었다. 자오디는 방에서 애정소설을 읽고 있는 중이었다. 가오디는 이때다 하고 서쪽 뜰로 나갔다. 그녀는 퉁팡에게 대문에 귀를 기울이고 있으라고 부탁했다. 그래야 그녀가 돌아올 때 담을 다시 넘지 않을 수 있기 때문이었다.

그녀의 작은 콧잔등에 땀방울이 송곳송곳 맺히고 손과 조금씩 떨렸다. 담을 넘는 위험과 그 행동의 기괴함이 그녀를 흥분시켜 용기가 솟게 했으나, 약간 두렵기도 했다. 담을 일단 넘으면 바로 영웅의 집을 볼 수 있다. 영웅은 이미 죽었다 해도 영웅의 유물은 볼 수 있을 거다. 그녀는 이전에 기념으로 그의 두어 가지 물건을 받았어야 한다고 생각했다. 생각이 여기에 이르자 그녀의 가슴이 더욱 빨리 뛰었다. 퉁팡이 두 번이나 받쳐주지 않았으면 그녀는 작은 회나무에도 올라가지 못했을 것이다. 나무 위에 오르자 정신이 맑아지면서 위험이 환상을 내쫓았다. 그녀는 눈을 크게 뜨고 떨리는 손으로 담장 꼭대기를 꼭 잡았다.

그녀는 힘들여 겨우 몸을 돌렸다. 몸을 뒤틀어 다시 담 꼭대기를 잡았으나 발은 공중에 떠 있었다. 숨을 거칠게 몰아쉬었다. 그녀는 다른 일은 모두 잊었다. 아래를 볼 수도 손을 놓을 수도 없었다. 눈을 꼭 감고 버티려고 버둥거렸다. 얼마나 지났을까? 마음이 혼란해지더니 손에 힘이 빠지면서 땅에 떨어졌다. 그녀는 키가 컸고 서쪽 뜰에 꽃이 심어져 있어서 흙이 부드러웠다.그래서 그녀는 마음이 잠깐 진동했을 뿐, 다리나 발은 부딪혔다고 아프지 않았다고 여겼다. 이때 그녀는 정신이 매우 맑아졌고 심장이 굉장히 빨리 뛰었다. 그녀는 몸을 돌렸다. 그녀는 분명히 보았다. 모든 방이 어두컴컴했다. 북쪽 방의 서쪽 칸에만 불이 켜져 있었다. 등불은 커튼에 가려서 틈틈이 불빛이 새어나올 뿐이었다. 높낮이가 다른 화초가 촘촘히 심어져 있었다. 그 화초들은 희미한 불빛 아래에서 보니 웅크리고 앉아 있는 사람들 같아 보였다. 가오디 심장은 더 빨리 쿵쾅거렸다. 그녀는 대담해졌다. 손으로 가슴을 가리고 천천히 발을 조금씩 앞으로 내밀어 탐색하면서 앞으로 나아갔다. 옷깃이 때때로 매화 같은 나무가시에 걸렸다. 그녀가 겨우 북쪽 방 앞에 이르렀다. 방안에서는 두 사람이 숨을 죽여 도란거리고 있었다. 그녀는 가만히 창 아래 웅크리고 앉았다. 방안에서 젊고 늙은 사람의 목소리가 들렸다. 그녀는 늙은 사람은 틀림없이 첸 선생이고 젊은 쪽은 첸 씨 댁 큰 아드님일 수도 있겠다 생각했다. 조금 더 귀를 기울여 뵌 젊은 쪽의 말씨가 베이핑 말이 아니고 쟈오둥[51] 쪽 말씨 같았다. 그녀는 호기심이 동하여 일어서서 창 쪽에 틈이 있는지 찾아 자세히 보고 싶었다. 그런데 급히 일어서다가 창틀이 있는 줄 모르고 머리가 창틀에 부딪혔다. 그녀는 "아야" 소리를 반만 내질렀지만 방안 사람이

* * *

51 산둥 반도의 중동부 지역을 일컫는다.

이미 듣고 말았다. 등불이 즉시 꺼졌다. 잠시 후에 첸 선생의 목소리가 들렸다.

"누구요?"

그녀는 당황하여 어쩔 줄 몰라 한 손은 가슴을 가렸다. 한 손은 머리를 매만지면서, 반쯤 앉고 반쯤 선 채로 나무 아래 서 있었다.

"누구냐?"

첸 선생이 가만히 다가와서 조용히 물었다.

"접니다!"

그녀는 낮은 소리로 대답했다.

"너가 누구냐?"

첸 선생은 깜짝 놀라서 다시 물었다.

가오디는 정신을 차렸다.

"조금 조용히 해주세요! 저는 옆집 큰딸입니다. 드릴 말씀이 있어서 왔습니다!"

"들어오너라!"

첸 선생님은 방안에 들어가자 불을 켰다.

가오디는 오른손으로 여전히 머리의 혹을 더듬으며 천천히 안으로 들어갔다.

첸 선생은 본래 짧은 웃옷을 입고 있었으나 방에 들어가자 급히 적삼을 걸쳐 입었다. 급한 나머지 단추 하나를 잘못 채웠다.

"관 씨 댁 아가씨? 너 어디로 들어왔니?"

가오디의 다리는 온통 이슬에 젖고, 옷은 꽃가지에 걸려 여러 군데가 찢어진 상태였다. 머리에는 혹이 나고 머리는 흐트러졌다. 그녀는 자기 자신의 모습과 첸 선생을 보고나니 이 상황이 웃기다는 생각이 들었다. 그녀는 미소를 지어보였다.

첸 선생은 차분했지만 영문도 모른 채 눈을 껌벅거리며, 그녀를 멍하니 바라보았다.

"저요. 담을 넘어서 왔습니다. 첸 아저씨!"

그녀는 조그마한 걸상을 찾아 앉았다.

"담을 넘어? 왜 담을 넘어?"

시인은 바깥쪽을 흘끗 보고는 물었다.

"중요한 일이 있습니다!"

그녀는 첸 선생이 중후하고, 사랑스러운 사람이라고 생각했다. 더 이상 그를 답답하게 하지 않을 것이라 생각했다.

"중스의 일이예요!"

"중스가 왜?"

"아저씨, 아직 모르세요?"

"몰라! 그 녀석 집에 오지 않았어!"

"모두가 말해요. 모두가…"

그녀는 고개를 숙이고 우두커니 있었다.

"모두가 뭐라고 그러는데?"

"모두 그가 일본 군인들이 탄 차를 추락시켜 죽였다고 말해요."

"정말이야?"

노인은 물기가 배인 반질반질한 검은 이빨을 보이며, 입을 조금 벌린 채로 그녀의 대답을 기다렸다.

"모두가 그렇게 말해요!"

"오우! 그 애는?"

"그 역시…"

노인은 천천히 머리를 떨구었다. 눈알을 옆쪽으로 굴리며, 그녀를 볼 엄두가 나지 않았다. 가오디는 급히 일어섰다. 노인이 곡할 것 같았다. 노인이 갑자기 또 고개를 쳐들었다. 결코 곡하지는 않았으나, 눈이 촉촉 젖어들었다. 그는 코를 풀더니 손을 탁자 아래로 뻗어서 술병을 더듬어 찾아서 올려놓았다.

"아가씨 너도…"

그의 말은 그다지 뚜렷하지 않았고, 그마저 하다가 말았다. 아마도 '술은 안 먹지?' 라고 말하려다 말을 목구멍으로 삼켜버렸을 것이다. 통통한 손이 약간 떨리면서 찻잔에 반이나 넘게 인진주를 따르더니 목을 쳐들고 꿀꺽꿀꺽 마셨다. 소매로 입을 닦더니 눈이 밝아졌고, 위를 쳐다보며 낮은 소리로 말했다.

"잘 죽었다, 잘 죽었어!"

그는 술 때문에 트림이 나오더니, 반지르한 검은 이빨로 아랫입술을 깨물었다.

"첸 아저씨, 도망가세요!"

"도망가다니?"

"도망가세요! 모두가 그 사건을 시끄럽게 떠들고 있습니다. 만일 일본인 귀에 들어가면 죗값으로 멸문의 화가 닥칠지 누가 알아요?"

"오우!"

첸 선생은 돌연히 웃으면서 술을 쳐들었다.

"나는 갈 곳이 없다오! 이게 내 집이고 내 무덤이지! 하물며 칼이 내 목에 떨어질려는 이때, 내가 도망가는 것은 용기가 없다는 증거지! 아가씨, 고마워! 돌아가시게나! 어떻게 가지!"

가오디는 괴로웠다. 그녀는 부모님의 악랄한 계획을 첸 선생에게 말할 수 없었다. 그런데 첸 선생은 이리도 순수하고, 바르고, 존경스럽구나. 그녀는 수많은 날을 보내며 이루어낸 환상을 모두 잊어버렸다. 중스를 향한 허구의 사랑도 잊고, 그녀가 '영웅'의 집을 보러 왔다는 것도 잊어버렸다. 그녀는 지금 앞으로 고난을 당할 사랑스러운 노인을 대면하고 있는데도 그를 구할 방도를 생각해야 했다. 그러나 지금으로서는 아무 것도 생각해낼 수 없었다. 그녀는 미소로 심중의 불안을 얼버무리고 말했다.

"저는 다시 담을 넘고 싶지 않습니다."

"당연하지! 당연해! 내가 문을 열어주지!"

그는 찻잔에 남은 술을 모두 들이켜고 어지러운 듯 두어 번 비틀거렸다.

가오디가 부축했다. 그가 정신을 차리고 말했다.

"괜찮아! 내가 문을 열어주러 나가지!"

그는 밖으로 나갔다. 걸으면서 중얼거렸다.

"잘 죽었다! 장하다! 내…"

그는 감히 아들의 이름을 부르지 못하고 문설주에 기대서 잠시 멈춰

섰다. 뜰의 분꽃과 야래향이 짙은 향기를 흩날렸다. 그는 심호흡으로 향기를 빨아들였다.

가오디는 노 시인의 심중의 복잡한 감정을 헤아릴 수 없었다. 다만 첸 선생은 여느 부친과 다르다고 생각했다. 그녀가 다르다고 느낀 것은 복장이나 얼굴이 아니라 뭐라고 이름 지어 부를 수 없는 기백이었다. 첸 선생은 한 권의 고서 같았다. 너그럽고, 고상하고, 존엄했다. 문간에 이르자 그녀는 마음속에서 우러나오는 말을 했다.

"첸 아저씨, 상심 마세요!"

첸 노인은 응응거리며 대답하더니 더 말이 없었다.

대문을 나서자 가오디는 나는 듯이 몇 발짝을 뛰었다. 그녀가 담을 넘은 동기는 재미, 모험, 기이한 사랑이었다. 첸 선생을 구조하려는 마음은 일부에 불과했다. 지금은 충만함과 열정으로 가득찬 마음에 중스도 잊어버리고 첸 선생만 기억했다. 그녀는 즉시 머릿속의 생각을 퉁팡에게 털어내고 싶었다. 퉁팡은 문 안에서 기다리고 있다가 문을 열어달라는 말을 기다릴 새도 없이 잽싸게 문을 열어주었다.

모인 선생은 대문 밖에 서서 회나무 잎의 빽빽한 검은 잎들을 올려다보고 긴 한숨을 쉬었다. 갑자기 생각이 떠올라치 씨 집 대문 쪽으로 재빨리 걸어갔다. 바로 그때 루이쉬안이 대문을 잠그러 나오기에 그를 불러 세웠다.

"시간 있어? 자네와 상의할 것이 두어 가지 있네!"

그는 목소리를 낮추었다.

"있습니다! 선생님이 오시지 않았으면 저는 문을 잠그고 자려고 했습니다! 할 일이 조금도 없고 책도 읽고 싶지 않습니다!"

루이쉬안도 낮은 소리로 대답했다.

"좋아. 우리 집에 가세나!"

"들어가서 얘기 좀 하지."

모인 선생이 먼저 돌아가서 문 안에서 루이쉬안을 기다렸다. 루이쉬안은 몇 발자국 걷지 않았는데도 첸 선생을 따라오느라 숨을 헐떡거렸다. 그는 첸 선생이 야간에 찾아오는 것은 긴급한 일이 있기 때문일 것이라고 생각했다.

방에 들어가자 첸 선생은 루이쉬안 손을 잡고 절규했다.

"루이쉬안!"

그는 루이쉬안과 중스 얘기를 하고 싶었다. 중스의 순국뿐만 아니라 아들에 대한 일체의 이야기를 하고 싶었다—어릴 때의 모습, 학교 다닐 때의 모습, 무엇을 잘 먹었는지 모두를 루이쉬안에게 들려주고 싶었다. 그러나 그는 두어 번 말을 삼키고 손을 놓았다. 그는 가볍게 입술을 떨었다. 마치 자기 자신에게 이렇게 말하는 것만 같았다.

"말해서 무얼 할꼬!"

루이쉬안에게 앉으라는 손짓을 했다. 첸 선생은 팔꿈치를 탁자 위에 걸치고 루이쉬안에게 얼굴을 가까이 대고 낮은 소리로 간곡하게 말했다.

"자네 날 좀 도와주게!"

루이쉬안은 머리를 끄덕거리며 무슨 일인지 묻지 않았다. 그는 첸 아저씨가 도움을 청한다면 당연히 바로 응해야 한다고 생각했다.

첸 선생은 의자를 끌어다 앉았다. 얼굴은 여전히 루이쉬안을 향하고, 눈을 잠시 감았다. 눈을 다시 뜨자 상당히 마음이 가다듬어졌는지 얼굴의 근육이 풀어졌다.

그는 차분한 목소리로 말했다.

"그저께 밤에, 잠이 안 오더라. 요즈음 밤잠을 설친다네! 나는 생각해, 나라를 잃은 자는 아무리 못해도 잠은 맘편히 못자는 게 당연하다고! 잠이 안와서 대문을 나가 산책하려 했다네. 가만히 대문을 열었더니 어떤 사람이 회나무에 기대어 서 있는 것이 보였어! 나는 급히 한 발짝 물러섰어. 알잖아, 내가 이웃들과 가깝게 인사를 주고받는 것을 좋아하지 않는 걸. 그런데 돌아와서 생각해 보았는데, 이 사람은 근처 이웃이 아닌 거 같은 거야. 비록 그의 얼굴을 제대로 보진 못했지만, 신체 전체의 윤곽을 종합해봐도 내가 아는 그 누구도 아닌 것 같았어. 그게 내 호기심을 끌었어. 나는 원래 남의 일에 관심을 두는 사람이 아니야. 그렇지만 잠을 잃은 사람은 특별히 신경이 날카로워지지. 나도 모르게 그가 도대체 누구인지, 나무 아래에서 무엇을 하는지 알고 싶었다네."

여기까지 얘기하고는 눈을 감았다. 그러고는 찻잔에 남은 술을 입에 붓고는 그 맛을 음미했다.

"나는 그가 절대로 좀도둑이거나 화적이 아니라고 생각했어. 왜냐하면 나는 돈 될 만한 물건을 지닌 적이 없으니까. 나는 그가 거지라고 생각지도 않았어. 오히려 그가 틀림없이 입고 먹을 것이 없는 것보다 더 큰 어려움을 겪는 사람일 것이라고 생각했지. 나는 아주 작은 문틈을 남겨 놓고, 한 눈으로 밖을 주시했어. 과연 내 생각과 크게 멀지 않게 아주 큰 어려움을 겪고 있는 사람이었어. 그는 회나무를 천천히 한 바퀴를 돌더니 멈춰 서서 머리를 쳐들고 하늘을 보았어. 그러고는 잠시 후에 머리를 숙이고 천천히 걸었어. 오래오래 걷더니 갑자기 아주 빠르게 서쪽 막다른 골목으로 갔어. 그러더니 허리띠를 풀기 시작했어! 나는 모진 마음으로 기다렸어! 그가 허리띠를 다시 묶을 때까지 기다렸어. 내가 일찍 나서면 그가 놀라서 튈까 두려워서!"

"그렇군요!"

루이쉬안은 노인의 말을 가로막고 싶지 않았으나, 노인의 입가에 벌써 거품이 인 것을 보고 두어 마디를 끼워 넣었다. 노인이 숨을 고르게 하고 싶었다.

"내가 아주 빨리 뛰어나갔지!"

모인 선생의 눈이 광채를 발했다.

"와락 허리춤을 꽉 잡았어. 그는 성이 나서 내 두 주먹을 쳤어. 나는 가만히 '친구'라고 불렀어. 그러자 그는 다시 버둥거리지 않고 전신을 떨었지. 그가 힘껏 뿌리쳤다면 나는 손을 놓지 않을 수 없었을 거야! 그는 젊고 힘이 장사였어! '자!' 라고 말하면서 손을 놓았어. 그는 한 마리 양처럼 순하게 나를 따라왔어!"

"그 사람 아직 여기 있나요?"

첸 선생은 머리를 끄덕였다.

"그는 뭐 하는 사람이죠?"

"시인!"

"시인?"

첸 선생은 웃었다.

"내 말은 기질이 그렇다는 것이지. 실은 그는 군인이고 성이 왕이오. 왕 소대장. 성 안에서 전투가 벌어져 나갈 수가 없다 하네. 돈이 없고 해진 바지 한 벌 뿐이더라. 도망가기도 쉽지 않고, 숨자니 다른 사람을 연루시킬까 두려웠대. 또 적에게 잡힐까 두려워 자결하려고 했던 거야. 그는 죽을지언정 포로가 될 수 없었나봐. 그래서 내가 그는 시를 짓지 못해도 시인이라 말했던거야. 나는 정감이 풍부하고 마음이 거침없이 시원한 사람이라면 모두 시인이라고 할 수 있다고 봐. 그랑 말이 참 잘 통했어. 내가 자네를 부른 것도 그 청년 때문이야. 나는 그를 탈출시킬 방법이 없어. 방법을 생각해낼 수도 없었어. 그리고, 그리고,"

노선생은 또 멈췄다.

"그리고, 무슨 일인가요? 첸 아저씨!"

노인의 목소리가 하도 낮아서 거의 알아들을 수 없었다.

"그리고 나는 그가 우리 집에 있으면 연루될까 두려워. 자네 알다시피 중스 일이."

첸 선생은 목이 메었다.

"중스는 아마도 이미 죽었을 거야! 아마 내 목숨도 내놓아야 할지도 몰라! 듣자하니 그는 일본놈들을 처박아 죽였어. 속좁은 일본인들이 나를 그냥 용서해줄 리가 없어! 불행히도 그들이 우리 집을 찾아 온다면, 그러면 어찌 왕소대장이 발각되지 않겠나?"

"중스 죽었다는 말은 누구에게 들은 거예요?"

"누구든 상관마라!"

"아저씨, 아저씨 당연히 피신해야 되지 않겠습니까?"

"그 생각은 해보지 않았네! 나는 닭 한 마리 붙들어 놓을 힘도 없고,원수를 갚아 치욕을 씻을 수도 없어. 그저 위기의 순간에도 구차하게 굴지 않도록 노력하는 수밖에. 아들이 죽은 방식대로 나도 아들을 도와야지. 나는 일본놈들이 그 사람이 내 아들이라는 것을 알게 되면 나는 절대로 그가 내 아들이라는 것을 부인하지 않을 거야! 그래. 그들이 나를 잡아가라지. 나는 큰 소리로 그들에게 말할 거야. 너희들을 죽인 사람은 첸중스, 내 아들이다! 좋아! 일단 이 얘기는 접어두자. 빨리 왕 소대장을 성을 탈출시킬 방법을 찾아야 돼. 그는 군인이다. 그는 적을 죽일 수 있어. 우리는 그를 여기서 죽게 둘 수는 없어!"

루이쉬안은 손으로 얼굴을 쓰다듬으며 곰곰이 생각했다.

첸 선생은 술을 반잔이나 따라 천천히 마셨다.

한참 생각하더니 루이쉬안은 갑자기 일어섰다.

"제가 집에 가서 셋째와 상의해보고 곧 돌아오겠습니다."

"좋아! 기다리지!"

12

　셋째는 마음의 고민 때문에 이미 침대에 누워 있었다. 루이쉬안이 불러 깨웠다. 루이쉬안은 아주 간단하게 그에게 왕 소위 얘기를 해주었다. 셋째는 검은 콩 같은 눈알은 밤중의 고양이 같았다. 그는 눈을 아주 크고 검게 떴고, 위엄 있는 빛을 발산했다. 그의 광대뼈에서 두 송이의 붉은 꽃이 피었다. 그는 얘기를 다 듣고 나서 말했다.

　"우리가 왕 소위를 구하지 않으면 안 돼!"

　루이쉬안도 몹시 흥분되었으나, 침착함을 유지하였다. 혹시나 흥분으로 경솔하게 일을 처리하다가 그르칠까 두렵기 때문이었다. 그는 느리고 침착하게 말했다.

　"나는 이미 방법을 생각해두었어. 너는 어떻게 생각할지 모르겠지만……."

셋째는 황급히 바지를 꿰어 입고 침상에서 내려왔다. 지금 당장 왕 소위를 업고 성을 뛰쳐나갈 듯이 굴었다.

"어떤 방법이요? 큰형!"

"그렇게 급하게 굴지 마라! 우리는 자세히 의논해야 돼. 이건 장난이 아니야!"

루이취안은 꾹 참고 침상에 걸터앉았다.

"셋째야! 내 생각에는 네가 그와 함께 갈 수 있다고 생각해."

셋째는 벌떡 일어나서 대답했다.

"그것 참 좋겠네요!"

"이렇게 하면 장점도 있지만 단점도 있어. 장점은 왕 소위가 군인이라는 점이야. 일단 성을 나가면 그는 나름대로의 방법이 있을 거야. 그리고 그는 너를 난처하게 하지는 않을 거야. 단점은 그의 손바닥, 그의 언행의 태도와 기색이 그가 뭐 하던 사람인지 알게 하는 것이야. 일본군이 성문을 지키고 있으니, 그가 나가기에 쉽지 않을거야. 그가 만약 불행히도 실수하는 날이면 너도 화를 당할 거야!"

"나는 두렵지 않아요!"

셋째는 이를 악물었다. 어깨 위의 근육도 꼿꼿해졌다.

"나는 네가 두려워하지 않을 것이라는 것을 알고 있어."

루이쉬안은 웃고 싶었으나 웃음이 나오지 않았다.

"용기가 있어도 무모하다면 일을 이루기 힘들어! 우리가 죽으려면 청천백일기 아래에서 죽어야지 칠칠치 못하게 죽을 수는 없어! 나는 리쓰예를 찾아가야겠어!"

"그는 좋은 사람이지만, 이런 일과 관련한 방법을 제안할 수 있을지 잘 모르겠어!"

"내가—그에게 방법을 일러주지! 그분이 원하시기만 한다면, 나의 방법이 그렇게 나쁘지만은 않은 것 같아!

"무슨 방법? 무슨 방법인데?"

"리쓰예 아저씨는 최근 상가 일을 맡아 운구하는 일을 해. 둘이서 상복을 입고 성 밖으로 나가는 거야. 대개는 검사를 받지 않아!"

"큰형! 정말 대단하다!"

루이취안은 껑충 뛰었다.

"침착해! 남에게 들리지 않게 해! 성 밖에 나가면 왕 소위 말을 들어. 그는 군인이야. 반드시 군대를 찾을 수 있을 거야!"

"그렇게 하지, 큰형!"

"너도 원하지? 후회하지 않지?"

"큰 형 왜 그래? 내가 가고 싶다 했잖아, 후회할 리가 있어? 하물며 다른 일은 후회할 수 있어도 이 일—탈출해서 망국노가 되지 않는 것—을 왜 후회하겠어?"

루이쉬안은 잠시 침묵하다 입을 열었다.

"내말은, 탈출하면 곧 지옥에서 천당으로 직행하는 것이 아니라고. 그 후도 고생의 연속일 거야. 전날 너를 만류한 것은 그런 의미에서였다. 5분의 열정은 어떤 사람이든지 한순간에 영웅으로 만들 수 있다. 그러나 진정한 영웅은 얼마나 긴 시간 동안 큰 고생을 했는지 막론하고, 여전히 후회하거나 낙심하지 않을 수 있는 사람이다! 이 말을 기억해두어라,

셋째야! 기억해라. 우리 국기 아래에서 똥을 먹는 게 일장기 아래에서 고기를 먹는 것보다 낫다! 너가 항상 낙심하지 않고 오늘 저녁 같은 용기를 가지고 있다면 나는 안심하겠어! 좋아! 그러면 나는 리쓰예 아저씨를 찾아 가마!"

루이쉬안은 리쓰예를 찾아갔다. 노인은 이미 잠자고 있었고, 루이쉬안이 그를 깨웠다. 리쓰마도 함께 일어났다. 그녀는 두서없이 물었다. 치 씨 댁 할머니가 애기라도 낳는 거요? 누가 급병이라도 걸려 의사를 청해야 하는 거요? 한바탕 루이쉬안의 설명을 듣고서야, 그녀는 그가 리쓰예와 일을 상의하러 왔다는 것을 분명히 알았다. 곧 손님에게 반드시 차를 끓여 대접해야 한다고 결정한 그녀는 루이쉬안이 말릴 새도 없이 방에서 나갔다. 어차피 그녀가 방에서 나가면 방해를 받지 않을 수도 있으니, 루이쉬안은 그녀의 호의를 마다하지 않았다. 그녀는 옷을 여미고 침침한 눈을 비비며 나가서 땔감을 빼개서 불을 지폈다. 그녀가 밖에서 바쁜 틈을 타서 루이쉬안은 자기가 온 이유를 간단히 말했다. 노인은 기꺼이 책임을 지고 돕고 싶어 했다.

"첫째는 과연 지식인이야. 아주 주도면밀하게 생각했구나!"

노인은 낮은 소리로 말했다.

"요즈음은 성문이나 역에서 검문검색이 엄격해서 나가는 것이 쉽지 않아. 군인이었던 사람은 손, 다리, 몸 곳곳에 흔적이 있는 것 같아서 일본인이 알아본다. 잡히면 반드시 사살이야! 발인도 그래. 관재도 모두 성문에서 순경이 두드려본다. 하지만 상복을 입은 사람은 아직까지 큰 번거로움을 겪은 바가 없어. 그 일은 나에게 넘겨. 내일 상사가 있어. 그들에게 일러서 내일 아침 일찍 나와 함께 가라고 해라. 장의사에 상복이 있으니 내가 삯을 내고 빌려주지. 그 후에 그들을 상주나 인부로 둔갑시켜, 무슨 일이 적당한지 보고 일을 시킬게!"

쓰다마가 준비하는 물이 채 끓기도 루이쉬안이 이미 작별인사를 했다. 그녀는 몹시 미안히 여기며, 땔감이 비에 젖어서 그랬다고 우겼다.

"이 늙은이는 무슨 일에든 관심이 없어. 비올 때 땔 장작을 안에 들여다 놓으면 안 되나!"

"입 닥쳐! 밤중에 어쩌란 말이야!"

노인은 낮은 소리로 나무랐다.

루이쉬안은 첸 노인을 찾아갔다.

이때 루이취안은 방안에서 흥분을 가라앉히지 못하고, 목에 뭐가 걸린 듯 딸꾹질을 했다. 이 생각 저 생각, 생각이 주마등처럼 오갔으므로 집중을 할 수가 없다. 그는 단번에 성 밖으로 뛰쳐나가 군의 작전에 참여하고 싶었다. 여기에 생각이 이르자, 그는 자기가 자오디와 베이하이의 연꽃들 사이에서 보트놀이를 하던 것에 생각이 미쳤다. 그는 바로 그녀를 만나보고 그녀에게 성을 탈출하여 항전의 영웅이 되자고 말하고 싶었다. 아니야, 아니야, 아니야, 그는 생각을 바꾸었다. 그녀는 똑똑지 못해서 절대로 자기 용기와 정열을 알아주지 못할 것이다. 한참 이런 생각에 휩싸이니 피곤해지고 걱정이 되었다. 사람의 마음을 가장 초조하게 하는 것은 기대하는 마음이 다. 그의 마음은 이미 상상의 경지로 날았지만, 몸은 여전히 방안에 있어 자기 자신을 어떻게 처리할지 할지 몰랐다.

어머니가 두어 번 기침을 했다. 그의 마음은 즉시 가라앉았다. 가련한 어머니! 내가 이 문을 나서면 영원히 다시 만날 수 없을지도 몰라! 그는 가만히 마당으로 나갔다. 그날의 밝은 별은 밝았고, 은하수는 새하얬다. 그는 런닝만 입고 있었는데, 밖에 나오자 이슬 기운에 오싹해지며 팔에 소름이 돋았다. 그는 남쪽방에 급히 들어가 엄마를 보고 따뜻한 말을 몇 마디 해주고 싶었다. 그는 재빨리 남쪽방 창 밖에 다다랐다.

그는 멈춰 섰다. 방에 들어갈 용기가 나지 않았다. 평소에는 엄마와의 관계가 이렇게까지 깊은 줄 몰랐다. 그는 항상 동창들에게 말했다. '현대 청년은 병아리와 같아. 태어나면 곧 어미를 떠나 자신의 작은 발로 먹이를 파먹어야 해!' 지금 그는 그 자리에 못 박힌 듯 서 있다. 그는 자신이 탈출하여 국가에 대한 책임을 다하겠다는 결정을 결코 후회하지 않는다. 다만 그는 본인이 결코 병아리와 같지 않아, 영원히 어머니와 떼려야 뗄 수 없는 감정적 유대를 지니고 있음을 인정할 수밖에 없었다. 한참 동안 서 있었다. 샤오순얼이 칭얼거리는 소리가 들렸다. 엄마가 목소리를 내었다.

"저 녀석! 벌레가 있어도 제대로 못 잡게 하네! 꼭 네 셋째 삼촌 어렸을 때 같구먼. 어릴 때 더러운 벌레 한 마리 잡으려고 등잔을 엎었다구!"그는 다리가 후들거려서 창틀을 잡고 버텼다. 그는 탈출하겠다는 결정을 후회하지는 않지만, 자신의 다리가 후들거리는 것을 수치스럽다고 여기지도 않았다. 그는 자기가 용감한지 연약한지 감정이 풍부한지, 신경이 약한지 분간하지 못할 이 순간에도, 일본인들이 저지르고 있을 죄악―얼마나 많은 어머니와 아들, 부부가 무정하게 헤어져 영원히 이별하게 한 죄―을 생각해내었다. 생각이 여기에 미치자 그는 고개를 힘껏 들고 남쪽방 창 앞을 떠날 수 있었다.

그는 마당을 한 바퀴 돌았다. 큰 형수 방 안에 등이 아직 켜져 있었다. 그는 형수도 예전처럼 속되고 자질구레한 일들에 매달리는 사람이라고 생각하지 않게 되었다. 그는 방 안에 들어가서, 그녀에게 몇 마디 위로의 말을 해주고 싶었다. 평소에 그녀에게 대드는 것은 그저 장난을 치는 것이며, 마음속으로는 큰 형수를 좋아하고 감사함을 알리고 싶었다. 그러나 그는 들어가지 않았다. 청년의 입술은 죄송하다는 말을 하기 위해 준비된 것이 아니다!

루이쉬안이 밖에서 살금살금 들어와서 바로 셋째 방으로 갔다. 셋째도 긴장하여 살금살금 다가와서는 물었다.

"어떻게 됐어? 큰형!"

"내일 아침 일찍 떠난다!"

루이쉬안은 피곤하고 지친 듯이 한 순간에 침대 가장자리 앉았다.

"내일―"

셋째의 심장이 급하게 뛰어서 미처 말을 할 수가 없었다. 전에 형이 떠나지 못하게 할 때는 마음이 너무나도 조급했다. 그런데 지금 그는 일이 너무 빨리 닥친 기분이었다. 그는 손으로 팔을 문질렀다. 그는 아무 것도 준비가 되어 있지 않았다. 자기는 런닝 하나만 걸치고 있어서 먼 길 갈 모습이 아니었다. 한참 만에 물었다.

"뭘 챙겨가야 하지?"

"아?"

루이쉬안은 마치 일체를 잊어버린 것 같이, 동생을 빤히 보면서 대답을 하지 않았다.

"그러니까, 뭘 챙겨가야 할까?"

"오우!"

루이쉬안은 분명히 알아듣고 잠시 생각했다.

"돈을 좀 가지고 가야! 그리고 가지고 갈 것은, 지니고 갈 것은, 바로 너의 순결한 마음이야! 영원히 지녀야 하지!"

그는 천 마디 만 마디로 아우에게 당부하고 싶었으나, 다시는 말이 나오지 않았다. 주머니를 뒤져 부들부들 떨리는 손으로 30위안짜리 지폐를 꺼내어 침상 위에 가만히 놓았다. 그 후 그는 일어서서 손을 셋째의 어깨에 놓고 셋째를 자세히 들여다보았다.

"내일 아침에 너를 부를게! 조부가 깨기를 기다리지 마라! 우리는 아무도 모르게 나간다. 셋째야!"

그는 뒷말을 잇고 싶었으나 입을 닫았다. 고개를 돌려 재빨리 나갔다. 셋째가 문 밖에까지 함께 갔으나 아무 말도 하지 않았다.

형제는 모두 잠을 이루지 못했다. 베이핑이 함락되던 날도 밤새 눈을 붙이지 못했다. 게다가 그날 밤 그들은 너무나 막막해서 사색하고 담론할 만한 구체적인 무언가를 찾을 수가 없었다. 그 순간 그들은 비로소 국가, 전쟁과 이들과의 자신들의 관계를 진정으로 느낄 수 있었다. 나아가서 부자, 형제간의 정, 친구와의 우정, 전부를 버리지 않으면 안 된다. 이렇듯 가장 버리기 힘든 관계를 버려야만 더 큰 책임을 어깨에 짊어질 수 있다. 그들은—내일이면 어떻게 될지도 모르고—영원히 작별해야 될지 모르기 때문에 오히려 과거의 모든 것을 떠올렸다. 루이쉬안은 아내가 깊이 잠들기까지 기다렸다가, 상의를 다시 입고 셋째를 찾았다. 둘은 날이 밝을 때까지 기다렸다.

치 노인의 기침소리를 들으면서 그들은 밖으로 빠져나왔다. 리쓰예는 일찍 일어나는 편이어서, 이미 입구에서 그들을 기다리고 있었다. 동생을 리쓰예에게 맡기자, 루이쉬안은 밤새 잠을 못 자고 마음도 괴로워서 때문에 머리가 깨질 것 같았다. 그는 한 마디도 말 못 하고 동생 뒤를 따라다니며 서성거렸다.

"큰형! 그만 가봐!"

셋째는 머리를 숙이고 말했다. 형이 움직이지 않은 것을 보고 한 마디 더 보탰다.

"형이 여기 있으면 내가 불안해!"

"셋째야!"

루이쉬안은 동생의 손을 잡았다.

"어디가든 조심해라!"

말을 마치자 그는 재빨리 집으로 돌아갔다.

방에 돌아오자 그는 자고 싶었다. 그러나 잠이 오지 않았다. 그는 극도로 피곤해서 눈을 감고 있었으나, 셋째에 대한 안 좋은 소식이 들리는 듯해서 후다닥 잠이 깼다. 그는 셋째를 아꼈다. 그를 아끼기 때문에 그를 보내는 것이다. 그는 셋째를 보낸 것을 후회하지 않았다.

다만 셋째가 결국 탈주에 성공할지 여부에 대해 마음을 놓을 수 없었다. 어느 때는 셋째가 항전에 참전하는 영광을 생각하는가 하면 어느 때는 셋째가 적에게 잡혀서 왕 소위와 함께 참혹하게 형벌을 받는 생각을 하기도 했다. 그의 얼굴과 몸에 기분 나쁜 진땀이 났다.

동시에 그는 집안사람들에게 무어라 둘러댈까 생각했다. 그는 곧이 곧대로 털어놓고 모두에게 말할 수 없었다. 그러면 온 가족을 불안하게 할 뿐만 아니라, 노인들이 너무 신경 쓴 나머지 병이 나게 할 수도 있었다. 그는 적절한 기회를 기다려야 했고, 모두가 셋째의 안전을 확신할 수 있는 증거를 지녀야 했다.

하루가 얼마나 긴지 모른다! 태양의 그림자가 즉시 전진을 멈춘 것 같았고, 시곗바늘도 더 이상 움직이지 않을 것만 같았다. 시계 바늘도 움직이지 않는 것 같았다. 겨우 겨우 4시가 되고 이르고 대추나무 아래에서 리쓰마가 큰 소리로 리쓰예에게 말하는 소리를 들었다. 그는 급히 뛰어 나갔다. 리쓰예는 "그들이 성을 나갔어!"하고 소곤거렸다.

13

　루이취안이 탈출한 후 치 노인은 여러 번 루이쉬안에게 셋째는 어디 갔냐고 물었다. 루이쉬안은 거짓말을 지어냈다. 그는 일본군이 루이취안의 학교를 병영으로 삼으려고 해서, 학생들이 모두 학교로 옮겨가 지내게 되었다고 했다. 일본 군인들이 다른 곳으로 가게 만들게끔 하기 위해서 말이다. 사실 루이쉬안은 일본군이 정말로 학교를 점용한다면 전화 한 통이면 충분하고 누구도 반항할 수 없다는 사실을 분명히 알았다. 그는 자기는 거짓말을 지어내는데 재주가 없다는 사실을 잘 알지만, 노인들이 믿어주어서 다시 자기 거짓말을 손질할 필요가 없었다.

　거짓말에서 허점을 발견하고 기분이 나빠진 루이펑은 루이쉬안에게 질문을 던졌다. 루이쉬안은 평소 둘째를 별로 좋아하지 않았지만 이러한 환란 중에 형제의 우의가 반드시 더 돈독해져야 한다고 생각했다. 그래서 둘째를 속이고 싶지 않아서 실토했다.

"뭐라고? 형이 걔를 내보낸 거야?"

"뭐라고요? 형이 탈출시켰나요?"

루이펑의 작은 마른 얼굴이 북의 가죽처럼 팽팽해졌다.

"그 애가 떠난다고 결심을 해서 내가 막지 않았다. 열정이 있는 청년이면 당연히 떠나야지!"

"형, 말 한번 잘 했네! 형은 그가 곧 졸업을 앞두고 있으며, 졸업 후에는 돈 좀 벌어서 집안 살림에 보태야 한다는 생각은 못했어? 정말 곧 알을 낳을 때가 된 암탉을 그냥 보내버리다니. 그리고, 조만간 인구 조사가 있을 거요. 우리 집에 바깥 항전에 참여하고 있는 사람이 있다면 곤란해지지 않겠어?"

만약 둘째가 셋째의 안전에 대해 안심을 못해 형을 나무랐다면 루이쉬안은 절대로 화를 내지 않았을 것이다. 사람의 간은 크기가 다 다르니까. 간이 작으나 인정이 두텁다면 봐줄 수가 있을 것이다. 그런데 지금 둘째가 트집 잡는 것은 혈육의 정도 모두 제쳐두고 오로지 이익만 중시하기 때문이어서 루이쉬안이 화를 내지 않을 수 없었다.

그러나 그는 화를 삼키고 자신을 억제했다. 그는 가장이니까 참아야 한다. 하물며 성은 망하고 나라가 위험한 시기에, 집에서 먹고 살기 힘들다고 소란을 피워서 뭐하나. 그는 꾹 참고 웃었다.

"둘째야, 네 생각이 옳아. 나는 미처 생각하지 못했어!"

"지금은 중요한 것은 소문을 내지 않는 거야!"

둘째는 상당히 거만하게 형에게 당부했다.

"한 마디라도 새면 우리 집안은 전부가 죽은 목숨이야! 내가 일찍이 말했듯이 셋째를 오냐오냐해선 안됐어. 형은 늘 내 말을 듣지 않았지! 내 생각에는 우리가 분가하는 게 좋겠어! 그래, 그 녀석 셋째가 화를 불러들이면, 둘째인 나의 머리도 자르려고 할 테니, 그렇게 되면 만사 끝장데스!"

루이쉬안은 다시는 참을 수 없었다. 그의 눈이 가늘어지고 얼굴의 살이 팽팽하게 움츠러들었다. 그의 목소리는 여전히 낮았다. 하지만 말 한 마디 한 마디가 작은 돌덩이가 깊은 계곡에 떨어지는 것처럼 작지만 힘 있었다.

"둘째야! 너, 꺼져라!"

둘째는 형이 이런 반응일지 몰랐다. 그의 작고 마른 얼굴이 완전 붉어져서 수건으로 빛나게 닦은 산사나무 열매 같았다. 그는 화를 내려 했다. 그러나 형의 안색을 살펴보고 참았다.

"좋아, 내가 꺼지면 되지!"

형은 그를 붙잡았다.

"기다려! 할 얘기가 있어!"

그의 얼굴은 무서울 정도로 창백해졌다.

"평소, 나는 너에게 데면데면 대했어. 내가 집안 살림을 맡은 가장이 니까 너와 말다툼을 하고 싶지 않았거든. 그게 잘못이었다. 너는 내가 네 말에 반박하지 않으면 네 말이 곧 옳은 것이라 생각했지! 이런 상황이 오래되니 너의 나쁜 버릇을 키우게 되었다. 너는 언제나 편한 길을 택하고 희생하려고 들지 않았다. 정말이지, 너를 일찍이 바로 잡지 않았던 것이 너무 미안하다. 오늘은 너에게 진실을 말해야겠어. 셋째는 탈출했다. 그리고 탈출한 것은 잘한 일이야. 너도 청년이라고 자부하면 응당 탈출해야 한다. 먹고 마시는 것보다 훨씬 더 큰일을 하려 해야 한다. 두 분 상노인이 현재 여기 계신다. 나는 떠날 수가 없어. 나 자신도 나를 용서할 수 없어! 너 생각해 봐. 일본인의 칼이 우리의 목에 닿아 있어. 우리가 집안의 사소한 일에 정신이 팔려 훨씬 더 큰일에 눈길을 주지 않아서야 되겠니? 강요하려는 건 아냐. 그저 먼저 좀 더 생각해보라는 거야. 더 멀리 있는 일들, 그리고 더 큰 일들을 좀 고려해봐!"

마음이 가라앉고 얼굴이 혈색을 되찾았다.

"미안하다. 너에게 화를 내서, 둘째야! 이 말만 하지. 좋은 말은 듣기 좋은 게 없다! 좋아, 너 나가라!"

그는 형의 기백을 내보이며, 말다툼이 재발하지 않도록 동생에게 나가라고 명령했다.

둘째는 거부당하자 마음이 편치 않아서, 셋째가 몰래 탈출한 일을 조부, 모친에게 말해서 그들의 호의를 얻으려 했다.

엄마는 그 소식을 듣자 큰 애를 원망하진 않았다. 감히 큰애와 말다툼을 할 수도 없었다. 그저 눈물을 머금은 채 하루 동안 아무 것도 먹지 않았다.

치 노인은 큰 애에게 불만을 표시했다.

"내 생일이 코앞인데 너가 셋째를 보내다니! 내가 절을 받고 난 뒤에 보내도 좋지 않았니!"

샤오순얼 애미는 이 얘기를 듣고 눈을 빠르게 굴리며 남편에게 말했다.

"이렇게 된 이상, 할아버지 생신을 더 제대로 차려야겠네요! 공을 세워 속죄해야죠. 생신도 제대로 못 차려드려 죄를 두 개나 지은 다음, 하나로 퉁치지는 말자구요!"

루이쉬안은 술과 요리의 수를 줄여서라도 노인의 생일잔치를 치르기로 결정했다.

이때 학교 당국들은 상하이의 전투가 호전되고, 일본인이 교육담당자를 보내지 않자 모두 바로 개학하고 싶어했다. 선생들과 학생들이 정신이 흐트러지는 것을 방지하기 위해서 말이다. 루이쉬안도 통지를 받고 학교에 가서 회의에 참석했다. 선생들 모두가 출석하지는 않았다. 이미 베이핑을 탈출한 사람이 몇 명 있기 때문이다. 다른 사람의 탈출에 대해 얘기하면서 모두 안색이 어둡고 부끄러워했다. 누구나 모두 탈출하지 못한 이유를 말하면서도, 얘기하면 할수록 더 부끄러워했다.

교장이 왔다. 그는 50세 남짓의 매우 충성스럽고 성실한 중등 교육 방면의 베테랑이었다. 모두가 앉자 회의가 시작되었다. 교장이 일어섰고, 벽을 바라보며 3분 정도 말이 없었다. 루이쉬안은 고개를 숙인 채 말했다.

"교장 선생님, 앉으시지요."

교장은 마치 잘못을 저지른 초등학생처럼 천천히 앉았다.

젊은 선생 한 명이 모두가 묻고 싶지만 차마 묻지 못하는 말을 꺼냈다.

"교장 선생님, 우리가 여기서 일을 하면 한간이 되는 게 아닙니까?"

모두가 눈을 교장에게로 돌렸다. 교장은 마지못해 일어서서 손으로 연필을 만지작거렸다. 가볍게 기침을 몇 번하고 나서 말을 했다.

"선생님 여러분! 여러 동료들이 보듯이 전쟁이 단기간에 끝나지 않을 것 같소. 이치를 따지면 우리 모두는 베이핑을 떠나야 하겠지요. 그러나 중학교는 대학과는 달라요. 대학은 직접 교육부에게 지시를 요청할 수 있으나, 우리는 교육국의 명령을 들어야만 하죠. 성이 함락되고 난 뒤 교육국에는 책임지는 사람이 없어서, 우리는 스스로 주장을 내세워야만 하게 되었어요. 대학이 베이핑을 떠나라는 명령을 받는다면, 대학생은 나이를 고려했을 때 먼 길을 갈 능력이 있습니다. 본적을 고려했을 때도 각 성의 사람이 모두 있으니, 소식을 듣고 지정된 장소에서 집합할 수도 있죠. 우리 학생들은 나이도 어리고 전부가 다—"

두어 번 기침을 했다.

"거의 열에 아홉은 성 안의 자기 집에서 살고 있소. 우리가 이들을 데리고 큰길로 간다면 일본병이 막아설 테고 작은 길로는 학생들이 갈 수 없을 테고. 게다가 학부형들이 학생들을 가게 하겠소? 역시 문제예요. 그러므로 나는 분명히 알고 있소. 여기에 머무는 것은 말썽을 자초하여 사서 고생하는 것일 거요. 그러나 다른 방도가 있겠소? 일본인들이 베이핑을 점령했소. 반드시 그들은 먼저 학생들을 주목할 것이요. 아마도 제멋대로 청년들을 도륙하거나, 그들을 거둬들여 망국노로 만들 것이요. 이 두 가지 방법 모두 참을 수가 없소! 그러나 지금으로서는 잠시 학교의 생명을 유지하고, 일본인들이 방법을 분명히 하기 전까지라도 청년들이 공부를 할 수 있게 해야 돼요. 그들이 방법을 결정한 다음에는, 굴욕을 참고 학생들이 가장 큰 손해를 보지 않도록 방법을 모색해야 해요. 학생들이 육체적, 정신적인 피해는 입지 않게 하자구요. 선생님들, 가실 수 있는 분은 가세요. 저는 결코 잡지 않겠습니다. 나라가 각 방면에 인재를 필요로 하고 있습니다. 가실 수 없는 사람들은 모두가 능욕을 당한 과부처럼 자기 아이를 위해서 수치와 오욕을 참고 살아가길 청합니다. 우리가 한간이 되는 게 아니냐고요? 머잖아 정부에서 사람을 파견하여 우리에게 고할 것입니다. 정부는 우릴 잊지 않을 것이고, 우리가 탈출할 수 없다는 어려움을 반드시 이해할 것입니다."

두어 번 기침을 하고 손으로 탁자를 잡았다.

"동료 여러분, 하고 싶은 말이 많습니다만, 말할 수가 없군요. 여러분이 동의하시면 다음 주 월요일에 개학하겠습니다."

눈물을 머금은 채 천천히 앉았다.

한참 침묵이 흐른 뒤 어떤 선생님이 나지막하게 말했다.

"개학에 찬성합니다!"

"이의가 없으십니까?"

교장은 일어나고 싶었으나 일어날 수가 없었다. 아무도 말이 없었다. 잠시 기다렸다가 말했다.

"좋아요. 우리 개학 때에 봅시다! 이후에도 많은 변화가 일어날 것입니다! 우리는 최선을 다 할 수 있는 만큼 힘씁시다!"

학교에서 나와서 루이쉬안은 열병에 걸린 것처럼 괴로워했다. 그는 마음을 진정시키고, 명확하게 하나의 길을 발견하고 싶었다. 그러나 마음속이 하도 어지러워 어떤 하나의 사건도 사고의 출발점으로 삼아 매달릴 수가 없었다. 그는 투덜거리기 시작했다. 자기가 투덜거리는 소리를 듣고 더 괴로워졌다. 평소 같으면 정신이 말짱하지 못해 걸으면서 투덜거리는 사람을 가련하게 여겼을 것이다. 오늘은 자기가 바로 그런 사람이었다. 혹시 자기가 미친 것은 아닐까? 그는 굴원이 머리를 풀고 중얼거렸다는 생각을 해냈다. 그런데 그는 자기 자신을 굴원의 무엇과 비교할 수 있었는가? 그는 '굴원은 자살할 용기라도 있지 않았는데, 너는?'하고 스스로에게 물었다. 감히 답을 할 수가 없었다. 그는 베이하이나 중산공원에서 번민을 날려버리고 싶었으나 자신을 억제했다. '공원은 태평세월을 즐기는 사람을 위해 준비한 곳이니, 너는 갈 자격이 없다!' 그는 집을 향해 걸었다.

"싸움에서 진 개는 꽁무니를 빼고 집으로 줄행랑 칠 수 밖에 없지! 다른 방법이 없어!"

그는 자기에게 낮은 소리로 말했다.

후통 입구에 닿자 순경이 제지했다.

"저는 여기 삽니다."

그는 예의 바르게 말했다.

"잠시 기다리시오!"

순경도 예의를 차렸다.

"안에서 사람을 체포하고 있소!"

"체포라니요?"

루이쉬안은 놀랐다.

"누구요? 무슨 일이지요?"

"저는 모릅니다!"

순경은 미안한 듯이 대답했다.

"저는 여기서 행인이 들어오지 못하게 지켜야 한다는 것만 압니다!"

"일본 헌병입니까?"

루이쉬안이 낮은 소리로 물었다.

순경은 고개를 끄덕였다. 그런 후에 좌우를 둘러보고, 아무도 없는 것을 확인하고 낮은 소리로 말했다.

"이번 달에 월급 준다는 소식도 없는데, 우리나라 사람 체포하는데 자기네들을 도와라니! 정말 분해요! 우리 베이핑이 어떻게 될지 누가 알겠소! 선생, 다시 한 바퀴 돌고 다시 오쇼. 여기 서 있지 마시고!"

루이쉬안은 골목 어귀에서 기다릴 생각이었다. 순경의 말을 들으니 떠날 수밖에 없었다. 그는 일본인이 사람을 체포할 때는 반드시 모든 것을 샅샅이 수색할 것이고, 많은 시간이 걸릴 것이라고 생각했다. 그래서 한두 시간 돌아다니다 돌아오기로 결정했다.

'누구를 잡으러 왔을까? 그는 걸으면서 생각해보았다. 제일 먼저 첸모인을 생각했다.

"정말 첸 선생이라면,"

그는 자기에게 말했다. '그렇다면…….' 그는 더 이상 말을 잇지 못하고, 다리에 힘이 빠지는 걸 느꼈다. 둘째로 자기 집을 생각했다. 셋째가 적에게 잡혔을까? 전신에 식은땀이 났다. 그는 멈춰 섰고, 바로 돌아가고 싶었다. 그런데 돌아가 보아야 무슨 소용이 있는가? 순경이 자기를

208

골목 안으로 들여보내주지 않을 것인데. 게다가 그가 첸 시인이나 자기 가족이 잡혀가는 것을 보아도 무슨 방법이 있는가? 아무 방법이 없다! 이게 바로 망국의 참담함이다! 아무것도 보장되지 않고, 아무것도 안전하지 않다. 나라 잃은 사람은 삶과 죽음의 틈새에서 살아간다. 한참 멍하게 서 있고 나서야 그는 자신이 후퀘쓰 거리의 꽃집 앞에 서 있다는 것을 깨달았다.

다음 날은 묘회가 있는 날이다. 평소 같으면 성 밖에서 상점으로 꽃을 메고 오는 때이다. 오후에는 상점 문간에 화분에 심지 않은 꽃과 가지들이 가득 쌓여 있어, 이튿날 시장에서 팔릴 준비를 한다. 오늘은 상점 안팎이 모두에 아무 동정도 없다. 문간에는 시들은 꽃 몇 개가 널브러져 있다. 루이쉬안은 평소 묘회에서 어슬렁거리는 것을 좋아하지 않지만 꽃집의 꽃을 보는 것은 좋아했다. 꽃을 사던 안 사던 싱싱한 화초를 보면 것은 생기를 느꼈다. 지금은 시들은 꽃들을 보고 있으려니 마치 중요한 물건을 잊어버린 것 같은 생각이 들었다.

"나라가 망하면 미(美)도 없어진다!"

자신에게 말했다. 말을 마치자 곧 말을 다시 고쳤다.

"왜 태평 시대의 기준으로 전시의 일을 보는가? 전시에는 피가 곧 꽃이다. 장렬한 희생이 곧 미가 아닌가?"

이때 일본 헌병은 유유자적하는 것 외에 아무 죄도 없는 첸 시인을 체포하고 있었다. 후퉁 양 끝에 임시 초소를 세우고 출입을 통제했다. 관샤오허가 길을 안내하고 있었다. 그는 원래 얼굴을 내밀고 싶지 않았다. 하지만 일본인들은 관샤오허가 밀고한 이상, 그가 손쓰지 않으면 되려 책임을 묻겠다는 의미인 것 같았다. 사전에 그는 이렇게 일이 될 줄 몰랐다. 이제 낯가죽 두껍게 나가는 수밖에 없었다. 가슴이 두근거렸다. 애써 침착한 표정을 지었지만, 눈은 사냥개에 둘러싸인 여우 눈 같았다. 사방을 두리번거리며 이웃이 자기를 알아볼까 두려워했다. 그는 모자로 애써 앞을 가리어 다른 사람이 못 알아보게 했다. 후퉁의 집들은 모두 대문을 닫았다. 회나무에 거꾸로 매달린 녹색 벌레들을 제외하고는 살아 있는 것이라고는 아무 것도 없었다. 그는 마음이 약간 진정되어 모두가 이미 숨었다고 생각했다. 사실 천막장이 류 사부와 다른 몇몇 이가 문틈에 바짝 붙어 밖을 내다보고 있었다. 그들은 그게 누구인지 똑똑히 알아보았다.

바이 순장은 핏기라고는 없는 얼굴로 마치 혼이 빠진 듯이 관샤오허 뒤를 따라갔다. 후퉁의 모든 사람들이 그의 친구였다. 그래서 평소에 누구라도 경찰서로 연행하길 원하지 않았던 그는, 친구가 일본인에게 끌려가는 것을 덤덤히 지켜볼 수만은 없었을 것이다. 그는 첸 선생에 대해 잘 알지도 못했다. 첸 선생은 문 밖을 거의 나오지 않고, 순경에게 무얼 구한 적도 없는 분이었다. 다만 바이 순장은 첸 선생이 어느 모로 보아도 훌륭한 노인이라는 것은 확실히 알았다. 모두가 첸 선생 같기만 하다면 순경은 그다지 손 쓸 일이 없었을 것이다. 첸 씨 집 대문에 이르러서야 체포하는 사람이 첸 선생이라는 것을 알게 되었다. 그는 관샤오허를 한 입에 물어 죽이지 못 하는 게 한이었다. 그러나 등 뒤에 네 명의 쇠몽둥이 같은 짐승들이 있기 때문에 노기를 억누를 수밖에 없었다.

성이 함락된 후, 그는 곧 적들의 주구 노릇을 해서 자기 쪽 사람(친구들)을 괴롭히게 될 것이라 예상했다. 자신이 곧바로 제복을 벗지 않고서는 이렇게 가장 난처한 공무를 피할 수 없다는 것을 알았다. 그는 제복을 벗을 수는 없었다. 자신의 능력, 자격, 그리고 집안 식구들의 옷과 먹을 것이 모두 그를 대신하여 그가 몰인정한 일을 하도록 결정했다! 오늘 그는 과연 짐승 같은 군인을 데리고 와서 착실하고 파리에게조차 죄를 지을 일이라고는 없는 첸 선생을 체포하러 왔다!

한참 문을 두드려도 대답이 없었다. 쇠몽둥이 하나가 막 발로 문을 박차 열려고 할 때, 문이 가볍게 열렸다. 문을 연 사람은 첸 선생이었다. 잠에서 막 깬 듯이 그의 얼굴에는 붉은 주름살이 가득했다. 발에는 배신을 신고 왼손으로 장삼의 단추를 잠그고 있었다. 그는 한 눈에 관샤오허를 알아보자 눈을 내리깔았다. 두 번째로 바이 순장을 보았다. 바이 순장은 고개를 돌렸다. 세 번째로 바이 순장 뒤에 서 있는 짐승들을 보고 마치 유다가 예수를 팔아넘겼을 때처럼 머리를 끄덕였다. 재빨리 그는 두 개의 사건을 생각했다. 왕 소위한테 일이 생겼거나, 중스의 일이 누설된 것이다. 아주 빨리 그는 후자라는 것을 눈앞에 서있는 관샤오허를 보고 알아챘다—그는 가오디 소녀의 경고를 생각해냈다.

그는 아주 거만하게 "무슨 일이오?"하고 물었다.

이 말은 빨갛게 달구어진 쇠몽둥이 같았다. 관샤오허는 머리를 한 번 숙였다. 마치 빨갛고 뜨거운 불꽃을 피하듯 한 발짝 뒤로 물러섰다. 바이 순장도 함께 피했다. 두 명의 짐승들이 적을 맞이하듯 앞으로 돌진했다. 첸 선생은 문틀에 손을 기댄 채 그들을 막아서며 "무슨 일이오?"라고 물었다. 그 중 한 명이 첸 선생의 팔목을 잡아 비틀고, 또한 명은 뺨을 후려쳤다. 시인의 입에서 피가 흘렀다. 짐승들이 안으로 뛰어 들었다. 시인은 정신이 빠진 듯 서서 손으로 적병의 옷깃을 잡고 소리 질렀다.

"너희 놈들 왜 이래!"

적군 병사는 온 힘을 다해 몸부림치며 첸 선생의 손을 뿌리치려 했다. 첸 선생의 손은 익사하려는 사람이 나무토막을 붙잡는 것처럼 강하게 붙잡았다. 바이 순장은 노인이 다시 당할까 두려워 재빨리 손으로 겨드랑이를 부축했다. 첸 선생은 손을 놓았다. 바이 순장은 몸을 약간 가까이에 들이밀고 첸 선생과 적병을 떼어놓았다. 적병은 바이 순장의 허벅지를 정통으로 찼다. 바이 순장은 아픈 것을 참으며 첸 선생을 잡고 그를 위협하는 척 했다. 첸 선생은 끽소리도 내지 않았다.

한 명의 병사가 문을 지키고 나머지는 마당으로 들어갔다. 바이 순장도 첸 선생을 잡고 들어갔다. 바이 순장은 낮은 소리로 말했다.

"선생님, 화를 돋울 필요는 없습니다. 호한은 목전의 화를 자초하지 않습니다."

샤오허는 간이 작아서 감히 안에 들어가지 못 하고, 문 밖에 서 있지도 못했다. 그는 문간에 들어와서 주머니에서 은으로 상감된 민난 지방 특색의 칠기 담배 갑을 꺼냈다. 그는 담배를 피우고 싶었다. 그는 문밖에 있는 군인을 떠올리더니, 담뱃갑을 내밀어 친근함을 표하려 했다. 적병은 그를 쳐다보고 담뱃갑도 보더니 담뱃갑을 받아서 닫고 호주머니에 집어넣었다. 관 선생은 쓴웃음을 지었다. 그는 일본인이 중국말을 하는 것을 흉내내는 억양으로 "좋아, 좋아, 아주 아주 좋아요!" 하고 말했다.

  첸 선생의 큰아들 멍스는 양일간 이질을 앓고 있었다. 원래가 여위고 허약했는데 병이 들어 더 볼품이 없었다. 봉두난발한 창백한 얼굴로 방안에서 바지말을 잡고, 흥흥거리면서 나왔다. 부친이 바이 순장에게 잡힌 채 입에 피를 흘리고, 3명의 적병이 무장한 곰탱이처럼 마당에 휘젓고 다니는 것을 본 그는 아픈 것도 잊었다. 그는 휘청거리며 아버지에게로 뛰어갔다. 바이 순장은 순간적으로 생각했다. 일본 적군들이 원래 첸 노인만 잡으러 온 것이라면 굳이 한 명을 더 잡을 필요는 없을 것이다. 첸 씨 댁 큰아들이 일본인과 마찰을 일으키면 그도 체포될 것이 뻔하다. 여기에 생각이 미치자, 그는 모진 마음을 먹고 이를 악물었다. 한 손으로 첸 선생을 잡고 한 손으로 주먹을 쥐었다.

  멍스가 가까이 오자, 그는 멍스의 얼굴에 정통으로 한 방 갈겼다. 멍스는 땅에 쓰러졌다. 바이 순장은 큰 소리로 외쳤다.

  "이 아편쟁이야! 아편쟁이야!"

  그는 멍스를 손가락으로 가리켰다. 곧이어 엄지손가락과 새끼손가락을 세워 입에 대고 쏩쏩하는 소리를 냈다. 바이 순장은 일본인에게 그 모습을 보여주었다. 그는 일본인이 아편쟁이를 '우대'한다는 것을 알고 있었다.

  적병은 멍스를 무시하고 모두 북쪽 방으로 들어가 수색했다. 바이 순장은 그 순간을 틈타서 첸 선생에게 설명해주었다.

  "첸 선생님은 나이도 많으시니, 그들과 목숨 걸고 다툴려면 다투세요.

하지만 큰아드님이 그들에게 잡혀가게 해서는 안 돼요!"

첸 선생은 머리를 끄덕였다. 멍스는 땅에 누워 한참 동안 움직이지 않았다. 그는 이미 기절해 있었다. 첸 선생은 머리 숙여 아들을 보고 괴로우면서도 통쾌했다. 그는 둘째 아들의 죽음이 확인되었고, 큰아들의 고통, 자기의 고난 모두가 사필귀정이고 희한한 일도 아니라 생각했다. 태평했던 세월에는 그에게 화초, 시와 노래, 차와 술이 있었다. 나라가 망하면 희생과 죽음이 있을 뿐. 그는 자기가 당하게 된 것에 만족했다. 그는 자기 앞에 감옥, 모진 고문, 죽음이 있음을 알았지만 추호도 두려움은 없었다. 그는 다만 장자가 잡혀가지 않고, 늙은 아내와 며느리가 서로 의지하여 가장 큰 치욕이나 어려움을 겪는 지경에 이르지 않기만을 바랐다.

그는 아내와 작별을 하고 싶지 않았다. 응당 자기를 이해해 주리라 믿었다. 그녀는 평생 고생했지만, 한 마디 원망한 적이 없었다. 그는 자기가 순도하면, 그녀가 자기 죽음의 가치를 분명히 알아주리라 여겼다. 관샤오허에 대해서도 원망하고 싶지 않았다. 그는 모든 사람이 이 세상에서는 절에 있는 오백나한들처럼 각자의 지위가 있다고 생각했다. 자기는 죽어야 하는 자리이고 관샤오허 같은 사람은 사람을 팔아 영달을 구해야 하는 사람이다. 이렇게 하나씩 생각을 매듭지으니 마음이 평온하고 담담해졌다. 평소 같으면 느끼는 바가 있을 때 시를 읊조리지만, 지금은 시에게 작별을 고하고 있었다. 둘째 중스의 희생, 왕 소위의 자살할지언정 항복하지 않으려는 기백, 그리고 자기의 운명을 생각하면 모두가 "망국편"의 아름다운 단락이었기 때문이다. 이러한 사실은 산문으로 기록하더라도 시와 같다. 다시는 음절과 음률에서 시의 시다움을 찾을 필요가 없게 되었다.

이때 첸 부인은 적병들에게 떠밀려 방을 나오다 거의 넘어질 뻔했다. 그는 그녀에게 아무 말도 하고 싶지 않았으나 그녀는 허겁지겁 그에게로 달려왔다.

"그들이 우리 물건을 가져가요! 당신 가보세요!"

첸 선생은 하하하고 웃었다. 바이 순장은 첸 선생을 꼭 잡고 소곤거렸다.

"웃지 마세요! 웃지 마세요!"

첸 부인은 그때서야 남편의 입에 피가 흐르는 것을 분명히 보았다. 그녀는 소매로 닦아주었다.

"무슨 일이에요?"

아내의 소매가 입가에 닿자 갑자기 더위를 먹은 듯 했다. 마음이 찢어지는 듯 하며 몸에 식은땀이 흘렀다. 그는 손으로 그녀를 짚으며 눈을 감고 마음을 진정시켰다. 그는 눈을 똑바로 뜨고 그녀에게 속삭였다.

"아직 말을 못해줬는데, 우리 당신에게 둘째는 이미 이 세상에 없고, 저 사람들은 나를 잡으러 온 게야! 슬퍼하지 마! 슬퍼하지 마!"

그는 그녀에게 당부할 것이 많았다. 그러나 다시 말을 하지 않았다.

첸 부인은 꿈을 꾸고 있다고 생각했다. 그녀는 본 것, 들은 것, 모두가 위아래로 연결이 되지 않았다. 노구교 사건이 일어난 이래로 하루도 작은 아들을 잊은 적이 없다. 그런데 남편과 장남은 항상 중스가 곧 돌아온다고만 말했다. 그날 밤중에 갑자기 농부 같기도 하고 군인 같기도 한 손님 한 분이 오셨다. 그녀는 감히 끼어들고 싶지 않았고, 그들도 그가 누군지 말하지 않았다. 홀연히 그 사람은 보이지 않았다. 남편에게 따졌으나 남편은 말없이 웃기만 했다. 또 어느 날 저녁 늦게 마당에서 사람이 움직이는 소리가 나더니 어떤 여자가 재잘거리는 소리가 들렸다. 그 이튿날 그녀가 물었으나 대답이 없었다. 이 모든 것이 무슨 일인가? 오늘은 또 남편의 입술에 피가 나고 있다. 일본 병이 집에 닥쳐 마음대로 들쑤시고 빼앗아 가고 있다. 거기다 남편이 둘째는 이제 이 세상 사람이 아니라 한다. 그녀는 울고 싶었다. 그러나 놀라고 당황하여 눈물마저 멈췄다. 그녀는 남편의 팔을 잡고 생각나는 대로 하나씩 묻고 싶었다. 그러나 입을 열기도 전에 적병들이 이미 방에서 나와 가죽 끈을 바이 순장에게 던졌다. 첸 선생이 말했다.

"묶을 필요 없소. 내가 당신들을 따라 가겠소!"

바이 순장은 가죽 끈을 들고 낮은 소리로 말했다.

"느슨하게 묶겠소. 묶여야 그들이 때리지 않는다오!"

노부인은 급히 소리 질렀다.

"너희들 뭐하는 거야? 노인을 어디로 끌고 가는 거야? 놓아라!"

그녀는 남편의 팔을 꽉 잡았다. 바이 순장은 혹시나 적병이 그녀를 때릴까봐 서둘렀다. 바로 그때 멍스는 정신이 들어 소리 질렀다.

"엄마!"

첸 선생은 아내의 귀에 대고 말했다.

"큰애에게 가보오! 내 곧 오리다. 마음 놓으시오!"

몸을 돌려 그녀의 손을 뿌리치고 눈에 분노, 오만, 열정의 감정이 섞인 눈물을 머금고 가슴을 펴고 밖으로 나갔다. 두어 발자국 걷다가 머리를 돌려 자신이 심은 화초를 바라보았다. 해바라기 한 그루가 노란 꽃 한 송이를 피우고 있었다.

루이쉬안이 후궈쓰에서 나오다 첸 선생이 4명의 적병에 의해 남쪽으로 압송되어 가는 것과 마주쳤다. 그들은 고의로 많은 사람에게 보이기 위해 차를 준비하지 않았다. 첸 선생의 머리는 번쩍거리고 왼 발은 배신을 끌고 있지만 오른 발은 맨 발이었다. 웃는 것 같기도 하고 아닌 것 같이 입을 비쭉 내밀고 있었다. 손은 몸 뒤로 묶여 있었다. 루이쉬안은 울고 싶었다. 첸 선생은 결코 그를 보지 못했다. 루이쉬안은 그 자리에 가만히 서서 보고 또 보았다. 커다란 검은 그림자 몇 개가 큰 길에서 천천히 움직이다가, 첸 선생의 흰 머리가 밝은 태양빛 아래에서 아름답게 빛나게 되기까지 보았다.

정신이 나간 사람처럼 샤오양쥐안 안으로 들어갔다. 리쓰예 댁의 문이 반쯤 열려있는 것을 제외하고 모든 집의 문이 닫혀 있었다. 그는 첸 씨 댁 멍스와 노부인을 위로하러 가보고 싶었다. 막 첸 씨 댁 문에 잠시 멈춰 서자 리쓰예(문 안쪽에 앉아 문 밖을 몰래 내다보고 있었다)가 불러 세웠다. 그는 리쓰예에게로 다가갔다.

"우선 첸 씨 댁에 가지 말아라!"

리쓰예가 루이쉬안을 문으로 끌어들이면서 말했다.

"요새는 친척도 돌볼 수 없고, 친구도 돌볼 수 없어. 조심해라!"

루이쉬안은 무어라 대답해야 할지 몰라 망설이다 밖으로 나왔다.

집에 오는 중에 머리가 쪼개지는 것 같이 아팠다. 아무도 부르지 않고 침상에 누웠다. 어떤 때는 소리를 내고 어느 때는 아무 소리도 없이 혼자 중얼거렸다.

후통 전체 사람들이 베이핑이 함락될 때 당황하고 괴로워했다. 베이핑인들은 상하이 전투 소식을 듣고 흥분되고 기뻤다. 이제까지 그들은 적들의 모습이 어떠한지 보지 못했다. 그리고 앞으로 어떠한 어려움을 겪게 될지 생각해보지 않았다. 오늘 그들은 피비린내를 맡았다. 그들은 시간이 지날 수록 가해지는 위험이 더 커지리라는 것을 알았다. 그들 모두는 첸 선생을 잘 알지는 못했지만 들개에게조차도 죄를 짓지 않을 사람이라는 것은 알고 있었다. 첸 선생을 구타하고 체포한 것이 그들에게 적들이 얼마나 간악한지 알게 했다. 그들 마음속 "왜놈"의 이미지가 달라졌다. 왜놈은 베이핑성만 뺏는 것이 아니라 모두의 생명까지 빼앗을 것이다. 동시에 그들은 관 씨 집 대문을 백안시했다. 그들은 관 씨들을 조심해야 하며 "왜놈"은 말할 것도 없다는 것을 알았다. 그들의 이웃에 기꺼이 일본의 주구가 되려는 사람이 있다니! 그들은 관 씨들에게 일본사람보다 더 깊은 원한을 가졌지만 조직적으로 관 씨들을 괴롭히지는 않았다. 단체적으로 그들의 행동에 대한 보장을 받을 수 없으니, 개인적 차원에서도 화는 났지만 감히 의견을 표할 수가 없었다.

관샤오허는 문을 단단히 걸어 잠갔지만 마음은 한없이 불안했다. 해가 지고 난 후는 더 무서워서 서쪽 마당으로 보복하려는 사람이 올까봐 겁을 냈다. 명확하게 말할 엄두는 나지 않았지만, 그는 넌지시

야간에 반드시 지키는 사람이 있어야 한다고 말했다.

다츠바오는 대단히 득의에 차서 가족들에게 선포했다.

"됐어, 드디어 공을 세웠구만! 우리는 물러설래야 물러설 수 없어. 힘을 다해서 앞으로 나가는 거야!"

분명하게 설명을 한 후, 그녀는 5분 내에 최소 10개 명령을 내렸다. 3명의 종이 발이 땅에 닿을 틈이 없을 지경이다. 남편의 공을 칭하기 위해 술을 한 잔 하겠다고 했다가, 또 의자매들을 불러 카드놀이를 하려 했다. 얼마 안 가 옷을 갈아입고 첸 선생의 소식을 알아보러 나가겠다고 했다가, 어느 때는 또 금방 입은 옷을 벗어버리고 주방장이에게 빨리 시미죽을 끓이라고 했다.

그녀가 관샤오허가 무서워하는 것을 분명히 알고는 성을 내지 않을 수 없었다.

"너 같은 놈은 무엇이 좋은지 나쁜지도 모르는군. 먹고 싶기는 한데 뜨거울까봐 겁을 내니 대체 뭐하는 놈이야? 힘들게 길을 찾아 공을 세우고, 도리어 겁을 먹다니? 첸 성을 가진 사람이 당신 아버지라도 되나? 당신, 남이 그 사람의 뺨 한 대 때려서 죽일까 두려운 거야?"

관샤오허는 억지로 겨우 힘을 내어 말했다.

"대장부는 과감하게 행동하고 책임을 지지. 나는 무섭지 않아요!"

"그럼 됐잖아!"

다츠바오의 어기는 약간 부드러워졌다.

"당신 마작 여덟 판 할래요. 아니면 술을 두어 사발 마실래요?"

그녀는 그의 대답을 기다리지 않고 자신이 결정했다.

"여덟 판 돌리자. 오늘 저녁 내 상태가 아주 좋아! 가오디! 너 할래 안 할래? 퉁팡 당신은?"

가오디는 자러 가고 싶다고 말했다. 퉁팡도 거절했다. 다츠바오는 화가 났다. 한 바탕 크게 싸우고 싶었다. 그러나 자오디가 한마디 했다.

"엄마! 들어보세요!"

서쪽 마당에서 첸 부인이 방성대곡하는 소리가 들렸다. 다츠바오조 차도 다시 찍 소리도 내지 못했다.

14

베이핑은 중추절 전후가 가장 아름다운 계절을 뽐낸다. 그 무렵에는 날이 차지도 덥지도 않다. 밤낮이 뚜렷이 구별되고, 주야의 길이도 비슷하다. 몽고에서 불어오는 황색 바람도 없고, 하늘에서 쏟아 붓는 우박 섞인 폭우도 없다. 하늘은 마치 미소를 머금고 베이핑 사람들에게 '하늘 아래 대자연은 너희들에게 어떤 위협도 손해도 끼치지 않는다'라고 말하듯 높고 푸르다. 시산, 베이산은 모두 푸른색이 한층 더 짙어지고 매일 저녁때는 각양각색의 노을이 펼쳐진다.

태평 시대에는 거리의 노점상이나 과일가게에 베이핑 사람만이 하나하나 이름을 부를 수 있는 과일이 진열되어 있었다. 각양각색의 포도, 각양각색의 배, 각양각색의 사과를 사람들은 이미 실컷 보고, 냄새 맡고, 마음껏 먹었다. 여기다 보기 좋고, 듣기 좋고, 먹기 좋은 베이핑

특유 호리병 모양의 대추가 더해진다. 맑은 향기가 나고 맛이 달고 바삭바삭한 둥근 배, 꽃이 붉은 큰 명자, 그리고 향기만 맡게 하는 모과와 온통 금빛 별이 박힌 샴페인, 달님에게 바치는 데 쓰일 만하다. 여기에 덧붙여 금빛 종이쪽지를 붙인 배게 모양의 수박과 노랑색, 붉은 색 맨드라미 꽃이 사람들이 입복을 누리기만 할 겨를이 없이, 좋은 향기, 냄새, 색에 빠져 안색이 좋아지고 점점 취기를 느끼게 한다!

이러한 과일들은 가게 안이나 노점에서도 잘 정렬되어 있다. 과일 껍질 위의 흰 서리도 닦지 않은 채로 둔다. 입체 도안처럼 진열된 데다, 향기까지 더해져 판매상들이 모두 물건을 아름답게 만드는 예술가로 여겨지게 한다. 하물며 그들이 창을 할 줄도 아는 데야! 그들은 정성을 기울여 진열하고 청아한 목소리로 곡조를 넣어 "과일 예찬"을 노래한다. '오—한 마오(毛)[52] 에 한 무더기 둥근 흰 배요. 껍질 부드럽고 물오른 단맛이요. 벌레는 한 마리도 없소, 나의 희고 보드러운 배요!' 노래 소리는 향기 속에서 떨린다. 사과, 포도의 조용한 아름다움에 음악을 더해주어서, 사람들의 발걸음 느리게 한다. 그래서 사람들이 베이핑 가을의 아름다움을 듣고 보고 맡게 한다.

동시에 향촌에서 올라온 굵고 살 오른 굵은 밤이 가는 모래와 단맛을 지닌 채 길가에서 굽혀진다. 화덕에서 나오는 장작 타는 냄새조차 향기롭다. 술집 문 밖에 흰색 파와 버무려 볶은 부드러운 양고기 안주에 술 한 사발, 넉 량 고기를 곁들이면 3전으로 실컷 취할 수 있다. 고량색

• • •

52 중국의 돈의 단위. 이 외에도 '위안', '콰이'가 있다. '위안'과 '콰이'는 거의 동일한 단위이다. '마오'는 10분의 1콰이. 마오는 '첸'과 비슷하다.

갯벌 게가 멍석 바구니에 담겨 길거리에서 팔린다. 즐길 줄 아는 사람은 정양루에서 작은 나무망치로 털이 보송보송한 게 발을 깨뜨릴 것이다.

동시에 거리의 화려한 가판대들 사이에 작은 투얼예[53] 인형 가판대가 끼어있다. 가판대의 투얼예들은 형형색색이고, 몸 뒤에 깃발과 우산이 붙어있다. 큰 것, 작은 것 모두가 아름답게 다듬어져 있고, 어떤 것은 말이나 호랑이를 타고 있다. 또 어떤 것은 연꽃에 앉아 있고, 어떤 것은 이발 장비를 모은 간이 이발대를 어깨에 짊어지고, 어떤 것은 선홍색의 나무 사앗를 메고 있다. 이 작은 조각품들은 어린이 마음에 천만가지 아름다움의 종자를 심는다.

또 이때쯤에는 꽃으로 먹고 사는 펑타이에서는 성 안으로 잎과 꽃망울이 큰 국화를 한 짐씩 보낸다. 공원 안의 화훼 전문가들과 미를 사랑하는 국화 재배자들이 반년 동안 고심과 노력을 기울여 키운 특이한 모양의 국화들을 '국화 전시회'에 출품할 준비를 한다. 베이핑의 국화는 종류의 다양성, 모양의 기이함에 있어서 타의 추종을 불허한다.

그리고 봄꽃처럼 자신감이 넘치고 하고 준수한 청년 학생들은 칭화위안에서, 연화 백주를 생산하는 해역에서, 동·서·남·북 성(城)으로부터 뱃놀이를 하기 위해 베이하이로 몰려든다. 연꽃은 이미 지고 없지만, 연잎이 남아서 남녀들의 몸에 맑은 향기를 물들인다.

동시에 매우 성숙된 문화를 지닌 베이핑 사람들은 8월이 되자마자 친구들에게 보낼 명절 선물을 준비한다. 거리의 상점들은 여러 모양의

---

53 진흙으로 빚은 토끼 모양의 인형. 중추절에 달에 제사 지내거나 어린이의 장난감 따위로 사용되며, 화려한 색채가 입혀졌다.

술병을 마련하고, 각종의 소를 넣은 월병을 준비하여, 어리고 요염한 신부로 분장한다. 선물을 팔지 않는 상점들은 열띤 분위기를 타, 중추절을 기해서 바겐세일 쪽지를 걸어서 베이핑의 중추절을 환영한다.

베이핑의 가을은 인간의 천당이다. 아마도 천당보다 약간 더 번화할 것이다!

치 어른의 생신은 8월 13일이다. 입에 담지는 못하지만 노인은 마음속으로 그날 하루는 왕년과 다름없이 시끌벅적하기를 원했다. 매년 생일이 명절과 너무 가까워 약간 마음이 불편하기는 하지만 치 노인은 반드시 기쁨과 흥분을 나타내려고 애썼다. 60세 이후는 생일과 추석을 함께 축하하는 것이 종교 의식처럼 굳혀졌다. 그 날에 그는 반드시 마음으로 가장 좋아하는 옷을 입는다. 그리고는 허다한 붉은 작은 주머니를 마련하고 주머니 안에는 최근에 주조한 은화를 넣어서 자기 생일을 축하해주는 어린 것들에게 나누어준다. 그는 반드시 친우들의 생활 근황을 세세히 묻는다. 그리고는 자기의 경험에 입각하여 격려해주기도 하고 충고하기도 한다. 그는 주의 깊게 관찰하여 손님 모두가 배부르게 먹게 하고, 자기가 크게 좋아하지 않는 과일이나 간식을 아이들에게 들려 보낸다.

그는 마을의 스타와 같은 장수별이다. 이 때문에 손님들이 불만이나 남모르게 품은 원한으로 자기의 천수를 해치는 일이 없도록 자선을 베풀고, 예를 차리고 관대한 태도를 보이려고 애썼다. 그는 생일을 지내고 나면 피곤했다. 그는 모두가 어떻게 중추절을 지내는가에 관심을 표시하기는 하지만 마음속에는 중추절은 생일의 에필로그처럼 생각하여 중추절을 쇠는 것을 별로 중요하게 생각하지 않았다. 왜냐하면 생일은 자기만의 것이고 중추절을 쇠는 것은 모두의 일이기 때문이다. 이 집안 전체의 사람과 업은 모두 자기가 창조한 것이다. 그러니 자기가 좀 이기적이어도 괜찮을 것이다.

금년에는 생일 10일 전부터 이미 밤에 단잠을 잘 수 없었다. 그는 마음속으로 분명히 알았다. 일본인이 베이핑을 점령했기에, 생일과 중추절을 합쳐서 예년처럼 떠들썩하게 지낼 수 있기를 정말이지 바라서는 안된다는 것을. 그렇다 하더라도 그는 쉽게 희망을 버리고 싶지는 않았다. 첸모인은 일본 헌병에 끌려가서 지금까지 소식이 없지 않은가? 며칠 더 살지 누가 알겠는가? 그래도 살아 있다는 것 자체만으로도 좋은 일이 아닌가? 왜 그냥 이번 생일을 행복하게 지내면 안되나? 이런 생각은 생일이 지나는 것은 물론 과거에 지낸 어떤 생일보다—가능한지 여부는 상관없이—더 떠들썩하게 지내고 싶었다. 어쩌면 이번이 마지막일 수도 있지! 하물며 그는 분명히 일본인에게 욕 들어 먹을 짓을 한 적이 없으므로 일본인이라고 하더라도—아무리 비합리적이라고 해도—착실한 사람 한 명이 자신의 75세 생일잔치를 못하게 할리 있겠나?

그는 거리에 나가 보기로 결정했다. 베이핑의 거리에 중추절이 어떠한 모양이어야 할까를 눈을 감고도 분명히 볼 수 있다. 그는 실제로 거리에 나가볼 필요가 없었다. 다만 그가 나갈 필요가 있다면, 그가 아는 중추절의 거리를 보기 위해서가 아니라 금년에는 거리의 중추절 분위기가 어떤지를 보기 위해서였다. 거리가 예년처럼 시끌벅적하다면 그도 아무 의심 없이 생일을 행복하게 지낼 수 있을 것이고 일본인들의 베이핑 무력점령도 크게 심각한 것은 아니라고 생각할 것이다.

거리에 나가자 그는 거리에서 과일의 향기를 맡을 수가 없었다. 어깨에 선물을 들고 가거나 메고 가는 사람도 몇 사람 없었고 중추절 월병도 얼마 볼 수 없었다. 그는 원래 천천히 걷는 편이다. 지금은 완전히 걸을 수 없다. 그는 성 안에 과일이 없는 것은 성 밖이 편안치 못해서이고, 물건이 성 안으로 들어오지 못하기 때문이라는 데 생각이 미쳤다. 그는 또 월병이 거의 보이지 않은 것은 모두가 중추절을 쇠지 못한다는 의미라는 것을 알았다. 그는 마음속으로 일본 사람이 자기의 생활을 방해하지만 않는다면 그들을 크게 원망할 필요가 없다고 생각했다. 국사에 대해서도 일본인에 대해서와 마찬가지로 자기와 멀리 떨어져 있어서 과하게 관심 가질 필요가 없다고 생각했다. 그는 그저 편안히 살고 유쾌하게 생일을 해먹을 수 있으면 되었다. 그는 누구에게도 나쁜 짓을 하지 않았다. 그는 응당 편안하고 안락하게 살 권리가 있다! 지금 그는 일본인들이 자기가 명절 쇠기도 생일 해먹는 것도 허락하지 않는 것을 분명히 알게 되었다.

치 노인은 신물이 나도록 고생한 탓으로 그의 작은 눈에는 눈물이 쉽게 비치지 않는다. 그런데 지금 그의 눈은 앞에 있는 물건이 뚜렷이 보이지 않는다. 그는 이미 75년을 살았다. 어린애가 제 마음대로 안 된다고 우는 것처럼, 노인은 제 마음대로 안 되어서 나이가 죽음에 가깝다는 생각에 이르게 될 때, 눈물을 억제하는 게 쉽지 않다. 노인과 어린애가 모두 눈물을 흘릴 수 없는 때는 세계가 바로 가장 평화로운 시대이거나 최고로 공포에 휩싸인 시대다.

공국 가판대를 찾아서 잠시 자리를 빌려 앉으니 마음이 좀 편해졌다. 집을 향해서 걷고 있는 도중이었다. 길거리에서 투얼예 가판대를 보았다. 거기에는 크기가 다르고 형형색색의 투얼예가 있었다. 왕년에 아들, 손자, 혹은 증손자를 데리고 가다가 투얼예 가판대를 만나면 한 시간이나 서서 감상하고 비평하고 1~2전을 주고 작고 세공이 잘 된 진흙으로 빚은 투얼예를 사곤 했다. 오늘은 혼자서 가판대 앞을 지나다 쓸쓸함을 느꼈다. 동시에 왕년에는 투얼예 판매대와 과일 판매대가 한 자리에 있었다. 사람들은 두 가지 다른 물건을 보면서 한 가지로 생각을 모은다. 신선한 과일을 투얼예에게 공양한다는 생각을 한다. 이러한 관념적 연합을 통해 사람들의 마음속에 한 폭의 아름답고, 평화롭고, 환희에 찬 배월도(拜月图)가 그려진다. 그런데 오늘은 두 개의 투얼예 판매대가 외롭게 서 있다. 양옆에는 색과 향기가 고루 갖추어진 과일 판매대가 없어서, 치 노인은 이상함을 감지하고 두렵기까지 했다.

그는 샤오순얼과 뉴쯔에게 두 개의 투얼예를 사주고 싶었지만, 재빨리 그러한 생각을 억눌렀다—이런 시국에 아이들에게 장난감을 사주어도 되나? 그러나 그런데 그가 생각을 정하지 못하고 있는 그 순간에 판매대를 운영하는 30세 가량의 여윈 사람이 만면에 웃음을 띠고 그를 불러 세웠다.

"어르신 한 번 보십시오, 좀 보시기라도 하십시오!"

그의 웃는 얼굴과 부드러운 음성 탓에 치 노인은 물건을 안사더라도 그와 한담이라도 하면 기뻐질 것을 예상할 수 있었다. 그러나 치 노인은 걸음을 멈추지 않았다. 그는 완구를 살 마음도 한담을 할 마음도 없어졌다. 그러자 여윈 사나이가 한 발짝 다가왔다.

"물건 좀 사십시오! 쌉니다!"

값이 '싸다'는 말을 듣자 거의 본능적으로 노인은 걸음을 멈추었다. 여윈 사나이의 웃는 얼굴이 확대되었다. 방금까지는 조금 걱정되었다면, 지금 치 노인은 좀 염려가 덜 되었다. 그는 웃으면서 한숨을 쉬었고, 이렇게 말하는 것 같았다.

"제가 한 분의 재물 신을 만났구려!"

"어르신, 잠시 쉬어 가십시오!"

여윈 사나이는 장의자를 가지고 와서 소매로 먼지를 털었다.

"제가 어르신께 말씀드리지요. 사흘 동안 전을 벌렸으나 아직 제대로 팔린 게 없어요. 이 시국에 어찌 해야 할 것 같습니까? 이 물건을 여름에 다 만든건데, 안 팔러 나올 수가 있겠습니까? 그러나…"

노인이 이미 앉은 것을 보고는 급히 본론으로 들어갔다.

"됐습니다. 어르신 큰 걸로 두 개 어떠십니까? 본전을 밑지더라도 드리지요! 어떤 모양을 원하십니까? 이 한 쌍은 검은 호랑이를 탄 것, 하나는 황색 호랑이를 탄 것으로 구성되었죠. 아주 좋습니다! 아주 생동감 넘치게 만들었어요!"

"두 아이에게 사주어서 다투지 않게 하려면 똑같아야 돼요!"

치 노인은 여윈 사람에게 자기가 속는 것 같아, 어쩔 수 없이 우선 말로 시간을 벌려고 했다.

"똑같은 것도 많습니다. 골라 보십시오!"

여윈 사람은 치 노인을 놓아주지 않았다.

"보시오. 검은 호랑이 쌍은 어때요. 아니면 연화에 앉은 녀석은 어떻습니까? 값은 같습니다. 싸게 팔겠습니다!"

"나는 그렇게 큰 것은 필요 없어요. 손자는 작은데 장난감이 크면 쉽게 던져버려요!"

노인은 여윈 사람에게 둘러대서 대꾸한 게 꽤나 통쾌했다.

"그러면 작은 것 두 개 어때요. 됐지요?"

여윈 사람은 그걸 팔기로 결정했다.

"큰 것 작은 것 값 차이는 거의 없습니다. 그건 세공 때문입니다. 작은 것에는 재료는 적게 들지만, 손이 덜 가진 않죠!"

그는 3인치도 안 되는 투얼예를 손바닥에 가만히 올려놓고 자세히 들여다보며 말을 이었다.

"보십시오. 살아있는 것 같이 얼마나 정교합니까!"

작은 투얼예는 세밀했다. 분홍 빛 얼굴은 광이 나고, 눈썹도 우아하여 75세 노인마저도 어린애처럼 좋아하지 않을 수 없었다. 얼굴에 연지를 바르지 않았고, 세 개로 가랄진 작은 입술에만 가는 선으로 붉은 색을 더한 후 기름칠을 했다. 두 개의 긴 흰 귀뿔에 연하게 붉은 선이 그어져 있었다. 이런 모양을 하고 있는 작은 투얼예는 아주 멋져, 토끼 황천패[54] 같았다.의 몸에는 주홍색 도포를 걸치고 허리 아래는 비취색 잎과 붉게 칠한 꽃을 감고 있었다. 겹옷에 새겨진 꽃잎 하나하나는 정성들여 선명하게 고루 채색되어 푸른 잎과 붉은 꽃이 아주 생동감 있게 표현되었다.

• • •

54 청대 민간 통속소설 《시공안》의 주인공으로, 용맹하고 늠름하다.

치 노인의 작은 눈이 반짝였다. 그래도 그는 자신을 억제하는 방법을 알았다. 그는 그 작은 물건의 유혹에 아무렇게나 돈을 쓸 수는 없었다. 그는 낭떠러지에서 말고삐를 잡듯이 돈을 쥐고 있었다. 그게 그가 일가를 이루고 가업을 일으키게 했다.

"나는 작지도 않고 크지도 않은 두 개를 고르고 싶소!"

그는 이 중간 크기의 장난감들이 큰 것처럼 위엄이 넘치지도 않고, 작은 것처럼 영롱하지도 않으니 당연히 값도 적당하리라고 보았다.

여윈 사람은 약간 실망했다. 그러나 그는 베이핑 장사꾼이 응당 가지고 있어야 할 교양을 발휘하여, 실망을 마음속에 꽁꽁 숨겼다. 그 기색이 조금이라도 밖으로 내비치지 않았다.

"마음에 드는 것으로 고르세요. 어쨌든 다 작은 장난감들이니, 큰 의미는 없습니다!"

노인은 25분을 들여 한 쌍을 골랐다. 또 25분에 가까운 시간을 들여 값을 결정했다. 값이 결정되고도 앉아 있었다—그는 어쩔 수 없는 상황에 이르기까지 주머니에서 돈을 꺼내고 싶지 않았다. 돈이 자기 주머니에 들어있는 한, 개를 집에 묶어둔 것처럼 든든했다.

여윈 사람도 서둘지 않았다. 그는 노인이 거기 앉아서 자기에게 꼭 필요한 광고판이 되어주길 바랐다. 게다가 거래가 성사되자 곧 피차간에 친구가 되어 노인에게 마음에 있는 말을 했다.

"이렇게 가다가는 저의 솜씨도 뿌리가 뽑히지 않을까 모르겠어요!"

"어째서요?"

노인은 주머니를 더듬어 돈을 꺼내려던 손을 뺐다.

"어르신 보십시오. 금년에 내 물건을 다 못 팔면 내년에는 어느 바보가 준비하겠어요? 할 수가 없지요! 이렇게 몇 년 계속되면 이런 손재주가 근절되지 않겠어요? 어르신 그렇지요?"

"몇 년이라니?"

노인은 깜짝 놀랐다.

"둥삼성[55]이 이미 뺏긴지 몇 년은 됐잖아요?"

"흥!"

노인의 손이 약간 떨렸다. 상당히 빨리 돈을 꺼내어 여원 사람에게 주었다.

"흥! 몇 년이라! 나는 곧 흙 속에 묻힐 텐데!"

말을 마친 그는 투얼예를 가지고 가는 것을 깜빡할 뻔했다. 여원 사람이 세심하게 챙겨주지 않았으면, 그는 잊고 갔을 수도 있다.

"몇 년이라!"

그는 걸으면서 중얼거렸다. 입속으로 이 두 단어를 중얼거렸다. 그는 마음의 눈으로 보았다. 관이 일본 군인이 지키는 성문으로 들려 나갈 것이고 그의 손자들은 투얼예가 없는 베이핑에 살게 될 것이다. 투얼예를 뒤따라 많은 사랑스러운 베이핑 특유의 물건들이 사라지게 되리라! 그는 '망국의 비참함'과 같은 말을 떠올려서 마음 속의 우울과 관심을 간단하고 강력하게 마무리짓고 싶진 않았다. 그는 그저 '근절'이라는 상황이 어떤 사람이나 물건에게든지 간에 바람직하지 않은 것이라고 보았다.. 그가 살아온 75년 동안에 마음속으로 어떤 찬성 못 할 일에

• • •

55 중국 둥베이 지역의 3대 성급 도시인 랴오닝, 지린, 헤이룽장성을 일컫는다.

대해서도 지금까지 '완전히'라는 말로 묘사한 적은 거의 없었다. '완전히'라는 말을 쓰고 싶을 때는 감해서 90%, 80%라고 말해서 자기의 노기를 억제하여 격렬한 행동을 막아왔다. 그는 비록 손해를 보더라도 어떤 일에도 노기를 띠고 응대하지 않을 수 있었다. 그는 제대로 공부를 한 적이 없지만 그는 어떤 손해를 봐도 성을 내지 않는 것이 공자와, 맹자께서 직접 그에게 내리신 가르침이라 생각했다.

걸어가면서 한편으로는 '완전히(100%)'의 퍼센티지를 줄였다. 그는 이미 75세이니 옛말처럼 '늙으면 힘으로 할 수 없는' 상황이었다. 반드시 자기의 분노를 어눌러야 했다. 어느 새에 샤오양쥐안에 도착했다. 이제는 눈을 반쯤 감고도 늙은 말처럼 자기 집을 찾을 수 있다. 첸 씨 집 밖에 다다르자 저절로 첸모인 선생이 생각났다. 그는 멈춰 서자 '100%'에서 수를 줄일 수 없었다. 동시에 그는 자기 손에 들고 있는 투얼예가 아주 적절하지 못하다고 생각했다. 첸 선생은 어떻게 지낼려나. 이미 일본 사람에게 맞아 죽었을까? 아니면 감옥 안에서 참혹한 형벌을 참고 있을까? 친구의 생사가 불명한데 자기는 증손자에게 투얼예나 사주려는 마음을 내다니! 여기에 생각이 미치자 그는 거의 첸 씨 둘째 아들이 일본군인들을 처박아 버린 것과 손자 루이취안이 탈출할 것, 이 모두를 합리적인 행동이라고 인정하게 되었다.

1호집 문이 열렸다. 노인은 깜짝 놀랐다. 거의 본능적으로 몇 발짝 앞으로 나갔다. 그는 첸 씨 집 사람에게 자기를 보이고 싶지 않았다―손에 투얼예를 들고 있기 때문이었다.

급히 몇 발짝 옮겼다가 곧 후회했다. 그와 첸 노인과의 우의를 생각하면, 그렇게 친우의 가족을 피해서야 되겠는가? 그는 곧 걸음을 늦추고 매우 부끄러워하면서 고개를 돌렸다. 첸 부인—나비처럼 온유하고 어린 양 보다 더 가련한 나이 50세 쯤 되는 작은 부인—이 문 밖에 서 있었다. 그녀는 왼쪽 겨드랑이에 그리 크지 않은 푸른색 보퉁이를 끼고 있었다. 두 개의 움푹 들어간 눈이 큰 회나무를 보고 또 푸른색 보퉁이를 보면서 마치 자기 집 문전에서 길이라도 잃은 모습을 하고 있었다. 치 노인은 몸을 뒤로 돌렸다. 첸 부인 오른손은 약간 긴 겉옷을 잡고—낡고 긴 두루마기가 짧아서 다리를 겨우 가릴 정도—막 뒤로 몸을 돌리려 하고 있었다. 노인은 다가가 첸 부인을 불렀다. 첸 부인은 움직이지 않고 멀거니 그를 쳐다보았다. 그녀 얼굴의 근육은 이제 어떤 표정을 지어야 할지를 잊은 듯이 눈 껍질만 천천히 열고 닫혔다.

"첸 부인!"

노인은 불러놓고 다른 말이 생각나지 않았다.

그녀도 말하지 않았다. 극도의 슬픔과 괴로움에 그녀의 마음이 텅 비어버렸다.

노인은 몇 번이나 숨을 들이쉬고 겨우 질문을 던졌다.

"첸 선생님은 어떠십니까?"

그녀는 머리를 약간 숙였으나 곡을 하지는 않았다. 그녀의 눈물은 이미 말라버린 듯 했다. 그녀는 재빨리 몸을 돌려 문간으로 들어갔다. 노인도 따라 들어갔다. 문간에서 그녀는 자기의 목소리를 찾았다. 그 목소리는 가사를 잃은 음악의 쉬어버린 소리와 같았다.

어느 곳에 가서 물어도 어디에 있는지 듣지 못했습니다! 치 씨 아저씨!

저야 일 년 내내 이 문턱을 넘지 않는 사람인데 지금은 아홉 개 성 안을 누비고 다닙니다!"

"큰 아드님은 어때요?"

"점점 더 나빠져요! 부친 잡혀가고 동생이 순난했으니, 병이 난거요. 병이 덮친 거요. 그는 이미 사흘 동안 아무 것도 목구멍으로 넘기지도 않고 말도 하지 않아요! 치 아저씨. 일본인은 성을 폭격하겠지요. 오히려 이보다 사람을 더 심한 곤경에 처박을 수 있어요!"

여기에 말이 미치자 그녀는 머리를 들었다. 눈에는 눈물이 고이는 대신 분노가 이글거렸다. 그녀는 마치 불꽃으로 태워지는 것 마냥 눈을 계속 깜박거렸다.

노인은 잠시 멍해졌다. 그는 그녀를 돕고 싶었지만 워낙 큰일이라 어쩔 도리가 없었다. 이런 고난이 다른 사람에게 일어났다면 그는 간단하게 판단했을 것이다. '모두가 그렇게 될 운명이었다!' 그러나 이 말로 간단하게 눈앞에 벌어진 이 일을 판단할 수 없었다. 왜냐하면 확실히 첸 씨 집 사람들은 110% 호인이기 때문이다. 절대로 이런 고통은 당해서는 안 될 사람들이다.

"지금 어디로 가시는 길입니까?"

그녀는 겨드랑이에 끼고 있는 푸른색 보퉁이를 보았다. 얼굴에 잠시 경련이 일어났다. 그러고 나서 얼굴을 들고 수치심을 억제하기로 결심했다.

"전당포에 갑니다!"

잇따라서 그녀의 얼굴에 아주 약하지만 그러나 있는 힘을 다해서 짓는 미소가 마치 짙은 구름 속에서 겨우 비집고 나오는 한 줄기의 햇빛처럼 비쳤다.

"흥! 평소에는 제가 돈 가지고 물건 사는 것도 두려워했는데 지금은 전당포에 가네요!"

치 노인은 도울 기회를 포착할 수 있었다.

"저, 저는 아주머니께 돈을 얼마간 빌려드릴 수 있습니다!"

"아니요, 치 아저씨!"

그녀는 단호하게 말했다. 쉰 목소리 가운데서 돌연히 날카로운 소리가 났다.

"우리에겐 충분히 있습니다! 첸 부인!"

"아닙니다! 저의 남편은 평생을 남에게 빌리는 법이 없었습니다. 저는 남편이 집에 없는데 그럴 수는 없습니다…"

그녀는 말을 마칠 수 없었다. 그녀는 강해지려 했다. 그러나 그녀도 강경의 대가가 얼마나 큰지 알았다. 그녀는 갑자기 말을 바꾸었다. "치 아저씨! 어르신이 보시기에 모인은 어떨 것 같습니까? 살 수가 있을까요? 집에 돌아올 수가 있을까요?"

치 노인의 손이 떨렸다. 그는 답을 할 수가 없었다. 한참 생각하다가 조용히 말했다.

"첸 부인! 우리 관샤오허에게 사정해 보는 게 어때요?"

그렇게 말하면서도 그가 '방울은 매단 사람이 풀어야 합니다'라고는 말할 수 없었다. 그러나 그녀의 말투와 표정이 그를 도와주었다. 첸 부인이 자기의 생각을 분명히 했다.

"그에게요? 그에게 사정을 해요?"

그녀의 눈썹이 약간 치켜 들렸다.

"제가 가지요! 제가 가지요!"

치 노인은 급히 말을 이었다.

"아주머니도 제가 얼마나 그 사람을 싫어하는지 아시지요?"

"가지 마십시오! 그는 사람이 아닙니다!"

첸 부인은 평생 험한 말을 하시는 분이 아니었다. "사람이 아니다"라는 말은 그녀의 분과 저주를 담은 최고로 강한 말이었다.

"아, 저는 빨리 전당포에 가야겠어요!"

첸 부인은 말하고 나서 서둘러 밖으로 나갔다.

치 노인은 그녀를 알 수 없었다. 그녀는 저 정도로 성실하고 예의바르고 수줍음을 타는 부인이 돌연히 저렇게 강경하고 고집 세고 용감해지다니! 잠시 멍해졌다가 그녀가 이미 문을 나가고 나서야 자기도 나갈 생각을 했다. 문을 나서자 그는 그녀를 막아서고 싶었다. 그러나 그녀는 이미 모퉁이를 돌아서 가고 없었다—그녀는 대문을 닫을 생각조차 하지 않았다. 평생 문을 꽁꽁 닫아놓고 살던 사람이! 노인은 한숨을 쉬고 손에 들고 있는 진흙 덩어리를 회나무 아래 던져버려 깨부수고 었다. 그러나 그렇게 할 엄두는 나지 않았다. 그는 들어가서 첸 씨 큰아들을 보고 싶었다. 그러나 노인은 정신을 차릴 수 없었고 마음이 너무나 혼란스러웠다!

3호 문 앞에 이르자 들어가서 관 선생에게 첸 선생 좀 봐달라고 하고 싶었다. 그러나 다시 생각해야 했다. 그가 첸 선생을 구하고 싶은 마음은 진심에서 우러나온 것이다. 그러나 절대로 남을 구하려다 자기가 연루되기는 싫었다. 절대로 100% 호의적이지 않은 사회에서 75년을 살아왔으니 그는 신중함이 무엇인지 알고 있었다.

집에 도착하자 견딜 수 없을 정도로 피곤했다. 장난감을 샤오순얼 애미에게 건네주고는 한 마디도 하지 않고 방에 들어갔다. 샤오순얼 애미는 진흙덩이에 정신이 팔려 노인의 신색에 주의하지 못했다. 그녀는 말했다.

"오우! 투얼예를 사는 사람이 아직도 있다니!"

말을 마치고 후회했다. 그녀의 말투가 분명히 노인을 약간 무시한 것 같아서 마치 '요새 같은 세월에 장난감 사올 마음이 나셨어요!'라는 말로 들릴 것 같았다. 그녀는 기분이 편치 않았다. 자신이 어찌해야 좋을지 모른다는 것을 숨기려고 샤오순얼에게 소리를 질렀다.

"빨리 와라. 큰할아버지께서 너희들 주려고 투얼예를 사오셨다!"

샤오순얼과 뉴쯔가 화살처럼 튀어나왔다. 샤오순얼이가 날쌔게 투얼예를 하나 낚아챘다. 어린 뉴쯔는 식지를 입에 물고 투얼예를 보고 냄새를 맡아보고는 좋아서 얼굴이 빨개졌다.

"너희들 큰할아버지[56]께 가서 고맙습니다 라고 인사해야지!"

그들의 어머니가 큰 소리로 말했다.

뉴쯔가 투얼예를 받아서 두 손으로 받쳐 들고 오빠와 함께 노인의 방으로 들어갔다.

"큰할아버지!" 샤오순얼은 너무 웃어 눈썹이 이동한 것처럼 보였다.

• • •
56 증조부(증조할아버지). 부를 때는 큰할아버지로도 표기.

"큰할아버지가 사오셨어요?"

"큰할아버지!"

뉴쯔도 감사를 표하고 싶었으나 적당한 말을 찾지 못했다.

"가서 놀아라!"

노인은 눈을 반쯤 감은 채로 말했다.

"올해는 놀 수 있어도 내년에는…"

그는 뒷말을 삼켰다.

"내년에는 어떻다고요? 내년에는 더 큰 것, 더 큰 것, 훨씬 더 큰 것 사주실거지요?"

샤오순얼은 물었다.

"크고, 큰 것?"

뉴쯔도 오빠 따라 말했다.

노인은 눈을 감고 대답을 하지 않았다.

15

베이핑은 수백 년 동안 '제왕의 도읍지'였지만, 사방의 교외 지역은 전혀 좋은 대접을 받지 못했다. 성을 나가면 바로 들이 된다. 성 밖에는 좋은 도로도 없고 공장도 없다. 채전이나 별로 비옥하지 않은 밭이 있을 뿐이다. 밭고랑 사이에 주위에 수목이 없는 수많은 무덤이 있었다. 보통 때 여기 농가는 기타 북방의 농가와 마찬가지로 광풍을 맞고, 한발을 겪고 해충의 수모를 겪어서 일 년 중에 반은 배고픔을 견뎌야 한다. 전쟁이 일어나자 베이핑의 성문은 굳게 닫히고, 성 밖의 치안은 완전히 농민들의 자위에 맡겨진 것이나 다름없게 되었다. 농민들은 자신의 생사와 존망을 운명에 맡겼다. 그들은 평생 한 번이라도 성내에 못 들어가거나 들어가 봐도 몇 번에 불과한데도 마음속으로는 베이핑 사람이라고 자처했다.

그들은 매우 성실하여 예의를 중시하고 배를 촐촐 굶고도 나쁜 짓은 하려고 들지 않았다. 그들은 남에게 속임과 모욕을 당하더라도 감히 남을 해칠 생각은 하지 않았다. 그들은 정말 살기 힘들어질 때에서야 자제들을 성내에 들여보낸다. 그들이 인력거꾼, 순경, 장사꾼이 되게 해서 땅에서 얻는 수입의 부족을 메꾼다. 왕조가 바뀌는 때를 당하면 도망갈 수도 없어서 어쩔 수 없이 최대의 고난을 겪는다. 도살, 약탈, 강간 등을 피할 수 없다. 전란이 마무리되면 황제는 그들의 논밭전지나 무덤마저도 어필을 휘둘러 개국 공신들에게 내준다. 그들은 자신들의 무덤과 산업도 잃어버리고 남의 능이나 분묘를 지키는 노예로 전락한다.

치 노인의 부모는 더성먼 밖 서편 상당히 건조한 땅에 장사지냈다. 풍수의 말에 의하면 그 땅은 토성—베이핑성의 전신—을 등지고 시산을 앞에 바라보고 있어서 주가의 가업이 흥하고 왕성할 길지라고 한다. 그 땅은 겨우 3묘 정도다. 치 노인은 땅세와 돈을 보태어 조금씩 그 땅을 사들였다. 그는 부모님을 기념하려고 나무 몇 그루도 심지 않고 원래 땅 주인에게 농사를 짓게 하여 매년 약간의 잡곡을 받았다. 그는 부모의 분묘 주위에 보리 혹은 고구마를 심어서 푸르게 하는 것이 나무를 심어 녹색이 되게 하는 것이나 큰 차가 없을 뿐더러 귀신들도 아마 만족하실 것이라 생각했다.

치 노인 생일 하루 전에 그의 3묘 밭에 농사를 짓는 창얼예—마르고 억세고 마음씨가 한없이 좋은, 60세쯤 된, 억세고 작은 노인—가 성으로 치 노인을 보러왔다. 더성먼을 이미 적들이 봉해버렸으므로 시즈먼으로 돌아왔다. 그는 등에 햇곡 좁쌀을 한 자루 지고 집에서 단숨에 치 씨 집까지 왔다. 얼굴과 몸에 황토를 뒤집어 쓴 것을 제하면 워낙 강건해서 수십 근의 양식을 지고 그 먼 길을 걸어온 것 같이 보이지 않았다. 대문을 들어서자 쌀 포대를 내려놓고 먼저 큰 소리가 나도록 발을 굴렀다. 그 다음에 소쿠리 같은 손으로 얼굴을 문지르고 몸을 털었다. 이렇게 황토를 대충 털어내고 자루를 들고 안으로 들어왔다. 들어오면서 노인다운 쉰 목소리로 불렀다.

"치 형! 치 형!"

치 노인에 비해 10여세 어리다. 그런데 당초 어떻게 서로 어떻게 논한 것인지는 모르겠지만, 그들은 피차 형제로 불렀다.

창얼예가 오는 날은 항상 치 씨 집안 전체가 가장 신나는 날이었다. 이들은 오래 도시에 살다보니 이미 대지의 진정한 얼굴색과 효용을 잊었다. 그들의 '땅'은 검은 흙길이 아니라 돌이나 아스팔트가 깔려 있는 대로다. 그들이 창얼예—온 몸에 황토를 뒤집어쓰고 햇좁쌀 혹은 고량을 들고 있는—를 보자 그들은 사람과 대지의 관계를 깨닫고 친절 과 흥분을 느낀다. 그들은 그가 정치, 국제 관계, 의복의 양식, 영화 스타와 관계가 전혀 없지만 생명과 관계 있고, 가장 실제적인 가장 가까운 문제에 대해서 얘기해 주기 바란다. 그가 하는 이야기를 듣는 것은 닭이나 오리고기를 질리도록 먹다가, 방금 내와서 끝부분에 노란 꽃이 달린 신선한 참외를 먹는 것과 같았다. 그만큼 새롭고 즐거웠다. 그들은 그를 완전히 친구로 대했다. 비록 창얼예는 시골 사람이고, 그들에게 땅을 경작해주기도—비록 3묘 밖에 안 되는 묘지였지만—

하였지만 말이다.

치 노인은 이 이틀간 정말 기분이 좋지 않았다. 그가 샤오순얼에게 투얼예를 사준 날부터 기분이 썩 좋지 않았다. 생일 경축에 대해 그는 이제 다시 거론하지 않고, 잔치를 열지 말지에 대해 관계되는 말도 일체 하지 않았다. 첸 씨 댁에 루이쉬안에게 10위안을 들려 보냈으나 첸 부인은 받지 않았다. 그는 관 씨 집에 가서 사정을 해보고 싶어서, 몇 번이나 그 집 앞까지 갔다가 돌아왔다. 그는 관 씨 집을 파리 싫어하듯 싫어했다. 다만 가지 않는 것이 첸 씨 집에 결례하는 것 같았다. 그래, 요즘 같은 세월에 사람들은 모두 남의 하찮은 일에 관계치 않아야 한다. 고양이가 개 일을 상관치 않는 것처럼 말야. 그러나 죽어가는 사람을 구하지 않는 것도 결국 마음을 편치 않게 했다. 인간은 결국 인간인데. 더구나 첸 선생은 좋은 벗이 아닌가! 그는 심중의 불안함을 말하지 않았다. 모두가 물으면 그는 '셋째'를 생각한다고 말하며 말문을 막아버렸다.

창얼예의 목소리를 듣자 노인은 마음으로부터 웃음이 나왔다. 서둘러 영접하러 마당으로 나왔다. 마당에 있는 화분에 심은 석류 몇 그루가 이미 붉어진 "작은 항아리"를 매달고 있었다. 노인의 눈이 빤짝이는 붉은 색을 보자 마음이 갑자기 밝아졌다. 잇따라 창얼예의 넓적한 뺨, 흰 수염으로 덮인 얼굴을 보았다. 그의 마음속 밝은 빛이 탐조등이 비행기를 찾았을 때처럼 득의에 차 있는 것 같았다.

"창라오얼! 잘 있었나?"

"잘 있었어요! 큰형도?"

창얼예는 곡식 자루를 내려놓고 요란하게 큰절을 했다.

방에 들어가자 두 노인네는 서로를 살펴보며, 입으로는 '좋아요'라는 말은 그치지 않았다. 하지만 마음으로는 몰래 '좀 늙으셨네요!'라고 말하고 있었다.

샤오순얼 애미는 그들의 소리를 듣고, 세숫물과 차 주전자를 들고 왔다. 창얼예는 딱딱한 손으로 딱딱한 얼굴을 비비며 그녀에게 말했다.

"좋은 잎사귀로 차 내주세요!"

그녀의 열성이 그녀의 말을 솔직하고 진솔하게 했다.

"좋아요! 그런데 우선 제게 진지 잡수셨는지 알려주세요, 어르신."

바로 그때 루이쉬안이 웃으면서 들어와서 말을 이었다.

"물어서 뭐하게. 당신 밥을 지으면 되지!"

창얼예는 수건으로 귓구멍을 힘껏 파고들었다. 수염에 맺힌 물방울은 아래로 뚝뚝 떨어졌다.

"수고하지 마라! 나에게 수제비 한 그릇이면 족해!"

치 노인의 작은 눈이 커질 대로 커졌다.

"자네가 내 집에 왔는데, 수제비라니? 순얼 애미야, 서둘러 짜장면 큰 사발로 네 그릇을 끓이거라! 면발이 굵게 제대로 끓이렴!"

그녀는 주방으로 돌아갔다. 샤오순얼과 뉴쯔가 날듯이 뛰어 나왔다. 창얼예는 이미 세수를 마치고 두 아이를 끌어안았다. 먼저 뉴쯔를 다음에 샤오순얼을 하늘에 닿게 들어올렸다. 그들의 하늘은 바로 천장이었다. 그들을 내려놓자 그는 품안에서 다섯 개의 큰 붉은 달걀을 꺼내어 미안한 듯이 말했다.

"정말로 물건을 구할 수가 없었어! 이거 계란 다섯 개 뿐이야! 정말 물건이 없어, 흥!"

그때 톈유 부인도 정신이 맑아져서 천천히 나왔다. 루이펑도 나오고 싶어 했지만 부인이 말렸다.

"일개 농사 짓는 촌뜨기가 뭐 볼 게 있다고 야단이야, 그래!"

입을 삐쭉거리며 말했다.

모두가 창얼예를 둘러쌌다. 차를 마시고 면을 먹는 그가 금년 작황이 어떠하고, 집의 크고 작은 어려움이 무엇이 있는지 얘기하는 것을 보았다. 모두가 새롭고 재밌었다. 가장 그들을 흥분시킨 것은 그가 큰 사발로 국수 네 그릇, 중간 크기 그릇의 짜장면, 그리고 마늘 두 개를 모두 깡그리 먹어치운 것이었다. 다 먹자 그는 국수가 담긴 국 한 사발을 청해서 몇 모금에 다 먹었다. 그러고는 허리를 펴고 말했다.

"국수를 먹은 다음에는 국을 좀 마셔줘야지!"

아쉽게도, 모두의 기쁨은 잠시뿐이었다. 창얼예가 포만감을 나타내는 트림을 몇 번한 후 모두가 당황해서 서로 쳐다보게끔 하는 말을 했다.

"큰 형! 한 마디만 할게요. 성 밖이 불안합니다! 묘를 도굴하는 일이 흔합니다!"

"뭐라고?"

치 노인은 놀라서 물었다.

"도굴한다고요! 큰 형, 성 안이 요새 어떤지 저는 잘 모릅니다. 성 밖에는 아무도 관여하는 사람이 없어요! 일본귀신이 난리를 치는 모습을 아직 본 적이 없어요. 그런데 난리치는 일본귀신이 없냐 하면, 그건 또 아닌 것 같아요. 밤이나 낮이나 대포를 꽝꽝거리며 쏘아대고, 양식을 빼앗으러 오면 감히 팔려고 안 할 수 없지요. 팔지 않으면 이런 저런 일상품을 사라고 합니다. 눈 깜짝할 사이에 겨울이 옵니다. 아이들 몸에 걸치고 신을 물건을 안 사줄 수 있어요? 근래에 더 심해졌어요.왕할아버지의 묘와 장 씨의 묘 전부 누가 파갔어요. 어디서 이런 무법천지한 인간들이 왔는지는 알지 못합니다.   그러나 속이 끓어올라 참을 수 없어요! 내 밭 몇 묘는 가물면 거두지도 못하고 홍수 나도 거두지 못하는 못 쓰는 땅 뿐입니다. 거기에 동서로 제멋대로 기울어진 몇 간 짜리 초가집이야 생각할 가치도 없지만! 그런데 나는 큰 형의 묘지에 대해서도 마음이 안 놓인다오. 큰 형! 나는 형에게 돈을 요구한 적 없고, 형도 나를 묘 지키는 일꾼으로 대한 적 없죠. 우리는 친구 아니오! 매년 춘추절마다 나는 항상 흙을 더해서 무덤을 둥그렇고 탄탄하게 하고 있소. 무슨 말이냐 하면 우리는 친구예요. 내게 소출이 있으면 내가 다섯 말 추수하고 당신에게 네 말 아홉 되라고 말할 수 없지요. 마음을 바르게 해야지, 하느님도 본다니까요! 현재, 왕야의 묘도 사람들에게 파헤쳐져서 만일…”

창얼예는 속눈썹이 없는 눈을 깜박거렸다.

모두가 멍해졌다. 샤오순얼은 방안 공기가 심상찮음을 알고 뉴쯔를 끌어당기며 말했다.

“가자, 마당에서 놀자.”

뉴쯔는 모두를 쳐다보고는 낮은 소리로 ’가다’라고 말했다. ’가자’라고 말해야 할 걸 "가다"라고 말한 것이다.

모두는 문제가 심각하다는 것을 깨달았다. 그러나 어쩔 줄을 몰랐다. 루이쉬안은 "망"이라고만 말하고 입을 닫았다. 아마도 그는 원래 '나라가 망하면 사람도 형벌을 받는 거다'라고 말하고 싶었을 것이다. 그러나 그 말에 더 보태면 노인들의 근심만 커질 것이라 생각하고 입을 다물어 버렸다.

톈유의 부인이 말했다.

"둘째 아저씨, 당신이 더 마음을 써 주세요. 누가 뭐래도 우리는 부자 이대에 걸쳐서 정을 나눈 사이잖아요!"

그녀는 이런 말을 굳이 할 필요가 없다는 점을 잘 알았지만, 그래도 반드시 말해야만 했다. 노 부인들은 모두 이렇게 무익하지만 모두의 울분을 잠시 완화시키는 말을 잘 하곤 했다.

"그래, 둘째!"

치 노인은 곧 할 말이 생각났다.

"자네 좀 더 마음 써주게!"

"형님이 말씀하실 필요 없습니다!"

창얼예는 자기 가슴을 치면서 말했다.

"제가 마음 다할 수 있으면 절대로 꾀부리지 않을 거요. 거짓말이면 개새끼지요! 제가 분명히 말씀드리지요. 내가 진심을 다할 수 없을 때 큰형이 내가 진정한 친구가 아니라고 한 마디 하실 필요도 없습니다. 흥, 이야말로 천하에 큰 난이 나고 천하의 인심이 변한 거라고 하죠!"

"둘째야! 마음 놓아라! 되는 대로 일을 처리하는 거지. 일을 하는데 자네가 진심을 쏟는 것을 알아. 온 집안이 마음으로 고마워하고 있어! 우리는 자네에게 섭섭한 마음을 가질 리 없어. 그게 우리 치가 집안 묘야!"

치 노인이 단숨에 말을 마쳤다. 작은 눈에 눈물이 고였다. 그는 정말 마음이 움직였다. 만약에 불행히도 부모님의 관이 사람들에 의해 파헤쳐진다면 그의 일생 동안의 노력과 고심이 모두 수포로 돌아가는 게 아닌가? 부모의 뼈를 들개들이 입에 물고 다니게 된다면 칠십 평생을 헛산 것이 아닌가? 그리고 무슨 낯으로 다시 사람을 대할 수 있겠는가?

창얼예는 치 노인의 눈에 비친 눈물을 보았다. 감히 다른 말을 못하고 책임을 질 수밖에 없었다. "됐어요, 형님! 더 이상 말씀하지 마세요. 다만 하늘이 우리 착한 사람들을 저버리지 않기를 바랄 뿐이오!"

그는 뒷짐을 지고 천천히 마당으로 나갔다(그는 올 때 마다 반드시 마당을 한 바퀴 마치 고궁박물관을 참관하듯이 둘러보곤 했다.) 마당에 나오자 석류를 칭찬해서 치 노인이 눈물을 거두게 했다. 치 노인도 따라서 마당으로 나왔다. 루이펑에게 전지가위를 들고 나오라고 불렀다. 그리고 창얼예에게 두 개의 석류를 따서 가지고 가서 아이들에게 주도록 들려 보내려했다. 루이펑이 이때서야 나와 창얼예에게 인사했다.

"둘째, 그냥 계십시오!"

창얼예는 루이펑이 석류를 자르는 것을 만류했다.

"나무에 달린 건 장난거리에 불과하다! 제가 집에 가지고 가봤자, 아이들에 세 번 베어 먹을 것도 안 찰 것이야요! 시골 촌놈이야 늘

247

굶주린 쥐 같은걸!"

"루이펑 어서 잘라라!"

치 노인은 단호하게 말했다.

"큰 것 몇 개를 잘라!"

그때 톈유 부인이 낮은 소리로 루이쉬안을 불렀다.

"큰애야, 너 좀 날 부축해다오. 내가 일어나지 못하겠네!"

루이쉬안이 급히 가서 부축했다.

"엄마, 왜 그래!"

"큰애야! 우리가 무슨 죄를 지었기에 우리집 묘가 파헤쳐지는 지경에
이르게 되었니!"

루이쉬안의 손이 어머니 손에 닿았다. 얼음같이 찼다! 그는 말이
나오지 않았다. 그렇지만 어떤 말이라도 해야 했다.

"엄마! 괜찮아! 괜찮아! 뭐 그래도 우리에게 해가 미칠 리 있어! 미칠
리 없어! 미칠 리 없어!"

루이쉬안은 말하면서 어머니를 부축하여 천천히 남쪽방으로 갔다.

"엄마, 꿀물 한 모금 마실래?"

"안 먹을래! 나 좀 누워야겠어!"

루이쉬안은 어머니를 부축해서 눕히고 어머니의 작고 여윈 몸을
가만히 바라보았다. 그는 자기도 모르게 엄마가 언제 죽을지, 죽은
후에 남들이 시신을 파내갈지 모르겠다는 생각이 났다. 그는 당연히
그런 경우에 그녀를 지킬 수 있을까? 아니며 응당 셋째처럼 적들과
전투를 벌여야 하는가? 그는 어느 쪽을 택해야 할지 결정할 수 없었다.

"큰애야! 그만 나가보거라!"

엄마는 눈을 감고 모기 소리처럼 가냘픈 소리로 말했다.

그는 조용히 나왔다.

창얼예가 주방을 둘러보고 샤오순얼 애미가 바쁘게 일하는 것을 보았다. 그리고 푸른 채소와 돼지고기가 많은 것을 보고 문득 생각이 났다.

"오우! 내일이 큰형 생일이구나! 나는 내 기억력이 꽤나 좋다고 생각했는데!"

말을 마치자 마당으로 나와 석류분 옆에서 치 노인에게 무릎 꿇고 머리를 조아렸다.

"큰 형, 저에게 삼배를 받으소서! 다시 10년 20년 더 정정하게 사십시오!"

"천만의 말씀! 오우!"

치 노인은 기뻐서 어쩔 줄 몰랐다.

"동생, 감당하지 못하겠네!"

"삼배 올립니다!"

창얼예는 절을 하면서 연신 말을 이었다.

"당신이 내게 선물을 '요구'해도 가지고 오지 못할 상황이네."

머리를 툭 치고 일어났다. 손으로 무릎 위의 먼지를 털었다.

루이쉬안은 급히 다가가서 창얼예에게 읍으로 감사를 표했다.

샤오순얼은 매우 재미있다고 생각하여 청개구리처럼 땅에서 팔짝 팔짝 뛰었다. 그러고는 누이에게 머리를 세 번 조아리고도 멈추지 않았다. 샤오뉴쯔는 킬킬거리며 웃으며 오빠에게 무릎을 꿇고 머리를 조아렸다. 두 머리가 한 곳에서 조아리다 서로 머리를 떠받기 내기가 되어버렸다.

어른들은 무덤의 안전이 걱정되었지만, 아이들의 순진함에 어쩔 수 없이 웃기만 했다.

"라오얼!"

치 노인이 창얼예를 불렀다.

"오늘 가지 말고 내일 생일 국수를 먹고 성을 나가게!"

"그런데—"

창얼예는 생각해보았다.

"집안 상황에 마음이 안 놓여요! 제가 큰 쓸모는 없지만, 그래도 제가 집에 있어야 가족들이 안심합니다! 요즘 같은 세월에는 솔직히 말해서 살기 힘듭니다!"

"제가 보기에, 창얼예께서는 돌아가시는 것이 좋겠습니다!"

루이쉬안이 조용히 말했다.

"그래야 양가가 불안해하지 않게 됩니다!"

"그 말이 맞다!"

창얼예는 머리를 끄덕였다.

"간다고 하면 가야되는 상황이오! 일찍 성을 나가면 길도 걷기 좋고, 큰 형, 뵈러 다시 오죠! 나에게 메밀이 좀 있습니다. 기다리십시오. 제가 가지고 오지요! 그럼, 큰 형, 저 갑니다!"

"가지 말아요!"

샤오순얼이 달려 나와 창얼예의 가랑이를 잡았다.

"가다말아요!"

뉴쯔는 언제나 오빠 흉내를 내어, 노인 손을 잡고 있다.

"착하지! 귀엽구나!"

창얼예는 한 손으로 한 아이의 머리를 토닥거리며 칭찬했다.

"내, 다시 오마! 다시 오지. 다시 올 때는 큰 호박을 메고 오마!"

바로 그때 문 밖에서 리쓰예가 맑고 높은 소리로 고함지르는 소리가 들려왔다.

"성문이 닫힙니다. 성을 나가지 마시오!"

치 노인과 창얼예는 고생깨나 한 사람들이라 삼가고 조심해야 하는 것은 알지만 두려움은 몰랐다. 그러나 리쓰예의 고함소리를 듣자 그들의 얼굴의 살이 굳어지고 수염이 약간 일어났다. 샤오순얼과 뉴쯔는 어쩔 줄 모르고 급히 손을 놓고 다시 창얼예를 괴롭히지 않았다.

"뭐라고?"

샤오순얼 애미가 주방에서 머리를 내밀었다.

"또 성문을 닫는다고? 나는 국화와 목이버섯 사는 것을 잊었는데, 사러 나가지 않으면 안 되는데!"

모두가 버섯을 사는 것이 좋은 시기가 아니라고 생각하였으므로, 아무도 그녀를 나무라고 싶었다. 그러나 모두가 그녀가 마음을 다하고 있다는 것을 알기에 누구도 말하지 않았다. 아무도 말을 걸지 않는다는 것을 알자 한 숨을 쉬고는 달팽이처럼 목을 움츠리고 들어가 버렸다.

"둘째! 우리 방에 가서 앉자!"

치 노인은 방안이 마당보다는 더 안전한 것 같이 생각하고, 창얼예가 방안으로 들어오게 했다.

창얼예는 아무 말도 하지 않았다. 그러나 마음속은 안절부절 대단히 불안했다. 저녁 밥 때는 주방에 가서 밀전병을 굽는 것을 도왔다. 원래 치 씨네 며느리와 치 씨 집안 이야기를 하려 했지마 집안일을 거론하면 마음이 불안해 통쾌하게 말할 수 없었다. 저녁 때 등을 켠지 얼마 안 되어 잠에 곯아 떨어졌다. 내일 아침 일찍 성을 나갈 준비 때문이었다.

날이 밝기가 무섭게 일어났다. 그러나 인사도 없이 갈 수 없었다—대문이 잘 잠겨지지 않을까 혹은 다시 새벽을 노리는 좀도둑이 들어올까 두려웠다.

샤오순얼 애미가 불을 켜는 것을 기다려서 시원한 물로 입을 헹구고 그녀에게 성을 나간다고 말했다. 그녀가 그에게 먹을 것을 챙겨주려고 했으나 그는 감히 그럴 수 없다고 말했다. 최후에는 그녀가 그에게 엊저녁에 먹다 남은 큰 떡 한 개와 큰 보온병에 담은 뜨거운 물 한 병을 주고는 먹으라고 강권했다. 다 먹자 치 노인이 주려고 한 몇 개의 석류를 주면서 작별했다. 그녀는 그를 전송했다.

성문은 여전히 열리지 않았다. 그는 순경에게 물었으나 순경은 언제 열릴지 말해주지도 않고, 성문 가까이에서 얼씬거리지 말라고 부탁했다. 그는 다시 치 씨 댁으로 돌아왔다.

누구의 도움도 받지 않고 샤오순얼 애미는 혼자서 세 탁자의 사람이 먹을 정도의 볶음 야채면을 만들었다. 일이 그녀를 피로하게 했지만 자만심을 가졌다. 창얼예가 돌아오는 것을 보고 기분이 좋았다. 왜냐하면 그녀는 자신의 요리솜씨가 모두들을 만족시켰는지는 창얼예의 입에서 나오는 칭찬으로 가늠할 수 있기 때문이다.

치 노인도 창얼예가 나갈 수 없었다는 것에 매우 기분이 좋았다. 그는 농담으로 "성문이 나를 위해 손님을 붙잡아 주는구먼, 라오얼!"

대충 10시쯤 되어도 손님이 한 분도 오시지 않았다! 치 노인은 창얼예와 한담을 나누고 있었지만 얼굴빛은 어두워졌다. 창얼예는 노인의 안색이 별로 좋지 않은 것을 보고는 되도록 우스운 얘기를 골라서 노인의 마음을 열게 하려고 애썼다. 그렇지만 집안 걱정을 하고 있어서 정신이 들게 할 수가 없었다. 그리하여 두 노인이 곧 마주보고 말없이 앉아 있게 되었다. 우두커니 앉아 있는 일은 정말 괴로워서 두 사람은 교대로 기침을 했다. 그 후에는 기침이 화제가 되어 두어 마디 할 말을 찾았다—꼭 두어 마디 그러고는 말이 이어졌다. 당연히 나이와 건강에 대한 이야기로 옮겨져서 어쩔 수 없이 비관적이 될 수밖에 없었다. 불행히도 일본귀신들이 닥치면 훨씬 더 나빠질 것이다. 왜냐하면 일본인들은 나이 대소를 불문하고 품행이 어떠했는지 묻지 않고 일체를 파멸할 것이기 때문이다.

톈유가 일찍 돌아왔다. 굉장히 죄송한 듯이 아버지에게 머리를 조아렸다. 그는 원래 부친에게 신선한 과일과 방게를 사드리려 했다. 그런데 성문이 닫히면서 시단 패루와 시쓰 패루의 고기시장과 야채시장에 매대가 하나도 펴져 있지 않아서 빈손으로 돌아왔다. 그는 늙은 부친이 절대로 나무라지 않을 것이라는 것을 안다. 그리고 그가 작은 물건이라도 가지고 가면 그것으로 충분히 효심을 표한 것이라고 생각한다. 다시 말하면 거리에서 물건을 살 수 있으면, 그게 곧 '천하태평'의 증거라서 노인을 기분 좋게 하리라고 알고 있었다. 그런데 그는 빈손으로 왔다. 그는 바로 감히 부친 면전에 앉을 수도 설 수도 없었다. 그는 부친이 시장 형편이 어떤지 물어서 노인의 걱정을 더해줄까 두려웠다. 그는 감히 자기 방에 숨어버릴 수도 없었다. 부친이 트집 잡아 생일을 축하할 마음조차 없다고 말할까 두려웠다. 그는 시종 남쪽방에도 감히 들어갈 수가 없었다. 잠시 북쪽방에 가서 부친과 창얼예에게 차를 따라 드리고 마당에 나가 샤오순얼에게 몇 마디 건넸다.

"봐라! 큰할아버지 석류가 얼마나 붉니!"

혹은 어린 뉴쯔에게 말했다.

"와! 큰할아버지께서 투얼예를 사주셨니? 정말 보기 좋구나! 잘 가지고 놀아라, 부수지 마라!"

그의 음성은 온화할 뿐만 아니라 상당히 높아서 방 안에 있는 노인에게 들릴 수 있을 정도였다. 입으로는 이렇게 말하지만 마음으로 치밀하게 계산하고 있었다. 매년 이때에는 성안의 많은 사람들이 추가로 의복을 구입한다. 성 밖 사람은 추수를 한 후 반드시 성안에 들어와서 배를 사들인다. 값이 공정하고 자질[57]이 넉넉하면, 성 밖 사람들이 떼를 지어서 물건을 사러오는 것을 두려워하지 않는다. 그의 작은 점포는 이제까지 두 개의 값을 부르지 않고 자질도 한결 같았다. 그는 영원히 '할인가'로 장사하려고 하지 않으며 자기의 자가 제일 좋다는 광고도

• • •

57 자로 물건을 재는 방식.

하지 않았다. 그러나 금년에는 시골에서 온 고객은 한 명도 본적이 없다. 성문이 닫히지 않는데도! 그러나 성내의 사람은 돈이 있어도 쓰려고 하지 않고, 돈이 없는 사람은 밥조차 못 먹는데, 누가 옷감을 사겠는가? 그는 확실히 알게 되었다. 일본인이 진짜 총과 칼로 사람을 죽일 필요가 없다. 그들이 베이핑을 점령하고만 있으면, 피를 보지 않고도 수만 명을 죽여 없앨 수 있다. 그는 집안사람들에게 이 점을 말해주고 싶었으나 오늘은 할아버지 생신이라서 입을 열지 않았다. 그는 괴로움을 가슴에 담고 효심을 새 겉옷처럼 밖에 내보여야 했다.

텐유의 부인은 애써서 일찍 일어나 새 리넨 두루마기를 입고, 시아버지에게 큰절을 올렸다. 그녀가 머리 숙여 절을 할 때 그녀의 눈에는 남모르게 눈물이 고였다. 그녀는 자기가 시아버지보다 먼저 죽을 것이고, 아마도 땅에 묻히자마자 비적들이 묘를 파헤쳐버릴지도 모른다는 생각이 들었다.

제일 서둘러야 할 사람은 샤오순얼 애미였다. 술과 밥은 이미 준비가 되어 있었다. 그런데 아무도 오지 않는다! 자기야 힘만 들이면 되는 것이라 아무 생각도 하지 않았다. 돈이야 모두의 것이다. 만약 볶음야채면이 남으면 다른 사람은 괜찮아도 루이펑이 제일 먼저 그녀를 나무랄 것이다! 루이펑이 입을 열지 않아도 물건이야 모두 돈 주고 산 것이니, 형편대로 버릴 생각을 하니 참을 수 없었다! 그는 살짝 빠져나가 리쓰예를 초청하고 싶었지만, 사람들이 빈손으로 올 수 있을까? 그녀는 참을 수가 없어 주방에서 서성거렸다. 그는 방에 가서 넌지시 말했다.

"두 분 어르신 먼저 술을 좀 올릴까요?"

창얼예는 예의상 말했다.

"서둘지 마십시오! 아직 이릅니다!"

사실 그는 이미 배가 고팠다.

치 노인은 잠시 가만히 있더니 말했다.

"다시 좀 더 기다려보자!"

그녀는 부자연스럽게 웃더니 주방으로 돌아갔다.

루이펑도 상당히 실망했다. 그는 평소에 마실 다니며, 친구를 방문하고 기회 있으면 동가의 일을 서가에 전하고 서가의 일을 동가에 전하며, 여자 친척들과 자신의 무료를 달래는 것을 제일 좋아했다. 친우의 상사와 혼사에는 필히 참석하여 말하고, 먹고, 새 옷과 새 모자를 자랑하고 싶었다. 그는 분에 넘치는 호의를 받으려는 개 같았다. 언제나 사람이 많은 곳에서 꼬리를 흔들었다. 결혼한 후에는 그의 처가 바짓가랑이를 잡아서 마음대로 나가지 못하게 했다. 그녀가 보기에는 중산공원에는 진위쉬안이, 베이하이에는 우룽팅이, 그리고 둥안 시장과 극장이 마음을 터놓고 얘기하고 먹고 옷을 보이기 좋은 곳이라 여겼다. 그녀는 그레타가르보와 롼링위[58]를 모르는 어중이떠중이 여자들을 싫어했다. 이 때문에 그는 몇 사람의 친우가 와서 북쪽방에서 남쪽방에 이르기까지 동년배들끼리 모여 웃고 떠들기를 희망했다. 어른들과는 캐캐묵은 얘기를 나누고 싶었다. 식사 시간에는 여전히 자신의 마른 날카로운 목소리로 남자들과 술 마시며 주사위 게임을 할 수도 있었다.   실컷

• • •

58 1910년 상하이에서 태어난 중국 무성영화 시기의 여성 영화 배우. 출중한 연기 실력과 자살로서 생을 마감한 사건로 인해 중국 영화계의 전설로 남았다.

먹고 실컷 마시고 얘기도 끝까지 하고 그러고 나면 "네 반찬은 그다지 맛있지 않더라. 다만 내가 잘 대접해서 망하지는 않았겠지? 그렇지 않니, 형수?"라고 형수에게 말할 수 있다.

11시까지 기다렸으나 아무도 오지 않았다. 루이펑의 마음은 반은 얼어버린 듯 했다. 그의 말솜씨, 주량, 천재적인 교제 방법 모두를 펼칠 방법이 없었다.

"정말 이상하다! 성문이 닫힌 탓에 사람들이 내왕하지 않는 것인가? 베이핑 사람들이 너무 기운 빠졌어! 너무 낙담했어!"

그는 담배꽁초를 물고 입으로 중얼거리며 방으로 돌아갔다.

"흥! 사람이 안 와도 좋아! 나는 이도 닦지 않은 노파, 영감탱이들을 싫어한다!"

둘째네 처가 댁이 입을 삐쭉거리며 말했다.

"내 당신에게 말하는데, 펑, 내일 셋째가 일을 저지른 것이 알려지면 개새끼조차 이 집에 드나들고 싶어 하지 않을걸! 첸 씨 집 보아요. 당신 분명히 알겠지!"

루이펑은 홀연히 크게 깨달았다!

"그래 맞아! 모두가 성문이 닫힌 것 때문이 아니야. 오히려 셋째가 도망친 일로 이미 떠들썩한 거야!"

"당신 이제 분명히 알았어! 돌대가리야! 내가 전에 말했지. 우리 분가 해야 한다고. 당신은 내말이 독이 있는 것처럼 듣지 않았어! 조만간 셋째의 사건이 문제가 될 거야. 당신 가문도 일본 헌병에게 포박당할 거야!"

"당신 생각대로면?"

루이펑은 그녀의 통통한 손을 잡고 토닥거렸다.

"명절 지내고, 당신이 형에게 분가하겠다고 말해!"

"우리의 매달 수입이 너무 적어!"

그의 깡마른 얼굴이 반쯤 시든 꽃처럼 주름에 잔주름이 더해졌다.

"여기서는 큰 형수가 식모 노릇을 했지만 우리가 분가하면 당신이 밥할 수 있어?"

"무얼 못한다고? 나 할 수 있어. 안 하고 있을 따름이지!"

"어찌 되었든 여종을 고용하면 돈이 더 많이 들지 않아?"

"당신은 죽은 사람이야. 활동하려고 하지 않아?"

둘째 며느리는 피곤한 것 같이 살찐 입을 쫙 벌려 하품을 했다. 붉은 입술을 마치 화산 구멍처럼 크게 벌렸다.

"오우! 당신 말을 너무 했어. 몹시 피곤하지?"

루이펑이 친절하게 물었다.

"댄스홀, 공원, 영화관에서는 피곤한줄 모르는데 집안에 있으면 항상 정신이 없어. 여기는 지옥이야. 지옥도 여기 비하면 더 시끌벅적 할 거야!"

"우리는 어떤 길이든 찾아야 돼?"

그는 여기가 지옥이라는 말을 받아들일 수는 없으나, 아내의 말을 정면 반박할 수 없어 반문할 따름이었다.

그녀의 살이 오른 식지를 들어 서남쪽을 가리켰다.

"관 씨 댁!"

"관 씨 댁?"

루이펑의 작고 마른 얼굴이 밝아졌다. 그는 오랫동안 관 씨 댁 사람과 내왕을 하고 싶었다. 첫째 그는 관 씨가 먹고 마시고 입는 것을 부러워했다. 둘째 그 집 두 처녀와 사귀고 싶었다. 그러나 집안 모두가 관 씨 집을 반대하기 때문에 감히 제멋대로 독자적으로 행동할 수 없었다. 그리고 마누라의 감시 때문에 가오디와 자오디를 바로 볼 수도 없었다. 오늘 아내의 말을 듣고 나니, 굶주린 개가 뼈다귀를 얻은 것 같았다.

"관 선생과 관 씨부인 모두가 능력 있는 사람이야. 그들에게 배우면 당신도 나아질 거야. 하지만,"

살찐 처가 거기까지 말하자, 그녀의 움츠린 목이 갑자기 퍼졌다.

"그러나 당신이 가려면 반드시 나와 함께 가야 해. 만약 몰래 혼자 가서 그녀들과 시시덕거리면 당신 발모가지를 분질러 버릴 것이다!"

"그렇게까지 큰 죄가 있진 않은데!"

그는 뻔뻔한 얼굴로 부끄럼 없이 말했다.

그들은 다음 날 관 씨 집에 약간의 예물을 보내기로 결정했다.

루이쉬안의 걱정거리는 한두 가지가 아니었다. 그러나 밖으로 드러내지 않았다. 목전의 계획이란 할아버지와 어머니를 기쁘게 해야 하는 것이다. 만약 근심걱정으로 두 분이 병이라도 나면 훨씬 더 곤란해질 것이다. 그는 몰래 루이펑에 관심을 가지고, 부친에게 건의하고 창얼예에게 부탁했다.

"밥 먹을 때 몇 잔 하십시오! 그리고 떠들썩하게 노십시오. 그래서 노인에게 불평할 기회를 주지 마십시오!"

둘째 누이에게 싹싹 빌었다.

"할아버지가 오늘 기분이 안 좋으시다. 둘째 누이야 좀 도와다오. 할아버지 좀 웃게 해주어! 내가 명절 때 너를 영화관에 보내주마!"

둘째 누이는 뇌물을 받아들였다. 일동이 모여 함께 밥을 먹었다. 그녀는 원래 혼자 뭔가 다른 것을 먹고 고의로 모두를 난처하게 하려 했다.

모두가 착착 잘 행동하자 루이쉬안이 기쁘게 소리 질렀다.

"순얼 애미! 밥 먹자요!"

다음에 루이펑을 불렀다.

"둘째야! 요리 날라라!"

둘째가 '아'라고 한 마디 하고는 자기의 비단 겹옷을 보았다. 실은 주방에 들어가고 싶지 않았다. 잠시 기다렸다. 창얼예가 자동적으로 주방에 들어갔다. 그는 함께 들어가서 젓가락 몇 쌍만 들고 나왔다.

샤오순얼, 뉴쯔와 그들의―샤오순얼은 뿔이 하나 없는―투얼예를 탁자 위에 놓았다. 이게 치 노인을 기쁘게 했다. 다만 할머니가 앉지 않으려 하셨다. 그녀는 야채를 볶아야 했다. 톈유와 루이쉬안 부자 두 사람은 할 수 있는 한 얼굴로 미소를 뿌렸다. 창얼예는 쉽게 술을 마시지 않는 사람인데 오늘은 마셨다. 신체가 좋아서 주량이 있었다. 그는 오늘 양껏 마시기로 했다. 루이펑은 마음속에 부친이나 형 같이 우려할 것은 없었다. 즐기려는 태도로 젓가락을 맛있는 요리로 뻗쳤다.

치 노인의 얼굴에는 웃음기라고는 없었다. 그는 마지못해 술 반잔을 비우고 한 젓가락의 요리만 먹었다. 모두가 어떻게 하든지, 분위기를 띄우려고 애썼으나, 분위기가 촉촉해서 안개마저 낀 듯 했다. 안개가 점점 짙어져서 노인의 눈 껍질에는 물방울이 맺혔다. 그는 걱정을 많이 하는 사람은 아니나 오늘은 즐길 수가 없었다. 정신이 어지러운 것이거나, 다른 곳에 이상이 있음에 틀림없었다.

국수가 나왔지만 그는 국물만 한 모금 마셨다. 수염을 쓰다듬으면서 그는 톈유에게 물었다.

"셋째는 소식이 있는가?"

톈유는 루이쉬안을 보았지만 루이쉬안은 아무 말도 하지 않았다.

면을 먹자 리쓰예는 회나무 밑에서 성문이 열렸다고 보고했다. 창얼예도 급히 작별을 고했다. 창얼예가 떠난 후에 치 노인은 누웠다. 저녁밥을 먹으려고 일어나려고도 하지 않았다.

16

중추절이 되었다. 청창순은 일찍 점심을 먹고 오후 장사를 준비했다.
후퉁을 몇 개 돌고 목이 쉬도록 소리쳐도 한 집도 장사를 못 했다.
입을 삐쭉이며 머리의 땀을 닦으며 집으로 돌아왔다. 외할머니를 보자
눈물을 거렁거리며 코맹맹이 소리로 투덜거렸다.

"이게 무슨 꼴이야? 명절 때 마수도 못 하다니? 작년 오늘 5위안
8전을 갖고 왔는데?"

"쉬어라, 얘야!"

마 씨 과부는 그를 위로했다.

"작년은 작년이고 올해는 올해예요!"

이발사 쑨치는 울적해서 두어 잔 술을 마시고, 흰자위에 붉은 눈발이
몇 개 선 모습으로 마당에서 말을 건다.

"마 부인, 저희 달리 생각해야 해요! 이렇게 그럭저럭 살아가보아야, 당신 보시다시피, 요즘 들어 가게에서 사람을 쫓아내고 있으니 우리 장사는 점점 나빠질 거요! 어느 날 아침, 흥! 내가 '호객을 내걸며 길거리를 떠돌며 장사해야 한다면! 나는 평생 체면을 중시하고 수년간 솜씨를 갈고 닦았는데 거리에 나가 이제 막 시골에서 올라온 촌놈과 경쟁해야 되겠소? 이제 알겠어요, 제대로 살아가려면, 일본 놈들을 쫓아내지 않으면 안 된다는 것을 분명히 알게 되었어요!"

"목소리 좀 낮추어! 쑨 사부! 그들이 듣게 해서야 되겠나!"

마 과부는 문을 삐죽이 열고 낮은 소리로 말했다.

쑨치는 하하하고 웃어젖혔다. 마 과부는 문을 꼭꼭 닫고 들으라는 듯이 창순에게 말했다.

"쑨치의 말을 들을 필요가 없어. 우리는 항상 성실하게 살고, 화를 자초하면 안돼! 어차피 천하는 태평해지는 때가 있어! 일본 사람은 무섭고, 우리가 견딜 수 있을지도 모르지!"

노파는 자신의 철학이 세상에서 가장 좋다는 것을 깊이 믿고 있었다. "참다"라는 말이 그녀가 수절하고 환난을 넘기게 해주었다. 마치 하나의 강철침처럼, 재미는 없지만 영원히 반짝이는 삶을 얻게 된 것이다.

그때는 이미 오후 4시를 지났다. 샤오추이는 인력거를 넘겨주고, 만면에 노기를 띠고 돌아왔다.

쑨치는 근시안이라서 샤오추이의 안색을 살피지 못했다.

"어땠어? 괜찮았지?"

"괜찮았냐고?"

샤오추이는 반기는 기색도 없이 말했다.

"참 괜찮겠다! 내가 말하지 않았나? 8월 15일인데 차고주가 내 몫을 안 내놓는 거야! 언제나처럼 내 몫을 주어야지!"

"못 들었어! 이게 제기랄 왜놈식인가?"

"내 말이! 차주가 근래에 사흘마다 성문을 잠그고, 5일마다 통행금지니, 돈이 들어와야지. 그러니 오늘 몫을 내줄 수 없다고 떼쓰는 거야!"

"너 고분고분하게 차 삯을 넘겨주었니?"

"나는 차주의 아들이 아니잖아. 그따위 얘기를 들을 수 없어! 아무 소리 안 하고 인력거를 끌고 나왔지. 그렇지만 말야. 나는 마음속에 수가 있어! 정오가 지나자 두 번 손님을 태웠지. 그런데 분담금을 내기에 모자랐어! 좋아. 제기랄, 나는 한 근짜리 큰 떡과 파장을 두 묶음, 조린 돼지 다리 네 쪽을 먼저 한 번에 입에 처넣었지. 그것뿐이 아니야. 다 먹고 나자 차관에 들어가 반나절 노닥거렸지. 노닥거리고 나서 인력거 타이어를 부셨지. 그리고 차를 돌려주었어. 차고에 들어가자 기분이 좋아서 소리 질렀지. 타이어가 둘 다 빵구가 났어. 내일 봅시다! 이렇게 말하고는 돌아서 나왔지!"

"정말 잘했어! 샤오추이! 대단하구먼!"

방 안에서 샤오추이의 처가 말했다.

"쑨치 아저씨, 나이를 공으로 잡수셨소! 명절인데 땡전 한 푼 집에 가지고 오지 않았어. 그런데 그 사람을 추켜세우고 있어요? 사람의 심장은 다 살덩어리로 만들어지는 것이죠. 당신 것은 무엇으로 만들어져 있나요? 나는 당신에게 묻는 거요!"

샤오추이의 처는 그렇게 말하고는 방에서 뛰쳐나왔다.

그녀에게 좋은 옷과 좋은 음식을 주었더라면, 그녀는 틀림없이 상당히 예쁜 여인이 되었을 것이다. 하지만 그녀는 남루한 옷과 굶주림에 침식되어 청춘을 잃어버렸다. 그녀는 겨우 스물셋 밖에 안 되는데도 그녀의 용모, 행동, 성격이 이미 오십 먹은 사람 같았다. 그녀의 작고 긴 얼굴에는 거의 눈썹과 눈이 없어지고 억울함과 근심걱정이 눈과 눈썹의 역할을 대신하고 있었다. 그녀의 사지와 등은 이미 젊은 부인의 매력은 잃었다. 옷 빨고, 걷고, 몇몇 노동 활동에만 쓸 수 있는 몸이었다. 살이라고 다 없어진 나무판에 나무 막대기만 매달려 있는 것 같았다.

그녀는 오늘 특히 더 볼품없어 보였다. 머리는 빗질되지 않았고, 얼굴도 씻지 않았고, 이미 가을인데도 그녀의 몸에 걸친 것은 쓰레기통에서 건진 헤어진 바지저고리였다. 그녀의 오른쪽 겨드랑이와 오른쪽 다리의 살은 밖에 드러나 있었다. 그녀는 자신이 여인인 것을 잊은 듯 했다. 정말 그랬다. 그녀는 이미 모든 것을 잊었다. 그녀는 점심을 먹지 않았다는 기억밖에 없었다—이미 오후 4시가 넘었는데도.

쑨치는 말을 걸어 말싸움 하는 것을 좋아하면서도, 한 마디도 하지 않고 피해버렸다. 그는 그녀를 동정했다. 그래서 그녀와 싸움할 수 없었다. 그녀의 말은 듣기 싫었지만, 동시에 그는 또 그녀 말이 옳다고 말하고 샤오추이하고 한 바탕하는 것도 곤란했다. 오늘은 8월 중추절이 아닌가. 말다툼은 말아야지.

샤오추이는 아내를 끔찍이 사랑했다. 다만 술만 들어가면 주먹을 주체할 수 없어서, 그녀의 몸을 쥐어박을 뿐이다. 오늘은 술을 먹지 않았다. 그래서 주먹을 휘두르는 만용을 부리지 않았다. 그녀의 봉두난발에 떼 낀 얼굴을 보자 한참 동안 말문이 막혀 말이 나오지 않았다. 그래도 그는 아내에게 죄송하다고 말할 수 없었다. 적어도 남자의 권위는 지켜야 하지 않은가?

마 씨 할머니는 가만가만 문을 나와, 시험 삼아 몇 발짝 밖으로 나가 보았다. 그녀는 샤오추이 옆에 가자 그를 가만히 잡아끌었다. 그리고는 샤오추이의 처에게 물었다.

"급하게 굴지마라. 명절이야! 내 집에 호박 소를 넣은 만두가 두 쟁반 있어. 맛있든 없든 먼저 배나 채우게!"

샤오추이 처는 코를 들어 마시며 우는 소리를 했다.

"아니에요, 마 부인님! 한 끼 굶으나 두 끼 굶으나 그게 그거지요. 아무 생각도 못 하겠네요! 연초부터 연말까지 이 모양이면 희망도 없고 방법도 없네요. 어쩔 셈이요? 시집 온지 3년이오. 부인께서 저를 보기에 사람 같지 않지요?"

말을 마치자 고개를 돌려 재빨리 방안으로 들어갔다.

샤오추이는 한숨을 쉬었다. 호박 같은 얼굴의 살이 제멋대로 씰룩거렸다.

마 부인은 그를 잡아끌었다.

"이리와! 만두를 그녀에게 가져다주어! 그리고 두어 마디 다독거려! 절대로 싸우지 마라! 알아들었어!"

샤오추이는 꿈쩍도 하지 않았다. 그는 마 부인의 만두를 가지고 가려 하지 않았다. 그녀는 평생을 절약하여, 늙은 암탉이 병아리 품

266

듯 쌀 한 톨이 생기면 창순에게 주었다. 그는 뻔뻔히 그녀의 음식을 뺏을 생각이 없었다. 그는 기침을 하더니 한 마디 내뱉었다.

"할머니! 남겨 두셨다가 창순이 주십시오!"

창순은 코맹맹이 소리로 끼어들었다.

"나 안 먹어! 나는 한 바탕 울고 싶어! 명절 때인데도 7~8십리를 걸어도 땡전 한 푼 못 벌었어!"

마 부인은 목소리를 높였다.

"창순, 너 시끄러워!"

샤오추이가 말을 이었다.

"저는 이제 알겠어요. 저는 떠나야 해요. 저는 그녀를 못 먹여 살립니다."

그는 자기 방을 향해 손가락질을 했다.

"이렇게 계속되면 저는 제 자신도 먹고 살기 힘들거요! 제가 군인이 되어서 죽으면 죽는 것이야 통쾌할거요! 제가 나가서 군인이 되면, 그녀는 딴 사람에게 재가할 수밖에 없어요. 여기서 굶어죽지 않기 위해서는 그럴 수밖에 없어요!"

쑨치가 다가왔다.

"군대가 나 같은 사람도 필요로 할까 몰라. 갈 수만 있으면 나도 너와 함께 간다! 이게 무슨 일인가? 이렇게 좋은 베이핑성을 왜놈이 점령하고 있다니!"

두 사람의 이야기를 듣더니 마 부인은 후회했다. 그녀는 오늘이 중추절이 아니면 절대로 여러 가지 일에 끼어들지 않았을 것이다. 절대로 그녀가 자애롭지 못해서가 아니라,'일이 많은 것은 적은 것만 못하다' 라는 과부의 신조를 굳게 지키기 때문이다.

"그런 소리 말아라!"

그녀는 낮고 간절한 목소리로 말했다.

"우리 베이핑인들은 그렇게 말해서는 안 된다! 만사를 참아야 해! 참으면 하느님이 우리를 도와주셔! 그렇지?"

그녀는 해야 할 말이 많지만, 일본인들이 들을까 겁이 났다. 그런 이유로 어색하게 얼버무리고 방에 들어갔다. 그녀는 마음이 언짢았다.

조금 후에 그녀는 창순에게 만두를 들려 보냈다. 창순이 소반을 받쳐 들고 갈 때 이웃 리쓰마가 큰 사발에 뜨끈뜨끈한 삶은 돼지머리 고기가 든 큰 사발을 들고 골목으로 들어왔다. 그녀는 들어오자마자 외쳤다. 목소리가 큰 사발 안에 들어있는 고기보다 더 뜨거웠다.

"샤오추이야! 착한 녀석! 너 주려고 고기 가져왔어! 아무 것도 살 수가 없었는데, 저 늙은이가 어디서 구했는지 돼지머리를 가지고 왔어!"

말은 샤오추이에게 하고 있었지만 그녀는 샤오추이를 보지 못했다. 그녀는 말을 마음에 담아두지 못했다. 만약 대상을 만나지 못하면 틀어 놓은 라디오 같이 누가 들어주든 말든 혼자서 말하고 만다.

"착한 녀석! 사발은 날 주어! 나는 방안 들어가지 않을래! 오우!"

그녀는 또 쑨치를 보았다.

"쓰다마! 마음 쓰지 마십시오!"

샤오추이가 말을 걸었다.

"오우! 너 거기 있었구나? 빨리 받아라!"

샤오추이는 웃으면서 사발을 받았다. 그는 쓰다마에게는 예의상 거절할 필요가 없었다.

"착한 녀석! 사발은 날 주어! 나는 방안 들어가지 않을래! 오우!"

그녀는 또 쑨치를 보았다.

"쑨치야! 너도 안 먹었지? 오너라, 쓰다예와 한 잔 해라! 일본놈들이 오든 말든 우리는 우리 명절을 쇠면 되지!"

그때 첸 씨 댁 시어머니와 며느리가 방성대곡을 하기 시작했다. 쑨치가 듣고는 급히 말했다.

"쓰다마 들어보세요!"

쓰다마의 시력은 좋지 않지만 귀는 나쁘지 않았다.

"뭐라고? 오우, 샤오추이야, 너 사발을 가져와. 나는 빨리 첸 씨 댁에 가봐야겠다!"

쑨치도 그녀를 따라갔다.

"나도 가지!"

마 부인은 샤오추이가 이미 고기 한 사발을 먹은 걸 보고, 만두 절반을 가져갔다. 그러고는 창순에게 한 접시만 보냈다.

"빨리 가라! 다시 문 밖에 나가지 마라. 틀림없이 첸 씨 집에 무슨 일이 났는가봐!"

치 씨 댁은 암담하게 중추절을 지냈다. 치 노인과 톈유 부인은 병으로 쓰러져서 침상에서 일어나지 못했다. 톈유는 아버지 생일에 남은 요리를 먹고 곧장 가게로 갔다. 가게 점원들이 모두 오늘 쉬기 때문에 그는 쉴 수가 없었다. 그는 지금까지 삼대명절에도 가게에 나가서 다른 점원들을 쉬게 했다. 그래서 그가 다른 상점보다 점원들에게 임금을 적게 주어도, 점원들은 기꺼이 그를 도와주었다. 그는 인정으로 물질상의 부족을 메꾸었다. 그가 가고난 후 루이쉬안와 윈메이는 가벼운 실랑이를 벌였다. 윈메이는 썩 기분이 좋지 않게 점심을 먹었다. 이어서 저녁에 달에게 바칠 물건들을 준비하느라 바빴다. 그녀는 결코 달 할아비[59]를 믿지 않았지만 조그마한 영험이라도 있었으면 해서였다. 이런 어지러운 세상에 그녀는 주도면밀하게 달 할아비에게 빌어두지 않을 수 없었다. 다시 말하면 해마다 달에 경배하는 것을 금년에는 거를 수 없었다. 특별히 시어머니가 병상에 누워계시니 더 그랬다. 그녀는 시어머니께서 그녀의 능력과 주도면밀함을 인정하시고, 마음놓고 양병에 전심하길 바랐다.

루이쉬안은 마음이 우울함으로 가득 찼다. 그녀가 어린애 장난 같은 짓을 하는 것을 보자, 화가 분출될 출구를 찾은 셈이었다.

"정말! 당신 그런 장난들을 할 시간이 있어?"

만약 그녀가 자신의 의도를 온화한 목소리로 설명했다면 루이쉬안도 자연스럽게 이해하고 하려던 말을 바꾸었을 것이다. 그러나 그녀의 기분도 썩 좋지 않아서, 남편이 자기를 향해 성이 났다는 것을 알아챘지만 구체적인 설명을 빠뜨렸다.

"오우!" 그녀의 목소리는 크지 않았다. 그러나 대단히 뚜렷했다.

"당신이 보기에 나는 하루 종일 놀기만 하고, 제대로 된 일은 안

* * *

59 달 신. 달을 숭배하는 중국의 민간에서 가장 널리 전해진 신선 중 하나로, 고대 사회의 자연숭배 풍습에서부터 이어진 것으로 추측된다.

하는 것으로 보이나요?"

그 말을 할 때 그녀의 눈빛은 말보다 몇 배나 매서웠다.

루이쉬안은 말다툼을 계속하고 싶지 않았다. 그는 말다툼을 하면 할수록 언성이 높아져서 병든 노인들이 듣게 되면 언짢아하실까 걱정되었기 때문이다. 그는 참았다. 그러나 얼굴의 음침함이 눈물을 곧 흘릴 것만 같았다. 그는 마당으로 피했다. 마당에 나와 말없이 나무에 매달린 붉은 석류를 멍청히 쳐다보았다.

세시쯤 되어서 루이펑 부부가 새 옷을 차려입고 밖으로 나가는 것을 보았다. 루이펑은 작은 바구니를 손에 들고 있었다. 그 안에는 월병이 들어있는 것처럼 보였다. 루이쉬안은 그들이 어디에 가는지 물어보지 않았다. 그는 원래부터 예물을 들고 친척들을 방문하는 따위의 일을 중요하게 생각하지 않았다. 루이펑 부부는 관 씨네에 가는 중이었다.

관 선생과 관 부인은 그들을 열렬히 환영했다.

샤오허는 루이펑의 손을 잡고 3분을 좋게 놓아주질 않았다. 그의 호흡에는 친절과 따뜻함이 묻어있었다. 다츠바오의 새로 파마한 마귀식 헤어스타일이 요동쳤다. 그녀는 루이펑 처를 꼭 껴안았다. 치 씨 부부의 내방은 시의 적절했다. 첸모인 선생이 체포된 이래로, 후퉁 사람 전체가 관 씨네 사람들을 백안시했다. 다츠바오는 '개의치 않는다'는 말을 달고 살았지만 종국에는 떨떠름할 수밖에 없었다. 하지만 모두가 비난한다 할지언정 그녀의 행동은 달라지지 않았고, 그녀를 방해하지도 않았다. 왜냐하면 그들은 아무 힘도 없는 작자들에 불과했기 때문이다. 그래도 샤오추이, 쑨치, 천막장이 류 씨, 리쓰예 등과 같은 '하급

271

인간들이 자기를 백안시하는 것을 견디기 힘들었다. 오늘 루이펑 부부가 오는 것을 보고 전 후퉁의 '여론'이 변했다고 생각했다. 그 이유는 치 씨 댁은 후퉁에서 가장 오래된 집이고 '언론계'의 대표이기 때문이다. 루이펑이 들고 온 선물은 보잘 것 없었지만 다츠바오는 정중하게 받아들였다—그것은 일종의 상징, 즉 후퉁 전체가 아직은 자기를 서태후처럼 받들어야 한다는 증거였다. 아무리 개성이 강한 사람일지라도, 잘못된 일을 했을 때는 마음이 불안해진다. 그래서 다른 사람이 잘못이 아니라고 말해주길 바란다. 루이펑의 내방은 샤오허와 다츠바오에게 증인이 되어 주었다. 설사 그들이 부정한 짓을 했을지라도 누군가는 와서 아첨을 한다는 점을 증명한 것이다!

루이펑 부부는 관 씨 집에서는 오랜 가뭄에 꽃과 나무가 비를 만난 듯이 마음이 특별히 편안했다. 그들이 듣고, 보고, 느낀 것은 모두가 듣고 싶고, 보고 싶고, 느끼고 싶은 것이었다. 다츠바오가 친히 영국부에서 가져온 커피를 끓여주고 둥청구의 최고 음식점에서 새로 발명한 월병을 잘라내었다. 루이펑은 커피를 빨면서 천천히 취기를 느꼈다. 관 선생이 던진 하찮은 이야기마저도, 그의 마음에 쏙 들었다. 마치 어린이의 통통한 손가락이 가장 가려운 곳을 긁어주듯이 간질간질하면서도 편안하게 만들었다. 관 선생의 자태와 기개는 루이펑이 존경하고 부러워하는 것이다. 그래서 루이펑은 자주 들려 많이 배우고 싶었다. 루이펑의 작고 깡마른 얼굴이 붉어졌다. 늙은 유퉁팡과 자오디 자매를 보지 훔쳐보지 않을 때는 눈을 깜빡거렸다. 뜨거운 술이 뱃속으로 내려갔을 때처럼 어질어질했다.

루이펑 처의 게으르고 뚱뚱한 몸과 통통한 얼굴이 쭉 폈다. 갑자기 그녀도 목이 생기고 키가 한 치는 더 커졌다. 웃으면서 젖먹이 때 이름—털복숭아—까지 다츠바오에게 말해줄 정도였다.

"몇 판 돌릴까?"

다츠바오가 제의했다.

루이펑은 주머니 사정이 좋지 않았다. 그러나 절대로 고사할 수 없었다. 첫째로 오늘이 중추절이니 당연히 마작을 해야 한다. 둘째로 관 씨 집에서 마작을 거절하는 것은 질서를 파괴하는 것이나 마찬가지다. 셋째로 자기의 주머니 사정이 충실하지 못해도 자기의 기술이 나쁘지 않다고 믿었기 때문이다.

"우리 둘이 한 팀 하지! 내가 먼저 할게요!"

루이펑의 처가 대답하면서 손가락에 낀 금가락지를 만지작거리며 남편에게 암시했다. '금가락지 있어! 금가락지를 잃더라도 창피한 짓 하지 마라!' 루이펑은 속으로 마누라의 견식과 과감성을 존경했다. 그러나 먼저 나서는 것은 아무래도 통쾌하지 못하다고 그녀에게 넌지시 알렸다. 그는 그녀의 기교가 그냥 그렇고, 고집이 세서 지면 질수록 물러나지 않으려 한다는 것을 안다. 그가 그녀 뒤에 서서 그녀에게 훈수를 들면, 돈을 잃은 죄는 자기에게 돌아올 것이고, 애쓴 공로는 간데없고 죄만 용서 받지 못할 것이다. 그의 작은 깡마른 얼굴이 약간 굳어졌다.

그때 다츠바오는 샤오허에게 말했다.

"당신 할래?"

273

"손님에게 양보해!"

샤오허는 장중하고 온화하게 말했다.

"루이펑도 함께 끼는 게 좋다!"

"아니요! 나와 그녀는 한 집안이요!"

루이펑은 자기는 분명하고 노련해서, 끼고 싶어 근질근질하다는 이유로 자제력을 잃지 않는다는 것을 보여주었다고 생각했다.

"그렇다면, 부인, 퉁팡 혹은 가오디, 자오디 너희들. 여자분들 넷이서 일단 놀면 좋겠네요! 우리는 남자들 찻물이나 대접하죠!"

샤오허는 영국 신사처럼 부녀자들을 존중했다.

루이펑은 관 선생을 존경하지 않을 수 없었다. 그래서 부인 뒤에서서 목을 빼며 넘겨다보지도 않기로 시원스럽게 결정했다.

다츠바오의 명령이 떨어지자, 남녀하인들이 재빨리 뛰어 들어와서, 눈 깜짝할 사이에 기계화 부대 대원처럼, 신속정확하게 마작 탁자를 펼쳤다.

퉁팡은 권리를 자오디에게 양보하여 겸양을 나타내었다. 사실 그녀는 다츠바오와 패를 두고 싸움이 일어날까 두려웠다.

부인들이 자리에 앉았다. 샤오허는 루이펑과 한담을 늘어놓았다. 마작 탁자는 건너다 보지조차 않았다.

그는 손님에게 말했다.

"마작, 음주 모두 서로에게 강요하기 때문에 불편한 거지요. 억지로 마작하게 하는 것은 남의 귀를 잡고 목에다 술을 붓는 것처럼 불합리하지요. 나는 언제나 술을 뺏어 먹거나 마작하려고 다투지 않는다오.

그리고 남에게 나와 함께 하자고 강요하지도 않는다오. 교제에서는 이런 태도가 가장 적당하다고 생각한다오."

루이펑은 계속 머리를 끄덕였다. 그는 자기가 마작을 하려고 덤비고 술을 마셔대려는 나쁜 버릇이 있었다. 그는 관 선생을 자기의 선생으로 삼아야겠다고 생각했다. 동시에 그는 몰래 다츠바오를 보았다. 그는 꽤나 한 마리의 암사자 같았다. 그녀는 오른쪽 눈은 자기 패를 보고, 왼쪽 눈은 마작하는 사람의 기색과 내놓는 패를 훑는다. 그 후에 두 눈은 한 곳으로 모아져서 탁자 위를 본다. 그러고는 재빨리 멀리 앉아있는 손님을 보고 미소를 건넨다.

그녀의 미소 속에는 위엄과 교활함이 섞여 있었다. 마치 암사자가 토끼를 희롱하듯이 위엄을 부리면서도 혹독하지 않았다. 그녀가 패를 잡고 패를 내놓는 것은 팔과 손가락 운동이 아닌 것만 같았다. 패가 그녀의 손에서 튀어나오거나, 그녀의 자성이 있는 살이 패를 빨아들이는 것 같았다. 그녀의 겨드랑이, 팔, 심지어 유방까지 패를 잡을 수도 있고 튀어나올 수도 있는 것 같았다. 튀어 나왔을 때 그녀의 패는 소리를 울려서 모두의 신경에 위협이 되지만, 그 패는 어디에 갔는지 아무도 모른다. 모두가 당황했다.

만약 어떤 사람이 진퇴를 몰라서 "어떤 패를 친 거지요?"하고 묻는다면, 그녀의 답은 위엄과 교활의 미소를 담아낸다. 그래서 질문한 사람의 얼굴이 붉어지게 만든다. 그녀 자신은 패를 끝내고 패를 뒤집는다. 그녀는 잘못된 패를 내고 잇따라서 패를 섞는다. 아무도 그녀에게 감히 질문을 하지 못하고 의심하지도 못한다. 그녀의 전신이 전파를 발송하는 듯하여 모두의 신경을 자극했고, 그녀가 말하는 대로 되었다. 다른 사람이 패를 끝내고 뒤집은 점수를 적게 계산하면, 그녀는 사실대로 착오를 지적했다. "저와 마작을 하면 손해를 보지 않아요! 이기고 지는 것이 뭔 상관이야! 품격이 중요하지!" 이런 말을 들은 사람은 인정하지 않을 수 없고, 그녀에게 돈을 건네줘서 차라리 속 시원하게 지는 것을 받아들였다.

루이펑은 자기 처를 보았다. 그녀는 이미 사자 옆에서 살찐 예쁘고 가련한 양새끼로 변했다. 그녀는 손에 있는 패를 보느라 바빴다. 또 다츠바오가 내놓았지만 자신이 놓친 패를 찾느라 바빴다. 또 짬을 내어 관 씨 집 사람들이 속으로 자기를 웃지 않나 보았다. 그녀의 왼손은 탁자 위에 두 장의 패를 꼭 쥐고 패들이 몰래 튀어 나가버릴까 겁내는 것 같았다. 오른손은 패를 잡고 패를 고르기 바빴고, 종종 시간이 되기 전에 손을 뻗다가 남의 손과 부딪쳤다. 급히 움츠리다가 소매가 작은 대나무 벽을 넘어뜨리기도 했다. 그녀의 얼굴 근육은 긴장되어 있었고, 윗니가 아랫입술을 깨물었다. 정신을 집중시켜 실수를 하지 않으려 했기 때문이다. 그러나 세 여자의 마작 솜씨는 능숙하고 빨라서, 그녀는 영문도 모른 채 빈 손이 되고 말았다.

오우!" 그녀는 몇 시인지도 모르고 누가 마작의 둘째 패인 이삭을 냈는지도 몰랐다. 때마침 그녀에게 이삭패가 나와서, 패를 낼 수 있는 그룹이 형성되었다. ─화패는 없고, 장패가 두 개 있으며, 요패는 하나고, 같은 패가 세 개가 된다! 그녀는 "오우"라고만 말하며 기운을 빼고 싶지 않았다. 세 여자의 이삭패가 모두 막혔기 때문에, 그녀는 몇 장만 바꿀 수 있었다. 그녀가 이삭패를 내놓자, 다츠바오가 이삭패를 같은 패를 냈다! 다츠바오는 아무 말도 하지 않고 마음속에서 전파로 루이펑의 처에게 일렀다.

"나는 일찍이 너의 이삭패를 기다렸다!"

루이펑은 억지로 샤오허와 잡담을 하고 있었지만 마음속으로 아내의 손가락에 끼어있는 금가락지에 마음을 쓰지 않을 수 없었다.

서풍권[60]까지 치고 나서, 따츠바오가 세 판 모두 패를 나누고 관리하는 장 역을 맡았다. 그녀는 말했다.

"루이펑, 당신이 내 대신해요! 나는 말도 안 되게 운이 좋아! 다시 치면 내가 또 연달아 장이 될 거요! 당신 이리 와요. 우리 세 여자가 한 사람을 골탕 먹인다고 생각하지 않게 하세요! 이리와요!"

루이펑은 정말 출진하고 싶었다. 그러나 샤오허는 그를 끌어당겼다. 그는 어떻게 하면 도량이 넓고 대범해지는지 한 수를 배웠다. 저렇게 좋아하는 것이라도 곧장 버릴 수 있다. 샤오허의 미소 짓는 모습을 모방하여 그는 말했다.

"당신이 3회 연속 장을 하면, 그녀는 아홉 번 연속 장을 할지 어떻게 알아요?"

말하면서 그는 아내를 쳐다보았다. 그녀는 코끝에 나온 땀방울을 닦고 그를 향해 미소 지었다. 그는 자기의 응대에 만족하고 속으로 관 선생의 훈도에 감사했다. 그는 이전에 여자 친척들이 땅콩 두 어

• • •

60 중국 마작의 네 판 중 셋째 판. 일반적인 마작 판 순서는 동풍권, 남풍권, 서풍권, 북풍권 순으로 이어진다.

알을 차지하려 앞다투거나 농담하는 것, 자기가 패를 어떻게 잡았는지 자화자찬하는 것 모두 지루하고 천하다고 생각했다. 그런데 관 선생의 태도와 행동은 고상한 경지에 있다고 해도 부족하지 않았다.

"당신 안 할래?"

다츠바오의 10개 작은 손전등이 패를 다 섞었다.

"그날 차오씨 댁에서 14판이나 장을 했지. 당신 믿어져?"

그녀는 자기의 공갈에 루이펑의 처가 어쩔 바를 모르게 되리라는 것을 알고 있었다.

그녀의 마작 패들은 대단히 정리가 잘 되어 있어서 장을 연이어 했다는 것을 믿을 수 있었다. 그러나 어떻게 패를 첨가하고 뒤집을까를 계획하고 있을 때 서쪽 마당 쪽 이웃집에서 두 부인의 통곡 소리가 들리기 시작했다. 곡성이 그녀의 귓속을 강철 바늘로 찌르듯 했다. 그녀는 아무 일 없는 듯 도박을 계속하려 했다. 그런데 작은 강철침이 철갑탄처럼 그녀의 뇌를 뚫고 들어가 폭발했다. 그녀는 자기의 피부와 살을 억제하여, 마음의 폭발을 노출시키지 않으려 애썼다. 그러나 그녀의 마음은 땀을 다스리지 못했다. 그녀의 겨드랑이가 갑자기 흥건히 젖었다. 그녀가 제일 싫어하는 일이 일어나 이마와 콧잔등 위가 땀으로 번들거렸다. 그녀의 눈은 동쪽으로 서쪽으로 쏘아보다가 자기의 패에 머물렀다. 그녀는 이렇게 되면 겨우 마음을 붙들고 있을 수 있지만, 자유자재로 담소하는 힘을 상실하게 되리라는 것을 알았다. 이렇게 하면 바로 사람들이 자신의 심리적 괴로움을 알게 될 것이다. 그녀는 자기가 한 일을 후회하지 않았다. 다만 자기가 이렇게 심약하여 울음소리를 참아내지 못하는 것이 원망스러울 따름이다.

곡성이 통곡에서 점점 슬픈 흐느낌으로 바뀌자, 패를 놓는 울림소리
도 탁탁거리던 소리에서 탁자 위에 가볍게 미끄러지는 소리가 되었다.
패의 나가고 들어가는 속도가 느려졌다. 가오디와 자오디의 손이 모두
떨리기 시작했다. 따츠바오가 패를 잘못 치자, 루이펑 처가 만관패로
역전했다.

샤오허의 얼굴은 미소가 얼굴 가득히 퍼졌다가 굳어져서 주름이
잡혔다. 루이펑의 처가 만관을 하는 것을 보고 박수를 치고 싶었으나,
손에는 진땀이 나서 한 곳으로 모아지지 않았다. 박수가 처지지 않자
몰래 손의 땀을 바지에 닦았다. 이런 동작이 그를 화나게 했다. 그는
적어도 30년 동안에 이렇게 못난 짓을 한 적이 없었다―땀을 바지에
닦다니! 이렇듯 예의를 갖추지 못한 것에 대한 치욕이 사람을 팔아
명을 해친 죄에서 오는 치욕보다 컸다. 그는 일생일대의 최대의 노력으
로 손발의 동작의 아름다움과 격식을 터득했기 때문이다. 그는 마음을
사용하는 것보다 손짓과 눈빛을 사용하는 데 훨씬 더 신경 썼다.

그의 마음은 깡통에 들어있는 우유 같았다. 열어봐도 작은 구멍으로
천천히 우유가 흘러나올 뿐이다. 이 작은 깡통 안에는 바람의 횡포도
용솟음치는 정열도 없다. 그는 두 시간을 들여 발가락을 손질할지언정
자신의 마음을 보려고 잠깐 눈을 감으려 하지 않는다. 그러나 서쪽
이웃집의 곡성은 확실히 바지에 땀을 닦게 한 원인이었다.

그는 두려웠다. 그는 마음이 움직였다. 마음이 움직이면 손발을 통제
하기 쉽지 않다. 그러면 수족의 아름다움과 좋은 자태를 잃어버려 자신

이 반듯한 인간이란 자부심을 잃어버린다! 그는 급히 자세를 고쳤다. 몰래 입술을 핥아 윤이 나게 하여 루이펑에게 설명해주고 싶었다. "저 거…" 그는 하찮은 한담거리를 찾지 못해서 어쩔 수 없는 상태에 빠지게 되었다. 그는 말이 궁해졌다. 그는 양심의 자책 같은 것은 알지 못하지만 마음이 답답해졌다.

"아빠!"

가오디가 불렀다.

"어?"

샤오허는 묘하게 의문을 표했다. 그는 가오디의 그 한 마디가 가치가 있다고 생각했다. 그게 아니었으면 자기도 그곳에 경직되어 서 버리지 않을 수 없었을 것이다.

"저 대신 두어 판 쳐주세요."

"좋아! 좋아!"

그는 딸이 이유를 설명하는 것도 기다리지 않고 곧장 대답했다. '좋아'의 '아'자를 힘주어 말해서, 막 이제 표준어를 두어 마디 배운 장난 지방 사람이 한 마디 한 마디 분명하게 발음하려고 하다가, 이중음을 잘못 발음한 것처럼 되었다. '아'를 장난 어조로 배워서 "신이 하겠소이다! 신이 하겠소이다!"라고 보충했다. 그 후에 그는 가볍게 뛰어서 단숨에 마작 탁자에 갔다. 이렇게 하면 그는 서쪽 마당집 가족 전부가 죽어도 자기와는 조금도 상관없을 것만 같았다.

그가 앉자마자 서쪽 집의 울음소리가 큰 비가 잠시 그쳤다가 다시 전보다 더 맹렬하게 시작하듯이 더 맹렬해졌다.

다츠바오는 작은 패를 탁자 위에 소리 나게 내리치고는 서쪽을 보면서 성난 소리로 말했다.

"정말 말도 안된다! 저 화냥년들! 명절에 곡을 하고 야단이야!"

"괜찮아!"

샤오허는 손가락 사이에 마작패를 끼고 부인을 흘끗 보면서 말했다.

"저것들이야 곡을 하라지. 우리는 놀면 돼!"

"얼마나 남았죠?"

루이펑이 거북해 하면서 가까이 왔다.

"먼저 좀 쉬는 게 어때요?"

그의 처는 눈에서 위협적인 '죽음의 빛'을 발하고 있었다.

"내 패가 막 호전되고 있단 말이야! 당신 집에 가려면 가요. 아무도 말리지 않아요!"

"당연히 계속 해야지! 적어도 16판은 돌려야. 그것이 규칙이 아닌가!"

관 선생은 담배에 불을 붙이고, 아주 예쁘게 코로 두 가닥 용처럼 연기를 뿜어내었다.

루이펑은 원래 위치로 돌아왔다. 처가 세상 물정을 모른다고 생각했지만 다시 말하고 싶지 않았다. 그는 부부간의 화목은 남편이 세상물정 모르는 아내를 웃으면서 받아주는데 달려있다는 것을 알았다.

"내가 힘이 있었담 이렇게 할거야. 팽61!"

• • •

61 마작 용어. 다른 사람이 낸 패까지 합치면 수중에 세 장의 동일한 패가 생기게 될 때, 그 패를 가져오고 필요 없는 패 하나를 버리는 것을 팽이라 부른다.

다츠바오는 구만패 한 쌍을 팽하고 이어서 말했다.

"나는 저 두 년을 갈갈이 찢어버려야 분이 풀리겠다. 정말 넌더리가 나는 이웃이야. 마작 몇 판도 조용하게 놀지 못하게 하는구나!"

방문이 열리자 다츠바오가 요패 같은 눈을 부려려 퉁팡과 가오디가 밖으로 나가는 것을 보았다.

"헤이! 너희들 둘, 어디로 가는 거야?"

그녀가 물었다.

퉁팡의 걸음걸이는 빨리 빠져 나가고자 하는 의미를 흘리고 있으나 가오디는 엄마가 조금도 무섭지 않으며 고의로 도발하듯이 대답했다.

"우리는 서쪽 마당에 가볼 거요!"

"되도 않은 소리!"

다츠바오가 반쯤 일어나 샤오허에게 명령했다.

"빨리 저 둘을 막아요!"

샤오허는 루이펑의 처에게 미안하다는 말도 할 겨를 없이, 손에 홍중패를 쥔 채 뛰어나갔다. 마당에 나갔으나 퉁팡도 잡지 못했다.(홍중을 쥐고 있으니 힘이 모자랐다.) 퉁팡과 가오디가 모두 빠져나갔다.

마작을 계속할 수가 없었다. 관 선생과 관 씨 부인은 노기를 풀고 싶었으나 손님들 면전에서 풀 수 없었다. 그들 둘은 마음속에서 교양과 절제를 손님들에게 보여주어 자신의 신분을 유지해야 한다고 생각했다. 그들은 대충 체면을 유지하는 것이 바로 교양이라고 생각했다. 다만 오늘의 일은 특히 달랐다. 어쩐지 서쪽 이웃집의 곡성은 다츠바오의 마음을 사로잡아, 그녀가 화를 내지 않을 수 없게 했다. 가느다란

실 같은 슬픈 소리가 마치 거미가 가는 실로 벌레를 꽁꽁 싸매듯, 그녀의 심령을 싸매었다. 그는 놀이하고 잡담하여 자기의 기분을 털어버리려 해도 아무 소용이 없었다.

곡성은 그녀에게 무기를 내려놓고 투항하기를 요구하고 있었다. 그럴 수는 없다! 투항할 수는 없다! 그녀는 꽁꽁 묶여있는 자기의 심령의 거미줄을 태워 끊어버리기 위해서는 화를 내어 발산해야 했다. 그녀는 그 집 마당에 들어가 서쪽 이웃집 부녀를 향해 발을 굴리며 욕설을 한 바탕하고 싶다. 그러나 그녀는 왠지 모르게 용기가 나지 않았다. 서쪽 마당집의 곡성은 작은 펌프 같이 그녀의 용기에 물을 뿌려서 없애버렸다. 그녀의 노기는 방향을 바꾸어 샤오허에게로 향했다. "이 밥통아, 저 두 여자들도 못 막아? 어쩔 셈인가? 저 두 여자가 무슨 짓을 하려고 하는가? 당신 가서 봐라! 천하에 저런 돌대가리 또 어디에 있겠나! 당신은 첩에게 가고, 딸을 나았지만 저들을 통제하지도 못하지! 그게 말이 돼?"

샤오허는 수중에 홍중패를 들고 미소 지으며 말했다.

"우리 첩에게 내가 장가들었다. 그래, 인정해! 딸은 우리 둘이 키웠다. 내가 전부 책임질 수는 없다!"

"나한테 허튼 소리하지 마라! 당신이 안 간다면 내가 가마! 가서 두 여자를 잡아서 끌고 오겠다!"

다츠바오는 잠시 멈춘다는 건지 아니면 판을 아예 접는다는 것인지 설명하지도 않고, 즉시 일어나 마당으로 나갔다.

루이펑의 처는 통통한 얼굴이 너무 익어서 맛이 가버린 갈미조개처럼 붉으락푸르락했다. 그녀는 그 판에서 운이 나쁘지 않았지만, 다츠바오가 설명도 없이 마작판을 떠나버렸다. 그녀는 원망과 치욕을 느꼈다. 서쪽 마당집 곡성이 끝났는지 들리지 않았다. 그녀는 '한결같이' 한 가지에만 집중할 수 있는 사람이었다.

루이펑은 그녀를 위로했다.

"첸 씨 집에 아마도 사람이 죽었는가봐! 아마 노인네가 일본인에게 잡혀가서 총살되었거나, 큰 아들이 병이 심해졌는가봐. 우리, 집에 가자. 우리집 마당에서는 이렇게까지 소리가 잘 들리지 않아! 가자!"

루이펑의 처는 자기 핸드백을 들고, 운이 따라주던 그 패를 내팽겨치고 화난 채 밖으로 나왔다.

"가지 마세요!"

샤오허가 길을 열어주면서 입으로는 만류했다.

그녀는 한 마디도 하지 않았다. 루이펑은 멋쩍게 밖으로 나왔다. 입으로 아무 의미도 없이 아아라고 중얼거렸다.

"다시 놀러와요!"

샤오허는 어디까지 전송해야 할지 몰라 마당에서 전송했다. 그는 대문 밖을 나가는 것이 두려웠다.

다츠바오는 서쪽 이웃집까지 갈 용기가 마당에서 반이나 소멸되어버렸다. 그녀는 루이펑이 방에서 나오는 것을 보고 손을 잡고 방으로 도로 데리고 들어가고 싶었다. 그러나 그렇게 할 수 없었다. 그녀는 말만 할 수 있었다.

"가지 마세요! 너무 실례예요! 다음 날 다시 놉시다!"

그녀 자신도 자기의 목소리에 감정이라고는 없다고 생각했다. 마치 마르고 썩은 나뭇가지가 어쩔 수 없이 바람에 날려 마른 소리를 내는 듯했다.

루이펑은 아아—하는 소리를 몇 번 냈다. 마치 어쩔 바를 모르는 애새끼처럼 폴짝폴짝 뛰면서 부인 뒤에 바짝 따라갔다.

치 씨 부부가 막 밖으로 나오려 하고 있었다. 다츠바오의 어뢰가 샤오허를 겨냥하고 있었다.

"당신 뭐라고? 왜 손님을 전송할 줄도 모르지? 당신이 밖에 나가는 것이 두려워? 서쪽 이웃집 늙은 호랑이 같은 여자가 당신을 한 입에 삼키기라도 해?"

샤오허는 반격을 하지 않기로 결정했다. 그의 마음속은 밝을 때까지 마작을 하다가 갑자기 머리가 흐리멍덩해지는 것 같았다. 그는 얼굴에 미소를 띠웠다. 미소를 대체할 다른 것이 없었기 때문이었다. 그는 한참 멍청하게 서 있다가 소리 낮추어 자기에게 말했다.

"이게 아마도 인과응보인가!"

"뭐라고!"

다츠바오가 듣고서 곧장 허리에 손을 끼고 섰다. 마치 '노(怒)'자를 새긴 상 같았다.

"개똥 싼다!"

"다른 똥은 어떻길래 개똥만 싸라는 건가?"

샤오허는 질문이 굉장히 격에 맞다는 생각이 들어 마음이 한결 풀렸다.

17

쑨치, 리스마, 루이쉬안, 리쓰예가 앞서거니 뒤서거니 첸 씨 집에 도착했다. 사정은 간단했다! 첸멍스가 병으로 죽었다. 그의 모친과 처가 울고 있었다.

리쓰마는 자기의 책임이 두 부인을 위로하는 것이라는 것을 알았다. 그런데도 그녀 자신이 곡을 하여 남을 울렸다.

"이걸 어쩌면 좋으냐? 어쩌면 좋아!"

그녀는 두 손으로 허벅지를 치면서 말했다.

쑨치는 눈물을 글썽이며 길을 비켜주었다.

"세상이 뭐 이래! 늙은이는 잡혀가고 젊은 것은 핍박 받아서 죽게 하고! 나는…!"

그는 욕을 하고 싶었지만 욕을 감히 뱉을 수 없었다.

루이쉬안은 리쓰예 뒤에서 비록 힘이 없으나 도움이 되려고 애썼다. 애통, 분노, 조급 모두는 사태 해결에 도움이 되지 않는다. 첸 노인은 자기 친구이고 멍스는 동창이지만 자기 감정대로 통곡할까 말아야할까 결정해야 했다. 그는 냉정하게 치엔 부인을 대신하여 일을 처리하기로 결정했다. 그러나 시체와 통곡하는 두 부인을 보고 그의 마음은 곧 관, 염, 매장 같은 실제적인 일은 잊어버렸다. 그는 멍스의 시체에서 망국의 역사를 보았다.

첸 노인과 멍스의 학문, 수양, 기개, 그리고 생명이 이렇게 허망하게 끝났다. 거기다 수만 명의 목숨이 장차 저렇게 끝날 판이다. 인간은 장차 벼와 보리가 익으면 칼로 베어지게 되듯이 자기도 반드시 칼로 고통을 당하게 되리라. 그는 자기 자신의 죽음을 걱정해서 괴로운 것이, 아니라 죽음의 원인과 관계를 생각했기 때문에 괴로웠다. 멍스는 왜 죽어야 했는가? 자기 자신도 왜 죽어야 하는가? 한 사람의 죽음 후에 그 윗세대와 아랫세대가 어떤 고난과 괴로움을 겪어야 하겠는가? 생각이 여기에 이르자 그의 참았던 눈물이 결국은 꿰미를 이루어 흘러내렸다.

멍스는 평소의 의복에 낡은 바지저고리를 입고 다소곳이 침상에 누워있었다. 잠이 깊이 들은 모습과 별반 다르지 않았다. 그의 얼굴은 야위어서 막대기 같았다. 여윈 얼굴 위에 고통, 표정 심지어 병든 흔적도 없었으며 눈을 감고 편안하게 잠든 듯 했다. 루이쉬안은 마르고 긴 흰 손을 잡고 소리쳐 묻고 싶었다.

'너는 왜 한 마디 말도 없이 가버렸나? 중스의 장렬한 죽음을 모르는

가? 왜 얼굴에 미소를 짓지 않는가? 네 아버님이 감옥에 계신 줄 모르는 가? 왜 성난 눈을 부릅뜨지 않는가? 그는 망령의 손을 찾아 잡아끌지 못했다. 그는 죽기 전에 저항할 수 없는 이들은 다소곳이 감을 수밖에 없다는 것을 안다. 그리고 베이핑 사람 100명 중 99명은 저항할 줄 모르고, 자기도 그 중에 한 명이다. 자기도 어느 날 얼굴에 노기조차 띠지 않고 눈을 감으리라는 것을 안다. 그는 소리 내어 울었다. 그간 누적된 부끄러움, 걱정, 주저, 피치 못할 상황들이 울음이 되어 밖으로 쏟아져 나왔다. 그는 죽은 한 친구만을 위해 곡한 것이 아니라 반은 베이핑의 멸망과 치욕 때문에 운 것이었다.

쓰다마가 두 부인의 손을 잡고 함께 울었다. 첸 부인과 며느리는 이미 너무 울었다. 입은 벌려졌고, 눈은 감고, 눈물과 콧물이 가슴에까지 흥건히 흘러져 있었다. 곡을 하면 한 마디도 알아들을 수 없는 말을 중얼거렸다. 마음속에 눈물로 쏟아져 나오다 목구멍에서 슬픈 소리로 분출되는 것 같았다. 곡을 하다 목구멍이 막혀 기가 막혔다. 쓰다마가 그녀의 등을 쳐주자 눈물과 말이 일제히 터져 나왔다.

"서둘러 죽으려 들지 말아요! 첸 부인! 첸 며느님! 울지 말아요!"

그들은 천천히 생기가 돌았다. 훌쩍거리더니 흐느꼈다. 생명이 한 가닥 실처럼 이어져서 끝도 없이 눈물이 쏟아지게 했다. 숨이 돌자 다시 새로 곡을 하기 시작했다. 억울, 분함, 자기 무능이 곡을 하다 죽고 싶도록 만들었다.

리쓰예는 눈물을 머금고 옆에서 기다렸다. 그의 나이와 상여를 매고 가서 매장한 경험들이 끈기 있게 기다릴 수 있게 했다. 그들이 죽었다

살아나기를 몇 번하기를 기다려 콧물을 닦고 큰소리로 말했다.

"곡한다고 죽은 사람이 살아나지 않아요! 모두 멈춰요! 우리는 일을 해야 해요. 망자가 집에서 썩게 해선 안됩니다!"

쑨치는 차마 다시 볼 수 없어 마당으로 피신했다. 마당의 붉고 노란 닭벼슬 꽃이 만발했다. 그는 두어 송이 꺾어 마음속의 번민을 가라앉히고 싶었다.

"사람도 죽었는데. 너희들은 이리 활짝 피어 있다니! 제기랄!"

루이쉬안은 눈물을 거두고 소리를 낮추어 말했다.

"첸 아주머니! 첸 아주머니!"

그는 두어 마디로 그녀가 눈물을 멈추게 하고 싶었으나 말이 나오지 않았다. 망국인이 다른 망국인을 위로한다. 도살장의 소 두 마리가 서로 마주보고 곡을 하는 것이나 마찬가지다.

첸 부인의 곡은 소리와 눈물을 잃었으며, 내뱉어지는 숨도 거의 느껴지지 않았다. 그냥 눈을 멀거니 뜨고 있을 뿐이었다. 그녀의 손과 발이 냉랭해지며 거의 감각을 잃어갔다. 그녀는 이미 왜 곡을 하는지, 누구를 곡하는지, 심장이 뛰는 것을 제외하고 전신을 움직일 수가 없었다. 멍청하게 눈은 죽은 아들의 시신을 보고 있었다. 아무 것도 보이지 않았다. 죽음이 거의 자기와 멀리 떨어져 있지 않았다. 그저 눈을 감고 머리를 숙이고 한시라도 빨리 이 고통스러운 세상을 떠날 수 있기를 바라는 것 같았다.

첸 씨 댁 며느리는 계속 흐느껴 울었다. 쓰다마는 그녀의 손을 잡고 울어서 붉게 충혈된 눈을 껌벅거리며 달랬다.

"착하지! 착하지! 정신 차려라! 자네가 울어서 잘못 되기라도 하면 누가 시어머니를 돌보겠어?"

며느리는 마음 다잡아먹고 비통을 참았다. 잠깐 어쩔 줄 모르다가 갑자기 무릎을 꿇고 머리를 조아려 상을 알렸다. 모두가 말문이 막혔다. 잠시 생각해보니 영문을 알게 되었다. 쓰다마의 눈물이 새로 흘러내렸다.

"일어나라! 박복하기도 하지!"

그러나 며느리는 일어나지 않았다. 힘써 큰 슬픔을 억제하려다 진이 빠져버렸다. 손과 발이 격렬하게 떨더니 땅바닥에 널브러져버렸다.

그때 첸 부인이 흰 거품을 입에 물고 흥흥하는 소리를 내었다.

"좋게 좋게 생각하세요, 첸 부인!"

리스마가 위로했다.

"여기 우리가 있습니다. 무슨 일이든 해낼 수 있습니다."

"첸 아주머니! 저도 여기 있습니다!"

루이쉬안이 나지막한 소리로 말했다.

쑨치가 살금살금 들어왔다.

"첸 부인! 우리 후퉁에 사람을 해치는 사람도 있고 도와주는 사람이 있어요. 저 쑨치는 도우러 왔습니다. 무슨 일이 생기면 제발 말씀만 하십시오!"

첸 부인은 막 꿈에 깬 듯이 모두를 둘러보고 머리를 끄덕였다.

퉁팡과 가오디가 문간에 서 있은 지가 한참 되었다. 마당 내의 곡성이 멈추자 그들은 마당 안으로 들어가 보려했다.

쑨치가 그들을 보고 급히 마중 나와서 그들이 누군지 자세히 보았다. 분명히 알게 되자 그의 이마와 목에 푸른 핏줄이 솟아올랐다. 그는 오랫동안 화를 내고 싶었다. 이제 적당한 대상을 찾았다.

"아가씨, 부인, 여기는 연극 공연이나 원숭이도 없어요. 볼 만한 것이 없어요! 나가주십시오!"

퉁팡의 세상 물정을 아는 힘이 발휘되었다.

"치 씨, 당신 여기서 일 도와요? 우리가 할 수 있는 일은 없어요?"

쑨치는 샤오추이가 퉁팡의 위인이 괜찮다라고 하는 말을 들었다. 그는 자신이 사람을 잘못 판단한 것을 깨닫고, 어색해했다.

퉁팡과 가오디는 멋쩍어 하면서 방안으로 들어갔다. 루이쉬안이 그들을 알아보았다. 그러나 그들에게 아무 말도 하지 않았다.

리쓰마의 눈은 좋지 않았다. 그리고 첸 씨 집 고부를 위로하기 바빴다. 원래 방안에 두 사람이 더해진 줄도 몰랐다. 첸 씨 댁 고부는 그들을 알아보지 못한 듯 했다. 알아보더라도 그들에게 말을 걸 마음이 나지 않았다. 그들 둘은 여기저기를 둘러보았지만 마음이 편치 못했다. 리쓰예는 늘 관 씨 댁 일을 봐주었기 때문에, 그들을 모를 리 없지만 일부러 그들을 부르지 않았다.

퉁팡은 어쩔 수 없이 리쓰예를 끌고 마당으로 나왔다. 가오디도 따라 나왔다.

"쓰예!"

퉁팡은 낮은 소리로 친절하게 불렀다.

"나는 후퉁 사람 모두가 우리 집에 원한이 있는 줄 압니다! 그러나 나와 가오디는 잘못하지 않았어요. 우리 둘은 나쁜 생각도 하지 않았고 다른 사람을 모함하지도 않았습니다. 저와 가오디는 이런 생각을 첸 부인에게 말하고 싶었으나, 그녀는 곡을 하느라 정신이 없으니, 입을 열 수가 없었어요. 좋아요. 제가 당신에게 사정합니다. 노인장께서 저 대신에 한 말씀 올려주세요!"

쓰예는 그녀의 말을 믿을 수도 없고 안 믿을 수도 없었다. 최초에 그는 관 씨 댁에서 그 둘을 '정탐'하러 보낸 줄 알았다. 퉁팡의 말이 간절하여 그녀들을 의심하는 것은 지나친 것이라고 생각하지 않을 수 없었다. 그는 무슨 말이든 하기 힘들었다. 그저 어색하게 끄덕거리기만 할 뿐이었다.

"쓰예!"

가오디의 낮은 콧잔등 위에 감정의 골들이 패여 있었다.

"첸 부인이 매우 가난하시지 않나요?"

리쓰예는 다츠바오의 딸이기에 가오디를 퉁팡보다 더 멸시했다. 그는 고집스럽고 딱딱하게 대답하는 둥 마는 둥 했다.

"가난하면 어쩔려고요? 첸 씨 집은 하나 남은 뿌리도 끊겼으니 끝난 거지!"

"중스가 정말 죽었어요? 첸 선생도…"

가오디는 말을 잇지 못했다. 그녀의 바람은 중스의 죽음이 유언비어이고, 첸 선생이 오래지 않아 석방되면, 그녀의 작은 신비한 꿈이 실현되는 것이었다. 그러나 첸 씨 부녀들의 슬픔, 멍스의 죽음을 보고 자기의 꿈은 영원히 꿈에 지나지 않게 되리라는 것을 알았다. 그는 첸 씨 댁 며느리로 함께 곡을 해야 했다. 왜냐하면 그는 과부—꿈속의 과부—가 되었으니까.

리쓰예는 귀찮아졌다. 그래서 좀 무례하게 말했다.

"두 분은 별다른 일이 없으면 이만! 나는 돌아가서…"

퉁팡이 말을 끊었다.

"쓰예, 나와 가오디는 드릴 것이 있어 왔습니다!"

그녀는 한참 동안 손에 쥐고 있던 작은 종이 봉지—손의 땀으로 구겨진 종이—를 내밀었다.

"첸 씨 댁 부인과 며느리에게 말씀하실 필요는 없습니다. 그리고 남에게도 말씀하지 마십시오. 당신이 쓰시고 싶은 데에 쓰십시오. 종이를 사서 태워도 좋습니다… 당신 마음대로 하십시오. 절대로 누가 시켜서 하는 짓 아닙니다. 우리는 그저 우리의 마음을 표하고 싶어서 왔습니다. 이 때문에 우리는 오히려 집에서 가서 한 바탕 싸워야 할 겁니다!"

리쓰예의 마음이 약간 누그러져 작은 종이 봉지를 받았다. 그는 첸 씨가 어렵게 살았으며 장례에는 돈이 드는 곳이라는 것을 알고 있었다. 두 사람이 준 종이 봉지를 열어보고는 한결 마음이 밝아졌다. 그 안에는 퉁팡의 금반지와 가오디의 25위안 지폐가 있었다.

노인은 말했다.

"그러면 너희들을 위해서 받는다! 쓰지 않으면 그대로 돌려주마. 쓰면 장부에 적어둔다. 나는 그들에게 말하지 않겠다. 다행히 그들 일가는 회계에 대해서는 잘 모른다!"

퉁팡과 가오디는 얼굴이 밝아졌다. 그들은 가장 뜻있는 일을 했다는 생각을 했다.

그들이 간 후에 리 노인은 루이쉬안을 마당으로 불러 상의했다.

"일을 빨리 처리해야겠다. 첸 씨 댁 아들은 의복도 아직 갈아입히지 못했다! 이렇게 지체하다가 언제 메고 나갈 수 있겠나? 묻어야 안전한 거야. 이런 세월에 서둘러야 돼!"

루이쉬안은 연신 머리를 끄덕였다.

"쓰예, 제 생각에는 수의를 사러 나갈 필요가 없습니다. 입은 그대로 입관합시다. 이 같은 세월에 체면 차리는 것이 뭐 중요해요. 관재는 단단하면 돼요. 16명을 동원하여 빨리 메고 나갑시다. 어르신이 알아서 하시죠?"

리 노인은 목덜미의 혹을 만지작거렸다.

"나도 그렇게 생각해. 몇 분의—적어도 5명—, 스님을 불러서 저승으로 잘 인도해 드려야지? 다른 것은 생략하고 그 두 가지는 돈을 쓰지 않을 수 없어!"

쑨치가 다가왔다.

"쓰다예! 부고는 띄우지 않나요? 첸 씨 집에 친족이 있는지 모르지만, 부인과 며느리 친정에는 재빨리 알려야 합니다. 다른 것은 제가 힘을 들일 수 없습니다만, 심부름 쯤은 제가 할 수 있어요! 저 혼자 할 수 없으면 또 샤오추이가 있습니다!

"넷째 할아버지!"

루이쉬안은 친절하게 불렀다.

"지금 우리가 첸 부인과 상의하러 가면 분명 아무런 결과가 없으리라 생각됩니다. 그녀가 이미 곡하다 기절하신 것 같습니다."

리 노인은 루이쉬안의 마음을 알아차렸다.

"우리가 마음대로 할 수는 없지, 치 씨! 모든 일은 내가 할 수 있어. 장의사, 상두꾼 모두 내가 잘 알고 있어서 첸 부인을 위해 돈을 절약할 수 있을 것이다. 그러나 그녀가 없으면 내가 감히 맘대로 할 수 없다."

"그래요!"

루이쉬안은 다른 말은 하지 않았다. 급히 방안으로 돌아가 쓰다마를 불러내었다.

"아주머니, 먼저 그녀에게 가까운 친척이 있는지 있으면 모셔다 상의해서 일을 처리할 수 있도록 말씀드려봐요!"

리쓰마의 근시안은 이미 곡을 너무 해서 붉은 복숭아 같이 되었다. 그녀는 괴로운 나머지 아무런 생각도 없었고, 사람들의 말도 들리지 않았다. 루이쉬안은 급히 생각을 고쳐먹었다.

"넷째 할아버지! 쑨 사부! 조금 이따가 두 분은 가셔서 좀 쉬십시오. 쓰다마가 여기서 고부 두 분을 돌봐드리게 하십시오."

"가련한 며느님! 한 송이 꽃과 같은데 수절해야 하는구나!"

쓰다마의 두 손이 허벅지를 두드렸다.

아무도 그녀의 말에 주의하지 않았다. 루이쉬안이 이어서 말했다. "내 집에 가서 샤오순얼 애미를 찾을게요. 첸 부인을 보살피고 타이르게 해야겠어요. 첸 부인 의견을 분명히 물은 후, 내가 두 분에게 알려주겠습니다."

쑨치가 서둘러 말을 이었다.

"쓰다예 어르신, 먼저 집에 가서 밥 먹어요. 저는 여기를 지키고 있을게요! 치 도련님, 당신도 그러시죠!"

말을 마치자 마치 보초병처럼 용감하게 문간에 가서 망을 섰다.

리쓰예는 루이쉬안과 함께 나왔다. 루이쉬안은 망국의 치욕과 첸 씨 댁의 억울함도 잊어버리고 쏜살같이 집으로 돌아갔다. 그의 눈은 붉었지만 마음은 상당히 통쾌했다. 지금 그는 리쓰예, 그리고 쑨치와 함께 첸 씨 집을 도우고 싶을 뿐이다. 마음의 억울함이 마치 큰 비가 후통의 나뭇잎과 찌꺼기를 싹 쓸어가듯이 눈물에 깨끗이 씻겨버린 듯 했다. 원메이를 찾아서 있었던 조그마한 언쟁은 이미 다 잊어버리고 그녀에게 분명하고 간단하게 요점을 얘기해주었다. 그녀는 마음속의 억울함을 잊지 않았으나, 첸 씨 집 일을 듣고는 곧 허리를 펴고 손을 닦고 서둘러 첸 씨 집으로 갔다.

치 노인이 루이쉬안을 불렀다. 루이쉬안은 멍스가 죽었다는 말은 노인의 마음을 불쾌하게 하리란 생각이 들었지만 선의로 거짓말을 할 수가 없었다. 첸 씨 집 곡성이 수시로 노인의 귀에 들렸을 것이기 때문이다.

손자의 보고를 듣고 노인은 한참 할 말을 찾지 못했다. 환난이 노인의 낙관적인 태도를 완전히 꺾지는 못했지만, 사망은 그가 다시는 자신의 의견을 고집할 수 없게 했다. 솔직히 성곽의 함락이 그를 그다지 당황하고 불안하게 하진 않았다. 그는 자기의 생각이 있었다. 그는 자신이 생각이 확고하면 하느님이 그를 괴롭힐 리는 없다고 생각했다. 하지만 셋째가 작별 인사도 없이 떠나고, 첸모인 선생이 체포되고, 생일을 제대로 지내지 못하고, 무덤이 파헤쳐지는 위험이 생기고, 최후에 첸 씨 댁 장남이 중추절에 죽기에 이르자, 하나하나가 마치 독화살처럼 마음에 박혀 말문이 닫혔다.

만약 그가 솔직히 이 이상 낙관하지 않는다고 입에 담는다면 그 자리에서 숨을 거둘 수밖에 없을 것이다. 그는 자기가 다시 몇 년을 더 살 수 있기를 희망했다. 그러나 첸 씨 댁 장남은 나이도 젊은데 이미 죽었잖아! 흥, 누가 알아. 하느님이 사람을 어떻게 거두어 가실지! 현실적인 사고에 익숙한 마음이 허다한 계획을 생각해내었다: 첸 씨 집 장례는 어떻게 치러져야 하는가, 첸 씨 집 고부는 어떤 태도를 지녀야 하는가, 그리고 치 씨 집은 어떻게 도와야 하는가…그러나 그는 한마디도 하지 않았다. 그는 이제 자기의 지혜와 경험을 크게 믿지 않았다.

루이펑은 창 밖에서 몰래 얘기를 엿들었다. 그들 부부의 관 씨 집 '나들이'는 뚱보 부인이 보기에 대성공은 아니었다. 그녀의 판단은 온전히 마작을 제대로 잘하지 못한 사실에 근거하고 있었다. 그녀는 마작을 계속했으면 틀림없이 대승을 거두어 딴 돈으로 자기 지방을 늘려줄 식사를 할 수 있을 것이라 여겼다. 게다가 이는 마음을 위로하는 가장 좋은 방식이라 생각했다. 그러나 마작이 결과를 맺지 못하고 판이 끝났다! 그녀는 다츠바오를 약간은 대수롭지 않게 생각하게 되었다!

루이펑은 그렇게 생각하지 않았다. 그는 관 선생의 화기애애, 소탈한 마음과 말씨를 모방하여 말했다.

"오늘 같은 시국 하에서 우리는 그녀를 나무랄 수만 없다. 반드시 객관적으로 판단해야 해! 사실을 말하면 그녀의 커피, 간식, 친절한 접대는 이 후퉁에서 유일하다니까, 둘 도 없어!"

그는 자기가 한 말에 도취되었지만, 목소리에 감화력이 좀 부족해서 관 선생 같지 않은 점이 아쉬웠다. 관 선생의 소리에는 항상 곱씹을수록 꿀 같은 맛이 났기 때문이다.

똥보 부인은 루이펑의 생각에 찬성하지는 않았지만 곧장 반박하지도 않았다. 아마도 마작을 원만하게 끝내지 못했기 때문일 것이다. 그녀는 실제로 관 씨 집 일체가 확실히 자신의 이상과 거의 일치했다. 처가 동의하는 것을 보고 루이펑이 건의했다.

"우리 그들과 더 많이 왕래하자! 남은 그들을 이해하지 못하더라도 우리만은 홀로 탁월한 식견을 갖추어야 돼! 나는 관 씨 집과 막역지교를 맺고 싶어!"

말을 마치자 그는 몇 번이나 눈을 굴렸다. 그는 스스로 '탁월한 식견을 갖추다'와 '막역지교' 같은 전고를 쓴 점에 도취되었다.

그는 루이쉬안과 할아버지 사이에 오고 간 말을 관 씨 댁에 보고하기 위해 엿들었다. 그는 샤오허와 다츠오의 환심을 사야 앞날에 희망이 있을. 조금 양보해서 관 씨 댁이 그에게 실리를 주지 못한다 할지언정, 커피나 서양 과자를 얻어먹을 수 있고, 퉁팡과 자오디를 구경할 수 있다. 억울할 일이 없었다!

루이쉬안이 나왔다. 형제가 마주섰다. 루이펑은 형의 눈이 충혈 되어 있는 것을 보고 첸 부인을 너무 동정한 탓이라고 추측했다. 그는 큰 형을 대추나무 아래로 불러내었다. 그 나무는 원래 볼품없는 모양이었는데, 하필이면 일찍 잎이 떨어졌다. 그래서 머리가 빠져 듬성듬성한 보기 싫은 몰골을 한 사람 같이 되었다. 다행히 가장 높은 가지에 아직 샤오순얼의 돌맹이를 피한 붉은 대추가 몇 개 매달려 있어서 볼품없는 모습을 조금이나마 감추었다. 루이펑은 샤오순얼과 같았다. 대추를 보기만 하면 입에 넣고 싶어했다. 지금 그는 형에게 해야 할 말이 있어서 붉은 대추를 딸 기분이 아니었다.

"형!"

그의 목소리는 낮았고 표정은 간절하고 은밀했다.

"첸 씨 집 멍스도 죽었소!"

'도'에 특별히 힘을 주었다. 오히려 멍스의 죽음이 함께 떠들썩하게 놀기 위한 것인 양 들렸다.

"아!"

루이쉬안의 목소리는 매우 낮았지만 듣기 좋지 않았다.

"그도 너의 동창이다!"

그의 '도'에도 둘째만큼이나 힘이 실려 있었다.

루이펑은 얼굴을 들어 나무 위의 붉은 대추를 올려다보고 억지로 미소를 지었다.

"동창이긴 하지만! 나는 형한테 아무 말이나 하는 게 아니야. 왜냐하면 형이 화를 자초해도 나를 피할 수는 없으니까! 내 생각에 우리는 첸 씨 집에 가지 말아야 해! 형이 일본 정탐꾼이 몰래 첸 씨 집을 감시할지도 모른다는 것을 어째서 모르냔 말이야? 그리고 관 씨 집 사람들도 상당히 좋은 분들인데, 한 집을 도와주느라 다른 집의 원망을 사게 될 필요는 없잖아. 안 그래?"

루이쉬안은 입술에 침을 바르면서 아무 말도 하지 않았다.

루이펑은 큰형을 설득하려 했다.

"첸 씨 집, 지금은 망했으니, 우리가 돕는다 한들 아무 덕도 볼 수 없지요. 그런데 관 씨 집은—"

말이 여기에 이르자 갑자기 말을 바꾸었다.

"형, 신문 안 보지?"

루이쉬안은 머리를 흔들었다. 사실 베이핑에 적들이 들어온 후에 신문이 모두 더럽혀진 후로 그는 신문 보는 것을 그만두었다. 평소에는 신문 보는 게 소일거리였다. 신문은 많은 일을 전해줄 뿐만 아니라 자기를 지켜줄 수 있었다. 마음이 즐겁지 않을 때는 얼굴 가리개가 되어주었다. 신문을 보지 않게 되자 담배 끊는 것이나 술을 삼가는 것처럼 상당히 힘들었다. 그러나 그는 파계하지 않았다. 그는 선혈이 묻은 거짓말로 자신을 속이고 싶지 않았으며, 한간이라는 죄를 벗어나기 위한 한간들의 이론으로 자신의 눈을 더럽히고 싶지 않았다.

"나는 매일 신문의 헤드라인을 봐!"

루이펑이 말했다.

"일본인이 말하는 것 모두를 믿을 수는 없지만, 우리가 전투에서 잘하지 못하는 것은 사실이야! 산시, 산둥, 허베이에서 모두 패배했어. 난징이라고 지킬 수 있을까? 그래서 나는 생각했어. 관 선생의 방법이 틀린 것만은 아닌 것 같아! 원래 난징을 잃으면 전국이 일본인 손아귀에 들어가. 난징이 버틴다해도 치고 올라오는 것이 쉽지 않아! 우리 베이핑은 일본인 관리 하에 놓이겠지? 강자에게는 이길 수 없는 법이야. 우리 일가가 모반해서 일본인을 타도할 수 있어? 형, 생각을 다시 해봐. 첸 씨 집을 그만 도와주고 관 씨 집과 잘 지내자. 불리한데도 계속 그 길에 집착할 필요는 없잖아!"

"너 말 다 했니?"

루이쉬안은 냉정하게 물었다.

둘째는 머리를 끄덕였다. 그의 작은 마른 얼굴에 지혜, 충성, 기민, 엄숙 전부가 한꺼번에 튀어나와서 형이 자기의 뛰어남과 마음의 선량함을 인정해주기를 바랐다. 그러나 그는 감추지 못할 조급함과 불안을 표현하는데 그쳤다. 미간을 약간 찡그리며 손으로 입술가에 나온 흰 거품을 닦았다.

"둘째야."

루이쉬안이 하고 싶은 말은 방금 막 잔에 가득 따른 맥주처럼 밖으로 흘러나올 기세였다. 그러나 둘째를 힐끗 보고는 힘을 절약하기로 결정했다. 그는 차갑게 웃었는데, 마치 얼음 위에 금이 가는 것 같았다.

"나는 할 말이 없다!"

둘째의 작은 마른 얼굴이 굳어졌다.

"형! 나는 제대로 설명을 하고 싶어. 형이 알듯이 그녀는…"

그는 자기 방을 향해 방안에 여신이 앉아있는 것처럼 공경스럽게 손가락질을 했다.

"그녀는 내가 분가하기를 권해요. 나는 형제의 정의를 생각해서 차마 말할 수가 없었어! 형은 이 난리통에 일체를 고려하지 않은 채 마음대로

301

굴고, 셋째를 도망시키고, 첸 씨 집을 도와주면…… 나는 연루되고 싶지는 않아!"

그는 음성을 상당히 높였다.

톈유 부인이 남쪽 방에서 물었다.

"너네 둘 뭘 소곤거리고 있냐?"

큰형은 재빨리 대답했다.

"엄마, 잡담하는 거요!"

둘째는 형에게 압박을 가할 셈이었다.

"나는 형이 결정할 수 없으면 그녀와 상의해보겠습니다!"

"엄마와 조부 모두 병중이셔!"

루이쉬안의 목소리는 아주 낮았다.

"두 분의 병이 좋아질 때까지 기다린 후 다시 얘기해보면 안되겠니?"

"형이 그녀와 얘기해 보십시오!"

둘째가 손가락으로 자기 방을 가리켰다.

"이게 저만의 생각이 아닙니다!"

루이쉬안은 신교육을 받은 사람이어서 소가족 제도라는 것을 안다. 그는 둘째가 분가하겠다는 생각에 반대할 뜻은 조금도 없다. 그러나 조부, 부친과 모친은 절대로 분가를 좋아하지 않을 것이고 그는 반드시 노인들을 생각해야 했다. 그래서 둘째에게 부연 설명을 하지 않을 수 없었다. 둘째가 집안에 거주하는 것과 분가해 나가는 것 둘 다, 루이쉬안에게 가정에의 의무상, 경제상, 윤리상의 부담은 별 차이가 없다. 그러나 둘째가 분가라도 하면, 세 분 노인들이 반드시 자기를 엄중하게

302

나무랄 것이다. 이 때문에 그는 둘째 부부의 원망을 참아내서 노인들의 마음을 편안하게 할 수밖에 없었다. 그는 신교육을 받았지만 반드시 전통적인 윤리를 지켜서 의무를 다해야 한다고 생각했다. 그는 잠시도 그의 이상을 잊지 않는다. 그러나 그 이상을 위해서, 하루 종일 한 달 내내 일 년 내내, 인정을 베풀기 위해, 일가의 어른과 아이들을 배불리 먹이기 위해서, 노력해야 한다는 것도 잊지 않는다. 이러한 모순에 봉착할 때마다 마음의 평정을 잃고 멍해지고 만다. 지금도 그는 그런 상태에 빠져 버렸다.

"어때?"

둘째가 독촉했다.

"어?"

루이쉬안은 눈을 깜박거리며 방금 한 말을 기억해냈다. 둘째의 말이 생각이 나자, 우주의 신비를 생각하던 철학자가 쌀독 안에 쌀이 없다는 생각이 갑자기 떠오른 것처럼 벌컥 화가 났다. 그의 얼굴이 돌연히 붉어졌다가 곧 희어졌다.

"너 도대체 왜 그래?"

그는 조부와 모친의 병을 잊고, 모든 것을 잊었다. 목소리를 낮추었지만 마치 큰 비를 품고 있는 벼락처럼 굵게 말했다.

"분가한다고? 너 꺼져!"

남쪽 방 노부인은 아픈 것도 잊고 서둘러 일어나 앉았다. 유리창 구멍으로 밖을 내다보았다.

"왜 그래? 무슨 일이야?"

첫째는 둘째의 꾐에 넘어갔다. 둘째가 창 앞에 다가서서 말했다.

"엄마! 엄마도 들었지요? 큰형이 나 보고 꺼지래요!"

다행히 모친의 마음은 자녀들에게 고르게 매여 있었다. 그녀는 심판이란 반드시 승리와 패배를 결정해야 하기 때문에 심판하는 것을 원하지 않았다. 그녀는 자신의 지위와 자애로운 권위만을 이용하여 그들을 복종시키고자 했다.

"명절이야! 싸우지 마라!"

둘째가 창 앞으로 다가섰다. 마치 크게 억울함을 당해서 모친의 특별한 애호를 받아야 하는 것 같았다.

첫째는 또 멍해졌다. 자기의 경솔을 매우 후회했다. 자제력을 잃고 병든 어머니를 괴롭히다니!

루이펑의 처가 살덩어리처럼 몸을 돌려 나왔다.

"펑! 당신 들어와! 어떤 사람이 우리에게 꺼져라 했어. 우리가 빨리 수습하여 떠나야지, 남이 우리를 차버리기를 기다린다면 아무 의미 없는 짓이잖아?"

루이펑은 어머니를 두고 화살같이 빠르게 아내에게로 도망쳤다.

"루이쉬안—"

치 노인이 방에서 길게 소리 질렀다.

"루이쉬안—"

루이쉬안이 대답하기를 기다리지 않고 순전히 기분을 풀기 위해서 의논을 시작했다.

"그러면 안 된다! 셋째가 소식이 없는데 어떻게 둘째를 내보낼 수 있겠니! 오늘은 중추절이야. 집집마다 둘러앉아 있는데 우리만 어떻게 분가 얘기를 할 수 있니? 분가하려면 내 죽기를 기다려서 이야기하라. 내가 살아도 며칠을 더 살겠니? 너희들은 좀 기다릴 수도 없니!"

루이쉬안은 조부에게 대답을 할 수도, 어머니를 위로할 수 없어 머리 숙이고 밖으로 나갔다. 대문 밖에서 원메이를 만났다. 그녀는 눈이 충혈된 모습으로 보고했다.

"얼른 가보세요! 첸 부인은 이제 안 울어요! 쑨치가 그녀와 며느리의 친정에 소식 전하러 갔어요. 당신은 얼른 가서 리쓰예와 상의해서 일을 처리하세요!"

루이쉬안의 노기는 아직 가라앉지 않았다. 그러나 전력을 다해 첸 씨 집을 돕기로 결정했다. 그는 전력을 다해 남의 어려움을 돕는 것이 자기의 걱정을 덜어주는 것이고, 셋째처럼 국난에 임할 수 없는 죄를 경감해주는 것이라 생각했다. 그는 첸 씨 댁 망령을 위해서 철야했다.

18

친정 사람이 와서 한 바탕 곡을 한 것을 제외하고, 첸 씨 댁 고부는 그녀들은 다시 울지 않았다. 첸 부인은 관자놀이와 뺨이 쑥 들어가서 코와 광대뼈가 특별하게 강인하게 튀어나오고 들어가 보였다. 이 둘의 생각이 하나로 모아졌다. 눈물을 다 쏟아버려서가 아니라 다시 울지 않겠다고 결심했을 것이다. 아마 후자일 것이다. 왜냐하면 그녀의 움푹 심하게 들어간 눈알이 어떤 빛을 쏟아내고 있었기 때문이다. 그 빛은 온화한 암컷 고양이가 장난기 심한 어린 애들이 아직 눈도 뜨지 못한 자기 새끼를 괴롭힐까봐 두려워하는 눈빛처럼 대단했다. 또, 병아리를 거느린 암탉이 하늘에서 내리꽂히는 늙은 매에게 때처럼 용감했다. 아울러 붙잡힌 참새가 작은 주둥이로 조롱을 깨뜨리려고 애쓸 때처럼 강인해 보였다. 그녀는 다시 울지도 않고, 말도 많이 하지 않았다.

눈이 빛을 방출하다가 그치기를 반복했다. 그녀는 눈빛을 한동안 축적시켰다가 다시 방출시켰다.

모두 그 눈빛 때문에 마음이 놓이지 않았다.

리쓰예는 단순하고 솔직한 첸 부인을 좋아하기 시작했다. 그녀는 그가 생각을 내놓으면 즉시 고개를 끄덕이고 조금도 귀찮게 하거나 미적거리지 않았다. 한편으로 그녀는 물건들의 가격과 구매처에 대해 아무 것도 몰랐다. 그래서 그가 입을 열어 건의하면 곧 고개를 끄덕였다. 다른 한편 그녀의 마음에는 이미 타산이 있어서 절대로 흐리멍덩해서 고개를 끄덕이는 게 아닌 것 같았다. 예를 들어 쓰예가 영구가 집에 5일간 머물고, 상두꾼이 16명과 한 조의 청음[62] 악사가 필요하다고 하자, 그녀는 곧 머리를 끄덕였다. 그러나 스님을 청해다 독경하는 문제에 이르자 그녀는 고개를 저었다. 첸 선생과 큰아드님은 모두 신불을 믿지 않고, 어떤 신불에도 향을 피우지도 않기 때문이라 했다. 리쓰예에게는 그것이 괴이하게 보였다. 그는 첸 씨 집이 '얼마오쯔'[63]인지, 그러니까 양교[64]를 믿는 자인지를 분명히 하고 싶었다. 그러나 감히 여쭈어보지 못했다. 왜냐하면 그는 첸 씨 집 사람들이 교회에 가는 것을 보지 못했고, 일가 전체가 서양 냄새라고는 풍기는 것을 본 적이 없기 때문이다. 리쓰예는 분명히 알 수가 없어 마음이 불편했다—신불을 믿지 않는 사람도 사후에 경을 읽어주는 것이 손해되는 일은 아니잖

• • •

62 장례나 혼사 때 연주하는 취주악.
63 옛날 서양인에게 고용되었던 중국인이나 중국인 기독교 신자를 얕잡아 부르는 말이다.
64 서양의 종교를 일컬으며, 일반적으로 기독교를 가리킨다.

은가. 첸 부인은 결연하게 두 번이나 고개를 저었다.

리쓰예는 알게 되었다. 그녀가 경을 읽는데 반대한 것은 돈 몇 푼 절약하기 위해서가 아니다. 왜냐하면 관재 구입과 다른 일에 대한 의견을 제시할 때, 그가 돈을 절약할 생각을 하기는 하지만 그녀에게 부연설명을 하지는 않았기 때문이다. 그녀는 머리를 끄덕일 뿐이고 돈이 얼마나 드는지에 대해 질문을 하지는 않았다. 그는 이미 리쓰예가 돈을 절약하기로 결정한 것을 분명히 알고, 얼마를 쓰든지 신경쓰지 않는 모습이었다. 리쓰예는 그녀의 간단하고 통 큰 모습을 좋아했지만, 한편으로는 도대체 그녀가 돈을 얼마나 가지고 있는지 걱정됐다.

신중을 기하기 위해 리쓰예는 첸 부인을 피하고 며느리의 입으로 하는 말을 들으려 했다. 며느리는 어떤 의견도 없었다. 시어머니가 말하는 대로 할 뿐이었다. 리쓰예가 스님의 독경 문제를 들고 나왔다. 그녀는 말했다.

"시아버지와 멍스는 시 짓기를 좋아하고, 어떤 신불도 믿지 않으셨습니다."

쓰예는 시를 짓는 것이 무슨 일인지 몰랐으며, 시를 짓게 되면 신불을 믿지 않게 되는 이유도 이해할 수 없었다. 그는 자기 주장을 포기할 수 밖에 없었다. 비록 이미 마음속으로 나름대로 계산하여 값은 싸지만 5명의 독경을 제대로 할 줄 아는 스님들을 부르려 했지만 말이다. 그녀가 첸 부인에게 도대체 돈이 얼마나 있느냐고 물었다. 며느리는 조금도 주저하지 않고 '한 푼도 없다'고 대답했다.

리쓰예는 머리를 긁적였다. 그렇다, 그는 상여를 메고 성을 나가는 일을 모두 준비할 의무를 졌다. 다만 상두꾼 비용, 관재 값, 기타 비용을 최대한 절약한다 할지라도 곧 돈을 마련해야만 한다! 그는 루이쉬안을 한쪽으로 불러 귓속말을 했다.

루이쉬안은 쓰예의 계획에 따라 먼저 대략 계산을 한 후 말했다.

"나는 후통 사람들 모두가 도우리라는 점을 알고 있어요. 다만 첸 부인은 절대로 우리가 그녀를 위해 모금하는 것을 좋아하지 않을 것입니다. 우리끼리 모으면 많아야 10위안이나 8위안을 넘지 않을 거요. 이 액수로는 어림도 없지요! 우리는 응당 그녀의 친정 사람에 대해 물어봐야 하지 않겠나요?"

"응당 물어야겠지!"

노인은 머리를 끄덕였다.

"요즈음은 물건을 사면 현금으로 지불해야 돼요! 일본놈들이 소란만 피우지 않았으면 관재는 외상으로 살 수 있는데, 현재는 쌀 한 근도 외상으로 주지 않는데 장례용품은 말할 수 없지요!"

첸 부인의 동생과 며느리의 부친이 왔다. 첸 부인의 동생 천예추는 상당히 학식이 있고 사람이 좋은 중년의 여윈 사람이었다. 얼굴이 여위었기 때문에 눈은 특별히 더 커보였다. 그는 눈이 멈춰있을 때는 매우 깊숙하여 개성이 강해보였다. 하지만 그는 눈알을 고정시킬 수 있는 때가 별로 없었다. 반대로 그의 눈알은 쓸데없이 돌곤 하여, 경박하고 끼어들기 좋아하는 것 같이 보였다.

이러한 눈에다 칼날같이 얇은데 잘 열리고 닫히는 입술이 한 술 떴다. 말할 대상을 찾지 못할 때도 그의 입술은 스스로 열을 내어 계속 중얼대곤 한다. 입술이 가볍게 나불대므로 공중에 날아오른 닭털처럼 무게가 없는 것처럼 보이게 된다. 사실상 그는 그렇게 깊이 있는 사람도 아니고, 그렇게 경박한 사람도 아니다.

그의 눈알이 잠시도 쉬지 않고 돌아가는 것은 일종의 습관이다. 그는 말을 잘하기 때문에 특히 사람들의 호감을 산다. 그는 호인이었다. 만약 그가 묘 속에 누워 있는 부인 한 명과 침상에 누워있는 부인 때문이 아니었다면, 지금의 그는 달라 보였을 수도 있다. 두 명의 부인이 8명의 자식을 낳지 않았다면, 그는 틀림없이 사람들에게 공중에 나는 닭털 마냥 보일 정도는 아니었을 것이다. 노력을 했더라면 훌륭한 학자가 되었을 것이다. 그러나 8개의 황충 같은 작은 주둥이들, 16개나 되는 쇠쟁기 같은 다리들이 그의 학자로서의 자격을 영원히 박탈했다. 아무리 그가 힘을 써도 8명 아이들의 신발과 양말은 그가 영원히 힘이 미치지 못하게 한다. 그와 첸모인은 가까운 친척이고 가장 사이 좋은 친구였다. 이 처남과 매부는 배운 것은 달랐으나, 학문을 두고 말한다면 피차가 서로 존중해줄 필요가 있었다. 얘기가 인생을 누리는 문제에 이르면 예추는 굉장히 모인을 부러워했다. 모인에게는 시, 그림, 꽃과 나무, 인진주가 있다면 예추에게는 굶주린 시랑 같이 싸우는 아이들 밖에 없었다. 그는 누나와 자형을 만나러 오는 것을 즐겼다. 자형이 양식이 떨어지는 일을 당해도 그들은 고금을 이야기 할 수 있다—이러한 한담을 '마음의 녹 벗기기'라고 불렀다. 그러나 그는 자주 올 수 없었다. 8명 자식과 늘 병에 걸리는 아내가 그를 먹고 사는 일에 묶이게 했다.

쑨치가 부고를 입으로 전했을 때 그는 마침 저녁을 먹고 있었다―혹은 아이들과 밥을 다투고 있었다고 해야겠다. 쑨치가 얘기를 끝내자 예추는 입 속에 아직 넘기지 못한 음식을 땅에 토해냈다. 모자를 찾을 생각도 하지 않고 방안을 향해 소리치더니 곧장 뛰어나왔다. 울면서 걸었다.

루이쉬안과 밤을 샌 사람이 바로 천예추다. 루이쉬안은 그 사람을 상당히 좋아했다. 이 둘은 나랏일을 염려하는데 마음이 일치했다. 둘 다 걱정만 했지 나라를 위해 충성할 방법이 없다고 생각했기 때문이다. 그가 루이쉬안에게 말했다.

"역사의 유구함을 볼 때 중국인이 되는 것이 부끄러운 것은 아니오. 다만 공과 사를 나누어 볼 때 사만 고려하고 공을 염두에 두지 않는 것, 마음만 귀하게 생각하고, 칼과 창을 들고 무엇인가를 하려 하지 않은 것을 보면, 나는 중국인을 존경할 수가 없소. 베이핑이 망한지 이렇게 여러 날 되어도 적과 맞서 목숨을 바치려는 사람 하나 없으니! 중국인이 목숨을 아끼고 치욕을 참는 마음, 저주받아 마땅해! 말은 이렇게 하지만 자네나 나도…"

그는 말을 중단하고 말을 바꾸었다.

"아니야, 내가 그렇게 말해서는 안 되지!"

"괜찮습니다!"

루이쉬안은 비참하게 웃었다.

"당신과 저는 큰 차이가 없습니다!"

"정말이오? 일단 내 얘기를 하지! 8명의 자식, 병든 아내! 나 자신은 파리잡이 끈끈이 종이에 붙어있는 한 마리 파리요. 날고 싶지만 몸을 움직일 수 없지요!"

유일하게 두려운 것은 루이쉬안이 입을 여는 것이었다. 그는 급히 말을 끼어 넣었다.

"그래요. 나는 작은 제비조차 입술이 노란 한 배 새끼들을 버리고 날아가 비상할 정도로 모질지 못한다는 것을 안다오. 그러나 다른 각도에서 보면 악비나, 문천상[65]마저도 모두 가정이 있었지! 우리…… 오우, 이해해 주시오! 나는, 이라고 해야겠지, 우리가 아니라! 나는 정말로 여자 같이 연약한 사람이지 사내가 아니야! 다시 눈을 들어 베이핑의 문화를 보면, 내가 말하건대, 우리의 문화는 우리 같은 상황에 안주하려는 나약한 사람들만 생산하지 장렬한 남자를 생산할 수가 없어! 나 자신이 부끄럽고, 동시에 우리의 문화가 걱정된다오!"

루이쉬안이 탄식했다.

"나도 한 사람의 여자요!"

말하기를 좋아하는 천예추조차 한참 동안 말을 할 수가 없었다.

지금 루이쉬안과 리쓰예는 예추에게 조언을 구하게 되었다. 예추의 눈알이 멈춰 섰다. 혈색이라고는 거의 없는 그의 얼굴이 천천히 어두워졌다—그의 얼굴은 빈혈로 인해 붉어지지가 않았다. 몇 번 입을 열다가 겨우 말이 나왔다.

"나는 돈이 없어요! 누나도 대체로 나와 같아요!"

• • •

65 모두 송말의 충신이다. 악비는 남송 시기에 금나라에 항거한 장수이다. 문천상은 남송 시대의 저명한 문인이자 정치가로, 원나라에 맞서다 포로가 되었다.

예추가 난감하게 여길까 두려워 루이쉬안이 중얼거렸다.

"우리 모두가 궁색하긴 마찬가지요!"

그들은 며느리의 부친 진싼예를 찾아갔다. 그는 머리통이 큰 사람이었다. 키가 리쓰예만큼 크지는 않아도 어깨는 그보다 넓었다. 넓은 어깨, 굵은 목, 그의 머리는 사각형이었다. 머리, 얼굴이 모두 벗겨진 붉은 색이었다. 얼굴에는 수염이 없었다. 머리에 몇 가닥의 흰 머리카락이 있을 뿐이었다. 가장 붉은 것은 코끝이었다. 그는 한 자리에서 한 근 반 정도의 고량주는 마실 수 있었다. 그는 젊었을 적 매화장[66]도 찼고, 씨름도 했었다. 들돌도 턴지고 형의권[67]도 배웠지만, 책은 한 권도 읽어본 적이 없다. 58년이 지나 여러모로 기술들이 쇠퇴했지만, 신체는 아직 황소처럼 단단했다.

진싼예의 사무실은 찻집이었다. 자기가 가지고 온 차 잎을 우리고, 관둥 잎담배를 빨았다. 그의 눈은 들어오는 사람을 자세히 살피고, 귀로 사방의 말을 듣고, 마음속으로 자기의 돈을 철저하게 계산한다. 적당한 사람을 보게 되거나, 귀가 번쩍 뜨이는 얘기를 들으면 잽싸게 장사에 나무 쐐기처럼 끼어든다. 그는 중매도 서고, 거간 노릇도 하고, 고리대금도 했다. 그의 머릿속에는 글자는 하나도 없고 잘 배열된 숫자밖에 없었다. 그는 돈을 굉장히 좋아했다. 돈이 그에게 사서(四書) 혹은 사숙(四叔)[68]에 버금가는 존재였다—그는 서(書)자와 숙(叔)자가 어디가

- - -

66 중국 전통 무술과 관련된 훈련 기구로, 주로 무술 수련에서 기초적인 균형 감각과 체력 단련을 위해 사용된다. 주로 나무 기둥으로 만들어져 있으며, 여러 개의 기둥이 다양한 높이와 간격으로 배열되어 있다.

67 동물의 동작을 모방한 무술 형식으로, 청말명초에 개발된 것으로 알려진다.

다른지 몰랐다.

　하지만 그는 상당히 호탕하기도 했다. 체면을 차려야 할 때는 마음을 독하게 먹고, 붉은 코가 광채를 잃을 지경이 되지 않도록 돈을 냈다. 누가 그에게 좋은 술이라도 한 병 주면 코가 더 붉어지고 광채가 더 나는 것 같았다. 그는 모인 선생과 같은 뜰의 이웃으로 지낸 적이 있다. 모인 선생은 그에게 돈을 빌린 적도 없고 언제나 인진주를 대접했다. 그래서 두 사람은 좋은 친구가 되었다. 모인 선생이 배 속 가득히 시와 사를 담고 있다면 쌴예는 장부를 가득 안고 있었다. 그러나 시, 사, 장부를 제쳐두고 모두 얼굴이 붉을 정도로 얼큰해지면 둘 다 그저 '사람'이 되었다.

　이러한 우정 덕택에 그들은 서로의 사위와 장인이 되었다. 딸이 시집을 간 후 진쌴예는 첸 씨 댁 사람들이 돈에 소홀하고, 장부를 셀 만큼 돈도 없어 후회가 조금 되었다. 그러나 자세히 보니 다음과 같은 사실을 알았다. 첫째로 딸이 시어머니의 괴롭힘을 당하지 않았다. 둘째로 부부 사이도 꽤나 화목했다. 셋째로 첸 씨 집이 가난하긴 하지만 그만큼 기개가 있어, 절대로 돈을 빌려 달라는 말은 하지 않았다. 마치 근본적으로 돈이 어떤 물건인지조차 모르는 듯 했다. 넷째는 장인의 향기가 좋은 인진주를 공짜로 마실 수 있었다. 그래서 후회를 그만둔 그는 이자와 원금 모두를 포기하고, 남모르게 딸에게 때때로 돈을 주었다.

• • •

68 사서는 《대학》, 《중용》, 《논》, 《맹자》를 가리키고, 사숙은 '넷째 삼촌'의 의미다. 書와 叔은 중국어로 모두 발음이 같다.

이번에 첸 집에 온 그는 관을 사는 것이 자기 책임이 될 것이라는 것을 알았다. 그러나 자기가 용감하게 먼저 나서기엔 불편했다. 그는 돈을 표 나게 써야 된다고 생각했다. 그는 장모님 경제 사정이 어떠한지 묻지 않았고, 그녀도 도와달라는 말 한 마디 없었다. 그는 끈기 있게 기다렸다. 그의 돈은 무대 위의 유명 배우 같아서, 북과 징이 울리지 않으면 등장하는 법이 없었다.

리쓰예와 루이쉬안이 북을 울리고 징을 치자, 그는 너그럽게 동의했다.

"이백 위안 이하는 내가 책임지지! 이백 위안 조금 넘으면 초과 금액은 내가 못 책임져. 요즘 세상에 넉넉한 사람이 누가 있겠나?"

말을 마치자 그는 리쓰예와 몇 마디 말을 나누었다. 쓰예의 일처리 방식에 그는 모두 고개를 끄덕였다. 리쓰예와 몇 마디 나누어 보고, 그가 전문가라는 것을 간파했다. 그러면 절대로 자기의 '헌금'이 남의 호주머니에 들어가게 하지는 않을 것이라는 것을 알았다. 루이쉬안은 괜찮게 보지 않았다. 그는 문아하지만 일을 처리할 수 있는 사람이 아니라고 생각했다.

리쓰예는 분주했다. 루이쉬안은 상사를 치를 '기금'이 마련되자, 예추를 상대로 한담을 나누었다. 그들은 마음속으로 합의를 한 듯이 모인 선생 말은 꺼내지 않았다. 그들은 첸 선생 일이 얘기할 가치가 있다고 여겼지만, 멍스와 중스가 이미 죽고 첸 선생의 생사도 불명했기 때문에 말을 아꼈다. 그들은 노인이 살아 나와서 자유를 회복하고, 일가가 살아갈 방법을 찾을 수 있기를 희망했다. 다만 그들은 모두 첸 선생을 구해낼 능력이 없으니, 헛소리 해보아야 무슨 소용이 있을까 싶어서 아예 입에 담지 않았다. 그래서 그들의 입은 쉴 새가 없었지만 마음은 대단히 괴로웠다. 그들은 서로에게 '우리 둘은 가장 쓸모없는 버러지다!' 라고 말하고 있었다.

이런 말 저런 말이 오고가다가 첸 씨 집 고부의 생활 문제에 이르렀다. 루이쉬안이 갑자기 기지가 발동했다.

"그들이 보물이 될 만한 물건들을 소장하고 있는지 혹시 아시는지요? 서예, 작품, 혹은 좋은 책? 만약 그런 것이 있으면 우리가 책임지고 팔아서, 돈을 좀 마련할 수 있지 않을까요?"

"저는 모릅니다!"

예추의 눈알이 두어 장의 보물을 발견하여 누나가 배고픔을 면할 수 있기를 바라는 듯이 재빨리 움직였다.

"있다 해도 지금 누가 돈으로 서예 작품이나 책을 사려 할까요? 우리 생각은 태평성대에나 써먹을 법하지요. 그러나 오늘날…?"

그의 얇은 입술이 꼭 닫혀졌다. 빈혈의 뇌가 텅 비어서 오래전에 버린 계란 같았다.

"첸 부인에게 여쭈어 보는 게 어때요?"

루이쉬안은 그녀에게 급히 돈을 구해줄 생각을 했다.

"음 그렇다면……"

예추는 눈을 몇 번 굴렸다.

"자네는 내 누나의 성격을 모르시는군! 그녀는 자형을 숭배한다고!"

굉장히 조심해서 누나의 남편 이름을 거론하길 피했다.

"나는 자형이 파리 한 마리도 탓하지 않을 사람이고, 절대로 누나를 복종시키려고 강제하지 않는 사람이라는 것을 알아요. 그러나 그의 말 한 마디, 조그마한 버릇 하나도 누나는 신성불가침한 것으로 알아서 절대로 고치려하지 않을 걸세. 그녀는 굶을지언정 남편의 술은 떨어지지 않게 했어요. 그녀가 책을 사려 하면, 그녀는 기꺼이 머리에 꽂힌 은비녀를 내놓을 거야. 자네 보기에 만약 값나가는 물건 몇 개를 가지고 있더라도 그녀가 절대로 손을 대지 않을 거야. 우리가 팔아 주겠다는 말을 꺼내보아야 소용없을 거요!"

"그러면 장례를 마친 후에 어쩌지요?"

예추는 말하기 좋아하는 사람인데도 반나절이나 대답을 하지 않았다. 멍하니 있더니 겨우 천천히 말했다.

"그녀를 돌보기 위해서 제가 이리로 이사 올 수 있어요. 그녀들은 친척들의 보살핌이 필요해요. 자네 누나의 눈빛을 보지 못했소?"

루이쉬안은 고개를 끄덕였다.

"누나 눈 속의 눈빛이 마음에 들지 않아요! 그녀가 무엇을 할지 누가 알겠어요? 남편이 체포되고, 두 아들이 죽고, 그녀가 무슨 일을 하려고 하는지 두려워요. 그녀는 가장 건실한 사람이요. 그러나 묶여있는 닭도 몸부림치곤 하잖아요? 나는 마음을 놓을 수 없어요! 내가 그녀를 당연히 돌보아야겠지. 말이야 주고받을 수 있지만, 나도 여유가 없는데 두 식구를 먹여 살릴 수 있을까요? 와서 보살피기만 하고 그녀들이 굶고 있는 것을 보기만 하면 무슨 방법이 있겠어요. 전쟁 전이었다면 어떻게 하든지 두 가지 일을 겸하면, 그녀들에게 맛없는 차, 반찬 없는 밥이라도 먹도록 할 수 있을 텐데. 현재는 내가 어디 가서 부업을 찾겠어요? 나라가 망하니 망한 사람을 돌보아줄 친척과 친구 사이의 선의와 선심도 사라지는 셈이지! 정복자는 사나운 늑대, 정복당한 자는 죽어라고 도망치는 양이야! 그들은 고요하게 살아왔는데, 나는 여덟 명의 자식을 데리고 와야 해요. 하루면 마당에 가득한 화초를 다 밟아버릴 거고, 반나절이면 그녀들의 귀가 먹어버릴 것이요. 아마도 그녀들은 참을 수 없을 거요! 간단히 말하면 어쩔 수가 없어요! 내 마음이 산산조각이 나는 듯 해. 그런데 아무 방법도 찾을 수 없으니!"

관이 도착했다. 둔중하고 튼튼했다. 그러나 그렇게 보기 좋은 것은 아니었다! 겉면에 칠도 하지 않았고 목재도 모든 결함이 노출되어 사나운 모습이었다.

멍스는 낡은 의복을 걸쳤다. 모두가 그를 아무런 감정도 없는 크고 흰 상자에 담았다.

진싼예는 큰 주먹으로 관을 두어 번 내려쳤다. 얼굴에 가득 찬 붉은 빛이 갑자기 검어졌다. 큰 소리로 부르짖었다.

"멍스! 멍스! 너는 이렇게 말 한 마디 없이 가버리냐?"

첸 부인은 곡을 하지 않았다. 관이 덮일 때 그녀는 부들부들 떨면서 가슴에서 작은 두루마리를 꺼냈다. 표구한 적 없는, 누렇게 바랜 종이 뭉치였다. 그녀는 그것을 아들의 손 옆에 놓았다.

루이쉬안은 예추와 눈짓을 주고받았다. 그들은 그 두 장의 종이가 무엇인지 짐작했다. 그들은 감히 질문을 할 수가 없었다. 그 둔중한 흰 상자가 그들의 목구멍을 텁텁하게 하여 말이 나오지 않았다. 그들은 관을 본 적이 있었지만 이것은 다른 것과 같지 않았다. 이것은 그들에게 베이핑 전체가 관이라는 생각이 들게 했다.

며느리는 크게 곡을 했다. 진싼예의 눈물은 쉽게 떨어지지 않았다. 그렇지만 여식의 곡성은 눈에 맺힌 눈물을 억제하는 힘을 잃게 하였다. 이것이 그의 화를 자아냈다. 그는 딸의 손을 잡고 소리를 질렀다.

"울지 마라! 울지 마라!"

딸은 계속 슬프게 곡을 했다. 그는 소리를 멈추고 눈물만 흘렸다.

상여가 나가는 그 날이 후퉁 전체가 가장 비통한 날이었다. 16명의 장례의복을 걸치지 않은 가난한 장정들이 리쓰예가 치는 막대기 소리에 맞춰 조심스럽게 하얀 관을 회나무 아래에서 매었다. 상주는 없었다. 며느리가 머리를 풀었다. 아주 긴 거친 배로 만든 상복을 입고 망령 앞에서 관을 인도했다. 그녀는 여자 귀신 같았다. 진싼예가 비통해 하며 거칠게 어쩔 수 없이 그녀를 부축했다. 그의 큰 붉은 코에 눈물이 걸려있었다. 관을 메 올릴 때 그는 큰 발을 굴렸다. 악사 한패가 단조로운 음악을 울리기 시작했다. 리쓰예는 맑은 목소리로 소리 질렀다. '관례적인 절차에 따라' '부의금을 내시오'라고 말하려 했지만, 앞 구절밖에 소리내어 말하지 못했다. 그의 막대기 소리는 실수하면 안되었다. 그것은 상두꾼의 눈과 귀 역할을 했기 때문이다. 하지만 소리가 시원찮았다. 그는 마음의 동요가 없어야 하는데도 감정이 북받치는 것 같았다. 바짝 마른 노새가 끄는 고물 수레 한 대가 관 뒤에서 첸 부인을 태우고 따라가고 있었다. 그녀의 눈은 말라 있었고 기이한 빛을 발하면서 관 뒤만 바라보고 있었다. 수레가 움직이자 그녀의 머리도 약간 움직였다.

치 노인은 샤오순얼에 기대어 병든 몸을 구부정하게 서서 문 내에서 밖을 보고 있었다. 그는 감히 나갈 수가 없었다. 뉴쯔도 나가보려고 하다가 엄마에게 끌려 들어왔다. 루이쉬안의 처가 마음이 가장 물러터졌다. 뉴쯔를 마당 안으로 끌어들이자 남쪽 방에 있는 시어머니가 불렀다.

"첸 씨 집이 오늘 출상하느냐?"

그녀는 "예"라고만 대답하고 빨리 부엌으로 들어가 채소를 다듬으며 눈물을 흘렸다.

루이쉬안, 샤오추이, 쑨치 모두 관을 전송했다. 관 씨를 제외하고 이웃 모두가 문 밖에 서서 눈물을 머금고 바라보았다. 며느리를 보고 마 과부가 울자 창순이 부축해 들어갔다.

"외할머니! 울지 마요!"

외할머니를 달랬지만 자기도 코가 멍멍해졌다. 샤오원 부인은 대문에 바짝 붙어 있다가 힐끗 보더니 몸을 돌려 들어가 버렸다. 리쓰마의 책임은 첸 씨 집을 보는 것이었다. 그녀는 관을 따라 곡을 하면서 후퉁 입구까지 갔다가, 리쓰예의 질책을 듣고 돌아갔다.

사망이란 망국의 시대에는 가장 흔한 일이다. 첸 씨 집의 비참한 광경이 모두의 눈을 거쳐 모두의 마음속으로 들어갔다. 모두 마음속으로 자기의 안전을 곱씹었다. 주권을 상실한 땅에 살아갈 때, 죽음이 곧 자신들의 이웃인 셈이다!

19

관 씨 집에 짙게 낀 구름은 더 이상 폭풍을 제어할 수 없었다. 다츠바오의 얼굴에 항상 잿빛 기름이 끼어 있었다. 그녀는 오랫동안 퉁팡과 가오디와 한 판 붙고 싶었다. 그러나 서쪽 이웃집에 아직 관이 놓여 있고 그녀의 목구멍이 녹슨 총 구멍처럼 발사가 되지 않았다. 그녀는 항상 음기가 천천히 서쪽 담장을 뚫고 들어온다고 생각했다. 어느 날 밤늦게 달빛 아래 서쪽 담장 위에 어떤 사람의 그림자를 본 것 같았다. 그녀는 감히 소리를 지를 수 없었지만 머리가 남몰래 곤두섰다.

서쪽 이웃집의 관이 들려 나갔다. 그녀의 마음속 병이 사라졌다. 얼굴의 회색 기름이 천천히 어두운 붉은 색으로 변했다. 그녀는 서태후처럼 객실에서 제일 큰 의자 위에 버티고 앉았다. 화약고가 갑자기 폭발하듯이 그녀는 소리 질렀다.

"가오디, 이리와!"

가오디는 이런 상황에 익숙했지만 자기도 모르게 떨렸다. 그녀는 낮은 코 위에 풍우를 두려워하지 않는 작은 꽃 한 송이를 피우며 천천히 나왔다. 방에 들어가자 머리를 들지 않고 물었다.

"왜 그래요?"

그녀의 목소리는 철근 콘크리트처럼 매우 무거웠다.

다츠바오 얼굴의 주근깨가 무수한 검은 총알처럼 하나하나가 발광을 했다.

"내가 너에게 묻는다! 그날 너랑 그 화냥년이 서쪽 이웃집에 무슨 일로 간거? 말해!"

퉁팡은 첫째로는 의분심에 휩싸였고, 둘째로는 '화냥년'이라는 말을 들어 넘길 수 없었으며, 셋째로는 가오디를 고립무원하게 둘 수 없었다. 그래서 발을 마당에 들여 놓자마자 목소리를 높여 물었다.

"말을 분명히 합시다. 누가 화냥년인데요?"

"마음에 병이 없으면 차가운 설떡을 무서워하지 않아!"

다츠바오는 목소리를 한 층 더 높여 퉁팡을 압도하려 했다.

"이리 와봐! 너 감히 들어오기만 해도 너가 간이 크다고 쳐주지!"

퉁팡의 키는 작고, 힘은 약하고, 힘으로는 다츠바오의 적수가 못되었다. 다만 어린 비둘기가 늙은 매를 두려워하지 않듯이, 용감하게 북쪽 방에 들어갔다.

다츠바오, 퉁팡, 가오디의 입이 함께 활동했다. 누구도 누구의 말을 분명히 들을 수 없었다. 수풀 속의 새들이 자기 노래를 부르는 것에만 관심을 갖듯이 남의 의견을 들을 생각을 하지 않았다. 그들은 점점 싸움의 중심을 잃어버리고 마음 내키는 대로 욕설을 퍼부었다. 독하고 더러운 말들이 한 점으로 모였고, 문법이나 수사는 고려할 필요가 없어 졌다. 이렇게 그들은 마음과 입이 상쾌해져서 욕을 할수록 기분이 좋아 졌다. 마음이 열려 평소에 축적된 더러운 때가 일제히 쏟아져 나왔다. 그녀들은 평소에 군중들 사이에 있을 때 착용하던 가면을 찢어 부숴버리고, 자기들의 진짜 얼굴 가죽을 드러냈다. 그들은 '자연으로의 회귀'가 주는 해방감과 즐거움을 만끽했다.

샤오허 선생은 퉁팡의 방에 숨어있었다. 가만히 〈공성계〉[69]의 한 단락인 '이륙'을 흥얼거리는 중이었다. 오른손 검지, 중지, 약지로 무릎 위에 탄력적으로 두드렸다. 그는 지금은 아직 싸움을 말릴 시간에 이르지 않았다는 것을 알고 있었다. 비가 충분히 내리지 않으면 번개가 쳐도 하늘이 맑아질 수 없다. 그는 그녀들의 입술에 흰 거품이 일고, 얼굴이 붉으락 희락해지고, 혀가 모두 짧아지는 시간도 지나야 성공이란 효과를 거둘 수 있다. 그래야 힘 안 들이고 가장의 위엄을 떨칠 수 있다는 것을 안다.

루이펑은 부인의 명을 받들어 싸움을 말리러 왔다. 그는 싸움을 말리는 일 자체는 친구의 신임을 얻고 자기 신분을 높이는 지름길이라는 것을 알고 있었다. 친구를 위해 싸움을 말릴 때 그럴 만한 이유가 있는 쪽조차도 말을 하다보면 적어도 말이나 태도에서 지나친 점이 있다. 루이펑은 친구의 결함을 포착하고, 친구는 마음의 평정심을 되찾

* * *
69 경극의 하나.

은 후에 멋쩍어서 다시 그 일을 거론하지 않게 된다. 루이펑에게 감격하지 않았다 해도, 그에게 경외심을 품게 된다. 그럴만한 이유가 없는 쪽도 루이펑의 조정 덕에 소란을 피워서 마땅히 받아야 할 벌을 피할 수 있었기 때문에, 감사하는 것이 당연하다. 다른 친구에게 사건의 전말을 자세히 설명할 필요 없이 간단하게—반드시 조용히 미소를 띠우며—말하면 된다. "그 사건은 내가 해결해준 거야!" 법보다 인간관계가 더 중요한 이 사회에서 루이펑의 신분은 의심할 여지없이 높아질 것이다.

루이펑은 싸움을 말리는 것이 일거양득이라고 생각했다. 즉 관 씨 댁의 신임을 얻고 자기의 신분을 높일 수 있다. 일보를 양보하여 자기가 실패하더라도 모두 자기 무능 탓이 아니고 관 씨 댁이 그의 열심을 괄시한 탓이라 여길 것이다. 그랬다. 그는 나무 쐐기 같이 관 씨 댁에 단단히 박혀, 그들에게 자기가 그 집의 친구라는 사실을 인정하도록 해야 했다. 게다가 자기 부인의 명령도 듣지 않을 수 없었다.

그는 머리를 다시 빗고, 새 신발로 갈아 신고, 거의 새 것과 다름없는 낡지 않은 옷을 걸치고, 주의해서 소매를 접어 올려, 안에 입은 백설 같은 셔츠를 드러내보였다. 그는 완전 새것인 장삼을 입을 엄두는 안 낫다. 첫째는 싸움 말리러 가는데 적합지 않아서이고, 둘째로 새 옷은 어쩐지 부자연스럽기 때문이었다. 관 선생의 문아와 풍류는 거의 다 일체의 자연스러움에서 나오는 것이었기 때문이다.

그가 전장에 도착하자 무슨 말을 하지 않고도 작은 마른 얼굴이 긴장되어 눈썹을 찡그리게 되었다. 관 씨 댁의 싸움이 가장 엄중한 일이어서, 그의 마음을 고통스럽게 하는 것처럼 보였다.

　세 명의 여자들이 그를 보았다. 이미 피곤한 혀끝이 다시 활약하기 시작하여, 마치 세 개의 큰 통의 더운 물처럼 말이 그의 머리 위에서 끓어올랐다. 그는 침을 삼켰다. 그 후에 그의 눈은 다츠바오를 향하여 최고의 열성과 관심을 보이고, 머리는 가오디를 향해 연달아 끄덕였다. 오른쪽 귀는 통팡을 향했다. 코와 입에서는 계속해서 낮은 신음 소리와 탄식이 흘러나왔다. 그는 한 마디도 정확하게 알아듣지 못했다. 그러나 그의 귀와 눈과 코와 입은 그들의 목소리에 완전히 잠겨 있었다. 마치 오직 그만이 그들을 이해할 수 있는 것처럼.

　그녀들의 혀끝을 놀릴 힘을 어느새 또 잃어버렸다. 그는 기회를 틈타서 말했다.

　"됐어요! 모두 나를 보세요. 관 씨 부인!"

　"정말 화가 나서 죽겠네요!"

　다츠바오는 기운이 빠졌다. 이를 갈아 감정을 돋우었다.

　"관 씨 아가씨! 좀 쉬어! 둘째 부인, 저 좀 보세요!"

　가오디와 통팡은 적을 똑바로 쳐다볼 힘조차 없었다. 그들은 대강 대꾸하며 영광스럽게 퇴각했다.

　다츠바오는 차를 한 모금 마셨다. 그는 루이펑에게 억울한 마음을 털어놓을 작정이었다. 루이펑은 다시 눈썹을 찡그리며 이 세상에 가장 어려운 수학 문제인 그녀의 보고를 들을 자세를 취할 준비를 했다.

　그때 샤오허는 옅은 회색 비단 겹옷 바지저고리를 입고, 겹옷 위에 짙은 회색 가는 실로 국화문양을 새긴 조끼를 입고, 얼굴에 점잖은 미소를 띠고 들어왔다.

"루이펑! 오늘은 이렇게 한가해?"

그는 그녀들이 한 바탕 전쟁을 치른 것을 전연 모르는 것 같았다. 손님이 말을 꺼내기 전에 그의 부인이 말했다.

"루이펑에게 먹을 것을 좀 드려요?"

루이펑에게 호소하고 싶었지만, 이렇게 크게 싸우고 나니 다츠바오는 생각과 다른 방향으로 바꾸는 것도 괜찮겠다 생각했다. 그녀는 상당히 솔직한 사람이었다.

"맞아요! 루이펑, 오늘 내가 한 턱을 내지 않으면 안 되지! 무얼 드시겠소?"

루이펑은 부인의 명령 없이 관 씨 댁 초대에 감히 응할 수가 없었다. 작은 눈을 한 번 굴린 후에 거짓말을 했다.

"아니요, 관 부인! 집안에서 제가 식사하러 오기를 기다리고 있습니다! 오늘 누가 카오야를 한 마리 보냈다오! 제가 당신의 손님이 될 수 없네요! 다음 날, 다음 날, 저와 집사람이 함께 오지요!"

"약속하죠! 내일이 어때요?"

다츠바오의 얼굴은 그제야 옛날 모습을 회복했다. 열성과 간절함 속에 적잖은 위엄이 내포되어 있었다. 루이펑이 작별하려는 모습을 보이자 그녀가 덧붙였다.

"뜨거운 차 좀 마시고 가요, 아직 식사 시간이 멀었어요!"

그녀는 하인들에게 차를 따르라고 호령했다.

루이펑은 급히 집에 돌아가 아내에게 공을 보고하고 싶었다. 하지만 관 씨 부부와 얘기 나눌 기회도 놓치고 싶지 않아서 다시 자리에 앉기로 결정했다.

샤오허는 조용하게 서두르지 않고 조직적인 자신의 능력에 만족했다. 그는 자기가 확실히 제갈량에 못잖은 도량과 지혜를 가지고 있다고 생각했다. 그는 다츠바오가 오늘 보인 태도에도 만족했다. 만약 그녀가 남의 말을 듣지도 않고 말썽을 계속 일으켰다면 자기가 설사 제갈량이래도 어쩌지 못했을 것이다. 이로써 그는 손님 면전에서 여인들의 싸움에 무관심하지 않은 척 할 수 있었고, 부인을 위로할 수 있었다. 게다가 손님이 가고 난 후 다시 아내의 화풀이를 방지할 수 있었다.

말을 꺼내지 않은 채 그는 느낌 있게 한숨을 푹 쉬어, 손님과 부인의 주의를 끌었다. 탄식을 한 후 그는 어쩔 수 없는 듯이 웃는 아니고 우는 것도 아니게 미소 지었다. 그러고 나서 말했다.

"남자가 크면 결혼을 해야 하고, 여자가 크면 시집을 가야지. 틀린 말이 아니야! 내 생각엔……"

부인을 힐끗 보고 그녀의 안색이 어떤지 살피고 말을 계속할지 결정했다. 부인의 붉은 뺨의 근육이 늘어져 있고, 주근깨가 주름살 아래로 숨은 것을 보았다. 이를 통해 그녀가 금방 표정을 바꾸진 않을 것이라고 생각하고, 말을 계속하기로 결정했다.

"내가 보기에, 부인! 우리가 마땅히 가오디를 위해 시가댁을 찾아야겠소! 요 근래 개의 성질이 못돼졌어요. 말썽을 부리면 곧장 꼴사나워진단 말야!"

루이펑은 가벼이 자기 의견을 말할 수 없었다. 자기가 모을 수 있는 일체 능력을 얼굴에 나타내고, 이마를 찡그리고, 눈을 깜박이며 입술에 침을 발라 자신의 관심과 주의를 표현했다.

다츠바오는 성질을 내지 않고 입가를 아래로 내려 깔아, 아주 가는 곡선을 만들어 입을 열었다.

"당신은 퉁팡이 꼴사납게 말썽을 일으킨단 소리는 감히 하지 않는군요!"

루이펑은 이마를 찡그리는 것을 그만두고 눈을 모았다. 그의 작은 깡마른 얼굴이 '문자가 새겨져 있지 않은 비석'이 되었다. 그는 감히 '연기' 때문에 어느 편에 치우쳐 드러내어 다른 쪽의 불쾌감을 사고 싶지 않았다.

샤오허가 부인의 안색과 목소리로 그녀가 곧장 '총공격'으로 나오지는 않으리라고 깨달았다. 그는 겸연쩍은 듯이 말했다.

"정말이오, 나는 가오디를 걱정한다오!"

"루이펑!"

다츠바오가 곧 생각을 떠올렸다.

"당신이 도와주세요. 적당한 사람이 있으면 소개시켜 주어요!"

루이펑은 뜻밖의 관심으로 영광스러워하며, 얼굴아 섬광을 받은 듯이 갑자기 밝아졌다.

"제가 반드시 돕지요! 반드시!"

말을 마치자 그는 자신의 뇌를 점검하여 두어 명의 적절한 사윗감을 찾아, 다츠바오의 철저한 심의에 넘기고 싶었다.

'헤이! 내가 중매쟁이가 되어 관 씨를 돕는다면!' 놀라고 조급해서일까, 관 씨 댁에 걸맞은 사윗감이 생각나지 않았다. 그는 오래 말을 중단하는 게 두려워 화제를 바꾸었다.

"집집마다 골치 아픈 일이 있지요!"

"뭐라고? 댁에도……"

샤오허는 눈살을 찌푸렸다. 그리고 이제 응당 그가 동정과 관심을 표현할 차례라는 것을 알았다

"얘기하자면 깁니다!"

루이펑의 작은 마른 얼굴 전부가 눈물을 흘리는 것처럼 촉촉해지려는 기색이었다.

"편히 말하시오! 나는 어차피 소문 퍼뜨리는 사람이 아니오!"

샤오허는 빨리 치 씨 집의 투쟁 경과를 들으려 했다.

양심적으로 말하면 루이펑은 어떤 억울한 것도 없었다. 그러나 그는 마땅히 억울한 것을 말해서 자기가 어떻게 의롭고 어진지를 말해야 한다. 그래서 그는 사실을 '창조'할 필요가 있었다. 현명한 사람은 고난을 당해도 말 한 마디 하지 않지만, 범인은 자기 고난을 떠들어대어 자신이 현명한 사람이라고 자위한다. 방금 따라준 차의 향기를 마시자 마치 기운을 차린 듯, 마치 시집 간 여자가 친정에 온 듯이 치가의 4대에 걸친 죄상을 떠들어대었다. 마지막으로 그가 형과 형수가 분가하라고 강요하여 다시 집에 살기가 난처하게 되었다고 말했다. 그게 완전히 거짓말이라도 다른 사람의 동정을 얻게 되면 유용한 도구가 된다.

샤오허는 루이펑을 매우 동정했다. 루이펑에게 어떤 생각도 말하지 않았다. 만약 그러면 도우지 않을 수 없는 지경에 빠질 위험이 있기

때문이다. 가장 만족한 것은 치가도 안을 들여다보면 그렇게 화목한 것이 아니란 것을 알게 된 것이다. 그의 마음은 훨씬 더 여유가 생겼다. 자기 집안의 분란도 마땅히 있을 수 있는 것이고, 당연하고 정당한 것으로 여길 수 있게 되었다.

다츠바오도 루이펑을 매우 동정해서 곧 자기 생각을 털어놓았다. 자기의 생각을 내어놓는 게 빨랐다. 그리고 곧 그 생각이 좋지 않으면 재빨리 다른 것을 내놓았다. 그러는 것에 조금도 모순을 느끼지 않았다!

"루이펑, 자네 곧 이리로 이사 오게! 우리의 남쪽 방이 비어있고, 사용하지 않아. 자네가 좁은 것을 싫어하지 않으면, 곧장 이사 오면 돼! 나는 자네에게 방세를 받을 거야. 자네가 그냥 살게 하지 않아. 너무 지나치게 미안해할 거 없어! 좋아. 그렇게 하지!"

그런데 오히려 루이펑이 깜짝 놀랐다. 그는 사태가 이렇게 빨리 해결 방법이 나올 줄 몰랐다. 방법은 나왔지만 그럴 생각이 없었다. 그는 감히 관 씨부인의 호의를 사양할 수도 없고 곧 응할 수도 없었다. 그의 현실적인 마음이 즉시 상황을 직시했다. 만약 그가 이사를 한다면 단순히 카드 게임 하나만 생각해도 그것조차 관 집안을 '모시기' 어려울 것이라고 생각했다. 그의 마른 작은 얼굴이 움츠러들었다. 그는 후회하기 시작했다. 잡담을 늘어놓지 말았어야 했다. 잡담이 자기를 진퇴양난에 빠지게 했다.

관 선생은 손님이 어려워하는 것을 보고 부인에게 서둘러 말했다. "남이 분가하도록 권하지 마시요!"

다츠바오의 생각은 자기가 곧 변화를 바라는 경우를 제외하고 그만

두기는 언제나 쉽지 않았다.

"당신이 무얼 안다고! 나는 저렇게 호인인 루이펑이 집안에서 아무런 힘 없이 얕보이는 것을 볼 수 없어요!"

그녀는 루이펑을 향해 돌아섰다.

"자네 몇 시에 오고 싶은가요. 저 작은 방은 자네 것 해요! 군자는 한 번 말하면 꼭 실행하고, 좋은 말은 한 대 때리면 달리기 시작하죠!"

루이펑은 머리를 끄덕이는 것이 마땅히 해야 할 의무라고 생각했다. 입으로 베풀어 준 은덕에 고맙다는 말을 두어 마디하고 싶지만 말을 할 수가 없었다.

샤오허는 루이펑의 어려움을 알아차리고 급히 화제를 딴 데로 돌렸다.

"루이펑, 양일간에 형이 첸 씨 집을 도와주었지. 첸 씨 댁은 상사를 어떻게 치루었지? 형께서 자네에게 얘기하던가?"

루이펑은 잠시 생각하더니 말했다.

"형은 나에게 아무 말도 하지 않았어요! 그는—휴! 나와 한자리에서 얘기도 하지 않습니다! 우리는 말만 형제지 형제의 정은 없어요!"

그의 말투는 중학생의 연설문 같았고, 그는 자신의 언변에 도취했다.

"오우! 그래요. 그 얘기는 그만두자구!"

"뭐 큰일은 아니고!"

샤오허의 표정과 어조는 친구를 곤란하게 하고 싶지 않다기보다는, 약 올리는 것 같다.

루이펑은 비위 맞추는 데 급해서 대화가 거기에서 끝내기가 망설여졌다.

"샤오허 어르신, 뭘 알아보고 싶으신가요? 제가 루이쉬안에게 물어볼 수 있습니다! 만약 형이 저에게 말을 하지 않으면 제가 알아 볼 곳이 따로 있습니다…"

"뭐 큰일은 아니고!"

샤오허는 담담하게 웃었다.

"내가 알아보고 싶은 것은 첸 씨 집에 팔 만한 서예 작품이 있는지 여부야! 내 생각에는 첸 씨 부자는 그림도 잘 그리고 글씨도 잘 쓰는데, 반드시 소장한 것이 있을 거요. 혹시 장례 비용 때문에 팔고 싶어 한다면 저도 도와드리고 싶소!"

그의 웃음이 이전보다 훨씬 더 짙어졌고 말은 너무나 교묘하게, '남의 위기를 틈타 기회 보기'가 '도와드리고 싶어'로 변하였다. 자기 자신조차 스스로 '너무나' 총명하다고 생각하여, 기분이 좋지 않을 수가 없었다.

"당신이 서예 작품으로 무얼 하시려고? 이 세월에 누가 돈 주고 헌 종이를 사려 돈을 쓰겠어요? 정말 당신 치매 걸린 것 아닌가요!"

다츠바는 한 벌의 아름다운 옷은 집안에서 거리까지 아름답게 하지만, 서예작품은 벽에 걸어놓기만 할 뿐이라고 생각했다. 그런 방식으로 돈을 쓸 바라면, 예쁜 것을 찾아서 거리에서 바람을 일으킬 물건을 사야 하지 않을까?

"그런데 부인, 당신은 모르는 게 있지!"

샤오허는 웃으면서 감미롭게 말했다.

"나는 기막힌 활용법을 알아! 정말 기막힌 방법이지! 오우."

"자네는 나에게 알아봐 주기만하면 좋겠어! 먼저 감사하네!"

그는 허리를 곧게 펴고 머리를 숙였다. 주먹을 머리 위로 쳐들어 5~6초나 정지해 있었다.

루이펑도 서둘러 공수했다. 그렇지만 관 선생 만큼 장엄하고 아름답지 않았다. 그의 마음속이 뒤틀렸다. 닭과 오리 보다 더 크지 않은 뇌에 허다한─하하 하고 농담하는 일이나, 두 개의 완두과자보다 조금 더 크고 더 중대한─일들을 집어넣기 힘들었다. 그는 작별을 고하고 집으로 돌아와서 부인에게 생각을 물었다.

집으로 돌아와서 그는 단도직입적으로 부인과 토론을 할 수가 없었다. 그는 눈살을 찌푸리며 방안으로 들어갔다─특별한 아이디어는 안 떠올랐지만, 자기 자신이 매우 중요하다는 생각이 들었다. 부인의 명령이 내려지자 그는 어쩔 수 없이 사실대로 보고했다.

부인이 관 씨 집으로 이사 갈 수 있다는 말을 듣자 굶주린 개가 뼈다귀를 보는 것처럼 기뻐했다.

"그것 정말 좋아! 펑! 당신이 정말 능력을 보였구만!"

부인의 칭찬을 웃으면서 받아들일 수밖에 없었다.

"다만 우리의 한 달 수입이 정말…"

그는 자기의 중요성이 박탈당하지 않기 위해서 말을 이을 수가 없었다.

"돈을 적게 벌어서 그런 거지, 당신 두 눈이 사람을 잘 못 알아보니까!"

루이펑의 처가 목을 쭉 빼고 목소리를 더 또렷하게 내려고 했지만, 소용이 없었다. 그녀 말에는 고기 넣은 소가 들었는 것 같았다.

"현재 우리가 쉽게 관 씨 집과 손을 잡았으니, 전심전력을 다하여 그들과 한통속이 되는 것이 어때? 나는 당신처럼 무능한 사람은 본 적이 없어!"

루이펑은 그녀의 기갈이 약해지도록 기다려서 입을 열었다.

"우리가 이사를 나가면 식비도 없어!"

"그 집에 살더라도 이 집에서 밥 먹으면 되잖아! 루이쉬안도 우리가 세 끼 식사를 못 먹게 하지는 않겠지!"

루이펑은 생각을 거듭하여 그것도 한 가지 방법이라 생각했다!

"가자, 그들과 얘기해보자. 당신이 가지 않으려면 내가 가지!"

"내가 가지! 내가 가지! 나는 형이 밥 먹는 것은 언제나 문제 삼지 않으리라는 것을 알아! 게다가 나는 형에게 일이 잘 풀리면 곧 밥을 해먹을 것이므로, 이것은 잠시 동안의 계획이다라고 명백히 말할 것이다."

첸 씨 집의 묘지는 둥즈먼 밖에 있었다. 상여를 멘 일행이 구러우에 다다르자, 진싼예가 첸 씨 부인에게 친구들이 멀리까지 상여를 전송할 필요가 없다는 의견을 제시했다. 루이쉬안은 먼 길을 걷는데 익숙하지 않았지만, 성문까지만은 전송하고 싶었다. 그러나 예추 선생은 선의로 말리는 것을 받아들이고 싶었다. 그의 빈혈에 걸린 깡마른 얼굴이 이미 파랗게 변하여 계속 가면 병에 걸릴 위험성이 높았다. 베이핑인들은 상가의 가까운 친지는 묘지까지 전송하는 것이 관습이기 때문에, 친구를 꾀어 내지 않을 수 없었다. 그는 마지못해 뒤로 돌아섰다. 그는 루이쉬안에게 속삭였다. 루이쉬안은 예추의 얼굴색을 보고 그와 함께 멈추기로 했다.

샤오추이와 쑨치는 성 밖까지 전송하기로 했다.

예추는 낡은 수레 옆에 가서 힘들게 누나에게 작별을 고했다. 첸 부인은 두 눈을 관의 뒷면을 뚫어져라 보면서 명백히 들었으면서도 못들은 척 했다. 그녀가 머리를 끄덕이는 것 같이 보였다. 그는 몇 발짝 수레 따라 걸었다.

"누나! 너무 상심하지마! 내일은 안 되지만 모레는 누나 만나러 갈게! 누나!"

그는 할 말이 많은 것 같았지만 다리가 후들거리고 수레는 지나쳤다. 그는 큰 도로변에 서 있었다.

루이쉬안도 첸 부인에게 인사를 드리고 싶었으나 그녀의 기색을 보자 말이 나오지 않았다. 둘은 노변에 서서 관이 앞으로 나가는 것을 바라보았다. 하늘은 맑고 길은 길게 뻗어있었다. 멀리 먼지에 쌓인 둥즈먼이 보일 듯 말 듯 했다. 가을 맑은 하늘이 그들 둘에게는 상쾌하게 느껴지지 않았다. 오히려 그들은 하늘이 낮게 드리워져 거기에 깔려 움직일 수 없을 것 같았다. 그들이 볼 수 있는 햇빛은 앞으로 한 걸음 한 걸음 고통스럽게 이동 중인, 희고 열악한 관만 비추고 있었다. 그것은 햇빛이 아니라 무정하고 못된 장난극 같은, 파리 같은 존재였다. 그것은 사망의 바로 위에서 떨리고 있었다. 천천히 관이 그들에게서 멀어져갔다. 도로 양편의 전신주들이 점점 한 점으로 모여서, 집게처럼 거리를 집어버리려는 것만 같았다. 가장 멀리 있는 성문루는 조용하고도 냉혹하게, 먼 곳의 성문은 차갑고 엄숙하게 그것을 끌어당기며 영원히 돌아올 수 없는 성문 속으로 빨아들이는 것 같았다.

　한참 서 있다가 약속이나 한 듯이 아무 말 없이 귀로에 올랐다.

　루이쉬안은 전차를 타고 타이핑창으로 가는 것이 한 가지 방식이고, 두 번째 방식은 옌다이셰제, 스차하이, 딩왕푸다제로 가서 후궈쓰에 이르는 것이다. 그러나 그의 마음은 길을 선택하는 일을 완전히 잊어버린 것 같았다. 그는 고개를 숙이고 곧장 서쪽으로 가서 더성먼으로 갔다. 예추도 그를 따라왔다. 구러우 서쪽에 와서 루이쉬안은 고개를 들어 좌우를 살피고는 희미하게 미소를 지으며 말했다.

　"오우! 제가 어디까지 왔지요?"

　"제가 이쪽으로 와서 안 되는데! 저는 후문으로 가야합니다!"

　예추의 눈은 멋쩍은 듯이 땅을 내려다보고 있었다.

　루이쉬안은 마음속으로 이 사람의 겸양이 좀 지나치구나라고 생각했다. 그는 몸을 돌렸다. 천 선생은 여전히 따라왔다. 옌다이셰제의 입구에 이르러 천선생에게 작별을 고했다. 그랬는데도 천 선생은 따라왔다. 루이쉬안은 마음이 편치 않았다. 그래도 뭐라고 말하기도 곤란했다. 처음에는 천 선생이 말하기 좋아해서 헤어지지 못하는 줄 알았다. 그러나 아무 말이 없었다. 그는 천 선생을 훔쳐보았다. 천 선생의 얼굴은 연녹색이었으며 이미 녹초가 된 것 같았다. 그는 울적했다. 무엇 때문에 저렇게 피곤해할까. 그래서 이해할 수 없었다: 왜 이렇게 피로한데도 친구를 따라 헛걸음 치는 건가?

　셰제의 서쪽 입구가 눈에 들어오자 루이쉬안은 참을 수 없었다.

　"천 선생! 저를 따라오지 않으셔도 됩니다! 당신은 후문 쪽으로 가셔야죠?"

"치 선생!"

예추 선생은 더 숙일 수 없을 정도로 머리를 푹 숙이고, 소매로 입술을 닦았다. 한참 멍청하게 서 있었다. 그의 기민한 얇은 입술이 바르르 떨리기 시작했다. 마지막으로 땀과 말이 한꺼번에 쏟아 나왔다.

"치 선생!"

그는 여전히 머리를 숙였다. 눈알을 치켜뜨더니 곧 내리깔았다.

"치선생! 아이고…"

그는 길게 한숨을 쉬었다.

"당신, 당신 돈 좀 있습니까? 제가 잡곡면 다섯 근을 가지고 집에 가야합니다. 여덟 명의 아이들! 휴……"

루이쉬안은 5위안짜리 한 장을 꺼내어 예추의 손에 쥐어주었다. 그는 아무 말도 하지 않았다. 적당한 말을 찾을 수 없었다.

예추는 한숨을 쉬었다. 그는 할 말이 많았다. 자신의 어려움과, 어려움이 빚어낸 치욕을 설명하고 싶었다.

루이쉬안은 예추가 변명하도록 두지 않고 이 말만 했다.

"우리는 모두가 거기서 거기예요!"

그랬다. 그는 마음속에서 똑똑히 볼 수 있었다. 그는 두려웠다. 어느 날 예추와 마찬가지로 창피하고 난감한 처지가 될까 두려웠다. 만약 일본군이 오래 베이핑을 점거한다면! 그는 예추 선생의 처지를 경시하지 않았다. 다만 이런 작은 일 막짜리 희극이 빨리 끝나기 바랐다. 다시 아무 말 없이 스차하이 쪽으로 바삐 걸어갔다.

스차하이 주위에 행인이 없었다. 멀리서 미풍에 섞여 전해오는 전차 종소리 외에는 어떤 소리도 들리지 않았다. '호수' 내의 마름, 가시연밥, 연꽃이 모두 마른 잎만 남기고 물위에 떠 있거나 서있었다. 물가의 버드나무 잎은 듬성듬성해져서 대개가 누른색으로 바랬다. 물속에는 조각처럼 미동도 하지 않는 백로가 서있다.

호수의 가을 정취가 백로의 몸에 집중되어 고즈넉하고 희고 외롭고 처참했다. 루이쉬안은 백로에 이끌려 가을 색을 풍기는 버드나무 아래 가만히 서있었다. 그는 7·7항전에서 멍스의 죽음까지를 죽 생각해보고 망국의 역사를 다시 마음속에서 복습하였다. 이를 발판 삼아 차후의 행동에 대해서 결정하려 했다. 그러나 마음이 집중되지 않았다. 그가 막 한 가지 일을 떠올리거나 한 가지 생각을 할라치면 그의 마음속에는 한 사람의 작은 사람이 입을 가리고 웃는 것만 같았다.

"너 그거 생각해서 뭐하니? 어차피 너는 영원히 저항하려고도 하지 않을 거, 영원히 감히 결정도 못할 거면서!"

그는 너무나 많은 현실적인 어려움이 있어서 족히 자기변호는 가능하다.

그런데 마음속의 작은 사람은 그에게 변명 기회를 주지 않았다. 그 사람은 이 안건을 판결했다.

"감히 피와 살로 목숨을 걸고 싸우지 못하는 자는, 냄새나게 썩어 죽을 뿐이다!"

그는 재빨리 땅에서 일어나 호숫가를 따라 빠르게 걸었다.

집에 다다르자 차를 마시고 좀 쉬고, 곧장 첸 씨 집으로 가서 형편을 살피고 싶었다. 그는 첸 씨 집이 기탁할 곳이 된 것 같았다. 남의 일을 돕느라 잠시 자신의 걱정을 잊어버릴 수 있었던 것이다.

그가 차 한 잔을 다 마시기도 전에 루이펑이 담판을 지으려고 그를 찾았다.

루이쉬안은 둘째 얘기를 다 듣고 나선 원래 화를 내려 했다. 그러나 그의 마음이 갑자기 밝아졌다. 둘째의 몸에서 자기를 이해하고 위로할 수 있는 이유를 찾았다―나보다 훨씬 못난 놈이 있구나. 이 이유가 자기 마음을 쾌활하게 할 수는 없었다. 오히려 더 괴로웠다. 그는 생각했다. 자기 자신처럼 올바른 도리를 깨우쳤음에도 고분고분한 인간이 있었기에, 적이 베이핑이 사람 사는 곳이 아닌 것 마냥 공격해 들어올 수 있었다. 거기다 둘째와 샤오허 같은 인간이 더해지면 베이핑은 영원히 일어설 수 없게 된다. 베이핑에서 전국에 이르기까지 도처의 지식인이 자기 같이 주먹을 쥐고 싸우려 하지 않고, 도처에 둘째나 관샤오허 같은 벌레들이 있다면 중국의 장래는 어떻게 될까? 생각이 여기에 미치자 둘째에 대해서 성을 낼 필요가 없다는 생각이 들었다. 둘째의 말이 끝나기를 기다려 둘째에게 죄진 듯이 말했다.

"분가 일은 너가 부친에게 말씀드려봐. 내가 마음대로 할 수 없다. 이사 나가는 것, 여기서 밥 먹는 것. 내가 한 그릇이 있으면 너에게 반은 나누어주마. 문제가 되지 않아! 또 더 할 말 있어?"

루이펑이 오히려 멍하게 되었다. 그는 원래 형과 "칼날을 마주 부딪칠" 준비를 하고 있었다. 형의 태도와 말씨가 칼을 뽑을 필요가 없게 해서 어떻게 하면 좋은지 몰랐다. 잠시 멍청하게 서있었다. 그의 여윈 작은 얼굴이 밝아지면서 분명하게 생각하게 되었다. 그의 결정이 완전 무결하게 합리적이기 때문에 큰형의 명철한 두뇌로도 쉽게 머리를 끄덕이지 않을 수 없었다고 생각했다. 이렇게 이해하자 형도 실재로는 사랑스러운 구석이 있다고 생각했다. 그래서 쇠가 달구어졌을 때 두드리기로 결정하고 할 말을 다 했다. 굉장히 친절하게 소리 질렀다.

"형!"

루이쉬안은 마음속으로 깜짝 놀라서 말했다. '그래. 내가 너의 '형'이지!'

"형!"

둘째가 또 소리 질렀다. 마치 집에 돌아오기로 결심한 것처럼.

"형은 알지. 첸 씨 집에 좋은 서예 작품이 있지?"

그의 목소리는 상당히 높았으며 내심 득의에 차 있었다.

"왜?"

"내가 분명히 하지. 만약 있다면 제가 살 사람을 찾아주고 싶어. 첸 씨 댁 두 과부…"

"첸 선생 아직 죽지 않았어!"

"그가 살았더라도! 내가 확실히 하자면 두 분이 돈이 생기면 나쁘지 않잖아?"

"첸 부인이 이미 서예작품을 멍스의 관 속에 넣었어!"

"정말이야!"

둘째는 깜짝 놀라 펄쩍 뛰었다.

"그 늙은 할미가…"

그는 형이 노려보고 있어서 말을 잇지 못했다. 잠시 멈췄다가 다시 하나의 계책을 생각해내고 말했다.

"형, 다시 한 번 가봐! 만일 몇 개라도 찾으면 우리는 그들을 도울 수 있다!"

말을 마치자 겸연쩍은 듯이 밖으로 나갔다. 심중에 아내에게 해줄 말 한 마디 '우리 대성공이야'라는 말을 준비했다. 이 말에 그녀의 얼굴에 살찐 미소가 걸릴 것이다!

둘째가 나가자 루이쉬안은 미친 듯이 웃었다. 그러나 그는 곧 후회했다. 그는 둘째에게 방임하는 태도를 보여도 되는가. 그는 마땅히 형으로 성심을 다해 둘째의 잘못을 설명하여 둘째가 함정에 빠지게 해서는 안 되는 것 아닌가! 그는 뛰어나가 둘째에게 소리쳐서 불러들이고 싶다. 그는 생각하고 생각했지만 움직이지 않았다. 그는 열이 나는 손을 이마에 얹고 자기에게 말했다.

"됐어. 나하고 그는 둘 다 똑같은 망국노가 아닌가."

20

루이쉬안과 리쓰마는 극도로 불안했다. 하늘이 빠르게 어두워졌다. 관을 전송하러 간 사람들이 돌아오지 않았다. 리쓰마는 방안을 잘 수습해두고 그들이 돌아오면 자기는 집에 가서 쉬고 싶었다. 그들이 돌아오지 않으니 자기도 한가할 수가 없었다. 낡은 빗자루를 잡고 동쪽을 닦고 서쪽을 쓸어 시간을 보내고 있었다. 루이쉬안은 이미 여러 번 '리쓰마 좀 쉬십시오'라고 말했다. 그래도 그녀는 여전히 들락날락 거리며 그 늙은이에게 욕을 퍼부어 모든 잘못을 쓰다예의 착오 탓으로 돌렸다.

하늘에 도화색의 밝은 노을이 지고 담장 밑에는 몇 그루의 닭벼슬 꽃이 핏덩어리처럼 빛을 발하고 있었다. 잠시 후 노을 위에 점점 검은 회색이 나타났다. 닭벼슬 꽃의 붉은 색이 짙은 자줏빛으로 변했다.

시간이 더 지나자 노을이 흩어졌다. 한 덩어리는 붉고 한 덩어리는 회색이었다. 노을이 무수한 작은 덩어리가 되어 하늘에 여러 송이의 포도와 사과들이 펼쳐진 듯했다.

포도가 갑자기 밝아져서 남색도 아니고 회색도 아닌 색으로 아주 얇고 아주 밝은, 사람이 공포를 느끼게 할 정도로 요염한 색으로 변했다. 붉은 사과는 희미하게 자색을 띤 작은 불덩이로 변했다. 곧 꽃이 떨어지듯이 노을빛이 회색과 검은 색의 짙은 안개로 변했다. 하늘에 갑자기 어둠이 깔리면서 몇 길이나 아래로 던져지는 듯했다. 루이쉬안은 하늘을 보고 닭벼슬꽃을 보았다. 하늘이 갑자기 어두워지자 흑연 덩어리가 마음에 떨어지는 듯했다. 그는 완전히 마음의 평정을 잃은 듯 했다. 그는 자기에게 투덜거렸다.

'혹시 성문이 또 닫힌 게 아닐까? 그러면…' 하늘에 아주 작고 먼 별이 나타나, 아직도 푸른색을 띠고 있는 하늘에서 미약하게 깜빡이고 있었다.

"넷째 할머니!."

그는 조용히 불렀다.

"돌아가서 쉬세요! 너무 피곤하시겠어요! 쉬셔야 해요!"

"이 늙은이! 매장을 끝냈으면 곧장 돌아와야지. 묘지에서 뭐 놀게 있나? 늙으면 체면이 없단 말야!"

그녀는 가려고 하지 않았다. 그녀는 대문을 마주대하고 살고 있으니 그들이 오는 소리가 들리면 재빨리 다시 돌아올 수 있는데도 그렇게 하려고 하지 않았다. 그녀는 첸 부인이 돌아와서 교대를 할 때까지 떠날 수가 없었다. 만일 첸 부인이 오신 후에 하나의 물건이라도 모자란다 하면 그녀는 참을 수가 없을 것이다!

깜깜해졌다. 루이쉬안은 등불을 켰다. 마당 안의 벌레들이 지지거리며 합창을 이루었다. 벌레 소리들이 급해지고 비참해지자 마음속의 번민이 그를 초조하게 만들었다. 책상 끝에 낡은 책이 몇 권 놓여 있었다. 그는 손 가는대로 한권을 집어 들었다. 육유[70]의 《검남집》이었다. 등 가까이로 가져가서 한 수를 읽으며, 초조함과 불안을 달래고 싶었다. 책을 펼치자 종이 한 장이 눈에 들어왔다. 윗면에 휘갈겨 쓴 초고였다—멍스의 필적으로 알아보았다. 글자 하나 제대로 보기도 전에, 그는 이미 그 종이를 훼손 없이 가져가기로 결심했다. 기념품으로 삼고 싶었던 것이다. 곧 생각을 고쳐먹었다. 훔칠 수가 없었다. 그는 첸 부인에게 말씀드리고 가지고 가야겠다는 생각이 들었다. 죽음이 언제 자기에게 닥칠지도 모르는 시점에 기념이라니? 웃기는 소리. 그는 펼쳐서 글자를 보았다.

초추[71]:

만리에 봉화가 전해지누나.

놀란 가슴 홀로 누각에 기댄다.

구름 봉우리에는 여름 기운이 남아있고,

피바다는 추수를 씻는구나!

• • •

70 남송시대의 시인으로, 금나라를 물리치고 옛 중국의 영토를 회복해야 한다고 주장했다. 나라에 대한 염려와 투쟁의식이 돋보이는 애국시인으로 널리 알려진다.

71 이른 가을

아래에 석자의 글이 더 있었으나 글씨가 잘 보이지 않았다. 또, 모지랑붓으로 휘갈기다 뭉개버린 듯 알아볼 도리가 없었다. 한 수가 완전히 갖춰지지 않은 오율(五律)이었다.

루이쉬안은 손으로 작은 의자를 끌어다, 등 앞에 앉아 분명히 보려고 다시 한 번 읽었다. 평소에 그는 중국시를 크게 좋아하지 않았다. 다른 사람에게 말하기엔 불편했지만, 마음속으로 중국시는 아편 연기같이 사람을 의기소침하고 게으르게 만들지만, 반대로 많은 서양시는 사람의 마음을 불 같이 달아오르게 한다고 생각했다. 그는 겸손하게 이런 의견을 표명하지 않았다. 자신의 견해가 얕은 편견일 수도 있다고 생각했기 때문이다.

첸 씨 부자에 대해서는 특별히 더 문예이론에 대해 얘기하지 않으려 애썼다. 그는 혹시 의견이 다르면 우의에 손상이 갈까 염려했기 때문이었다. 오늘 멍스가 썼던 미완성 상태의 오율을 보고도 중국시에 대한 의견은 조금도 변하지 않았다. 그러나 그는 그것을 손에서 놓기는 아쉬웠다. 그는 몇 번 되풀이해서 읽고, 지워진 두 세개의 글자를 분명히 알아보려 애썼다. 분명히 볼 수 있다면 그것을 이어서 완성시키고 싶었다. 그는 멍스 시에서 좋은 점을 발견하기 힘들었거니와, 본래 그렇게 섬세한 시 짓기 놀이를 하지를 하지 않는 편이었다. 그래도 그는 이어서 완성하고 싶었다.

한참 생각해도 한 자도 생각해 낼 수가 없었다. 그는 종이를 원래 자리에 끼워 넣어 책을 잘 덮었다.

"나라는 망하지만, 시는 망하지 않을 수 있다!"

그는 혼자 중얼거렸다.

"아니야. 시도 망해야 해! 말과 글 모두가 망할 수 있어!"

그는 계속 머리를 끄덕였다.

"멍스를 위해서 원수를 갚아야 해야 하지, 시 따위가 뭔 상관이야!"

그는 천예추, 후통 사람 전부, 그리고 자신을 떠올리고는 한숨을
토했다.

"모두가 그냥 빈둥거리고만 있지, 아무도, 아무도 칼을 들 엄두를
못 낸다!"

쓰다마의 목소리에 깜짝 놀라 일어났다.

"치 도련님! 들어봐요. 그들이 오고 있어요!"

그녀는 말이 끝나자 눈을 비비며 밖으로 뛰어 나가다 문간에 걸려
넘어졌다.

"조심하세요! 쓰다마!"

루이쉬안은 그녀에게 달려갔다.

"괜찮아! 넘어져서 죽지 않아! 흥, 죽으면 오히려 속 시원하지!"

그녀는 중얼거리며 밖으로 나갔다.

낡은 마차 소리가 문 앞에서 멈췄다. 진쌴예가 노기를 띠고 소리
질렀다.

"집에 누구 살아있는 사람 없나? 등 가지고 나와!"

루이쉬안은 마당으로 나오다가 도로 방으로 들어가서 등을 들고
나왔다.

등불이 흔들리자 루이쉬안은 황토 먼지를 뒤집어 쓴 사람들이 움직

이는 것을 보았다. 게다가 황토가 덮인 낡은 마차와 꼬리조차 흔들지 않는, 노새인지 당나귀인지 분간하기 힘든 황색 가축이 눈에 들어왔다.

진싼예가 다시 소리 질렀다.

"뒈질 놈들아! 그녀를 내려놓아라!"

쓰다예, 쑨치, 샤오추이의 얼굴과 머리가 온통 황토를 뒤집어쓰고 있었다. 그들을 보니 눈만 한 쌍의 검은 동굴 같았다. 그들은 진흙으로 빚은 귀신 같이, 말없이 한 사람을 들어 내렸다.

루이쉬안은 등을 앞으로 내밀었다. 들려 내려지는 사람은 분명히 보니 첸 씨 댁 며느리였다. 그는 발을 딛고 마차 안을 들여다보았다. 차 안은 비어있었다. 어디에도 첸 부인은 없었다.

쓰다마는 근시안을 찌푸려도 분명히 볼 수가 없었다.

"어쩐 일이지? 어쩐 일이야?"

그녀의 손이 떨렸다.

진싼예는 명령했다.

"길을 비켜라!"

쓰다마가 급히 비켰으나, 하마터면 샤오추이와 부딪칠 뻔 했다.

"등을 들고 길을 안내해! 거기 명청하게 서있지 말고!"

진싼예는 등불을 향해 소리 질렀다.

루이쉬안은 급히 몸을 돌려 등갓을 손으로 감싸면서 천천히 문안으로 들어갔다. 방안에 들어가자 진싼예는 땅바닥에 털썩 주저앉았다. 비록 몸은 강건했지만 완전히 녹초가 되어 있었다.

리쓰예의 허리는 더 굽을 수 없을 정도로 굽어져 있었고, 두 다리는 이미 놓을 땅을 못 찾는 듯 했다. 그러나 그는 평소처럼 침착하게 궁시렁거리며 일처리를 했다.

"당신 빨리 설탕과 생강을 넣어 물을 끓여요! 여기 불이 없으니, 집에 가서 가져와요! 빨리!"

그는 쓰다마에게 말했다.

쓰다마는 연달아 대답했다.

"여기도 불이 있습니다. 당신 오시면 마실 물을 찾을 것이라고 알고 있었소! 그런데 대관절 어쩐 일이요!"

"빨리 일해요! 한담할 시간 없어요!"

쓰다예는 쑨치와 샤오추이에게로 몸을 돌렸다.

"너희 둘은 집에 돌아가 얼굴 씻어. 조금 있다가 우리 집에 가서 뭐 좀 먹어. 마부들은?"

마부들은 이미 따라 들어와서 방문 밖에 서있었다.

쓰다예는 돈을 꺼냈다.

"됐어요. 기사님, 오늘 수고가 많았소. 다음에 내가 한 잔 사지!"

그는 원래 약조한 금액 외에 한 푼도 더 주지 않았다.

마부는 당나귀 같은 얼굴을 한 중년 사나이였는데, 돈을 보지도 않고 바로 주머니에 넣었다.

"쓰다예, 우리 그간 사이 좋게 잘 지내왔죠. 그럼 이제 저는 가보겠습니다!"

"우리 내일 봅시다! 마부님!"

쓰다예는 그를 밖으로 전송하지도 않고 급히 진싼예를 불렀다.

"싼예, 누가 천 씨 댁에 부고를 전하는 게 좋을까요?"

"제가 신경 쓴다고 되는 일이 아니오!"

싼예는 땅에 주저앉아 있었다. 붉은 코는 황토 먼지를 뒤집어쓰고 있어서 막 뽑은 당근 같았다.

"천가 녀석은 한마디로 사람이 아냐! 이렇게 가까운 친척이 말이야, 뺀들거리면서 목적지까지 전송하지도 않지. 어쨌든 개를 찾아 갈 수 없어. 내 발바닥이 모두 부르텄는데!"

"어쩐 일이요, 넷째 할아버지?"

루이쉬안이 물었다.

리쓰예의 목이 막혔다.

"첸 부인이 관에 머리를 박고 돌아가셨소!"

"뭐……."

루이쉬안은 "라구요?"라는 말을 잇지 못하고 삼켰다. 그는 자신이 묘지까지 따라가지 못한 것을 굉장히 후회했다. 한 사람이라도 더 있었으면 아마도 재빨리 첸 부인을 구할 수 있지 않았을까. 하물며 자기와 예추가 그녀의 눈에서 나오는 이상한 '빛'을 감지하지 않았던가.

그때 쓰다마는 설탕물을 며느리 입에 부어넣었다. 며느리는 흥흥하는 소리를 내었다.

딸이 소리를 내는 것을 보고 진싼예는 다리가 아픈 것도 잊은 채 일어났다.

"불쌍한 우리 딸! 정말이지 좋은 일이 없고, 엎친 데 덮친 격이구나!"

그렇게 말하면서 딸을 보려고 방안으로 들어갔다. 딸을 보고 그의 마음이 누그러져서 곧 마음을 정했다.

"얘야, 상심마라. 아빠가 있잖니! 아빠가 너가 먹고 입는 것 모자라지 않게 하마! 나하고 함께 집으로 가지 않을래?"

루이쉬안은 진싼예를 그냥 보낼 수 없다는 것을 알고 리쓰예에게 물었다.

"시신은?"

"내가 아니었으면 어쩔 줄 몰랐을 것이야! 사원에 혼령은 둘 수 있지만 입관하지 않은 시신은 받아주지 않으려 했어! 내가 먼저 둥즈먼 부근에서 외상으로 싼 관 하나를 샀다. 그리고 연화암 사원에 가서 조잡한 사정했지. 거의 절하면서 사정했다니깐. 그러니 이틀은 안치할 수 있게 해줬네. 그리고 관을 연암으로 모시고 가서 사정을 해서 이틀 정도 둘 수 있게 되었네! 관을 바꾸는 것과 어떻게 장사를 치를지 전부 신경 써야 해! 아이고, 내가 평생 남을 도와주기만 했는데 이렇게 골치 아픈 일은 처음이야!"

이제까지 침착하고 노련한 리쓰예가 불안하고 조급해했다.

"쓰마! 당신 물 한 사발 가져와요! 목 안이 탄단 말이야!"

"가요! 가요!"

쓰다마는 남편의 말투와 목소리 모두 평소와 다른 것을 듣고, '늙은 놈'이라고 욕할 엄두가 나지 않았다.

"진싼예를 그냥 보내선 안 돼요!"

루이쉬안이 말했다.

진싼예가 안에서 밖으로 나왔다.

"왜 나를 못 보내겠다는 거요? 내가 누구에게 무엇을 빚지기라도 했나요? 나는 이미 사위를 보냈는데, 또 안사돈의 장례도 이끌란 말이요? 당신들은 천 뭐시기 추었나 그 녀석을 찾아와야지! 죽은 사람이 바로 친누나 아니요!"

루이쉬안은 성질을 죽이고 비참한 미소를 띠우며 말했다.

"진싼예, 천 선생은 방금 나에게 5위안을 빌려갔어요. 생각해보세요. 그 사람이 장사 치룰 돈이 있겠어요?"

"내게 5위안이 있었으면 그런 놈에게는 빌려주지 않아!"

진싼예는 장의자에 앉아, 한 손으로 다리를 주무르며, 한 손으로 얼굴의 황토를 닦았다.

"음…"

루이쉬안은 여전히 성의 있는 태도를 보여, 싼예가 화내지 않게끔 했다.

"그는 정말로 돈이 없어요! 이 세월에 일본인들이 우리의 성을 점령하자, 일을 하는 사람들이 봉급을 받지 못하고, 아이들이 8명이나 있으니, 어쩔 수 있겠습니까? 됐어요, 아저씨 적선하세요! 간단히 말하면 아저씨가 아니면 방법이 없어요!"

쓰다마가 뜨거운 물을 한 주전자 가져와서 한 사람 한 사람에게 한 사발씩 부어주었다. 쓰다예는 땅에 쭈그리고 앉고, 진싼예는 장의자에 앉아, 일제히 뜨거운 물을 훌쩍거리며 마셨다. 물의 열기가 진싼예 마음속의 얼음을 녹였다. 물 사발을 의자 위에 놓더니, 머리를 숙이고 눈물을 흘렸다. 조금 있다가 그는 흐느끼기 시작하여, 얼굴의 황토 먼지 위에 두 개의 눈물 도랑을 내었다. 그 후 힘껏 빨간 코를 눌러 한 입 가득 흰 가래를 뱉고 머리를 쳐들었다.

"정말 생각지 못했어! 정말 생각지 못했어! 우리의 베이핑의 여덟 개 대로, 둥단과 시쓰 고라우 앞에 저렇게 많은 사람이 있는데, 왜놈들을 이길 수 없다니. 왜놈들이 이렇게 고통스럽게 다스리게 한다니! 이 좋은 집에서 연이어 둘씩 셋씩 모두 죽다니! 좋아. 치 선생. 자네가 천 씨 찾아가! 돈, 내게 있어. 그 사람에게 알려! 바른 사람이 돈을 어두운 곳에 쓰면 안 되니까!"

루이쉬안은 상당히 피곤했지만 후문으로 해서 천 선생을 찾아가기로 결정했다. 쓰다예는 샤오추이를 보내라고 주장했지만 루이쉬안은 듣지 않았다. 첫째로 샤오추이는 이미 하루 종일 뛰어다녔고, 둘째로 자기가 먼저 천 선생을 만나서 진쌴예에게 대응할 수 있는 말을 전해주고 싶었기 때문이다.

달이 아직 뜨지 않아 동네가 칠흑같이 어두웠다. 문간에서 멀지 않은 곳에서 루이쉬안은 몽둥이 비슷하고, 단단하고, 둥근 물건에 걸려 넘어질 뻔 했다. 그는 본능적으로 다리를 거두었다. 한 마리의 큰 뱀이라 생각했다. 베이핑에는 팔뚝만한 뱀이 없다는 생각이 나기도 전에 땅바닥에서 소리가 났다.

"때려! 할 말이 없다! 할 말이 없다고!"

루이쉬안은 말소리가 누구 소리인지 알아차렸다.

"첸 아저씨, 첸 아저씨!"

땅에서 소리가 나지 않았다. 그는 허리를 굽히고, 눈에 힘을 주어

땅 위를 훑고 나서야 겨우 뚜렷이 보였다. 첸모인이 얼굴은 아래로, 몸은 문에, 다리는 문지방에 걸친 채로 엎드려있었다. 그는 그의 할 한 쪽을 만졌는데, 여전히 부드럽지만 흠뻑 젖어 있고 차가웠다. 그는 머리를 집안으로 향해 소리쳤다.

"진 아저씨! 리 할아버지! 빨리 와요!"

그의 소리는 잘 안 들렸지만 방안의 두 노인이 놀랐다. 그들은 재빨리 뛰어나왔다. 진싼예는 투덜거렸다.

"뭐야! 또 무슨 일이냐? 이렇게 시끄럽게 난리 피우고?"

"빨리 와요! 이 분을 모셔요! 첸 아저씨예요!"

루이쉬안은 급하게 소리 질렀다.

"누구라고? 사돈이야?"

진싼예는 루이쉬안과 부딪쳤다.

"사돈? 당신 잘 왔어! 마침 이때!"

그는 계속 말을 많이 하면서도 재빨리 방향을 짐작하고, 두 손으로 첸 선생의 다리를 들었다.

"쓰다마!"

리쓰예는 어둠속에서 더듬어 첸 선생의 목을 들었다.

"빨리, 등 가지고 와!"

쓰다마의 손이 벌벌 떨렸다. 바쁘게 움직였으나 실제로는 아주 느리게 등을 가지고 나와서 창틀에 놓았다.

"누구야! 무슨 일이야? 귀신이 장난하는 것만 같아!"

방안에 들어가자 땅바닥에 놓았다. 루이쉬안이 창틀에서 등을 가지고 와서 탁자 위에 놓았다. 땅바닥에 누워있는 사람은 확실히 첸 선생이었다. 그러나 그는 이미 그들의 마음속에 있는 그 시인은 아니었다.

첸 선생의 통통한 얼굴에 살이라고는 없었다. 아무데도 붙어있지 않은 검은 가죽뿐이었다. 긴 머리카락은 아교를 머리에 칠한 것처럼 한 뭉치로 엉켜 붙어있었다. 그 뭉치 위에는 흙덩이, 풀줄기가 붙어있었다. 관자놀이 일대는 지져져서 반점이 여기저기 있고, '흡종' 같이 머리카락이 뽑혀있었다. 그는 눈은 감고 있었으나 입은 벌리고 있었다. 입 속에는 이가 하나도 없었다. 몸에는 바지저고리만 걸치고 있었다. 얼굴빛은 하도 여러 색이라 분명히 어떤 색인지 구별해낼 수가 없었다. 어떤 곳은 벗겨져 있고, 어떤 곳은 찰싹 달라 붙어있었고, 어떤 곳은 굳어져 있었다. 피인지 무엇인지 어떤 찰기 있는 물건이 얼굴에 응결되어 있는 것 같았다. 맨발에 온통 더러운 흙이 묻어있었고, 심하게 부어서 막 진흙 밭에서 나온 돼지 새끼 같았다.

그들은 멍하니 그를 보고 있었다. 놀람, 연민, 분노가 그들의 마음속에 교차했다. 그들은 심지어 그가 차가운 바닥에 누워있다는 것조차 잊었다. 리쓰마는 제대로 이 광경을 보지 못했기에 움직였다. 그녀는 뜨끈한 단물 한 잔을 가지고 왔다.

그는 그녀의 손에 있는 잔을 보고서야 루이쉬안은 움직였다. 루이쉬안은 아주 조심스럽고 공경하는 듯 그의 목을 들었고, 쓰다마가 단물을 떠 넣게 했다. 쓰다마가 왔다 갔다 하면서 첸 선생의 얼굴을 분명히 보았다. '야'라는 소리를 내면서 잔이 손 밖으로 미끄러졌다. 리쓰예는 그녀를 나무라고 싶었다. 그러나 감히 입도 뻥긋하지 못했다. 진싼예가 가까이 다가와 소리를 낮추어 온화하게 말했다.

"사돈! 사돈! 모인! 눈을 떠! 정신 차리시오!"

부드럽고 간절한 목소리가 거친 말투를 지닌 사람의 입에서 나오자, 더 비참한 느낌을 주었다. 루이쉬안이 자기도 모르게 눈이 젖었다.

첸 선생의 입술이 달싹거리며 두어 마디가 새어나왔다. 리쓰예가 갑자기 생각난 듯이 방안에 있는 반은 부서진 등나무 등의자를 들고 왔다. 루이쉬안은 천천히 첸 선생의 몸을 진싼예의 도움을 받아 장의자 위에 눕혔다. 첸 선생을 위를 보고 눕혔다가 앉은 자세로 바꾸었다. 그가 일어나 앉자 진싼예가 '아'라고 소리 질렀다. 그 소리 중에는 놀라움과 공포가 들어있어서 리쓰마의 탄성과 맞먹을 정도였다. 첸 선생의 등 부분 상의는 두 개의 어깨에만 옷쪼가리가 남아 있었고, 그 아래는 피투성이의 기다란 천쪼가리만 남아 있었다. 그 피 자국 중에는 검은색이나 노란색의 기다랗게 굳은 흉터도 있었다. 아직 붉게 피가 흐르며 농물이 나오는 것도 있었다. 어떤 것은 터지지 않고 파랗게 부어오른 상태였고, 어떤 것은 검은 흉터 아래로 하얀 농양이 달라붙어 있었다. 흰색, 검은색, 빨간색, 푸른색…… 그의 등은 흡사 며칠 걸려 직조해낸 피의 그물과도 같았다.

"사돈! 사돈!"

진싼예는 정말 마음이 움직였다. 사실은 멍스의 죽음도 이렇게나 그의 마음을 움직이지는 못했다. 왜냐하면 애초에 에게 딸을 시집보낸 것도 사실은 모인을 좋아해서였기 때문이다.

"사돈! 이게 무슨 일이요! 일본 놈들이 당신을 이 지경으로 만들었구나! 그 놈들의 18대 조상들 모두 엿 먹으라 그래!"

"일단 조용히 하세요!"

루이쉬안은 시인을 부축했다.

"쓰다예, 빨리 의사 선생님 모시고 와요!"

"나는 백약(白藥)을 가지고 있소!"

쓰다예가 몸을 돌려 집에 약을 가지러 가려 했다.

"백약으로는 안 돼요! 가서 서양 외과의를 모시고 와요!"

루이쉬안이 상당히 강경하게 말했다.

리쓰예는 백약의 효과를 믿지만 감히 반박하지 못했다. 계속 서있어서 불편한 두 다리를 이끌고 나갔다.

첸 선생이 눈을 뜨고 이상한 소리를 내더니 추스르고 앉았다.

리쓰다마는 잔을 엎지른 죄과를 속죄하려고 다시 설탕물을 따랐다. 이번에는 감히 자기가 부어드리지 못하고 진싼예에게 넘겼다.

샤오추이가 돌아와서 창밖에서 소리 질렀다.

"쓰다마, 밥 안 잡수어요? 이미 시간이 이르지 않아요!"

"너 쑨치하고 같이 먹어. 나 기다리지 말고!"

"넷째 할아버지는요?"

"의사 모시러 갔어!"

"왜 저를 보내지 않고서?"

말하면서 샤오추이가 방안으로 들어왔다. 한 눈에 방안의 상황을 알아채고 펄쩍 뛰었다.

"뭐예요? 첸 선생님!"

루이쉬안이 첸 선생을 부축하면서 샤오추이에게 말했다.

"샤오추이. 한 번 더 후문에 가서 천 선생을 바로 모시고 와요!"

"착한 녀석!"

리쓰마도 조급함이 마음 속에서 날뛰다가 딸꾹질로 나왔다.

"너, 만두 간단히 몇 입 먹고 빨리 뛰어가!"

"저…"

샤오추이는 첸 선생의 일을 명백히 묻고 싶었다.

"빨리 가, 착한 녀석!"

쓰다마는 사정을 했다.

샤오추이는 떠나기 아쉬워하는 듯 밖으로 나갔다.

설탕물이 첸 선생의 위장으로 내려가자 뱃속에서 꾸룩꾸룩하는 소리가 났다. 눈을 뜨지도 않고 이빨이 없는 입술을 달싹거렸다. 루이쉬안은 몇 마디 알아듣기는 했지만, 이 몇 마디를 연결하여 뜻을 이끌어 낼 수가 없었다. 얼마간을 기다리자 첸 선생이 제대로 말을 했다.

"좋아! 다시 때려! 나는 할 말이 없어! 할 말이 없어!"

그의 손은—그의 다리처럼 시커맸다— 땅바닥을 단단히 움켜쥐고 있었다. 손톱이 네모진 벽돌 사이를 후비고 있었는데, 마치 고통에 저항하기 위한 힘을 늘리기 위해서인 것 같았다. 그의 목소리는 평소와 다름없이 낮게 속삭였다. 그러나 평소보다 생사의 경계를 넘는 힘을 가졌다. 첸모인이 갑자기 눈을 떴다. 그의 눈은 절 안에 있는 불상의 눈처럼 굉장히 크고, 굉장히 밝았지만, 아무 것도 보이지는 않았다.

"사돈! 나야, 진쌴예!"

진싼예는 땅바닥에 꿇어앉아 사돈과 대면했다.

"첸 아저씨! 저예요, 루이쉬안!"

첸 선생은 눈을 감았다. 등불에 반사되었기 때문일 수도, 평일의 습관이 나타난 것이었을 수도 있다. 눈을 다시 떴다. 여전히 앞을 바라보던 그는 기억하기 어려운 무언가를 생각하는 모양이었다.

방안에서 리쓰마가 반은 권고하고 반은 책망하듯이 첸 씨 댁 며느리에게 말했다.

"일어나지 말아! 아가야, 좀 더 누워있어! 말을 듣지 않으면 나야 어쩔 수 없지!"

첸 선생은 생각하던 일을 잊어버린 것 같았고, 눈을 작은 솔기 모양이 되도록 꾹 감았다. 고개는 조금 기울였는데, 마치 몰래 누군가의 얘기를 듣는 것 같았다. 방안의 소리를 듣자, 그의 얼굴에 노기가 비쳤다.

"아!"

양 입술이 움직였다.

"3호 집이 벌을 받아야 해! 좀 더 버티어라, 울지 마라! 너의 입술을 깨물어라, 깨물어 짓무르게 해!"

오히려 첸 씨 댁 며느리가 나와서 소리쳤다.

"아버님!"

루이쉬안은 그녀의 음성과 상복이 첸 선생의 주의를 끌 것이라고 생각했다. 그러나 첸 선생은 여전히 무엇에도 신경을 쓰지 않았다.

낡고 부르진 등의자를 잡고 며느리는 소리 없이 곡을 했다.

첸 선생은 양 손을 땅에 대고 힘을 써서 일어나려는 듯 했다. 루이쉬안은 부축하여 애써 의자 위에 앉히려 했다. 그런데 첸 선생의 힘이 갑자기 미친 사람처럼 커졌다. 힘을 주니 웅크려 앉을 수 있게 되었다. 그의 눈은 깊고 맑았다. 그는 몇 번 두리번거렸다.

"생각이 났다! 그의 성이 관가였다! 하하! 그에게 가서 내가 아직도 죽지 않았다는 것을 보여줄 테다!"

다시 한 번 힘을 써서 일어났다. 몸이 두어 번 흔들리더니 바로 섰다. 그는 루이쉬안을 봤지만 못 알아보았다. 움푹 들어간 뺨이 움직였다. 몸을 뒤로 약간 내뺐다.

"누구요? 또 나를 전기고문 하러 끌고 갈 거요?"

그는 두 손으로 잽싸게 관자놀이를 덮었다.

"첸 아저씨! 저예요! 치루이쉬안! 여기는 당신 집이예요!"

첸 선생의 눈은 우리 속의 굶주린 호랑이 같았다. 어쩔 수 없는 듯이 루이쉬안을 보았지만 여전히 누군지 분명히 알아보지 못하는 듯 했다.

진싼예가 갑자기 한 가지 계책을 생각해냈다.

"사돈! 멍스와 사부인이 돌아가셨어요!"

그는 첸 선생이 정신이 혼미하니, 가장 비참한 일을 말해주면, 듣고, 한바탕 곡을 하고 나면, 정신이 맑아질 것으로 생각했다.

첸 선생은 진싼예의 말을 이해하지 못하는 듯 했다. 오른손을 이마에 대고 생각에 잠긴 듯했다. 한참 생각하더니 걸음을 앞으로 옮겼다. 그의 두껍게 부어버린 발은 이미 높이 들어올려질 수 없었다. 한껏 들어 올린 다음에도, 첸 선생은 어디에 발을 놓아야할지 몰랐다. 이렇게 두 걸음 걷더니 기분이 좋아진 것 같았다.

"못 잊어! 그래 어떻게 잊을 수 있니! 내가 관가 성을 가진 놈을 찾아가야지!"

말하면서 족쇄를 차고 있는 듯이 죽을힘을 다해 앞으로 걸어갔다.

달리 더 좋은 생각이 없기 때문에 루이쉬안도 진싼예의 방법을 믿었다. 그는 첸 선생이 정신이 혼미하더라도, 마음속으로 관가 일을 기억해낼테니, 말리지 말아야겠다고 생각했다. 첸 선생이 관샤오허와 얼굴을 맞대면 틀림없이 충돌이 일어날 수 있을 것이라는 것을 알았다. 만약 첸 선생이 머리로 들이받아 관샤오허와 함께 죽지나 않을런가! 그가 말릴 수가 없지만 흉사가 또 일어나지나 않을까! 그래서 그는 재빨리 첸 선생과 함께 가기로 결정했다. 생각이 정해지자 그는 첸 선생을 부축했다.

"비켜!"

첸 선생은 부축하는 것을 허용치 않았다.

"비켜! 날 붙잡아서 뭐해? 나 혼자 갈 거야! 형장까지 이렇게 갈 거야!"

루이쉬안은 뒤따라갔다. 진싼예는 딸을 힐끗 보더니 망설이다 따라나섰다. 리쓰마는 며느리를 부축해서 들어갔다.

첸 선생은 여러번 넘어진 끝에 겨우겨우 3호 집 문 밖에 도착했다. 진싼예와 루이쉬안은 첸 선생이 혹시나 넘어질까 싶어 바짝 따라갔다.

3호 집의 문이 열려있었다. 마당 안의 전등이 밝지는 않아도 물건을 알아볼 정도였다. 첸 선생은 몇 번 노력을 거듭한 후에 계단을 올라갔다.

그의 다리와 팔이 부어서 기민하지 못했다. 루이쉬안은 그를 부축하여 집으로 돌아가고 싶었지만, 첸 선생이 당연히 들어가서 샤오허에게 경고해야 한다고 생각했다. 진싼예도 대체로 비슷하게 생각하여 사돈을 부축하여 대문을 들어갔다.

관 씨 부부는 두 분의 손님과 포커판을 벌리고 있었다. 손님 한 분은 남자이고 또 한 분은 여자였다. 보아하니 부부 같았지만 부부는 아닌 것 같았다. 남자는 덩치가 큰 사람으로 군벌 시대에 사단장이나 여단장을 지낸 군인 같이 보였다. 여자는 서른 살 남짓하고 양가집 출신 기녀 같았다. 마침 그들은 자신들의 이력을 설명하는 중이었다—남자는 작은 군벌이었고 여자는 동거하는 기녀였다. 그는 그때까지 톈진에 살았는데 최근에 베이핑에 왔다. 자신의 활동에 대해 말한 바에 의하면 그는 아마도 경찰국의 특고 과장이 될 것이라 했다. 이 때문에 관 씨 부부는 성심성의껏 그를 식사에 초대하고 여자 친구도 함께 청했다. 식사 후 그들은 판을 벌렸다. 그는 포커판 매너가 별로 좋지 않다. '에이스', '킹', '퀸'을 만나면 그는 즉시 커다랗고 서툰 손으로 표시를 해두었다. 카드를 나눌 때는 다른 사람의 카드를 마음대로 뒤적거리고, 얼굴을 찌푸리며 말했다.

"어, 당신 빨간 하트 에이스 한 세트를 가지고 있구만!"

패를 잘 내면 그는 또 나머지 패의 첫 장을 제대로 뒤져 보아야 직성이 풀렸다. 그의 마음과 손이 아주 서툴러서 남모르게 속임수를 쓸 줄 몰랐다. 그가 놀이 규칙을 지키지 않는 것은 돈을 사기 쳐 먹는 것의 변형된 방식이었다. 몇 판을 이긴 후에 뻔뻔스럽게 말했다.

"이 방법은 장중창[72] 도독에게 배운 거야!"

관 씨 부부는 세상물정을 잘 아는 교활한 노름꾼이었다. 당연히 그런 손해를 보고 그냥 있을 사람이 아니었다. 그러나 오늘은 돈을 잃는 운명을 받아들이기로 했다. 왜냐하면 내일이라도 특무주임에 임명될 사람에게는 뇌물을 받쳐야 하기 때문이다. 샤오허는 확실히 교양이 있었다. 돈을 잃을수록 태도가 자연스럽고 활발하게 담소했다. 그리고 수시로 군인이 데려온 여자 '친구'에게 추파를 던졌다. 다츠바오는 기백이 크다 해도 때로는 못 참아서, 얼굴의 주근깨가 밝아졌다 어두워졌다 하며 티가 났다. 샤오허는 불시에 발끝으로 그녀의 다리를 건드려, 손님의 미움을 사지 말라고 경고했다.

샤오허는 방문을 마주보고 앉아 있었다. 첸 선생을 제일 먼저 본 사람은 그였다. 보자마자 그의 얼굴에 핏기가 가셨다. 그는 패를 팽개치고 일어나려 했다.

"무슨 일이야?"

"무슨 일이야?" "뭐야?"

다츠바오가 물었다. 그가 대답하기도 전에 곧 그녀도 들어오는 사람을 보았다.

"무슨 일이야?"

그녀는 거지에게 묻듯이 첸 선생에게 물었다. 그녀는 들어오는 사람이 밥을 구걸하는 사람이라 생각했다. 첸 선생이라는 것을 분명히 알게 되자, 그녀 역시 책상 위에 패를 놓았다.

• • •

72 봉계 군벌의 도독 중 하나로 악명이 높았다.

"패를 내놓아! 당신 차례요, 관 씨!"

군인은 눈꼬리를 치켜서 들어오는 사람을 보았다. 그러나 마음은 여전히 도박판에 있었다.

첸 선생은 관샤오허를 보고 입술이 가볍게 떨렸다. 그 모습은 초등학생이 선생 앞에서 암송하기 전에 혼자 미리 연습하는 것 같았다.

진싼예가 사돈 옆에 바짝 붙어 섰다. 루이쉬안은 원래 방에 들어가고 싶지 않았다. 하지만 잠시 멍청하게 서 있다가 자기는 용기가 없는 사람이라 생각했다. 가볍게 웃고 나서, 그 역시 조용히 들어갔다.

샤오허는 루이쉬안을 보았다. 손을 맞잡고 인사를 하려 했지만, 손을 도무지 들어올릴 수 없었다. 적에게 무릎을 기꺼이 꿇는 사람은 아마 무릎에 뼈가 없을 것이다. 그는 그 자리에 얼어붙어있었다.

"젠장, 이게 어쩐 일인가?"

군인은 모두가 얼어붙어있는 걸 보고 성이 났다.

루이쉬안은 진정하고 싶었으나 마음이 급했다. 그는 첸 선생이 빨리 마음에 얽힌 생각을 풀어내고, 빨리 이 난감한 상황을 끝냈으면 했다.

첸 선생이 앞으로 다가섰다. 방안에 들어온 이래 누구도 똑똑히 알지 못했는데 이제야 관샤오허를 똑똑히 알아보았다. 알아보자, 그의 말은 이미 익히 아는 시를 외우듯이 마음으로부터 쏟아져 나왔다.

"관샤오허!"

그의 목소리는 거의 평상시의 낮고 부드러움을 회복했으며, 그의 표정도 거의 평소처럼 성실하고 온후해졌다.

"너, 무서워할 필요가 없다. 나는 시인이야. 폭력을 사용할 줄 몰라!

내가 온 것은 너에게 나를 보이기 위해서야! 나는 죽지 않았어! 일본인이 사람을 때릴 수 있어. 그것으로 내 몸을 파괴할 수 있어. 그들이 뼈를 자를 수 있어. 그러나 내 마음을 바꿀 수는 없어! 내 마음은 중국인 마음이야! 너는? 너에게 묻노니. 너의 마음은 어느 나라의 것이냐? 나에게 대답해다오!"

여기에 이르자 거의 힘이 다 된 것 같이 몸이 흔들렸다.

루이쉬안이 다가가서 노인을 부축했다.

샤오허는 꼼짝하지 않고 입술만 핥았다. 첸 선생의 모습과 말이 그의 마음을 조금도 움직이지 못하게 했다. 다만 첸 선생이 자기에게 덤벼들지 않을까 두려워했다.

군인이 말했다.

"관부인, 이게 무슨 일이요?"

다츠바오는 첸 선생이 폭력을 쓰지 않을 것이라는 것을 분명히 알고, 마침 옆에 있는 그녀의 돈을 속여 빼앗으려는 후보 특무처장의 위엄을 등에 업고 세게 나가기로 결정했다.

"정말로 생트집 잡는 거요. 당신들 전부 꺼져요."

진싼예의 네모진 빨간 코가 빛을 발했다. 한 걸음에 그는 일보 탁자 앞으로 다가갔다.

"누가 꺼진단 말이요?"

샤오허는 도망가고 싶었다. 진싼예는 탁자 위로 몸을 뻗었다. 늙은 매가 사냥감 목을 조르듯이 그의 목을 틀어쥐고 앞뒤로 흔들자 샤오허가 앉아있는 의자까지 넘어졌다.

"사람을 때려?"

다츠바오가 일어서서 군인을 향해 도움을 청했다.

군인―일개 깡패의 앞잡이가 된 호랑이에 불과한 군인―은 급히 일어나서 한 옆으로 비켜섰다. 기녀는 늙은 쥐처럼 군인 뒤에 숨었다.

"사나이는 여자와 싸우지 않아!"

진싼예는 뒤집혀진 거북이 같은 관샤오허를 잡으려 했다. 그러나 다츠바오는 기갈이 셌기에 머뭇거렸다. 진싼예는 더는 못 참고 손을 들어 그녀의 얼굴에 한 방 먹였다. 들돌로 단련된 솥뚜껑 같은 손으로 한 방 먹였으니, 그녀의 이빨이 두 개나 흔들리게 되고 입에서 피가 흘러나오게 되었다. 그녀는 뺨을 가리고 소리 질렀다.

"살려주세요! 살려주세요!"

"소리 내면 죽여 버린다!"

그녀는 얼굴을 가리고 다시는 감히 소리도 내지 못하고 옆으로 피했다. 그는 뛰쳐나가 순경을 부르고 싶었다. 그러나 그녀는 요즘 순경은 제대로 일을 하지 않는다는 것을 안다. 그때 가서야 나라가 그녀조차조 나라가 망하면 거북한 구석이 있다는 것을 알게 되었다.

군인과 그의 여자친구는 뛰어나가고 싶었다. 진싼예는 그들이 나가서 군인을 데려올까 겁이 나서 협박을 했다.

"움직이지 마라!"

군인은 명령에 복종할 줄 알아서 꼿꼿이 선 자세로 방 귀퉁이에서 있었다.

루이쉬안은 싸움을 말리고 싶지 않았으나 첸 선생이 기절해버릴까 겁이 났다. 양 손으로 노인의 팔을 꽉 잡고 진싼예에게 말했다.

"됐습니다. 갑시다!"

진싼예는 재빨리 침착하게 탁자를 둘러 나왔다.

"그 녀석을 좀 혼내 줘야겠어! 걱정 마요, 나는 사람을 때릴 줄 압니다! 좀 아프게는 해도 뼈를 상하게는 하지 않는다!"

샤오허는 그때 허둥대며 의자에서 간신히 뒤척이며 몸을 일으켰다. 도망갈 수 없다는 것을 알자 탁자 아래에 얼굴을 처박았다. 진싼예는 그의 왼 다리와 팔을 잡았다. 마치 죽은 개처럼 끌어내었다.

샤오허는 베이핑 무사도의 규칙을 알았다. 그는 소리쳤다.

'아버지!73때리지 마십시오!'

진싼예는 어쩔 수 없었다. '아버지'라고 소리치면 다시는 때릴 수 없다. 붉은 코를 비틀며 어쩔 수 없이 말했다.

"특별히 봐 준 줄 알아라. 너 이 녀석! 흥!"

말을 마치자 허리를 펴고, 쭈그려서 첸 선생을 등에 없었다. 그러고 나서는 루이쉬안을 향해 고개를 끄덕였다.

"가자!"

문을 나왔다. 그는 멈춰 서더니 방을 향해 말했다.

"나는 진싼예다. 장양팡 구역에 산다. 언젠가 나를 찾아와라. 차를 대접하겠다!"

자오디는 두려워, 아름다운 작은 얼굴을 이불 속에 처박았다. 침상에 웅크려 누워 감히 움직일 수 없었다.

• • •

73 북경 깡패 사회에서는 상대를 아버지라 부르는 것은 항복선언을 의미한다.

퉁팡과 가오디는 마당에서 구경했다.

마당의 등불 덕에 첸 선생이 그들을 볼 수 있었다. 그는 가오디를 알아보고 말했다.

"너는 착한 애야!"

진싼예가 물었다.

"무엇이라고요?"

그 후에 매화장을 차는 듯한 걸음걸이를 해보이고 나서 사돈을 업고 집으로 돌아왔다.

'적'이 모두 가버리자 관 씨 부부는 모두 좋아라 했다. 그리고 서쪽 이웃집까지 들리게 저주를 퍼부었다. 다츠바오는 양치질을 했다. 그리고 원수를 갚지 않을 수 없다고 선포했다. 그리고 진싼예를 갈갈이 찢어죽일 허다한 계책을 생각해냈다. 샤오허는 상세히 왜 자기가 저항하지 않았는지를 설명했다. 그것은 담이 작아서가 아니라 구두에 개똥 냄새가 날까 두려워서라고 말했다. 그 군인도 비분강개하게 말했다. 본인이 이번에 손을 안 쓰긴 했지만, 만약 손을 썼으면 진싼예 10명이 온다 할지라도 자기 상대가 되지 못할 것이라고. 군인이 데려온 여자는 아무 말도 없이 미소를 머금고 머리만 끄덕였다.

21

리쓰예는 시반청의 한의사라면 눈을 감아도 대체로 반 이상은 떠올
릴 수 있다. 그들의 주소, 그들의 전문 분야 모두 알고 있다. 서양의에
대해서는 몇 사람의 성명과 주소만 알고 있으나, 그들이 무슨 병을
치료할 수 있는지 모른다. 두세 명을 부딪쳐 보다가 우딩허우 후퉁에서
필요한 외과 의사를 겨우 찾아내었다. 그 의사는 능력은 별로 없으나
많지 않았으나 얘기하기 좋아하는 의사였다. 얼굴은 몹시 여위고 신체
는 가늘고 길었으며, 동작은 아편쟁이처럼 굉장히 느렸다. 리쓰예에게
몇 마디 묻고는 아주 천천히 칼과 가위와 작은 병들을 상자 안에 넣었다.
물건들 하나하나를 보고 또 보아서 결정을 못하고, 미적거리다 상자에
넣었다가 다시 꺼내보고 나서 다시 넣었다. 리쓰예는 마음이 급해 진땀
이 났다. 몇 번이나 손짓과 간단한 말로 누우이 재촉을 했다. 의사는

여전히 서두르지도 당황해하지도 않고, 한편으로는 물건을 챙기고, 한편으로는 느릿느릿 말을 했다.

"서두르지 마십시오. 그 병은 제 손이 닿으면 완치될 것을 보장합니다! 저는 완전 서양식 의술만을 추구하는 의사가 아니라, 중국식 접골과 근육 잇기도 가능합니다. 중국과 서양 의술에 모두 관통하여 절대로 일을 그르치지 않습니다!"

이러한 몇 마디 '자기소개'가 리쓰예의 마음을 약간 편안하게 했다. 노인은 백약과 중국의 접골술을 믿었다.

의사는 지금까지 한 번도 왕진해본 적이 없는 것처럼 약상자에 챙겨 넣었다. 그러고 옷을 또 갈아입었다. 리쓰예는 시간이 벌써 삼경을 넘겼으니 잘 차려입을 필요가 없다고 생각했지만 감히 말을 꺼내지 못했다. 의사가 차려입기를 끝내자 노인은 자기의 인내가 아무 가치가 없지는 않았다고 생각했다. 그는 원래 의사는 양복을 입거나 흰색 가운으로 갈아입을 것이라고 여겼다. 그러나 이 의사는 정교한 얇은 비단 겉옷으로 갈아입고 비단 신발을 신었다. 소매 끝을 아주 천천히 조금 말아 올렸다. 의사는 만담 무대에 나가려고 아주 철저히 준비하는 사람 같았다. 리쓰예는 차라리 의사가 상성하는 사람처럼 보이는 것을 원했지, 양복을 입은 가짜 서양인이기는 바라지 않았다.

의사의 말아 올린 소매 끝을 보고 리쓰예는 약상자를 집어 들었다. 그러나 의사는 아직 따라나설 생각이 없는 듯했다. 그는 담배 한 가치를 채운 뒤에 불을 붙여 빨아 당겼다. 밖으로 내뱉지 않을 수 없을 때까지 연기를 머금고 있다가 아주 인색하게 콧구멍으로 내보냈다. 그는 담배

를 피우는 게 아니라 연기를 조금씩 여과하고 있었다. 이렇게 두어 번 빨아 당기더니 물었다

"나는 먼저 진료비 얘기부터 합니다. 소인 짓은 먼저하고 군자 노릇은 나중에 하지요!"

리쓰예는 평생을 살아오면서 정을 나누는 것이 첫째이고 돈은 그다음이었다. 그가 아는 모든 의사들 중에 먼저 진료비 얘기를 꺼내는 사람은 한 명도 없었다. 그가 모시러 갈 때 의사들은 그의 연세와 예의범절을 믿고, 노고와 원망을 뒤로한 채 특별히 힘썼다. 상성식으로 말하는 이 의사의 말 몇 마디 들어보고 노인은 모욕을 받은 것 같이 생각했다. 그러나 시간 관계상 약상자를 팽개치고 다른 사람을 청할 수도 없었다. 그는 묻기만 했다.

"당신은 얼마를 청구하실 거요?"

이 말은 언외에 의미가 있는 것처럼 듣기가 거북했다.

"당신은 정을 중요시 하지 않으니, 나도 다시 예의를 차릴 필요가 없구만요!"

의사는 연기를 깊이 한 모금 빨아들이더니 말했다.

"왕진에 20위안, 약 값은 별도 계산이오!"

"약값은 정해놓는 것이 좋지 않소? 전부 해서 오늘 일회 왕진에 얼마를 요구하겠소?"

리쓰예는 8위안이면 진료비가 상당히 비싼 것이므로 20위안을 진료비로 먼저 내면 다시 의생에게 약값으로 갈취 당하리란 것을 알았다. 의사가 입을 열기를 기다리지 않고 약상자를 내려놓았다.

"아예 속 시원하게 이렇게 하죠. 총 25위안, 갈려면 가고 안 갈려면 그만이요!"

25위안이면 상당히 큰 액수다. 그가 작년에 구입한 가죽 외투도 안감 가죽과 겉감 합쳐서 겨우 19위안이었다. 지금은 가격을 두고 밀고 당기고 해서 지체할 시간이 없을 뿐만 아니라 치료가 더 중요했다. 그는 마음속으로 따져보았다. 가오디의 돈과 퉁팡의 반지가 수중에 있으니 이 정도의 의료비와 약값은 허사가 될 정도는 아닐 것이다.

"조금만, 조금만 깎아주시죠!!"

의사의 야윈 얼굴에 표정이 없는 표정이 떠올랐다. 돌처럼 굳고, 무정하고 단단했다.

"약이 비싸요! 상하이에서의 전투가 끝나지 않아 약이 올라오지 않아요!"

쓰예가 피곤함과 초조함은 그가 자제심을 잃고 성질을 부리게 했다.

"좋아요. 안 가시겠다면 그만이요!"

그는 밖으로 나갔다.

"기다려요!"

의사의 얼굴에 활기가 생겼다.

"제가 이번은 가겠소. 밑지는 장사입니다! 왕진비 모두 합쳐서 25위안. 그 외에 차비 5위안!"

쓰예는 어쩔 수 없다는 듯한 한숨을 내쉬며, 약상자를 쳐들었다.

야간이라 왕래하는 사람이 없었다. 후퉁 내에서 인력거를 찾지 못했다. 후퉁 입구에서 쓰예가 소리 질렀다.

"인력거!"

의사는 아편쟁이처럼 보여도 걸음은 상당히 빨랐다.

"차를 부르지 말아요. 이렇게 몇 걸음 걷는 건 나도 괜찮아요! 요즘 같은 세상, 무법천지요! 나는 찻삯을 원하지, 차는 안 타요. 몇 푼 돈을 더 아끼는 게 어딘데!"

리쓰예는 마지못해 흥흥하는 소리를 내었다. 그는 만담을 하는 것 같은 이 의사가 실은 에누리 없이 사기꾼이라고 생각했다. 그는 마음으로 자기가 첸 선생에게 백약을 복용토록 하거나 중의를 청하러 가겠다고 고집을 부리지 않고, 이 너절한 가짜 양의를 만난 것을 대단히 후회했다. 그는 심지어 만약 이 의사 녀석이 돈을 후려치려고 병자를 제대로 치료하지 않으면 인정사정 없이 귀싸대기를 때리리라고 결심했다.

그러나 의사는 천천히 태도가 부드러워졌다.

"제가 당신에게 말하겠습니다. 만약 그들이 이 성을 오래 점거하고 점점 더 많은 다리 짧은 의사들이 떼를 지어 이곳으로 쏟아져 들어온다면, 우리는 굶어죽기 십상이요! 그들이 모든 수단을 다 부릴 수 있는데 우리는 속수무책이요!"

이 노인은 교육을 받은 사람은 아닐지라도 마음속에는 오히려 굉장히 넓은 세계가 있었다. 그는 인간 세계의 복리에 관심이 많지만 사후에 마땅히 가야할 곳에 대해서도 한 눈을 주고 있었다. 그의 세계는 비단 그가 알고 있는 베이핑성 뿐만 아니라 천상과 지하를 포괄하고 있었다. 그는 항상 전쟁, 환난을 일시적이라고 생각하였다. 영원히 변하지 않는 사실은 때를 막론하고 인간은 모두 선을 행하기를 좋아해야 한다는 것이다. 이렇게 했을 때 살아서 괴로움을 당할지라도, 사후에 죄를 받는데 이르지 않는다고 생각했다. 이 때문에 그는 밖에서 오는 환난을 당하는 것을 두려워하지 않았다. 오히려 세상의 고난이 클수록 더 적극적으로 남을 돕는다.

그는 고통 속에서 쏟은 정성을 바탕으로 죽음 이후와 내세의 행복을 얻고자 했다. 그는 자신의 믿음이 어디서 오는지 몰랐다. 그는 신불을 믿지 않고 옥황상제도 믿지 않으며 공자도 믿지 않았다. 그러면서도 그는 또 부처를 믿고 옥황상제와 공자를 믿는다. 그의 신앙에는 수많은 미신이 있다. 그래도 미신 때문에 신상에 향을 사르고 응답을 바라지도 않았다. 그는 의로운 행위나 선행은 자기 마음의 표시라고 생각했다. 그의 마음은—자기는 분명히 어떤 것이라고 말을 못한다—인간과 신 사이에서 작용하는 하나의 기관이었다. 일본인이 베이핑 성에 들어온 이래 불행히도 그의 마음은 울분에 쌓이고 불안했다. 그러나 그의 눈은 목전의 어려움을 뛰어넘어 훨씬 더 멀고 더 크고 더 의의 있는 곳에 이르렀다. 그는 일본 도깨비가 날뛰는 것은 잠시임으로, 잠시 동안의 환난 때문에 먼 곳에 있는 중요한 일들을 무시해선 안된다고 여겼다.

지금 그는 의사의 이야기를 듣고 첸 선생의 일가가 패망한 것이 생각났다. 평소에 그는 의사와 첸 선생은 모두 자기보다 위라고 생각했다. 만약 그들이 아름다운 깃털을 가진 앵무새라면 자기는 처마 끝의 참새라고 생각했다. 그는 일본인들의 침략에 이 앵무새들이 버려지고 쓰레기더미의 썩은 쥐새끼가 되리라고 생각 못했다. 그는 다시 옆에 걷고 있는 의사를 다시 미워하지 않았다. 그는 자기도 어느 날 일본인들에 의해 머리가 잘려나갈지도 모른다고 생각했다.

달이 밝아왔다. 별은 점점 더 성겨졌다. 하늘은 넓고 텅 비었다. 미풍이 빛을 고루 퍼트렸다. 달빛이 얼음 같이 차가운 칼날처럼 넓고 조용한 대로를 두 쪽으로 나누었다. 한 쪽은 어둡고 한 쪽은 밝았다. 어두운 쪽은 음삼한 느낌을 주고 밝은 쪽은 처량한 느낌을 주었다. 리쓰예는 의사의 말을 듣고 있었지만, 몸은 말할 수 없을 정도로 피곤했다. 그는 크게 하품을 했다. 서늘한 바람과 서늘한 달빛이 입 속으로 함께 들어오는 듯했다. 서늘하고 피로에 찌든 눈물이 코를 따라 아래로 흘러내렸다. 코를 비비자 약간 정신이 들었다. 그는 후궈쓰 입구에 서있는 두 명의 적군을 보았다. 그는 가볍게 떨었다. 전신에 닭살이 돋았다.

의사는 발을 멈추었다. 눈으로 철모를 쓰고 번쩍이는 칼을 차고 있는 적병을 보았다. 그는 몸을 리쓰예에게 바짝 붙여서 노인에게 보호를 구하는 듯이 빠르지도 늦지도 않게 걸어갔다. 리쓰예도 태도의 자연스러움을 잃고, 마치 공중에 발을 놓듯이 달빛이 비치는 땅에 발을 내려놓았다. 그의 발은 평소에 가장 믿음직스러웠는데 지금은 바람에 휩싸인 듯이 안정되지 못했다. 그는 손에 들고 있는 약상자가 걱정됐다. 혹시나 적병이 의심하지 않을까? 그는 탄약 상자로 오인받을 만한 약상자가 한스러웠고, 두 명의 군인도 증오했다!

적군은 그들을 간섭하지 않았다. 그러나 그들 둘은 등골에 식은땀을 흘렸다. 적군이 서있는 곳이면 그들이 미소를 짓건 위세를 부리건간에 바로 지옥이다! 그들의 다리는 자기 나라 땅에 있었지만, 발을 편히 내딛을 수 없었다. 극도로 경계하고 낭패스러운 모습으로, 그들은 샤오양쥐안의 입구에 도착했다. 늙은 쥐가 구멍의 입구를 찾은 것처럼 그들은 안전함을 느끼고 안으로 들어갔다.

첸 선생은 이미 사람들한테 거들어져서 침상 위에 눕혀졌다. 그는 바로 누울 수가 없었지만, 진싼예는 그가 얼굴을 아래로 향한 채 엎드려 있게 놔둘 수는 없었따. 한참 연구를 한 끝에 루이쉬안은 노인을 옆으로 누이고 자기가 두 손으로 노인의 목과 허벅지 윗쪽을 받쳤다. 노인의 다친 곳에 닿을까 싶어서 그는 자기의 곁옷을 살짝 고았다. 노인은 거의 혼수상태에 있었다. 그의 입술과 뺨이 2~3분 간격으로 맹렬하게 떨리고 다리를 힘 들여 아래로 뻗치려 했다. 때로는 입과 허벅지가 떨림과 함께 가느다란 신음소리를 냈는데, 갑자기 말벌이나 전갈에쏘인 것 같았다. 노인을 부축하면서 보고 있는 루이쉬안은 겨드랑이에 식은땀이 흘러나왔다. 그의 마음속에 있는 추상적인 것에 가까운 '망국의 참담함'이 눈앞에서 가장 구체적이고 선명한 사실이 되었다. 학식 있는 도덕적 시인 한 분이 나라가 망하자 횡포한 죽음을 당하는 들개로 변했다! 그는 눈물을 흘리고 싶었으나 분함과 한이 마음에 걸렸고, 눈물이 작은 불씨가 되어 눈과 목구멍에서 타오르고 있었다. 그는 계속 마른 기침을 해댔다.

리쓰마는 첸 씨 댁 며느리를 부축하여 서쪽 방으로 가서 누워 자게 했다. 쓰다마는 배고픔을 느끼지 못했으나 목이 말랐다. 뜨거운 물을 세 사발이나 마시고 침상에 앉아 이마의 땀을 훔치며 자기에게 넋두리를 했다. "착하고 좋은 일가인데! 어쩌다 이런 꼴이 되었노?" 그녀의 커다란 근시안이 땀에 젖어 더 흐리멍덩해졌다. 전 세계가 모호하고 불분명한 검은 그림자로 보였다.

진싼예는 문 입구에서 마르고 딱딱한 과자를 사서 씹으면서 뜨거운 물을 마셨다. 그는 수시로 다가와서 사돈을 들여다보았다. 사돈은 자는 듯 죽은 듯이 누워있었다. 진싼예는 딱딱한 과자를 식도에 넣어 삼키면서 꺼억하는 소리를 내었다. 비켜서서 더운 물 한 모금 마시자 기가 쉽게 통했다. 그는 집에 돌아가 쉬고 싶었지만 차마 갈 수가 없었다. 그는 이미 관샤오허와 분란을 일으켰고, 허리를 꼿꼿이 핀 채 기다리다가 다음에 담판을 내야 했다. 그는 머리를 움츠리고 겁쟁이처럼 피할 수는 없었다. 물론 뭐라고 말하든 관 씨 집에서의 그 장면은 당연히 영광스러운 것이었다. 그렇다면 그는 이 싸움의 장으로부터 도망쳐서 적수에게 용두사미라고 비웃음 당할 수는 없었다! 과자를 다 먹자 긴 담뱃대에 불을 붙여서 허리를 꼿꼿이 펴고 연기를 빨아들였다. 그는 자기가 촛불을 밝히고 날 새기를 기다리는 관운장 같다고 생각했다.

의사가 왔다. 진싼예는 무뚝뚝한 얼굴로 리쓰예에게 집에 가라고 일렀다.

"쓰예! 당신은 집에 돌아가서 쉬어야 해요! 여기는 제가 모두 책임질게요! 가세요! 당신이 가지 않으면 내가 개새끼가 되는 거요!"

쓰예는 진싼예가 문을 걸어잠그려는 단호한 기세를 보고, 다시 뭐라고 말하는 것이 마땅찮았다. 그래서 작은 목소리로 루이쉬안에게 진찰료가 얼마인지 말하고, 금반지와 돈을 넘겨주었다.

"좋아, 집에 가서 뭐 좀 먹을 게요. 무슨 일이 있으면 소리쳐서 불러요.

진싼예, 치 도련님, 두 분 수고 하십시오!"

그는 밖으로 나갔다.

의사는 가만가만히 신발의 흙을 털었다. 손수건으로 얼굴을 닦고 소매를 걷어 올린 후 비로소 진싼예와 마주 앉았다. 그의 눈은 진싼예에게 차를 달라고 암시하고 있었고, 얼굴은 잡담을 먼저 하고 싶지 진찰은 급하지 않게 생각한다는 표정을 짓고 있었다. 만약 그의 행동이 만담하는 사람 같았다면, 그의 습관은 바로 전형적인 베이핑인들의 것이었다. ―어느 때라도 시간을 내어 한가하게 유유자적하는 것, 아무리 바빠도 짬을 내어 한가한 소리를 하는 것 말이다.

진싼예는 특별히 관샤오허와의 일전에서 승리한 후에 생떼거리를 하고 싶지 않아서, 단도직입적으로 일을 처리하고자 했다.

"환자는가 저 방에 있습니다!"

그는 큰 담뱃대로 가리켰다.

"오우!"

의사의 언짢음과 놀라움이 한 곳에 섞였다. 이런 소리를 내고 진싼예가 이 소리의 묘미를 깨닫지 못할까 두려웠다. 그는 또 "오우"하고 탄성을 질렀는데, 첫 번째로 내지른 탄성보다 훨씬 더 무게감이 있었다.

"환자가 저 방에 있다고요! 빨리 좀 하세요, 알려드리는 거예요!"

진싼예가 일어섰고, 붉은 코는 의사를 향해 위세를 떨었다.

의사는 붉은 코와 적병의 칼이 비등하게 무섭다고 생각하였다. 그는 아무 말도 할 엄두를 내지 못하고 미꾸라지처럼 빠져나가고 싶었다. 루이쉬안을 보고 그는 저 사람은 즉시 "좋게 좋게 설명할 수 있는 사람"

이라고 깨달았다. 그는 소매 끝을 접어 올리며 눈길을 환자에게서 거두었다. 그리고서는 루이쉬안을 건드리려고 했다..

루이쉬안도 마음이 급했다. 다만 착실한 개가 도둑을 보고 큰소리로 짖지 않듯이, 남자답지 못하게 꾸물거리며 말했다

"의사 선생님, 이리 와 보십시오! 병이 위중합니다!"

"병이 중하다고요. 치료하지 못할 정도로는 보이지 않네요! 다만 진단을 제대로 하여 확실해지면 약을 처방하면 되지요! 진단이 가장 어려워요!"

의사의 눈은 시종 환자에게 가 있지 않고 루이쉬안을 뚫어져라 보고 있었다.

"당신이 말했지. 그렇게 유명한 니콜라이 이바노비치는 왕진 비용을 200위안 받았답니다. 그런데 자동차로 환자를 모시고 왔는데도, 진단 하나 제대로 못했다네요! 내가 감히 의술이 고명하다는 말은 못해도, 제 진단은 상당히, 상당히, 정확하단 말이죠!"

"이 노 선생님께서는 일본인에게 맞아 다치신 것입니다, 의사 선생!"

루이쉬안은 일본인을 들먹여 의사의 의분을 일으켜 빨리 치료시키고 싶었다.

그러나 공교롭게 루이쉬안은 의사가 다른 얘기를 늘어놓을 길을 터주게 되었다.

"그래요! 일본 의사들이 승리를 등에 업고 간판을 내걸면 나는 밥을 굶지 않을 수 없을 거요! 저는 일본에 갔었는데, 저들의 의약이 상당히 발달했다는 것을 알았지요! 상당히 마음에 걸립니다!"

진쏸예가 바깥 방 안에서 한마디 했다.

"왜 이렇게 종알대는 거야? 빨리 치료나 해!"

루이쉬안은 난처해져서, 그저 얼굴에 미소를 띠고 말할 수밖에 없었다.

"환자가 정말 급합니다! 의사선생님, 제발 와서 봐주십시오!"

의사는 바깥쪽으로 눈길을 주면서 어쩔 수 없이 첸 선생의 몸에 덮인 덧옷을 떨치고, 마치 살 가치가 없는 물건을 보듯이 힐끗 보았다.

"어때요?"

루이쉬안이 절박하게 물었다.

"아무것도 아니요! 먼저 백약을 바르지요!"

의사는 몸을 돌려 약상자를 찾았다.

"무엇이라고요?"

루이쉬안이 놀라서 물었다.

"백약?"

의사가 약상자를 찾아서 열고 작은 백약병을 꺼냈다.

"내가 이상한 외국 이름을 가진 약을 주면서, 이게 바이엘의 특효약이라고 한다면 당신의 마음은 편해지시겠지요! 나는 사람을 속일 수는 없소! 양약을 써야 할 때면 양약을 쓰지요, 중국약을 써야 한다면 중국약을 쓰지요. 나는 중국과 서양 의술에 정통한 사람으로, 스스로 일가를 이룬 사람이요!"

"청진기로 심장소리를 들어 볼 필요가 없습니까?"

루이쉬안은 백약을 타도할 수는 없게 되자, 의사가 백약보다 뛰어난 능력들을 펼쳐 보이기를 희망했다.

"쓰지 말아요! 우리에게도 소염에 좋은 약이 있어요. 몇 조각 먹으면 돼요!"

의사가 작은 상자 안을 뒤져 흰 조각을 몇 개 꺼냈다. 약 이름은 '부랑타오시얼'이었다.

루이쉬안은 그 작은 흰 조각들의 사용처와 용법을 알았다. 그는 의사의 처치법이 이렇게 간단하다는 것을 알아채고, 자기도 이 병을 치료할 수 있는데 30원을 쓰다니 후회막급이었다. 그는 그래도 의사는 의사이니 반드시 자기가 모르는 치료법이 있을지도 모른다고 생각했다.

"선생님, 신경착란이 있는 것 같은데, 혹시…"

"괜찮아요!. 몸이 아프면 반드시 신경에 영향을 주는 거요. 내가 준 약을 먹으면 몸이 아프지 않게 돼요. 그러면 마음도 자연히 평정하게 돼요. 당신이 마음을 쓰시려면 칠리산이나 삼황보라를 사서 드리면 효과가 있을 거요. 나는 사람을 속이지 않아요. 중국약이 효과가 있는데 구태여 양약을 처방하여 서양 약국이 우리 돈을 벌어가게 냅둘 필요가 없죠!"

루이쉬안은 어쩔 수 없었다. 그는 다른 고명한 의사를 청하고 싶었으나 창밖의 달그림자를 보자 백약과 부랑타오시얼을 인정하지 않을 수 없었다.

"먼저 상처를 소독해야 하지 않을까요?"

의사는 웃었다.

"당신은 나보다 더 전문가요! 백약에는 소독이 필요 없어요! 중국약에는 중국의 방법을, 서양약에는 서양의 방법을 쓰죠. 저는 각자의 용법을 알기 때문에 어떤 약을 처방해야 하는가를 알아요. 됐어요!"

그는 약상자 뚜껑을 닫고 자기의 처방이 마땅해서 돈만 주기를 기다리는 듯했다.

루이쉬안은 의사에게 30위안을 줄 수 없다고 결정했다. 돈은 중요하지 않았다. 그는 의사가 저렇게 첸 시인을 희롱하는 것을 두고 볼 수는 없었다. 정말이지, 만약 조부나 부친이 병이 나면 반드시 자신이 짊어져야 하는 책임을 질 것이다. 그러나 책임을 다할 때 항상 내키지 않는 점이 있기 마련이다. 첸 시인에 대해서는 자동적으로, 진심으로 친구의 마음을 다하듯이 대하고 싶었다. 첸 선생은 그가 가장 존경하는 사람이었다. 동시에 첸 선생은 일본인에게 맞서서 상처를 입은 것이다. 선생 개인을 위하는 마음 그리고 일본인에 대한 원한이 자신에게 노인의 건강을 회복시킬 책임을 지워준다고 생각했―억지로 하는 것은 조금도 없었다.

그의 눈알은 매우 커졌다. 하지만 눈의 검은자는 두 개의 작은 흑점 같이 되었고, 루이쉬안은 예의를 차리지 않고 의사에게 물었다.

"다했소?"

"다 되었습니다!"

의사는 정색하며 대답했다.

"대수롭지 않은 병이오. 대수롭지 않아요! 좋은 약 먹으면 틀림없이 나을 거요! 내가 내일 오겠소. 모레도 오겠소. 대개 내가 4~5번 오면 아무 문제 없어질 것이요!"

"당신, 다시 올 필요 없어요!"

루이쉬안은 진짜 화가 났다.

"당신이 이따위 의사이니, 나라가 망하지 않는 게 이상하지!"

"뭐타러 그런 소리까지 해요?"

의사의 여윈 얼굴이 굳어졌다. 그러나 노기가 있지는 않은 얼굴이었다.

"내가 응당 치료해야 하는 식으로 치료를 했지, 아무렇게나 하지 않았소! 나라가 망하게 하다니? 두고 보시오, 일본 의사가 온다면 나는 굶지 않을 수 없소! 사실대로 말하면, 오늘도 동전 한 닢이라도 더 벌 수 있으면 더 벌면서 그럭저럭 살아가고 있는 것이라오!"

루이쉬안은 얼굴이 창백해졌다. 의사와 더 말하기 싫어서 5위안을 꺼내어 약상자 위에 던졌다.

"좋아요, 받으시죠!"

의사가 돈을 보자 여윈 얼굴이 갑자기 밝아졌다. 돈이 5위안에 불과하다는 것을 명백히 알게 되자 갑자기 벼락치고 난 뒤에 검은 구름이 끼듯이 얼굴에 어두운 기색이 돌았다.

"이게 무슨 일이요?"

진싼예는 문 밖에서 졸다가 의사의 목소리에 놀라 깨었다. 두어 번 쩝쩝거린 후일어섰다.

"뭐야?"

"저 작은 약병과 약 몇 조각에 30원이라고!"

루이쉬안은 그때까지 그렇게까지 하고 싶지는 않았다. 평소에 이런 일이 있다면 틀림없이 참고 손해를 감수했을 거다. 이러한 작은 손해를 안 보기 위해 자신의 깐깐함과 인색함을 드러내지 않으려 했을 것이다.

진싼예가 다가와서 붉은 코가 더 선명해지면서 열기가 났다.

와락 약상자를 들고 일어났다. 의사는 당황했다. 그는 진싼예가 약상자를 부숴버릴 것이라 생각했다.

"그건 부수면 안 돼요!"

진싼예는 이런 일을 제대로 처리하는 데 아주 자신이 있었다. 한 손으로 약 상자를 들고 또 한 손으로는 의사의 목덜미를 눌렀다.

"가라!"

이렇게 의사를 문 밖으로 끌고 갔다. 상자를 문간에 팽개치고 말했다.

"빨리 가라! 이번에는 너를 쉽게 보내는 거야!"

의사는 5위안을 쥐고 약상자를 든 채, 큰 회나무를 향해 장탄식을 했다.

루이쉬안은 의사를 믿지 못해도 부랑타오시와 백약의 효력을 알고 있었다. 그는 손쉽게(이빨이 하나도 없으니까) 첸 선생의 입을 열어 한 알을 집어넣었다. 그는 세심하게 노인의 등을 맑은 물로 찬찬히 닦고 백약을 발랐다. 첸 선생은 마치 기절한 것 같이 꼼짝하지 않았다.

그때 샤오추이가 천예추 선생을 데리고 들어왔다. 예추는 얼굴에 땀방울을 쏭쏭 달고 비틀비틀 곧 쓰러질 듯이 방으로 들어왔다. 샤오추이가 그를 부축했다. 그는 입으로 맑은 물을 토하고 얼굴에 더 많은 땀을 쏟았다. 그리고 난 후에야 겨우 숨을 돌렸다. 손으로 이마를 짚고 한참 서 있더니 억지로 겨우 말을 꺼냈다.

"진싼예! 제가 먼저 자형을 보아야겠어요!"

그의 얼굴이 새파래지고 낮은 말소리에 두 눈마저 아주 가련하게 굴렀다. 진싼예 조차 무어라고 말을 꺼내기가 쉽지 않았다. 진싼예는 샤오추이에게 명령했다.

"너 집에 가서 자거라! 무슨 일이 있으면 내일 다시 얘기 하자!"

샤오추이는 이미 너무 피곤하였지만, 떠나고 싶지는 않았다. 그는 아주 공손하게 낮은 소리로 물었다.

"첸 선생님은 어떠십니까?"

평소 같으면 전체 후통 안에서 가장 관계가 적은 사람이 첸 선생이었다. 첸 선생은 대문 밖을 나오기를 꺼리는 사람이니 샤오추이의 인력거를 탈 기회가 거의 없는 사람이었다. 그러나 지금 정중하게 첸 선생을 대하는 것은 평소의 정 탓이 아니라, 첸 선생이 감히 일본인과 목숨을 걸고 대결한 탓이었다.

"주무신다!"

진싼예가 말했다.

"가거라. 내일 보아라!"

샤오추이가 몇 마디 더 말해서 첸 선생에 대한 존경과 관심을 나타내고 싶었으나, 제대로 말할 수 없었다. 그래서 그저 바지에 손의 땀을 닦다가 머리를 숙이고 밖으로 나갔다.

자형을 보고나니 곧 누나 생각이 난 예추는 마치 수문이 열린 듯이 눈물을 방울방울 흘렸다. 그는 소리 내어 울지는 않았다. 피곤, 우울,

고통, 영양 부족이 그를 침상 앞으로 쓰러뜨렸다.

진싼예는 예추를 대수롭지 않게 생각했지만, 그가 쓰러지는 것을 보고 마음이 저도 모르게 약해졌다.

"일어나! 일어나! 울어봤자 아무것도 해결되지 않아! 성밖에 아직 너네 가족이 남아 있어!"

그의 말투는 매우 셌지만, 예추를 곤란하게 하려는 생각은 없었다.

예추는 진싼예를 무서워 해서, 즉시 우두커니 일어섰다.

눈물이 여전히 흐르고 있었다만, 얼굴에 고통스런 표정은 없었다. 마치 번개가 치고 비가 내렸지만, 하늘이 다시 안정을 찾은 것과 같은 모습이었다.

"이리와요!"

진싼예가 바깥방에서 예추와 루이쉬안을 불렀다.

"당신들 모두 이리와요! 의논 좀 해봅시다. 나 좀 잘 수 있도록!"

일본병들이 베이핑성에 진주한 이래 장사가 시원찮아진 것을 제외하고, 진싼예는 별로 관심을 가질 구석이 없다 생각했었다. 그에게 베이핑은 굉장히 큰 기와 공장 같았다. 그는 높은 곳에 올랐을 때 시산이나 난산도, 황금빛 혹은 푸른색 기와로 뒤덮인 궁전도 보지 못하는 것 같았다. 고랑을 이루고 있는 회색빛 기와로 지붕을 인 집들을 볼 뿐이었다다. 그것이 그의 밭이고 화물이었다. 그는 집을 파는 사람과 사는 사람 중간에서 계약서를 교환해주었다. 거래가 성사되면 3할을, 거래가 무산되면 2할의 중개인 수수료를 받았다. 일본인들은 베이핑성에 들어오고 나서도 난위안과 시위안을 폭발시킨 성내의 '기왓장'을 박살내지 않았다. 집이 있으면 팔 사람도 있고 살 사람도 있기 마련이다. 이에 따라 진싼예의 '농장'이 생겼다. 이 때문에 그는 시종 베이핑이 일본인에게 점령당하는 것은 자기와 별 상관이 없다고 생각했다.

그는 사위와 사부인의 죽음과 사돈의 몸이 만신창이가 되기에 이르러서는 일본인들이 성을 공격하고 땅을 빼앗는 것이 자기와 관계가 없는 것은 아니라고 생각했다—자기의 딸이 과부가 되고 자기가 가장 좋아하는 친구가 중상을 입었다! 그가 관샤오허와 충돌하자 베이핑의 함락이 자기와 관계가 있으며 자기도 직접 그 소용돌이에 휘말려 들게 되었다고 생각하기 시작했다. 그는 이 사건들 간의 관계들을 분명히 말할 수는 없었다. 베이핑은 큰 기와와 벽돌에 불과한 것이 아니고, 자기 자신과 특별한 관계에 있는 것이라고 생각했다. 이러한 종류의 관계는 구체적 사실을 들어 설명할 수 있다. 구체적 사실이란 바로 자기의 마음속에 그리고 눈앞에 있다—베이핑이 일본 것이 되면, 자기와 가장 가까운 친구가 죽을 수도 있다.

그들의 죽음은 그에게 금전적 손실을 입혔을 뿐만 아니라 더욱 큰 위험을 보게 했다.바로 모두가 아무 이유 없이 죽을 수 있다는 것이다. 평소에 그는 국가가 무엇인지 몰랐다. 이제는 희미하게나마 국가의 그림자를 볼 수 있을 것 같았다. 이 그림자가 그의 마음을 크게 확대시키고 더 넓어지게 했다. 그러나 그는 여전히 일본인에 저항해야 하는지, 어떻게 해야 하는지 생각해낼 수 없었다. 그러나 자기를 위해 돈을 버는 것이 아닌 다른 뭔가를 해야 마음에 거리끼지 않을 것 같았다.

천예추는 가련한 모습이었다. 루이쉬안이 열심히 첸 노인을 간호하는 모습이 감동적이었다. 그는 원래 그들을 대수롭지 않은 사람으로 보았다. 그러나 이제는 친한 친구와 한 자리에서 의논하듯 그들과 첸씨 집 일을 상의하고 싶었다.

루이쉬안은 원래부터 진싼예가 자기에게 냉담하게 대했던 것이 크게 마음에 거슬리지 않았다. 진싼예가 관샤오허를 어떻게 상대하는가를 본 후 저 노인은 존경할만하다고 생각했다. 그는 환난 중에 행동을 하는 것만이 자기와 남을 구할 수 있다는 것을 깨달았다. 어쩌면 진싼예의 주먹이 관샤오허를 겁주고, 그가 잘못을 뉘우치고 바른 길로 들어서게 할 수 있을지도 모른다. 만약 전 베이핑 사람들이 모두 용감하게 주먹을 휘두른다면? 그렇다면 베이핑은 이렇게 죽은 개처럼 아무 소리도 없이 적의 발길질에 죽지 않겠지? 그는 주먹의 위대함과 영광을 인식했다. 진싼예가 지식인이든 아니든 상관없이, 애국심이 있건 없건 그의 주먹 한 방이 머리 위에 성스러운 빛이 나게 했다. 자기는 적을 대면하더라도 주먹 한 번 못 쓸 위인이다. 자기는 지식을 가지고 있고, 영어를 할 줄 알며, 나라를 사랑한다. 하지만 성이 망했을 때 한 마리 늙은 쥐처럼 후퉁 안에 숨었다. 자기 자신에 대한 부끄러움이 진싼예를 존경하게 했다.

"모두 앉아요!"

진싼예가 명령했다. 그는 이미 피곤했다. 눈알 흰자에 여러 가닥의 핏발이 섰다. 그러나 정신을 차리고 사태를 자세히 토론해야 했다—그는 자기가 매우 중요하고 관샤오허를 이기려면 주견이 있어야 하고 방법이 있어야 한다고 생각했다. 담배를 쟁여서 두어 모금 빨아서 말과 함께 연기도 품어 내었다.

"첫째는"

그는 왼손 엄지를 꼽았다.

"내일 사부인을 어떻게 장사 지내는가 이지요."

예추는 얼굴의 눈물을 닦을 겨를도 없었다. 눈동자가 고정되고, 눈물 자국이 코 양옆에 걸쳐 잇었다. 그는 진싼예의 붉은 코를 보면서 멍해졌다. 싼예의 말을 듣자 고개를 푹 숙였다. 싼예가 자기를 보지 않고 있었어도, 한 쌍의 눈이 자기 눈을 뚫어져라 쳐다보고 있는 것처럼 느껴졌다.

루이쉬안도 할 말이 없었다.

그들은 침묵으로써 진싼예가 한 번 더 선심을 발휘하기를 애원하는 듯 했다.

진싼예는 헛기침을 몇 번 하더니 어쩔 수 없는 듯이 웃었다.

"내가 보기에 이 일은 리쓰예가 맡아야겠소. 돈은"

그의 눈은 정말로 예추의 머리에 시선을 고정시키고 있었다. 예추는 머리를 더 깊이 숙였다. 그의 아래턱이 쇄골에 닿을 정도였다.

"돈, 오! 또 제가 내야 합니까?"

예추는 크게 가래를 한 입 꿀꺽 삼켰고, 소리가 났다.

"누가 싼예 당신…"

루이쉬안은 말을 멈췄다. 나라가 파괴되고 집이 망한 이 시국에 서로 형식적으로 주고받는 이야기는 더 이상 할 필요가 없다고 생각 했다.

"둘째, 사부인 장례를 치르고 난 후 어떻게 하지요. 나는 딸을 집에 데리고 갈 수 있소. 만약 그러면 누가 사돈을 보살필 거요? 만약 딸이 여기서 시아버지를 보살피면 누가 그들을 먹여 살리죠?"

예추가 머리를 들고 집안 전체에게 이사를 오라고 건의하고 싶었다. 그러나 곧 머리를 숙이고 감히 의견을 꺼내지 못했다. 그는 자기의 경제적 능력으로 두 사람의 하루 세끼를 책임질 수 없다는 것을 깨달았다. 하물며 자형의 요양에 얼마나 많은 돈이 들지!

루이쉬안은 마음이 혼란스러웠다. 만약 평소 같았으면 그에게도 반드시 방법이 있었을 것이다. 그러나 지금의 사태에서 타당한 방법이 있더라도, 베이핑이 내일이면 어떻게 변할지 누가 보증할 수 있겠는가? 누가 감히 첸 선생이 내일 다시 체포되지 않으리라고 보증할 수 있는가? 누가 관샤오허가 어떤 식으로 보복할지 알 수 있는가? 누가 감히 진싼예나 심지어 자기 자신마저도 횡변을 당하지 않을 수 있다고 말할 수 있는가? 도살자의 칼 아래에 있는 돼지나 양이 자기의 살 방도를 말할 수 있는가?

그는 마른기침을 몇 번 하더니 말을 이었다. 그는 자기의 말이 가장 유치하고 아무 힘도 없다는 것을 알았지만, 말하지 않을 수 없었다. 아무리 반쯤 죽은 사람이라도 한 마디 한다면, 적어도 자기 자신 역시 살아 있다는 표시로 삼기에 족했다.

"셋째 아저씨! 내가 보기에 며느님이 여기서 첸 아저씨를 돌보아야 해요. 저와 저의 아내가 도울 수 있습니다. 시아버지와 며느리 두 분의 생활비는 우리 모두가 함께 모아서 해결하는 수밖에 없을 것 같아요.

이게 장기적인 해결책은 아니고, 일단 되는 대로 그럭저럭 살아보자는 거예요. 오늘을 어떻게든 보내고 내일 일을 말하자는 거죠. 누가 알겠습니까? 내일 우리가 일본인에게 잡혀갈지!"

예추는 한숨을 길게 쉬었다.

진싼예는 그때 큰 손을 대머리에 대고 힘껏 몇 번 문질렀다. 그는 화를 내고 싶었다. 그는 자기의 무공과 담력이면 하늘도 땅도 두렵지 않았으며, 절대로 업신여김을 당하지 않을 것이라 생각했다.

그때 방안에서 첸 선생이 갑자기 '아야' 하는 소리를 질렀다. 마치 어미 닭이 밤중에 불시에 족제비에 물려서 날카롭게 고통과 절망 때문에 지르는 소리 같았다. 예추의 얼굴은 안색이 약간 돌더니 이 소리를 듣자 곧 참담하게 변했다. 루이쉬안은 침에 찔린 듯이 벌떡 일어났다. 진싼예는 머리카락이 곤두섰다. 그는 자신의 무공과 담력을 잊고 심장이 칼에 찔린 듯 했다.

세 사람은 앞다퉈 방안으로 뛰어들었다. 첸 노인은 옆으로 누워 있다가 몸을 돌려 엎어져 누워 있었다. 양팔을 뻗어서 두 손으로 힘껏 침상 끝을 쥐고 있었다. 손톱이 힘껏 침대보를 잡고 있었고, 손톱은 천을 뚫고 들어갈 판이었다. 그는 다시 잠든 것 같았다. 그러나 입속에서 이불에 막히지 않은 곳으로부터 분명히 알 수 없는 소리가 새어나왔다. 루이쉬안은 간신히 분별해서 들었다.

"때려! 때려! 나는 할 말이 없어! 없다고! 때려!"

예추는 몸이 부들부들 떨렸다.

진싼예는 고개를 밖으로 돌리며 더 이상 첸 선생을 볼 엄두가 나지 않았다.

"좋아, 치선생, 먼저 사돈을 잘 치료해주세요. 다른 것들은 다시 얘기
합시다!"

22

바람이 많이 불건 비가 많이 오건, 춥건 덥건 아무럼 상관이 없었다. 집에 급한 일이 있고 몸이 불편한다 하더라도 마찬가지였다. 루이쉬안은 좀처럼 휴가를 청하는 법이 없었다. 부득이 한두 시간 빼먹는 경우 반드시 보강을 해서 학생들이 한 시간이라도 손실을 입지 않게 했다. 자기를 아는 사람이었으므로 겸허해하지 않을 수 없었다. 겸허란 인간의 마음을 작은 알맹이처럼 작더라도 튼튼하게 만든다. 튼튼해야지만 충실할 수 있다. 루이쉬안은 자기 자신을 인정한다. 그는 자기의 재능, 지혜, 기백에서 남에게 오만하게 자랑할 것은 없다고 생각한다. 그는 다만 사람이나 일을 대할 때 마음을 다하고 힘을 다할 뿐이었다.

그는 세상에서 자신의 마음과 힘을 다 하였을 때의 영향이 마치 바다에 돌을 던지는 것과 비슷하다는 것을 알고 있었다. 그러나 그는 그런 이유로 돌을 아까워하며 품에 감추거나, 아무렇게나 더러운 물에 던져버리기를 원치 않았다. 그는 나쁜 습관이 돌멩이를 무르게 하거나 부스러지게 해서는 안 된다고 여겼다. 종이 울리면 곧장 수업에 들어가고 종이 울리면 교실을 떠나기가 아쉬웠다. 그는 늦게 들어가는 법도, 일찍 나오는 법도 없고, 거드름을 피우는 악습도 없었다. 만부득이한 상황이 아니라면 수업을 빼먹는 일은 절대로 없었다. 교실에 들어가 수업하는 것이 어떤 희열을 주지 않았으나 학생에게 떳떳한 것이 자기의 마음을 편안하게 했다.

개학했다. 그러나 그는 기분이 좋지 않았다. 그는 다음 세대의 망국노를 보는 것이 두려웠다. 그는 베이핑에서 머리 숙이고 욕을 먹는 자신을 양해할 수많은 이유와 사실이 있었다. 그러나 자신을 용서할 수 없었다. 만약 뻔뻔스럽게 강단 위에 서있는다면, 학생들에게 대놓고 자기는 염치가 없는 사람이라고 드러내는 꼴이었다. 게다가 청년들에게 자기를 모범으로 삼으라고 가르치는 것이나 다름 없었다!

그러나 그는 떠날 수가 없었다. 수입을 위해서, 노인들을 안심시키기 위해서, 학교에 대한 책임 때문에, 집안에 숨어버릴 수 없었다. 그는 반드시 염치불구하고 형벌을 받아야 한다. 사랑스런 청년의 눈이 쇠못처럼 자신의 얼굴과 마음에 박히게 하는 형벌을 받아야 한다.

교문에는 개교일인데도 국기가 없었다. 길가에서 이미 삼삼오오로 학생을 만났다. 그는 감히 그들을 부르지 않았다. 벽에 붙어서 머리를 숙이고 재빨리 걸어갔다. 교문에 이르니 학생들이 더 많았다. 그는 자기도 모르게 국기가 없는 교문 안으로 들어갔다.

교원 휴게실은 세 칸 짜리 남쪽 방이었고 내내 습기가 찼다. 여름 내내 문을 연적이 없어 습기가 방안에서 응결되었다. 방안이 안개가 낀 것 같아서 숨쉬기가 힘들 지경이었다. 방안에는 세 명의 선생들이 앉아 있었다. 그들은 루이쉬안이 들어가는 것을 보고도 아무도 일어나지 않았다. 평소에 개학날은 가정에서의 명절 같았다. 모두가 여름 내내 못 본 옛 친구와 동료를 만나고, 새로 임용된 새 친구를 만날 수 있었다. 그 후에는 모여서 식사를 하거나 교장님이 대접하는 즐거운 하루였다.

이 하루는 모두가 웃는 얼굴로 서로 환영하고, 나중에 술기를 띤 채 열렬하게 악수하며 '내일 봅시다'라고 말하는 날이었다. 오늘은 방안이 묘지 안처럼 습기 차고 정적에 싸여 있다. 그 세 사람은 모두 루이쉬안의 오랜 친구다. 두 명은 담배를 뻐금거리고 있고, 한 명은 탁자 표면에 쭈글쭈글하게 일어난 에나멜 칠피를 뚫어져라 보고 있었다. 그들은 모두 루이쉬안에게 인사말도 없이 머리만 까딱했다. 모두가 같은 죄를 저질러 예기치 않게 감옥에서 만난 꼴이었다. 루이쉬안은 본래 조심스러워야 할 때는 항상 조심성을 지키는 사람이었다. 구태여 방안의 정적을 깨트리고 싶지 않았다. 그는 오늘의 분위기에 맞게 냉정했다. 오늘은 냉정하게 침묵하는 것이 모두의 마음속의 고민을 나타내는 것이라 여겼다. 정적이 흐르는 중에 모두가 점점 더 피차의 마음속 눈물이 밖으로 나오는 소리를 들을 수 있었다.

루이쉬안은 앉아서 저번 학기에 사용했던 출석부를 뒤적였다. 출석부의 종이가 축축하여 어느 한 곳도 쉽게 펴지지 않을 정도로 페이지들이 붙어있었다. 펼치려니 종이에서 소리가 났다. 방안에 응결된 습기 속에서 그 소리가 울려퍼지니, 갑자기 땀이 나려는 것처럼 간지러워졌다. 그는 급히 출석부를 덮었다. 그는 재빨리 출석부를 덮었지만 이미 학생들의 이름을 보았다—지난 학기만 해도 자신들의 이름과 성씨가 있던 청년들—이제는 하나같이 망국노로 변해 버렸다. 그는 거의 앉아 있을 수가 없을 정도였다.

그는 방안에서 학생들이 즐거워서 웃고 떠드는 소리를 듣고 싶었다. 예전에는 수업 전후의 소란스러움이 그에게 자극이 되었다. 비록 자신에게서 청춘의 생명력이 점점 사라지고 있더라도, 주위에 여전히 젊음이 존재하고 있음을 깨우쳐 주었다. 그래서 그들과 함께 뛰고 소란을 피우고 싶었다. 지금은 교정에서 아무 소리도 들리지 않았다! 학생들도 —학생이 아니야, 망국노지—자기와 마찬가지로 부끄러움 때문에 정적 속에 몸을 숨겼다. 이 광경은 비행기들이 무리지어 와서 폭격을 하는 것보다 더 잔인하다!

그는 학생들의 웃고 떠드는 소리가 좋았다. 웃고 떠들지 않으면 청춘은 이미 요절한 것이다. 오늘은 옛날과 같이 학생들이 활발하기를 바랄 수는 없다. 학생들은 14~15세 정도이니 양심이 없을 수 있었다! 동시에 그들은 확실히 소리치지도 떠들지도 않았다. 그들은 지금부터 영원히 저럴 텐가? 만약 그들이 내일 다시 외치고 소리 지를 수 있게 된다면, 그들은 망국을 위해 단 하루만 침묵할 것인가? 그는 생각을 분명히 할 수 없었다. 방안의 습기가 마취약 같이 그의 코에 들러붙어 답답하게 했다.

그는 몇 번인가 숨을 들이마셨다. 교장선생이 갑자기 방에 들어와 태양빛처럼 방안의 습기와 모두의 마음속 우울함을 몰아내기를 갈망했다.

교장은 오지 않았다. 교무주임이 가만히 문을 열었다. 그는 학교 선생님들 중에서 노인 축에 들었다. 이미 10년간 교무주임을 하고 있다. 얼굴은 넙적하고 키는 작았다. 말하기를 좋아했지만 뭔가를 제대로 말하진 못했다. 겉보기만 해도 재간은 없었으나 근면성실하고 책임감이 강한 사람이었다. 방에 들어와서 그의 넙적한 얼굴이 한 바퀴 돌아보았다. 그는 눈알을 따라 얼굴을 돌려서, 거울로 모두를 비춰보는 듯한 방식으로 사람을 보았다. 방안에 있는 네 명의 선생을 분명히 보고는 몇 발짝 띠더니 루이쉬안에게 이르러 열렬하게 악수했다. 그 후에 다른 세 명의 선생과도 일일이 악수했다. 평소 같으면 그는 악수하기 전에 몇 마디 말을 한다. 오늘은 그가 손을 잡은 시간이 비교적 길었으나 말이 없었다. 악수가 끝나고 모두 원을 이루며 서 있었고, 마음속에서는 반드시 소리를 내어 방 안의 습기로 가득 찬 침묵을 깨야 한다는 느낌이 들었다.

"교장 선생님은요?" 루이쉬안이 물었다.

"음…"

교무주임은 말을 떠듬거렸다.

"교장 선생님은 몸이 불편하셔서. 조금 불편하셔서. 오늘은 못 나오십니다. 여러분에게 오늘은 개학식을 거행하지 않는다고 말씀해달라고 부탁하셨습니다. 종이 울리면 선생님들은 수업에 들어가시면 됩니다.

학생들에게 간단히 얘기하면 됩니다. 그리고 내일 다시 수업하세요…
아, 다시 수업하세요."

모두가 멍해졌다. 그들은 추측했다. 교장선생님이 정말 병이 나신
것인가. 학생들에게 한 마디 해야 한다면 무슨 말을 한단 말인가?

교무주임은 다시 무슨 말이라도 해서 모두의 마음을 풀어주고 싶었
다. 그러나 무슨 말을 해야 할지 생각이 나지 않았다. 납작한 얼굴을
문지르며 말 같지 않은 소리를 중얼거리더니 멋쩍은 듯이 나가버렸다.

네 명의 선생들이 다시 그 자리에 얼어붙었다.

종소리는 이미 교원 일에 익숙해진 이들에게 어떤 때는 듣기 좋고,
어떤 때는 듣기 싫은 소리다. 루이쉬안은 종소리를 싫어하지 않았다.
수업에 들어가기로 결정한 이상, 반드시 이미 가르쳐야 할 과목과
돌려주어야 할 시험지 채점과 같은 준비를 완전히 마쳤기 때문이었다.
그는 학생들의 질문을 두려워하지 않았기에, 종소리도 두려워하지 않
았다. 그러나 그는 오늘 사형수가 형장으로의 압송을 알리는 호령소리
나 북소리를 두려워하듯이 전교의 학생과 교사의 행동을 명령하는
종소리를 두려워했다. 그는 원래 항상 침착했었다. 10년 전 처음 수업
에 들어갔을 때도 그의 손은 떨리지 않았다. 그런데 오늘은 그의 손이
소매 안에서 떨렸다.

종소리가 울렸다. 그는 흐리멍덩하게 밖으로 나왔다. 발이 마치 솜을
밟듯 했다. 그는 어디로 가고 있는지 모르는 듯했다. 수년간의 습관에
의해 그의 다리가 그를 교실로 안내했다. 머리를 숙이고 교실에 들어갔
다. 교실은 조용한 나머지 심장 소리까지 들릴 지경이었다. 교단에

올라가자 떨리는 오른손을 교탁 위에 올려놓고 천천히 고개를 들었다. 학생은 가지런히 앉아 있었다. 모두가 등을 꼿꼿이 하고 얼굴을 들어 그를 보았다. 그들의 얼굴은 모두 창백했고 아무 표정이 없어서 돌로 조각한 것 같았다. 매운 맛이 루이쉬안 목구멍에 확 올라와서, 그는 기침을 해댔다. 눈물이 눈에 핑 돌았다.

그는 학생들을 위로해야 했다. 그런데 어떻게 위로한단 말인가? 그는 당연히 그들의 애국심을 고취하여 적에 대항하게 해야 한다. 그런데 자기는 왜 이 자리에서 아무 것도 모르는 척하며 수업이나 하고 전쟁터에 나가지 않는가? 그는 응당 학생들에게 인내하라고 가르쳐야 한다. 그런데 무엇을 참아야 한단 말인가? 그가 학생들에게 망국의 치욕을 참으라고 가르칠 수 있는가?

왼손으로 탁자를 집고 몸을 지탱하여, 애써서 입을 열었다. 그의 목소리는 생선 가시가 목을 찌르는 것 같았다. 몇 번 입을 벌렸으나 말이 나오지 않았다. 그는 학생들이 질문을 해주었으면 했다. 그러나 학생들은 말을 하지 않았다. 나이가 비교적 많은 학생들의 얼굴에 눈물이 흘러 길고 밝은 도랑을 이루는 것을 제외하고 아무도 소리를 내지 않았다. 베이핑 성이 망하니 민족의 봄꽃마저도 모두 **빳빳**한 나무로 변해 버렸다.

어딘가 어수룩하게 목구멍에서 두어 마디 말이 튀어나왔다.

"내일 개학한다. 오늘, 오늘은 수업이 없다!"

학생들의 눈알이 움직이기 시작했다. 그들은 루이쉬안이 국사와 관계있는 소식이나 의견을 말하기를 희망하는 듯 했다. 그도 그런 말을 해서 학생들에게 약간의 위안이라도 주고 싶었다. 그러나 말이 나오지 않았다. 진정한 고통은 말로 나오지 않는 법이다! 모질게 마음을 먹고 교탁에서 내려왔다. 모두의 눈이 실망하여 그를 따라왔다. 재빨리 교실 문에 이르니 교실 안에서 한숨소리가 들렸다. 성큼 문지방을 넘다가 발이 걸려 넘어질 뻔 했다. 교실 안에서 사람들이 움직이기 시작했다. 손을 빼고 다리를 더듬다가 일어나서 밖으로 나왔다. 그는 길게 한숨을 쉬고 휴게실에 가지도 않고 다른 반 학생들과 얼굴을 마주치지 않도록, 마치 귀신에게 쫓기듯이, 재빨리 집으로 돌아왔다.

집에 돌아오자 루이쉬안은 누구와 말도 하지 않은 채 신발도 벗지 않고 침상에 쓰러졌다. 그의 머릿속은 텅 비어서 볼 수 있는 것이라고는 흩어져서 어지럽게 돌고 있는 흰 실뿐인 것 같았다. 그는 눈을 꼭 감고 있었다. 머릿속의 흐트러진 실이 피곤한 듯이 점점 속도를 줄였다. 개별적이고 서로 관련 없는 생각들이 사라지다가 나타나다가 했다. 생각의 파편들이 마치 작은 별처럼 흰 실타래에서 뛰어나왔다. 그는 이것들을 한 곳으로 집합시킬 능력이 없어, 매우 짜증이 났다.

그는 벌떡 일어났다. 만화경이 흔들리는 것처럼 그의 머릿속에서 갑자기 한 송이의 작은 꽃이 생겨났다. '이게 바로 애국인가?' 그는 자신에게 물었다. 묻기를 마치자 혼자서 웃었다. 그의 머릿속의 꽃송이가 변했다. '애국이란 열정에서 우러나오는 나오는 숭고한 행동이다! 생각만 하거나 말만 하는 것은 무슨 쓸모가 있는가?'

그는 아무 소리도 안 하고 첸 씨 집에 갔다. 첸 선생을 간호하는 것이 지금으로는 최고로 의의 있고 수치를 감추어주는 일이었다.

다른 한 분의 서양 의사를 청해서 상세히 첸 선생을 검사했다. 첸 선생의 병은 다음과 같았다. '신체적인 상처는 사실 그렇게까지 치명적이지 않고, 얼마든지 치료할 수 있어. 다만 정신적으로 너무 큰 자극을 받아서 일시에 원상으로 회복될 수 없는 거지. 그는 이전의 일은 아마 모두 잊어버릴지도 몰라. 기억이 되살아날지도 확언할 수 없어. 장시간의 요양이 필요해.'

진쌴예, 리쓰예, 천예추와 샤오추이가 어느 날 이른 아침 일찍 성 밖으로 가서 첸 씨 부인을 매장했다. 집을 돌본 사람은 쓰다마였다. 루이쉬안이 오자, 쓰다마는 그에게 첸 선생을 돌보게 하고 자기는 첸 씨 댁 며느리를 돌보았다.

여러 전선에서 들려오는 소식은 크게 좋은 것이 없었다. 베이핑의 거리에 짧은 다리의 남녀가 늘어나고 일본의 군용표가 보이기 시작했다. 신문을 볼 필요도 없이, 거리에서 무리지어 다니는 일본 남녀를 볼 때 마다, 루이쉬안은 우리가 전쟁에서 지고 있다는 것을 알았다. 상하이 전투는 나쁘지 않았으며 그를 흥분시키기에 족했다. 그러나 누구나 상하이의 전투에 크게 희망을 가질 수 없었으며, 그 밖의 전투에서 패배했다는 것을 알아챌 수 있었다. 처음에는 북방의 지형이 험한 천연 요새와 남방의 새로운 군대에 동등하게 희망을 걸었다. 그는 북방 군대의 조직과 무기는 일본과는 비교가 안 되지만, 천연 요새가 병력과 무기의 결함을 보충해줄 것이라고 믿었다. 그러나 천연 요새들은 종이로 만든 산과 관문 같이, 빠른 속도로 연이어 함락되었다. 매번 함락 소식을 들을 때마다 날카로운 칼이 가슴을 찌르는 듯했다.

그가 알고 있는 조금의 지리 지식은 역사에 부속된 것이었다. 그는 역사에 나오는 산하이관, 냥쯔관, 시펑커우, 옌먼관을 기억한다. 그러나 그는 이 지역들에 가본 적이 없다. 그래서 도대체 어느 정도가 되어야 험한 지형으로 칠 수 있는지 알지 못했다. 그는 그저 듣기 좋은 지명들이 일종의 안전감을 준다고 생각했다―이러한 '험'자가 붙은 지명이 있으면 역사적인 안전감이 들었다. 그러나 이러한 '험' 자 붙은 지방들도 적군을 막기에 역부족이었다. 당황한 가운데 그는 역사란 거짓말로 짜여진 것이라는 생각이 들어, 자기 나라 중국에 대한 일체를 믿을 수 없어졌다. 만약 사람을 속이지 않는 것이 있다면 그것은 상하이 전투와 이미 가꾸어 놓은 새로운 군대다. 상하이에는 천연 요새가 없었지만, 훌륭하게 전투할 수 있었다. '사람'이 있을 때 비로소 역사와 지리가 있다.

그러나 상하이의 국군은 얼마나 오래 버틸 수 있을까? 도대체 몇 개 사단이 있는가? 비행기는 몇 대나 있는가? 그는 알 도리가 없었다. 그는 상하이가 바다에 있고, 바다는 일본인의 것임은 알았다. 그는 일본이 육, 해, 공 연합으로 공격하는데 중국이 육군으로만 적을 맞는다면 승리할 수 있을지 의구심이 들었다. 동시에 그는 전투에 참가하려면 바로 집을 떠나 투쟁해야 한다고 생각했다. 인간이 있어야 역사와 지리가 있게 된다. 자기마저도 수수방관해야 한단 말인가? 그러나 그는 움직일 수 없었다. '집'이 그의 운명을 베이핑에 묶어 두었다. 베이핑은 이미 자신의 역사를 잃어버리고, 지리상의 명사에 불과하게 되었다.

그의 통통한 얼굴이 더욱 여위어져, 눈이 특히 크게 보이게 되었다.

종일 그는 잊혀서는 안 될 무언가를 생각하는 것 같았지만, 한번 그 일이 떠오르면 다시 잊어버리고 싶었다. 나라 잃은 자는 몸을 안전하게 둘 곳이 없으며 자기의 마음도 둘 곳이 없다. 그는 거의 자기 집을 미워하기까지 이르렀다. 그는 자주 자기 혼자라면 얼마나 좋을까 생각했다. 사세동당이라는 족쇄가 없다면, 반드시 자기의 피를 가장 위대한 시대에 뿌려서 체면을 세울 수 있을 텐데. 그러나 인간의 일이란 상상의 산물이 아니다. 골육의 정이란 가장 무정한 쇠사슬로, 모두를 동일한 운명에 꽁꽁 묶어놓는다. 그는 다시 학교에 가고 싶지 않았다. 이미 그곳은 학교가 아니다. 청년을 모아놓은 병영이다. 일본인들이 곧 나타나서 모르핀과 독약을 학생들의 순결한 뇌 속에 집어넣어 학생들을 제2등급인 '만주인'으로 만들 것이다.

그는 첸 선생이 보고 싶을 뿐이었다. 노인의 고통은 일종의 경고다. '너는 적이 얼마나 모질고 독한지 잊지 마라!' 노인의 애절한 부르짖음과 각처의 포화는 함께 어우러지는 고함소리 같았다. '옛날의 역사, 역사 속의 시, 그림과 군자는 반드시 죽는다! 새로운 역사는 반드시 피 속에서 재탄생할 것이다!' 이런 종류의 경고와 고함소리라도 절대로 자기를 셋째처럼 베이핑을 뛰쳐나가게 하지는 못할 것이다. 그러나 소극적으로라도 그가 이를 갈 수 있고, 어떻게 해서라도 지조를 잃지는 않으려고 할 것이다. 이것은 꽤나 의미 있는 일이다. 이를 가는 것이 적어도 집에 엎드려 아이들이 울고 노인이 잔소리하는 것을 듣는 것 보다 낫지 않을까.

동시에 그는 첸 선생이 범아가리 속에서 어떻게 탈출했길래 감옥에서 집으로 돌아왔는지 알고 싶었다. 노인은 범아가리에 떨어져서도 뜻밖에 도망쳐 왔다―이것은 정말이지 믿기 힘들다. 일본인이 전쟁이 무엇인지 파악하지 못해서 사람 죽이기를 원치 않았던 것이 아닐까? 혹은 일본 군인과 정객 간에 싸움과 충돌이 생겨서 첸 선생이 뚫고 나올 틈을 만들어 주었는가? 아니면 일본인이 전쟁에 이겼을지라도 사실은 굉장히 큰 희생을 치렀기 때문에 군인과 정객들이 각처에서 난동을 피운 것이 아닐까. 사람들이 왔다갔다 하니 확실한 굳어진 방법 이나 아이디어가 없어서, 아무개가 체포해온 사람을 다른 아무개가 그냥 풀어준 것일까? 그는 분명히 생각할 수 없었다. 그는 첸 노인이 자기에게 상세히 말해주길 희망했다. 지금은 노인이 여전히 말을 할 수 없다. 그는 극진하게 간호해서 노인이 빨리 건강을 회복하여 일체를 자기에게 말해주기 바랐다. 그것이 망국의 과정 중의 작은 수수께끼였 다. 그는 이 수수께끼를 풀어야지만 정복자와 피정복자 사이의 관계, 그리고 그 사이에서 발생한 구체적인 사건들을 명백히 알 수 있을 것 같았다―만약 기록으로 남기면 '양저우 10일'[74]과 마찬가지로 상처와 원한을 역사에 남길 수 있을 것이다!

첸 선생은 진통제와 진정제를 복용하고 나서 아주 잘 잤다. 상처와 신경이 때때로 갑자기 몸을 뒤틀리게 하거나 아야 소리를 지르게 했지 만 시종 눈을 뜨지는 않았다.

루이쉬안은 깊이 잠든 것 같기도, 혼수상태인 노인을 보고서 때때로

• • •

74 순지 2년(1645년) 청군이 입관한 후 양저우 지역에서 발생한 대량 학살 사건을 의미한다. 이 사건은 10일 동안 지속되었고, 청나라 초기의 폭력적인 통치 방식과 관련이 있다. 해당 사건으로 인해 많은 사람들이 희생되었다.

소리 없이 기도했다. 그는 누구에게 기도해야 할지 몰랐으나, 인간 형태로 상상되는 '정의'와 '자비' 신에게 지극 정성으로 도와달라고 빌었다. 이러한 기도는 때때로 그의 마음을 편안하게 해주었지만, 때로는 스스로를 어리석다고 비웃게 했다. 마음의 안정을 찾을 때마다 그는 종교를 경시한 것이 후회될 정도였다. 자신에게는 종교에 대한 열정과 그 열정에서 나오는 용기 있는 행동이 부족하게 되었기 때문이다. 그러나 다시 생각해보면, 중국에서 살인 방화를 저지르는 일본병들이 불경, 부적, 센인바리(千人針)[75] 를 휴대하고 있다. 그들의 종교는 먼저 야수로 만들었다가 그 후에 천당에 들어가게 하는가 보다. 여기에 생각이 미치자 스스로를 향한 실소를 금치 못했다.

루이쉬안은 혼수상태에 빠진 노인을 보면서 이런저런 생각에 빠졌다. 한편으로 그는 자신이 최고의 문화를 지닌 사람이라고 느꼈다―평화를 사랑하고, 자유를 즐기며, 이상과 미적 감각을 지녔다. 거칠거나 조잡하지 않고, 미신 따위는 믿지 않으며, 이기적이지 않다. 또 한편으로는 자신이 가장 쓸모없는 존재라고 생각했다. 성이 망해도 어찌할 바를 모르고, 나라가 망해도 그는 고개를 숙이고 순응하는 민중으로 살았다. 그의 문화는 틸끝만큼의 쓸모도 없었!

그는 이런 생각들에 골치가 아파서 살금살금 밖으로 나왔다. 마당에 핀 가을꽃들을 보고 첸 선생은 화분을 좋아하시지 않으셔서 모두 땅에 심는다는 생각이 났다. 이 때문에 오랫동안 물을 주지 않은데도 담장

---

75 2차 대전 때 천명이 바늘 한땀식 적선하여 만든 일본군의 등받이 혹은 셔츠: 총알이 관통하지 않는다는 속설이 있었음.

아래의 닭벼슬 꽃이랑 국화 등이 평소처럼 피었다.

그는 황금빛 빨간 띠가 몇 가닥 그어져 있는 한 송이 황금색 닭벼슬 꽃을 보면서, 자기 자신에게 말했다.

"그렇지! 너는 한 송이 꽃처럼 부드럽고 아름답구나. 너의 아름다움은 수분과 햇빛을 빨아들여서 세계에 내어놓는 것이다. 그러나 너는 자신을 지킬 능력이 없다. 너가 아름다울수록 무정한 손을 불러들여 너를 꺾어 너를 죽게 만든다. 한 송이의 꽃, 하나의 성, 하나의 문화 모두가 이와 같을 것이다! 장미의 지혜는 색과 향기에만 있는 것이 아니라 가시에도 있다! 가시와 향기가 연합해야 장미가 안전하고, 오래 가고, 번성할 수 있다! 중국인들은 다 좋다. 그저 자기 자신을 지킬 가시가 없을 뿐!"

여기에 생각이 미치자, 그의 마음이 밝아지기 시작했다. 그는 자기의 장점을 안다. 다시는 자기를 폐물이라 생각하지 않았다. 동시에 자기의 단점도 분명히 인정하여 어떻게 하면 더 자기를 강하게 할 수 있는지 알았다. 그의 마음속에 힘이 생겼다.

바로 그때 치 노인이 샤오순얼을 데리고 들어왔다. 시간은 통증을 치료하는 약이다. 노인의 병은 실은 신체적인 것과 비교하면 정신적인 것이 더 컸다. 그의 마음은 통쾌하지 않았다. 그는 종일 침상에 누워있으면 더 아파질 뿐이고 오히려 일어나서 활동하는 것이 더 낫다는 것을 천천히 깨달았다. 어떤 병은 우울에서 시작되어 스스로의 해방으로 끝나는 경우가 있다. 시간은 교묘하게 자살하고 싶은 충동도 '잘 죽는 것이 병든 채 사는 것만 못하다'는 생각으로 바꿔놓는다. 그는 침상에서 일어났다. 일어나자마자 그는 더 이상 자신만 걱정하지 않고, 점점 다른 이들을 떠올리게 되었다.

그는 제일 먼저 좋은 친구 첸 선생 생각이 났다. 멍스의 상여가 나가는 날 대문 안에서 얼핏 본 후에 흐리멍덩하게 하루를 보냈다. 관을 볼 때마다 노인의 눈에는 그 관이 자기 것인 양했다. 그는 멍스에 대해 많이 생각하지 않았고, 오히려 자신의 뼈가 관에 들어가면 어떤 기분일지 상상하는 데만 몰두했다. 그는 죽음을 몹시 두려워했다. 곧 묘에 들어 갈 사람은 대개 영생을 생각한다. 그는 몇 번이나 샤오순얼 애미에게 물었다.

"너 보기에 나는 어때?"

그녀의 큰 눈에는 첸 씨 댁 때문에 눈물이 고여 있었다. 하지만 말소리에는 조부를 위해 가볍고 쾌활함이 묻어 있었다.

"할아버지는 조금도 아픈 구석이 없으시죠! 노인은 말이죠, 환절기가 되면 허리가 지끈거리고 다리가 시큰거려요. 하루 이틀 누워계시면 좋아지십니다! 할아버지의 정신이면 적어도 20년을 더 사실 수 있습니다!"

손부의 말은 만병통치약 같았다. 사실상 어떤 병도 치료하지 못하지만 어떤 병이라도 다 치료할 것만 같았다. 노인의 마음이 밝아졌다. 그녀는 자연스럽게 건의했다.

"할아버지 아마도 배고프신 것 같은데, 맞죠? 제가 마른 국수를 좀 만들어 드릴게요, 어때요?"

노인은 마지못해서 곧 죽음에서 마른 국수 쪽으로 뛰어나왔다. 잠시 생각하다가 제안을 수정했다.

"작은 그릇에 연근가루나 좀 타줘라! 입안이 너무 허전하고 입맛이 없다!!"

첸 선생이 돌아왔다는 소식을 듣기에 이르자, 그는 첸 선생을 보러 가고 싶은 마음이 간절한 나머지 자기 아픈 것은 완전히 잊었다. 첸 선생은 좋은 친구였으므로 응당 가서 위로하고 보살펴야 했다. 그는 더는 자기 자신만 보살펴서는 안되었다.

그는 루이펑에게 자신을 부축하게 시켜서 첸 씨네에 가려 했다. 루이펑은 가고 싶어 하지 않았다. 첫째는 첸 씨 집에 가는 게 두려웠다. 둘째는 관 씨네가 그가 첸 씨 집에 가는 것을 볼까 두려워서였다. 셋째는 특히 첸 씨 댁에서 형을 만날까 두려웠다. 그는 거의 형을 더할 나위 없이 미워했다. 왜냐하면 공공연히 관 씨 집의 적이 되고, 첸모인과 진싼예가 관 씨 집에 와서 난동을 일으키고 싸우도록 도왔기 때문이다. 그는 조부가 부르는 소리를 듣고 급히 침상에 드러누워 머리 끝까지 이불을 뒤집어쓰고, 풍보 아내가 통통한 목구멍에서 소리를 자아내게 했다.

"몸이 좋지 않습니다. 막 아스피린을 먹었습니다!"

"오우! 영교 해독약 먹어라! 가을 유행병일테니!"

그래서 노인은 계획을 바꿔 샤오순얼을 시종으로 삼았다.

샤오순얼은 득의에 찼다. 그는 아버지를 보자, 소리를 낼 줄 아는 꽃이 핀 것 마냥 작고 날카로운 목소리를 냈다.

"아빠! 큰할아버지 오셨어!"

챈 노인과 며느리를 놀라게 할까 두려워서, 루이쉬안은 샤오순얼에게 손을 흔들었다.

그러나 샤오순얼은 말을 멈추려 하지 않았다.

"챈 할아버지 어디 계셔? 할아버지가 일본 놈들에게 맞서서 피를 흘렸다면서요? 정말이요? 나쁜 일본놈들!"

치 노인은 연신 고개를 끄덕였다. 증손자가 굉장히 똑똑하고 자랑할 만하다고 생각했다.

"저 녀석! 어떻게 모르는 게 없어!"

루이쉬안은 한 손으로 조부를 부축하고 한 손으로 아들을 잡고 천천히 방안으로 들어갔다. 방에 들어가자 샤오순얼마저도 불안감을 느끼고 다시 말을 하지 않았다. 치 노인은 방안에 들어서자, 한 눈에 자신의 좋은 벗을 알아보았다—챈 선생은 얼굴을 밖으로 하여 반듯이 누워있었다. 얼굴에는 혈색이라고는 없었다. 그렇다고 희지도 않았다. 감옥에서 쌓인 때가 영원히 다시 씻기지 않을 것 같았다. 살이 하나도 없었고, 활기조차 없었다. 잠잘 때의 평안한 모습도 아니었으며, 뺨은 쑥 들어가고 입술은 벌려져 있어서 입이 동글 같았다. 눈은 감겨져 있었지만 꽉 감기지는 않았다. 눈꺼풀 밑에는 가볍게 움직이는 흰창이 드러나 있었다. 검붉게 탄 상처가 관자놀이와 이마에 찍혀있었다. 얼굴이 말이 아니었다. 피골이 상접했다.

그의 호흡은 고르지 못했다. 숨이 막히면 그의 입술이 더 크게 열렸다. 눈꺼풀은 계속 깜박거렸다. 샤오순얼은 눈을 가렸다. 치 노인은 멍청하게 친구의 얼굴을 들여다보았다. 눈 속이 마르고 매워지더니 촉촉해졌다. 그는 자신의 생각을 말하고 싶었지만, 말이 차마 나오지 않았다. 그의 입과 혀가 굳어버렸다. 그가 자기 생각을 말할 수 있다면 대체로 이럴 것이다.

"루이쉬안, 너 부친과 첸 선생의 나이는 비슷하다. 왜인지 모르겠는데, 네 아버지도 저렇게 되어버린 모습이 눈에 아른거린단다!"

이 입밖으로 꺼내지 못한 몇 마디에서 시작해서, 그는 천천히 일본인을 떠올렸다. 살면서 온갖 어려움을 겪어온 그와 같은 노인은 냉정한 태도를 유지하고, 눈에 보이지 않는 것은 신경 쓰지 않고, 타인의 말을 믿지 않음으로써 쇠약한 마음이 조금이라도 더 안정을 얻게끔 하였다. 9·18에서 시작하여 일본인들의 야만적이고 잔혹한 이야기들을 많이 들어왔지만, 그것들을 사실로 믿고 싶지 않았다.

마음의 깊은 곳에는 그런 말들이 허위는 아닐 것이라고 알고 있었지만 믿고 싶지 않았다. 왜냐하면 믿고 난 후에는 편안하게 80까지 살 수 있다는 희망을 버려야할 것 같아서 두려웠다. 지금 친구의 얼굴을 보자 자기의 아들이 생각나고 그리고 자기에게까지 생각이 미쳤다. 일본인들의 칼이 나이 든 사람이라고 해서 절대로 피해가지 않을 것이다. 그는 의도적으로 남의 이야기는 믿지 않았다. 그러나 첸 선생의 얼굴은 믿지 않을 수 없었다. 저 얼굴이 일본의 잔혹성성을 광고하는 살아있는 광고판이다.

얼마나 오래 멍하니 있었는지모른다. 그는 겨우 몽롱한 상태에서 앞으로 나아갔다. 그는 첸 선생의 몸은 어떠한지 보고 싶었다.

"할아버지!"

루이쉬안 목소리를 낮추어 불렀다.

"첸 선생을 놀래키지 마세요!"

그는 노인이 첸 선생의 등을 보면 며칠 동안 밥을 못 드실 것이라고 생각했다.

"큰할아버지!"

샤오순얼이 할아버지의 소매를 끌었다.

"우리 가요!"

노인은 일본인들 생각은 잠시 제쳐두고, 눈앞의 일에 대해 몇 마디 하려고 했다. 그는 루이쉬안에게 첸 선생에게 어떤 약을 사드려야 하고, 어떤 의사를 불러야 하고, 어디에 가면 타박상에 잘 듣는 비방이 있는지 알려주고 싶었다. 그는 또 첸 선생이 눈을 떠서 그와 몇 마디 나눌 수 있었으면 했다. 그는 첸 선생에게 몇 마디만 하면, 첸 선생이 마음이 풀어질 수 있게 할 수 있다고 믿었다. 마음이 풀어지면 병도 빨리 치유되기 마련이다. 그러나 그는 말을 꺼낼 수 없었다. 그의 나이, 경험, 지혜 모두가 이미 쓸모가 없어졌다. 일본인이 자기의 좋은 친구를 때려 상처를 입히면서 함께 자기의 마음도 부숴버렸다. 그의 수염과 입술이 여러 차례 떨리더니, 결국 나온 말은 다음에 불과했다.

"가자, 샤오순얼!"

루이쉬안은 또 조부를 부축했다. 루이쉬안은 노인의 어깨가 쇠 같이 무거운 것처럼 느껴졌다. 노인은 마당까지는 쉽게 나와 멈춰 섰다. 꽃과 나무를 향해 머리를 끄덕였다. 그리고 혼자 중얼거렸다.

"이 화초들도 죽겠구나! 오우!"

23

첸 선생은 서서히 좋아졌다. 밤낮 자는 시간이 깨어있는 시간보다
더 길었다. 그러나 이미 배고픔과 목마름을 알고 먹는 양도 상당히
늘었다. 루이쉬안은 몰래 가죽 덧옷을 전당포에 보내고, 그에게 탕을
끓여 드릴 생각으로 암탉을 몇 마리 샀다. 그는 겨울에 가죽 덧옷을
되찾아올 수 있을지 몰랐지만, 첸 선생의 건강의 회복을 위해서라면
겨울에 가죽 덧옷이 없이도 기꺼이 견디리라.

첸 씨 댁 며느리는 얼굴은 시퍼랬지만 리쓰다마가 보살펴주겠다는
것을 단호히 거부하고 시아버지를 보살피려고 애썼다.

진싼예는 어차피 매일 찻집에 나오니, 아침저녁으로 딸과 사돈을
보러 왔다. 첸 선생은 먹고 마실 수 있었으나 사람을 잘 알아보지
못했다. 이 때문에 진싼예는 올 때마다 사돈이 자거나 깨어있거나 상관

하지 않고, 환자가 누워 있는 침상 앞에서 사각형 머리를 끄덕거릴 뿐이었다. 아직은 사돈과 마음을 나눈다든지 몇 마디를 나누는 일은 결코 하려 하고 싶지 않았다. 머리를 끄덕거리고 나서 담뱃대에 담배를 쟁여 넣고 몇 모금 빨았다. 마치 이렇게 말하는 것 같았다.

"됐어. 사돈. 당신의 일을 내가 모두 책임지겠다오! 살아만 다오. 그럼 내가 마음을 헛되이 썼다고 생각하지 않을 거요!"

이런 후에 그의 붉은 얼굴에 쾌활한 빛이 비친다. 그리고 일생동안에 마음속으로 기억할 가치가 있는 일을 했다고 생각했다. 그 일이란 사위와 사부인을 보내드리고, 사돈을 살려낸 것이다.

딸에게는 할 얘기가 그리 많지 않았다. 그는 딸이 과부가 되어 수절하는 것은 실자기가 거간꾼이 집을 파는 것과 마찬가지로 현실적인 문제라서, 특별히 마음 아파하거나 곡을 할 필요가 없다고 생각했다. 딸의 수중에 돈이 없다는 것을 짐작하고 두어 위안을 상 위에 놓고는 전 세계에 방송하듯이 딸에게 고한다.

"돈 여기 침대 위에 둔다!"

집을 나가고 들 때 언제나 대문 밖에 한참 버티고 서서, 관 씨 댁 사람을 만나는 것을 두려워하지 않는다는 표시를 했다. 그 사람들이 보이지 않으면 기침을 크게 해서 위세를 과시했다. 오래지 않아 후퉁 내의 어린이들이 그를 본받아서 헛기침을 해댔다. 아이들은 종종 관 선생 뒤에서 헛기침 소리를 연습했다.

이 때문에 관 선생은 집 밖에 감히 나오려 하지 않았다. 그는 나름대로 생각이 있어서 진득하게 참고 있었다. '토끼 새끼들', 그는 마음속으로 욕을 했다. '너희들 관 할아버지를 기다려라. 내가 일단 득세하면 냄새 나는 벌레를 문지르듯이 너희들을 싹 문질러 죽일 것이다.' 그는 바삐 나다녔다. 요즘은 이전보다 더 많이 활약했다. 최근 분주하게 설친 덕택에 정국의 흐름을 분명히 파악했다. 그보다 몇 배나 고명한 정객의 입으로부터 들었다. 최초에 일본군벌은 화베이의 일체 권리를 자기들의 수중에 넣고 싶어 했다. 이 때문에 거의 파괴되다시피 한 화베이 정부 위원회를 존속시켰다. 동시에 그들은 베이핑의 치안 유지를 위해, 관 속에 누워 있던 몇 명의 늙은 한간들을 끌어내어 유지회를 조직했다.

사실 유지회는 체면이 안서는 골동품 가게 같아서, 실권이라고는 눈곱만큼도 없었다. 진정으로 적들을 위해 거리 청소를 하고, 질서를 유지시키는 것은 바로 시정부였다. 시정부 중에서 톈진방이 가장 세력이 컸다. 현재 산둥, 허베이, 허난, 산시에 적군들이 신속하게 진군하고 있다. 적군은 이미 모든 중국인의 뒤를 따라다니며 칼을 쓸 수 없어서, 일본 정객과 중국 한간들이 '정부위원회'를 대신할 조직을 새로 만들어야 했다. 이로써 오색기를 내걸어 화베이 전체를 통제하기 편하게 만들고, 한간들이 '황군'을 대신하여 군용표 사용, 물자 수색, 명령 발령 및 시행을 담당하게 했다. 이러한 기구는 설립되는 것 자체가 힘들었다. 일본 군인들은 근본적으로 정치를 싫어하였다. 그들은 이러한 부류의 기구가 자신들을 구속하고, 마음대로 살육하지 못하게 통제하는 것을 원하지 않았다. 그들은 자신들의 말을 완전히 들어주는 한편 중국 백성들을 속일 수 있는 한간을 찾기 이전에는 절대로 정부 조직을 세울 생각이 없었다.

텐진에서는 적군이 각급 학교를 점령한 후에 사실 각 도서관의 책을 태워버릴 생각은 없었다. 책을 아껴서가 아니라, 서적을 돈으로 바꿀 수 없다고 생각했기 때문이다. 그러나 일본의 텐진 주재 영사관이 그들에게 책을 본국으로 운반하도록 권고했다. 그들은 곧 도서관들을 화장시켜 버렸다. 그들은 외교관들이 말이 많은 것을 싫어했기 때문이다. 그들은 총독부가 조선을 통제하듯이, 화베이와 점령지 정부를 통치하여 문관들의 힘을 무력화시키고 싶었다. 그러나 군대의 활동이 몇 개의 명령에만 의존할 수 없었다. 군대는 식량, 복장, 수송 수단이 필요했고, 최소의 병사로 최대의 승리를 거두어야 했다. 그래서 문관과 정객을 혐오하는 군벌들도 정부를 조직하고 정객과 한간에게 의존하지 않을 수 없었다. 군벌의 고민은 언제나 '즉시 얻을 수 있으나, 즉시 다스릴 수는 없다'는 것이었다.

일본군이 베이핑에 진주했을 때 가장 먼저 베이핑 사람들의 안전에 나타난 새 조직이 신민회였다. 이 기관은 포화 속에서 나타난 선전 기관이었다. 관샤오허는 이 기관에 주의하지 않았다. 선전이 중요하다고 여기지 않아 대수롭지 않게 보았다. 그가 눈독을 들이고 있는 '일자리'는 세무국과 염무국이었다. 그가 마음에 두고 있는 감투는 현장, 과장, 처장이었다. 그는 '회'라는 것은 세무국과 염무국같이 수입도 없고, 현장 및 처장 같은 눈에 띠는 직함이나 부수입도 없고, 전도도 유망하지 않다고 생각했다. 그러나 그는 이제는 깨달았다. '회'는 군대와 가깝고, 군대를 위해서 '덕과 위업'을 선양하는 친근한 시종이기 때문에, 전도가 유망하다. 그것만 있으면 군대가 도살을 자행한 후에 피의 흔적을 덮어

버릴 수 있었다. 그것이 있어야 일본 군대는 본인들이 정복된 민중에게 나름 '평화주의적인' 방법을 사용했다고 스스로를 속일 수 있었다. 선전부는 군벌과 무엇을 다투지 않는다. 선전부는 착실하게 군인들 뒤에서 '태평가'를 부른다. 군인들이 대포로 하나의 성을 부숴버리면 신민회가 곧 따라가서 진통제를 조금씩 놓아주는 셈이다.

그 정객이 관샤오허에게 말했다.

"큰 자리를 도모하려면 당신이 직접 일본군인 수중에 들어가서 일자리를 찾아야 합니다. 유지회는 수명이 길지 않을 거요. 시정부의 일을 찾으려면 톈진방의 도움이 없이는 안 됩니다. 신민회는 들어가기엔 쉬워요. 그들은 최고의 순민이고, 일본 군인에게—한 그릇 밥과 돈 몇 푼 외에—아무 것도 요구하지 않거든요. 그들은 일본병의 총구에 바짝 붙어 훨씬 더 많은 순민을 모집하죠. 그래서 일본 군인이 이러한 인간을 더 수용하고 싶어 합니다. 당신도 한 가지 잘하는 게 있다면…. 예를 들어 신문을 만들거나, 연극을 하거나, 창극을 하거나, 그림을 그리거나, 심지어 만담을 하거나 할 수 있으면, 모두 출세하는데 쓰일 수 있는 자격입니다. 그 외에도 우리가 절대로 무시할 수 없는 힘이 있는데—바로 지역의 깡패 두목들입니다!

깡패 두목들은 사회질서가 불량하거나 법률 보장이 부족해서 생겨난 세력이죠. 그들은 정치를 모르고 자신과 자신의 패거리의 실제적인 안전을 구할 뿐이에요. 그들은 원수를 적으로 보지만, 적이 그들의 체면을 세워주면 자기의 안전 때문에 적과 떨어질래야 떨어질 수 없게 합작합니다. 그들이 반드시 관료는 되려고 하지는 않지만, 적에게 인재를 추천하는 자문 역할을 하기를 원하지요. 이것이 가장 안정적이고 오래가는 힘입니다!"

이러한 분석과 보고는 관샤오허가 못 들어본 것이었다. 그는 관료 사회에서 2~30년을 굴러먹었지만, 시종일관 자기 환경을 유심히 관찰하고 분석하진 않았다. 그는 체면이 있는 파리였다. 똥이 있으면 곧 다른 파리와 함께 한 곳으로 모여들어 소란을 피운다. 똥을 못 찾았을 때는 다리와 날개, 혹은 대가리로 문 종이에 부딪치며 자기가 천하에 제일가는 파리인 척 했다. 그는 영원히 마음은 쓰지 않는다. 술 마시고 노름하는 기술을 이용하여 모여서 떠들썩하게 놀 뿐이다. 그는 이렇게 노는 가운데 부수입을 올려 자기 벌이를 할 수 있다고 생각했다.

정객의 이야기를 들으면서, 관샤오허는 눈을 감아 자기는 심오한 생각이 있다고 여겼다. 마치 모든 것을 자기가 생각해낸 것처럼 보였다. 얼마 후 그는 도처에 다른 사람에게 이 이야기를 들려주고 나서, 곧 톈진에 옛 친구를 만나러 간다고 언명했다. 이야기를 끝내고 나서 그는 겸허하게 이전에는 자기가 천박했다는 것을 인정한다. "일전에 이렇게 말한 적이 있었어. 예술은 국경이 없고. 그리고… 이러한 두서없는 말을 지껄였지. 너무 경박해! 사람은 늙어서까지도 배우는 법이야! 이제 나는 언제나 문제의 근본을 파악할 수 있게 된 것 같아. 발전이 있는 셈이지, 발전이!"

그는 감히 톈진에 갈 엄두를 내지 못했다. 물론, 그는 일찍이 도처에서 일을 한 적이 있었다. 그러나 그의 마음 깊은 곳에는 베이핑인의 나쁜 버릇이 숨어있다─움직이기 두려워하고, 움직이기 귀찮아하는 것. 그는 톈진에 가는 것—불과 세 시간 기차를 타는 거리인데도—을 외지로 가는 것으로 여겼다. 또, 외지로 가는 것은 모험이고 마음이 편치 못한 일이라고 생각했다. 게다가 톈진에서 그는 진정한 친구가 없었다. 그렇다면 헛된 곳에 돈을 쓰고 일자리 하나 얻지 못하면 손해 보는 거 아닌가?

그는 일본의 중요한 군인마저도 한 사람도 모른다. 그는 대단한 노력을 들여 카츠키, 오오스미, 이다가키, 무슨 로우, 다나 등 10명의 이름을 기억하고, 신문에 난 그들의 행동을 입 속에서 '재출판'하기도 했다. 하지만 자기는 그들과 자신의 거리가 늙은 호랑이와 자신의 거리 만큼 멀다는 것을 알았다.

깡패 두목의 경우 그는 더더욱이 그들과 접근할 방법이 없었고, 그들에게 접근해 보고 싶지도 않았다. 그는 부동산이 많지 않고 은행의 예금도 만 위안이 넘지 않았지만, 스스로를 신사로 생각하곤 했다. 그는 공산당도 두려워하고 깡패 두목도 두려워했다. 그는 깡패들이 더우얼둔[76] 같다고 생각했다. 그러면서도 더우얼둔이 부자의 재물을 약탈하여 가난한 사람을 돕는 것은 자기에게 도움이 안 된다고 생각했다.

그는 신민회에 가입하고 싶었다. 그는 신민회가 도대체 무엇을 하는 지 몰랐다. 그리고 자기가 순민이 될 자격이 있는지 파악해야 한다고 생각했다. 쓸모가 없지만 그는 이황을 두어 곡 불고, 퉁팡에게 배운 봉천대고(퉁팡에게 배운 것)도 두어 곡 치고, 만담도 몇 가락 읊는다!

. . .

76 청나라 시기의 도적으로, 탐관오리를 물리치는 의로운 도적으로 알려진다.

하물며 현장이나 국장도 한 적이 있는데! 그는 이 방향으로 일을 진행시켰다. 며칠을 분주하게 설쳤으나 희망이라고는 보이지 않았다. 그러나 그는 낙담하지 않고 오히려 '마음이 지극하면 귀신도 알아준다' 즉 반드시 어느 날에 성공할 것이라고 생각했다. 할 일 없이 어지럽게 나는 것이 파리의 본분이며, 아무렇게나 날다가 죽은 쥐나 소똥 한 무더기에 맞닥뜨릴 수 있다. 관 선생은 그래도 근본적으로 모양새를 갖춘 파리였다.

다른 사람들은 어떤지 모르지만, 루이펑은 관샤오허에게 위협을 당한 꼴이 되었다. 관 선생이 태연자약하게 시국에 대해 자신이 분석한 바를 루이펑에게 들려주자, 루이펑의 깡마른 작은 얼굴에 검은 구름이 끼었다. 그—루이펑—는 관 선생이 이러한 안목은 물론 깊은 사상도 가지고 있으리라고 생각지 못했다. 그는 자기가 재주가 너무 없어서, 관 선생을 아첨하기에 부족한 것이 아닌가 싶었다!

관 선생은 루이펑에게 신민회 얘기는 하지 않았다. 왜냐하면 자기가 분주하게 쫓아다니는 중에 루이펑이 자기와 경쟁하는 것이 불편해서이다. 어디에서 대담하게 홍보해야 할지, 어디에서 비밀을 지켜야 할지에 대해 관씨의 마음속에는 확실한 분별이 있었다.

2~30년의 군벌 혼란기에서 '교육'은 관샤오허 같은 파리들을 무더기로 성장시켰다. 파리 떼는 뻔뻔스럽고, 무지하고, 용기도 없고, 염치도 없었다. 군벌은 사람을 쓸 줄 모르고 노예를 사육할 줄만 알았다. 외환이 없을 때는 군벌들이 사회를 부패하게 하고, 외환이 닥치면 국가를 빨리 망하게 한다.

학비 받고 졸업장 내주기만 중시하는 교육을 받은 루이펑은 당연히 샤오허를 부러워하고 존경했다. 그는 벼슬을 해 본 적이 없어 군벌에 접근한 적도 없지만, 그의 졸업장은 생활비를 벌어들이는 면허증이었다. 관 편안하고 세련된 스타일의 의식주를 부러워하지 않을 수 없었다. 그는 관 선생을 세상을 아는 '인물'로 보고, 자기 자신은 입에 노란색이 덜 가신 병아리로 보았다.

루이펑은 빨리 3호집 작은 방으로 이사 가고 싶었다. 그 방은 작아서 침상 하나만 놓을 수 있을 정도였으며, 작은 문 하나에 창문은 없었다. 루이펑은 한 번 들여다보았다―방이 어두워서―거의 아무 것도 보지 못했지만 고양이 똥냄새가 느껴지는 습한 냄새만 맡았다. 그는 그 작은 방에 살고 싶다는 말이 입으로 나왔다. 관 씨와 한 곳에 살 수만 있다면 아마도 어디에서라도 서서 잘 수 있을 것 같았다!

그때 시창안제 신민 신문사 건물 위에 성안 사람 모두가 볼 수 있을 정도로 큰 흰색 풍선이 올라갔다. 풍선 아래에 큰 기가 달려있고, 기에는 큰 글자로 '경축 바오딩 함락'이라 쓰여 있었다. 바오딩, 베이핑인들의 마음속에는 지리상의 명사에 지나지 않았다. 그것의 중요성은 퉁저우는 말할 것도 없이, 톈진이나 스자좡에도 미치지 못했다. 베이핑인들은 바오딩은 장과 채소와 소리 나는 쇠공[77]을 공급하는 곳에 불과했다. 최근에 들어 쇠공을 굴리는 노인도 줄어들어, 바오딩 사람과 베이핑 사람 사이의 관계가 모호해지고 불분명해졌다. 지금에 와서는 '바오딩

• • •
77 노인들이 손으로 굴리는 공.

'함락'이라고 흰 풍선 아래에 쓰인 글자들이 모두의 눈을 찔러서, 갑자기 바오딩이 생각나면 마치 오래 전에 실종된 친구나 친척이 생각난 듯 했다. 모두가 머리를 숙였다. 바오딩이 어떤 도시이든지간에 중국의 땅이다! 하나의 성을 잃을 때마다 베이핑이 일어설 수 있는 희망이 줄어들었다. 그들은 마땅히 바오딩을 위해서 상복을 입어야 하는데, 그들이 본 것은 '풍선'과 '경축'이다. 망국은 가장 괴로운 것이고 가장 부끄러운 것인데 경축해야하다니! 자기 나라의 망국을 경축해야 한다니!

일본의 '중국통'은 결코 중국에 대해 잘 알지 못했다. 그들은 베이핑 사람들의 체면을어떻게 세워주는지 몰랐다. 만약 그들이 조용히 아무 일도 없었다는 듯이 승리를 받아들였다면, 베이핑 사람들은 틀림없이 모른 척하고 정복자에 대한 반감을 누그러뜨렸을 것이다. 다만 일본인 들의 깐깐하고 작은 마음은 포악함도 숨기지 못하고, 우쭐하는 마음도 숨기지 못했다. 그들은 고양이처럼 잡은 늙은 쥐를 먹어치워 버리지 않고, 반나절이나 갖고 놀았다. 이빨과 발톱으로 피정복자를 희롱하는 것이 그들이 유일하게 '여유' 있는 태도를 보일 때였다. 그들은 풍선을 이용하여 바오딩 함락의 큰 기를 매달고 있었다!

신민회가 공로를 드러낼 기회를 잡았다. 일본인이 냉정해지더라도, 신민회의 최고 순민은 허세를 부리고 싶었을 것이다. 그들은 마음속으 로 어디까지가 중국인지, 어디까지가 일본인지 모른다. 그들은 다만 자기들에게 밥을 주는 사람이면 그 사람의 노예가 된다. 그들은 파리나 빈대처럼 국적이 없다.

그들은 망국을 경축하기 위해 행진을 열기로 결정했다. 어떤 단체도 소집하기가 쉽지 않아서 학생들을 겨냥하기로 했다—전체 성의 중학생과 초등학생을 이용하여 행진을 성공시키기로 했다.

루이펑은 떠들썩한 것을 좋아했다. 평소에 친구 집 잔치에 가면 한바탕 놀지 않으면 안 되었다. 상사에도 뒤처질까 두려워하며 앞다투어 가서, 먹고 보고 시간을 보냈다. 그는 입장을 바꾸어 상주가 얼마나 비통할까와 같은 생각을 하지 않았다. 그렇게 한번 가면 그는 스스로 무료한 일을 자초했다. 그는 상복을 입고 눈이 울어서 빨갛게 된 부녀들을 보러갔다. 그는 그들이 울고 난 뒤 한결 보기 좋다고 생각했다. 그는 술과 밥이 좋고 나쁜 것과, 승려들의 목구멍이 맑고 뚜렷한지에 주의를 기울였다. 경을 외우는 것이 소곡을 부르는 것보다 듣기 좋았다. 그래서 집에 돌아와서는 모두에게 그것을 비평하는 내용을 들려주었다. 그는 장례는 남의 것이고, 향락은 그 자신의 것이라는 지극히 객관적인 경계선을 그었다. 망국을 경축하는 문제는 사실 그도 기분이 별로 좋지 않았다. 그러나 그는 거리 가게의 오색기, 전차의 솔가지와 채색비단, 인력거 상의 작은 종이기를 보니 그 알록달록한 색채에 현혹되었다. 그래서 국가의 상사도 개인의 상사를 확대한 것일 뿐이라 생각했다. 조금 더 객관적으로 생각하면, 여전히 귀와 마음을 즐겁게 할 수 있다 생각했다. 그는 굉장히 흥분했다. 말할 것도 없이 이런 구경거리를 반드시 보아야 했다.

동시에, 그의 동료 중 성은 란, 이름은 쉬, 자는 쯔양인 자가 그에게 웃으면서 두어 마디 했다.

"치 씨, 행진하는데 나를 도와줄 수 있소?"

그는 특별히 전심전력해야 했다. 그는 관샤오허에 못잖게 란쯔양을 존경했다.

쯔양선생은 교무주임 겸 국어선생이었으며 학교 내에서 힘은 교장에 못잖았다. 다만 그는 이것을 영광으로 생각하지 않았다. 그의 최대 영예는 잡문과 신시를 쓰는 것이었다. 그는 시인으로 불리는 것을 좋아했다. 그의 잡문과 신시는 그의 체격과 생김새와 동일한 품격을 지녔다. 그는 아주 왜소하고, 얼굴은 여위고, 코는 왼쪽으로 비틀어졌다. 오른쪽 눈은 얼굴 오른쪽 위편에 달려 있었다. 이렇게 좌우로 휘어져서, 그는 종종 자신의 얼굴을 찢으려고 하는 것만 같았다. 그의 시문은 그의 키처럼 항상 짧았다. 짧디 짧은 몇 행 중에 '그러나'라든지 '다만'을 넣어 사상은 모호하게 흐뜨리는 반면, 사람들로 하여금 그의 눈매처럼 깊이를 추측할 수 없게 만들었다. 그의 시문은 여러 곳에 보냈으나 퇴짜 맞기 일쑤여서, 격을 낮추어 학교 벽에 발표했다. 벽에 발표한 후에 그는 학생들에게 자기 글을 모범문으로 읽어주길 간곡히 촉구했다.

동시에 그는 기존의 기성 작가들을 몹시 원망했다. 기성 작가가 생각이 나면, 그의 코와 오른쪽 눈은 좌우로 한 끝 비틀어져서, 오관이 모두 원래 위치에서 떨어져 제멋대로 논다. 그는 작가가 이름을 날리는 것은 출판사와 결탁하여 서로 밀어주는 것으로 생각한다. 그는 작가가 이따금 강연을 하러 가거나, 신문지상에 어디로 여행하거나 참관 간다고 쓰는 것을 모두 고의적으로 자기를 선전하거나 광고하는 것으로 생각했다. 그는 남의 저작물을 읽지 않았다. 그들의 저작이 자기 작품의 발표 기회를 빼앗아 갔다고 생각했다. 그의 마음 자체가 똥 덩어리였기에, 자신의 냄새로 다른 사람을 냄새나는 것으로 생각해 버리곤 했다. 그의 마음이 고약하니, 그의 세계도 냄새가 고약했다. 그러나 그는 자기가 꽃처럼 맑은 향기를 가진 가련하고 사랑스러운 사람이라 생각했다.

그는 나이가 이미 서른둘이었으나 미혼이었다. 여인에 대해서는 성욕만을 느낄 따름이었다. 그의 얼굴과 시문이 여인의 사랑을 얻지 못하게 했다. 그래서 여인에게 접근할 수 없었으므로 여자를 원망했다. 남이 여성과 함께 가는 것을 보면, 가장 부끄럽고 추한 정경을 상상하였다. 게다가 스스로 가장 지독하고 악랄하다고 여기지만, 사실은 남이 이해도 못할 시문을 몇 줄로 지어서 자기의 분함을 발설했다. 그의 시문은 거의가 남을 매도하는 것이었지만, 그는 스스로 정의감이 가장 풍부하다고 여겼다.

그의 입은 아주 더러웠다. 신체가 허하고 간의 열기가 승할 뿐만 아니라 이 닦는 것도 좋아하지 않기 때문이다. 그의 말은 훨씬 더 더러웠다. 소위 문장으로는 물론 입으로도 중상모략을 아까워하지 않았다. 이 때문에 학교의 동료들도 그와 다투려하지 않았다. 그는 점점 더 악랄해지고 광적이 되어 학교에서 서서히 두목으로 성장했다. 어떤 사람을 한 대 갈겨서 학교를 쫓아내고 싶으면, 그 사람이 감히 짐을 챙겨가지도 못하게 하여 다른 곳에서 살 길을 찾아야 했다. 그러나 베이핑인과 베이핑의 공기를 마시고 사는 사람은―자기의 동료들―어떤 사람에게 대해 어떤 일을 맡든지 손을 내밀지 않는다. 그들은 그를 모른척했다. 그는 곧 영웅이 되었다.

란 선생은 세계사에 등장하는 어떤 철인도 위인도 존경하지 않았다. 그래서 그들의 존경해야 할 업적이나 깨끗한 절개를 본받으려 하지 않았다. 그는 이러한 철인이나 위인이 생각나기라도 하면, 늘 그들의 대변 냄새도 고약하지 않을까 생각하곤 했다. 위인과 성인의 대변이 필연적으로 구리다는 생각에 다다르면 자기가 마치 대단한 진리나 발견했다는 생각이 들었다.그래서 학생들에게 자기는 대단한 사상가라고 떠든다. 동료들에게는 입으로 공갈 협박할 뿐만 아니라, 언제나 그들에게 미움을 살 말을 만들어내어 떠벌렸다. 그는 자신을 '이인(異人)'으로 자처했다. 그래도 루이펑에게는 예를 깍듯이 차렸다. 루이펑은 서무였다. 루이펑은 란 선생이 손수건이나 원고지 같은 사용으로 쓸 물건들을 사달라는 부탁을 받으면 최고로 좋은 물건을 사다 드리고도 값은 말하지 않았다. 란 선생은 매번 값을 묻고 나서는, 또 한바탕 논쟁을 펼치곤 했다─탐욕은 절대 있어선 안된다! 공공 단체의 풀 한 포기라도 함부로 가져가서는 안된다! 루이펑은 웃으면서 이러한 '훈화'를 들었다. 다 듣고서 한 마디만 했다.

"다음날 말합시다. 뭘 그리 바쁘게 생각하세요!"

이리하여 '다음날 말합시다'가 점차 '다시 말할 필요 없어요'로 바뀌었다. 그리하여 란 선생은 루이펑이 도리를 아는 사람이고, 성현이나 위인보다 더 좋아할 만하다고 생각했다.

일본인이 성에 들어왔다. 란 선생은 이름을 '쯔양(紫阳)'에서 '둥양(东

阳)'[78] 으로 바꾸고, 일본인이나 한간들이 발행하는 신문에 투고하기 시작했다. 마침 이러한 신문들이 원고 부족에 시달리는 차였고, 란 선생의 시문은 말은 안 되었지마 베이핑을 탈출해서 전선의 전후방에서 공작하고 있는 작가들을 공격하는 내용이 주를 이뤘다. 그래서 '둥양이라는 필명은 거의 매일 신문지 꽁무니에서 두 개의 작은 점처럼 발견되었다. 그는 기성작가들을 원망해 마지않던 차에, 그들이 베이핑에서 탈출하자 마음 놓고 욕을 해 댈 수 있었다. 그는 자기 글이 신문에 실리자 조심스럽게 신문에서 잘라내어 학교 편지지로 표구하고, 한 장씩 벽에 붙였다. 그는 쉽게 웃지 않는 사람인데 벽에 걸린 표구되어 있는 자기 글을 볼라치면 소리내어 웃곤 했다. 그는 일본인이 자기에게 '명성'을 이루게 해준 데 감사한데다, 원고료 8자오까지 주자 몸 둘 바를 모를 정도가 되었다. 그는 이 돈이 자라서 8원, 80원, 800원이 되리라고 상상했다! 그는 다시 얼굴을 찡그리고 싶지 않았다. 오른손으로 치켜뜬 눈을 내리고 왼손으로 코를 바로 잡아 한 데 모이게 하여 가만히 자기의 새로운 필명을 불러 보면서 속삭였다.

"둥양! 둥양! 이전에 너는 늘 압박을 받았지. 이제부터 너는 너의 천하를 창조하거라! 너는 사람들과 지도자들을 모을 수도 있고, 최고의 원고료도 수중에 넣을 수 있다! 이제는 코도 비틀어질 필요도 없다. 너, 코야, 옆으로 비틀어지지 말고 광명이 가득한 전도를 향해 나아가자!"

그는 신민회에 가입했다.

• • •
78 일본을 의미한다.

양일 동안 경축대회를 준비하느라 바빠서 선전 문구를 서둘러 만들었다. 그 문구에는 중·일 전쟁이나 국가대사에 대해서 한 마디도 언급하지 않았다. 다만 자기가 질투하는 작가들을 풍자하는 말들이 나열되어 있었다.

'작가들, 바오딩이 함락되었다. 너희들, 그간에 어디에 있었는가? 너희들은 상하이탄에서 커피나 마시며 춤이나 추었지?'

이렇게 짧은 글은 쓰기가 그렇게 어렵지 않아 반나절 동안에 45단락을 썼다. 제목은 '비수문'이라고 지었다. 경축대회 준비는 그렇게 쉽지 않았다. 그는 동료들과 학생들을 믿고 싶었다. 그는 전체 교원들과 학생들에게 통지하고 허다한 협박과 공갈을 보냈지만, 방심할 수 없다. 평소에는 학생들이 열을 지어서 학교를 나가면 체육 선생이 앞장선다. 그는 체육 선생을 강요할 수가 없다. 그를 몰아세우다 그가 주먹을 휘두를까 두려웠다. 다른 선생들 주먹은 두렵지 않으나 말이 많아 쉽게 따르지 않을 것 같았다. 그래서 루이펑을 점찍었다.

"치 선생!"

그는 힘 들여 눈가를 조정하여, 겨우 조금 미소 짓는 듯한 모습으로 말했다.

"그들이 모두 오지 않으면 우리 둘이 갑시다! 내가 정대장—아니 총사령, 자네는 부사령관이 되세!"

루이펑의 작은 얼굴이 빛났다. 그는 떠들썩한 것을 좋아하는데 거기다 부사령관이란 직함도 맘에 들었다.

"제가 반드시 돕지요! 그런데 학생들이 말을 듣지 않으면?"

"그건 아주 간단해!"

뚱양 의 코와 눈이 각기 다른 방향으로 향했다.

"가지 않은 학생은 퇴학이야. 아주 간단해!"

집에 돌아와서 루이펑은 뚱보아내에게 먼저 자기의 공을 피력했다.

"란둥양이 신민회에 들어갔어. 나에게 도와달라는 구만. 학생들을 이끌고 행진한대. 그는 총사령관이고 나는 부사령관이야! 내가 보기에 그에게 아부만 잘하면, 할 만한 일이 없다고 걱정할 일은 없을걸!"

말을 마치고 나서 루이펑은 그렇게 만족스럽지 않았다. 사실은 말했지만, 자기를영광스럽게 생각해야 할 이유를 충분히 전하지 못했기 때문이다. 그래서 그는 잠시 생각하고 말을 보충했다.

"그가 왜 다른 사람을 찾지 않고, 하필이면 나를 찾았을까?"

그는 뚱뚱한 아내의 대답을 기다렸다.

그녀는 대답하려하지 않았다. 그는 자동적으로 말을 이을 수밖에 없었다.

"그것은 모두 평소에 우리가 일을 잘했기 때문이야. 당신 보다시피 그가 나에게 무엇을 사달라고 부탁하면 나는 언제나 값은 말하지 않고 매우 좋은 것을 사줬지. 손수건 하나나 원고지를 자신이 사러가지 않고, 반드시 나에게 부탁하는 이유가 무언지 알아? 여기에는 의미가 담겨 있어! 그런데 우리도 그런 의미가 담긴 행동을 할 수 있지! 하나의 손수건, 두어 장의 원고지를 어느 곳에서 가져올까? '가져와서' 그에게 주니, 비용이 들지 않는 혜택이지! 내가 그런 일도 못한다면 어떻게 서무 노릇을 할 수 있겠어?"

뚱보는 약간 머리를 끄덕였다. 특별히 그를 칭찬하지도 않았다. 그는 기분이 썩 좋지 않았다. 그래서 큰 형수를 찾아가서 기대한 칭찬을 들으려 다시 한바탕 늘어놓았다.

"형수, 기다려 봐요. 대단할 것입니다!"

"오우! 요새 같은 세상에 대단할 게 뭐 있어요?"

형수의 줄곧 맑았던 눈이 요즘 들어 흐려지고, 눈의 흰 자위가 짙은 황색을 띠어 흐려졌다. 할아버지의 불편함, 시어머니의 병, 남편의 우울, 셋째의 탈출, 가계의 어려움. 이 모든 것들이 그녀에게 신경 쓸 거리와 일거리를 더했다. 그녀는 언제나 일본인들이 왜 우리와 전쟁을 하는지, 왜 베이핑을 점령하는지 몰랐다. 그러나 곤란하고 피로한 가운데 이런 고통과 불행이 모두 일본인들이 자기에게 가져다 준 것이라는 것을 깨달았다. 그녀는 크고 많은 고생은 이미 운명이 정해놓은 것이라 생각했다. 그러니 볼만한 구경거리가 있을 수 없고, 있다 해도 보러 갈 마음이 없었다.

"정말 구경할만한 대행진일 거요! 학교에서부터 내가 이끈다오! 거짓말 아니오. 큰 형수. 이 둘째가 한 건 한다오! 서무가 행진 지휘하는 것 본적이 있소?"

"정말이요!"

큰형수는 어떻게 대답해야할지 잘 몰라서 백여 가지로 해석이 가능한 이 말로 그녀의 친절함을 표시했다.

둘째는 형수의 '정말이요'라는 말을 나름대로 해석했다. 서무가 행진을 이끄는 것은 '출중하다'는 의미로 해석했다. 그리하여 여러 세부

사항을 곁들여서, 지금까지의 사태의 경과와 장래의 희망을 또 한 차례 부풀려 말했다.

"형님도 가야 돼죠?"

원메이는 둘째의 말에서 뭔가 불편함을 느꼈다. 그녀는 좋은 장과 채소를 공급하는 성이 바오딩성이라는 것을 알기에, 바오딩의 함락을 경축하지 않아야 한다는 것을 알았다. 그녀의 생각이 틀리지 않으면, 루이쉬안은 슬픔 때문에 그녀에게 성을 낼지도 모른다. 그녀는 남편이 성 내는 것을 두려워했다. 결혼 전에 친정 식구들의 얼굴빛이랑 소곤거리는 소리로 자기와 약혼한 장래의 신랑이 자기를 좋아하지 않는다는 것을 알았다. 그녀는 자유결혼을 반대했지만 요즈음 세상이 확고하게 자유를 부르짖는 것을 일언지하에 부정할 수는 없었다. 그러나 약혼한 미래의 남편이 그녀를 좋아하지 않은 것은 바로 자유결혼의 '자유'가 없었기 때문이었으리라! 그녀는 자기를 죄 없이 고달픈 운명을 살게된 사람으로 인정했다. 루이쉬안이 자기를 계속 원하지 않는다면, 그녀는 그 괴로운 운명을 끝내고 싶어했다. 다행히 루이쉬안은 자기 의견을 고집하지 않고 그녀를 아내로 맞이했다. 그녀는 그에게 감격하지 않았다. 왜냐하면 정식 절차를 밟아 결혼한 것이니, 그녀 스스로도 신분과 지위를 가지게 되었기 때문이다. 그러나 그녀의 마음은 시종 편안하지만은 않았으며, 언제나 그녀와 남편 사이에는 얇은 막이 있는 듯했다. 이 막이 방해는 되지 않아도 언제나 이 둘의 마음이 한 곳으로 온전히 모이지 못하게 했다.

별 다른 방법이 없는 그녀는 '책임을 다하여' 자기의 신분과 지위를 보장받고 싶었다. 그녀는 시어머니에게 유능한 며느리로 인정받고 싶었고, 친척과 친구들에게 치 씨 집 며느리답다고 인정받고 싶었다. 거기다 남편이 자기의 현명한 내조를 인정하지 않을 수 없게 하고 싶었다. 그녀는 결혼하고 아들과 딸을 낳아 기른 후에 '자유'로운 여자들처럼 남자들과 추파를 교환하는 추태를 부릴 수도 없었다. 그녀는 둘째 동서처럼 부인에서 요정으로 변할 수도 없었다. 그녀는 수동적으로 행동하여 남편의 성질을 돋우지 않을 수밖에 없었으며, 이로써 부부가 서로 편안하고 무사했다.

생각하는 것도, 말하는 것도, 그리고 일부 행동에서도 루이쉬안은 영구히 풀 수 없는 '수수께끼'였다. 그녀는 수수께끼를 풀기 위해 머리를 쓰고 싶지 않았다. 다만 자기 책임을 다하면 천천히 자동적으로 수수께끼의 바닥이 드러나리라고 생각했다. 정말로 어떤 때는 참을 수 없어 남편과 몇 마디 싸웠다. 그러나 그런 일이 있고 난 후 말다툼을 하면 할수록 거리가 멀어지고 수수께끼도 더 풀기 어려워진다는 것을 알았다. 그녀는 분명히 알게 되었다. 조급해하지 말고, 성내지 말아야 한다. 그래야 평온한 나날을 보낼 수 있다.

최근에 남편은 더 큰 수수께끼가 되었다. 그녀는 이번의 수수께끼는 이전의 수수께끼와 다르다는 것이 명백했다. 현재의 수수께끼는 일본 사람이 그녀에게 준 것이었다. 일본인이 남편의 웃음을 거두어 가고 음울한 꺼풀을 우울한 구름 위에 덮었다. 그녀는 남편이 가련했지만 위로할 수가 없었다. 그녀는 일본인이 어떤 나쁜 생각을 가지고 있는지 모르고 일본인의 나쁜 생각이 남편에게 어떤 영향을 미쳤는지도 불분명했다. 그녀가 감히 그에게 물어볼 수 없었지만, 그 대신에 마음이 너무나도 답답하기도 했다.

그녀는 미소 띤 얼굴로 모든 일을 처리하고 그의 성질을 건드리지 않기 위해 말을 많이 하지 않기로 했다. 다만 그가 그녀에게 못마땅하면 성을 내었다. 그러면 그녀는 곧 안심했다. 모든 죄악은 일본인에게 돌아가기 때문이다. 이 때문에 그녀는 중일 전쟁이 빨리 끝나 베이핑에 있는 모든 일본인이 축출되길 바랐다. 루이쉬안이 옛날처럼 하나의 수수께끼이자 집안 전체의 가장으로 남아, 웃고 떠들며 즐길 수 있기를 바랐다

루이쉬안이 방금 돌아왔다. 학생들의 행진에 관해서 이미 들었지만 참가하지 않기로 작정했다. 그의 교장은 개학하는 그날 학교에 나오지 않고 곧 휴가를 청했다. 루이쉬안은 생각했다. 만약 행진이 사실이라면 교장은 아마도 사직할 것이다. 그는 교장과 이야기를 나누고 싶었다. 교장이 정말 사직한다면 자기도 다른 일자리를 찾아야 할 것 같았다. 교장은 책임감이 있는 사람이며 책임감 때문에 자기의 절개를 꺾지 않을 사람으로 알았다. 그는 이런 사람과 이야기 해보고 싶었다.

그가 막 대추나무 쪽에 도착해 서성이려 할 때, 둘째가 동쪽 방문 밖에서 맞이하러 왔다.

"형, 형의 학교는 준비가 어때? 우리 학교는 내가 인솔한다!"

"그래!"

루이쉬안의 얼굴에는 아무 표정도 없었다. '그래'란 말은 더욱이나 무표정한 돌덩어리 같았다.

원메이는 부엌문에서 그 돌덩어리의 울림을 들었다. 그녀의 심장이 뛰었다. 그녀는 남편이 그녀에게 성내는 것을 두려워 하지만, 다른 사람에게 성내는 것은 더 두려워했다. 그녀는 그가 평소에는 모두에게 참고 자상하게 설명하지만 집안의 암울함이 광풍으로 돌변할 수도 있다는 것을 알았다. 지금은 남편이 참을 수 있다고 보장할 수 없었다. 왜냐하면 성 전체가 풍랑에 흔들리고 있는데, 조그마한 나무배가 요동치지 않으리란 법은 없지 않은가?

그녀가 말을 했다. 그녀는 차라리 대화가 안 통해서 남편이 자신에게 화를 내길 바랐지, 형제간에 언쟁이 일어나는 것은 원치 않았다.

"첸 씨 댁에서 오는 길이요? 첸 선생 어때요? 뭘 좀 잡수십디까? 타박상은 잘 잡수시지 않으면 안돼요!"

"응—좀 나았어!"

루이쉬안은 전처럼 얼굴에 표정이 없었다. 그러나 그의 대답은 원메이에게 마음 놓으라, 당신의 마음 쓰는 것을 이해한다는 것을 분명히 했다.

그가 자기 방으로 들어갔다. 그녀는 자기에게 만족했다.

둘째는 소리 없이 형이 세상을 모른다고 비웃었다.

그때 관 선생이 반쯤 낡은 비단 겉옷을 입고 나왔다. 그가 낡은 옷을 입는 것은 별로 중요하지 않은 사람을 방문한다는 뜻을 내보이는 것이다. 그는 6호집으로 갔다.

24

관 씨 댁 역사상 다츠바와 유퉁팡이 연합하여 관샤오허에게 반항한 시기도 있었다. 6호에 사는 원뤄사와 샤오원 부부가 관 씨 댁 두 부인이 합작하게 한 '화근'이었다.

샤오원은 중화민국 원년 원월 원일에 화원이 있고, 정자가 있는 대저택에서 태어났다. 어릴 적에는 그의 일초 일초가 허다한 금으로 바꾸어졌다. 그의 무수한 완구 중에 한 개가 한량이나 나가는 작은 금덩이와 비취로 쪼아 만든 작은 병들은 희귀한 것도 아니었다. 만약 그가 만약 그가 20년 정도 일찍 태어났다면, 그는 일등 후작을 계승하고 8인 가마를 탄 채 황제를 알현하러 갔을 것이다. 그는 수많은 예쁜 집비둘기를 가졌고, 그것들은 매일 정해진 시간에 마치 흐르는 구름처럼 푸른 하늘을 날았다. 그는 긴 꼬리가 머리에 닿는 금붕어를 많이 가졌고, 그

물고기들은 연한 이끼가 가득한 수조에서 춤을 췄다. 그는 많은 귀뚜라미를 여러 통 가졌고, 시합을 할 때마다 흰 색 서양 돈을 많이 썼다. 또, 그는 겨울에도 날개를 치며 우는 메뚜기와, 비취처럼 푸른 메뚜기를 갖고 있었다. 이들을 조각으로 세밀하게 조각된 작은 호리병에 담아 품에 안고 다녔다. 호리병의 뚜껑은 보석으로 장식되어 있었다.

그는 먹고, 마시고, 놀고, 웃으며 왕자처럼 지냈지만, 왕자처럼 구속받을 필요는 없었다. 먹고, 마시고, 놀고, 웃는 것 외에 건강이 안 좋을 때도 많았다. 금덩이 속에서 생활하는 것은 때로는 건강에 좋지 않다. 그래도 병이 나면 모두에게서 더 많은 연민과 사랑을 받고, 더 많은 돈을 써서 아픈 것을 재밌는 소일거리로 만들 수 있었다. 귀인이 병으로 누워있는 것은 가난하지만 건장한 사람의 경우보다 부러워 할 만하다. 그는 매우 총명했다. 책과의 접촉이 적어 글자를 많이 알지 못했지만, 어떤 놀이든지 한 번 보면 전문가가 되었다. 8살 때 이미 제대로 된 노생극을 할 수 있었고, 곡조가 유명 경극 배우 탄신페이와 맞먹었다. 10살에는 이미 비파를 타고 호금을 연주했다. 그는 호금 연주에 특히나 능했다.

만청의 마지막 몇 십 년에, 기(旗)인들은 한족들이 공급해 주는 쌀을 먹고 한인들이 제공해 주는 돈을 쓰는 것 외에, 항상 생활 예술에 모든 것을 소진시키는 방식으로 생활했다. 위로는 왕후에서 아래로는 기병에 이르기까지 모두 이황을 부르고, 단현을 연주하고, 대고를 치며 유행가요를 불렀다. 그들은 물고기, 새, 개를 기르고, 꽃을 심고, 싸움용 귀뚜라미를 길렀다. 이들 중에는 글씨를 잘 쓰고 산수화에 뛰어나고 혹은 시(詩)사(詞)를 잘 짓는 사람도 있었다―아무리 못해도 유머러스하고 귀를 즐겁게 하는 고자사[79]를 엮을 수 있는 사람도 있었다. 이들의 소일거리는 삶의 예술이 되었다. 그들은 국토를 보위하고 정권을 안정시키는 힘도 없었지만, 닭과 새, 물고기와 벌레를 문화와 밀접하게 연결시킬 수 있었다. 혁명의 총성과 함께 그들은 모두 이불 속으로 숨었지만, 그들의 생활 예술은 얼마나 많은 가치 있고 흥미로운 책을 쓸 수 있는지를 보여주었다. 지금 우리가 베이핑에서 볼 수 있는 작은 장난감들, 비둘기 방울, 연, 코담배병, 귀뚜라미 통, 새장, 투얼예 등을 자세히 살펴보면, 기인들이 가장 작은 부분에 가장 많이 공을 들였다는 점을 알 수 있다.

원 나으리는 기인이 아니었다. 다만 작위 때문에 자연히 기인들의 문화 일부를 세습했다. 만약 그가 민국 원년에 태어나지 않고, 궁과 부를 통틀어 가장 잘생긴 인물이 되거나 노래 부르기, 닭싸움, 투견에서 최고의 부수입을 올리는 일꾼이 되었을 것이다. 불행히도 그는 민국 건국 후에 태어났다. 그의 사상―그도 사상을 가졌다면―취미, 생활습관과 장기들은 완전히 전왕조에 속하고 두 다리만 민국의 땅을 딛고 있다. 민국의 국민들은 더 이상 노예가 아니었다. 베이핑의 난목으로 기둥을 삼고, 유리 기와로 지은 왕부가 몇 년 지나지 않아 쌀과 은덩이가 떨어지고 팔려나가자 변화를 겪었다. 어떤 것은 군벌의 사저가 되고, 어떤 것은 학교가 되었다. 심지어 어떤 것은 헐려지고, 벽돌과 기와는 팔려서 쌀과 국수로 바뀌어졌다. 귀족의 쇄락은 비 온 후의 신선한

• • •

79 북으로 박자를 맞추고, 말과 노래를 섞어 가며 이야기를 하는 설창(說唱) 문학의 일종.

버섯 같아서, 오늘 거대하던 물건이 내일은 가루가 되어 바람에 날려서 사라진다.

원호우예의 정자, 누각, 금붕어와 흰 비둘기는 그가 13~14세 때 왕공의 저택과 함께 쌀과 면 같은 물건으로 바뀌었다. 그는 어떤 곤란도 느끼지 못했다. 그저 생활이 불편해졌다고 생각했다. 돈 나가는 물건들은 원래 자기가 사들인 것이 아니라서 아쉬워하지 않았다. 그저 눈물을 머금고 팔아버렸다. 그는 그 물건이 값이 얼마인지, 쌀국수가 한 근에 얼마인지 몰랐다. 그는 다만 그런 물건들은 쌀과 국수로 바꿀 수 있고 놀기에도 좋은 것으로 생각했다. 몇 번 가지고 놀다가 보니 자기 신변에 남은 것이라고는 호금 한 개 밖에 없다는 것을 알았다.

그의 부인 원뤄샤는 집에서 정해주었다. 그녀의 집은 그의 집만큼 크지도 않고 넓지 않았지만 갑자기 쇠락하여 그와 비슷한 처지가 되었다. 그와 그녀는 아무 것도 없었다. 그러나 18세 때, 그들 둘은 자기 손으로, 파 한 뿌리 탁자 하나 사들여야 되는 가정을 이루어야 했다. 그들이 왜 금이 쌓여있는 가정에 태어났는지, 그게 수수께끼였다. 그들은 왜 갑자기 기와 한 짝 없는 사람이 되었는가, 그것도 꿈 같았다. 그들 둘은 그저 본인들이 꽃과 같이 아름답다는 것을 알고, 비를 가려줄 지붕만 있으면 봄날의 한 쌍의 새처럼 쾌활하게 살 수 있다는 것을 알았다. 그들은 나랏일이 무엇인지, 세상에 몇 개 대륙이 있는지도 몰랐다. 그들은 과거에 대해 연연하여 슬퍼하지 않았다. 내일을 걱정하지 않았으며 오늘 밥이 있으면 오늘을 살고, 다 먹어버리면 낮은 소리로 노래를 부를 뿐이다. 그들의 노래는 천천히 그들에게 쌀과 국수를 공급해줄 정도가 되었다. 그래서 그들은 근심걱정하지 않고, 하늘이 정해준 것처럼 노래로 생활을 유지했다. 그들은 역사적으로 큰 변동을 겪었지만 어린애처럼 모르고 살아왔다. 그들의 순수함이 그들에게 최대의 행복을 가져다주었다.

샤오원—현재는 자신조차도 후작 나리로 마땅히 불리어야 하는 것을 잊었다—결혼 후 몸이 오히려 좋아졌다. 아직 여위었지만 사흘이 멀다 하고 병을 내는 일은 없었다. 키가 작고 네모난 작은 얼굴, 길고 가느다란 두 개의 눈썹, 그리고 좋고 나쁨을 잘 아는 눈빛을 지녔다. 그의 모습은 호감을 자아내는 깨끗함과 준수함을 지녔다. 그가 매표소로 사환과 함께 갈 때 언제나 상당히 아름다운 옷을 입었지만 속기라고는 없었다. 평소에 그는 의복을 중요하게 생각하지 않았다. 사람들은 그가 후작이거나 아마추어 배우인지 옷으로 알아차리기 힘들었다. 그는 꾸미거나 낡은 옷을 입거나 모두 동일하게 기풍이 있었다. 그는 오만하거나 열등감도 없었으며, 언제나 여유롭고, 자연스럽고, 눈은 고요했다. 걸을 때도 서두르지 않았으며 지나치게 느리지도 않았다. 누구를 대하더라도 예의 바르지만 동시에 경솔하거나 아첨하지 않았다. 이웃이 곤란을 당해서 도움을 청하면, 절대로 머리를 흔드는 법 없이 손에 잡히는 대로 집어주었다. 이 때문에 이웃들은 그의 직업을 깔본다 할지라도, 그의 됨됨이를 존경했다.

생김새로 보면 원뤄샤는 남편에 비해 더 여위었다. 그러나 힘을 논하자면 그녀는 실제로 그보다 더 강했다. 그녀는 후퉁 내의 임대옥[80]

• • •

80 홍루몽의 가련하고 가냘픈 여주인공.

이었다. 긴 얼굴, 긴 목, 키는 크지 않고 허리는 뱀 같이 가늘어서, 확실히 임대옥 같았다. 그녀의 피부는 희고 눈과 눈매는 청초했다. 그녀는 혹시 벌레 한 마리라도 밟을까 겁을 내듯이 항상 머리를 숙이고 천천히 걸었다.

그녀가 부끄러워 머뭇거리듯 천천히 걸을 때 누구도 그녀가 무대에서 노래와 연기를 하리라 믿지 못했다. 그러나 그녀가 무대에 오르면 그녀의 눈썹은 굉장히 길고 굉장히 검게 그려져서 그녀의 눈 밑이 푸른빛으로 물들어졌다. 일단 무대 입구에서 얼굴을 들면 하오(好)하는 소리가 극장에 가득하게 된다. 그녀의 얼굴은 원래가 청초하여 무대 위에 오르면 더 돋보인다. 그녀의 긴 얼굴은 연하게 연지를 발라 윤이 났다. 밤에는 눈꼬리까지 희미한 빛이 나는 복숭아 꽃술이 붙은 듯하다. 그녀는 목이 제대로 나 있었다. 그녀의 뱀 같은 허리는 늘릴 수도 줄일 수도 있고 부드럽게도 단단하게도 되었다. 그녀는 매우 안정감 있게 걷고, 가벼운 발걸음으로 타악기의 소리를 조절했다. 필요할 때는 질주했다. 걷는 게 아니라 무대 위에서 날았다. 그는 청의[81]도 노래하지만 가장 잘하는 배역은 화단[82]이었다. 그녀의 목소리가 크지는 않았지만, 달콤하고 깊은 음색이 감돌았다.

노래, 연기, 분장 모든 면에서 그녀는 전문 배우가 될 자격이 있었다. 그러나 그녀는 오히려 아마추어 배우가 되고 싶어 했으며 극단으로 가는 것은 두려워 했다.

• • •

81 정숙한 부인 역.
82 젊은 여성 역.

그녀가 노래하면 샤오윈은 금을 켰다. 그의 호금은 손님을 끄는 기술은 없다 해도 곡조를 엄격하게 맞추었다. 전문가들이 뤄샤의 창에 대해서 지적할 것이 있더라도 그의 호금에 대해서는 모두 경복했다. 그가 있으니 그녀의 그렇게 크지 않는 목소리가 조금도 힘들이지 않고 소기의 박수를 받을 수 있었다. 살아가는데 샤오윈의 수입이 그녀보다 더 많았다. 왜냐하면 그는 그녀만큼 옷과 장신구를 준비할 필요가 없고, 자주 사람들에게 연극하기를 부탁 받았기 때문이다.

샤오윈 부부가 후퉁에 처음 이사를 왔을 때 후퉁의 청년들 모두가 머리에 기름을 더 발랐다—기름 살 돈이 없는 사람은 물이라도 찍어 발랐다. 그들은 일이 있거나 없거나 그녀를 한 번 볼 희망으로 후퉁을 두어 번 왔다 갔다 했다. 그녀는 잘 나오지는 않았다. 나올 때면 늘 머리를 푹 숙이고 있어서, 그들이 접근할 방법이 없었다. 몇 달이 지나자 그들은 모두 샤오윈 부부의 됨됨이를 분명히 알아보고 머리에 기름 바르는 것도 그만두게 되었다. 모두 이들의 아름다움을 알아보고 다시 악한 마음을 품지 않았다.

그녀 집에 가장 출입이 잦은 사람은 관샤오허였다. 그는 후퉁에서 우연히 그녀와 마주칠 뿐만 아니라, 그녀의 연극을 보러가기도 했다. 그녀가 다른 곳에 살았다면 오히려 그만이었을 것이다. 이미 이웃으로 살기에, 그는 그녀에게 냉담하게 굴면 자신의 의무를 다하지 못하는 격이라고 여겼다. 게다가 외모, 기예, 나이 등 면에서 그녀는 유퉁팡보다 뛰어났다. 그가 그녀에게 무관심하다면, 눈이 있어도 보지 못하는 것과 같을 것이다.

그는 부근의 젊은이들이 머리에 기름을 바르는 것을 알았지만 그는 자기가 한발 앞서 있으며, 젊은 것들은 희망이 없다는 것을 알고 있었다. 그의 복장, 기품, 신분, 여자에 대한 경험 모두에서 자기가 그들의 선생이었다. 다른 방면에서 보면 샤오원 부부가 굶을 위험은 없다 하더라도 부유하지는 않다는 것을 알았다. 그래서 그가 늘 양말 같은 것들을 보내면 반드시 자기 이속을 차릴 수 있기를 바랐다. 이러한 '경제'적 일이 있으면, 그가 앞을 향해 진공하지 않으면 스스로 미안할 판이었다. 그는 앞을 향해 발을 뻗기로 결정했다.

후퉁 내의 큰 길에서 그는 뤼샤를 몇 번 만났다. 그는 그녀에게 바싹 다가가서 걸으며 부드럽게 기침을 하고, 몇 번 눈웃음을 보냈으나 효과가 없었다. 그는 생각을 고쳐먹었다. 간단한 예물을 들고 직접 새 이웃을 방문했다.

샤오원 부부가 사는 집은 두 칸의 동향 집이었으며 바깥 방이 객실이고 안방은 침실이었다. 침실 문에는 깨끗한 흰색 주렴이 걸려있었다. 객실에는 차상과 두세 개의 장의자를 제외하고 거의 아무 것도 없었다. 벽의 은화지가 여러 장은 이미 떨어져 나갔다. 벽 구석에 두세 개 등나무 막대기가 있었다. 이 마지막 물건은 집이 왜 이렇게 간단한지를 설명해준다—무술 연습을 위해서였다.

샤오원은 관 선생과 객청에서 한담을 나눈다. 관 선생은 '조금은' 이황 곡조에 대해 알아서, 사교 활동할 때 겨우 이용할 수 있을 정도였다. 그는 샤오원과 극에 대해서 이야기하기로 결정했다. 감히 전문가 앞에서 전문가 앞에서 자신의 부족한 지식을 드러내는 사람은 황제이거나, 황제보다 더 어리석은 사람이다. 관 선생은 어리석지 않았다. 그는 낯짝이 두꺼운 것이었다.

"자네가 보기에 가오칭궤이가 낫나요, 마리엔량이 낫나요?"

관 선생이 물었다.

샤오원은 자연스럽게 반문했다.

"선생님 보시기에는?"

샤오원의 태도는 아주 자연스러워서, 관샤오허가 절대로 그가 일부러 대답하지 않거나 손님을 시험하고 있다는 의심을 할 수 없게 만들었다. 누구도 그를 의심할 수 없었다. 그는 그렇게 자연스럽고 천진했다. 그는 귀족이었다. 어린 시절부터 그는 서둘러 의견을 표현하지 않으면서도, 매우 순수하고 자연스러운 태도로 사람들을 불쾌하게 하지 않는 방법을 배우게 되었다.

관샤오허는 어떻게 대답해야 할지 몰랐다. 두 분의 명배우에 대해 누구의 장단점조차 전연 모르는 그였다.

"음…"

그는 약간 눈썹을 찌푸렸다.

"아마도 가오칭궤이가 약간 더 낫지 않을까요?"

잘못 말한 것 같아서 급히 말을 보탰다.

"약간… 약간 더!"

샤오원은 머리를 흔들지도 끄덕이지도 않았다. 그는 간단하게 문제를 건너뛰고 새 문제를 제기했다. 그가 머리를 흔들었으면 아마도 관 선생 마음이 즐겁지 않았을 것이다. 그리고 머리를 끄덕여도 마음에 들지 않았을 것이다. 그는 이 때문에 문제를 그 자리에 묶어두고 다른 얘기로 넘어갔다. 어릴 때 그가 태어난 후부[83]는 하나의 사회였다. 그곳에서 그는 그는 '하늘의 얼굴에 있는 기쁨'을 얻기 위해 교활함과 지혜로 만들어진 주름을 가진 큰 인물들—남자와 여자 모두—를 보았다. 보는 것이 많게 되니, 자연히 그도 몇 수를 배운 것이다. 얼굴에 나타내지는 않았지만 그의 마음속에는 정말이지 관 선생을 대수롭지 않게 보았다.

또 잠시 얘기를 해보고 샤오윈은 손님의 눈이 흰 천 문발에 가 있는 것을 보고는 큰 소리로 불렀다.

"뤄샤! 관 선생이 왔어요!"

마치 관 선생이 오래 사귄 친구 같았다.

관 선생의 눈은 천문발에 박히고 심장은 자기도 모르게 쿵쾅거렸다.

아주 아주 천천히 뤄샤는 발을 들치고 무대에 등장하듯이 들어왔다. 그녀는 푸른 천으로 만든 반소매 저고리를 입고, 발에는 흰 새틴 신발을 신었다. 얼굴에는 엷게 분을 발랐다. 발 안이 언뜻 보였다. 그녀의 얼굴이 손님을 정면으로 대했다. 그녀가 눈을 크게 뜨고 천진하게 그를 바라보았다. 그녀의 간편한 복장이 무대 위에 있을 때보다 그녀를 아담해 보이게 했다. 그녀의 얼굴은 무대 위에 있을 때처럼 요염하진 않았지만, 윤택이 나는 피부와 자연스러운 눈매가 그녀를 훨씬 젊게 보이고, 사랑스러워 보이게 했다. 그러나 그녀의 목소리는 그녀의 위엄을 드러내는 듯 했다. 단단하고 또렷해서 누구든지간에 이 사람이 대범하고,

• • •
83 후작 저택.

세상물정을 알고, 목소리는 듣기 좋지만 만만하지 않다는 점을 깨우쳐 주었다. 이러한 목소리가 그녀의 작고 긴 얼굴을 열 살이나 더 많게 보이게 했다.

"관 선생, 앉으세요!"

관 선생은 서 있을 수가 없어 곧 앉았다. 그의 마음은 어지러웠다. 그녀는 보기 좋았지만 감히 많이 볼 수는 없었다. 그녀의 말소리는 듣기 좋았으나, 많이 듣기를 원할 수 없었다—그 말소리는 무대에서 사람을 홀리는 소리 같지 않았을 뿐만 아니라, 오히려 사람을 맑게 깨어나게 하는 냉기를 띠고 있었다.

관샤오허는 샤오원부부의 방안에 들어오기 전에는 자기의 신분이나 지위가 그들보다 훨씬 높기 때문에 반드시 두 사람의 환영을 받을 수 있다고 생각했다. 이 때문에 그는 준비한 화제가 거의 다 상부 사람이 하부 사람에게 하는 식이었다. 그는 자기가 그들을 돌볼 수 있으므로, 그들이 응당 자기에게 감격하고 감사해야 했다고 여겼다. 그는 그들 둘의 기백이 그렇게 자연스럽고, 비굴하지도 거만하지도 않을 것이라고는 전연 생각하지 않았다. 그는 약간 당황했다. 준비를 단단히 해둔 화제는 꺼내지도 못하고, 임시방편으로 아무 얘기나 꺼내면 멍청해 보일 것 같았다.

그가 무어라고 하면 그들 두 부부가 받아서 얘기했다. 다만 무슨 얘기를 하더라도 그들의 얘기와 표정은 반드시 한도가 있었다. 그들은 그 한도를 넘지 않았으며 관샤오허도 한도를 넘는 것을 용인하지 않았다. 그는 바보인 척 하면서 '급히 진전'하는데 장기가 있었다. 당초에 유퉁팡과 식사를 함께 하기로 한 첫 번째 만남에서 미친 체 하면서 그녀의 입술에 키스를 했다. 오늘은 이와 같은 자신의 장기를 펼칠 수가 없었다.

샤오원 부부를 보러오는 사람은 상당히 많았다. 어떤 사람은 도우러 왔고, 어떤 사람은 뤄샤에게 연기를 가르치러 오고, 어떤 사람은 그녀에게 연기를 배우러 왔다. 어떤 사람은 샤오원에게 금을 배우고 어떤 사람… 이 사람들 중에 남자도 있고 여자도 있었다. 그들은 모두 쓸모가 없는 인간 같았지만, 사회는 사회로서 존재하기 위해 그들 같은 존재도 필요로 했다. 그들은 일종의 쓸모 없는 용도가 있었다. 그들은 대개가 이 점을 알고 있었다. 그래서 그들은 들어올 때 관 선생에 머리를 약간 끄덕여서 그들 자신의 존경을 표했다. 나갈 때가 되면 그들 모두는 '다시 봅시다' 혹은 '좀 더 계십시오'라고 말했지만 친밀함을 나타내지는 않았다.

관 선생은 한 번에 네 시간을 앉아있었다. 그들은 연기를 지도하기도 하고 무술을 연마하기도 하고 혹은 금을 배우기도 했지만 절대로 그가 거기에 있기 때문에 불편하게 느끼지 않았다. 그들은 지극히 태연해 보이기도 하고, 관 선생이 거기에 있든 없든 안중에 없는 듯도 했다. 그들은 창을 얘기하다 곧 창을 하고, 칼과 창술을 얘기하다 곧 벽에 세워둔 등나무 몽둥이를 들고 일어선다. 그들은 기술을 공부하다 목청을 연습하는 것 외에 얘기도 하고 웃기도 한다. 그들이 말하는 상황이나 인물은 십중팔구는 관 선생이 몰랐다. 그들은 다른 사회를 가지고 있다. 그들은 입에 욕을 달고 있었으나 그 말들이 상당히 어울렸을 뿐만 아니라, 상황에 맞았기 때문에 건강했다. 그들의 행동은 절대로 관선생이 상상하듯이 비열하고 제멋대로이거나, 난잡하지 않았다.

그는 그들 모두가 자기에게 냉담하다고 생각했다. 그는 몇 번이나 떠날 마음은 나지 않았다. 또 그는 앉아서 자신을 분명히 하고 싶었다. 모두가 절대로 그에게 냉담하지 않았으며, 실은 그가 그들이 자신을 너무 높이 본 것이다. 그래서 모두가 당연히 자기에게 은근해야 한다고 생각했다. 그러면 모두가 '분에 넘치게' 친밀하게 대하지 않으니, 자연히 냉담해 보이는 것이다. 그는 이 점을 잘 알았기에, 거기에 멍청하게 앉아있을 뿐만 아니라 그들의 활동에 참여하기로 결정했다. 적당한 기회에 그는 샤오원에게 자기도 이황 두어 곡은 할 줄 안다고 말했다. 그의 의도는 샤오원에게 그녀가 금을 연주해주기 바란 것이다. 샤오원은 머리를 끄덕이지 않았다. 그렇지만 머리를 흔들지도 않았다. 관 선생에게 한 쪽으로 비키기를 청했다. 관 선생은 염치가 없지는 않았다. 그는 뻣뻣해질 수는 없었다. 그는 작별을 고하고 싶었다.

바로 그때 방안에 사람이 너무 많아 샤오원이 흰 배발을 들어올렸다. 관샤오허는 안방을 한 눈에 둘러보았다.

방안에는 천장과 벽이 모두 흰색으로 칠해져 있었다. 신혼방처럼 깨끗하고 따뜻했다. 침상은 스프링 침대였다. 많지 않은 목기는 모두 홍목이었다. 벽에는 걸려있는 4~5개의 명배우와 감독의 분칠한 진흙 얼굴이 붙어있었다. 한 장은 탄자오톈의 사진이고, 또 한 장은 상당히 값이 나가는 산수화였다. 샤오원 부부가 나무판이랑 짚 매트리스에서 자야할 때라면, 그들은 절대로 망사 침대가 없어서 울지 않았다. 그러나 일단 수중에 돈이 생기자, 그들은 어떤 것이 편한지 어떤 것이 고상하고 우아한지를 알았다. 그들은 어려서부터 스프링 침대, 홍목 탁자, 이름 있는 서예작품들을 알고 있었다.

관샤오허는 이것들을 보고 할 말을 잊었다. 이 침실은 자기 침실보다 더 호화롭고 고상했다. 처음 그는 방문에서 안을 들여다보았다. 잠시 동안 그는 산수화를 자세히 보는 척 하면서 방안을 휘둘러보았다. 둘러보고서는 침상 모서리에 앉아서 베개 위의 꽃 수를 보았다. 그는 한 시간을 그렇게 앉아있었다. 60분을 앉아있는 중에 최후로 새로운 것을 발견했다. 그는 원뤄샤는 틀림없이 겸업을 하고 있을 것이라 여겼다. 아니면 어떻게 저런 탁자들을 구입해서 비치할 수 있겠는가? 그는 저 침상에 몇 번 누워보겠다고 결심했다!

다음 날 그는 매우 일찍 찾아갔다. 샤오원 부부는 열렬히 그를 환영하지 않았다. 그리고 고의적으로 냉담하지도 않았다. 역시 가깝게도 멀게도 하지 않고 어제와 다름없이 대했다. 식사를 할 시간이 되자 그들을 작은 식당에 초대하려 했지만, 공교롭게도 집안 경사가 있어서 함께할 수가 없었다.

셋째 날 관 선생이 더 일찍 왔다. 샤오원 부부는 예의 거만하지도 비굴하지도 않게 그를 맞이했다. 그는 사정이 어떻게 발전할지 알지 못했다. 그렇지만 한 발자국도 물러날 수가 없었다. 그 집에서는 모두가 말을 하지 않고 서로 마주 본 채 가만히 있더라도, 상당히 편안하게 느껴졌다.

3~5일 이내에 다츠바오와 유퉁팡은 연맹을 맺었다. 다츠바오 친정은

돈이 굉장히 많은 집이었다. 당초에 그녀 집의 은전이 관샤오허의 마음에 속에서 계속 반짝반짝 빛나지 않았다면, 그는 절대로 그녀와 결혼하지 않았을 것이다. 결혼 전부터 그녀는 얼굴에 주근깨가 끼어 있었다. 결혼 후에 다츠바오는 관샤오허를 매우 사랑했다—그는 사랑스러운 풍류소년이었다. 동시에 그녀는 그가 에누리 없이 풍류를 모두 자기에게 쏟지 않는다고 느꼈다—만약 다른 부인 한 사람에게 쓰려고 그의 풍류기를 저장하고 있는 것이라면 어쩌나! 이 때문에 그녀의 눈과 귀는 관샤오허에게 감시의 그물망을 씌웠다. 그의 뒤를 성실하게 따라다니면서 마치 늙은 누나가 어린 동생을 사랑하듯이 그를 가련하게 생각하기도 하고, 치장해주고 돌봐주었다. 그녀가 그가 그물을 뚫고 나가려고 시도하고 있다는 것을 알아차리거나 추측할 수 있게 되면, 조금도 사정없이 계모가 자식을 때리듯이 매섭게 교육을 시켰다.

안타깝게도 그녀는 관 씨 집에 아들을 낳아주지 못했다. 물론 그녀는 아무리 애써도 세계에 대고 큰 소리 칠 수 없었다. 아들이 없어도 당연한 것 아닌가? 모든 산부인과에 다 가보았다! 아들 낳는 것과 관련된다는 신선들에게 모두 향을 피웠다. 그러나 그녀는 관샤오허가 어린 첩을 얻는 것을 말리지 못했다—그의 대의는 광명정대했다. 아들을 얻어서 집안의 향연을 이어가자는 것이었다. 그녀는 집안을 뒤집어놓고 눈물을 통으로 흘렸다. 한 번은 자살하겠다고도 하고, 한 번은 애원하기도 했다… 모든 방법을 다해도 유퉁팡을 첩으로 맞이하는 것을 막지 못했다.

이 일을 하는 동안 관샤오허는 상당히 담도 있고 총명했다. 3일

동안 일체를 잘 처리했다. 친구들에게 주연을 베풀고 아들을 얻기 위해 첩을 들이겠다고 말했다. 난청에 작은 집을 세내고, 두 번째 신혼방을 꾸미겠다고 말했다. 다츠바오는 새 신혼방에 있던 사람들이 아직 잠이 들지도 않았을 때 사람들을 데리고 와서 습격했다. 신혼방에는 별로 많은 물건이 없었지만, 있는 것들은 모두 산산조각이 났다. 그녀는 유퉁팡에게 강력한 경고를 보낸 셈이다. 그런 후에 자동차로 퉁팡과 샤오허를 집으로 압송했다. 그녀는 퉁팡의 존재를 부인하지 않았지만, 그녀가 자기의 눈 아래에서 첩이 되게 해야 했다. 가능하다면 그는 작은 부인을 괴롭혀 죽일 수 있었다!

다행히 퉁팡이 안전하게 진지를 구축하고, 다츠바오가 한 번 공격할 때마다 힘껏 반격했다. 이런 식으로 다츠바와 퉁팡은 기회 있을 때마다 싸움을 벌였지만 안 보는 데서는 엄지를 치켰다. 그리하여 퉁팡의 생명과 생활이 상당히 보장되었다.

관샤오허가 매일 샤오원 씨 댁에 가자 다츠바오와 퉁팡, 원수끼리인 두 사람이 동맹으로 바뀌었다. 다츠바오는 남편이 다시 다른 여자를 두는 것을 용인하지 않기로 결심했다. 퉁팡은 샤오허에게 아들을 낳아주지 못한 채 나이만 한해 한해 먹어갔다. 만약 샤오허가 다시 첩을 데리고 온다면 자기의 앞길은 암담해질 것이다. 두 여자가 연맹을 맺었다. 퉁팡은 한마디도 하지 않고 다츠바오가 전권 대표가 되었다.

따츠바오가 한 마디 했다.

"샤오허! 당신 다시는 6호에 가지 마시오! 당신이 그래도 간다면 나와 퉁팡은 이미 상의한 대로 당신의 다리를 분질러놓겠오. 당신이 불구가 되면 우리 둘이가 먹여 살리고 돌보아 줄 것이오!"

샤오허는 자기가 샤오원 씨 집에 가는 것은 창 몇 구절을 배우러 가는 것이지 다른 의도는 없다고 몇 마디하고 싶었다.

따츠바오는 그가 입을 여는 것을 허락하지 않았다.

"현재는 당신의 다리가 성하니까 가고 싶으면 가라! 그러나 가기만 하면 당신의 다리는…. 내가 하는 대로 될 거야!"

그녀의 목소리는 상당히 낮고 자상했다. 그러나 얼굴은 살기가 올라 하얘졌다. 그래서 곧 사람을 죽일 결심과 배짱이 충분히 있다는 것을 보여줄 정도였다.

샤오허는 그녀와 맞서고 싶었지만, 여러 번 나가려 하다가 아내의 무서운 얼굴을 떠올리며 발을 다시 뺐다.

퉁팡은 뤄샤를 한 차례 방문했다. 그녀는 원뤄샤의 신분이 자기와 비슷하다고 생각했다. 그래서 그녀는 직업상 서로 비슷한 관계를 이용하여—한 사람은 고서 부르는 사람이고 또 한 사람은 아마추어 배우— 솔직하게 몇 마디 나누고 거기 따른 얘기도 할 수 있을 것이라 생각했다.

퉁팡은 상당히 괴로워하며 얘기를 꺼냈다. 뤄샤는 어떤 표정도 짓지 않고 담담하게 말했다.

"그가 오면 그를 쫓아낼 수는 없어요. 그가 오지 않으면 절대로 그를 초청하지 않을 것입니다."

말을 마치자 그녀는 낮은 소리로 사랑스럽게 웃었다.

퉁팡은 뤄샤 대답에 크게 만족할 수 없었다. 그는 원래 뤄샤가 다시는 관샤오허가 다시는 못 오게 하겠다고 통쾌하게 대답해 주리라고 생각했다. 뤄샤가 세게 표현하지 않자 퉁팡은 오히려 뤄샤가 샤오허와 어느 정도 감정이 있다고 생각했다. 그녀는 감히 뤄샤에게 성을 낼 수는 없었다. 집으로 돌아와 다츠바오와 대문에서 보초를 서서 샤오허의 출입을 감시하기로 결정했다.

샤오허는 보초들의 눈을 피해 몰래 나갈 수가 없었다. 그는 뤄샤가 어디서 창을 하는지 주의하여 관람하러 가거나, 공연이 끝나고 그녀를 만나서 그녀와 밥이라도 먹을 수 있길 바랬다. 그는 그녀의 공연을 보았지만 그녀는 무대에서 그에게 눈길 한번 주지 않았다. 그는 무대가 끝난 후를 기약했으나, 그녀는 눈 깜짝할 사이에 보이지 않게 되어버렸다!

오래지 않아 이러한 '성심을 다하면 귀신도 안다'는 식의 비밀공작을 다츠바오가 눈치챘다. 그래서 관 선생이 극장 안에 앉으면 두 부인이 바짝 붙어 앉았다. 관 선생이 막 뤄샤가 무대에 등장하는 것을 반겨 목청껏 소리를 지르려는 찰나, 자기도 모르게 자기의 두 귀가 잡아당겨 올려져서 극장 밖으로 끌려나왔다. 어찌된 영문인지 모르고 기십 보를 가서야, 자기의 두 부인의 포로가 되었다는 사실을 분명히 알게 되었다.

이 사건 이후로 샤오허가 단념한 것은 아니지만 표면상 두 부인의 말에 복종하여 6호 쪽으로 감히 고개를 돌리지 못했다.

일본병이 성에 들어온 이후에 그는 샤오원 부부에게 꽤나 '관심'을 가지게 되었다.

그렇다, 샤오원 부부의 방에는 홍목 탁자가 놓여 있지만, 극장과 청창의 장소가 모두 문을 닫고, 절대 공회가 없을 것이기 때문에 그들은 아마 곧 굶주려야 할 것이다! 이때를 틈타서 그는 그들에게 약간의 쌀 혹은 돈 얼마를 보내고 싶었다. 그러나 몰래 가면 구설에 오를 것이다. 마누라에게 얘기하면 그녀는 절대로 자기의 '호의'를 믿어주지 않을 것이다. 그가 원씨 집에 관심을 가지면 가질수록 자기 집에서 신용과 존엄이 상실되는 것이 마음 아팠다.

현재 그는 신민회에 관심이 생겼다. 그는 바오딩 합락 경축 대행진을 신민회가 주도하고, 신민회가 이미 각종 회와 각종 단체를 동원하여 행진에 참여시키고 있다는 것을 들어 알고 있었다. 여기서 '회'는 민중 단체들이 진딩먀오펑산이나 난딩냥냥묘 등에서 열리는 향불 피우기 대회에 가서 향을 피우고 기예를 펼치는 모임이었다. 사자놀이, 오호곤 놀이, 화단 놀이, 강상관[84]을 하고 앙가 등을 부르는 모임이었다.

근래에 민생이 어려워지고, 미신이 없어지고, 오락과 풍습이 변해서 '회'가 베이징 성내에서 대가 끊어졌다. 항전이 일어나기 전 4~5년 사이 에 잊힌 민간 기예를 군대가 발견하여 새로 연습하기 시작했다—이러한 기예는 반드시 향 피우기 대회에서 공연될 필요가 없었다. 공연의 목적도 왕왕 신을 경배하기 위해서가 아니라, 경쟁으로 변했기 때문이 다. 많은 노인들은 이런 놀이를 보고 태평세월의 광경을 상기하고 감탄 을 금치 못했다. 많은 경박한 청년들은 이러한 복고적 현상을 보고 그것들을 저주했다.

신민회는 이러한 회들을 생각나게 했다. 첫째로 이러한 종류의 회는

• • •

84 중국 민간에서 춘절에 하는 놀이의 일종으로, 광대가 현직 관리를 연기하며 기다란 나무 막대 위에 올라 걸어다닌다. 심문하는 형식으로 사전에 준비한 유머러스한 대사나 민속 이야기를 이야기하여, 대중의 웃음을 자아내는 행사다.

각종 업계로 조직된 것이다. 그렇다면 민중의 뜻을 대표한다고 볼 수 있다. 둘째로 회는 육상경기 혹은 권투 같은 서양 놀이가 아니며, 엄연히 중국 고유의 것이라는 점이 중요했다. 이는 중국의 방식으로써 중국을 멸망시키고자 하는 일본인들을 기쁘게 하기에 충분했다.

관샤오허는 이번에는 아내의 동의를 얻어 6호에 갔다. 그는 천막장이 류 사부를 찾았다. 사자놀이를 하는 것이 천막장이들의 또 다른 기예였다. 여러 개의 회가 진행되는 도중 교량에 다다르면, 큰 사자든 작은 사자든 가장 위험하고 공을 필요로 하는 '흡수'와 같은 기예를 펼칠 필요가 있었다. 사다리를 타고 높이 올라가는데 익숙한 천막장이만이 사자놀이를 펼칠 수 있다. 류 사부는 사자놀이의 명수였다.

관샤오허는 류 사부가 다른 사람 대신 기예를 펼쳐주기를 바란 것이 아니라, 본인이 신민회에 한 판의 놀이를 '선물'하고 싶었던 것이다. 신민회가 어떻게 움직이는지에 상관 없이, 그들에게 두어 조의 사람을 보내어 신민회의 주의를 끌고 싶었다. 그는 이미 한 명의 신문기자에게 자기선전을 해주도록 의논을 해두었다.

6호 문 앞에 이르자 그의 심장이 뛰었다. 마당에 들어서자 그는 하루살이가 불로 달려들 듯이 동쪽 방으로 들어가고 싶었다. 그러나 그는 애써서 마음을 누르고 북쪽방으로 발을 옮겼다.

"류 사부, 계시오?"

그는 조용히 물었다.

류 사부는 키가 크지 않았다. 그러나 몸 전체에 힘이 넘쳤다. 그래서 키가 훨씬 커보였다. 그는 이미 40여세였지만 얼굴에 주름살 하나 없었다. 얼굴은 상당히 검었다. 이 때문에 눈의 흰창과 입 속의 가지런한 이빨이 특별히 더 희었다. 류 사부처럼 희게 빛나는 이빨은 활력이 넘치고 건장함을 과시한다. 둥근 얼굴에 살이라고는 없었으며 곳곳에서 빛이 났다.

밖에서 누가 부르는 소리를 듣고는 한 마리 표범이 다리를 건너듯이 경쾌하게 뛰어나왔다. 그는 이미 웃는 얼굴을 준비하고 얼굴의 굴곡과 밝기를 부드럽게 조정했다. 문 밖의 사람이 관샤오허라는 것을 분명히 알게 되자 얼굴에서 웃는 모습을 싹 거두어들이고 다시 검어지고 딱딱해졌다.

"오우, 관 선생!"

그는 계단에서 아래의 손님을 맞았다. 거기에서 얼굴을 마주하고 얘기하는 것이 적절하여, 방안에 들어갈 필요가 없다는 것을 보여주었다. 그의 방은 확실히 좁고 답답해서 귀객을 모시기에 적절하지 않았다. 그러나 손님이 관샤오허가 아니면 손님에게 차를 올릴 의무를 피할 리는 없었을 것이다.

관 선생은 류 사부의 암시를 무시하고 의젓하게 방안에 들어가고 싶었다. 그보다 지위가 더 높은 사람의 경우 그 사람의 방귀마저도 일종의 암시로 여겼다. 그보다 지위가 낮은 사람의 경우, 그 사람이 암시하는 것도 방귀 마냥 하찮은 것으로 무시했다.

"무슨 일이요? 관 선생!"

류 사부는 몸으로 손님을 막아서며 말했다.

"그러면… 우리 차관에 가는 게 어때요? 방안이 하도 누추해서!"

그는 관 선생이 자기의 생각을 알아채지 못한다고 생각하고, 몸을 약간 비켜서 손님과 이야기 하듯이 막아섰다.

관 선생은 근본적으로 류 사부의 말을 알아듣지 못했다. '무료하다'의 의미를 제대로 해석하면, 바로 자기의 정신을 허비하는 것을 두려워하지 않고, 남의 미움을 사는 것도 두려워하지 않는 것이다. 관 선생 일생 동안의 장기는 무료하게 사는 것이었다. 류 사부가 살짝 비켜서는 것을 보고, 그는 손을 뻗쳐 문을 잡았다. 류 사부의 얼굴이 아래로 향했다.

"제가 말씀드렸지요, 관 선생. 방안이 지저분하다고요. 하실 말씀이 있으면 여기서 하시지요!"

류 사부의 기분이 좋지 않은 것을 보고 나서야 관 선생은 생각이 났다. 그는 오늘 자기가 도와달라고 부탁하려고 찾아온 것이니, 너무 실례를 해서는 안된다고 여겼다. 그는 웃으면서 본인이 류 사부가 무례하게 구는 것은 개의치 않는다는 것을 보여주었다. 그런 후에 아주 감미롭게 불렀다.

"류 사부님."

음조가 무대 위의 단 역 배우와도 비슷했다.

"당신의 도움을 구하러 왔소!"

"말씀하세요, 관 선생!"

"아니오!"

관 선생은 눈웃음을 쳤다.

"아니요! 먼저 내 부탁을 들어주겠다고 해주세요!"

"당신이 나에게 말씀을 분명히 하지 않으면 나는 응낙할 수 없소!"

류 사부는 단호하게 말했다.

"그런데, 한 번 이야기하기 시작하면 말이 길어지잖아요. 우리는 그런 얘기 할만한 곳도 없고…"

관샤오허는 사방을 둘러보았다. 그리고 그는 그 곳이 이야기 할 만한 곳이 아니라고 생각했다.

"괜찮아요! 우리 같은 잡것들은 두세 마디로 일이 끝나므로 장소를 가리지 않아요!"

류 사부가 흰 이를 반짝거리며 말하자 얼굴이 보기 흉했다.

"류 사부, 당신도 알다시피"

관 선생은 사방을 두리번거리고 나서 목소리를 낮추어 말했다.

"바오딩…… 큰 행진이 예정되어 있잖아요?"

"오우!" 류 사부는 갑자기 웃었는데, 그리 보기 좋지 않았다.

"당신은 나에게 사자놀이를 해달라고 오셨군요?"

"목소리 낮추세요!"

관 선생은 조급해지기 시작했다.

"당신은 어떻게 아셨소?"

"그들은 벌써 나에게 왔다갔소!"

"누구요?"

"무슨 민회라는 곳이요!"

"오우!"

"저는 그들에게 말했다오. 나는 일본사람을 위해서 놀지 않는다고!

내 고향이 바오딩이오. 조상의 묘가 바오딩에 있소! 나는 바오딩의 함락을 경축할 수 없소!"

관샤오허는 잠시 동안 정신이 나갔다. 갑자기 눈웃음을 쳤다.

"류 사부, 그들을 돕지 않는다면, 내 체면 좀 차려 줄 순 없나요? 우리는 옛 친구 아니오!"

그는 눈살을 찌푸리며 류 사부를 바라보았다. 이로써 더욱 감화력 있게 말하려고 했다.

"내 아버지가 시켜도 나는 일본인들을 위해서 사자놀이는 하지 않을 거요!"

말을 마치자 류 사부는 문을 열고 아주 거만하고 위엄 있게 들어갔다.

관 선생은 화를 풀 곳이 없었다. 그는 따라 들어가서 류 씨 천막장이를 때려주고 싶었다! 그러나 감히 화를 낼 수도 없었다. 힘으로 따지자면, 류 사부는 자기 같은 사람 4~5명은 해치울 것이다. 도리로 따지자면, 류 사부를 원망해도 그에게 적절한 죄명을 붙일 수 없었다. 그는 그 자리에 꼼짝하지 않고 서서 어찌할 줄 모르고 쩔쩔맸다.

샤오원은 자연스럽고 편안하게 밖에서 들어왔다.

관 선생은 급한 중에도 지혜가 솟아났다. 류 사부의 방문을 두어 번 밀면서 말했다.

"나오지 마세요. 나오지 마세요"

그의 목소리에는 꽤나 진정성과 조급함이 묻어있어서, 류 사부는 거의 복종하지 않으면 안 되었다.

샤오원은 관 선생의 동작을 보고 류 사부가 방안에서 '그래요, 그러면

안 나갑니다!'라고 말하는 듯했다. 그의 작은 네모진 얼굴에 미소가
번지고 관 선생과 얘기할 준비를 했다.

"원 선생, 어디 가세요?"

관 선생은 친절하게 불렀다. 샤오원은 호탕하게 웃고 나서 왼손을
들어서 관 선생에게 보여주었다.

"방금 전당포에서 돌아오는 길이요!"

관 선생은 그가 손에 전당포 표를 들고 있는 것을 분명히 보았다.
그는 전당표 말을 꺼냄에 따라 원씨 댁에 관심을 가지고 도와주고
싶었다. 그러나 샤오원의 자세는 전당포에서 물건을 저당 잡히는 것을
수치로 여기지 않고, 삶에 무시무시한 압박이라는 게 없는 듯한 양이였
다. 그가 전당표를 관 선생에게 보여준 것은 거의 천진난만한 장난으로
한 것이지, 가련하게 여겨달라는 생각은 결코 아니었다. 샤오원을 보고
관 선생은 잠시 어떻게 말해야 할지 결정을 못했다. 그가 약간 당황해하
는 사이에 샤오원은 자기도 모르게 웃으면서 머리를 끄덕이고 가버렸
다. 그는 두 번째로 마당에 혼자 남았다.

그는 더 화가 치밀었다. 그는 원래 샤오원과 함께 멋쩍어하면서
동쪽 방에 들어가 뤄샤를 볼 생각이었다—그녀에게 몇 번 더 접근할
수 있다면, 집에 가서 욕을 들어먹어도 값어치가 있다! 샤오원이 저렇게
도망가 버리니, 관샤오허는 성큼 성큼 쫓아가기에는 부끄러웠다—인간
의 행위는 무대 위와 별차 없었다. 한 박자를 놓치면 전체가 엉망이
된다.

그는 머리를 숙이고 밖으로 나왔다.

보라! 나무 아래 누가 서있겠나? 치루이펑!

관 선생은 눈이 그의 작은 마른 얼굴을 분명히 알아보고 통쾌하고 기분이 좋아 심장이 소리 나게 뛰었다. 그는 작은 마른 얼굴에서 자신을 보았다. 어린아이가 친엄마를 본 듯이, 관샤오허는 루이펑에게 돌진했다.

루이펑은 샤오뉴쯔가 노는 모습을 지켜보고 있었다—그는 아이들이 없기 때문에 조카와 질녀를 끔찍이 아꼈다. 그는 샤오순얼과 뉴쯔 사이에 특별히 뉴쯔를 좋아했다. 아들은 모르는 사이에 '후대의 향연'을 잇는다는 기분이 나서 질투를 일으키기 쉽다. 여자애는 이런 작용은 없다. 그는 행진을 이끄는 영광을 안게 되어, 오늘 특별히 기분이 좋아서 뉴쯔를 데리고 문 밖으로 놀러 나왔다. 사탕행상을 만나면 뉴쯔에게 동전을 주어서 몇 알을 사도록 하겠다고 결심했다.

관 선생의 질문을 기다리지 않고 란둥양과 행진에 관한 이야기들을 자세히 말했다. 그는 굉장히 만족하여 말할 때 다리를 들어 올려 마치 자기의 키와 신분이 함께 높아졌다고 말하는 것 같았다.

관 선생은 약간 질투했다. 바늘 끝처럼 작은 마음이 질투조차 모르면, 더 이상 동요할 일도 없을 것이다. 그러나 그는 질투하는 마음을 드러내기엔 곤란했다. 그는 억지로 웃었지만 웃을 생각조차 없었다. 그는 루이펑의 손을 잡았다.

"저도 란둥양 선생을 만날 수 있을까요? 오우, 차라리 그를 저녁식사에 초대해줄 수 있소? 당신 부부도 함께!"

루이펑의 마음이 크게 열리며 꽃을 피웠다. 식사에 초대하는 것은 그에게 있어 진, 선, 미의 표본이었다! 그러나 그는 둥양 선생이 어떻게 나올지 몰랐다. 현실적인 입장에서 보자면, 둥양 대신에 결정을 내릴 수는 없었다. 연기를 하는 자의 입장에서 보자면, 그 역시 자신이 중요해 보이도록 할 수 있는 방법을 생각해야만 했다.

"반드시 그렇게 해야죠!"

관 선생은 루이펑이 주저하는 것을 허용치 않았다.

"자네가 수고 좀 해줘요, 가서 얘기해 보시오! 나는 곧 초청장을 준비하겠네! 좋아. 오늘 못 오면, 그 사람과 시간을 따로 정해도 좋아!"

루이펑은 감동을 받았다. 그는 마음 깊은 곳에서 뭔가를 꺼내 관 선생에게 보답하고 싶었다. 잠시 생각해보고 그는 마음으로부터 '오우! 오우! 오우!'를 외치면서, 뭔가를 생각해냈다.

"관 선생! 둥양 선생은 아직 미혼이요! 당신은 나에게 큰딸을 지켜봐 달라고 했지요?"

"그래요! 나도 아주 좋아요! 그러면 그는 무엇을 전공하고—"

"문학이요! 실력이 아주 뛰어납니다! 아주 뛰어나지!"

"정말 좋군요! 가오디가 소설을 많이 읽었소! 그애가 문학을 좋아하니, 필시 문학가도 좋아하리라 생각하오! 이 일은 정말이지—아주 좋아요!"

큰 회나무 아래에서 유쾌한 두 얼굴이 몇 분 동안에 함께 웃었다. 그러고는 아쉬워하며 헤어졌다. 한 사람은 3호로 또 한 사람은 5호로 들어갔다.

25

베이핑은 탄생하자마자 이미 쇠약해졌다. 베이핑은 멸망할 때 오히려 훨씬 더 아름다워 보였다. 베이핑에서의 모든 일이 저마다의 특색을 지녔지만, 그 어떤 일도 튀는 법이 없는 법이었다. 그런데 그런 베이핑에서 이상한 일이 또 하나 벌어졌다.

베이핑 사람은 다른 곳의 중국인처럼 시끄럽게 떠들 줄은 알았지만, 엄숙한 것이 무엇인지는 알지 못했다.

베이핑 사람은 행렬이 2에서 3리로 길게 이어지고 수백 개의 악기가 동원되는 대규모 장례식이든, 종이돈이 있고 네 명의 상두꾼이 동원된 장례식이든, 그저 구경만 하고 애도하지는 않는다.

베이핑 사람은 얼굴이 새파래진 한 사람의 대왕이 또 한 사람의 얼굴 흰 대왕을 두들겨 쫓아내는 것이나, 8개국 연합군이 황제를 쫓아내는 광경을 보고도 희희덕거리는 가짜 웃음을 지을 뿐이었다. 진짜 눈물을 흘리지는 않았다.

오늘 베이핑은 정말로—아마도 처음으로—엄숙한, 비애의 눈물을 머금고 행진을 보였다.

신민회의 세력은 아직 작았고, 일 처리하는 사람도 많지 않았다. 그들은 베이핑 각계의 사람이 참가하도록 하지는 못했다. 행진에 참가한 사람은 대부분이 학생이었다.

학생들은 그들이 무엇을 배웠든, 어떻게 복종하든, 얼마나 유치하고 젊든 간에, 선조들이 알지 못했던 '국가'라는 것을 알고 있다. 그들은 고개를 숙이고 눈물을 흘리며, 작은 종이 깃발을 거꾸로 들고, 부모의 장례를 치르듯 하였다. 각지에서 일제히 톈안먼으로 향해 나아갔다. 만약 일본인이 약간의 유머 감각이 있었다면, 그들은 이 상황에서 풍자의 맛을 느끼고 신민회를 질책했을 것이다—왜 학생들만 불러서 무언의 축하를 하게 하는가?

루이쉬안은 학교의 통지를 받고나서는 자세히 읽어보고, 잘게 찢어 버리고, 사직을 준비했다.

루이펑은 형이 일어나기를 기다리지 않고 곧 세수를 끝내고 문을 나갔다. 그는 한편으로는 한시라도 빨리 학교에 가서 란둥양을 돕고 싶었다. 다른 한편으로는 거의 고의적으로 형을 피하려고 했다.

그는 대담하게 중산복을 입었다! 일본인이 성에 들어온 이래 중산복과 삼민주의는 모두 자취를 감췄다. 마치 혁명군이 우한에서 승리한 후, 베이핑 사람—기인(만주족)까지 포함하여— 모두가 철에 맞게, 변발을 모자 속에 감추었던 것과 비슷했다. 루이펑은 시대의 흐름에 밝은 사람이었다.

그는 짙은 남색 중산복을 벗었을 뿐만 아니라, 중산복을 상자 제일 깊은 곳에 넣어두었다. 그러나 오늘은 대열을 영도해야 한다. 그가 아무리 생각해봐도 장삼을 입는 것은 어울리지 않는 것 같았다. 그는 땀을 흘리면서 중산복을 꺼내어 대담하게 입었다. 그는 생각했다. 대열을 영도하는 사람은 반드시 짧은 옷을 입어야 한다. 일본인도 자기의 중산복이 '옷'에 불과하고 혁명과는 무관하다는 것을 분명히 알 것이다. 만약 일본인이 이렇게 중산복을 양해해준다면 그는 곧 중산복의 공신이라고 친구에게 떠벌릴 수 있다.

중산복을 입고 호리병 배에 해당하는 공터에 이르렀다. 그는 목소리를 가다듬었다. 바로—서, 발맞추어—갔…. 그는 오늘 자신이 구령을 하게 될지는 잘 알지 못했다. 그러나 준비를 해두면 걱정이 없다. 그는 소리를 지르는 연습을 했다. 그의 목소리는 날카롭고 메말랐다. 자기도 듣기에 좋지 않다고 생각했다. 그러나 조금도 실망하지 않고 다시 힘껏 소리 질렀다. 노력하면 안되는 게 없다고 자기에게 중얼거렸다.

학교에 도착하니 둥양 선생은 아직도 일어나지 않았다.

학생도 한 명도 오지 않았다.

루이펑은 텅 빈 학교 안에서 기분이 썩 좋지 않았다. 그는 시끌벅적한 것을 좋아하는데 여기는 너무 조용했다. 그는 자기 구령 솜씨를 펼쳐보이고 중산복을 피력해야 하지만 반나절을 기다려도 한 사람도 나타나지 않았다. 그는 자기의 거동을 의심하기 시작했다—대열을 이끌겠다고 승낙한 것, 중산복을 입은 것—과연 똑똑한 선택이었을까? 그때서야 이 일은 일본인들을 위해서 하는 것이란 생각이 들었다. 그리고 일본인들은 깐깐해서 모시기 힘들다고들 한다. 흥, 학생을 대동하고 일본인을 보러간다! 학생들이 작은 원숭이들이라면, 일본인은 아무리 못해도 늙은 호랑이 정도는 된다! 이런 생각을 하자 두렵기 시작했다. 그는 란둥양이 일어나지 않은 틈을 이용하여, 급히 집에 가서 중산복을 벗어 상자 밑바닥에 숨겨야겠다는 생각이 났다.

왠지 모르지만 오늘 갑자기 일본인이 두려워지기 시작했다. 그의 직감은 일본인이 가장 무섭다고 말해줬다. 정리를 중요시 하지 않고, 사람 같지만 또 짐승 같은 놈이라는 생각이 떠올랐다. 그는 영원히 현실을 적으로 삼지 않는다. 망국은 망국이다. 그는 나라가 망할 때라도 먹고 마시고 놀고 구경거리를 구경할 방법을 찾아야 하는 사람이다. 일본인이 성에 들어온 이래 일본인이 정복자라는 것을 인정했다. 그는 이러한 인정만 한다면, 곧 일본인과 화기애애하게 한 곳에 살 수 있다고 여겼다—그의 총명 덕택에 그는 일본인의 덕을 볼 수 있다는 생각이 들었다. 이상하게도 오늘 갑자기 일본인이 두려워졌다. 만약 운이 없어서(눈을 감고 이 생각 저 생각을 했다) 학생들이 톈안먼에 도착했을 때 일본인이 기관총을 쏘아대지 않을까? 등골에 찬 물이 떨어지듯 온 몸이 떨렸다. 그는 먹고 마시고 놀기 위해서라면 기꺼이 일본인에게 항복하고 싶었다. 그러나 갑자기 그도 두려워지기 시작했다.

학생들이 서서히 삼삼오오로 떼를 지어왔다. 루이펑은 잡생각을 그만두었다. 사람이 와서 눈앞에 움직이는 것을 보니, 적막하지 않아 안전하다고 느껴졌다.

평소에 그는 학생과 가깝지 않았다. 그는 직원이다. 그는 학생들이 직원에게 선생님을 대하듯이 공경하지 않으므로, 학생들과 거리를 두는 것이 존엄을 유지하는 데 도움이 되리라 생각했다. 그러나 오늘은 학생들에게 인사를 하기로 결정했다.

학생들은 모두 냉담했다.

처음에 그는 자신이 학생들과 거의 관계가 없다고 생각했다. 학생이 거의 모두 왔지만 모두 우울하고, 불쾌한 기색이었다. 이 모습을 보니 루이펑도 비로소 약간 불안해졌다. 그는 여전히 학생들이 바오딩 함락을 경축하기 때문에 부끄러워서 침묵하고 있다는 사실을 몰랐다. 그는 또 '만일 학생들이 톈안먼 광장에 도착하면 일본인들이 기관총을 쏠지도 모른다'는 생각이 났다. 그는 상황이 신통치 않다는 생각이 들었다. 모두 웃지도 떠들지도 않았다. 그는 어떤 불상사가 일어날 것 같은 생각이 났다.

그는 란둥양을 찾으러 갔다. 란 선생은 막 일어났지만, 일어나고자 하는 마음은 없었다. 눈을 감고 첫 번째 담배 맛을 즐기고 있었다. 담배 피우고 있는 것을 보고 루이펑이 용기를 내어 질문을 던졌다.

"깨셨어요? 란 선생!"

란 선생은 자신의 아침잠과 아침의 첫 담배를 필 때 잠깐 조는 시간을 방해하는 사람을 아주 싫어했다. 그는 루이펑의 말을 분명히 들었지만 아무 말도 하지 않았다.

루이펑은 시험 삼아 다시 말했다.

"학생들이 거의 다 온 것 같습니다!"

란둥양은 발끈했다.

"다 왔으면 가면 돼요. 무엇 때문에 귀찮게 굴어요?"

"교장선생님이 오지 않고 선생님도 한 명 밖에 오지 않았는데, 어떻게 갈 수 있어요?"

"못 가면 안 가면 되지!"

란 선생은 한껏 담배를 빨았다. 꽁초를 땅에 버리고 대가리를 이불 속에 처박았다.

루이펑은 그 자리에 멍하게 서있는 것이 오히려 무슨 효과라도 발휘할 수 있는 것처럼 서 있었다. 그가 무료하고 무지하기는 했지만 베이핑 인들의 체면 중시사상을 완전히 잊어버린 것은 아니었다. 란둥양과 결탁하는 것이 자기의 앞날에 도움이 된다 해도 이러한 무례함을 참을 수 없었다. 그는 진정한 노예가 되어 '선생님'이라고 불리는 것에 동의했고, 허위는 문화에 필요한 장식이라고 생각했다! 그는 행진 일에서 손을 떼고 싶었다. 그의 체면을 이렇게 아무렇게나 버릴 수 없었기 때문이다. 그러나 그는 딱 잘라서 란 선생과 관계를 단절하고 싶지 않았다. 베이핑 사람들은 체면을 유지하기 위해 약간의 체면을 잃는 것을 상관하지 않는다. 그는 평정심을 가지고 란 선생이 완전히 잠이 깨기를 기다려 다시 말해야 한다고 생각했다. 란 선생이 완전히 잠을 깬 후에 태도를 바꾸면 상황이 달라질 것이라고 보았다.

바로 루이펑이 주저하고 결정을 못하고 있을 때 란 선생의 머리가 한 번도 뜯어서 씻은 적이 없는 것 같은 이불 속에서 빼꼼히 나왔다.

피곤을 쫓아버리기 위해 코와 눈이 다리가 달린 것처럼 얼굴 위에서 이리저리 뛰어다니는 모습이 매우 우스꽝스러우면서도 무서웠다. 그는 코와 눈이 한참을 움직이더니, 침상에서 내려왔다. 그는 양말 같은 것을 신을 필요가 없었다. 이미 신고 있기 때문이었다. 그의 잠옷은 '깨어있을 때의 옷'이었다. 그의 복장이 낮과 밤이 다른 게 있다면 큰 두루막과 이불이다. 낮에는 이불을 덮지 않고, 밤에는 큰 두루막을 입지 않는다. 그 외에는 주야가 구별이 되지 않는다.

침상에서 내려오자 긴 덧옷을 걸치고 담배에 불을 붙였다. 불이 제대로 붙자 그의 감각이 활기를 찾아 지난밤 잠자리에 들 때와 연결이 된다─담배를 빨다가 잠이 들고 담배를 빨면서 침상에서 일어난다. 이 중간에 공백이 없다. 이 때문에 이를 닦고 세수를 하는 등과 같은 번거로움은 없다.

루이펑과 아무 상의도 없이 란 선생은 말을 뱉었다.

"집합!"

"이렇게 일찍 출발합니까?"

루이펑이 물었다.

"좀 일찍이거나 늦은 게 무슨 문제야! 시적인 감각이 있는 그 일 초가 바로 영생이며, 시가 없으면 한 세기랄지라도 영에 불과해!"

둥양은 잡지에서 주워 읽은 글을 득의에 차서 암송했다.

"출석 부를까요?"

"당연히 불러야지! 나는 게으름 피우고 오지 않은 놈들에게 벌을 줄 거야!"

"교기를 들고 가요?"

"당연하지!"

"누가 구령을 붙이지요?"

"당연히 자네지! 자네가 생각하는 대로 하게! 일일이 물을 필요가 없네!"

란둥양의 성깔은 아침 먹기 전에는 매우 나쁜 편이었다.

"교장선생님을 기다려야 합니까?"

"왜 기다려?"

란둥양의 오른쪽 눈알이 맹렬하게 위로 치켜들었다. 루이펑은 깜짝 놀랐다.

"그가 온다고 해도, 이 일은 내가 주관하는 것이야! 나, 신—민—회 소속이야!"

한 마디 한 마디가 작은 콩알 같이 입속에서 튀어나왔다. 입 속에서 한 마디가 튀어나올 때 마다 그의 오른손의 큰 손가락이 자신의 가슴을 찔렀다. 그는 평소에도 이런 짓을 즐겼다. 그는 이런 짓을 '투쟁적 자세'라 불렀다.

루이펑은 상황을 잘 이해하지 못해 마음이 불안했다. 좋아, 그는 확실히 시끌벅적한 것을 좋아하고 일에 끼어들기 좋아하지만 혼자 책임지는 것은 싫어했다. 그는 간맹이가 작았다. 당장 란 선생이 자기와 함께 운동장에 가서 학생을 집합시키기를 원했다. 그는 감히 혼자 갈 수 없었다. 그러나 란둥양은 모든 일을 루이펑에게 넘겨 버린 듯 했다. 그는 입술에 물고 있는 꽁초에 불을 붙이고, 한 모금 깊이 빨아들이고,

침상 위에 털썩 주저앉아 눈을 감았다.

　루이펑은 감히 혼자서 학생들을 집합시키지 못하지만, 그렇다고 란 선생을 언제나 귀찮게 할 수도 없었다. 란 선생이 눈을 감고 있는 것을 보고 그는 뭐라 말하기도 불편하고, 순순히 밖으로 나갈 수밖에 없다 여겼다. 사실상 란둥양의 성공은 곧 루이펑 같은 인간이 기꺼이 자기를 지지해주었기 때문에 가능했다. 란 선생은 재주라곤 없었다―문학적인 것은 말할 것도 없고 일 처리하는 재주도 없었다. 그는 어떻게 해야 할지 모를 때는 성을 낼 수 있었다. 그러면 루이펑 같은 인간은 일부러 그렇게 화를 내는 것은 능력 있는 사람이란 증거이고, 능력 있는 사람은 늘 성깔이 좋지 않다고 해석했다.

　란 선생은 몇 년 동안의 사회 경험 중에서 다른 것은 배우지 못하고 이런 잔재주들만 배웠다. 지위가 높은 사람에게는 목숨 바쳐 아첨해야 한다―아무리 아첨하기 좋아하지 않는 사람이라 해도, 결국에는 아첨받기 좋아한다. 지위가 같은 사람과 지위가 낮은 사람에게 모두 최대한 성질을 부린다. 지위가 같은 사람이 쓸데없이 화를 내기 싫어 그를 피하게 되면, 그는 정신적 우위를 차지한다. 그보다 지위가 낮은 사람은 더 말 할 것도 없다. 그러니 그의 성질은 오히려 하늘이 낸 천자나 태자처럼 그의 지위를 두드러지게 했다.

　루이펑이 교기와 출석부를 찾아 나왔다. 몇 번이나 그는 출석부를 들고 운동장에서 출석을 부르고 싶기도 하고 출석부를 내려놓고 싶기도 했다. 사전에 그는 행진을 이끄는 것이 곤란하리라 생각지 않았다. 지금은 몇 번이나 등골에 식은땀이 나는 것을 느꼈다―교기를 가지고 운동장에 가서 학생들에게 욕을 한바탕 듣게 되면! 만약 톈안먼 광장에 이르러서 일본인들이 기관총을 쏜다면! 그의 작은 머리통에서 땀이 났다!

그는 또 란 선생을 찾았다. 말을 정교하고 주밀하게 짜 맞출 수가 없었다. 특히 머리에 땀이 나는 때는 더 어려웠다. 그러나 말 속에 자기의 연약함을 드러내더라도, 말을 하지 않을 수가 없었다.

란 선생은 루이펑이 혼자서 운동장에 나가지 않으면 한바탕 성질을 부렸을 것이다. 그도 가고 싶지 않았다. 그래서 성질을 부려서 루이펑에게 압력을 넣어 혼자서 일을 처리하게 하고 싶었다. 루이펑이 학생을 인솔해가면, 자기는 몰래 대열의 후면에 따라가다가 일이 생기면 빠져버리고 일이 없으면 따라가고 싶었다. 톈안먼에 이르러서도 그렇게 하고 싶었다. 천하가 태평하면, 대회 간사 리본을 꺼내어 달고 정직하게 연단으로 가서 일본인에게 절을 하기만 하면 된다. 사태가 불순하게 돌아가면 살금살금 뒷걸음질하여 피하면 그만이다. 시가(詩歌)가 교활과 비루의 결정이라면, 란둥양은 정말 위대한 시인이 되었을 것이다.

루이펑은 결심을 굳히고 어떻게 해서든 혼자 집합시켜서 대열을 인솔하기로 했다. 그는 용기가 없어서 란 선생에게 화를 낼 수는 없었지만, 다만 자신의 안전을 위해서 성난 듯한 모습을 아낌없이 보여줄 작정이었다.

결과적으로 집합 종이 울린 후에 란 선생이 출석부를 들고, 루이펑이 교기를 들고, 이미 와 있는 선생 한 분을 찾아서 함께 운동장으로 갔다. 두 동료는 각양각색의 종이 기를 안고 뒤따랐다.

루이펑은 중산복이 몇 십근이 나가는 것 같이 느껴져, 그는 매우 당황했다. 운동장에 나가면 학생들이 틀림없이 큰 소리로 웃을 것으로 생각했다. 웃음소리를 못 내면 틀림없이 킥킥거리기라도 할 것 같은 생각이 들었다.

뜻밖에도 학생들은 삼삼오오 여기 저기 모여서 고개를 푹 숙이고 아무 소리도 없이 가만히 서있었다. 그들은 모두 무슨 병을 앓는 듯 했다. 루이펑은 다른 이유를 생각해낼 수 없었다. 머리를 들어 하늘 쳐다볼 뿐이었다. 흐린 날씨는 사람을 무기력하게 만들 수 있다. 하지만 하늘은 보석처럼 파랗고, 한 줄기 흰 구름도 보이지 않았다. 그는 더 당황했다. 학생들이 뭔 생각을 하고 있을지 모른다. 그는 재빨리 교기를 말아서 벽에 기대 세웠다.

루이펑이 나오는 것을 보고 학생들이 한데 모여 두 줄을 이루었다. 모두가 고개를 숙이고 아무 소리도 내지 않았다.

란 선생은 처음에 입술이 바르르 떨렸으나 학생들이 그렇게 고분고 분한 것을 보고 곧 마음을 놓고 위풍을 떨었다. 이 시인의 눈은 표면만 볼 수 있어서 사람의 껍질 안에 숨겨진 마음을 볼 수 없었다. 오늘 학생들이 끽소리도 못내는 것을 보고, 모두가 자기를 두려워하는 탓이 라고 생각했다. 출석부를 겨드랑이에 끼고, 왼쪽으로 얼굴을 기울였다. 위로 치켜든 눈만 모두를 겨냥해서 위세를 부렸다.

"출석을 부를 필요가 없다. 누가 오지 않았는지 나는 알고 있다! 반드시 퇴학시키겠다! 우리의 우군 일본군이 성내에 있다. 너희들이 그들에게 협력하지 않으면 스스로 별 볼 일 없는 꼴로 전락해 버릴 것이다! 우군은 너희들에게 예의를 차릴 수도, 아주 엄격할 수도 있다! 너희들은 똑똑히 봐야 한다! 행진에 참가하지 않아 퇴학당하면, 내가 반드시 일본 측에 그 사실을 알리리라. 일본인이 베이핑의 모든 학교에 알리도록 하여 영원히 그 학생을 받아들이지 못하게 할 것이다. 이 말이 무슨 뜻인지 모르겠다면 말해주지. 내가 일본인들이 그 학생을 반드시 반역자로 감옥에 집어넣게 할 것이다! 알아들었어?"

란 선생의 눈꼬리에 누런 찌꺼기가 끼어 있어, 자꾸만 깜빡거렸다. 그때 학생들의 대답을 기다리며 누런 눈꼽을 손가락으로 파내어 소매에 닦았다.

학생들은 아무 소리 없었다. 때로는 침묵이 저항의 표현이다.

란 선생은 난감했다. 고개를 돌려 동료들에게 여러 색의 작은 기를 나누어 주게 했다. 말없이, 부득이하게, 모두가 작은 기를 받았다. 기가 다 나누어지자 란 선생은 루이펑에게 말했다.

"출발!"

루이펑은 뛰어가서 교기를 잡고 펼쳤다. 교기는 장방형이고 하늘의 남색보다 약간 더 짙은 남색 비단 기였다. 가장자리에 테가 꿰매어져 있지 않았으며 술도 없었다. 그냥 장식이 없고 깔끔한 장방형기였다. 한 가운데 흰 비단으로 글자가 새겨져 있었다.

교기가 펼쳐지자 학생들이 모두 바로 서고 고개도 쳐들었다. 모두 이렇게 말하는 것 같았다. 우리들이 가는 것으로 충분하지, 전교를 대표하는 교기까지 모욕을 받을 필요는 없지 않은가! 이 점은 누가 분명히 말하지는 않았지만 곧 표면화 되었다―루이펑이 기를 행렬

선두 학생에게 건네주었으나, 학생은 고개를 젓지도 않고 말도 하지 않았다. 그저 강한 태도로 받지 않겠다고 하였다. 그 학생은 15세 정도였고, 키가 매우 크고, 눈썹이 짙으며, 너무 착실한 나머지 약간 어리버리해 보이는 학생이었다. 그의 눈가에는 눈물이 맺혀 있었고, 뺨은 붉었고, 숨 쉬기 힘들어 했다. 두 손은 아래로 축 늘어져 있었다. 그는 온 몸으로 말하고 있었다. 만약 어떤 사람이 교기 깃대를 잡으라고 강요하면, 그와 사생결단을 하겠다고.

루이펑은 뚱뚱한 그 학생이 만만치 않음을 감지하고 곧 뒤에 있는 학생에게 기를 넘겼다. 하지만 비슷하게 거절을 당했다. 루이펑은 긴장했다. 마음속에 화가 치밀었으나 감히 밖으로 뱉지는 못했다. 행렬 끝까지 전기가 통한 듯이, 빠른 속도로 모두가 선두에 있던 학생들의 행동을 알게 되었다. 아무 소리도 내지 않고 모두가 무표정하게 교기를 받으려 하지 않았다. 루이펑의 작은 눈은 줄의 선두에서 끝까지 훑어보았다. 죽은듯한 무표정한 얼굴 아래에는 노기가 감춰져 있다는 것을 간파했다. 만약 세상물정 모르는 사람이 그들을 찌르기라도 했다면, 노기가 폭탄처럼 폭발하여 그와 란둥양을 분쇄하여 버렸을 것이다. 그는 멍하니 거기에 서있었다. 교기가 독인 것처럼 그도 들고 싶지 않았고, 아무도 들고 싶어 하지 않았다.

란 선생은 얼굴을 약간 숙이며, 그 자리에서 위세를 드러내서는 안 된다는 것을 알았다. 그는 한 사람의 동료에게 말했다.

"자네가 교기를 들게! 내가 술값을 주겠네!"

그 사람은 이미 오십이 된 용인이었다. 그는 이 학교에서 15년을 일하고 있었다. 직무상으로는 용인에 불과했다. 그러나 학교의 기율을 유지하는 데 있어서 그의 공로는 전심을 다하는 지도자 못지 않았다. 그는 여러 해 동안 쌓아온 경력으로 교사와 학생들에게 종종 그들을 부끄럽게 만드는 충고를 할 수 있었다. 그의 충고 덕에, 때로는 2~3명 사이의 분규가 해결되기도 하여, 커질 뻔한 풍파가 남모르게 잦아들게 했다. 모두가 그를 경애했다. 그도 그 학교를 사랑했다—교장, 선생, 학생 등 모두가 해마다 변했지만 그는 항상 그 자리에 있었다.

오늘은 그의 나이로 보나 자격으로 보나 응당 라오야오—그 용안—에게 그 먼 길에 교기를 들고 가게 해서는 안 되었다. 라오야오의 마음도 바오딩의 함락을 경축하는 것은 학생들과 마찬가지로 견디기 힘들었다. 란 선생이 그를 부르는 소리를 듣고 한동안 당황했다. 그는 가고 싶지 않았다. 그러나 교사와 학생들이 교기를 두고 대치하고 있다는 것을 알고 있었다. 만약 그도 교기 들기를 거절한다면, 아마도 불쾌한 일이 일어날지도 모른다는 것을 간파했다. 한숨을 쉬고 교기를 손에 받아들고 머리를 숙이고 대열의 앞에 섰다.

그때는 루이펑이 구령을 붙여야 하는 때였다. 루이펑은 뒤로 몇 보 물러났다. 자기는 이 몇 걸음이 꽤나 멋져 보였다고 생각했다. 적당한 거리에 이르자 멈춰 서서 다리를 가지런히 모으고, 아랫배에 힘을 넣고 귀를 찌르는 목소리로 '바로'라고 외쳤다. 그는 머리를 꼿꼿이 들고 목을 팽창시켜 '차렷'이라는 소리를 받쳤다. 그런 연후에 머리를 쳐들어서 목의 근육이 다 일었으며, '차렷'이라는 말을 길게 늘어뜨렸다. 그리고 나서 발꿈치를 땅에서 떨어뜨리고, 눈을 감은 채 힘차고 또렷하게 "바로!"라고 소리를 외치고 싶었다. 힘은 썼지만, 어쩐지 "바로!"라는 소리는 마치 말이 없는 폭죽처럼 소리도 나지 않았다. 그의 얼굴과 목은 빨개졌다. 그는 학생들이 분명히 웃을 것이라는 것을 알았다. 그는 그들이 웃기를 기다렸지만, 웃음소리도, 웃음 기색도 없었다. 웃음 소리도, 웃고 싶어하는 듯한 기색도 없다니, 이상했다. 그는 기침을 두 번 하고 대충 "우향우, 제자리에서 걸어!"라고 외치고 싶었지만, 목소리가 완전히 사라진 듯했다. 그는 입을 열었지만 소리가 나오지 않았다.

라오야오는 바로 서서 발을 맞추어 잘 아는 대로 했다. 루이펑이 입을 여는 것을 보고 우향우하고, 교기를 펼친 채 천천히 걸었다.

학생들은 라오야오를 따라 천천히 걸어 운동장을 나오고, 교문을 거쳐, 골목으로 나왔다. 그들의 머리는 점점 더 숙여지고, 수중의 종이 깃발은 점점 더 바지에 달라붙었다. 그들은 감히 소리를 내지 못했다. 그리고 거리 사람들을 바로 보지도 못했다. 그들은 오늘 정식으로 일본 사람의 면전에서, 자기가 망국노라는 사실을 인정하고 있다는 것을 보이는 것이다.

베이핑 특유의 맑은 가을 하늘 아래, 여러 무리의 남녀 학생들이 걷고 있었다. 그들의 작디작은 천진한 마음이 일찍이 역사에 없었던 치욕을 받아들이려 하고 있었다! 그들은 저항할 방법이 없었다. 그들은 모두 얼마 전에 적들이 쏜 포성과 포탄 소리를 들었다. 그들은 탱크 부대가 대로에서 무력 시위하는 것을 보았고, 그들은 또 자신들의 부모와 스승이 저항할 생각이 없다는 것을 알았다. 그들은 다만 머리를 숙여 적들을 위해 행진할 따름이었다. 그들이 손에 든 작은 기에는 '대일본 만세!'라고 쓰여 있었다.

이 최대의 치욕을 불과 10여세 밖에 안 되는 아이들도 침묵으로 받아들이게 하고, 그들의 입도 모두 치욕에 봉해졌다. 자동차, 전차, 인력거, 인가와 점포 문전에 모두 기를 게양하고 채색 비단을 걸었다. 그러나 베이핑은 죽은 듯이 정적에 휩싸였다. 고개 숙인 학생들의 행렬이 지나갔다. 이 조용한 행렬은 거리 전체를 순간적으로 숨죽이게 했다. 평소 같으면 베이핑의 거리에서 두 마리 개가 싸우는 하찮은 일일지라도 수많은 구경하는 사람을 불러 모으거나, 몇 마디 소리 지르는 사람이 있었을 텐데 말이다.

오늘은 행인들이 모두 고개를 숙였다. 가게 안팎에도 소란을 구경하는 사람이 없었다. 학생들의 대오 앞에 나팔을 불고 꽹과리를 치는 사람도, 대열을 인솔하며 하나 둘 하나 외치는 사람도 없고, 호루라기를 불어서 발을 맞추게 하는 사람도 없었다. 모두들 침묵으로 일관하고, 정신을 잃어버리고, 혼이 달아난 듯이 천천히 걷고 있었다. 대열 속에 있는 사람들은 감히 좌우로 보지 못했고, 노상의 행인들도 감히 대오를 보지 못했다. 그들은 오늘의 행진이 무슨 행진인지 알았으며, 모두가 처음으로 공개적으로 적을 대면하는 것이고, 공개적으로 적들을 베이핑의 주인으로 인정하는 행사라는 것을 알았다!

길가의 사람들 모두가 지난날의 학생 행진 대다수가 사악한 세력에 반대를 표하는 것임을 알았다. 그들도 때로는 학생 의견에 찬동했으며, 때로는 학생들의 거동에 완전히 만족하지는 않았다. 다만 그들은 어떻게 하든 상관없이 학생들이 새로운 국민이고 새로운 역량을 표현하고 있다고 느꼈다. 학생은 반항하고 일을 벌일 용기가 있었다. 그러나 오늘은 학생들이 투항하러 톈안먼에 가는 것이고, 가만히 있는 자기들이 바로 그들의 아버지와 형이라는 것을 알았다!

루이펑은 원래 시끌벅적한 구경거리에 끼어들기 위해서 참여했지, 절대로 대로가 적막에 휩싸이리라고 생각하지 못했다. 십리쯤 갔을 때 벌써 피로했다. 이것은 행진이 아니라 장송 행렬이었다. 아니다. 장송 행렬보다 더 무료하고 난감했다. 그의 머리는 상당히 둔했지만, 거리를 보고 다시 학생을 보면서 사태가 대체로 잘못되어 있다는 것을 부인할 수 없었다. 대오가 대로에 접어들자, 그는 행렬 앞에 갔다가 뒤에 오면서, 양을 모는 개처럼 자기가 대열을 인솔하는 능력과 열성을 확실히 보이려고 애썼다.

방금 전에 운동장에서 구령을 못 부쳐 잃었던 체면을 살리기 위해, 한편으로 대열 앞뒤로 왔다 갔다 하고, 한편으로는 작은 머리통을 움직였다. 하나 둘 하나를 외치면서, 모두가 발을 맞추게 하여 사기를 돋우려 했다. 그러나 그는 공연히 힘만 썼다. 모두가 다리를 쳐들지 않았다. 루이펑은 천천히 하나 둘 소리를 멈췄다. 그는 천천히 대열 앞뒤로 왔다 갔다 하는 것을 멈추고, 대오의 중간에 끼어들어 얌전하게 걸어갔다. 천천히 그도 머리를 숙였다. 그는 왜 자기도 그렇게 되는지 몰랐다. 그는 떠들썩한 것을 좋아했다. 지금까지 엄숙이란 게 무엇인지 몰랐다. 그러나 오늘 베이핑의 거리와 베이핑의 학생들이 그에게 머리를 숙이게 하고, 소리를 못 내게 한다는 것을 깨달았다.

그는 행진에 참가한 것을 후회했다. 그는 몰래 앞뒤를 살펴서 란둥양을 찾았다. 그는 이미 보이지 않았다. 그는 마음속으로 약간 당황했다. 햇빛은 맑고 아름답게 빛났지만, 거리의 도처에 비단이 묶여있는 깃발이 걸려있었지만, 갑자기 무서운 생각이 났다. 그는 톈안먼에 어떤 위험이 숨겨져 있는지 몰랐다. 베이핑의 하늘, 베이핑의 땅, 베이핑의 사람, 오늘은 모든 게 두려워졌다. 그는 그다지 국가 관념이 없었지만. 그러나 이제는 아마도 뭔가 맞지 않다는 것을 느낀 것 같다―나라 잃었을 때의 불편함 말이다!

멍청하게 둥쓰파이러우에 도착하자 그는 슬쩍 대오를 이탈하고 싶었다. 그러나 그는 란 선생이 책망할까 두려워 그럴 수 없었다. 그는 얼굴에 철판을 깐 듯이 앞으로 갔다. 양 다리가 경련이 난 것 같이 불편했다.

그때 루이쉬안은 방안에서 하루 종일 멍청하게 앉아있었다. 오늘이 쌍십절[85]이다!

그는 행진 참가를 거절했다. 그래서 그는 사직해야겠다는 생각을 피할 수 없었다. 그는 학교에서 수업은 진심으로 열심히 하지만 다른 야심은 없는 사람이었다. 교무주임과 교장이 바뀔 때 모두가 그가 후보가 되길 희망했다. 그것은 순수하게 그의 자질과 인품을 보고 우러나는 마음이었지, 정작 그 자신은 조금도 상관하지 않았다. 뿐만 아니라 다른 사람이 그가 주임이나 교장이 되도록 도와주려는 것도 용인하지

* * *

85 10월 10일을 가리킨다. 신해혁명과 중화민국 정부 수립을 기념하는 날이다.

않았다. 그가 진심으로 교육하는 것은 목적 그 자체였지, 어떤 목적을 이루는 수단이 아니었다. 수업 외에도, 학교에서 정당하다고 인정하고 그를 정식으로 초청한 학생단체 활동이라면 그는 반드시 참가했다. 그는 교육이란 학생들에게 교과서상의 지식을 전하는 것뿐만 아니라, 학생과 감정적, 인격적으로 접촉하는 과정이라고 생각했다.

그는 단체활동에서 자신이 나서길 좋아하는 사람인 것을 알았지만, 이로 인해 게으름을 부리지도 않았다. 그는 냉정하면서도 열심히 일을 처리하는 데 능했다. 그는 마음속으로 학생들이 항상 행진에 나서는 것을 반대했다. 그러나 행진이 있을 때마다 행진의 목적에 대한 본인의 찬반 여부에 관계없이 반드시 참가했다. 그는 자기는 교사이므로, 학생들이 대오를 지어 학교를 떠날 때는 그들을 책임지고 보살펴야 한다고 생각했다. 진심으로 그는 교장이나 다른 어떤 직원의 직권을 절대로 침범하지 않고, 혹은 지나치게 간섭하지도 않고 대오와 함께 움직여서 자신을 안심시켰다─그는 당연히 학생 좌우에 있었다. 학생들이 어떤 불행이나 위험을 당하면 그는 진심으로 힘껏 그들을 보호했다. 학생들을 따라가서 무사히 돌아와 모두 학교 교문에 들어서면 마음을 놓았다. 그 후에는 교문에 들어가지 않고 곧 집으로 돌아갔다─행진에 참가했다는 이유로, 학교의 물을 받아 얼굴의 흙을 씻어내려 하지 않았다.

오늘 그는 행진에 참가하지 않았다. 그는 갈 수가 없었다. 그는 눈을 뜨고 멀거니 남녀학생들이 국경일에 일장기에 경례하는 꼴을 지켜볼 수 없었다. 그러나 다른 한편으로는 그는 책임을 다하지 못한 것이다. 그는 당연히 사직해야 한다. 그는 평소에 월급을 받아먹고 책임을 다하지 못하는 사람들을 탐탁하게 생각지 않았다. 그러나 사직은 자기 양심에는 위로가 될지 모르지만 눈앞의 위험으로부터 보호해주지 않는다—만약 일본인들이 학생들을 톈안먼에 집합시켜놓고 살상을 저지른다면? 이성적으로 그는 일본인이 그렇게 잔인하지 않을 이유를 많이 찾았고, 또 생각했다. 설령 그가 학생들과 함께 간다 하더라도, 일본인이 학살을 하려 한다면 그걸 막을 수 있는 능력이 무엇이겠는가? 일본인이 기관총으로 쓸어버린다면, 그는 틀림없이 죽을 것이다. 그는 가족의 가장인데 말이다!

이런 생각 저런 생각에 어떤 결정도 내릴 수 없었다. 결정을 내릴 수 없자 초조해졌다. 머리에 식은 땀이 솟아났다. 최후로 그는 이런 생각을 하게 되었다. 일본인이 처음부터 도살할 생각을 하지 않았다 해도, 우리 학생 중에 한 명이 일본인에게 폭탄을 던질 생각을 할지도 모르지 않는가? 이렇게 많은 학생 중에 정말로 담이 큰 학생 한 명이 없을까?

그래, 오늘 베이핑에 한 두 개의 폭탄을 던지는 것은 큰 바다에 벽돌 조각을 던지는 것과 마찬가지로 미미한 일일 것이다. 그러나 역사란 리듬이 있는 것이므로 그때에 이르면 반드시 큰 반향이 있는 북소리 혹은 징소리가 날 것이다. 호협, 의사(義士)들은 역사 리듬 중에서 큰 징소리이고 큰 북소리이다. 그들의 반향은 아마 당시에는 큰 효과가 없지만 민족이 망할 위험에 처할 때는 거대한 반향을 내는 민족 마음속의 하나의 떨림이다. 그것은 천지간에 영원히 없어지지 않을 소리가 될 것이다. 생각이 여기에 이르자 그의 이성은 어떻게 되었든 감정을 통제할 수 없었다. 죽든 살든 간에 톈안먼에 가서 보아야만 했다.

긴 두루마기를 걸치고 단추를 잠그면서 밖으로 뛰어나갔다. 샤오순얼이 말했다.

"아빠, 어디 가세요?"

그는 대답할 겨를도 없었다.

대문을 나서다, 그는 샤오추이를 만났다─인력거를 끌고 큰 길에서 막 돌아오는 중이었다. 루이쉬안은 샤오추이를 불러 세우고 싶지 않았다. 그러나 인력거를 보자 당황해졌다. 그는 샤오추이의 인력거를 타고 싶었다. 상당히 멀기 때문만이 아니라 마음이 조급하여 한 발짝 한 발짝 걸어갈 수가 없었다.

샤오추이는 인력거를 끌 때는 절대로 이웃들에게 먼저 인사를 하지 않는다. 혹시 사람들이 장사하려고 그러는 가보다 하고 생각할까 두려웠기 때문이다. 그의 인력거는 새 것이고 빨리 달리기 때문에 찻삯이 좀 비쌌다. 그는 찻삯이 비싸기 때문에 이웃사람들을 어렵게 할까 두려웠다. 지금은 루이쉬안이 그를 불렀다. 그가 먼저 말을 했다. 그는 루이쉬안이 자기 인력거에 탈만한 계급에 속한다고 생각했다.

"치 선생님, 인력거 타실래요? 타시면 이번 한 번만 갈려고요!"

루이쉬안이 대답하길 기다리지 않고 주절주절 말을 이어갔다. 마침 마음속의 울적함을 털어내듯 했다.

"길거리에는 학생 행렬만 있지, 차 탈려는 손님이 없어요! 뭘 하든지 간에 다 학생들이 나서네요, 정말 부끄러움을 알아야지! 작년 장(蔣)위원장이 기를 들고 그들을 행진시켰죠. 오늘 일본인들을 위해 기를 들고 행진하는 것도 그들이죠! 학생은 무슨, 정말 욕 먹을 짓들 하네요! 그렇지요?"

루이쉬안의 얼굴이 붉은 천처럼 되었다. 가능했다면 두 발까지도 붉어졌을 것이다! 그는 샤오추이가 욕하는 것은 학생이지 자기가 아니란 것을 안다. 그는 또 샤오추이의 견해가 절대로 정확하지도 않고, 샤오추이가 하나의 사건의 다방면을 검토하여 판단한 것도 아니라는 것을 안다. 그렇더라도 그는 얼굴이 붉어지는 것을 막을 수 없었으며 샤오추이가 나무라는 것은 학생이었지만 자기—루이쉬안—는 바로 학생의 선생이었다! 게다가 그는 지금 톈안문에 가려고 한다!

게다가 샤오추이의 견해가 옳든 그르든 일반인들의 공통 견해일 가능성이 컸다. 일반인들의 공통 견해라면 옳든 그르든 아주 빨리 신앙 같은 것으로 변한다! 누군가—일본인 혹은 중국의 한간—가 이러한 터무니없는 생각을 내어놓아서, 학생들을 국경일에 적에게 머리를 조아리게 하는지 모른다. 모든 것이 하등하고, 학문만이 최고이다! 지식인은 샤오추이의 우상이었다. 지식인은 다리가 달린 예의와 염치이고, 성인의 제자였다. 지식인은 앞장서서 일본 제품을 불매하고, 국민(당) 정부를 옹호한다. 게다가 수많은 알다가도 모를 남녀평등이니 자유 독립을 부르짖는다.… 오늘은, 지식인이 선두에 서서 일본만세를 외친다!

루이쉬안은 생각이 여기에 미치자 갑자기 생각을 멈추고 톈안먼에 갈지 말지를 결정해야 했다. 간다면 인력거에 타고 샤오추이와 얘기를 하며 샤오추이에게 학생들의 곤란과 고통을 알려주어야 한다. 그러나 그가 가지 않기로 결정한다면 샤오추이를 설복할 수 없다. 그것은 샤오추이의 머리통이 둔해서 그런 것이 아니라, 샤오추이가 가지고 있는 감정적 판단에 반박할 수 없었기 때문이다. 오늘 광장에서 학생이 폭탄을 던지는 경우를 제외하고는 말이다. 그러나 도대체 그런 학생이 있겠는가?

관 선생이 꼭 끼는 남색 비단 겹옷을 입고, 만면에 웃음을 띠고 3호를 빠져나왔다. 그의 눈알이 약간 움직여서 쌀 속의 자갈을 뽑아내듯이 하고, 상냥한 미소는 모두 루이쉬안을 향하게 했다.

샤오추이의 인력거는 문 앞에 놓여있고 손잡이가 들려 있었다. 그는 루이쉬안 왜 이리 불안해하며 자기와 함께 서 있길 내켜하지 않는지 알 수 없었다. 그래서 불쾌해하며 집 안으로 들어갔다.

"루이쉬안!"

"톈안먼에 가시려고? 시끌벅적한 것이 볼 만 할 것 같구먼! 갑시다. 우리 같이 갑시다요?"

루이쉬안은 샤오추이와 하루 종일 얘기하고 싶어도, 관샤오허와는 한 마디도 나눌 기분이 아니었다. 샤오추이는 학생들을 원망했지만 관 선생은 학생들이 시끌벅적하게 구는 것을 보고 싶어 했다.

"글쎄요…"

루이쉬안은 자기가 말하고 싶었던 몇 마디가 무슨 말인지 모르고 애매모호하게 대답하고 돌아서서 고개를 숙이고 마당 안으로 들어가 버렸다.

관 선생은 구경거리를 보러가는 게 아니라 일본인들에게 자기를 보이고 싶었다. 그는 아직 어떤 방식으로 신민회에 가입할지 방법을 찾지 못했다. 원래 류 사부와 손잡고 '놀이'를 선보여 일본인들의 주의를 끌고 싶었다. 그런데 류 사부가 남의 기분을 몰라주고 무례하게 거절할 줄을 누가 알았겠나. 놀이를 헌상하지 못했으니 적어도 일본인에게 자기를 보이기라도 해야겠다고 생각했다. 좋아, 첸모인 선생을 체포할 때 일본헌병이 자기를 이미 보았다. 다만 헌병은 헌병에 불과해서 아마 자기에게 한 자리 줄 수는 없을 것이다. 오늘 톈안먼 광장에는 반드시 일본 요인들이 나올 것이고, 요인들에게 자기를 보이면 관리가 될 희망이 커질 것이다.

루이펑과 그가 인솔하는 대오는 톈안문 광장에 제일 일찍 도착했다. 루이펑은 이렇게 예상했다. 대회장 사방은 반드시 묘회에서처럼 떠들썩할 것이고, 사탕과자나 과일을 파는 가판이 벌려져 있을 것이고, 빨간 옷 입은 남자와 파란 옷 입은 여자들이 사면의 빨간 벽을 따라 겹겹이 떼를 이루고, 소리지르고, 이리저리 움직일 것이다. 게다가 조금 떨어진 곳에는 시후의 경치를 보여주거나 마술을 부리는 사람들도 등장할 것이며, 간단하면서도 매력적인 북소리가 울려 퍼질 것이라고 생각했다. 그는 동쪽서쪽 그리고 남쪽에서 군악대 소리가 들려오고, 나팔과 북소리가 점점 커져서 고개를 쳐들면 하늘에 나부끼는 깃발을 볼 수 있기를 바랐다. 베이핑의 학교 교기는 한 학교에 하나씩, 색깔도 하나씩이라 어느 것도 서로 같지 않다. 깃발 뒤에 우쭐대는 체조 선생과 온 몸에 줄넘기와 곤봉을 든 소년들을 보는 것을 좋아한다. 그는 특히 따따띠따하는 군악을 좋아한다. 곡조는 간단하지만 심장을 뛰게 한다.

그는 심장이 뛰면 항상 자기가 철혈이라는 생각에 사로잡힌다. 그가 기분이 좋아서 흥얼거릴 때는 십중팔구는 띠따띠따하는 간단한 군호에 맞춰 흥얼거린다.

그러나 눈앞의 실재 광경은 기대했던 것과는 완전히 달랐다. 톈안먼, 타이먀오, 사직단의 붉은 담장, 붉은 담장 앞의 옥석 난간, 붉은 담 뒤의 녹색 소나무 모두가 웅장하고 장엄하고 아름다웠다. 마치 거기에 내리비치는 햇빛이 잠깐이라도 빛들을 거두어들이지 않을 수 없듯이, 매우 엄숙한 광경이 연출되었다. 거기에는 시끌벅적한 것이나, 경박한 것이 허용되지 않았다. 높고 큰 톈안먼이 높은 정양문을 마주하고 있다. 두 성루는 아주 가까이 있지만 동시에 아주 멀리 떨어져 있는 듯하다. 양문의 중간에 있는 행인들은 자기들이 개미 같다는 생각이 든다. 가련한 루이펑과 그의 대오는 양문 사이의 돌길에서는 아무것도 아니었다.

루이펑은 구경거리도 못 봤고, 성루와 붉은 벽 옥석에서 나오는 무거운 공기가 그의 작고 가는 목덜미를 누르는 것만 느꼈다. 그는 머리를 숙이고 있을 따름이었다. 개회하기 위해서 옥석으로 만든 다리 앞에 간단한 연단을 설치했다. 나무 판자로 만들었고 태양 가림막이 있는 연단은 크고 작은 깃발로 가득했지만, 매우 초라하게 보였다. 성루와 돌다리가 모두 썩지 않을 물건이라면, 연단의 가림막은 광풍이 불면 곧 흔적도 없이 날아가 버릴 것 같았다. 연단에는 아무도 없었다. 루이펑은 텅 빈 연단을 보고 성루를 보고 곧 머리를 숙였다. 그는 두려웠다.

가을 맑은 햇빛 아래 성루 위의 검은 눈들이 천천히 깜박이는 것 같았다. 누가 저 검은 눈들이 기관총이 아니라고 보증할 수 있는가!

그는 많은 사람들이 광장을 가득 메워 그에게 용기를 불어넣어주길 바랐다. 천천히 동, 서, 남쪽 세 방면에서 학생이 왔다. 군악대의 북소리, 군호 소리나 어떤 소리도 들리지 않았다. 학생 하나하나 모두가 끌려와서 침묵 속에 서있었다. 경과하는 인력거, 우마차, 인력거 모두가 멈췄다. 사방에 가판대를 설치한 장사군도, 구경하러 온 남녀들도 없었다. 루이펑은 여러 번 추도회에 참가한 적이 있었지만 이번 같이 조용한 적은 없었다—오늘이 경축대회인데 말이다!

학생들은 점점 많아졌다. 사람은 많지만 톈안먼 광장은 가득 메우지 못했다. 사람이 많아질수록 새빨간 벽과 높은 성루가 더 붉어지고 더 높아져서 아래에 모인 사람들을 위압했다. 사람과 깃발이 가치와 무게가 없는 털 같았다. 그러나 톈안먼은 장엄하고 아름다운 산이었다. 순경, 헌병이 훨씬 더 늘었다. 그들에게 오늘은 위풍이라고는 없었다. 그들은 지난날에는 학생을 보호하고, 학생을 구타했는데, 오늘은 어떻게 하면 좋은지 모르는 것 같았다—톈안먼, 학생, 일본인, 망국, 경찰, 헌병. 이 서로 관계 없는 듯한 존재들이 꿈처럼 하나로 연결되었다! 그들은 게으르게, 부끄럽게 학생들 옆에 섰다. 모두 감히 소리를 내지 못했다. 톈안먼의 장엄함이 그들을 침묵하고 부끄럽게 했다—얼마나 품위 있는 성인가! 얼마나 부끄러운 사람들인가!

란둥양은 간사 리본을 호주머니에 감추어두고 감히 달지 못했다. 그는 학생들에게서 멀찌감치 떨어져 서서 사람들 무리에 감히 끼지 못했다. 감히 한 발 내딛지 못하고 연단 위를 바라보고 상사와 일본인들이 나타나서 리본을 달고 위풍을 떨칠 수 있기 바랐다. 연단에는 아무도 없었다. 그는 눈을 아래로 내리깔고 사방을 살펴서 아는 사람을 찾으려 했다. 찾지 못했다. 톈안먼 앞에 이렇게 사람이 많으니 사람 찾는 것이 덤불 속에서 바늘 찾는 것만큼 어려웠다. 그는 방금 막 하늘에서 떨어진 새처럼, 동쪽서쪽을 두리번거리며 마음이 한껏 불안해졌다.

톈안먼의 엄숙과 학생의 침묵이 그를 두렵게 했다. 그의 닭대가리에 비해서 크지 않은 시심(詩心)은, 말이 되는 듯 안 되는 듯 하는 3~5개 구절을 이용하여 누구누구가 맹장염에 걸렸다고 비꼬거나, 누가 원고료 100위안 받은 것을 질투하여 공격하는 정도만 할 수 있었다. 그는 톈안먼의 장엄함을 느낄 수도, 학생의 침묵을 이해할 수도 없었다. 그는 이렇게 많은 사람들이 소리를 내지 않고, 아무 동작도 없는 것은 반드시 어떤 화를 숨기고 있다고 생각하고 심장이 떨렸다.

학생들은 모두 다리를 뻣뻣이 하고 섰다. 연단 위에는 아무런 동정이 없었다. 그들은 목마르고 배고프고 피곤했다. 그러나 모두가 말이 없었다. 열 살이 채 안 되는 소년들도 이것이 일본사람이 소집한 모임이기 때문에 소리를 내서는 안 된다는 것을 알았다. 그들은 안 올 수 없었다. 그들은 일본인들을 원망했다. 그들은 두 눈을 깜박이면서 톈안먼, 톈안먼 문동, 문루를 올려다보았다. 문이 높아질수록 더 겁이 났다. 두 눈을 깜박이면서 좌석 위의 천막을 보았다. 천막에는 일본기가 걸려있었다. 하나는 굉장히 컸다. 그러나 오색기는 보이지 않았다. 그것들은 어쨌든, 오색기가 무엇이건, 망국의 국기만은 아니지 않은가? 누가 알랴! 그들의 선생님들도 머리를 숙이고 눈에는 눈물이 글썽이는 것 같아서 감히 선생님에게 물을 수도 없었다. 그들은 머리를 숙이고,

작은 손으로 '중·일 친선'이라고 쓰인 종이 기를 가만히 찢고 있었다.

학생들이 거의 다 도착했지만 톈안먼 앞은 전과 다름없이 공허하고 쓸쓸했다. 사람이 많은데 왁자지껄하지 않으니 사람이 없는 정적보다 더 무거워서 무섭기조차 했다. 중국의 역사상 천에서 만 명에 이르는 학생들이 적의 면전에서 망국을 경축한 일은 없었다. 중국 역사상 천명에서 만 명에 이르는 학생들이 한 곳에 모여 끽 소리도 내지 않은 적도 없었다. 엄숙하지 못한 중국인들이 오늘은 엄숙했다.

대회의 시작은 희극적이었다. 연단 위의 확성기가 갑자기 울리더니 애조를 띤 일본가곡이 흘러나왔다. 사방에서 허다한 총을 든 적군들이 멀리서 회의장을 포위했다. 갑자기 일단의 사람들이 단 위에 나타났다. 어떤 사람은 긴 두루마기를 걸친 중국인이었고, 어떤 사람은 무장을 한 일본인이었다. 갑자기 리본을 단 사람들—란둥양도 그 중의 한 사람이었다—이 땅에서 뚫고 나오듯 사방에서 튀어나왔다.

누가 계획한 것인지는 모르지만 대회의 개막은 희극적이었다. 그러나 위대하고 장엄한 톈안먼 앞에는 이런 희극성이 어떤 효과도 거두지 못했다. 하나의 조그마한 아이가 대해에서 미친 소리를 지르는 것 같은 효과도 없었다. 확성기에 나오는 음악도 가득 채우는 소리가 못되고, 어떤 사람이 멀리서 슬피 울면서 독경하는 소리 같이 들렸다—일종의 잘 자살하는 민족의 슬픈 울음소리 같았다. 멀리 있는 병정들이 톈안먼과 정양문 아래에서는 왜소해서 검고 두툼한 나무 몽둥이 같았다. 톈안먼 앞에서는 아무리 추악한 것일지라도 모두 위풍을 잃어버린다. 연단위에 긴 두루막을 입은 사람과 무장한 군인 모두가 작은 꼭두각시처럼 붉고 파란 작은 기 아래 앉아 있거나 서있다. 그들은 자신이 매우 중요하다고 생각하지만 괴뢰와 같은 점을 제외하고는 볼품이 없다. 란둥양과 그의 '동지'들은 모두 갑자기 리본을 꺼내어 달면 전신에 광채를 더할 수 있고, 다른 사람들에게 경외심을 불러일으킬 수 있다고 생각했다. 하지만 톈안먼과 학생들은 정적에 휩싸이고, 꼼짝도 하지 않고, 말 한 마디 없어서, 마치 그들을 근본적으로 상관하지 않는 것 같았다.

긴 두루마기를 입은 사람이 일어나 확성기에 대고 발언을 했다. 확성기에서 나온 소리가 두텁고 단단한 붉은 담장에, 높고 큰 성루에 부딪쳐 가없는 광장 위로 흩어져서, 가래 섞인 기침 같이 들렸다. 학생들은 고개를 숙이고 아무 소리도 들을 수 없었다. 원래 듣고 싶지도 않았다. 그들은 긴 두루막을 입고 일본 사람을 보필하는 사람이 한간이라는데 관심이 있었다.

긴 두루막을 입은 사람이 앉고, 무장한 일본인이 섰다. 그때 란둥양과 그의 '동지'들이 학생들을 '이끌기'위해서 중요한 대목에는 따로따로 일어섰다. 그들은 열심히 박수를 쳤다. 그러나 톈안먼 앞에서 그들의 박수 소리는 사막에서 참새 한 마리가 날개를 푸득거리는 것 같았다. 그들은 학생들의 박수를 유도했으나, 학생들은 머리를 숙이고 어떤 동작도 하지 않았다. 연단에서 일종의 고양이 소리 같은 호루라기 소리가 났다. 한 일본무관이 중국어로 일본 군인이 용감하고 무적이라고 설명했으나 모두가 헛일이었다. 연단 아래의 사람들은 보지도, 듣고 싶어 하지도 않았다. 그들이 힘을 헛되이 소비하고 나서야 톈안먼을 항복시킬 방법이 없다는 것을 깨달은 듯 했다. 톈안먼은 이렇게 크고 자기들은 이렇게 작으니 원숭이 한 마리가 아미산[86]을 향해 시위하는 꼴이라는 것을 깨달았다.

한 사람 한 사람 연단 위의 목석같은 일본인이 모두 톈안먼을 향해 모기 같이 앵앵거렸지만, 기관총을 연단 아래 쏘아버리는 것 같은 통쾌함을 못 느꼈다. 그들은 우롱당한 것 같았다. 학생들이 끽 소리도 없고 톈안먼의 장엄한 침묵이 마치 그들을 억압하여 자기들은 원숭이이고, 원숭이 놀이를 베풀러 왔다고 인정하게 하는 것 같았다. 그들은 성루 위와 옥석다리 아래에 모두 기관총병을 매복시켜 만일의 사태에 대비했다. 멀리서 보고 대회장을 감시하는 보초병을 배치해서—작은 꼭두각시처럼 보이게 했다. 그러나 톈안먼과 학생들은 폭탄과 권총의 용도가 무엇인지 모르는 것 같았다. 그들에게는 침묵과 냉담이 일종의 무기였고, 무력을 사용하지 않아도 무서운 무기였다.

연단 위와 아래의 간사들이 몇 마디 구호를 외쳤다. 그들은 입을 크게 벌리고 손을 높이 쳐들었으나 소리는 아주 작고 분명치 않았다. 학생들은 아무 소리도 내지 않았다. 바오딩의 승리를 경축한다고? 바오딩이 폭탄과 독가스로 인해 함락되었다는 것을 누가 모르랴!

연단 위의 꼭두각시들이 연단을 내려가서 보이지 않게 되었다. 리본을 단 간사들이 소쿠리 안에 든 쇼와 사탕을 학생 일인당 하나씩 나누어 주었다. 이렇게 거대한 톈안먼에서, 한 사람에게 작은 사탕 한 알씩이라니! 중·일 친선을 위해 고작 일인당 사탕 한 알 나눠주다니. 게다가

• • •

86 쓰촨에 있는 중국의 유명한 산.

바오딩이 독가스와 폭탄에 멸망한 후에! 쇼와 사탕과 작은 종이 기는 모두 땅에 내팽겨쳐졌다.

관 선생은 일찍 와 있었으나 감히 폭탄이 두려워 앞으로 나가지 못했다. 연단 위에서 이미 두세 사람이 이야기를 하고 있었다. 그는 대담하게 연단 앞으로 나갔다. 그는 연단 위로 올라가고 싶었으나 순경에 의해 무례하게 제지당했다. 그는 학생들 앞에 서있기만 했다. 학생들 앞줄은 연단에서 5-6보 떨어져 있어서 연단 위의 사람들은 그를 분명히 보았다. 그는 앞으로 나가고 싶었다. 극 중에 항복문서를 바치는 사람처럼 앞으로 나가 연단 위의 주의를 끌고 싶었다. 순경은 그가 앞으로 나가는 것을 허락하지 않았다. 그는 순경에게 몇 마디 설명을 했다.

"마음 놓으십시오. 다른 뜻은 없습니다. 저는 단상에 계시는 분들께 예를 올리고 싶습니다!"

"단상의 사람이 당신 아버지라도 돼?"

순경이 기분 언짢게 물었다.

관 선생은 다시 아무 말도 하지 않았다. 다시 앞으로 나가고 싶지도 않았다. 다만 정신을 가다듬어 멀리서 깊이 허리를 굽혔다. 그 후 연단 위에서 소리가 나면 반드시 공손히 고개를 들었다. 고개를 들고 단상에 있는 사람이 자기 얼굴을 봐주기를 희망했다. 최후로 그는 소화사탕을 들고 '간사'에게 말했다.

"대회가 아주 좋았어요!"

톈안먼 익살극의 첫 막이, 이 한 마디의 칭찬만을 들었다.

26

　루이쉬안은 뜨거운 솥 안의 개미처럼 마당 안에서 왔다 갔다 했다. 그는 어찌되었든 오늘 톈안문 앞에서 어떤 사건이든 터져야 한다고 생각했다. 그것은 일본인이 베이핑 시민과 공개적으로 대면하는 첫 번째 기회다. 일본인이 당연히 전승자 자세로 나타날 것이다. 베이핑 사람들은? 루이쉬안은 베이핑 사람이 연약하다는 것을 알지만, 나라가 망할 때는 가장 연약한 사람들 틈에서도 모험을 감행하여 희생하는 사람이 나타날 수 있다고 생각했다. 이렇게 큰 베이핑에 그런 사람 한 사람이 나타나서 목숨 걸고 싸우지 않을까? 그런 사람 한두 명이면 톈안먼 광장은 반드시 완전한 도살장으로 변할 것이다. 루이쉬안은 여느 베이핑인들과 마찬가지로 피 흘리는 것을 좋아하지 않았다. 그러나 오늘 톈안먼 앞에서는 자기가 좋아하거나 싫어하거나 간에 반드시 피를 흘리는 것이 필요하다고 생각했다. 그는 심지어 오늘 피를 흘리지 않으면 베이핑 사람들은 근본적으로 기본적인 무언가를 결핍하는 셈이니, 최대의 치욕조차 히죽거리며 받아들일 수 있다고 여겼다. 그는 거의 피 흘림을 바라고 있었다!

동시에 그는 또 톈안먼에서 어떤 불행이라도 일어날까 두려웠다. 오늘 대회에 간 사람들은 모두 강제로 끌려간 학생들이다. 과거의 군사 정치적 실패의 잘못이 학생에게 있는 것이 아닌데, 사실 학생들이 다른 사람 대신 수치의 책임을 피로 씻을 필요는 없다. 거기다 국내에 지식인이 이렇게 적은데, 모두가 학생들을 보호하기 위해서 희생해야 마땅하다. 아무리 나라가 망할 때라도 학생들을 먼저 희생시키려 해서는 안 된다. 그는 잘 아는 사랑스러운 많은 얼굴들을 떠올렸다. 어떤 학생은 자기를 감정적으로 특별히 좋아했고, 어떤 학생은 자기에게 차가운 편이었다. 하지만 그들 모두 객관적으로 봤을 때 사랑스러웠다. 이것은 그들 모두가 천진하고 어렸기 때문이다. 이런 얼굴들, 민족의 꽃송이들이 오늘 톈안먼 광장에서 총탄의 사격을 받거나 칼로 상처를 입는다면… 그는 생각을 이어갈 수 없었다. 그들은 자기의 학생이다. 그리고 중화민족 지식인의 씨앗이다!

그러나 다른 각도에서 보면 학생, 학생들이야말로 애국의 선봉대 노릇을 해야 한다. 그들은 혈기도 지식도 있다. 그들 모두가 조부 세대처럼 위축되거나, 루이쉬안처럼 이것저것 근심하여 용감하게 앞으로 나가지 못한다면, 민족의 혈기가 이미 고갈되고 쇠약해진 것을 나타내는 것이 아닐까? 하물며 샤오추이의 말이 완전 틀린 것도 아니다! 반제

국주의적 침략, 황제 체제에의 반항, 구식 예교(禮敎)의 속박에 대한 저항, 반항… 모두 학생이 수행한 것이다. 학생은 중국 50년 혁명사상의 영광스러운 기록이다—이 기록에는 많은 피로 쓰인 전례가 있다. 그런데 오늘 베이핑의 학생들은 자신의 영광의 기록들을 잊어버리고, 착하게 '중·일 친선'이라고 쓰인 작은 기를 들고, 한 마디 말도 못하고 있지 않은가?

그는 분명히 생각할 수가 없었다. 그는 조급하고 불안했다. 심지어 루이펑의 안전까지 걱정이 되었다. 그는 둘째를 보면 한 배에 나온 형제 같지 않았다. 그는 루이펑이 빨리 돌아와 대회의 경과를 자기에게 말해주기 바랐다.

루이펑은 3시나 되어서야 도착했다. 그는 상당히 피곤해 보였지만 얼굴에는 술 냄새가 나고 피곤한 중에도 흥분하고 있는 것 같았다. 아침 일찍부터 대회가 끝날 때까지, 그의 어딘가 상당히 멋쩍었다. 그는 시끌벅적하기를 바랐는데 구경거리라고는 하나 없었다. 대회가 끝나자 그는 배가 고파서 꾸룩꾸룩 소리가 났다. 그는 학생을 인솔하여 학교에 돌아가지 않고, 기회를 봐서 빠져나오고 싶었다. 란둥양이 그 정도로 교활한 것을 보고 그는 자기가 사기 당했다고 생각하고, 다시 인솔할 책임을 지고 싶지 않았다. 그러나 그는 몰래 빠져나갈 수가 없었다. 학생들은 자동적으로 해산해 버렸다. 그들은 다시 열을 지어 학교에 돌아가며 또 창피를 당하고 싶지 않았다.

나이가 어려서 길을 모르는 학생들은 자연히 용인 라오야오 뒤를 따라갔다. 그들은 그를 따라가는 것이 제일 믿을 수 있다는 것을 알았다.

다른 학교도 그 방법을 채택했다. 얼마 후 학생들은 사방으로 흩어지고 남은 것이라고는 찢어진 종이 깃발과 버려진 쇼와 사탕뿐이었다. 루이펑은 학생들이 해산하자 마음이 느긋해졌다. 손이 가는 대로 쇼와 사탕을 주워서 종이 껍질을 벗기고, 입속에 털어 넣어 천천히 힘없이 서쪽으로 걸어갔다.

그는 원래 중산공원—이미 중앙공원으로 이름이 바뀌었다—을 가로질러 빠른 길로 가고 싶었다. 살펴보니 공원의 대문에 아무도 출입을 하지 않은 것을 보고 생각을 바꾸었다. 그는 정적이 감도는 곳은 좋아하지 않았다. 큰 길을 따라 서쪽으로 가면 응당 시단파이러우에 이르러, 거기서 작은 음식점을 찾아 무엇이라도 먹고 싶었다. 루이펑은 란둥양이 그렇게 교활하고 인정머리 없는 줄도 몰랐다. 비상식적으로 행동하고, 맘 졸이며 인솔하게 하고, 루이펑 자기 돈으로 점심밥을 먹게 하다니.

"나쁜 놈이야!"

그는 한편으로는 사탕을 씹으며 다른 한편으로는 낮은 소리로 욕을 했다.

"그게 친구에 대한 도리인가!"

생각할수록 화가 났다.

"술집에 가서 고량주 좀 사주고, 소금에 절인 콩이라도 먹게 해줬으면 인정머리가 아주 없다고는 안 할텐데!"

막 이 욕을 하고 있는데, 뒤에서 갑자기 웃는 소리가 났다. 그 소리는 상당히 듣기 좋은 소리였다. 그는 급히 머리를 돌렸다. 관 선생이 한 발짝도 안 떨어진 곳에 있었다. 웃는 소리를 멈추었으나 웃음의 의미는 아직 얼굴에 물결치고 있었다.

"자네 간 큰 놈이구나!"

관 선생이 루이펑의 얼굴을 손가락질하며 말했다.

"제가 어떻다고요?"

루이펑은 영문을 몰라 물었다.

"감히 중산복을 입다니!"

관 선생은 얼굴에 장난기를 풍기면서, 매우 기분 좋아했다. 루이펑이 말하기를 기다리지 않고 이어서 말했다.

"루이펑, 간 큰 자네를 존경하네! 자네, 됐어!"

지나친 칭찬을 듣고 루이펑은 모든 번뇌와 불만이 일시에 사라지고 천진하게 웃었다.(쉽게 만족하는 사람은 욕심이 끝이 없는 사람보다 더 쉽게 엇길로 빠지기 쉽다!)

둘은 어깨를 나란히 하여 서쪽으로 갔다. 루이펑은 몇 번이나 웃고는 말을 꺼냈다.

"정말로 모험이라고 할 만 했소! 일본인들 앞에서 중산복을 입고 갈 엄두를 낸 사람, 바로 나, 치루이펑!"

그 후에 작은 소리로 말했다.

"만일 우리 편이 이기고 돌아온다면, 내 한 수—감히 중산복을 입은 것—덕에 나는 아마도 좋은 점수를 따겠지요?"

관 선생은 '만일' 따위는 토론하고 싶지 않아서 말을 바꾸었다.

"오늘의 대회는 나쁘지 않았지!"

루이펑은 대회가 좋았는지 나빴는지 몰랐다. 다만 구경거리가 없어서 이상하다고 생각했다. 지금은 관 선생의 말을 듣고서, 오늘 대회는 나쁘지 않았다고 생각하기 시작했다. 그가 받은 교육은 그에게 자질구레한 지식을 전해주었으나 어떻게 사고하고 판단하는지는 가르쳐주지 않았다. 이 때문에 망국노가 되기에 적당했다—그는 자기 주견이 없어서 명령 받기를 원했다. 명령을 내린 후에 술 두 량[87]과 고기 반근이 뒤따르기만 요구했다.

"그 사탕 몇 알, 난 신경도 안 써!"

관 선생이 루이펑에게 해석해주었다.

"쇼와 사탕 없다고 대회를 안 하겠어? 내 말은, 오늘 대회는 평안무사히 치러졌고 일본인들이 기관총을 쏘지 않았단 말이지. 우리 학생들도 폭탄을 던지지 않았다—아미타불!—그럼 됐어, 이건 금을 사려는 사람이 금파는 사람을 만난 것처럼 아주 딱 맞아! 오늘 모두의 얼굴을 보니 이후에 말하기 좋겠어. 사실을 말하자면 막 대회가 시작했을 때는 보러 갈 엄두가 안 나더라! 장난이냐고, 하나의 폭죽으로 기관총을 끌어낼 수 있다니. 됐어, 현재 내 마음은 돌덩어리를 땅에 내려놓은 것 같아! 오늘부터 우리는 그냥 각자 할 일만 제대로 하면 된다. 다시는 꽁꽁 숨을 필요가 없어. 어쨌든 학생들조차 오늘 푸른 하늘과 큰 태양 아래, 톈안먼 앞에서 일본인들에게 경례를 하고 쇼와 사탕을 먹었잖아! 그렇지 않아?"

"그래요! 그래요!"

• • •

87 중국에서는 일반적으로 술의 양을 량 단위로 측정하는데, 1 량은 약 50그램에 해당한다.

루이펑의 작은 머리통이 분명히 끄덕거렸다. 관 선생의 말에 갑자기 크게 깨닫게 됐다. 그는 란둥양이 교활하기 때문에 그를 원망해서는 안 되며 응당 그에게 감사해야 했다―어쨌든 란둥양 덕택에 학생들을 인솔하여 이 대회에 참가할 수 있었기 때문이다. 관 선생의 말로 미루어 보자면 오늘 루이펑의 거동은 정말로 역사적인 의의를 지녔기 때문에, 그는 가히 개국공신이 될 수 있다. 루이펑은 기분이 좋았다. 기분이 좋으면 사람들로 하여금 많은 것을 느끼게 한다. 그는 관 선생에게 작은 식당에 가서 식사를 하자고 청했다.

"루이펑!"

관 선생이 화난 듯 했다.

"자네가 나에게 한턱낸다고? 웃기는 소리야! 나이를 보나 세대를 따지나…어디를 보아도 내가 내야하잖니?"

거짓이 극에 달했을 때 진심과 비슷한 것이 된다면, 관 선생이 루이펑을 초청하여 밥을 먹은 것도 진심이라고 칠 수 있었다. 거짓이 극에 달한 결과인 관 선생의 진심은 베이핑의 문화로부터 온 것이었다. 이 문화는 망국의 상황 속에서도 관샤오허가 앞다투어 손님에게 한 턱 내게 했다. 이것은 매우 위대한 망국의 문화다.

루이펑은 감히 다시 말하지 못했다. 만약 다시 쟁론을 하게 되면 피차 열성과 진심이 손상될 것이다.

"무얼 먹을까? 루이펑!"

그것도 완전히 예의에서 나온 말이다. 관 선생은 한 턱 내기로 하면 결국 자신이 무엇을 먹을지 어디서 먹을지를 결정해 놓는다. 먹는 것에 대한 경험과 지식은 그가 자부할 만했다. 게다가 다른 사람이 그의 의견을 따르면 절대로 손해 볼 일이 없었다.

"안얼후퉁의 볶은 고기가 어때?"

그는 루이펑의 건의를 기다리지 않고 물었다.

루이펑은 안얼후퉁과 구운 고기 말만 들어도 입에 군침이 흘렀다. 침을 삼키느라 말을 할 수가 없어, 아주 극진히 머리를 끄덕였다. 그의 뱃속의 꾸루럭하는 소리가 크게 들렸다.

자기도 모르게 양 다리에 힘이 생겼다. 볶은 고기는 가장 실제적인 것이다. 그들은 잠시 동안 모든 것을 잊었다.

그러나 전쟁은 어쨌든 두 사람이 얼마나 낙관적이고, 치욕을 모르고, 무료한 자들인지에 상관없이 그들을 채찍질했다. 그 유명한 구운 고기 가게는 문을 열지 않았다. 시장에 소고기와 양고기가 없기 때문이었다. 성내의 소와 양은 다 잡아먹었고, 멀리 있는 것은 전쟁이라는 장벽 때문에 성중에 들어오지 못했다. 가게 문이 닫혀 있는 것을 보고, 그들 두 사람은 눈물을 흘릴 판이었다.

관 선생은 사과를 하고 루이펑을 데리고 장안가의 사천관에 가서 일품요리를 찾았다. 루이펑은 매운 것을 먹을 수 없는데, 미리 말을 할 수 없어 마음이 자유롭지 못했다. 관 선생은 내걸린 메뉴판도 보지 않고 심부름꾼에게 몇 마디 일렀다. 잠시 후에 심부름꾼은 정교한 소반에 따뜻하게 데워진 죽엽청주 한 병을 받쳐 들고 왔다.

죽엽청의 색과 향기에 입을 벌렁거리며, 루이펑이 소리 질렀다.

"아주 좋구먼!"

관 선생은 웃을 듯 말 듯 하며 말했다.

"아직 좋다 하기엔 이르네! 내가 주문한 요리를 맛볼 때까지 기다려!"

"맵지 않아요?"

루이펑은 자기 입과 배에 충성하는 것이 예의보다 우선이었다.

"진짜 사천요리는 절대로 맵지 않아! 마음 놓아요!"

관 선생의 눈에는 넓고 깊은 지식이 빛을 발했다. 입술 안을 술에 적셔 맛보고 말했다.

"술이 적절히 데워진 것 같구먼!"

심부름꾼이 관 선생을 아주 잘 아는 것처럼 요리를 들고 관 선생과 한담을 했다. 관 선생은 간편하게 먹는 식사에서 거드름피울 필요가 없다는 것을 보이기 위해서 심부름꾼과 일문일답을 하면서 친밀함을 과시했다. 심부름꾼이 볶은 채소를 내오자 관 선생은 스스럼없이 물었다.

"장사는 어때?"

"좋지 않아요!"

심부름꾼은─30세가량으로 한 마디 할 때마다 미소를 짓고 키가 작은─눈썹을 찡그리고 재빨리 웃었다.

"정말이지 장사하기 힘듭니다! 자료가 준비되어 있지 않으면 손님이 올까 두렵습니다. 준비되어 있으면 공교롭게도 하루 종일 손님이 한 사람도 없습니다!"

그는 아주 비참하게 웃었다.

"마시자!"

관 선생은 루이펑에게 술을 권하고 나서 심부름꾼을 위로했다. 장사는 곧 좋아질 거요!"

"정말이요?"

이번에는 심부름꾼이 연이어 웃었다. 그러나 웃음을 그치자 그는 곧 웃는 것이 매우 유치하다고 생각했다.

"바오딩을 잃고 장사가 다시…"

"내가 먹고 나서 돈 안 준 적 있나? 자네 왜 그리 내 말을 못 믿는 거야?"

관 선생은 눈썹을 찡그리며 심부름꾼을 놀렸다.

"내가 자네에게 알려주지. 많은 지방을 잃으면 잃을수록 장사가 더 잘 된단 거요! 한 시대의 천자에 따라 한 시대의 신하가 바뀌는 법이지. 지역마다 천자가 생기면 어디에나 황제가 있어 무질서하게 권력 싸움할까봐 걱정인 거지. 그거야말로 해결 방법이 없다오! 내 말 이해하겠지?"

심부름꾼은 손님을 나무랄 수 없어 자기 양심을 나무랄 수밖에 없었다. 그는 긍정도, 부정도 표시하지 않았다. 그저 미소 지은 채 급히 밖으로 나가 요리를 가지러 갔다.

한 개의 문화가 너무 익어 질퍽질퍽해질 때, 사람들은 마비되곤 한다. 사람을 놀래키는 사건과 자극을 한 쪽으로 치워 버리고, 먹고 마시고 똥 싸는 등의 사소한 일들에 집중하게 된다. 루이펑은 죽엽청주를 몇 잔 마신 후에 일체 번뇌를 잊어버리고 세계가 막 꽃봉오리가 피어나듯 아름답다고 생각했다. 오늘 오전에 학교 안에서는 물론 톈안먼 앞에서 자기에게 몇 마디 진실을 말해주는 사람이 있었다면, 어느 정도 깨닫게 되어 바보 얼치기는 되지 않았을 것이다. 불행히도 그는 관샤오허와 관샤오허의 죽엽청주, 그리고 정교한 사천요리를 만났다.

입과 배가 만족스러워지자 그는 영혼을 5전에 팔아먹을 수 있게 되었다. 그는 란둥양의 가증스러움, 톈안먼에서 느꼈던 공포, 막 떠오르던 일본인들의 악랄을 차츰 잊고 있었다. 엷은 황색의 죽엽청주가 전신을 흔들어서, 따뜻한 봄날 꽃이 필 때 개울물에 흘러버리듯이 하였다. 기름 올린 닭백숙의 기름기가 혀에 닿자, 아래위 입술이 두꺼워지고 힘이 솟아나는 것을 느꼈다. 그는 삶이란 참으로 사랑스럽고, 그것은 고기의 맛과 술의 향기 때문이라고 생각했다. 그는 어떤 사람이 자기에게 술과 고기만 준다면 그에게 마음을 다해 감격할 것이라고 생각했다. 현재 이 밥은 관 선생이 준 것이다. 그는 밥 사준 사람의 말에 완전히 동의하지 않으면 안 된다. 그의 작은 얼굴은 붉은 윤기가 돌아나고, 그의 작은 뇌 속에서는 술의 힘이 윙윙 가벼운 소리를 울렸다. 그의 작은 눈에 눈물이 맺혔다―그는 관 선생에게 감사했다!

관 선생은 적이 성에 들어오자마자 열심히 활동했음에도 불구하고, 지금까지 조그마한 관직도 얻지 못했다. 그래도 그는 여전히 낙관적이었다. 그는 항상 왕조가 바뀌는 때가 활동하기 가장 좋은 때라고 생각했다. 그때는 사람들이 항복할 것이냐 항복하지 않을 것이냐의 문제가 발생하기 때문이다―그는 투항하기로 결정했다. 루이펑에 대해서 그는 먼저 톈안먼 대회에 참여한 것을 칭찬하고, 신민회의 업적을 칭찬했다―누가 업적이 없겠는가. 하지만 신민회는 예외적으로 톈안먼에 얼굴을 드러내고, 학생과 일본인을 대면시키는 큰 업적을 이룬 것이다!

그 후 그는 란둥양을 언급했다.

"내가 부탁한 거 있잖아, 그 사람 약속 잡아줬어? 아직 아니라고? 왜? 역시 입에 털도 안 난 애송이는 일처리를 잘 못하는구나! 어찌 되었든 그를 좀 초청해줘! 어때? 내일 저녁 때면 최고일 거야! 자네에게 말하는데 루이펑, 낙관적이어야 돼. 노력해야 돼. 친구를 널리 사귀라고. 이 세 개면 삶을 풍요롭게 이어갈 수 있고, 항상 배부르게 먹을 수 있어!"

루이펑은 한마디 들을 때마다 머리를 한 번 끄덕였다. 들으면 들을수록 통쾌하고 더 많이 먹었다. 사실을 말하면 적이 베이핑성에 들어온 이래 이만큼 기분 좋게 먹은 적이 없었다. 그는 관 선생에게 감격해서 관 선생이 말한 한마디 한마디는 들을 가치가 있다고 믿었다. 관 선생을 믿으면 자기의 전도에 광명이 비친다고 생각했다. 그가 낙관하고 힘써서 활동하면 반드시 일보일보 운이 따를 것이다.

식사를 마치자 관 선생은 시단파이러우 아래에서 루이펑과 헤어지면서 말했다.

그는 또 말했다. "친구 둘을 만나야 하네. 우리 집에서 보세. 란둥양을 초청하는 것을 잊지 말게! 다시 보세!"

루이펑은 피곤하고 흥분해서 집에 돌아왔다.

루이쉬안은 동생이 안전하게 돌아오는 것을 보고 마음이 놓였다. 그러나 곧 마음이 괴로웠다. 마음속으로 말했다. '그렇게 많은 학생과 선생들 중 하필이면 용감하게 나서는 놈이 한 놈도 없었단 말인가!' 그는 절대로 그들을 가벼이 보지는 않았다. 왜냐하면 자기도 지식인인데 자신은 톈안먼에 감히 가지도 못했잖은가? 그는 용감함과 나약함이라는 잣대로 누군가를 함부로 평가해서는 안 되며, 우선은 무릎 꿇는 굴욕마저도 평화를 사랑하는 것으로 여기는 베이핑의 문화를 나무라야 한다고 생각했다. 이런 문화가 조용하고 온화한 톈안먼을 탄생시키고, 톈안먼 앞에서 적들을 대면하여 피를 흘릴 줄 모르는 청년도 탄생시켰다! 아니다. 그는 문화조차도 질책해서는 안 된다는 생각이 들었다. 평화를 사랑하는 것이 잘못된 것인가? 그는 확실히 설명할 수 없어서 기분이 상쾌하지 못했다. 그는 둘째와 얘기하는 것을 좋아하지 않았다. 그러나 그와 얘기하지 않고는 마음속의 번민을 흩어버릴 수 없었다.

루이펑은 몸에 들어간 술 때문에 자기는 충실하고 굉장히 위대하다고 생각했다. 처음에 그는 취기에 어질어질해서 자기가 왜 충실하고 위대한지 설명할 수 없었다. 집에 도착하자 그는 갑자기 자기는 톈안먼 대회에 참가했기 때문에 충실하고 위대하다고 깨달았다. 그는 자기가 반드시 간이 크다고 믿었다. 그렇지 않으면 감히 일본인과 대면할 수 없었을 것이다. 여기에 생각이 미치자 그는 곧 관샤오허의 말을 더 믿게 되었다—모두 톈안먼 앞에서 이제부터 중·일이 한 집안이 되어 천하가 태평해지고 우리는 상쾌하게 양고기 샤부샤부를 먹을 수 있다. 그렇다. 그는 자신의 충실함과 위대함이 있다면, 조금만 열심히 노력함으로써 양고기 샤부샤부를 먹게 해주는 정도는 할 수 있다고 생각했다. 그를 더욱 기분 좋게 한 것은 루이쉬안 형이 자기를 향해 냉담하게 대하지 않고 미소를 머금고 물은 것이었다.

"둘째야, 이제 오니?"

이 하나의 질문이 루이펑을 거만하게 만들어 그가 충실하고 위대하다는 생각을 하게 했다. 동시에 더 피곤하다고 느꼈다. 피곤해 보임으로써 충분히 자기 자신이 얼마나 중요한지 뽐낼 수 있다.

샤오순얼 애미는 남편이 마당에 왔다 갔다 하는 것을 보고 마음이 몹시 불안했다. 그녀는 그에게 그만 두시라는 말을 감히 할 수 없었다. 한 마디도 하지 않기가 몹시 힘들었다. 그녀는 맑은 큰 눈을 들어 몰래 그를 보면서 기회를 틈타 샤오순얼이나 뉴쯔를 보내어, 그의 손을 잡게 하거나 말을 걸게 했다. 그녀는 남편이 아이들에게 화를 내지 않을 것이라는 것을 알았다. 지금 그의 얼굴에 웃음기가 도는 것을 보고 그녀가 가까이 다가가서 둘째가 돌아왔다는 것을 알렸다.

치 노인은 나쁜 소식을 들을 때마다 셋째 생각을 했다. 그는 다른 것은 몰랐다. 그러나 확실히 셋째의 성격이 고집이 매우 세서, 싸움에서 이기지 않으면 돌아오지 않을 것이라는 것은 알고 있었다. 그러니 우리가 많이 질수록 셋째는 자연히 집에서 더 멀어질 것이다! 노인은 국가를 위해 걱정하고 싶지 않았다. 그는 재상이나 대신이나 국사를 관장하는 것이지, 자기는 무지한 소시민에 불과하다고 생각했다. 다만 손자에 대해서는 확실히 관심 가질 권리가 있다고 생각했다. 누가 할아버지가 손자 걱정을 하지 않는 것이 옳다고 할 수 있는가? 바오딩이 함락되었다는 소식을 듣고, 자기도 모르게 셋째를 중얼거리며 불렀다. 둘째가 돌아오는 것을 보고 노인은 밖으로 나가서 소식을 들었다. 아무 소식도 못 듣자 손자를 한 번이라도 보면 좋겠다고 생각했다.

치 노인이 셋째만 걱정하자 톈유 부인은 자연스럽게 노인의 병이 깊어졌다고 생각했다. 조부가 손자 생각하는 것은 일종의 심심풀이에 불과할 수도 있지만, 모친이 자식 생각하는 것은 언제나 크게 마음을 움직이는 일이었다. 오늘은 셋째 걱정하는 것 외에, 둘째가 아침 일찍 나가고 첫째가 마당에서 왔다 갔다 하는 것이 마음에 걸렸다. 그녀는 마음이 불안했다. 그녀는 둘째가 돌아오는 것을 보고 숨을 헐떡거리며 밖으로 나왔다.

모두가 루이펑을 둘러쌌다. 그는 상당히 만족했다. 그는 모두가 총명함에서, 용기에서, 식견에서, 자기에게 미치지 못한다고 여겼다. 그래서 응당 그들에게 낙관적인 말을 들려줘서, 그들을 안심시키고 위로해야 한다고 생각했다.

"내가 형에게 말했지, 형!"

둘째의 이빨 사이에 고기 조각이 끼어 있었으며, 말할 때마다 입에 기름이 가득했다.

"학생들이 오늘 그렇게 착할 수 없다고 생각해요! 아주 착했어요. 소리 하나 내지 않았다오! 대회가 그렇게 순조롭게 진행될 수가 없었어! 참새조차 찍 소리가 없었어! 형도 알거야. 일본관리들이 얼마나 체면을 차리고, 말하는 것도 어찌나 문아하던지. 학생들이 세상물정을 알아. 학생들이랑 일본인들 모두가 눈치껏 사리분별을 잘해서, 바늘 끝 정도의 착오도 없었어. 정말 생각지도 못한 일이야! 이제 됐네. 조만간 말이지, 상황이 잘 풀릴 거야. 오늘 한바탕 치렀으니 우리 모두가 체면을 세운 셈이야. 나라가 망했느니 망하지 않았느니가 어딨어! 형, 형도…"

그는 사방으로 눈을 굴려 루이쉬안을 찾았다. 루이쉬안은 언젠지 모르게 슬그머니 가버렸다. 그는 자기도 모르게 "응?"하고 소리를 냈다. 뉴쯔는 둘째 아저씨 뜻을 충분히 알고 영악하게 한 마디 했다.

"아빠, 나갔어."

짧고 통통한 검지 손가락으로 서쪽을 가리켰다.

루이쉬안은 몰래 빠져 나갔다. 그는 다시 계속 들을 수 없었다. 다시 계속 들었다면 한 입 가득 더러운 침을 루이펑의 얼굴 정중앙에 뱉어버렸을 것이다!

그는 학생과 선생들이 톈안먼 앞에서 과격한 행동을 보였다면, 의미 없는 희생을 한 것이나 다름 없다는 것을 알았다. 우리가 일본의 중요 인물 한 명을 죽여도 베이핑을 되찾을 수 없다. 일본인이 허다한 우리 청년을 죽여도, 반드시 불이익이라고 할 수는 없다 . 그는 이 점을 깨달았다. 그러나 또 감정상으로는 수지 타산을 하지 않고 손해가 가더라도 그렇게 장렬한 행동을 누군가 했었으면 싶었다. 장렬함은 주판으로 계산해낼 수 있는 것이 아니었다. 다시 일보 물러나자! 모두가 감히 무익한 희생을 치르지 않으려 한다 해도, 그렇게 엄숙한 침묵도 모두 희희덕거리며 투항하길 원하지는 않는다는 의사를 나타내기에는 충분하다. 루이펑의 말 속에서, 루이쉬안은 모두가 확실히 묵시적 저항을 택했다는 것을 읽어내었다.

그러나 루이펑이 이러한 묵시적 저항을 '아주 착하다'로 해석했다! 루이펑 혼자만 그렇게 파렴치한 것일 수도 있지만, 그의 해석은 그 하나에만 국한되지는 않을 수도 있다. 많은 사람이 그렇게 생각할까 두려웠다. 왜냐하면 지금까지 학생이란 정의와 애국을 위해 피를 흘려

온 선구자들이었기 때문이다. 이번에 모두가 학생들이 힘이 빠졌다고 생각할 것이다! 이번에는 어쩌다보니 이렇게 소리 없이 지나갔지만, 다음에는? 또 침묵만 할 작정인가? 만일 침묵이 희죽거리는 것으로 바뀌면? 루이쉬안은 문 밖 회나무 아래에서 천천히 걸으면서 감히 다음 생각을 잇지 못했다.

샤오추이가 차도 끌지 않고 돌아왔다. 머리 위에 푸르딩딩한 혹이 나 있었다.

루이쉬안은 샤오추이를 아는 척 하고 싶지 않았다. 인력거꾼을 무시하는 게 아니라, 마음이 울적하여 말을 하고 싶지 않았다. 그러나 샤오추이는 하고 싶은 말이 마음속에 가득 차서 참고 있던 차에, 얘기할 수 있을 것 같은 상대를 겨우 찾은 것처럼 보였다. 샤오추이는 루이쉬안에게로 달려왔다. 샤오추이의 개막사는 희극적이었다.

"있잖아요, 요즘 벌어지는 일들이 얼마나 혹독한지!"

"무슨 일이야?"

루이쉬안은 놀라지 않을 수 없었다. 마음이 가장 모진 사람만이 아주 냉담하게 희극적인 말의 희극성을 없앨 수 있다.

"무슨 일이냐고요? 허!"

샤오추이는 정말이지 굉장히 흥분한 것 같았다.

"방금 내가 손님을 한 명 태웠죠."

그는 눈으로 밖을 살피고 소리를 낮추었다.

"일본 군인 한 놈!"

"일본 군인!"

루이쉬안은 자기도 모르게 되풀이 했다. 그 후에 천천히 후퉁의 허리 쪽에 갔다. 샤오추이의 일이 일본병과 관련이 있기 때문에, 후퉁에서 떠벌려서는 안 되겠다고 생각했다.

샤오추이는 뒤따라오며 목소리를 조금 낮추었다.

"스무 살쯤 되 보이는 일본 군인이었어요. 기억 났다, 일본 군인한 놈이었죠. 전신의 실 한 오라기 털 하나도 모두 일본인이었어요. 치 아저씨, 나는 일본인을 원망해요. 나는 돈을 얼마나 주던 일본인을 태우고 싶지 않소! 오늘 한나절은 바오딩의 그것을 경축했잖—"

"…함락이요."

루이쉬안이 보충했다.

"그래요! 내 마음이 얼마나 괴로웠는지. 그래서 오후에야 차를 끌고 나갔어요. 그런데 누가 생각이라도 했겠어요! 1호 집을 태운 다음에, 일본 군인 한 놈과 마주칠 거라고!"

말하면서 둘은 이 공터의 후퉁의 배 부분에 도착했다. 거기에서 샤오추이는 행인이라고는 별로 없어서 걸으면서 이야기하나 서서 이야기하나 마찬가지라는 것을 알았다. 앞으로 가면 머잖아 후궈쓰의 좁은 길이라 행인이 눈에 띠지 않는다. 그는 멈춰 서지 않고 아주 천천히 발걸음을 옮겨, 걷는지 서있는지 모를 정도로 느릿느릿 걸으면서 말했다.

"그놈이 있는 곳에 인력거가 없었소. 얼마나 불편했는지! 그는 막무가내로 내 인력거에 타려했소. 나는 안 태울 수가 없었지요. 그는 일본 군인이니까! 탔어요. 무슨 방법이 있는가? 융허궁 가까이에 이르자,

나는 아마 이 꼬맹이 녀석이 궁 안을 구경하려고 한다고 생각했어요. 제 추측은 빗나갔죠. 그는 궁 옆에 아주 조용한 후통을 향해 손가락질했소. 나는 마음속으로 무서워하면서 그 후통으로 들어갔지요. 후통 안에서 개새끼조차 얼씬거리지 않았지요. 나는 두 걸음 걸을 때마다 고개를 돌렸죠. 두 걸음 걷고, 고개를 또 돌리고!

고려 빵즈[88]들이 그런 짓을 해봤다면서요. 조용한 곳에서 인력거꾼을 한 칼에 죽여버리고 인력거꾼을 가져갔다구! 이 점을 주의해야 했어요! 고려 빵즈들은 모두 일본놈들이 시키는 대로 한다는 것을 잘 알아요. 내 인력거 위에는 진짜 일본놈이 타고 있는데! 주의를 안 할 수 없죠? 좋아, 한 번 잘 못 넘어지거나 하면 제 명이 골로 갈 수가 있는 상황이었죠! 갑자기 그 녀석이 소리를 질렀지요. 후통 양쪽에 문 하나 없었소. 나는 어쩔 줄 몰랐소. 그는 차에서 뛰어내렸소. 그가 무엇을 할지 몰랐지요. 그가 몇 발짝 좋게 걷기를 기다렸는데, 나는 그가 나에게 돈을 주지 않았다는 생각이 났소. 이렇게 조용한 후통을 좋아하는 것은 대개 돈을 주지 않기 위해서지요. 나는 잠시 어쩔 줄 몰랐소. 그것은 그냥 잠시였소. 잘 들어보세요! 저는 살그머니 인력거를 내려놓고, 빠른 걸음으로 한 달음에 뛰어 갔죠. 그 놈은 바로 앞으로 고꾸라졌어요. 저는 진작에 알아봤죠. 1대1로 싸운다면, 그 놈은 내 적수가 될 수 없다는 것을. 내 팔뚝은 그 놈보다 더 굵었지요. 돈을 안 주다니, 나는 그놈이 일본 똥을 싸게 제대로 때렸죠! 그 놈도 기어 오르더니 나를 때렸어요. 일본말로 나를 욕했다오. ─나는 '바카야로'란 말을 알아들었

---

88 한국인을 얕잡아 부르는 말이다.

지요.

　나는 아무 말 없이 때리기만 했다오. 나는 때릴수록 더 정통으로 때렸지. 오늘 아침 천이나 되고 만이나 되는 학생들이 거리 가득히 항복하러 가는데. 무슨 말을 할 수 있어요. 샤오추이가 거기서 적수공권으로 일본병을 한 놈 끝장을 냈다. 내 마음이 통쾌하지 않겠어요? 쳐라, 치고 또 쳐라. 희한한 일이 일어났어요. 그 사람은 중국말을 했고 둥베이 사람이었어요! 더 화가 났지만 다시 때리기엔 귀찮았어요. 나는 그때 내 마음속은 아주 좋지 않아, 역겨워서 토하고 싶은 것 같았어요. 또……말로 설명을 못하겠네요! 그는 용서해달라고 했소. 나는 그놈을 똥처럼 보고 풀어줬죠! 치 선생, 제가 한 마디 묻겠습니다. 그 사람이 어떻게 일본사람으로 변했을까요?”

　그들은 이미 무너진 후궈쓰 담까지 왔다. 루이쉬안은 북쪽 조용한 곳으로 가기로 결정했다. 그는 한참동안 대답을 하지 않았다. 샤오추이의 독촉하는 소리를 들었다.

　“뭐?”

　그는 겨우 말했다.

　“9·18을 기억하지?”

　샤오추이는 머리를 끄덕였다.

　“윗 세대 둥베이인들은 그래도 영원히 중국인이오. 9·18 때 십여 세면 자네가 때린 병사처럼 배운 것이 일본말이고 읽은 것은 일본책이야. 들은 것은 일본 선전이야. 변하지 않을 수 있겠나? 누구나 노예가 되고 싶지 않아. 그러나 하루하루가 달이 되고 달이 년이 되듯이 항상 남이 너에게 '너는 중국인이 아니라'라고 하는 말을 들어봐요!"

"이게 사실입니까?"

샤오추이는 놀라서 물었다.

"예를 들어, 매일매일 어떤 사람이 내가 중국사람이 아니라고 말한다면, 저도 그걸 믿게 될까요?"

"아니! 하지만 몇 년 시간을 거슬러 올라간다면, 아마 그랬을 거야!"

"치 선생! 그럼 베이핑이 일본 관할 하에서 3년, 5년을 지내면 우리 학생들이 변할 수 있겠네요?"

루이쉬안은 거기까지 생각지는 못했다. 샤오추이가 하는 말을 듣고 전신의 땀구멍이 찔린 듯하고, 머리가 '펑-'하였다. 땀이 솟았다. 그는 담을 짚었다. 다리가 후들거렸다.

"무슨 일이오?"

샤오추이가 급히 물었다.

"아무 일도 아냐! 마음이 편치 않아!"

27

 루이쉬안은 다시는 학교에 출근하지 않았다. 그러나 정식으로 사직하지도 않았고 휴가를 받은 것도 아니었다. 그는 지금까지 일처리를 명확히 하는 사람이어서 그렇게 흐리멍덩하게 일을 질질 끄는 사람은 아니었다. 그러나 지금은 사직하느냐 휴가를 얻느냐는 사소한 문제라서 주의할 필요가 없다고 생각했다. 중요한 문제는 망국노가 되느냐 되지 않느냐이다. 그래서 꿈에서조차 전쟁에서 이기거나 성을 잃어버리는 광경을 본다.

 그는 마땅히 돈을 벌어야 한다. 부친의 수입은 연말 배당금에 달려있다. 상점 주인은 옛 관례대로면 월급은 얼마 되지 않았다. 부친의 가게는 옛 관례를 준수했다. 그러나 7·7 사건 이래 양곡 가게와 석탄 가게를 제외하고 전과 같이 장사가 되는 가게는 거의 없었다. 부친의 포목

사업은 가장 한가하게 되었다—세상이 어지러운 때에 누가 새 옷을 해 입으려 하겠나? 그래서 부친은 연말이 되어도 이익 배당이 없을까 두려웠다.

루이쉬안은 루이펑이 비교적 수입이 나은 일을 얻게 되면 분가하리라는 것을 분명히 알고 있었다. 그리고 둘째나 제수씨가 기꺼이 남을 도와줄 사람이 아니었다.

저축이라면 할아버지와 모친이 아마도 몇 십 위안나 몇 백 위안 현금을 가지고 있을지 모른다. 그 돈이야 노인이 자진해서 가지고 나오면 모르지만 누구도 여쭤어 볼 수도 없는 일이었다—노인의 돈이란 병하고 달라서 남에게 알리고 싶어 하지 않기 마련이다. 루이쉬안은 우체국에 통장이 있지만 통장에 몇 백 위안의 잔고가 있을 뿐이다.

이래서 그는 절대로 한가하게 빈둥거릴 처지가 아니었다. 당연히 일을 찾아야 했다. 그렇지 않으면 유지비로 생활하며, 평소대로 수업을 계속해야 했다. 교육국 방침이 결정되기를 기다린 후 봉급을 받는 수밖에 없었다. 어찌되었던 그가 빈둥거려서는 안 된다. 그는 왜 셋째처럼 한번에 떠나지 못했는가? 그것은 조부와 부모 그리고 전 가족을 봉양하기 위해서가 아니었는가? 그렇다면, 일가노소를 팽개칠 만큼 모진 마음이 없으니 돈이라도 벌 방법을 모색해야 했다. 그는 충(忠)도 실천하지 못하고 효(孝)도 실천하지 못해서는 안된다. 그는 그것이 이러한 도리를 너무나도 잘 알았다.

그러나 화베이의 이름난 성(도시)이 하나씩 함락되었다는 소식을 들을 때마다, 일용할 양식 문제를 어떻게 해결할까를 생각해 낼 수가 없었다. 그는 다시 톈안먼 앞에서 바오딩의 함락을 경축한 학생들을 만나 볼 용기가 없었다. 만약 화베이 전체가 함락되면 일단 한동안은 되찾기 어렵다. 그러면 저 학생들은 샤오추이에게 얻어맞은 젊은 병사처럼, 모두가 적국의 군인이 안 되리라고 할 수 있나? 그는 학생을 가르치는 일 외에 적절한 일을 찾기 쉽지 않다는 것을 안다. 그래도 그가 돈 몇 푼을 벌지 못한다 해도, 학생들이 점점 노예로 변해가는 것을 나 몰라라 해야 하는가? 무슨 일이라도 참을 수 있지만 청년이 노예가 되는 것은 못 보겠다!

루이펑 방 안의 라디오는 베이핑시와 자둥[89]의 방송만 받을 수 있었지만, 루이쉬안은 오로지 난징의 소식만 듣고자 했다. 그는 밤늦게 몇십 리 걷기를 마다하지 않고, 풍우를 무릅쓰고 친구 집에 가서 난징 소리를 듣거나 난징 방송의 기록을 보곤 했다. 그는 줄곧 중용을 지키고, 때가 되면 멈추는 사람이었다. 그러나 이제 그는 난징 방송을 듣는 데 혈안이 되었다. 급한 일이 있어도 제쳐두고, 방송을 들으려 했다. 날씨나 사람 문제로 방송을 들으러 갈 수 없게 되면, 큰 소리로 욕을 했다—그는 지금까지 거의 입에서 나오는 대로 사람을 욕해 본 적이 없었다. 난징의 소리는 소식이 나쁘든 좋든 관계없이 그의 마음을 따뜻하게 했다. 중앙방송국의 방송은 나라가 망하지 않았으며, 그라는 국민도 잊지 않았다는 것을 믿게 했다—국가의 목소리가 귓가에 울렸다!

국가는 무엇인가? 만약 전쟁 전에 물었다면, 루이쉬안은 아마 한참

• • •

89 화베이 평원의 북동부에 위치하고 있으며, 오늘날 탕산이나 친황다오 등 허베이 지역을 주로 가리킨다.

514

머뭇거리다가 아무 감정도 없이 공민 교과서에 실려 있는 정의대로 대답했을 것이다. 지금은 방송에 나오는 남녀들의 표준어를 듣고서는 말소리로 발자국 소리를 듣고 친구를 구별해 내듯이 국가를 구별할 수 있었다. 국가란 더 이상 죽은 의미에 머무르지 않았다. 국가는 피, 살, 색채, 그리고 목소리가 있는 거대한 살아있는 물건이었다. 국가의 말소리를 듣고 루이쉬안은 자기도 모르게 눈이 촉촉이 젖어왔다. 그는 국가를 그렇게까지 열렬히 사랑하리라고 생각해 본 적이 없었다. 평소에는 자기가 국가를 사랑하는지 아닌지 몰랐다. 그러나 어느 정도 사랑하느냐고 물었다면 답을 하지 못했을 것이다. 오늘에서야 그는 난징의 말소리가 그를 흥분시키거나 풀이 죽게 하거나 혹은 눈물을 흘리게 하는 것을 알게 되었다.

그는 원래 신민회가 감독하는 신문을 보지 않았다. 근래에 그는 태도를 바꾸었다. 그는 일본인이 제공하는 소식과 난징의 방송을 비교해보았다. 방송에는 베이핑 신문에 나오지 않는 소식을 전하는 경우도 있었다. 이 때문에 그는 베이핑 신문에 실린 모든 소식의 진실성을 완전히 부정했다. 난징이 군사적 패배를 인정했다 하더라도, 신문에 다시 그 뉴스가 실리면 반신반의 했다. 출처가 동일하지 않은 보도를 이렇게 주관적으로 비교해선 안된다는 것을 알지만, 그렇게 함으로써 조금이나마 안심이 되었다. 애국심이라는 것은 편파적이지 않을 수 없다.

그를 가장 흥분시킨 것은 후아마오[90]와 팔백장사[91]와 같은 소식이었

* * *

90 상하이의 자동차 기사로, 1932년에 자동차를 탄 채 강을 향해 돌진하여 차에 탄 일본군과 함께

다. 그는 이렇게 장렬하게 희생한 영웅들이 있는 한, 때때로 군사상 좌절을 겪어도 관계가 없다고 생각했다. 이러한 영웅들이 있는 민족은 정복당할 수 없다! 이러한 칭송할 만하고 눈물 나게 하는 고사를 듣고 나면, 마음이 들떠서 잠을 이룰 수 없었다. 그는 밤중에 불을 밝히고 이 이야기들을 기록해두었다. 그는 기록을 다하고 나면 알려진 자료가 너무 적어서 영웅의 장렬한 충심을 충분히 표현할 수 없다고 생각했다. 그리하여 신문지를 잘게 찢어버리고 잠자리에 든다―그러면 곧 깊은 잠에 **빠질** 수 있다.

평소에 그는 외교 문제에 매우 주의했으나 요즈음은 오히려 냉담해 졌다. 지난 백년 역사에서 그는―어느 정도 역사를 아는 다른 중국인과 마찬가지로―열강들은 약소국을 돕지 않는다고 알고 있었다. 그는 국제연맹이 중·일 문제 토론을 연기하고, 9개국이 중·일 문제를 토론하기로 약속한 것 보다 후아마오의 의거가 훨씬 더 중요하다고 생각했다. 후아마오는 중국인이다. 다수의 중국인이 후아마오가 하듯이 일본인에 게 대든다면, 중국은 더 이상 남에게 쉽게 **빼앗기는** 착한 고기가 아닌, 사람 있는 나라가 될 것이다. 후아마오가 일본인과 맞설 수 있다면, 그는 세상 모든 '일본인' 같은 자들과도 싸울 수 있다. 중국인은 평화를 사랑한다. 오늘 후아마오와 같이 생명을 평화와 바꾸려고 각오해야지 만 세계인의 존경을 받을 것이며, 평화도 얻을 수 있을 것이다.

• • •

죽음을 맞이하였다.
91 1937년 상하이 전투에서 일본군의 공격에 맞서 싸운 국민 혁명군이다. 고립된 상황에서도 용감히 저항하여 국민에게 큰 영감을 주었고, 민족의 상징으로 기억된다.

이렇게 그는 방송을 듣고, 신문을 보고, 기사들을 비교하여 기사의 진위 여부를 판단하기에 바빴다. 때로는 기쁘고 때로는 우울했다. 그는 평소의 평온하고 신중하던 모습을 잃었고, 신경이상에 걸린 것 같이 되어버렸다.

그러나 그는 매일 첸모인 선생을 보러 가는 것을 거르지 않았다. 첸 선생이 점점 좋아졌다. 가장 루이쉬안을 기쁘게 한 것은 첸 선생이 기억력과 사고 능력을 완전히 상실해서 폐인이 되지 않은 것이었다. 노인은 아주 느리게 앞뒤가 맞게 몇 마디를 할 수 있게 되었다.

이것은 루이쉬안을 매우 흥분시켰다. 그는 일본인들이 얼마나 잔인한지 알고 있었다. 첸 노인의 정신도 점점 맑아짐으로, 잔인한 일본인도 시인을 굴복시킬 수 없었다는 것이 밝혀진 것만 같았다. 동시에 그는 노인이 최고의 전사로 보였다. 노인은 비록 전투에서 졌지만, 굴복하지는 않았다. 그는 첸 시인을 중국의 상징으로 볼 수 있다고 여겼다. 동시에 그는 첸 선생이 체포되어 고문을 받는 과정을 상세히 기록하여 하나의 완전하고 신빙성 있는, 베이핑성 멸망사의 사료로 삼고 싶었다.

그러나 첸 노인의 입은 굳게 닫혀 있었다. 루이쉬안은 그가 절대로 체포 이후에 일어난 일들을 누구에게도 말해주지 않을 각오를 하고 있다는 것을 알게 되었다. 그는 정신이 들수록 더 조심했다. 그는 깨어날 때마다 물었다.

"혹시 내가 꿈꾸면서 헛소리하지 않았어?"

그는 확실히 꿈꾸면서 말을 많이 했다. 그러나 치아가 빠지고 말소리가 끊어지다가 이어지기도 해서, 그가 조리 있게 말했다 해도 알아들을

517

수 없었다. 정신이 들면 체포된 후의 일은 입에 담지 않으려 했다. 루이쉬안은 갖가지 방법을 다해 노인에게서 말을 끌어내려 했지만 효과가 없었다. 노인은 체포와 고문에 관한 이야기를 곧 접할 것 같으면 얼굴이 즉시 창백해졌다. 눈에서는 마치 쥐가 막아서는 고양이를 맞닥 뜨렸을 때와 같은, 두렵고 어쩔 줄 몰라 하는 빛이 발산되었다.

그때는 그의 모양과 정신이 다른 사람 같이 변했다. 전에 그는 통통하고, 유쾌하고, 천진하고, 대범했다. 지금은 이마와 뺨이 움푹 들어가고 많은 이가 빠져버렸으며, 정신이 불안하고 허둥지둥했다. 이런 모습을 보면 루이쉬안은 참담하고 부끄러웠다. 그러나 이렇게 마음이 참담하더라도 호기심을 버릴 수 없었다. 근본적으로 사건 자체가 이상했다. 일본 헌병에게 잡혀가서 살아서 돌아오다니, 얼마나 괴이한 일인가! 하물며 첸 노인은 감옥 안에서 일어난 일에 대해 왜 이렇게 함구하려 하는 것일까?

서서히 루이쉬안은 추측해낼 수 있게 되었다. 일본인이 노인을 석방 시킬 때 틀림없이 노인에게 협박하여, 누구에게도 감옥 안의 일을 발설하지 못하게 맹세토록 했을 것이란 것이다. 만약 이 추측이 사실이라면, 노인은 성실하기 때문에 자기의 맹세를 반드시 지키려 할 것이다. 그러나 다른 각도에서 보면, 노인은 자신의 성실에 못잖게 통달하였다. 그렇다면 강압에 못 이겨서 한 맹세를 구태여 지키려 하지 않을지 모른다. 아니, 이 일이 그리 간단할 리는 없는데?

다시 그는 노인의 장래를 생각하지 않을 수 없었다. 노인이 일본인에게 얻어맞을까 두려워서 어떻게 살아갈지 한 마디도 하지 않는 것이

아닌가? 아니면 얻어맞고 나서 원한을 맺는 것이 무엇인가를 알게
되어도 보복하고 싶어 할까? 그는 노인을 대신하여 감히 어떤 것도
결정할 수 없었다. 모진 고문은 사람을 고분고분하게 할 수 있다. 그렇
지만 그는 노인이 너무 고분고분해져서 패배를 인정하는 꼴을 보고
싶지 않았다. 보복을 할까? 한 사람이 그럴 힘이 있을까? 그는 또 노인이
무모하게 희생당하게 하고 싶지도 않았다. 그러면 노인은 가족이 모두
헛되이 죽은 것이 된다.

　첸 노인은 아내와 큰 아들의 죽음에 대해서도 모두 알게 되었다.
그는 꿈속에서 그의 아내와 큰 아들을 위해 곡했다. 깨어났을 때는
눈물 한 방울 흘리지 않았다. 몇 개 남은 이빨을 악물고, 움푹 들어간
뺨이 사르르 떨릴 뿐이었다. 그의 눈은 한 참 동안이나 깜박이지도
않고 멀리 내다보았다. 마치 자살하거나 남을 죽일 것 같은 눈빛을
발하며 가만히 있었다. 그는 아무 말도 하지 않고 그렇게 우두커니
있을 뿐이었다. 루이쉬안은 노인이 그렇게 정신을 놓고 멍하게 있는
것이 두려웠다. 그는 노인이 정신을 놓고 있는 이유를 몰랐기 때문에
어떻게 위로해드릴지 알 수 없었다—절망해서 일까? 아니면 복수를
계획하고 있는 것일까?

　노인은 전쟁 소식을 반가워했으며 당연히 전달자는 루이쉬안이었다.
그것도 루이쉬안을 힘들게 했다. 그는 방금 들은 소식과 자신의 의견을
노인에게 말해주고 싶었다. 노인은 치 노인과 윈메이 보다는 훨씬 이해
력이 앞섰다. 그러나 좋은 소식이 아닐 때면, 노인은 아무 말도 안하고
먼 곳을 바라보며 멍을 때렸다. 그는 이전과 다르게 마음 여리게 친구와

얘기를 나누는 것 같지 않았고, 친구 얘기를 마치면 말 속에 담긴 맛을 음미하려고만 했다—그는 자기의 마음을 자신의 가슴 속에 잠가두고 있었다.

그는 무언가 매우 중요한 비밀을 지켜야 하는 큰 계획을 세운 것 같았고, 말을 적게 할수록 더욱 제대로 마음 속에 말들을 잠궈 놓아야 한다는 생각을 하는 듯했다. 루이쉬안은 거짓말 할 수도 거짓 소식을 날조할 수도 없었지만, 때때로 노인이 의기소침해지는 것을 원하지 않아서 난처했다. 그는 완전한 거짓말을 하지는 못하고, 좋은 소식은 과장하곤 했다. 좋고 나쁜 소식이 균형을 이루게 해서라도 노인의 고통을 덜어드리고 싶었다. 그러나 좋은 소식은 듣자마자 노인은 곧 술을 마시고자 했고, 술은 투병 중인 분이 마셔서는 안 되는 것이었다.

첸 시인이 많이 변하셔서 때때로 루이쉬안을 아주 힘들게 했다. 그렇지만 루이쉬안은 매일 그를 자주 보러 가서 돌보아 드리고, 얘기도 나누었다. 그에게 첸 선생을 돌보는 것은 일종의 종교적 의무처럼 되었다. 하루라도 못 가보면 스스로 용서할 수 없는 죄를 지은 것 같이 괴로웠다.

첸 선생은 관샤오허에 대해서 관심을 두지 않은 것 같았다. 진싼에나 루이쉬안이 우연히 관 씨 집 얘기를 꺼내도 입을 다물고 아무 말도 하지 않고 묻지도 않았다. 몸이 불편해지거나 마음이 편치 않을 때 하필이면 관 씨 집에서 큰 소리로(술 먹기 내기로) 가위 바위 보를 하거나, 호금을 타거나, 창극을 할 때는 "정말 싫어"라고 겨우 한 마디하고 자는 척 눈을 감았다.

루이쉬안은 노인의 마음을 속속들이 읽을 수 없었다. 노인은 정말 지난 일은 모두 잊었는가? 보복하려고 흔적을 드러내지 않기 위해서 잊어버린 척 하는건가? 정말 첸 선생은 이미 하나의 수수께끼로 변했다. 루이쉬안이 애초에 첸 선생을 존경했던 것은 노인의 성실함, 시원시원함, 솔직함 같은 시인의 기질 때문이었다. 지금 그는 노인이 낙담해서 솔직한 말 한 마디 차마 할 수 없는 사람이 될까 두려웠다. 아니다, 노인이 그런 사람으로 변하진 않을 거야. 루이쉬안은 마음속으로 간절히 기원했다. 그러나 몸이 완전히 회복한 후에, 그는 대체 뭘 하려는 생각인?—참으로 수수께끼다!

진싼예가 오는 횟수가 줄었다. 사돈의 병이 하루하루 좋아지고, 관 씨 집도 감히 트집을 잡으러 오지 않는다는 것을 알고 늘상 올 필요가 없다고 생각했다.

그러나 그가 올 때마다 첸 노인은 특히 기분이 좋았다. 거의 루이쉬안이 질투를 느낄 정도였다. 루이쉬안은 옛날에는 첸 노인에게 진싼예는 나쁘지 않은 친구이나, 대단히 여길 만한 사람은 아니었다는 점을 잘 알았다. 시인의 마음속에 등급이 사라져서, 왕래하는 사람 모두를 일률적으로 평등하게 친구로 삼는 것일 수도 있었다. 하지만 루이쉬안은 노인이 결국 친구의 높낮이를 어느 정도 구분할 수밖에 없다는 것을 알았――확실히 옛날에 진싼예가 첸 노인에게 이렇게까지 환영받진 않았음을 루이쉬안은 잘 알고 있었다.

루이쉬안은 진싼예가 간병할 때 두 노인이 무슨 이야기를 하는지 유심히 살펴, 첸 노인이 진싼예를 환영하는 이유를 알아내려 했다.

그는 답답했다. 진싼예의 이야기는 평소와 다름없이 아주 간단하고 거칠었으며, 말하는 것조차 일상적인 것이었다. 지혜를 넓히거나 생각을 깊게 할 내용이라고는 없었다.

바오딩 함락 경축 이튿날, 루이쉬안은 첸 씨 집에서 진싼예를 만났다. 날씨가 변할 조짐이 보이는 날이었다. 하늘에는 비가 내리지 않고 단지 햇빛을 가리는 회색 구름이 떠 있었다. 서풍이 차갑게 불어왔다. 나뭇잎들이 휘날렸다. 루이쉬안은 낡고 얇은 면 덧옷을 입고 있었다. 진싼예는 여전히 길고 큰 두터운 흰 면 저고리를 입고, 구리 단추가 달린 푸른 조끼를 덮어 입고 있었다―이미 30년이나 된 낡은 물건이고, 푸른색이 어두운 누런 색으로 바뀌었다. 가슴 쪽에는 찢어진 곳이 있었다. 조끼 위에는 남색 무명 요대를 매고 있었다.

첸 시인의 몸은 만신창이가 되어 날씨 변화에 아주 민감했다. 그는 온몸이 쑤셨다. 진싼예가 오자마자 이렇게 말했다.

"날씨가 변하겠구먼. 바람이 굉장히 차구나!"

"차다니? 나는 땀이 나는데!"

정말이었다. 진싼예의 이마에는 땀방울이 송송 맺혀있었다. 주머니에서 작은 보자기만한 손수건을 꺼내어 마치 다른 사람의 머리를 닦듯이 자기의 대머리를 쓱쓱 문질렀다. 문지르면서 루이쉬안을 향해서 인사를 했다. 루이쉬안에 대한 그의 태도는 많이 변했지만 리쓰예에게처럼 친숙해질 수 없었다. 앉아서 한참이나 지나서야 사돈에게 물었다.

"좀 나아졌지??"

첸 노인은 거의 고의적으로 동정을 구하는 듯이 몸을 움츠렸다.

가련한 목소리로 말했다.

"좀 좋아진 것 같아! 오늘은 또 많이 아파! 날씨가 변하려나!"

말하고 나서 노인은 눈을 껌벅이면서 위로의 말을 기다렸다.

진싼예는 빨간 코를 누르고 큰 종소리 같은 우렁찬 소리로 말했다.

"아마 날씨가 변하려는 가 봐! 요양하면서 참는 수밖에 없어! 아픈 것을 참다보면 차차 아픈 것이 사라질 거야!"

루이쉬안이 보기에 진싼예의 말은 하건 말건 별 의미가 없었다. 그러나 첸 노인은 대단한 뜻 있는 위로의 말을 들은 듯이 연신 머리를 끄덕였다. 루이쉬안은 당초에 진싼예가 첸 시인을 숭배해서 멍스에게 자기 딸을 준 것으로 알고 있었다. 지금 보니 첸 시인도 진싼예를 숭배하고 있었다. 왜일까? 그는 알 수 없었다.

진싼예는 10분 쯤 앉아 있었다. 첸 노인이 무슨 이야기를 할라치면, 그는 말끝마다 그냥 '그래요' '아니요'라고 대답할 뿐이거나 때때로 아무 뜻도 없는 짧은 말을 간단하게 할 뿐이었다. 첸 노인이 아무 말도 하지 않으면 그는 말없이 멍청하게 앉아있었다. 세월없이 앉아 있던 진싼예가 돌연히 일어났다.

"딸 보러 가요." 그는 밖으로 나갔다.

그는 서쪽 방에서 첸 씨 댁 며느리와 두서너 마디 나누더니, 작은 의자를 찾아내어 뜰에 앉았다. 그러고는 관동 잎담배를 깊이 들이마셨다. 담뱃대를 축담돌에 말끔히 털더니 일어나서 방에 들어오지도 않고 창 밖에서 소리쳤다.

"나 가요! 다시 오리다!"

진싼예가 나간 지 한참 지나서 첸 노인은 루이쉬안에게 말했다.
"요즈음 같은 세월에 진싼예 같은 몸을 가진 사람이 우리 같이 뱃속에
책이나 넣고 있는 사람보다는 훨씬 더 좋은 것 같다! 세 명의 지식인은
한 명의 전투병보다 못하다!"

루이쉬안은 분명히 알아들었다. 알고보니 노인은 진싼예의 신체를
부러워했던 것이다. 왜 그럴까? 노인은 복수를 하려고 한다. 여기에
생각이 미치자 그는 몇 분 동안 노인을 지그시 바라보았다. 그렇다.
그는 분명히 알 수 있었다. 노인은 모양만 변한 게 아니라 인간 전체가
변했다. 누가 개미 하나 상처 입히지 못하는 시인이 무력과 신체를
부러워하고 심지어는 숭배까지 하리라고 상상이나 했겠는가? 움푹 들
어간 볼과 수시로 풀려 버리는 눈빛을 보고서 루이쉬안은 감히 노인이
완전히 건강을 회복하여 복수할 계획을 세우고 실행할 수 있으리라고
상상할 수 없었다.

그러나 노인이 복수 할 생각을 가지고 있는 것조차 존경할만하다고
생각했다. 그는 노인과 중국이 모두 마찬가지로 존경할 만하다고 생각
했다. 중국은 더 이상 참을 수 없을 때가 되어도, 군비가 부족하다는
것 때문에 항전을 그만둘 수는 없을 것이다. 그래서 노인도 치욕과
고문을 당한 후에, 신체와 정력을 고려한다는 이유로 복수를 생각하지
않을 수 없는 것이다. 평화시대에 루이쉬안은 전쟁을 반대했다. 그는
국가 사이의 무력 충돌을 반대할 뿐만 아니라 개인 간의 폭력도 인류의
야만성을 드러내는 증거로 보았다. 지금은 분명히 보게 되었다. 자기의
반전사상은 전원시가 같이 안일하고 착실한 문화에 뿌리를 두고 있다.

이 문화는 사실 좋은 문화일지도 모르지만, 두드러진 결함을 지니고 있었다. 쉽게 폭도들에게 유린되어 멸망에 이르기 마련이라는 것이다. 멸망을 불러일으키는 것은 무엇이거나 무슨 이치이거나 제때에 교정되어야 한다. 베이핑이 이미 멸망을 경험했는데, 지금 바로잡는다 하면 늦지 않았을까? 루이쉬안은 말이 나오지 않았다. 그는 생활이나 취미 일체가 전원시와 같았던 첸 선생이 현재는 일체를 고려하지 않고 신체만 건강해져서 보복하려 하고 있는 것을 알 수 있었다. 그는 노인의 용기를 존경하지 않을 수 없었다. 노인은 때가 적절한지 늦었는지 고려하지 않고, 한번에 술이나 마시고 꽃이나 기르던 은사(隱士)에서 피를 흘릴 각오가 된 전사가 되려고 한다. 나라가 곧 망하려는 시기에, 무릇 뜨거운 피를 가진 사람이면 마땅히 그래야 되지 않을까?

그는 노인을 존경하기 때문에 자신이 부끄러웠다. 그의 머리는 하루 종일 팽이처럼 맴돌기만 하고 하나도 결정을 하지 못한다. 그는 자신을 생각만 하는 폐물이라고 부를 수밖에 없었다!

첸 선생이 눈을 감고 있는 틈을 타서 루이쉬안은 밖으로 나왔다. 뜰에서 첸 씨 댁 며느리가 옷을 세탁하고 있는 것을 보았다. 그녀는 임신 3개월이 되었다. 멍스가 죽을 때 그녀의 옷이 두꺼워서, 모두가 그녀가 임신한 줄 몰랐다. 최근에 그녀의 배가 부르기 시작했다. 진쌴예가 며칠 전에 그 희소식을 사돈에게 전했다. 첸 선생이 집에 온 이래 웃은 적이 없었는데, 그 소식을 듣고서는 웃고 웃었다. 그리고는 진쌴예가 이해 못 할 말을 몇 마디 했다.

"싸울 줄 아는 놈을 낳아라!"

루이쉬안은 그 말을 들었을 당시에는 무슨 의미인지 깨닫지 못했다. 오늘 첸 씨 댁 며느리를 보고서 그 말을 떠올리니, 무슨 의미인지 확실히 알게 되었다.

첸 씨 댁 며느리는 외모가 특출나진 않았지만, 눈썹과 눈이 단정하여 볼만했다. 그녀는 머리를 단발로 자르지 않았고, 완전히 검진 않은 머리를 잘 빗어서 두 가닥으로 갈랐다. 그리고서는 흰 끈으로 묶었다. 그녀는 키가 크지 않지만 꽤 튼튼했다. 허리가 꼿꼿해서 모든 억울함을 짊어질 수 있는 것 같이 보였다. 그녀는 말하는 것을 좋아하지 않아서 말하지 않을 수 없을 때는 때때로 손짓으로 혹은 표정으로 말을 대신했다. 이를 잘 알지 못하는 누군가가 그녀를 따라가 말을 하고 대답하길 요구한다면, 그녀는 얼굴이 빨개지기는 하지만 말을 하지 않았다.

루이쉬안은 그녀와 말을 많이 할 수 없어서 북쪽 방을 가리키면서 말했다.

"또 잠드신 거 같네요.

그녀는 머리를 끄덕였다.

루이쉬안은 그녀를 볼 때마다—자기의 좋은 친구—멍스가 생각났다. 여러 번 '멍스 군은?'하고 물어 볼 뻔했다. 이러한 실수를 피하기 위해서 그는 늘 그녀의 흰 머리끈을 보고, 그녀를 난처하게 하지 않기 위해서 되도록 말을 많이 하지 않으려 했다. 오늘도 그는 전처럼 말을 많이 할 염두를 내진 못했지만, 그녀를 조금 더 지켜보았다. 그는 그녀가 젊고 가련한 과부일 뿐만 아니라, 크나큰 책임을 지고 있는 모친인 것을 깨달았다. 그녀가 첸 씨 집과 중국을 위해서 복수를 할 수 있는 아이를 낳아 줄 수 있기를 기원했다.

이러한 생각을 하면서 부지불식간에 집에 들어갔다. 샤오순얼 애미가 샤오순얼을 큰 소리로 야단치며 때리고 있었다. 그녀는 아이들을 매우 귀여워했지만 매우 엄하게 길렀다. 그녀는 학교 교육을 받지 않았다. 하지만 살림 살고 아이들 양육하는 문제에 이르면, 일부 여인들보다는 훨씬 더 현명했다. 학교 교육을 받고 현모양처가 되어야 한다는 데는 반대하지만, 불행히도 아내와 어머니가 되어서 집과 아이를 함께 망치는 여인들 말이다. 그녀는 아이들이 나쁜 습관이 들어 응석받이가 되지 않게 하려고 애썼다. 그녀는 때때로 아이들에게 매를 들 필요가 있다는 것을 알고 있었다.

루이쉬안은 아이들에게 엄하지 않았다. 그는 아이들에게 아버지가 아니라 친구였다. 그는 언제나 아이들에게 덤벙대면서 함께 놀아주고 허튼소리를 했다. 그가 기분이 좋지 않을 때는 아이들이 자연히 알아채고 떨어져 갔다. 그는 윈메이가 아이들을 다루고 있을 때는 중립을 지켜서 아이들을 감싸거나, 그녀의 위세를 돋구어 주지도 않았다. 그는 부부가 아이들 교육 때문에 다투면 자녀 교육뿐만 아니라 가정 전체의 질서가 파괴된다고 생각했다. 이런 일은 일어나서는 안 되는 것이었다.

샤오순얼 애미가 남편에게서 자녀교육의 '특권'을 넘겨받았지만, 그녀가 그 특권을 사용할 때는 다른 곤란을 겪었다. 시어머니는 속세에 밝은 사람이었다. 그녀가 자신의 아이들을 교육할 때는 윈메이와 똑같이 공평하고 단호했다. 그러나 이제는 늙었다. 그녀는 손자 손녀가 받는 교육이 자기의 자녀들이 왕년에 받았던 교육과 동일하길 바랐다.

다만 그녀는 며느리가 아이들을 너무 엄하게 다루고, 때가 되면 멈추면 중도의 방식과는 어울리지 않는다고 여겼다. 그녀는 원래 말을 하고 싶지 않았지만, 자기가 허락하지도 않았는데 말이 자동적으로 튀어 나오는 것 같았다.

조모라는 고개를 넘어도 또 넘어야할 산이 있었다. 샤오순얼은 큰할 아버지에게 구해달라고 애원하여 어머니의 손바닥이나 작은 빗자루가 허공을 치도록 했다. 치 노인에게는 증손자와 증손녀가 천사나 다름없 어서, 어떤 잘못도 저지르지 않는 귀염둥이었다. 설사 잘못한 일이 있더라도, "애들이 장난을 치는 것은 당연하지 않은가?"라고 말했다.

치 노인과 톈유를 제외하고도, 루이펑이라는 난관이 있었다. 그는 별로 참견하는 것을 좋아하진 않았지만, 기분이 좋을 때는 샤오순얼과 뉴쯔를 감싸고 돌아서 아이들이 매를 맞지 않게 했다. 또 거짓말로 벌을 피하는 방법까지 알려줬다.

그때 막 루이쉬안이 대문에 들어서자 샤오순얼의 살려달라고 애걸하 는 날카로운 곡성이 들렸다. 그는 윈메이가 이런 울음소리를 싫어한다 는 것을 알았다. 이는 진짜 울음소리라기보다는, 조모와 큰할아버지의 간섭을 끌어들이는 소리였기 때문이다. 과연 그가 대추나무 아래에 이르자 남쪽방에 계시는 병든 할머니가 이미 일어나 앉아서 문에 붙은 유리를 통해 밖을 내다보고 있었다. 루이쉬안을 보자 늙은 어머니가 불러 세웠다.

"큰애야! 샤오순얼 애미더러 애 자주 때리지 말라고 해라! 요즈음 애들이 어디 먹을 걸 제대로 먹니, 마실 걸 제대로 마시니, 그런데 저렇게 매섭게 때리면 견디겠니!"

루이쉬안도 마음속으로 말했다.

"어머니 말씀은, 오늘 샤오순얼이 어떤 잘못을 해서 얻어맞는지와는 별 관계가 없어요!"

그러나 그는 머리를 끄덕이며 '전장'을 향해 나아갔다. 그는 병든 어머니와 왈가왈부하는 것을 좋아하지 않았다.

'전장'에서는 윈메이가 눈을 부라리고 샤오순얼을 나무라고 있었으나, 샤오순얼은 이미 안전하게 큰할아버지에 안겨서 숨어 있었다. 샤오순얼은 매섭게 울면서, 어머니에게 도전하고자 하는 자신의 의도를 표시했다.

치 노인은 증손자의 눈물을 닦아주면서 낮은 소리로 중얼거렸다. 할아버지는 목소리를 낮게 할 수밖에 없었다. 첫째로 손부를 큰 소리로 나무라는 것이 멋쩍었고, 둘째로는 이치를 아는 손부가 아무 이유 없이 아들을 닦달할 사람이 아니라는 것을 알기 때문이었다.

"착하지!"

그는 중얼거렸다.

"울지 마라! 이렇게 착한 애가 매를 맞다니? 정말!"

루이쉬안은 알아들었다. 어머니는 요즈음 손자가 제 먹을 것을 다 먹지 못하니 조금 잘못이 있더라도 때려서는 안 된다는 것이었다. 할아버지는 '얼마나 착하니'라며, '착한' 아이가 얼마나 장난이 심하든지간에 꾸짖어선 안된다고 표현하는 것이었다.

뉴쯔는 오빠가 얻어맞는 걸 보고서 자기도 연루될까 두려워 자기만의 비밀스런 곳에 숨어 있었다. 사실상 비밀스런 곳이라 할 수 없는 석류분 뒤에 숨어서 작은 눈을 깜박이며, 석류분 옆으로 밖을 몰래 내다보고 있었다.

루이쉬안은 할아버지에게서 자기 딸에게로 시선을 옮겼다가 아무 말 없이 자기 방안으로 들어갔다. 방안에 이르자 자신에게 말했다.

"이게 바로 망국의 가정교육이다. 눈물, 고함소리, 불합리한 편들기만 있고 어디에도 기개가 없다! 첸 노인은 싸울 아들을 희망한다고 말하고 있다―일본인에게 독한 매를 맞고 난 후에―철저하게 각성한 것이다. 싸울 줄 아는 아이들은 결코 많지 않으며, 빨리 그런 아이를 많이 낳아야 한다. 하지만 너무 늦어버린 건 아닐지? 일본인들이 베이핑을 점령하고 있을 때는, 중국인이 자유롭게 아이들을 교육시켜서 능히 전투할 수 있는 전사로 육성하도록 허락할 리가 없다. 첸 시인의 깨달음이 이미 너무 늦은 것이 아닐까?"

혼자서 이렇게 중얼거리고 있을 때 뉴쯔가 밖에서 갑자기 뛰어들어왔다. 뜰에는 아무 소리도 나지 않았다. 루이쉬안은 뜰에서는 풍랑이 잦아들었다는 것을 알았다. 그래서 뉴쯔가 활동할 수 있었다.

뉴쯔는 의기양양함과 교활함이 섞인 표정으로 아버지에게 말했다.

"오빠가, 맞았어! 뉴뉴는, 숨었어! 화분 뒤에!"

말을 마치자 꽤나 귀여운 하얀 이빨을 드러내고 웃었다.

루이쉬안은 뉴쯔에게 차마 이렇게 말할 수는 없었다.

"이 교활하고 고약한 녀석, 원시인처럼 교활하고 못됐구나! 위험을 무서워해서 의리가 없다!"

그는 이렇게 말할 수 없었다. 그는 뉴쯔가 모친과 할아버지의 품속에서 이빨이 안 났을 때부터 귀여운 이빨이 다 날 때까지 자랐다는 것을 안다. 그 어린 것의 교활함은 태생적인 것이 아니라, 여러 대에 걸친 잔머리가 가르쳐준 것이다! 이렇듯 여러 대에 걸쳐서 내려온 잔머리는 베이핑을 잃을지언정, 자녀들에게 뺨을 맞는 고통을 가르치지는 않았다!

28

　의도적이든 의도적이지 않든, 관 선생이 친구를 사귀는 데는 일정한 법칙이 있다. 그는 언제나 최근에 사귄 친구일수록 열을 낸다. 그것은 아마 원하는 게 있어서 친구를 사귀기 때문일 것이다. 새로운 흥미가 지나고 나면 마치 싸늘하게 식은 만두처럼 열기가 점점 소멸된다.

　현재는 란둥양이 관 선생의 보배다.

　우리는 관 선생이 가장 최근에 사귄 친구에게 가장 열을 내는 원인을 알기는 하지만 그의 기교에 탄복하지 않을 수 없다. 그 기교는 노력해서 학습한 결과가 아니고, 모두가 천부적 산물인 것이나 다름없다. 관 선생의 천부적인 재능이 보이는 곳은 바로 '무료함'을 추구하는 것이다. 그는 일체의 무료함을 꿰고 있다—무료한 미소, 무료한 일문일답, 무료하게하게 이빨을 드러내는 것, 무료하게 눈을 껌벅이는 것, 무료하게 지구는 둥글다고 말하는 것, 혹은 샤오빙은 뜨거운 것이 먹기 좋다는 것…한 번 보면 오래 사귄 것처럼 되는 것, 초면인 친구를 자기의 친형제처럼 대하는 것, 때로는 자기의 친형제보다 더 친밀하게 대하기도 한다. 또한, 유용한 일은 하지 않고 쓸모없는 일만 해야 하는 문화 속에서, 베이핑의 문화처럼, 무료한 천재는 모든 응용 도구를 물고기가 물을 만나듯이 쉽게 찾을 수 있다. 관 선생은 천재인 동시에 베이핑 사람이기도 했다.

정반대로 란둥양은 베이핑에 10여 년 살았어도 문화가 없었다. 란둥양의 야심은 컸다. 야심이 컸기 때문에 그는 베이핑이 문화가 있는 곳이라는 것을 잊었다. 그는 부끄럼 없이 자기가 문화의 엔지니어라고 큰소리 쳤지만, 생활이나 학식 면에서 문화의 내용이나 문화의 문제에 주의를 기울이지 않았다. 그가 가장 관심을 가지는 부분은 권력, 여자, 돈 그리고 허울 좋은 문예인이라는 호칭이었다.

이 때문에 관샤오허의 경박한 뻔뻔함이 갑자기 란둥양을 놀라게 하며 입을 짝 벌리게 하고 말문을 막히게 했다. 샤오허가 담배, 술, 차의 먹고 마시는 법을 들먹이면 둥양은 거의 그런 것들을 몰랐다. 관 씨 댁에서 상이 차려지기에 이르러서는 그는 관 선생을 더 존경하게 되었다—관 선생은 절대로 허튼소리 하는 법 없이 정말 이것저것 잘 즐기고 잘 놀았다. 그가 처음 베이핑에 왔을 때는 둥안시장에 가서 텐진만두나 다롄 휘샤오92를 먹으러 가고, 좁쌀죽을 마시러 가는 것이 바로 즐기는 것인 줄 알았다.

• • •

92 휘샤오의 일종. 휘샤오는 각종 소와 양념을 밀가루 반죽 안에 넣어 기름으로 지져 만든 음식이다..

몇 년을 베이핑에서 산 후에야 겨우 서부역 서양요리, 둥싱러우의 중국요리가 입에 담을 만한 요리라는 것을 알게 되었다. 오늘 그는 겨우 상점에서 파는 요리와 밥은 아무리 정갈하고 세밀하더라도 생활 예술이라 할 수 없다는 것을 알았다. 관 선생은 짠지 요리 한 접시에도 관심을 가지고 한 잔의 차와 한 잔의 술의 색, 향기, 맛과 잔을 더 많이 생각하고 연구했다. 그것이 마시고 먹는 것이고 역사이고 예술이다. 그렇다. 관 선생은 술자리를 베풀기 위해서 여러 접시의 음식으로 식탁을 꽉 채우진 않았다. 그러나 자기 집에서 만드는 몇 가지 종류의 요리는 베이핑의 요리점에서 먹을 수 없는 것이었다. 란둥양은 지금까지 일본인을 제외하고 쉽게 사람을 존경하지 않는 사람이다. 지금은 관 선생을 존경한다.

　　술과 밥 외에 관 선생의 눈, 코, 입술, 눈썹, 목구멍에서 따뜻한 바람이 나오는 것을 느꼈다. 마치 복숭아꽃이 피었을 때 얼굴을 스쳐도 차갑지 않은 봄날의 바람과도 같았으며, 복숭아 빛 감정을 자아내어 간질간질하게 하는 기분이 좋은 바람이었다. 관 선생의 친절에 둥양은 자기도 모르게 눈물이 나려했다. 그는 지금까지 자기는 압박을 받는 사람이라 여기곤 했다. 자기의 말이 안 되는 원고가 종종 반려되었기 때문이다. 오늘 관 선생은 자기가 대문에 들어서자마자 그를 시인으로 부르고, 술을 두어 잔 마신 후에는 자기 시를 두어 수 낭독해 달라고 요구했다. 그의 시는 아주 짧아서 낭송하는데 시간이 걸리지 않았다. 낭독이 끝나자 관 선생이 환호하고 박수쳤다. 박수가 끝나도 입을 닫지 않았다. 겨우 입을 닫고 그는 지극히 엄숙하게 말했다.

"좋아요! 좋아요! 아주 좋아요!"

란 시인의 입이 관자놀이까지 찢어져서 한참이나 다물지 못했다.

한 사람을 치켜세워 주는 일은 상당히 용기가 필요한 일이다. 관 선생은 용기가 있었다—그는 체면을 차리지 않을 줄도 안다.

"가오디!"

관 선생은 친절하게 큰딸을 불렀다.

"너 신문예를 좋아하잖니? 둥양 선생님에게 배워!"

이어서 둥양에게 말했다.

"둥양 선생, 당신 여제자 한 명 받구려!"

둥양은 대답을 못했다. 그는 주야로 여자를 생각한다. 그러나 여자만 보면 말이 제대로 나오지 않았다.

가오디는 머리를 숙이고 있었다. 그녀는 여위고 더럽고 볼품없는 시인을 좋아할 리가 없었다.

관 선생도 딸이 손님에게 은근하게 대하기를 바랐다. 가오디가 아무 말도 하지 않은 것을 보고 그는 급히 작은 자기 술병을 들고 손님에게 권했다.

"둥양, 이 한 근 술 당신 꼭 마셔야 돼요! 먼저 잔을 비워요! 오우! 오우! 그래요! 좋아요. 비워요. 아예 이 술 한 주전자 다 당신 드리니, 편하신대로 스스로 따르시죠! 우리 양심 있게 술 마십시다! 나와 루이펑은 따로 한 병 데우겠소!"

루이펑과 뚱보 아내는 위협을 느꼈지만—둥양은 원래 자기 것인데 지금은 관 선생에게 빼앗긴 모양새였다—기분이 여전히 좋았다. 우선 다츠바오가 남편이 둥양에게 전력을 쏟는 것을 보고, 루이펑 부부가 본인들이 소홀해졌다고 느끼지 않게 하기 위해 힘썼다. 둘째로 그들 부부는 왁자지껄하는 것을 좋아하고 좋은 술과 밥이 있으면 떠들기 마련이다. 그들 둘도 곧 눈앞의 쾌락을 파괴할 사정이 아니라고 생각하기로 결정했다. 루이펑의 말에 의하면 잘만 먹여준다면 다 먹고 난 뒤 머리가 잘려도 안 될 것 없는 것 같았다. 뚱보 아내는 이 외에도 말하기 부끄럽지만 기분이 좋은 이유가 있었다. 둥양이 그녀를 쉴 새 없이 쳐다보았던 것이다. 그녀는 그녀가 관 씨 집 두 딸의 코를 납작하게 했다고 생각했고, 자랑스러워했다. 사실 둥양은 여자를 볼 때마다 실질적인 남녀 문제를 생각했다. 실질적인 문제로 따지면, 그는 뚱뚱한 루이펑 아내가 처녀들보다 더 사랑스러워 보였다.

자오디는 '두꺼비' 같은 란둥양을 잘도 놀렸다.

예쁘게 웃고는 둥양에게 물었다.

"저에게 말씀해 주세요. 어떻게 하면 문학가가 되지요?"

그의 대답을 기다리지 않고 자기 의견을 말했다.

"이도 안 닦고, 세수도 안 하면 좋은 문장을 쓸 수 있죠?"

둥양의 얼굴이 붉어졌다.

가오디와 유퉁팡이 킥킥 웃었다.

관 선생이 자연스럽게 술잔을 들고 둥양을 향해 머리를 끄덕였다.

"자, 자오디에게 벌주 한 잔, 우리도 함께 한 잔, 누가 저런 애를 여자애라고 한다냐!"

저녁을 먹고 모두 유퉁에게 한 곡을 청했다. 퉁팡은 새 친구가 있는 자리에서 '원래의 모습을 노출'하는 것을 굉장히 싫어했다. 그녀는 한 이틀 감기가 들어 목이 좋지 않다고 말했다. 루이펑은—그녀에게 마음이 기울여져 있었기에—그녀를 도와 몇 마디 해서 위기를 넘겨주었다. 퉁팡은 이 죄를 속죄하는 의미로 마작을 하자고 제의했다. 루이펑은 관 씨 집 마작 솜씨가 매섭다는 것을 알기에 감히 응하지 못했다. 뚱보 아내는 남편보다 간이 컸지만 열렬히 찬성을 표하지 않았다. 란둥양은 원래 '수전노'였다. 그러나 지금은 8할은 술에 취한 데다가 거기에 여러 명의 여자도 있었기에 대담하게 말했다.

"나도 하지! 좋았어, 열여섯 판! 더도 말고 덜도 말고 열여썼 판만 하자!" 그의 혀가 이미 말을 제대로 듣지 않았다.

다츠바오, 퉁팡, 자오디, 둥양 4사람이 게임에 참가했다.

자오디는 루이펑 부부가 너무 어색해할까봐 뚱보 아내에게 자기 대신 한두 판 하라고 부탁했다.

관 선생은 약간 주기가 있었다. 가는 가죽 띠를 두른 노란 배 두 개를 가지고 와서 루이펑에게 머리를 끄덕였다. 루이펑은 배 한 개를 받아서 주인을 따라 마당으로 나왔다. 두 사람은 등불 아래서 천천히 왔다 갔다 했다. 관 선생은 확실히 주기가 있었다. 그는 갑자기 피식 웃었다. 그러고 나서 친근하게 불렀다.

"루이펑! 루이펑!"

루이펑은 배곯은 원숭이가 배를 갉아먹듯이 쩝쩝하는 소리를 내면서 다 씹지도 않고 입술을 다셨다. 입 속이 배로 가득해서 코로만 대답했다.

"응!"

"자네 비판해봐!"

관 선생의 말은 겸허했지만 마음은 교만하게 말했다.

"자네 예의 생각지 말고 나를 비판해봐! 자네 보기에 내가 친구를 초대할 때 주도면밀하지 않은 곳이 있어?"

루이펑은 쉽게 감동한다. 관 선생의 '아래 사람에게 묻는 것을 부끄럽게 여기지 않는' 태도에 루이펑이 자기도 모르게 감동한다. 재빨리 배 찌꺼기를 뱉고 말했다.

"저는 절대로 거짓말은 하지 않습니다. 당신… 나무랄 곳이 없습니다!"

"그래? 다시 잘 생각하고 비판해봐! 봐봐, 이…"

그는 적당한 말이 생각나지 않아서 더듬거리다 말을 이었다.

"이…아, 이 친근한 성격으로 일본인과 왕래하면 그럭저럭 괜찮겠지? 자네 보기에 어때? 평가 좀 해봐!"

"반드시 되지요! 반드시!"

루이펑은 일본인을 대접한 적 없었다. 다만 좋은 술과 좋은 요리를 대접하면 그들도 산채로 사람을 잡아먹진 않을 것이다.

관 선생은 웃었다. 그러나 곧 한숨을 내쉬었다. 술기운이 그를 약간 감상적으로 만들었고, 마음속으로 말했다. '이 정도의 재주가 있는데도 세상을 만나 제대로 재주를 펴지 못하다니!'

루이펑은 한숨소리를 듣고 무슨 말을 하기가 불편했다. 그는 우울이나 감상을 싫어했다. 그는, 쾌락, 아무리 하찮고 뻔뻔스러운 쾌락이라도 숭고한 슬픔이나 원망 따위보다 더 낫다고 생각했다. 그는 바쁘게 방안으로 들어갔다. 샤오허는 반쪽짜리 배를 들고 마당에 서있었다.

문장이 안 통하는 사람은 마작을 잘한다고들 한다. 둥양은 마작을 잘 둔다. 그는 처음 시작하자마자 연속으로 두 판을 이겼다. 이 두 판 모두는 루이펑 아내가 낸 충 패[93]에 힘입어 이긴 것이다. 그녀가 세상물정에 밝았으면 당연히 손을 놓고 자오디를 불렀을 것이다. 그러나 그녀는 그러지 못했다. 오늘이라고 그녀가 버릇을 바꿀 리 없다. 루이펑은 이런 상황에 다소 예민했지만. 아내의 기분을 망치고 싶지 않았다. 그가 만약 그녀를 그만두게 하면, 적어도 하룻밤 숙면을 희생하고 밤새 마누라의 잔소리를 들어야 했을 것이다. 다츠바오는 뚱보 부인에게 암시했다. 그녀는 일본인은 마작에서 충 패를 놓는 사람이 돈을 내야 한다 말했다. 뚱보 부인은 인정하려 들지 않았다. 한 판이 끝나자 다츠오는 자오디를 불렀다.

"너희들 치는 것을 보니까 네 패 때문에 치 부인이 힘들어하겠어! 얼른 와! 치 부인을 좀 쉬게 해드려!"

뚱보는 그때서야 어쩔 수 없이 상황을 정리하고, 얼굴이 빨개지면서 작별했다. 루이펑은 이러한 상황이 보기 안 좋을까봐 두려워, 바로 몇 마디를 대충 꺼냈다.

"두어 판 더 하지! 아직 이른데!"

둘째 판에서 둥양은 두 번 승리의 기미를 보았지만 바로 승리로 이끌지는 않았다. 그는 시기가 이르다 생각해서 패를 몇 개 바꾸고,

. . .

93 마작에서 상대방이 자신이 원하는 패를 놓도록 유도하여 그 패로 이기게 하는 전략을 의미한다. 이를 통해 상대방에게 점수를 주면서도 자신의 전략을 극대화할 수 있는 상황을 연출할 수 있다.

한 번이라도 더 승리를 거두려고 계획했다. 그는 너무 욕심이 많았다. 결국 두 번 모두 승리하지 못하자, 그는 자신감을 잃었고, 점점 더 초조해지고, 운이 계속 나빠졌다. 그는 이길 줄은 알아도 질 줄 모르는 사람이어서 마작 매너가 없었다. 평소 자신이 비판이라고 생각하는 글을 쓸 때, 그는 항상 다른 사람의 단점을 공격했다. 그 단점은 사실 그가 하고 싶지만 할 수 없는 것이었다.

한 사람의 작가가 강연이나 정치적 의견을 발표하기로 약속하면 란둥양은 이를 자신을 주제넘게 나서는 자기 홍보로 간주했다. 사실상 아무도 그에게는 강연해 달라고 청하지도 않고 아무도 의견을 말해달라고 청하지도 않았기 때문이다. 질투가 풍자로 변하는 법. 그의 편협함은 그가 매우 용감하고 용감하게 나서서 싸우는 사람처럼 보이게 했다. 그는 패가 순조롭지 못할 때 마작도 그런 식으로 했다. 그는 패를 던져버리거나 골패를 욕했다. 다른 사람이 느리게 치는 것을 원망하고, 등불이 밝지 않다고 불평하고, 차가 식었다고 트집 잡았다. 자신은 조금도 잘못이 없고 다른 사람이 엉망으로 치기 때문에 패가 제대로 오지 않는다고 생각했다.

루이펑은 사태가 재미없이 되어 간다고 보고 가만히 뚱보 아내를 잡아 끌었다. 두 사람은 마작판을 깨지 않기 위해 작별도 고하지 않고 몰래 빠져나왔다. 관 선생이 재빨리 소리 없이 따라 나와서 큰길의 대문 부근까지 전송해주었다.

이튿날 루이펑은 학교에 도착하여 웃으면서 둥양을 향해 가오디 얘기를 했다. 둥양이 정말 뜻이 있다면 정말 중매를 하여, 화살 하나

로 새 두 마리를 잡듯이 란 씨와 관 씨를 손아귀에 넣을 수 있다고
생각했다.

루이펑은 둥양을 보고 그렇게 낙관할 수 없다는 것을 알았다. 둥양의
얼굴색이 잿빛이었다. 점점 찢어지려 하고 있었다. 그가 먼저 말을
걸었다.

"어제 저녁 관 씨 댁이 내놓은 술, 요리, 차, 밥이 합쳐 얼마 정도
나갈까요?"

루이펑은 이 질문이 호의적이 아니란 것을 알았다. 그래도 좋은
의도의 말로 여기듯이 대답했다.

"오우, 총 20위안은 되지 않을까요? 집에서 만드는 게 외부에서 주문
한 음식보다 싸다 해도 말입니다! 그런데 술은 그렇게 싼 게 아니니
적어도 한 근에 4~5 마오 할 거예요!"

"그들이 나에게서 80위안을 따갔어! 그 돈으로 네 번은 밥 먹을 수
있어!"

둥양의 노기는 여름 구름처럼 몰려왔다.

"그들은 당신에게 얼마 나누어주었어?"

"나에게 나누어준다고요?"

루이펑의 작은 눈알이 똥그랗게 되었다.

"당연하지! 그렇지 않으면 나는 그들과 조금도 관계가 없는데, 당신은
뭐타러 쌍방을 소개시켜준 거야?"

루이펑은 천박하고 뻔뻔스러웠지만 이런 무정하고 더러운 공격을
참을 수 없었다. 그의 작은 머리의 푸른 근육이 튀어 올라왔다. 그는

분명히 둥양이 만만하지 않고, 그에게 밉보여선 안 된다고 생각했다. 그러나 그는 체면을 위해서라도 너무 나약할 수 없다. 그는 베이핑인들의 버릇대로 먼저 예를 차리고 다음에 주먹으로 나갔다.

"당신 농담하는 거요, 아니면…"

"나는 농담하는 거 아냐! 내가 돈을 잃었다고!"

"마작하면 잃기도 하고 따기도 하는 것 아뇨? 잃는 것이 두려우면 판에 끼지 말아야지!"

말주변으로 말하면 둥양이 루이펑을 이길 수 없다. 그러나 둥양은 루이펑의 입을 두려워하지 않았다. 평소 루이펑의 처세, 위인, 태도를 두고 말하면 무시할 만한 부분이 많았다. 이 때문에 그가 무어라고 말하든 둥양은 그를 두려워하지 않았다.

"당신! 잘 들어!"

둥양은 개가 싸울 때처럼 냄새 나는 누런 이를 몇 개나 드러냈다.

"현재 나는 교무주임이야. 그리고 머지않아 교장이 된다. 너의 지위는 내 손아귀에 쥐고 있어! 내가 손을 저으면 너는 땅에 처박히는 거야! 내가 너에게 말하지. 80위안을 배상하지 않으면 반드시 너를 면직시킬 것이다."

루이펑은 웃었다. 그는 비록 경박하고 별 볼 일 없지만 결국 베이핑 사람이니, 무엇이 체면인지 쯤은 잘 알았다. 베이핑의 처녀들도 둥양처럼 편협하진 않을 것이다.

"란 선생, 당신은 유쾌하게 손가락으로 밤새 빨갛고 흰 마작판을 더듬었으면서 나에게 돈을 가지고 오라고. 하, 천하에 이렇게 공짜로 거저주는 일이 있나? 정말 있다면 내가 먼저 간다. 당신 차례는 오지도 않을 거야!"

둥양은 주먹을 쓸 용기는 없었다. 그는 피를 흘릴까 두려웠다. 그가 냄새나는 벌레를 잡을 때조차—그의 침상에는 벌레가 굉장히 많다—그는 눈을 감고 벌레를 문질러 죽이지 눈 뜨고는 차마 못 죽인다. 오늘, 그는 루이펑을 대수롭지 않게 본 나머지 이 말을 내뱉고 말았다.

"너, 돈 내놓지 않으면, 너를 때릴 수도 있으니 주의해!"

루이펑은 둥양이 이렇게까지 진지하리라고는 생각하지 못했다. 그는 후회했다. 그는 자기가 오지랖이 넓은 것을 후회했다. 그러나 자기가 오지랖이 넓은 것이 목적이 없는 것은 아니다. 둥양의 호의를 사서 일이 잘 되면 돈을 좀 만질 것 같아서였다. 자기 생각에는 잘못일리 없었다. 그는 자신을 양해했다. 이런 후회하는 마음은 왕잠자리가 물에 닿았다가 가볍게 날아가 버리는 것 같았다.

그는 돈이 없었다. 석 달 동안 월급이 나오지 않았다. 그는 학교의 '금고' 안에 불과 합계 10여 위안 밖에 없다는 것을 안다. 그는 학교와 자신이 궁핍하다는 것을 알고, 곧 둥양은 돈이 있다는 것에 생각이 미쳤다. 루이펑은 둥양의 돈이 일부는 신민회에서 받은 것이고 일부는 틀림없이 돈이라면 생명처럼 아껴서 모으고 절약한 것이라고 추측했다. 돈을 생명처럼 아껴서 먹는 것부터 씀씀이를 절약해왔다. 그렇게 아끼고 모은 돈을 쉽게 잃고, 한 번에 마작판으로 80 위안나 지고 싶어 할 사람이 어디 있을까? 루이펑은 이런 생각이 들자 둥양이 어째서 이렇게 조급해지는지 명백해져서 그의 무례를 용서하고 싶었다. 그는 웃으면서 말했다.

"좋아, 내 잘못이요. 제가 당신을 관 씨 댁에 데리고 가지 않아야했소! 그러나 나는 첫째는 좋은 뜻으로 한 것이요. 당신에게 가오디 양을 소개해주고 싶었어요. 당신이 그렇게 많은 돈을 잃을 것이라 생각이나 했겠소!"

"쓸데없는 소리 하지 마! 돈이나 주쇼!"

둥양의 산문은 그의 시보다 더 매끄럽고 간명했다.

루이펑은 둥양에 대한 우스운 얘기가 생각이 났다. 들리는 바에 의하면 둥양은 여자 친구에게 사준 빗이나 손수건 같은 선물을 그녀가 마음이 변하면 상세히 적은 명세서를 그녀에게 보내어 돌려주길 요구한다! 루이펑은 이런 웃기는 얘기가 사실이라는 것을 믿기 시작하면서, 동시에 아주 곤란해졌다―그는 그 정도 액수의 돈을 배상할 수도 없었고, 그가 책임질 일도 아니었다. 그러나 란둥양은 전혀 사리를 가리지 않고 막무가내로 나오고 있다.

"너에게 말하겠는데!"

둥양 얼굴의 근육이 모두 독 먹은 도마뱀처럼 전부가 떨렸다.

"너에게 말하겠어! 돈 안 주면 너의 동생이 베이핑을 탈출하여―이것은 너가 네 입으로 나에게 말한 것이다―유격대에 합류했다는 것을 상부에 보고하겠다! 너는 그와 내통하고 있다고 할 거다!"

루이펑의 얼굴이 하얘졌다. 그는 후회했다. 그렇게 철딱서니가 없어서, 란둥양과 친밀해지려는 속셈으로 그에게 집안일을 얘기하다니! 그러나 후회해도 소용없는 일. 그는 곤란한 사태를 해결할 방법을 생각해내야 한다.

그는 방법이 생각나지 않았다. 철딱서니 없이 저지른 일은 때때로 해결책이 없다.

그는 다급했다! 정말로 상부에 보고한다면 집이 몰수당할지도!

그는 가장 일 내는 것을 두려워하는 사람이다. 일내는 것을 두려워하기 때문에 성실하다. 성실하기 때문에 자신은 효자이고 현명한 손자라고 자부했다. 그러나 효자이자 현명한 손자인 그가 지금은 집안을 멸망시키는 화를 불러일으킬 판이었다!

그는 둥양에게 셋째가 탈출했다고 말했다. 순수하게 친밀을 표시하기 위해서였다. 만약 다른 원인이 있었다면 집안의 자질구레한 일은 제외하고 친구에게 말할 것이 없었다. 그는 둥양이 셋째가 유격대에 참가하고 있다고 밀고 나올지는 상상도 못했다! 그는 반박할 수가 없다. 그는 갑자기 일본 헌병과 헌병의 전기의자가 눈앞에 아른거리고, 가죽 채찍이 얼굴을 후려치는 생각이 났다. 그는 지금까지 일본인은 자기와 악랄한 관계는 생기지 않으리라고 생각했다. 그가 고분고분하게 반일 활동은 물론 어떤 말썽도 일으키지 않는다면 말이다. 오늘 생각지도 못하게, 일본인, 가죽 매와 족쇄와 몽둥이를 들고 있는 일본인이 갑자기 자기 앞에 서 있는 것만 같았다.

그는 깜짝 놀라 땀이 났다.

그는 매우 급해졌고, 심지어 먼저 발뺌하고 천천히 방법을 모색할 생각조차 잊어버렸다. 급함과 분노는 서로를 쫓아다니는 형제와도 같았다. 그는 눈을 부릅떴다.

둥양은 원래 싸우는 것을 매우 두려워하지만, 루이펑이 눈을 치켜뜨는 것을 두려워하지 않았다. 루이펑이 평소 그에게 남긴 인상이 너무 별로라서, 루이펑이 화나도 남을 칠 수 있으리라곤 생각지도 못했다.

"왜? 돈을 줄래, 아니면 너를 밀고할 때까지 기다릴래?"

사람이 당황하면 한 쪽으로만 생각하기 쉽다. 루이펑은 당황했다. 그는 다른 생각은 못하고 나쁜 쪽으로만 생각했다. 둥양이 최후로 협박을 하자 그도 생각이 났다. 정말 80위안은 배상해도 사정이 완전히 종결되는 게 아니다. 둥양은 기분 좋아지면 여전히 밀고할 수도 있는 법이다!

"어떻게 할래?"

둥양은 또 독촉을 하면서 앞으로 나아가, 루이펑에게 가까이 다가갔다.

루이펑은 미친개가 막다른 골목에 갇힌 것처럼, 이빨을 드러내어 반항할 수밖에 없었다. 그의 주먹이 자기 통제를 받지 않은 듯이 뻗쳐 나갔다. 그는 주먹이 어디에 닿을지, 과연 그곳에 닿을지 몰랐다. 그저 자기가 어디를 쳤다는 것만 알았다. 갑자기 둥양이 땅에 쓰러졌다. 그는 둥양이 그 정도 주먹에 그렇게 나가떨어질 줄 몰랐다. 그는 급히 땅바닥을 보았다. 둥양은 이미 눈을 감고 움직이지 않았다. 싸움을 해보지 않은 사람은 한 방이면 사람이 명줄을 놓는 줄로 알기 쉽다. 루이펑은 갑자기 전신에 땀이 흘렀다. 입에서 자기도 모르게 말이 나왔다.

"큰일 났구나! 내가 사람을 때려 죽였구나!"

말을 마치자 다시 살펴볼 생각도 않고, 둥양이 숨을 쉬는지 어떤지 시험해볼 생각도 없이, 마치 7~8살 먹은 어린애가 일을 저지르면 급히 도망가듯이 걸음아 나 살려라하고 도망을 쳤다.

그는 평생에 그만큼 빨리 뛴 적이 없었다. 마치 악귀들이 그를 쫓아오고 있는 것처럼, 그러나 행인에게 그의 뒤에 귀신이 있다는 것을 알리고 싶지 않은 듯, 그는 몰래 빠르게 질주했다. 집으로 뛰어 들어왔다. 집에 화를 불러올까 걱정하는 사람일 수록, 사고를 쳤을 때 더 필사적으로 집으로 뛰어 들어가는 법이다.

집에 도착하자 숨이 턱에 찼다. 문설주를 짚고 서서 머리를 숙이고 눈을 감았다. 큰 땀방울이 뚝뚝 땅에 떨어졌다. 이렇게 잠시 참고 서 있다가, 소매로 얼굴의 땀방울을 닦고 마당으로 들어갔다. 그는 곧바로 형의 방으로 뛰어 들어갔다.

루이쉬안은 마침 침상에 누워 있었다. 루이펑은 지난 5년 동안에 이렇게 다정하게 형을 부른 적이 없었다.

"형!"

눈물이 목소리를 따라 쏟아졌다.

'형'하는 소리가 루이쉬안의 영혼을 울렸다. 그는 급히 일어나 앉았다.

"왜 그래? 둘째!"

둘째는 이 사이로 말을 뱉었다.

"내가 사람을 때려 죽였어!"

루이쉬안은 일어섰다. 당황했다. 그러나 그의 교양이 곧 그를 도와서 안정을 찾게 했다. 그는 낮은 소리로 관심을 가지고 물었다.

"무슨 일이야! 앉아서 얘기해!"

말하고 그는 둘째에게 미지근한 물 한 잔을 주었다.

둘째는 물을 쭉 들이켰다. 형의 침착함과 물의 감미로움이 루이펑의 마음을 편안하게 했다. 그는 앉아서 아주 빨리 아주 간단하게 둥양과의 싸움의 경과를 얘기했다. 그는 둥양의 위인이 좋은지 나쁜지 말하지 않았으며, 자기의 행동을 과장해서 말하지도 않았다. 그는 정말로 두려워서 무료함도, 허튼 소리도 잊었다. 말을 마치자 손을 떨면서 담배를 꺼내어 불을 붙였다. 루이쉬안은 낮고 진지한 목소리로 물었다.

"그가 기절했단 말이지? 살아있는 사람이 쉽게 죽지 않아."

둘째는 담배를 깊이 빨아들였다.

"난 잘 모르겠어!"

"그것은 쉬워. 전화 걸어 물어보면 돼?"

"뭐?"

이제는 둘째가 사색의 책임을 형에게 전부 넘기고, 자기는 다시 마음을 쓰지 않는 것 같았다.

"전화해서 그를 바꿔달라고 해."

루이쉬안은 좋게 설명했다.

"그 사람이 진짜 죽었는지 안 죽었는지, 전화 받는 사람이 너에게 일러줄 거야."

"그가 죽지 않았으면? 내가 그와 대화해야 될까?"

"그가 죽지 않았으면 전화 받는 사람이 기다리라고 말 할 거야. 너는 전화를 끊으면 되는 거야."

"좋아!"

둘째는 갑자기 웃었다. 마침 형의 얘기를 들으니 하늘만큼 큰 화가 없어진 것 같았다.

"내가 갈까 아니면 너가 갈래?"

형이 물었다.

"같이 가는 거 어때?"

둘째는 지금은 형과 떨어지기 싫었다. 여러 가지 원인 중에 마누라가 알까 두려웠다. 그는 이제서야 깨달았다: 형에게는 무엇이든 말할 수 있지만, 아내에게는 때때로 입을 다물어야 한다는 것을.

부근에는 전화 있는 집이 한 집 뿐이었다. 그 집은 후통 배 쪽에 있었다. 문전에 4개의 버드나무가 가지런히 서 있고, 마당에 많은 나무가 있는 뉴 씨 댁이었다. 호로병 배짝은 상당히 넓었다. 주위에 6-7개의 집이 있었으나 어느 한 집의 건축물이나 기세도 문 밖의 황량함을 줄이지 못했다. 뉴 씨 댁은 유일하게 떳떳한 저택이었다. 다만 그 집도 황량함을 누그러뜨리는데 도움이 되지 못했다. 왜냐하면 그 집은 서북쪽 귀퉁이에 있고 수목 속에 깊이 숨어있었기 때문이다. 모르는 사람은 저 수목 안에 집이 있다고 쉽게 생각할 수 없었다. 그 집은 저택이라기보다 별장과 정원—그 속에 정성들여 가꾼 신기한 꽃이나 식물은 없었지만—이라고 하는 게 낫다.

뉴 선생은 유명한 대학교수로, 학문이 깊었으며 세상 물욕이 없었다. 여기 산지 이미 12~13년쯤 되지만 이웃과 왕래는 없었다. 그것은 아마 그가 분수를 지키고, 다른 사람에게 바라는 것이 없다는 의미의 표현이었을 수도 있다. 아니면 다른 사람이 그의 학식이 깊기 때문에, 그를 찾아와 자신의 하찮음을 보이기 싫어서일 수도 있었다. 루이쉬안은 원래 그와 왕래할 기회가 있었다. 그러나 루이쉬안은 자신의 하찮음을 드러내기 싫어서 명함을 드리지 않았다. 루이쉬안은 책으로부터 저자의 학문의 깊이를 알게 되어 존중하지만 저자를 만나볼 용기는 없는 것 같았다. 그는 그것이 일종의 아첨이라 생각했다.

루이펑은 종종 뉴 씨 댁에 전화를 빌리러 갔다. 루이쉬안은 오늘 처음으로 뉴 씨 댁이 여기로 이사 온 이래로, 처음 버드나무가 네 그루 서있는 저택 대문 앞에 섰다.

둘째는 전화를 빌리고 형에게 말하도록 청했다. 전화가 연결되자 란 선생이 나왔다.

"그런데 일이 이렇게 쉽게 끝나진 않겠지??"

뉴 씨 댁을 나오면서 둘째가 형에게 말했다.

"천천히 알아봐!"

루이쉬안은 심드렁하게 대답했다.

"그러면 안되지? 나는 어떻게든 빨리 다른 일을 찾아야 해. 란 씨 놈이 내가 안 보이면 까먹을 수도 있어!"

"아마!"

루이쉬안은 둘째가 간이 작아서 다시 학교에 갈 용기가 없을 것이라는 것을 알았다. 그러나 계면쩍게 분명히 말했다. 정말 그는 말하고 싶은 것이 많았다. 그 중에 가장 급한 것은 아래와 같은 것이었다.

'이 사람이 바로 너가 이틀 전에 너가 존경하던 인물이다. 그의 인품은 원래 그런 정도에 지나지 않았던 거다!' 혹은 '너의 말대로면 란둥양, 관샤오허가 일본인들이 편안하게 베이핑을 통치하게 할 수 있을 것 같아? 한 개의 사탕을 다투기 위해 개처럼 피를 흘리고 싸울 게 뻔하다!' 그러나 그는 입을 꼭 다물고 한 마디도 말하지 않았다. 그는 둘째가 곤란할 때 그에게 설교를 하거나 빈정거려 그를 더 힘들게 하고 싶지 않았다.

"무슨 일을 찾을까?"

둘째가 중얼거렸다.

"어쨌든 한 이틀 동안 쉬어야겠다!"

루이쉬안은 아무 말도 하지 않았다. 만약 얘기한다면 반드시 이렇게 말하고 싶었다. '너가 학교에 가지 않으면 내가 가야한다!' 그랬다. 그가 둘째와 함께 집에서 웅크리고 있으면 노인들을 마음 졸이게 할 것이다. 그는 지금까지 행진에 참여하지 않았다. 휴가를 청하지도 않았다. 사표도 내지 않았다. 하지만 그는 며칠이나 학교에 가지 않고 있었다. 현재는 둘째가 일자리를 잃게 되었으니 그가 반드시 나가야한다. 루이쉬안은 너무 괴로웠다.

그는 평생 느닷없이 휴강하다가 갑자기 또 복직을 한 적이 없었다. 학교에서는 언제 월급을 줄지 알 수가 없었다. 월급을 받거나 못 받거나 상관없이, 그 자리를 지키고 있어야 노인들의 마음을 약간 안심시킬 수 있다. 그는 분명히 알았다. 둘째가 오늘 중으로 모두에게 창피 본 일과 실직한 사실을 감히 말할 수 없다는 것을. 하지만 2~3일만 지나면 입을 나불대어 동정을 구하려 할 것이다. 만약 루이쉬안 자기도 학교에 가지 않으면 노인들은 둘째를 가엾게 여겨서 첫째를 나무랄 것이다. 그는 정말 학교에 다시 가고 싶지 않았지만, 가야만 했다. 그는 한숨을 쉬었다.

"왜 그래?"

둘째가 물었다.

"아무것도 아냐!"

첫째가 머리를 숙인 채 말했다.

"제복 입은 두 사람은 순경이야. 저건 바이 순장 아냐? 아마도 호구 조사인 것 같아."

형제가 7호집 대문에 이르자 약속이나 한 듯이 걸음을 멈추었다. 둘째의 얼굴에 핏기가 가셨다.

서너 명이 3호문에서 5호 쪽으로 가고 있었으며 그 중 두 명은 제복을 입고 있었다!

루이펑은 바로 돌아서 도망가려 했지만 형이 제지했다.

"제복 입은 두 사람은 순경이야. 저건 바이 순장 아냐? 아마도 호구 조사인 것 같아."

둘째는 매우 당황했다.

"나는 도망쳐야 돼! 사복 입은 사람은 스파이일지도 몰라!"

루이쉬안이 다시 말하기를 기다리지 않고, 그는 급히 몸을 돌려 서쪽 담구석으로 뛰어갔다.

루이쉬안은 혼자서 집에 들어갔다. 집에 들어가자 순경이 문을 두드렸다. 그는 웃으면서 말했다.

"무슨 일이요? 바이 순장!"

"호구 조사요. 별일 아닙니다."

바이 순장의 말은 호주가 놀라지 않게 하려는 듯이 매우 부드러웠다.

루이쉬안은 사복 입은 두 사람은 보고 또 보았다. 모양새가 확실히 형사 같아 보였다. 그는 그들이 셋째 때문에 오지 않았으며 바이 순장을 감시하기 위해 파견되었다고 생각했다. 루이쉬안은 그런 종류의 인간에게 큰 반감을 가지고 있었다. 그들은 영원히 다른 사람의 주구 노릇이나 하면서, 위풍당당하게 이빨을 드러내는 것을 득의로 여긴다. 그들은 자기의 국적을 버릴지언정 위풍을 버리려하지 않는다.

바이 순장이 평상복을 입은 '사복' 경찰들에게 설명했다.

"이 집은 여기서 가장 오래 산 집이요!"

그러면서 장부를 펴고, 루이쉬안에게 물었다.

"셋째가 병으로 죽은 것 외에 식구에는 변동이 없지요?"

루이쉬안은 바이 순장에게 감격했다. 감격한 모습을 겉으로 감히 드러낼 수 없어서 낮은 소리로 대답했다.

"아무 변동도 없습니다."

"친척이나 친구가 함께 사는 사람 없지요?"

바이 순장은 관리들 말투로 물었다.

"없습니다!"

루이쉬안이 대답했다.

"어떻게 해요?"

바이 순장이 사복 경찰에게 물었다.

"들어가 볼까요?"

그때 치 노인이 나와서 바이 순장에게 인사했다.

루이쉬안은 할아버지가 셋째 얘기를 발설할까봐 겁이 났다. 다행히 사복 두 명은 노인의 흰 수염, 흰 머리를 보고 안심하는 것 같았다. 그들 둘은 아무 말 없이 어느 쪽도 좋다는 식으로 엉거주춤하고 있었다. 바이 순장은 이러한 결정적 순간을 이용하여, 웃으면서 6호 쪽으로 그들을 안내했다.

루이쉬안이 조부와 함께 몸을 돌려 돌아가려고 할 때, 사복 중에 한 명이 돌아와서 아주 거만하게 말했다.

"잘 들어두어요. 이후는 이 장부에 따라 양민증을 발급할거요! 우리가 언제라고 말하지는 않지만 밤중 12시에도 조사하러 나올 거요. 인구가 부합하지 않으면 벌을 받을 거요. 아주 큰 벌을 받을 거요. 명심해두세요!"

루이쉬안은 불덩어리를 가까스로 마음속에 눌러두고, 아무 말하지 않았다.

노인이 평생 가장 중요하게 여긴 격언은 '웃는 얼굴이 돈을 벌어준다'였다. 그는 상냥하고 온화하게 '사복'의 훈시를 듣고 만면에 웃음을 띠며 말했다.

"예! 그래요! 노형들 고생합니다! 집에 들어오셔서 차라도 한 잔 않으실래요?"

사복은 아무 말 없이 고개를 빳빳이 든 채 가버렸다. 노인이 그의 뒷모습을 보고 미소를 지었다. 사복은 위세가 무한하고, 노인은 겸양이 무한한 것만 같았다. 루이쉬안은 조부를 나무라지 않았다. 조부의 과도한 겸양은 생활 경험에서 얻은 것이지 자신이 창조한 것은 아니다. 동일한 관점에서 보면 둘째도 꾸중을 들어서는 안 된다. 조부의 겸양에서 둘째의 뻔뻔함을 예측할 수 있다. 사과는 향기로운 과일이지만 썩으면 신선한 참외만큼 단단하지도, 쓸모 있지도 않게 된다. 중국의 문화는 깊고 오래된 문화다. 애석하게도 그 중에는 곰팡이 피고 썩은 부분이 있다. 문화가 썩어버리면, 한 명의 어질고 착한 70세 노인이 '사복'을 향해 미소를 띠고 큰절을 하기 마련이다.

"누가 알겠나."

루이쉬안은 속으로 말했다.

"이것이 바로 강함을 이기는 부드러움일지도 몰라. 이러한 부드러움이 있으니, 나라가 망할 때도 흐물흐물해질 테야. 갑자기 영문도 모르게 한번에 끝장나는 거지, 베이핑처럼! 하지만 이러한 부드러움이 있으면 언젠가 죽었던 것이 소생할지도 몰라! 누가 알겠어!"

그는 어느 쪽으로도 감히 판단을 내리지 못하고 조부를 부축했다. '웃음이 돈을 벌어준다'는 말을 지극한 도리로 생각하는 노인을.

치 노인은 문을 잘 잠그고 빗장을 걸은 후에야 장손과 함께 마당으로 들어갔다. 빗장을 걸자, 베이핑이 누구에게 점령당했는지에 대한 염려는 잠시 제쳐두고 안전함을 느끼게 되었다.

"바이 순장이 뭐라고 말했니?"

노인은 사복 경찰이 들을까봐 두려워하듯이 낮은 소리로 물었다.

"그가 셋째에 대해서 묻지 않았니?"

"셋째는 죽은 것으로 칩니다!"

루이쉬안은 낮은 소리로 말했다. 마음이 아팠기 때문에 목소리가 낮았다.

"셋째가 죽은 것으로 친다니? 지금부터 영원히 못 돌아오는게냐?"

노인은 놀라고 약간 화가 났다.

"누가 그래? 무슨 이유로?"

톈유 부인이 듣고서 즉시 물었다.

"누가 죽었어? 큰애야!"

루이쉬안은 말을 꺼내면 많은 눈물을 자아낼 것임을 알았다. 그러나 또 말하지 않으면 안 된다―집안 내의 늙은이나 젊은이나 어린애까지 일치해서 셋째는 죽었다고 말해야 한다. 심지어 샤오순얼과 뉴쯔까지도 반드시 이렇게 거짓말을 해야 한다. 그렇다. 죽은 성 안에서는 살아 있는 사람도 죽었다고 말해야 한다. 그는 엄마에게 말했다.

어머니는 소리 없이 울었다. 그녀가 가장 두려워하는 것은―영원히 막내를 다시 못 볼까하는 것이다―이미 반은 실현된 것이나 다름없었다. 루이쉬안은 자기도 완전히 믿지 못하는 얘기를 해서 어머니를 위로했다. 어머니는 잠시 곡을 멈추었지만 약간은 큰아들의 말을 믿지 못했다.

치 노인의 괴로움은 며느리와 막상막하였다. 그러나 그녀를 위로하려고 자기는 오히려 눈물샘을 막아버렸다.

루이쉬안은 오히려 아이들 때문에 곤란했다. 샤오순얼과 뉴쯔가 꼬치꼬치 허다한 질문을 해댔다. 셋째 아저씨는 언제 죽었는가? 셋째 아저씨는 어디서 죽었는가? 셋째 아저씨는 어떻게 죽었는가? 죽으면 다시 살아날 수 있는가? 그는 대답을 할 수 없었다. 그리고 얘기 한 판을 새로 짜고 싶은 기분도 없었다—그는 이미 충분히 고통을 겪었기 때문에 아이들과 담소를 나눌 기분이 아니었다. 그는 아이들을 윈메이에게 넘겼다. 그녀의 상상력은 그렇게 크지 않지만 아이들의 문제는 대답할 수 있었다—그게 엄마라면 반드시 가져야 하는 덕목이다.

양민증! 루이쉬안은 그 석자를 필사적으로 기억했다. 누가 양민인가? 어떻게 해야 양민이 되는가? 누구를 위해 양민이 되는가? 그는 끊임없이 자신에게 반문했다. 답은 쉽게 찾았다. 일본인에게 반항하지 않는 사람이 양민이다! 다만 그는 자기가 망국노라고, 그렇게 간단하게 받아들일 수 없었다. 그는 자기가 최대의 치욕을 피할 수 있는 하나의 길을 찾고 싶었다. 난징이 승리하는 것 외에는 다른 길이 없었다. 생각이 여기에 미치자, 그는 거의 꿇어 앉아 하느님에게 기도하고 싶었다. 그러나 그는 하느님을 믿지 않았다. 루이쉬안은 미신은 믿지 않는 이성적인 사람이었다.

양민증은 망국노의 낙인이다. 일단 손을 뻗어서 받으면, 난징 정부가 승리하여 중국에 있는 모든 왜놈들을 일본의 세 개 섬[94]으로 쫓아낼지라도 낙인은 여전히 낙인으로 남는다. 여전히 수치스럽다! 진정한 국민이라면 영원히 손을 뻗쳐 이 굴욕적인 증명은 받지 않아야 할 것이다! 영원히 남이 자기 대신에 치욕을 씻어 주기를 바라면 안 된다! 그러나

---

94 일본의 혼슈(本州)·시코쿠(四國)·규슈(九州)를 가리킨다

그는 전 가족을 대신하여 그 증서를 받지 않으면 안 된다. 사세동당. 네 세대가 모두 노예가 된다!

경멸하는가? 양민증을 비웃는가? 그것은 쓸모가 없는 짓일 것이다! 망국노는 상의라고 할 만한 것이 없다. 망국노가 되고자 하면 곧 손을 뻗쳐 양민증을 받고, 망국노가 되기 싫으면 양민증을 일본사람 얼굴에 대고 던져버리면 된다! 냉소하고, 저항하지 않고, 이로써 투항을 부인하는 것은 무의미하고 나약한 짓이다!

바로 그때 둘째가 손에 편지를 들고 왔다. 남이 볼까 두려워하는 듯했다. 형을 향해 머리를 끄덕였다. 바삐 형의 방으로 들어갔다. 루이쉬안은 따라 들어왔다.

"마침 호구조사가 있었어."

루이쉬안이 동생에게 말했다.

둘째가 머리를 끄덕여서 자기도 이미 알고 있다는 표시를 했다. 그런 후에 봉한 편지로—이미 뜯겨 있었다—손등을 치며, 대단히 조급한 듯이 말했다.

"목숨을 가져가려면 한 번에 가져가지, 이렇게 조금씩 고통을 줄 것이 아니라!"

"무슨 일이야?"

형이 물었다.

"나는 30년 가까이 살면서 이렇게 양심없는 사람은 처음 봐!"

둘째는 작은 마른 얼굴이 붉어졌다가 하얘졌다가 하면서 이를 악물고 말했다.

"누구?"

첫째는 눈을 깜박이며 물었다.

"누구겠어요!"

둘째는 봉한 편지로 손등을 두드렸다.

"내가 문을 막 나서려고 하는데 우체부와 마주쳤어요. 나에게 편지를 건네주었어요. 나는 한 눈에 글씨가 셋째 것인 줄 알아보았어요. 어떻게 이렇게 멍청해! 도망가려면 지가 도망가면 됐지, 왜 둘째인 나까지 묶이게 하냐!"

그는 형에게 편지를 던져주었다.

루이쉬안은 한 눈에 편지 겉봉에 쓴 글씨가 셋째 것인 줄 명백히 알아보았다. 글씨는 서툴지만 한 자 한 자가 견실해서 마치 농구선수처럼 뛰고 있었다. 글씨체를 분명히 알아보자 루이쉬안의 눈에 눈물이 고였다. 그는 루이쉬안을 생각했다. 셋째는 동생이고 좋은 벗이었다.

편지는 둘째에게 쓴 것이고 아주 간단했다.

"펑형, 나오니 좋다. 떠들썩하고 신나! 형도 자녀가 없고, 형수님이 집에 계실 필요가 없잖아. 밖에는 형수도 할 일이 있어. 밖에는 젊은 사람이면 누구나 필요해. 모친은 어떠셔? 큰형-"

여기 이르자 멈추었다. 편지는 갑자기 멈추었다. 큰형이 어떻다는 것일까? 갑자기 마음에 어려운 일이 있었기에, 잇지 못하고 멈추었을까? 누가 알겠나. 낙관도 없고, 날짜도 없고, 편지는 이렇게 용두사미로 끝났다.

루이쉬안은 이러한 편지를 통해서 셋째의 생각하는 방향을 알 수 있었다. 셋째는 어떤 이유 때문에서라도 흥분하지 않는다. 그런데 셋째가 왜 그리 흥분했는지 몰랐다. 왜냐하면 그가 둘째가 못났다는 것조차 잊어버리고, 밖에서는 일체 젊은이들이 필요하니 베이핑을 탈출하기를 바랐을 것이다. 그는 할 말이 많았다. 그러나 편지가 검열 받으리라는 것을 고려했기 때문에 갑자기 모친의 안부를 물었다. 모친을 제외하고 큰형은 그가 제일 좋아하는 사람이다. 그래서 잇따라 "큰형"이라고 썼다. 그러나 큰형에게 하고 싶은 말을 쓰려면 10장, 20장이 필요하다. 다 쓰지 못하니 차라리 한 마디도 하지 않았다.

편지를 보자 루이쉬안은 활발하고, 정직하고, 용감한 셋째를 보는 듯했다. 그는 눈을 편지에서 떼지를 못했다. 그의 눈에 눈물이 비쳤다. 기뻐서, 슬퍼서, 희망에 차서, 그보다 흥분이 돼서 나오는 눈물이었다. 그는 울고 싶고 기뻐서 날뛰고 싶었다. 그는 둘째를 보고 또 셋째를 보았다. 비관하기도 하고 낙관하기도 했다. 그는 어떻게 하면 좋을지 몰랐다.

루이펑은 형을 모른다. 아마도 셋째도 모를 것이다.

그의 마음은 아주 간단했다—셋째와 연루될까 두려웠다.

"엄마에게 얘기 할까 말까? 흥! 그도 엄마 걱정을 했어! 편지가 일본사람에게 검열당하면 엄마도 죽을 수 있다!"

그는 기분 좋지 않은 듯 중얼거렸다.

루이쉬안의 복잡하고 흥분한 마음은 갑자기 둘째의 몇 마디 얼음장처럼 차가운 말 때문에 갑자기 사라졌다. 그는 잠시 할 말을 잃어 자연스레 편지를 호주머니에 넣고 나갔다.

"갖고 있으려고? 곧장 태워버리지? 그건 화근이야!"

둘째는 정색하고 말했다.

큰형은 간단히 웃었다.

"내가 다시 읽어보고 반드시 태우지!"

그는 둘째와 논쟁하고 싶지 않았다.

"둘째! 정말, 너는 제수씨와 함께 도망가도 나쁘지 않아. 학교도 사직한다며?"

"형!"

둘째는 침울해졌다.

"나더러 베이핑을 떠나라고?"

그는 '베이핑'이란 두 마디를 또렷하고 분명히 말했다. 마치 베이핑이 자기의 생명인양 절대 떠날 수 없고, 한 발자국도 떨어질 수 없는 것처럼!

"그냥 한 말이다. 네 마음대로 해야지!"

루이쉬안은 참을성 있게 말했다.

"란둥양, 아, 나는 란둥양이 너를 해칠까 두렵다!"

"나는 이미 방법을 생각해 두었어."

둘째는 자신 있게 말했다.

"먼저 형에게 말하지 않겠어, 형. 나는 현재 셋째에게 편지를 보내서, 다시는 집에 편지를 보내지 말라고 할 방법을 궁리하는 중이야! 그러나 편지에 회신 주소가 없어. 셋째는 항상 그리 허둥지둥해!"

말을 마치자 밖으로 나가버렸다.

29

날씨가 점점 추워졌다. 왕년에 치 씨 댁은 언제나 음력 5~6월 중에 한두 대 차로 실을 정도 분량의 석탄 가루를 들이고, 황토 작은 차 두 대 분량을 사들인다. 그런 후에 거리에 두 명의 '숯검댕이'를 불러들 여 조개탄을 만들었다. 그러면 한 해 겨울 나기에 충분했다. 올해 7 ·7 사건 이래로 걸핏하면 성문을 닫는 통에 차를 세 내어 석탄가루를 싣고 올 방법이 없었다. 게다가 일본인들이 날뛰는 와중에, 모두가 이런 일에 주의를 기울일 여력이 없었다. 베이핑의 겨울 추위를 생각하 면 확실히 중요한 일인데도 그랬다. 샤오순얼 애미와 톈유 부인마저도 이 일을 잊었다. 다만 치 노인이 새벽이 밝기 전에 더 이상 잠을 잘 수 없을 때 곰곰이 생각하다 이 문제까지 생각하기에 이른다. 그러나 장손부가 자기에게 종종 생활상의 어려움을 얘기한 후 모두가 집안일에 관심을 쓰지 않는다고 원망할 수밖에 없었다. 그러나 7·7이전에 석탄을 들여놓지 않았으니, 그도 달리 좋은 방법을 생각할 수 없었다.

석탄은 하루가 다르게 값이 올라갔다. 북풍이 거세지고 석탄 값은 가파르게 올랐다. 허베이 탕산 지역의 석탄은 대부분 일본인이 가로채서 베이핑에 들어올 수 없었고, 시산의 석탄 광산은 일본과 중국 유격대 사이의 전투 때문에 조업이 중단되었다. 베이핑의 공급이 끊겼다!

치 씨 댁은 치 노인과 톈유 방에만 여전히 온돌(캉: 炕)이 놓여 있었지만, '개량'과 '진보' 바람이 분 그 밖의 방은 이미 온돌을 뜯어내고 나무 침상이나 철제 침상으로 바뀌었다. 치 노인은 개 가죽 버선을 좋아하듯이 온돌을 좋아했다. 한편으로는 자기가 새 것을 좋아하지 않고 옛것을 싫어하는 사람임을 나타낼 수 있었고, 한편으로는 옛 것도 확실히 좋은 점이 있기 때문에 단번에 없애서는 안 된다고 여겼다.

베이핑의 삼구(三九)[95]에는 치 노인이 사는 방이 남향의 북쪽 방이고, 벽이 두껍고, 창문에 두껍게 종이가 발려져 있어도 소용이 없었다. 밤중에 이르면, 찬바람이 날카로운 바늘같이 이마와 어깨를 쉴 새 없이 찔러댄다. 노인이 큰 고양이처럼 몸을 웅크리고, 두꺼운 이불을 덮은 채 가죽 외투를 입고 있지만, 그래도 온기를 느낄 수 없었다. 아궁이에 조금이라도 불을 지펴야 하룻밤을 편안하게 잘 수 있을텐데.

톈유 부인은 뜨끈뜨끈한 온돌을 좋아하지 않지만, 손자들이 서너살이 되면 반드시 그녀 방에 와서 자게 될 것을 알아서 온돌을 없애진 않았다. 온돌이 있으면 매우 편리했다. 온돌의 면적이 넓어서 손자들이

· · ·

95 동지를 기준으로 9일을 세었을 때 세 번째 구간으로, 1년 중 가장 추운 구간 중 하나다.

쉽게 굴러 떨어지지 않았다. 밤중에도 보살피기 쉬워서 아이들이 더위나 추위를 먹지 않았다. 그러나 그녀의 남쪽 방은 집에서 제일 습하고 추운 곳이었다. 삼구 기간에는 밤중에 물 담긴 병이 얼어 터졌다. 이 때문에 뜨거운 온돌을 좋아하지 않지만 때때로 불을 지펴서 습기를 쫓았다.

석탄이 없다! 치 노인은 일종의 공포를 느꼈다. 일본인이 자기에게 어떤 손해도 입히지 않고 간섭을 하지 않더라도, 차가운 온돌에서 보내는 것만으로도 견디기 힘든 형벌이었다! 텐유 부인은 그렇게 두려워하진 않았지만, 겨울에 불을 들이지 못하게 하는 벌이 얼마나 가혹한지 알았다!

루이쉬안은 감히 이 문제를 똑바로 볼 수가 없었다. 그가 돈이 있었으면 돈을 들여서 성 내에 석탄 가루가 동이 나기 전에 한 겨울 혹은 일년 동안 쓸 연탄이나 석탄 덩어리를 쌓아두었을 것이다. 그러나 그와 둘째가 몇 개월 월급을 받지 못하고, 부친의 수입도 한계가 있었다.

샤오순얼 애미는 가정 주부의 자격으로 몇 번 거론을 했다.

"겨울에 불이 없으면 어떻게 살지? 그럼 베이핑 사람 반은 얼어 죽을 텐데!"

루이쉬안은 여러 번 정면으로 답을 하지 않았다. 어떤 때는 비참한 미소로 넘기고, 어떤 때는 귀가 먼 척 했다. 어떤 때는 샤오순얼이 아버지 대신 말했다.

"엄마, 석탄이 없으면 순얼이 가서 석탄 알맹이 주워 올게!"

잠시 후에 그는 생각난 듯이 말했다.

"엄마, 쌀이 없으면 밀가루도 없는 거야?"

"허튼 소리 하지마!"

샤오순얼 애미는 반쯤 화난 듯이 말했다.

"너 굶어 죽고 싶니! 못된 놈!"

루이쉬안은 한참 동안 말이 없었으나 마음속으로 말했다. '어떻게 양식이 떨어지지 않을 수 있겠나! 그는 이제까지 이러한 문제에 대해 그 정도로 생각하지 않았다. 샤오순얼의 한 마디에 그의 눈은 갑자기 멀리 볼 수 있게 되었다. 오늘 석탄이 모자라면 내일 식량이 모자라지 않으리라고 어떻게 장담하지? 이전에 그는 성이 망하면 고통이란 한 칼에나 한 창에 끝나리라 생각했다. 오늘 비로소 깨달았다. 한 칼, 한 창으로 깨끗하게 끝날 수도 있지만, 천천히 피도 나지 않게 얼어 죽고, 굶어 죽을 수도 있다! 생각이 여기에 미치자 자기가 탈출하지 않은 일체의 이유를 부인했다. 추위와 굶주림이 누구도 누구를 구할 수 없게 목숨을 앗아갈 수 있다. 자기가 집에 있으면 석탄이 없이도 춥지 않게 하고 쌀이 없이도 굶주리지 않게 할 수가 있단 말인가? 그는 계산을 잘못했다!

셋째의 편지를 꺼냈다. 그는 읽고 또 읽어서 몇 번이나 읽었는지 몰랐다. 그는 셋째와 얘기하고 싶었다. 그는 셋째만 자기를 이해해서 자기 대신에 결정을 내릴 수 있을 것이라 생각했다.

그는 정말 너무나 답답했다. 저녁에 윈메이와 이 문제를 얘기했다. 평소에는 가사에 대해서 독단적으로 굴지도 않을 뿐만 아니라, 어느 정도 소소한 먹고 사는 일은 모두 부인의 결정에 맡겨서, 그녀에게 묻지도 않았다. 지금은 입을 다물고 있을 수 없었다. 그의 머릿속이 팽창하여 터질 듯 했다.

원메이는 그녀의 맑은 눈으로 산 너머를 보려 하지 않았고, 남편이 그렇게 하는 것도 원하지 않았다.

"아이들 말, 왜 그리 마음에 걸려하오? 천천히 석탄이 생기겠지요! 오히려 서둘 필요는 없어요! 굶주리다니? 나는 사람이 그렇게 쉽게 굶어죽지 않는다고 생각해요! 당신이 떠난다고? 둘째가 이 가족을 먹여 살리려고 하지 않아요! 저는 원해도 돈 벌 재주는 없어요! 생각해봐요. 쓸데없는 생각 말아요. 하루를 겨우겨우 살아내는 거죠. 하필 이런 저런 생각으로 고민할 필요가 뭐 있어요!"

그녀의 말 속에는 어떤 이상도 상상도 없다. 그러나 한 마디, 한 마디가 제 무게를 가지고 있어서 루이쉬안이 반박할 도리가 없었다. 그렇다. 어떤 방법으로라도 식구 전체를 데리고 베이핑을 빠져나갈 수 없다. 이렇게 한 집안에 어린애와 노인네가 있는 한은 자기 자신은 절대로 탈출할 수가 없다. 이것은 2+2=4처럼 명백하다.

그는 다만 국군이 승리하여 빨리 베이핑으로 돌아오길 바랄 뿐이다.

타이위안이 빼앗겼다! 라디오 방송탑 위에 높이 '경축 타이위안 함락!' 풍선이 올라갔다. 학생들이 또 행진을 해야 했다.

그는 이미 둘째가 학교에 갈 수 없게 된 후에는 평소처럼 가서 수업했다. 그는 집안의 노인들이 두 형제가 모두 집에서 놀고 있는 것을 보이고 싶지 않았다.

경축 타이위안 함락 대행진에 그가 참여해야 하는가 말아야 하는가?

교사는 어쨌든 당연히 학생들을 보살펴야 한다. 다른 한편, 그는 호기심에 끌려 참가하고 싶었다—그는 학생과 시민이 바오딩 함락 경축 시와 같은 엄숙한 침묵을 보이는지 보고 싶었다. 침묵을 계속한다면 보복을 잊지 않은 것이다.

그러나 그는 또 감히 갈 수가 없었다. 만약 학생들이 어쩔 줄 몰라 마비되었다면? 사람의 낯가죽은 두꺼워서 한 번 들어내면 끝장이다! 그는 학교 안에서 소란이 일어나서, 한 반 전체 학생이 퇴학된 사건을 기억한다. 그러나 교장과 직원들이 단결하여 양보하지 않았다. 학부모들도 아이들을 학교에 돌아가게 했다. 그들은 부끄러움과 수치를 머금고 돌아왔다. 루이쉬안이 소란이 있고 난 후 처음으로 수업에 들어갔을 때, 학생 전부가 고개를 숙이고 있었으며, 숨소리조차 내지 않은 채 수업 내내 멍하니 앉아 있었다. 그들은 실패했다. 그래서 부끄러워했다. 그들은 혈기가 왕성한 아이들이다! 그러나 그 다음 날은 이미 평상시 태도로 돌아가서 웃고 떠들고 아무 일 없었던 듯했다. 그들은 아이들에 불과했다. 그들의 얼굴 가죽은 그 정도 두께밖에 안 되어서, 한 번 들어내면 끝이다! 첫째 행진, 두 번의 행진, 세 번 다섯 번의 행진…… 감히 반항할 수도 없고, 눈살조차 찌푸리지 못한다. 학생들은 희희덕거리면서 치욕을 받아들이고, 천천히 감각 없는 인간이 되어갔다. 학생이 이러니 시민들은 훨씬 쉽게 얼굴 가죽을 뜯어냈다. 그리하여 일시적 평안을 얻었다.

그는 어찌해야 좋을지 몰랐다. 그는 처와 자식을 버리고, 국난에 뛰어들 결심을 할 정도로 독하지 못한 자신의 하찮음이 원망스러웠다.

요 며칠 동안 둘째는 눈썹을 찡그리고 눈물방울을 짜내려했다. 뚱보 아내는 이미 3~4일 동안 그와는 말을 하지 않았다. 그가 사무실에 일하러 나가지 않은 첫 이틀 동안, 그녀는 그가 두서없이 지껄이는 말을 믿고, 그가 곧 다른 곳으로 영전하리라고 생각했다. 그들 두 사람이 관 씨 댁에서 돌아온 이래 그녀는 다시는 입을 열지 않고, 성난 눈과 찢어진 입으로 인사를 대신했다. 그들 둘이 관 씨 댁에 간 목적은 란둥양이 인정머리 없다는 것을 분명히 하고, 관 씨 부부가 지혜를 발휘하여 루이펑에게 일자리를 구해주게끔 하는 것이었다. 일만 찾으면 그들은 옛날 일을 다시 꺼낼 것이다.

"우리 곧 여기로 이사 올게요. 셋째와 연루되고 싶지 않습니다!"

루이펑은 자기가 둥양과 싸운 것은 관 씨 댁에서 돈을 잃었기 때문임으로, 관 씨 부부가 자기를 도와주리라 생각했다.

관 선생은 상당히 예의 발라서 무슨 말도 분명히 하지 않았다. 그는 이 연극의 제1막을 다츠바오에게 양보했다.

다츠바오는 오늘 붉은 색 비단 면 두루마기를 입고, 입술에는 피 같은 립스틱을 발랐다. 머리는 막 파마를 해서 마치 양 꼬리 같았다. 그녀의 기백은 전대미문으로 대단해서, 얼굴의 주근깨 하나하나가 그녀의 오만과 자신감을 나타내고 있었다.

그때 진싼예가 관 씨 댁에서 위세를 떨칠 때, 기녀를 데리고 온 퇴직 군관이 있지 않았었던가? 그는 운동에 성공하여 머지않아 발표될 경찰국 특별과의 과장이 될 몸이었다. 그의 이름은 바로 리쿵산이다. 그는 여러 명의 부인이 있는데 대개가 기녀 출신이었다. 그가 현재 관직에 취임하면, 부인들을 다 쫓아버리고 좋은 집안에서 글줄이라도 읽은 처녀를 맞아 제대로 된 부인을 들이려 했다. 그는 자오디에게 눈독을 들이고 있었다. 그러나 다츠바오는 상당한 미인인 자오디를 싸게 팔수는 없었다. 그녀는 대신에 가오디를 보내고 싶었다. 리쿵산은 머리를 끄덕였다. 가오디가 굉장한 미인은 아니지만, 확실히 여학생 노릇을 했던 젊은 아가씨였다. 게다가 필요한 경우 기녀 둘을 더 데리고 와서 가오디를 정실부인으로, 그들을 첩으로 데리고 있어도 큰 문제는 없을 것이다. 다츠바오는 공짜로 딸을 남에게 주지 않을 생각이었다.

리쿵산은 다츠바오에게 기녀 검사소 소장 자리를 마련해 주었다. 그곳은 수도가 남쪽으로 옮긴 후 베이핑의 매춘업소가 점차 쇠퇴한 결과로 만들어진 존재감 없는 작은 시설이었다. 현재는 일본군을 위로 하기 위해, 동시에 성병이 전파되는 것을 막기 위해, 이 작은 기관을 부흥시켜야 했다. 리쿵산은 다츠바오에게 소장이 될 능력이 있다는 것을 알았다. 동시에 이 기관에 반드시 경비를 더 많이 투입해야 하고, 검사를 철저히 하면 적잖은 '부수입'이 있으리라는 는 것을 간파했다. 다른 사람은 잘 몰랐으나 리쿵산은 장래에 이곳이 좋은 부수입 기관이 되리라는 것을 분명히 알았다. 만약 적잖은 부수입을 장래의 장모 손에 넘겨주면, 수시로 가오디를 들볶고 장모 돈을 도로 가져올 수 있었다. 다츠바오가 그에게 돈을 주기만 하면 곧 가오디에게 이틀 정도 잘해줄 수 있었다. 그가 이렇게 계산을 다 한 후에 비로소 진정으로 다츠바오를 도왔다. 최근 소식에 의하면 그는 일을 성사시킬 것을 확신했다.

일어날 때, 잘 때, 걸을 때 변소에 갈 때조차 다츠바오는 입속으로 가만히 자신을 '소장! 소장'이라고 불렀다. 이 두 마디가 사탕 덩어리처럼 그녀의 혀끝에 달라붙었다. 입을 다실 때 마다 입에 침이 가득히 고였다. 그녀는 기분이 좋았고, 거만해졌다. 화살처럼 한 달음에 지붕위에 올라가, 큰 소리로 '내가 소장이다!'라고 소리 지르지 못하는 게 한이었다. 그녀는 남편에게 건성건성으로 대꾸하면서 본체만체 하고, 큰딸에게는 오히려 좋은 얼굴을 보였다. 딸이 혼사를 승낙하도록 유도하기 위해 황소고집을 부리지도 않았다. 유퉁팡에 대해서도 예상 외로 도전을 그만두었다. 그녀의 이유는 '대인은 소인과 다투지 않는다!'였다. 그녀는 소장이니 바로 대인이었다!

그녀는 장래에 실권을 쥐고 싶어서 중얼거렸다.

"나는 걸핏하면 검사할거야! 걸핏하면 검사해야지! 아픈 것과 귀찮은 것이 두려우면, 나 이 사모님에게 돈을 가져오게 해야지! 돈 가져와! 돈 가져와!"

그녀는 말하면서 머리를 끄덕였다. 머리에 꽂은 판을 몇 개 떨어뜨렸다. 그리고 무례하게 루이펑에게 말했다.

"우리집에 곧 경사스런 일이 생길 거요. 그 방은 우리가 쓰게 남겨두어야 해요! 누가 자네에게 일찍 이사하라고 하지 않았나? 둥양 얘기라면, 내가 보기에 그는 나쁘지 않은 사람이야! 뭐라고! 자네가 우리 때문에 그와 틀어졌다고? 정말 죄송하네! 그러나 우리는 당신의 손실을 배상해 줄 책임은 없어! 우리가 그런 책임이 있나?"

그녀는 위세를 부리며 관샤오허에게 물었다.

샤오허는 눈을 게슴츠레하게 뜨고, 머리를 가볍게 끄덕이고, 머리를 흔들기도 했다. 그러고는 아무 말이 없었다.

루이펑과 뚱보 아내는 급히 일어나 두어 대 얻어맞은 개처럼 집으로 돌아갔다.

그들 부부를 더 괴롭게 만든 것은 란둥양이 관 씨 집에 오면 전처럼 환영을 받는 것이었다. 그가 신민회의 간사가 되었으므로 관 씨 댁은 그에게 밉보일 수 없었다. 따츠바오는 운이 트인 김에 란둥양에게 40위 안을 돌려주었다.

"우리는 지금까지 마작을 놀면 반은 돌려준다오. 그날은 바빠서 그대로 받았다오. 정말 죄송해요!"

둥양은 대범하게 가오디 자매에게 땅콩 반근을 사주었다. 다츠바오는 예물에 대해서 한 바탕 토론을 했다.

"둥양! 자네가 한 일이 옳아! 요즘 세상에 젊은이들은 돈이 좋다는 것을 알고, 응당 아껴서 결혼 비용을 저축해야 돼! 예는 경하고 인물은 중한 것이야. 그녀들에게 땅콩 반근 주는 것을 두려워하지 않는 것, 그게 자네의 마음이야! 자네가 큰돈을 써서 그녀들에게 비싸지만 쓸모 없는 물건을 사주면 나는 오히려 자네를 사람 같이 안 볼 거야!"

둥양은 그 말을 듣자 누런 이빨이 다 드러나게 웃었고, 늑골이 쑤실 지경이었다. 그는 가오디 자매 둘 다의 애인이라고 자처했다. 왜냐하면 그들 둘 모두가 자기의 땅콩 몇 알을 먹었기 때문이다. 통팡이 문밖에서 뚱보 부인을 만나서 이런 것들을 주접주접 보고했다. 뚱보 부인은 성이 나서 정신이 없을 정도가 되고, 전신의 살이 벌벌 떨렸다! 이 며칠 동안 둘째는 귓불을 당겨 웃음을 지었다. 누구에게나 굉장히 예의 바르게 행동했다.

이 며칠 동안 집의 음식이 굉장히 거칠었다. 때때로 성문이 닫히기 때문에 배추조차 얻어먹을 수 없었다. 향유로만 볶은 두부뿐이었다. 둘째는 이틀 동안 다시 형수에게 못살겠다고 불평하지 않았다. 반찬이 없었지만 접시가 들려나오면 음식이 있건 없건 싹 긁어먹고, 마치 오리 고기를 먹은 것처럼 입맛을 쩝쩝 다셨다. 반찬 없다고 투정을 부리지 않을 뿐만 아니라, 오히려 형수를 추켜세워 이런 힘든 때에 모두가 밥을 먹게 해준 것이 정말 쉽지 않다고도 했다. 이럴수록 루이쉬안과 윈메이가 더욱 난감했다. 둘째가 예의를 차리는 것은 형수에게 잔돈을 우려내어 담배 같은 것을 사기 위해서였다. 첫째는 이 때문에 전당포에 두어 차례 다녀왔다.

뚱보는 한 마디도 하지 않았다. 몰래 핸드백을 들고 친정으로 가버렸다. 이 때문에 둘째는 무리에서 낙오된 닭처럼 종일 동쪽으로 보았다가 서쪽으로 보면서, 마당을 왔다 갔다 어찌해야 좋을지 모르게 되었다. 그는 원래 실직한 일을 노인들에게 말하고 싶지 않았는데, 이제는 노인 들의 연민이 필요하기 때문에 입을 다물기가 어려웠다. 사람이란 마누 라하고 싸우면 부모 생각이 나는 법이다. 그래도 그는 사실대로 말할 수가 없었다. 그는 다른 일을 지어냈다. 그는 치 씨 집 문화와 할리우드 문화가 완전 다르다는 것을 알았다. 할리우드는 사람 때리는 사람을 영웅으로 삼고, 치 씨 집은 매를 사람을 현명하고 효성이 지극한 것으로 친다. 그래서 그는 란둥양을 때렸다고 말하지 못하고, 란둥양이 그를 때렸다고 말했다. 한 수 더 떠서 그를 계속 때릴 것이라고 말했다.

조부와 모친은 그를 매우 동정했다. 조부가 말했다.

"좋아! 그가 우리를 때려도 상관하지 마. 절대로 주먹으로 갚지 마라!"

모친이 말했다.

"또 때리려하면 그를 피하면 된다!"

"맞아요!"

둘째는 모친의 말을 듣기 좋아했다.

"그 때문에 내가 학교에 갈 수 없어요! 그에게 수모를 당하지 않기 위해, 그리고 그에게 복수하지 않기 위해, 다른 일자리를 찾아야 되지요? 그렇지요?"

그는 셋째 문제를 꺼낼 수 없었다. 꺼내면 분가 문제까지 나올까 두려웠다. 그는 실업자다. 집에서 밥을 먹어야 하는데 분가 문제를 들고 나올 수 없었다. 만일 2~3일 내에 셋째 일 때문에 헌병이 그를 잡으러 오면 운명으로 받아들일 수밖에 없다. 어쨌든 자신이 먼저 떠나서 배를 굶고 싶진 않았다.

루이쉬안은 원래 학교에 가는 것이 두려웠다. 지금은 둘째를 피하기 위해 학교에 몹시 가고 싶었다. 둘째의 간이 쥐새끼만큼 작기 때문에 둘째를 무시하는 건 아니었다. 첫째는 무릇 베이핑에 남은 양민들이라면 모두 간이 작은 것으로 생각했기 때문에, 둘째만 예외로 치지 않았다. 둘째의 잠깐 동안의 실직은 그를 크게 곤란하게 하지도 않았다. 대가정은 원래 오늘 내가 너에게 얻어먹고 내일은 네가 나에게 얻어먹는 식으로 장부를 깨끗이 관리할 수 없는 조직이어서, 그도 둘째가 며칠 공짜로 밥 먹는 것을 개의치 않았다. 그러나 그는 둘째가 조금도 뉘우치지 않고 전처럼 뻔뻔스러운 것이 미웠다.

형은 이런 좌절을 겪고 나면 둘째가 당연히 깨달을 것이라고 생각했다. 둥양 같은 놈은 진짜 한간임으로, 친근하게 지내서는 안 되는 놈이라는 것을. 그렇게 당한 후에는 다시는 그런 류의 사람과 어울리지 않기로 뜻을 굳혀야 한다. 그리고 둘째도 조금이라도 국사에 관심을 가져야 할 것이다. 나라를 위해서 몸을 버릴 결심이 안 선다면 조금이라도 나라와 국민의 영광, 나라와 국민의 치욕에 대해 느끼는 바가 있어서 약간의 부끄러움이라도 알아야 한다. 둘째는 한 점의 후회도 없었다. 조부, 부모, 형수까지 그를 나무라지 않자 안일해진 둘째는 오히려 실직이 일종의 소일거리라고 생각하고, 모두의 연민을 즐겼다.

뚱보 마누라조차 그를 탓하지 않았으면, 그는 아마도 수염을 길러 조부처럼 은퇴한 노인네가 되었을 것이다. 루이쉬안은 신년 때에 아이들이 수박 모양 모자를 쓰고, 작은 마고자 입은 것을 보는 게 싫었다. 그는 그 아이들을 '무화과 모종'이라 불렀다. 루이펑이 바로 그런 모종이 자란 가장 전형적인 표본이었다—태어날 때부터 노인 티가 나서, 영원히 꽃을 피우지 않는다.

루이쉬안은 둘째를 피하려고 타이위안 함락을 경축하는 날 학교에 갔다. 그는 행진에 참가해야 할지를 결정하지 못하고 학교에 가서 살펴보기로 했다. 학교에 도착하자 그는 자연히 학생들이 그에게 찾아와서 중·일전쟁의 소식과 전도를 물어봐 주었으면 했다. 그는 모두가 괴로워하는 표정으로 행진에 참여하는 것을 수치로 여기기를 바랐다.

그러나 아무도 묻지 않았다. 그는 몹시 실망했다. 시간이 지나자 그는 분명히 알게 되었다. 무릇 인간이란 모두 이기기를 좋아해서, 자기의 패배를 논하기 좋아할 사람은 없다. 청년들이 특히 그럴 법했다. 평소에 가장 귀여워하는 몇몇 학생들은 그를 마주치자마자 다가와서 얘기를 하고 싶어 했지만, 마음에 무슨 병이라도 있는 것처럼 눈길을 한번 주더니 고개를 숙이고 피해버렸다. 이러한 행동은 청년들이 어쩔 수 없는 상황에서도 자존심을 지키고 싶어한다는 점을 나타냈다. 그는 운동장으로 갔다. 거기에서 몇몇 학생들이 낡아 빠진 가죽 공을 차고 있었다. 그들은 루이쉬안을 보자 갑자기 자기들이 마치 마땅히 해서는 안 될 짓을 해서 수치심을 느낀 듯 멈춰섰다. 그러나 그들은 곧 또 공을 차면서 그를 옆눈으로 보았다. 그는 재빨리 그곳을 떠났다.

그는 다시 교원 휴게실에 들리지 않고 교문을 나섰으나 마음은 괴로웠다. 그는 학생들이 수치를 잊지 않고 있다는 것을 알았다. 그러나 이렇게 두 번 세 번 연이어서 공개된 장소에서 치욕을 당하면, 그들은 분명 얼굴에 먹칠 당한 꼴이 될 것이다. 여기까지 생각하자 그는 마음이 가시에 찔린 듯이 아팠다.

루이쉬안은 큰 길에서 10여 대의 대형 트럭을 마주쳤다. 거지들이 가득히 타고 있었다—거지들은 모두 시자오푸[96]에서 빌려 온 채색 옷을 입고 있었다. 각 차량에는 장례식의 북을 두드리는 사람도 한 명씩 있었다. 자동차는 천천히 움직였다. 징과 북이 힘없이 소리를 내고 있었다. 차 위의 거지들은 목을 움츠린 채, 손을 주머니에 넣기 편하도록 종이 기를 옷깃에 꽂아 끼웠다—날씨가 상당히 찼다.

• • •

96 중국의 옛 결혼 업체.

그들의 얼굴에는 거의 어떤 표정도 없었다. 목은 움츠리고, 손은 주머니에 넣은 채 차 위에 앉아있거나 서 있거나 했다. 그들은 모든 것을 아는 듯하기도, 아무것도 모르는 것 듯하기도 했다. 그들은 이미 어쩔 줄 모르는 상황에 익숙해지고, 냉담함과 모욕에 익숙해져서 대충대충 살아가는 것처럼 보였다. 아무것도 신경 쓰지 않는다는 듯이 차 위에, 혹은 단두대 위에 서 있는 듯했다.

자동차가 그의 눈앞을 지나갈 때 란둥양 같이 보이는 사람이 손에 들고 있는 확성기로 소리치고 있었다.

"나의 손자들아, 나를 따라 소리쳐라! 중·일 친선! 경축 타이위안 함락!"

거지들은 아무 표정이 없었다. 소리가 높지도 낮지도 않게, 느릿느릿 따라 소리 질렀다. 그들은 고개조차 들지 않았다. 그들은 이미 여러 차례 나라를 잃은 것처럼, 절대로 나라 잃은 일에 감정을 낭비하지 않기로 한 듯했다. 감정의 동요가 없는 그들에게 존엄을 주는 것 같았다. 마치 것이 성황묘[97] 안에 있는 흙으로 빚은 귀신들처럼 존엄했다. 이러한 약간의 존엄은 심지어 전쟁과 흥망에 대한 무관심을 초래하기까지 되었다. 루이쉬안은 전신이 떨렸다. 멀리서 한 무리의 초등학생이 왔다. 그는 눈을 감았다. 그는 거지와 초등학생이 한 자리에 모인다는 생각을 참을 수 없었다! 만약 저 정도로 활발하고, 순결하고, 천진한 학생도 거지같이… 그는 감히 이어서 생각할 수 없었다. 그러나 학생의 대오가

• • •

[97] 중국 전통 신앙에서 도시의 수호신인 성황을 모시는 사원을 일컫는다. 성황은 도시나 마을을 보호하는 신으로 여겨지며, 성황묘는 이러한 신을 기리기 위해 세운 사원이다.

거지가 탄 트럭에서 그리 멀지 않았다.

그는 정신이 없어서 어떻게 샤오양쥐안으로 돌아왔는지 모른다. 그는 후퉁 입구에서 류 사부를 만났다. 류 사부가 먼저 그를 불렀다. 그는 깜짝 놀라서 정신을 차렸다. 그제야 류 사부를 똑똑히 알아보고 후퉁도 알아보았다.

두 사람이 사람이 항상 별로 없는 후퉁에 진입하자, 류 사부가 비로소 말을 꺼냈다.

"치 선생, 당신은 어떻게 보세요? 우리가 끝장난 거죠? 바오딩, 타이위안 모두 잃었어요! 타이위안도 이렇게 빨리 무너지다니? 거기는…"

그는 '천연 요새'라는 말을 차마 하지 못했다.

"누가 알겠소!"

루이쉬안은 웃으며 말했다. 눈가가 촉촉해졌다.

"난징은 어때요?"

루이쉬안은 다시 '누가 알겠소?'라는 말을 감히 할 수도 없었고, 하고 싶지도 않았고, 할 엄두도 나지 않았다.

"난징은 반드시 이길 수 있기를!"

"흥!"

류 사부는 목소리를 낮추고, 지극히 간절하게 말했다.

"당신은 날 비웃을 수도 있겠죠. 어제 밤중에 동남쪽을 향해 향을 피웠다오! 상하이에서는 이겨달라고!"

"반드시 이겨야 돼!"

"근데, 보세요, 아직 상하이에서 승부가 나지도 않았는데 왜 벌써 나라가 망했다고 단정하는 사람들이 있을까요?"

"누가?"

"누가? 당신도 아시다시피 지난번 바오딩을 잃자, 어떤 사람이 나에게 와서 사자놀이를 하자고 했어요. 나는 가지 않았어요. 다른 사람도 가지 않았어요. 어제 또 사람이 와서 초대했지만, 나는 또 가지 않았어요. 들리는 바에 의하면 다른 사람은 응했대요. 나를 초청하려 했던 그 사람이 말했지요. 남이 가는데 자네는 가지 않는다니. 자네 조심하게! 저는 그에게 말했어요. 나는 이미 죽음을 기다리고 있어! 생각에 빠지게 되더군요. 왜 사람들이 이리 패기도 없고 꽁무니 빼기만 바쁜지?"

루이쉬안은 아무 말도 다시 하지 않았다.

"오늘 행진에 적어도 몇 개의 '회'가 참여하겠지요!"

류 사부는 '회'라는 말에 힘을 주었다.

"흥! 모임에 가는 것은 원래 산에 가서 조상께 제사 지니기 위해서지! 오늘날 모임들은 일본인들 놀아주려고 가는 거잖아! 정말 줏대 없는 놈들이오!"

"류 사부!"

루이쉬안은 이미 문 밖의 회나무 아래에까지 와서 멈춰 서서 말했다.

"당신은 몸 전체가 무예 덩어리인데, 왜 떠나지 않는 것입니까?"

류 사부는 언짢은 듯이 웃었다.

"나는 예전부터 떠나고 싶었죠! 그러나 마누라를 누구에게 맡겨요? 또, 대체 어디로 가요? 주머니에 돈 한 푼 없는데, 어떻게 갑니까?

정말 난징에서 사람을 몰래 보내 군인을 모집하고, 여비까지 주고, 어디로 가는지 분명히 알게 되면, 정말이지 그들을 따라 갈텐데! 나는 천막 치는 것만 할 줄 알고, 발과 주먹은 미숙하지만 일본놈들과 한번 붙어보고 싶어요!"

그들이 여기까지 이야기 하고 있을 때 루이펑이 마당에서 나왔다. 샤오순얼이 뒤에서 소리 질렀다.

"나도 갈래요! 둘째 삼촌! 나도 갈래요!"

루이펑은 형과 류 사부를 보고 발걸음을 멈췄다. 샤오순얼이 따라잡고는 둘째의 옷자락을 잡아당겼다.

"나를 데리고 가요! 나를 데리고 가지 않으면 못 가요!"

"왜 그래? 샤오순얼! 삼촌 옷자락 놓아라!"

루이쉬안은 침착하지만 화는 내지 않으며 말했다.

"둘째 삼촌 연극 보러 가요. 나를 안 데리고 간대요!"

샤오순얼이 둘째의 옷자락을 놓지 않고, 입을 삐죽이며 말했다.

루이펑은 웃었다.

"누가 그래! 듣자하니 중산공원에서 극 공연을 한대요. 모두 명배우들이어서 샤오원에게 물어 봤죠. 그들도 참가한다면 나는 그들을 따라 같이 갈 거예요. 나는 아직 샤오원 부인께서 예행 연습하는 것을 본 적이 없어요."

류 사부는 형제를 힐끗 보고는 아무 말도 하지 않았다.

루이쉬안은 매우 괴로웠다. 그는 다른 사람 앞에서 동생을 나무랄 수 없었다. 게다가 누가 알랴, 만약 둘째의 나쁜 점을 지적하면 둘째가 반드시 이렇게 말할 것이다. "내가 보러가지 않아도 연극은 상연될 것이요. 내가 보러 가지 않는다고 베이핑이 도로 중국인에게 돌아오는 것도 아니잖아요!' 그는 회나무 아래에서 굳어버렸다.

나무에서 반쯤 마른, 검은 벌레 같은 회나무 열매가 떨어졌다. 샤오순얼이 급히 주었다. 이 조그마한 움직임 때문에 경직된 분위기가 완화되었고, 류 사부는 '담에 봅시다!' 한 마디 하더니 가 버렸다. 루이쉬안은 샤오순얼을 잡았다. 루이펑은 류 사부를 쫓아서 6호에 들어갔다.

샤오순얼은 회나무 열매를 손에 들고 극을 구경하러가고 싶었다. 루이쉬안은 짜증을 참으며 말했다.

"둘째 삼촌은 창극을 하는지 아닌지 알아보러 간 거야. 6호에서 지금 창극을 하고 있잖아!"

샤오순얼은 억지로 아버지를 따라 문으로 들어왔다. 마당에서 그는 아버지를 끌고 할머니 방으로 들어갔다.

남쪽 방은 아주 추웠다. 할머니는 오늘 기분이 좋으신 듯, 이불을 둘러쓰고 온돌 위에서 샤오순얼의 양말을 꿰매고 있었다. 몇 바늘 꿰매다 떨어진 양말을 팽개치고 손을 이불 속에 넣어 녹였다.

안 그래도 꽤나 괴로워 보이던 루이쉬안은 어머니 방에 아직 불을 넣지 않은 것을 보고, 표정이 더 안 좋아졌다.

할머니는 아들의 안색과 마음이 좋지 않은 것을 알아보았다. 모친의 마음은 자녀들의 감정을 알아채는 온도계 같았다.

"또 무슨 일이니? 큰애야?"

루이쉬안은 감정이 상당히 풍부한 사람이었으나, 중국인이 걸핏하면 눈물을 흘리는 것을 좋아하지 않았다. 베이핑이 함락된 후에 몇 번 울고 싶은 적은 있었지만, 자신을 통제하려고 애썼다. 그는 옛날 극을 좋아하지 않았다. 여러 가지 원인 중 하나는 한 참 슬플 때 갑자기 갑자기 공연히 소란을 피우거나 농담을 하는 식이기 때문이었다. 게다가 극의 비애 자체가 너무 쉽게, 혹은 너무 격하게 사람을 울린 후 괴로워하는 사람들을 억지로 웃기게 하려 때문이다. 그러나 〈닝우관〉이라는 극을 보고서는 크게 감동을 받았다.

그는 용감한 전사가 나라를 위해 순국하기 전에 어머니와 이별하는 것이 인생에서 가장 비극적인 상황이라고 느꼈다. 가장 큰 책임감을 가져야만 어머니와의 영원한 이별이 초래하는 고통을 이길 수 있며, 이별 때문에 마음이 와장창 깨지고 고통스러워지는 정도에 그치지 않게 해준다. 만약 〈닝우관〉이 어머니와의 이별이 아닌 아버지와의 이별을 다루는 것이라면, 루이쉬안은 이 극이 가장 비극적인 극이 되진 않을 거라고 생각했다. 그 연극은 관람하던 당시의 그를 울게 했다. 게다가 극이 생각날 때마다 견디기 힘들었다—이 극에 생각이 미치면 자기도 모르게 모친 생각이 났다.

지금 그는 모친이 부르는 소리를 듣고서 갑자기 자기가 봤던 극을 생각했다. 그는 눈물이 났다. 그는 자기가 주우길[98]이 아니란 것을 잘 안다. 다만 현재 타이위안이 빼앗겼고—상황이 명(明) 말과 너무나 비슷했다!

그는 눈물을 참았다. 아무 말도 할 수가 없었다.

* * *

98 명나라 말기의 유명한 장군으로, 닝우관 전투에서 전사했다.

"큰 애야!"

모친은 이불 밑에서 몇 개의 밤을 꺼내서 샤오순얼에게 주었다. 그리고 나가 놀라고 말했다.

"둘째가, 도대체 무슨 일이니?"

루이쉬안은 곧이곧대로 말씀 드리고 말했다.

"걔는 정말이지, 그런 인간들과 사귀면 안됩니다. 더욱이 집안의 비밀을 그런 인간에게 알리다니요! 란둥양은 하찮은 인간이고, 둘째도 하찮은 인간입니다. 그러나 란둥양은 야심이 있습니다. 둘째는 하찮고 생각이 없어요. 그래서 당하곤 하는 거죠. 둘째가 그렇게 별 볼 일 없지 않고 자기 나름대로 생각할 줄도 안다면, 란둥양이 감히 그를 모욕하지 않았을 겁니다. 둘째가 그렇게 하찮은 인간이 아니면 란둥양을 무서워한다고 학교에 못 갈 이유도 없겠죠. 걔는 남의 일에 끼어들기 좋아하고 간이 작아요. 그래서 영문도 모르게 직업을 잃어버린 겁니다!"

"그러나 둘째가 집에 처박혀 있다고 과연 평안무사하다고 할 수 있을까? 란가란 놈이 이 일을 잊지 않고, 고자질할 수도 있잖니?"

"그럼…"

루이쉬안은 멍해졌다. 그는 둘째가 쓸모없는 놈이라는 점에 너무 집중한 나머지, 둘째가 학교에 가지 못하는 것을 터무니없다고만 여겼다. 그는 란둥양이 자신의 명예를 위위해 친구를 팔아먹을 수 있는 놈이란 점을 무시한 것이다.

"그… 둘째는 떠나지 않는대요. 제가 물어보았어요!"

"그 란가 놈이 정말로 고자질한다면, 너와 둘째가 일본인에게 잡혀가겠네? 첸 선생이 저렇게 고생한 것은 어떤 사람이 고자질 한 탓이 아닌가?"

루이쉬안의 심장이 방망이질 했다. 그는 위험을 느꼈다. 그러나 늙은 어머니를 안심시키기 위해 웃으면서 말했다.

"괜찮을 것입니다!"

말하고도 왜 '괜찮을지'는 말하지 않았다.

어머니 곁에서 나오자 그는 걱정이 되기 시작했다. 그는 자신의 심리를 잘 살피는 사람이었다. 그는 자신이 둘째가 못난 놈이라는 점만 보고, 사태가 악화될 수도 있다는 점을 잊은 것이 괴로웠다―둘째와 자기가 정말 잡혀간다면 이 일가는 어떻게 되겠나? 그는 똑똑히 보게 되었다, 이런 위기 속에서는 하찮게 행동하는 것이 죽음을 불러일으킬 수 있다는 사실을!

루이쉬안은 담을 사이에 두고 둘째를 소리쳐 불렀다. 둘째는 별로 기분이 내키지 않았지만 돌아왔다. 평소 같으면 조부, 부모와 아내가 엄격하게 단속하기 때문에 둘째는 하루 종일 집에 처박혀 있다. 그는 야심이 없어서 떠들썩한 구경거리만 원한다. 거기다 샤오원 부인을 몇 번 보면 마음이 편안해진다. 모두의 눈이 있어서 자주는 못 간다. 그래도 우연히 한 번 가면 오래 앉아 있다―다른 하찮은 인간들과 마찬가지였다. 그는 엉덩이가 무거웠고, 밉살스러웠지만, 정작 스스로 는 그런 줄 몰랐다.

"왜 그래?"

둘째가 심드렁하게 물었다.

첫째는 동생의 표정에 상관하지 않고, 마음속의 우려를 말하기 시작했다.

"둘째야! 왜 내가 이 일을 생각하지 못했는지 모르겠다! 너 보다시피 내가 방금 생각났는데 란둥양이 정말 고자질하면, 헌병이 너나 나를, 혹은 우리 둘을 잡아 갈 것이다. 그럼 어쩌지?"

둘째는 안색이 바뀌었다. 당초에 그는 확실히 란둥양이 밀고할까 두려웠다. 집에서 3~5일 참고 있어도 아무런 동정이 없자, 그는 또 마음을 놓았다. 고분고분하게 집에서 피하고 있으면 위험이 지나갈 것이라고만 생각했다. 집은 그의 보루였고, 부모 형제는 그의 경호원이었다. 그의 집은 늙은 쥐의 굴이었다. 위험이 있으면 숨었다가 위험이 지나면 다시 뛰쳐나간다. 그는 피할 줄만 알았지, 투쟁하거나 저항하진 못했다. 이제 그는 두려웠다—어쩌다보니 웃음거리가 된 사람은 겁이 제일 많다. 사탕 한 알이 그를 기쁘게 하고, 죽은 쥐 한 마리가 그를 놀래서 도망가게 할 수 있다.

"그러면 어떻게 하지요?"

그는 입술을 핥으며 이렇게 물었다.

"둘째야!"

루이쉬안은 간절하게 말했다.

"전쟁이 불리하다. 당분간은 베이핑에서 출로가 막힐까 두렵다. 란둥양과 같은 사람은 장래에 우리가 승리하면 반드시 죄의 대가를 치르게 되어야하는 사람이다. 그는 한간이야! 불행히 우리가 실패하면, 자연히 순국하면 제일 좋겠건만, 안 된다 한들 자동적으로 란둥양이나 관샤오허처럼 적을 위해 일해서는 안되지. 한 사람이 국민이 되려면, 적어도 이 점은 분명히 해야 해! 너가 이전에 저지른 잘못을 우리가 여기서 들먹일 필요는 없는 것 같아. 오늘, 나는 네가 허리를 꼿꼿이 펴고 베이핑에서 누렸던 일체의 즐거움과 시시한 것들을 털어버리길 바란다. 빨리 탈출하여 국가를 위해 일을 하기 바란다.

너에게 큰 능력이 없고 모두에게 도움을 주지 못한다 해도, 적어도 자유 중국인이 될 수 있잖냐. 노예나 한간이 아니라 말이다! 내가 너를 쫓아낸다고 생각하지 마라! 나는 동생들을 보내고 나 혼자 조부와 부모를 봉양하겠다. 이 책임과 고생이 절대로 적은 것이 아니다. 어느 날에 도살 당하거나 굶어 죽을 수도 있다. 나는 노인들 모시고 함께 죽을 것이다. 나는 두 동생이 밖에서 항일한다면 죽어도 눈을 감을 수 있다. 너는 반드시 가야 한다! 게다가 란둥양이 셋째의 일을 밀고한다면, 너와 나는 곧바로 체포될 위험이 있다. 너는 반드시 가야한다!"

첫째의 진심, 간절함, 긴박함이 루이펑을 감동시켰다. 감정이 깊지 않은 사람은 더욱 쉽게 감동받는다. 둘째는 망국의 대사에 관심이 깊지 않지만, 문명희[99]를 들을 때는 눈물을 흘린다. 지금은 그도 감동을 받아서 눈물이 흐를 것 같았고, 억지로 눈물을 참고 떨리는 소리로 말했다.

"좋아! 나는 집사람에게 가서 그녀와 상의하겠네!"

루이쉬안은 둘째가 뚱보 아내와 의논하면 좋은 결과를 기대할 수 없다는 것을 잘 알았다. 왜냐하면 뚱보 아내는 남편보다 훨씬 더 천박하고 멍청했기 때문이다. 그러나 그는 둘째가 뚱보 아내와 의논할 필요가

• • •
99 20세기 초 상하이에서 유행한 연극으로, 정식 극본 없이 공연할 때 즉흥적인 요소를 가미한다.

585

없다고 조언하며 둘째를 막지 않았다. 그는 언제나 어떤 사람이라도 강제로 몰아세우는 것을 좋아하지 않았다.

둘째가 급히 나갔다.

루이쉬안은 자기의 이야기가 쓸모가 얼마나 있을지 의심은 했지만, 둘째가 총총히 나가버리는 것을 보고 마음이 어느 정도 통쾌해졌다.

30

사람의 살은 가죽 채찍을 위해 준비된 것이 아니다. 아무도 얻어맞아서 기뻐하지 않는다. 그러나 굳센 사람은 고통을 분명히 알지만 매를 두려워하지 않는다. 그래서 가죽 채찍을 맞으면서도 정의를 위해 이를 악문다. 이러한 사람과 정반대인 사람이 있다. 채찍이 자기 엉덩이에 닿는 것을 보지도 못했는데, 채찍을 든 사람을 보면 멀리서부터 꿇어앉아서 용서를 구하려 한다. 란둥양은 그런 사람이었다.

그는 루이펑과 싸움을 할 당시에, 만에 하나라도 루이펑이 정말로 그를 때리리라고 생각하지 않았다. 그는 싸움을 제일 싫어했다. 그래서 그는 '비판'은 언제나 그가 질투하는 사람을 몰래 저주하는 것에 그쳤지, 정정당당하게 맞서 욕을 하지 못했다. 그는 싸우기 무서워했기 때문에, 정부가 일본에 저항하는 것은 지혜롭지 못한 것이고 자기는 가장 총명하다고 여겼다—멀리서부터 일본인을 향해 무릎을 꿇곤 했다!

그의 신체는 허약했으므로 루이펑의 한 방에 기절을 했다. 한참만에야 깨어났다. 그는 침을 삼키면서 혹시 루이펑이 다시 때릴까 겁이 나서 곧장 도망을 쳤다.

베이핑에 상당히 오래 살았기 때문에, 그는 베이핑 사람은 싸우지 않는다는 것을 안다. 그러나 루이펑이 예상치 못하게 손을 썼다. '으! 그 새끼 필시 무슨 내력이 있다!' 그는 작은 찻집에 앉아서 이런 추측을 했다. 란둥양은 학교로 돌아가 자기 내력을 믿고 그를 때린 사람에게 사과하고 싶었다. 아니야, 사과할 수는 없어! 일단 사과를 하면 그는 곧 옛날처럼 학교에서 위풍을 부리지 못하게 될 것이다. 그리고 사람들이 그가 막무가내로 행동하는 것이 맞을 이유가 있기 때문임을 간파하게 될 것이다. 그는 깨달았다. 자기가 매를 두려워한다는 것을 일본인에게 반드시 알려야 한다. 절대로 중국인이 알게 해서는 안 된다. 그는 일본인을 매우 두려워하고, 이로써 중국인에게 위세를 부려야 한다.

그러나 루이펑은 감히 다시 학교에 나오지 못했다! 이 때문에 그는 마음 놓고 교내에서 루이펑에 대한 험담을 늘어놓을 수 있었다. 그는 루이펑이 자기 돈을 속여 빼앗고 자기를 때렸기 때문에 학교에 다시 올 염치가 없을 것이라고 말했다. 모두는 루이펑이 감히 얼굴을 내밀지 못해서 둥양의 허튼 소리를 믿을 수밖에 없었다. 둥양이 헛소리를 지껄이는 것이라도, 증거가 없는 상황이니 말이다. 그의 얼굴은 양일간에 굉장히 심하게 움직였다. 그는 득의에 차 있었다. 그는 스스로 산문시라고 부르는, 몇십 개의 단락으로 구성되고 각 단락마다 몇십 개의 글자를 적은 글 외에 소설도 써서 일본인에게 보여주고 싶었다. 내용은 아직 제대로 생각 못했지만, 이미 예쁜 제목을 생각해 두었다—《오색기의 부활》. 그는 힘이 넘쳤다. 거리에서 들개를 보면 얼굴을 움직여서 힘을 과시하고 싶었다. 작은 고양이를 보면 심지어 '푸' 하는 소리까지 질렀다.

루이펑이 이미 죄가 두려워 도망을 쳤으니, 오히려 둥양이 그를 끝장 내고 싶었다. 둥양은 밀고하고 싶었다. 다만 밀고하더라도 상금을 탈 수 없다는 소리를 들었다. 수지가 안 맞는다! 오히려 루이펑에게 돈 몇 푼 우려먹는 게 더 타당하다고 생각했다. 그러나 만일 루이펑이 다급해서 다시 때리려고 든다면? 그러면 안 되지!

그는 관샤오허와 상의를 하고 싶었다. 관샤오허에 대해서는 탄복하 지 않을 수 없었다. 관샤오허는 아는 게 많았다. 그는 언젠가는 반드시 일본인과 더 친밀한 관계를 맺을 것이고, 그러려면 관샤오허처럼 더 많은 지식을 지녀야 한다고 느꼈다. 그래서 일본인과 먹고 마시고 놀 때 일본인들의 환심을 살 수 있어야 했다. 그 정도 경지에 오르지 못하더라도, 글을 쓰기 위해 관 선생과 자주 왕래해야겠다고 생각했다. 만약 그도 관 선생처럼 술 마시고 담배 피우는 일련의 경험과 사실을 말할 수 있으면, 힘 들이지 않고 물 흐르듯 글을 쓸 수 있지 않을까.

다른 한편, 관 씨 댁 여인들도 그를 유혹하는 힘이었다. 한담을 통해 서 모종의 수확을 얻을 수 있기를 희망했다.

그는 또 관 씨 댁에 갔다. 다츠바오가 40위안을 돌려주자 놀라고, 흥분하고, 감격했다. 그는 조금이라도 감사 표시를 하지 않을 수 없어서 자오디 자매에게 땅콩 반 근을 사주었다.

그는 다시는 마작을 할 용기가 안 났다. 기꺼이 노예가 되려는 사람은 호방하게 굴 수가 없다. 일확천금을 노리는 사람은 적의 수중에 있는 쇼와 사탕 한 알을 얻어먹으려 들지 않는다. 그는 관샤오허와 치 씨 집을 어떻게 밀고할지 상의하고 싶었다. 그러나 오래 앉아 있어도 시종 그 문제를 감히 꺼낼 수가 없었다. 그는 또 관 씨 댁이 자기의 밀고 건을 탈취할까 두려웠다! 그는 관샤오허를 경복하기도 하지만, 그보다도 많이 질투하기도 했다. 질투심 때문에 누구와도 합작할 수가 없었다. 이 때문에 그의 마음속에는 친하고 소원하고의 구분이 없었다. 그는 중국인 친구가 없었고, 일본인을 적으로 인정하지도 않았다.

그는 비밀을 밀봉한 채 돌아가서, 다음에 좋은 기회를 기다렸다가 팔아먹기로 작정을 했다.

란둥양은 타이위안의 함락을 축하하는 행진과 대회에 대단히 만족감을 느꼈다. 참가 인원수가 저번 바오딩 함락 경축회보다 더 많았고, 대회 종목도 더 떠들썩했다. 다만 옥의 티가 있긴 했다. 일본인들은 중산공원에서의 구극 공연에는 불만이 컸다. 공연 목록이 잘 짜여지지 못했다. 그와 친구들 모두가 구극에 대한 지식이 부족하여, 목록을 짤 때 〈연환계〉와 〈연환투〉[100]가 같은 극인지 분별할 수 있는 자가 없었다.

그들은 모두 베이핑에 몇 년 살기 때문에 경극이 좋다는 것은

* * *

100 모두 경극 제목이지만, 〈연환계〉는 《삼국연의》의 내용을 바탕으로 하고 〈연환투〉는 《시공안》의 내용을 바탕으로 한다.

알았지만 들을 줄은 몰랐다. 그들은 베이핑에 신 콩물과 구운 양고기가 있는 것을 알면서도 먹고 마실 엄두는 못 내는, '베이핑통'으로 자처하는 자들이었다. 그들은 압력을 가해 명배우와 아마추어 배우들을 동원할 수는 있었지만, 어떤 극을 '주문' 할지는 몰랐다. 가장 큰 실패 원인은 '분극'101을 적게 주문한 것이었다. 그들의 일본 상사들은 음탕한 것을 보고 싶어 했지만, 그들은 예전처럼 분극을 제공할 순 없었다. 수많은 분극이 상연 금지된지 벌써 20~30년이 되었기 때문이다. 그들은 극명조차 말할 수 없었으며, 어느 배우가 연기할 수 있는지도 몰랐다.

란둥양은 자기네들 중에 한 명이라도 관샤오허 같은 사람이 있었다면, 이렇게 궁지에 처해질 지경에 이르진 않았을 것이라고 생각했다. 그들은 영합하려 해도 무엇으로 영합해야 되는지 몰랐다. 샤오허는 알았다.

그는 또 관 선생을 만나러 갔다. 그는 관 선생이 자기를 누르고 오를까봐 겁이 나서, 관 선생을 신민회에 데리고 들어갈 생각은 없었다. 다만 관 선생과 얘기를 나누다가 부지불식간에 지식을 넓히고 싶었다.

관 씨 집 대문을 아이들이 둘러싸고 있고, 두 명의 거지가 문설주에 크고 붉은 희보를 붙이는 중이었다. 그들은 희보를 붙이면서 큰 소리로 외쳤다.

"존가의 나으리께서 승진하셨습니다! 경사를 알리러 왔소이다!"

다츠바오가 소장으로 발표되었다. 관샤오허가 부인을 기쁘게 하려고, 부인 모르게 두 장의 희보첩을 썼다. 그리고 리쓰예에게 시켜서,

• • •
101 외설적 연극.

거지 두어 명을 찾아 대문에서 희소식을 알리게 했다. 그가 고등학교를 졸업할 때 희보첩을 문전에 붙이고 희가를 부르는 사람이 있었다. 민국 시대에 들어서자 베이핑에는 이런 관습이 점점 사라졌다. 관샤오허가 오늘 이 관습을 부활시키기로 결정했다! 거지들이 세 차례 사례금을 요구하자 관샤오허가 세 차례 돈을 주었지만, 매번 아주 적은 금액이라서 거지들이 다시 조르게 되었다. 그래서 거지들이 문앞에서 좀 더 떠들게 되었다. 란둥양이 왔을 때 거지들은 이미 넷째 사례금을 요구하고 있었고, 관 선생은 이미 2마오를 손에 꼭 쥐고 있었지만 거지들이 더 떠들게 하기 위해 문밖으로 나오지 않았다. 그는 후퉁 사람 전부가 자기 문 밖을 에워싸기를 바랐다. 그러나 문 밖에는 아이들 한 떼였고, 가장 나이 많은 사람은 청창순에 불과했다.

그의 희보는 잘 쓰여졌다. 그런데 다츠바오가 기녀검사소 소장이 되었지만, 관 선생은 기녀라는 글자를 써넣고 싶지 않았다. 그러나 그는 기녀를 무슨 말로 바꾸어야 할지 몰랐다. 반나절이나 고심한 끝에 妓(기)자의 반쪽이 支(지)임을 떠올렸고, 支에서 织(직)자[102]를 생각해 냈다. 그는 미소를 머금고 써내려 갔다. '귀댁의 관부인이 织女(직녀)검사소 소장에 임명되어…'

둥양은 머리를 갸우뚱거리며 반나절이나 직녀가 어디에서 나왔는지 생각했다. 그는 불쑥 청창순에게 물었다.

"직녀가 무슨 말이요?"

청창순은 외할머니 아래에서 컸기 때문에 굉장히 착실했다. 그러나

• • •

102 '支'와 '织'의 발음이 같다.

인상이 고약한 사람의 무례한 말을 듣고 자기는 지나치게 착실할 필요가 없다고 생각했다. 코맹맹이 소리로 대답했다.

"견우 아내!"

둥양은 크게 깨달았다. '오우! 여배우 관리자구먼! 견우와 직녀가 은하로 이어지는 얘기는 연극이 아니었나? 이렇게 깨닫자 그는 일찍이 창극에 대해 배우지 못한 것이 후회되었다. 동시에 마음을 정했다. 관 선생이 신민회에 들어오려고 하면, 자기가 대신해서 활동해야겠다고 생각했다. 그는 관 씨 댁 문에 막 붙은 붉은 첩지를 보고서 이전의 생각을 바꾼 것이다. 방금 전까지 란둥양은 관 선생과의 대화로부터 지식을 얻기만 하고, 그를 '회'에 들이지는 않기로 했었다. 이제는 깨달았다. 관 씨 집이 돈이 없지도 않고, 세력도 없지 않으니, 마땅히 정성을 다해 관 씨 집과 협동해야겠다—저 붉은 희첩을 보라. 부인까지도 소장이 되었다! 그는 스스로에게 이번에는 다시 질투할 필요가 없다고 경고했다. 관리들끼리는 항상 형제와 같은 우애와 혼인으로 관계를 맺는 것을 보지 못했는가?

관 선생은 양팔을 닭을 쫓듯이 휘둘렀다. 입으로 큰 소리로 질책했다.

"가거라! 가거라! 내 귀가 멀 지경이다!"

그런 후에 손에 꼭 쥐고 있던 2마오를 돈을 땅에 던졌다.

"다시는 없다! 알아들었어?"

말을 마치자 눈은 다른 곳을 돌려, 거지들에게 이게 최후라는 것을 알게 했다.

거지들은 2마오를 집어 들고, 투덜거리며 떠났다.

관 선생은 란둥양을 알아보고 즉시 공수했다.

란둥양은 세상물정을 잘 몰라서 예절에 밝지 못했다. 그의 처세 비결은 지금까지 '무례'였다. 베이핑 사람들의 예는 너무 지나치다. 그들은 예를 중시하지 않는 사람을 만나면 두려워하여, 모든 일에 물러나고 양보한다.

관 선생은 둥양이 예를 잊어버리게 하지 않기로 결정했다. 그는 먼저 공수하면서 선수를 쳤다.

"황송하옵니다! 황송하옵니다!"

둥양은 '축하! 축하!'란 말이 생각나지 않아 손만 들어 올려 공수했다. 관 선생은 이미 만족해하면서 '들어오십쇼! 들어오십쇼!'를 연발했다.

두 사람이 막 마당에 들어가자, 란둥양과 방문의 창호지가 일제히 떨릴 정도의 큰 소리가 들렸다. 샤오허가 바쁘게 덧붙였다.

"집사람 기침소리요! 마누라가 소장이 되드니, 기침 소리가 좀 맹렬해졌다오!"

다츠바오는 응접실 한 가운데 앉아 있었다. 기왓장을 들썩거리게 하는 기침소리, 담소, 숨소리조차도 모두 확성기를 통해서 나오는 듯했다. 다츠바오는 둥양이 들어오는 것을 보고도 일어나지 않았다. 아주 인색하게 머리만 끄덕였다. 그리고 나서 흰 분을 반 근이나 바른 손을 의자를 향해 흔들며, 손님이 앉기를 권했다. 그녀의 기백이 이미 너무 커서, 딸이 감히 엄마라 부르지 못하고, 남편이 아내라고 부르지 못하여, 모두 소장이라고 불러야 했다. 둥양이 앉는 것을 보자, 그녀는 하인을 불렀다. 그녀의 목소리는 어떻게 조절한 것인지 모르게 귀찮은 듯 하면서도, 동시에 엄청난 권위를 지녔다. 게다가 가래가 끓는 것 같기도 했으나, 매우 무게감과 힘이 있었다.

"여봐라! 차 따라라!"

말이 되는 듯 안 되는 듯한 몇 구절의 글만 지을 줄 아는 둥양은, 가련하게도 이렇게 센 여자는 본 적이 없었다. 도저히 어떻게 해야 할지 몰랐다! 그녀는 이미 이틀 전의 그녀가 아니고, 그녀와 소장이 합쳐진 격이었다. 그는 무어라고 해야 할지 몰라서 아무 말도 하지 않았다. 그는 마음으로 후회했다―자기가 신민회에 들어갔을 때 왜 저렇게 위세를 부리지 않았는가? 어떤 의미에서 관료가 된다는 것은 위세를 부리기 위한 것이 아닌가?

샤오허가 둥양을 또 구했다. 그는 다츠바오에게 말했다.

"부인에게 보고 드립니다!"

다츠바오는 성난 듯 아닌 듯, 웃는 듯 아닌 듯 끼어들었다.

"소장 부인! 아니! 간단히 말해 소장!"

샤오허는 웃으면서 몸을 비틀더니, 감미롭게 말했다.

"소장에게 보고합니다! 둥양이 축하하러 왔습니다!"

둥양은 얼굴을 일그러뜨리며 일어섰다. 그러나 할 말을 찾지 못해서, 그녀를 향해 입을 벌리며 세 개의 커다랗고 누런 이를 드러냈다.

"황송하옵니다!"

다츠바오는 여전히 일어나지 않고, 서태후가 보좌에 앉아 조정 대신들의 축하를 받듯이 조금도 예의를 갖추지 않았다.

바로 그때 마당에서 소리가 들렸다. 날카롭고도 하찮은 소리였다.

"축하하러 왔슈! 축하합니다!"

"루이펑!"

샤오허는 약간 놀란 듯 낮은 소리로 말했다.

다츠바오는 루이펑을 대단찮게 생각했지만, 그의 축하인사를 거절할 수 없었다. 축하 인사를 거절하는 것은 상서롭지 못하다.

샤오허는 문까지 나가서 영접했다.

"애쓰셨소. 애쓰셨소! 황송하구먼!"

루이펑은 축하주를 마시러 온 사람처럼, 제일 좋은 두루마기와 마고자를 입고 있었다. 재빨리 응접실 층계에 와서 발을 멈추고, 부인이 먼저 가도록 양보했다. 그 점은 영화를 보고 배운 서양식 예절이었다. 제일 좋은 옷을 입고 온 퉁보 부인도 얼굴에 자만심이 가득 차서, 평소보다 얼굴이 더 퉁퉁해 보였다. 그녀는 얼굴을 높이 쳐들고 큰 엉덩이를 비틀며, 한 걸음 오를 때마다 헐떡거리며 천천히 계단을 올라갔다. 그녀는 손에 다오샹춘에서 사온, 보기에는 좋으나 맛은 보장 못 할 선물 상자를 들고 있었다.

다츠바오는 원래 일어나고 싶지 않았으나, 붉은 꽃 버들 색의 푸른 예물 상자를 보게 되자 마지못해서 일어났다.

예의 측면이라면 루이펑은 둥양에 비해서 열 배나 더 잘 안다. 그는 베이핑 사람이기 때문에 예를 행하는 것을 좋아했다. 그는 열렬하게 치하하고 몸을 깊이 숙여 국궁했다. 그런 후에 퉁보 부인의 손에서 예물 상자를 받아서 탁자 위에 놓았다. 그 상자는 싸구려고 촌스러웠지만, 탁자 위에 올려놓으니 방에 축하 분위기를 더해주었다. 축하 인사가 끝나자 그는 친절하게 둥양을 불렀다.

"둥양 형, 당신도 여기 계셨구려? 제가 며칠 정신없이 바빠 학교에 못 나갔습니다! 요새 어때요? 괜찮죠?"

둥양은 처세술에 능하지 못했다. 목을 빼고, 얼굴을 찡그리고, 눈알을 위로 치켜들었다가 아래로 내리면서 아무 말이 없었다. 그는 마음속으로 말했다.

"조만간 너 이 자식을 감옥에 넣을 거다. 네가 나와 노닥거려보아야 소용없다!"

그때 뚱보 부인은 이미 다츠바오 옆에 앉아서 그녀에게 알려줬다. 루이펑이 교육국 서무과 과장이 되었다. 사실 그녀는 축하하러 온 것이 아니고, 앙갚음하러 왔다—그녀의 남편이 과장이 되었다!

"무엇이라고?" 관 씨 부부가 약속이나 한 듯이 함께 소리 질렀다. 다츠바오는 남편의 말소리와 자기 말소리가 어느 쪽이 먼저인지 구분이 되지 않아서 불만이었다. 그녀는 말했다. "제가 먼저 말하게 양보해주시죠?"

샤오허는 급히 두 걸음 뒤로 물러서서 웃으며 말했다.

"당연하지! 소장! 죄송합니다!"

"뭐라고?"

다츠바오는 일어서서, 금팔찌를 두른 큰 손을 뻗쳤다.

"자네가 나에게 축하하러 왔다구? 치 과장! 정말 대단하다! 말 한마디 안하고 참 침착하네!"

그렇게 말하며 힘주어 루이펑과 악수하고, 손가락이 아플 정도로 꽉 쥐었다.

"창순!"

그녀는 손을 놓고, 하인을 불렀다.

"영국부에서 가지고 온 브랜디 가져와!"

그런 다음 모두에게 말했다.

"우리 함께 한 잔 하자. 치 과장과 과장 부인에게, 축하!"

"아니요!"

루이펑은 이런 시시한 자리에서도 왕왕 천재성을 발휘한다.

"아니오! 우리는 먼저 소장님과 소장님 부인에게, 축하의 말씀을
올려야죠!"

"모두 함께 축하합시다!"

샤오허는 눈썹을 펴면서 말했다.

둥양도 그 자리에 있었다. 얼굴이 천천히 녹색으로 변했다. 그는
질투가 나고 한이 되었다. 그는 며칠 전에 손을 써서 루이펑을 감옥에
처넣지 않은 것이 후회되었다! 이제 그는 루이펑과 화해하는 수밖에
없었다. 루이펑은 과장이니까! 그는 루이펑을 원망했지만, 과장의 감정
을 상하게 하면 곤란했다!

술이 나오자 모두 잔을 부딪쳤다.

루이펑은 마음 속에 덮어주지 못해서, 자기가 과장 자리를 얻게 된
경위를 떠벌리기 시작했다.

"나는 마누라에게 감사하지 않으면 안 됩니다. 마누라의 둘째 외삼촌
은 막 발표된 교육국 국장의 의형이세요. 국장은 그녀의 둘째 외삼촌이

아니면 감히 그 자리에 앉을 수 없었죠. 왜냐하면 둘째 외삼촌은 이미 교육국 국장을 지낸 경험이 있고, 거기다 일본 유학생이셨거든요—일본말을 완전히 일본 사람과 동일한 정도로 구사하세요! 그러나 둘째 외삼촌은 다시 일을 하고 싶지 않았나봐요. 그 어르신께서는 저축한 게 있었고, 몸이 불편해서 다시 마음 쓰고 수고할 필요가 없다고 생각했대요. 국장이 애걸하다시피 해서, 그제서야 둘째 외숙이 할 수 없다는 듯이 말했다네요. 그래, 도와줄 사람 찾아줄게, 라면서요. 둘째 아저씨는 저를 떠올리신 거죠! 공교롭게도 우리 아내가 바로 그때 친정에 머물고 있어서 둘째 외삼촌에게 말한 겁니다. 둘째 삼촌, 루이펑은 아마도 부국장보다 낮은 자리는 받지 않을 거예요! 그런데 둘째 삼촌이 바로 그녀에게 사정을 했어요. 생질서에게 우선 참아달라고 하라면서! 부국장 자리에는 이미 사람이 있는 데다, 일본 사람이 골라 파견한 거라구. 갑자기 바로 바꿀 순 없다구. 마누라는 둘째 외삼촌이 병으로 골골하는 것을 봐서 다른 말 하기 계면쩍었던 거죠. 그래서 제게 과장 자리가 떨어진 겁니다—반드시 서무과장이어야 했죠!"

"부국장 자리는 오래지 않아 자네 수중에 떨어지겠구만! 미리 승진 축하하네!"

샤오허는 술잔을 쳐들었다.

둥양이 작별을 하려 했다. 방 안의 분위기가 그를 앉아있지 못하게 했다. 다츠바오는 그가 가도록 놔주지 않았다.

"간다구? 둥양, 당신과 사귀귀 참 어렵군요! 오늘 더 즐겁게 놀아야하지 않겠어? 왜 꼭 가야 해? 그래, 죽자고 붙잡진 않을게요. 대신 내가 말 끝날 때까진 기다려요!" 그녀는 일어나서 한 손을 가슴에 대고, 다른 손으로 테이블을 붙잡으며 연극하듯이 말했다.

"둥양, 당신은 신민회에 있고, 루이펑은 교육국에 들어갔어요. 나는 작은 소장 자리 하나 얻었소. 샤오허는 오래잖아 어떤 지위를 얻을 거요. 아마도 우리보다 더 높은 자리일 거요. 이렇게 왕조가 바뀌는 시대에 우리들이 손을 합치는 것이 나쁘지 않을 거요! 우리가 단결하고, 서로 돕고, 당당하고 순조롭게 우리의 천하를 열어 가야 해요. 우리 집안의 한 사람 한 사람이 일을 맡게 되고, 권세를 잡고, 돈도 벌 수 있을 거요! 일본인이 당연히 제일 먼저 한 몫 챙기고, 우리, 그리고 우리들의 여자 친척들까지도 둘째 몫을 챙겨야 돼요! 우리는 마음 모아 노력해서, 하나의 세력을 만들어내야 해요. 모든 사람, 심지어 일본인까지도, 모두 우리의 말에 귀를 기울일 거예요. 가장 좋은 물건을 우리에게 받칠 것이에요!"

루이펑은 머리를 기울여서 어떤 소리를 듣는 닭처럼 마음을 기울여 자세히 들으려 애썼다. 다츠바오가 득의에 차서 말할 때는 그의 입술도 함께 움직였다.

샤오허는 다소곳이 서서 한 마디 한 마디에 머리를 끄덕였다. 눈알이 어쩔 줄 모르게 촉촉해져서 눈물이 고이는 듯 했다. 둥양의 눈알이 누차 위로 올라가다가 아래로 떨어졌다. 그는 마음속으로 몰래 계산했다. 나는 너희들을 이용하지, 너희들에게 이용당하지 않겠다. 너희들 다시 교묘한 말로 나를 꼬이지 말라. 나는 다시 속아 넘어가지 않겠다!

둥보 부인은 입을 삐쭉거리며 미소 지으며 마음속으로 말했다. 내

비록 과장은 아니지만, 내 남편의 과장직은 내가 구해준 거다. 나도 너와 마찬가지로 능력이 있다. 지금부터 나는 너를 조금도 두려워하지 않겠다!

다츠바오는 원래 뱃심이 대단했지만, 지나치게 흥분한 탓인지 말을 끝내자 약간 숨을 헐떡거렸다. 그녀는 가슴에 대고 있던 손으로 가슴을 문질렀다.

그녀가 말을 마치자 샤오허가 앞장서서 박수를 유도했다. 그런 후에 그는 애교 섞어 달콤하게 치 부인이 한 말씀 하게 청했다.

뚱보 부인은 얼굴이 조금 빨개졌다. 두 손으로 의자를 잡았지만, 차마 일어나려고 하지 않았다. 그녀는 마음속으로는 득의양양했지만, 말이 나오지 않았다.

샤오허는 두 손을 아주 빠르고 가볍게 쳤다.

"한 마디 하세요! 과장 부인! 한 마디 하세요!"

루이펑은 밤새 자기를 꾸짖을 때를 제외하고, 마누라의 말솜씨가 변변찮다는 것을 잘 알았다. 그러나 감히 마누라 대신 말할 수는 없었다. 만에 하나 오늘 마누라가 운이 트인 김에 똑똑해져서 말솜씨가 생길 수도 있으니까! 그의 눈이 마누라의 얼굴을 주시했다. 자세히 안색을 관찰했으나 경솔하게 입을 열지는 못했다. 전에는 마누라로서 그녀를 두려워할 뿐이었다. 지금은 전능한 신을 대하듯이 그녀가 두려웠다.

뚱보 부인이 일어났다. 샤오허의 손이 다시 크게 울렸다. 그녀는 그러나 연설 준비가 되어있지 않았다. 그녀가 웃더니 루이펑에게 말했다.

"우리 집에 가자! 할 일이 아주 많지 않소?"

다츠바오는 곧 선언했다.

"좋아! 우리 다음 날 축하 잔치를 여는 것이 좋겠소. 오늘은 다들 바쁘니까!"

치 과장 부부가 밖으로 나가고, 관 소장 부부도 전송하러 나갔다. 대문에 이르자 다츠바오가 생각이 났다.

"내가 말했지요. 치 과장! 우리가 이사와도 좋다고 했지요. 우리집 전체가 환영한다오!"

뚱보 부인이 머뭇거리다 말했다.

"우리는, 둘째 외삼촌 댁으로 이사 갈 거요. 거기가 교육국에서 가깝고, 집도 세련되고, 그리고 또…"

그녀는 원래 '저희 집의 조부와 부모는 모두 멍청해서, 과장의 선배 노릇할 자격이 없어요'라고 말을 잇고 싶었다. 그러나 루이펑을 한 번 보니 그렇게 말하기가 거북했다. 남편이 이미 과장이 되었으므로, 그녀는 그가 체면을 유지하도록 해줘야 한다.

둥양은 반대로 작별하지 않았다. 혹시 루이펑 부부와 동행해서 나가면, 치 씨 집에 들려 축하 인사를 해야 할까 두려웠기 때문이다. 그는 루이펑을 무시했다.

다츠바오는 밖에서 돌아와서 샤오허에게 물었다.

"치 씨 댁에 갑시다! 가서 선물 좀 찾아와!"

그녀는 집에 루이펑이 가지고 온 것과 같은 예물 바구니가 적지 않으므로, 두어 개 골라서 먼지를 털면 다시 사용 가능하다는 것을 안다. 그런 종류의 바구니는 영원히 끊임없이 이 집에서 저 집으로 흘러 다닌다.

"두 개 찾아! 둥양 당신도 가야 해요!"

둥양은 루이펑에게 항복하고 싶지 않았으나, 어쨌든 '과장'은 중요한 게 맞았다. 예를 들어, 그는 이 시기를 틈타서 교장을 내쫓고, 스스로 그 자리를 맡고 싶었다. 이 계획을 실현하기 위해서는 교육국에 잘 아는 사람이 있으면 유리하다. 이 때문에 그는 루이펑에게 선물을 보내야 한다! 그는 베이핑 사람에게 정미한 예물을 보내기만 하면, 그 사람은 하늘 같은 큰 일을 해줄 수 있다는 것을 알았다. 그는 머리를 끄덕이며, 관 씨 부부와 함께 치 씨 댁에 가서 축하인사를 하고 싶었다.

샤오허는 두 사람 분 예물을 골랐다. 하나는 영원히 아무도 안 마실 듯한 술 두 병, 하나는 작은 갑에 들은 마른 매실, 연근가루, 과자였다. 이 두 가지는 모두 적어도 스무 집은 거쳤을 것이다. 관샤오허는 하인들에게 선물 포장의 빨간색과 초록색 실을 바꾸라고 했다.

"됐어, 아주 좋아. 예는 가볍고, 인물은 중요한 법!"

치 노인과 톈유 부인은 루이펑이 과장이 되었다는 말을 듣고 참말로 기뻐했다! 사실을 말하면 치 노인은 자손들이 관리가 되는 건 바란 적도 없었다. 그는 나무가 크면 바람을 많이 불러 일으키고, 높은 관리가 되면 화를 부르는 것을 알기 때문에 손자들이 너무 빨리 승진하는 것을 원치 않았다—그 자신부터가 빈민 출신이 아닌가! 톈유가 사장이 되고 루이쉬안이 교사가 되었으니, 그가 보기에는 이미 조상을 영광스럽게 했으므로 재앙을 불러오고 화를 일으킬 일이 없기를 빌었다. 그는 집안이 벼락부자가 되는 게 아니라, 천천히 평온하게 발전해야 한다고 생각하고 있었다. 폭발한다는 것은 원기에 손상을 입히기 마련이다. 관리가 되는 것이 반드시 졸부가 되는 것은 아니지만, '관'이라는 존재는 노인의 마음속에서 언제나 무서운 것이었다.

톈유 부인도 시아버지와 같은 생각이었다. 그녀는 언제나 아이들이 위세가 대단할 정도는 아니어도 튼튼하고 성실하게, 크진 않지마 남들이 존중할 만한 일을 하는 사람이 되길 희망했다.

막상 루이펑은 과장이 되니, 노인과 톈유 부인 모두 기뻐했다. 우선 집안에 관리가 있으면 일본인이 날뛸 때 의지할 곳이 있게 된다는 생각 때문이었다.

둘째로 치 씨 집안에는 몇 대에 걸쳐서 관리가 된 사람이 없었다. 현재 루이펑은 이미 관리가 되었고, 노인들은 기쁨을 표시하지 않으면 사람의 도리가 아닌 것 같았다. 채식하는 사람마저도 닭고기나 생선으로 친구를 환대할 때 자부심을 느끼기 마련이다. 하물며 몇 대에 걸쳐 관리가 없었는데, 지금 갑자기 관리가 되었다 쳐도, 치 노인 집─이 집은 자신의 힘으로 사들인 것이다─이 확실히 터가 좋다는 생각을 하지 않을 수 없었다. 노인이 집 생각을 하고서 득의에 차 있었다면, 톈유 부인은 더 자랑스러워야 했다. '관리 아들'을 자기가 손수 낳고 키웠기 때문이다. 그녀는 천박하고 허영에 들뜬 사람이 아니었지만, 그녀 역시 응당 기뻐해야 했다.

그러나 둘째가 이사 가야 한다는 말을 듣게 되자 노인들의 눈이 까맣게 되었다. 치 노인은 집의 풍수가 루이펑에게만 이득이 되었고,

자신에게는 영광을 안겨주지 않았다고 생각하기에 이르렀다! 다시 생각하니 관리가 되어 뜻을 얻자마자 옛 집을 나간다는 것은 바로 불효다! 풍수가 좋은 집이 설마 불효자를 낳을 리는 없겠지? 할아버지는 캉에 누워서 일어나지 않는 것으로 루이펑에게 "할아버지의 냉담"을 알렸다!

텐유 부인은 아주 곤란했다. 그녀는 둘째가 그렇게 예상치도 못하게, 관직을 얻자마자 매몰차게 집을 박차고 나가서 기분이 나빴다. 그렇다고 해도 그를 말릴 수도 없었다. 그녀는 현재 아들이 집에 계속 묶여 있기에는 힘든 시대라는 것을 알았다. 요즘 같은 세상에는 '아내를 얻으면 엄마는 필요없다!'는 사상이 유행한다. 그러나 그녀는 걱정이 되었다. 둘째가 뚱보 아내 말이라면 무엇이든 듣는다면, 그 여자 때문에 망가질 것 같았다. 그녀는 둘째 아들에게 적어도 몇 마디 경고는 해야겠다고 생각했다. 그러나 그녀는 차마 입을 뗄 수 없었다—아들이 이미 성인이 되었고, 어머니의 말이 이미 권위를 잃었기 때문이다! 그녀는 분명히 알고 있었다. 둘째가 마누라에게 당할지언정 어머니 말을 따르지 않으려 할 것임을. 결국 그녀는 말을 하지 않기로 결정하고, 몸이 매우 불편한 척 누워 있었다.

샤오순얼 애미는 꾹 참고, 둘째가 관리가 된 것을 질투하지 않기로 했다. 그녀는 이제까지 줄곧 마음이 넓은 사람이었다. 그녀는 노인들과 둘째 부부에게 축하 인사를 건넸다. 둘째가 이사 나간다는 말을 듣고도 결코 성을 내지 않았다. 왜냐하면 한 곳에 살면 관리인 둘째와 관리 부인인 동서가 그녀를 견딜 수 없게 만들지 모르기 때문이다. 그들 둘이 이사 가니, 오히려 좋다. 그들이 이사 가고 나면, 그녀는 안심하고 노인들을 돌볼 수 있을 것이다. 샤오순얼 애미는 노인들을 돌보는 것이 그녀의 천직이라고 생각했다. 노인들에게 진심을 쏟고, 형제 동서 간의 불필요한 마찰을 줄일 수 있게 된다면 정말 괜찮은 삶일 것 같았다!

이 소식을 듣자, 루이쉬안은 다른 생각 일랑은 할 겨를도 없었다. 그는 그저 한 숨 돌릴 수 있게 되었다고 안도했다. 둘째가 무슨 일을 하던, 자기 힘으로 살아가고, 자주 와서 얄미운 짓만 안하면 하늘에 감사하고 땅에 감사할 일이니 말이다!

하지만 얼마 후 그는 재빨리 생각을 바꾸었다. 아니다. 그는 말 한 마디 하지 않고 둘째가 이사를 가게 할 수는 없다. 그는 형이다. 응당 둘째를 타일러야 한다. 그리고 또 그와 둘째는 치 씨 집 사람이자 중국의 국민이다. 루이쉬안은 일본사람을 위해 일하는 동생을 가질 수 없었다. 루이펑은 단순히 일을 찾아 잠시 동안 편하게 살려는 것이 아니라, 관리가 되어 한간 노릇 하려는 것 아닌가! 루이쉬안의 몸이 갑자기 뜨거워지고 간지러워졌다. 치 씨 가문에서 한간이 나오다니! 셋째는 나라에 충성하기 위해 베이핑을 탈출했는데, 둘째는 집안에서 일본 관리가 되다니. 이러한 상황은 어떻게 평가해야 할까? 솔직히 말하면 루이쉬안의 마음속에는 경계가 분명치 않고, 흑백을 분간하기 어려운 허다한 경계선이 존재했다. 그의 이상은 종종 현실에 의해 패배 당하고, 그의 강인함은 종종 삶 속의 작은 문제들로 인해 연약해졌다. 그래서 그는 자기 의견을 고집하지 않게 되었다. 어쩔 수 없이 눈을 껌벅거리며, 가정과 사회에서 싸우는 동시에 후퇴하는 방식으로 살아 갔다. 충성은 충성이며, 간신은 간신이다. 이는 1마오의 손해를 보거나

606

동전 하나 덜 주는 것처럼 대충 넘길 수 있는 문제가 아니다.

그는 마당에서 둘째를 기다렸다. 석류 나무와 협죽도 따위를 이미 동쪽방으로 옮긴 뒤라 마당이 더 비어 보였다. 남쪽 담장 아래 옥잠화와 추해당은 이미 잎이 시들었다. 몇 개의 크고 노란 이파리만이 힘없이 늘어져서, 언제든지 바람에 날아갈 수 있을 것 같았다. 옛날에는 치 노인이 반드시 그 위에 난로에서 나온 재와 석탄재로 잘 덮어주고, 위쪽에는 빈 화분을 얹어주곤 했다.

올해에도 노인은 여전히 늘 '사정이 오래지 않아 지나갈 거다'라고 모두를 위로하지만, 정작 자기는 그 말을 믿지 않았다. 그가 더 이상 옥잠화에 관심이 없는 점이 이를 증명했다. 두 그루 대추나무에 잎들이 하나도 남아있지 않고 가지 끝에 목을 움츠린 참새 한 쌍만 앉아있다. 하늘에는 구름 한 점 없었다. 그러나 날이 따뜻하지 않은 탓에 태양이 창백해 보였다. 지붕 위에는 몇 개의 마른 풀이 미풍에 흔들리고 있었다. 루이쉬안은 무료하고 비참해서 마당에서 어슬렁거렸다.

루이펑 부부가 밖에서 들어오는 것을 보고 루이쉬안은 자기 방으로 루이펑을 불러들였다. 그는 암시로서 자기 의사를 전달하기를 즐겼지만, 오늘 그는 절대 암시를 사용하지 않기로 했다. 둘째는 암시를 알아챌 수 있는 사람이 아니라는 것을 알기 때문이다. 그리고 상황이 엄중하기 때문에 빙 둘러 말할 수도 없었다. 그는 단도직입적으로 루이펑에게 질문했다.

"둘째야, 너 그 자리에 취임하기로 결정했냐?"

둘째는 마고자 옷깃을 잡고 침착하게 대답했다.

"당연하지요! 과장이란 자리가 쉽게 길거리에서 주울 수 있는 것이 아니잖아요!"

"너가 그 자리에 앉으면, 한간이 된다는 것을 알아 몰라?"

루이쉬안의 눈이 둘째를 뚫어져라 처다보았다.

"한…"

둘째는 실로 그 문제는 생각해보지 못했다. 그는 입을 벌린 채 잠시 아무 말도 하지 않았다. 그는 천천히 입을 다물었다. 재빨리 머릿속을 뒤져서 형에게 반박할 말을 찾았다. 한 가지 생각이 났다. '과장—한간! 이 두 명사는 절대로 하나로 연결될 수 없어!' 이런 생각을 떠올린 후, 그는 곧 말을 꺼냈다.

"그건 태평 시대에나 하는 말이다!"

루이쉬안이 동생에게 잘못을 지적했다.

"지금은 무슨 일을 하든지 곰곰이 생각해보지 않으면 안 된다. 왜냐하면 베이핑이 일본인들에게 점령된 상태니까!"

둘째가 말하려고 했다. '어쨌든 과장 자리는 쉽게 놓을 수는 없어!' 라고. 하지만 차마 입 밖으로 말을 내뱉지는 못하고, 우선 형에게 반격했다.

"그렇게 말하면 형, 부친도 일본 상품을 팔고 있고, 형도 글을 가르치고 있으니 한간이 아닌가요?"

루이쉬안은 아무 것도 말하고 싶지 않았고, 둘째가 제 갈 길을 가게 하고 싶었다. 그러나 버럭 화를 내서는 안 된다는 생각이 들었다. 루이쉬안은 가볍게 웃더니 말을 이어갔다.

"그건 다르지. 내 생각에 가정이라는 짐과 다른 이유 때문에 베이핑에서 도망칠 수 없지만, 일본인을 위해 일할 의도는 없는 사람은 한간으로 볼 수는 없어. 베이핑의 이 많은 인구가 성을 비우고 떠날 수는 없어. 탈출할 수 없으면 반드시 돈을 벌어 밥을 먹어야 하고, 이는 어쩔 수 없는 거야. 그러나 돈을 벌어먹기 위해 계획적으로 기꺼이 일본인들에게 머리를 조아리는 란둥양, 관샤오허, 그리고 너는 본인이 한간이 아니라며 부인하긴 힘들 거다. 너는 원래 탈출할 수 있었어. 그러나 너는 가려고 하지 않았지. 차마 탈출하지 못했지만, 예전처럼 착실하게 너의 일을 했다면 가야 하는데 가지 않은 죄만 있었을 거다. 한간까지는 아니고 말이야.

지금 너는 일본인이 보낸 국장 수하에서 행정 일을 할 수 있게 되어서 아주 들떴지. 너는 이미 일본인에게 투항한 셈이야. 오늘의 너는 기꺼이 과장이 되려 하고, 내일의 너도 국장이 되라면 거절하지 못하겠지. 너의 마음은 너의 충성과 배신을 결정하는 것이지, 사실 관직의 크기는 그리 중요하게 보지 않을 수도 있어. 둘째야! 내 말 들어 아내를 데리고 탈출해서 깨끗한 인간이 되어라! 나는 어쩔 수 없어. 나는 조부, 부모를 나 몰라라 팽개치고 차마 나 혼자 멀리 날아갈 수 없다고. 그러나 일본사람 손에서는 절대로 밥을 빌어먹지 않을 것이야. 가르칠 수 있으면 계속 가르치겠다. 글을 가르칠 수 없으면 다른 일을 찾아볼 거고. 정말로 방법이 없을 때는 땅콩이라도 팔게 해주면 기꺼이 할 거야. 하지만 절대 일본인들을 위해서는 일하지 않겠어! 오늘 일본인이 나를 교장으로 임명한다면 나는 스스로를 한간으로 불러야 할 것이야. 하물며 내가 그 자리를 원해서 얻어낸 거라면 더욱 그렇단 말이지!"

말을 마치자 루이쉬안은 목구멍에 가시가 빠져버린 듯 기분이 좋아졌다. 그는 둘째에게 충고했을 뿐만 아니라 스스로를 위해서도 어쩔 수 없는, 타협인 듯 타협 아닌 듯한 것을 할 여지를 마련해주었다. 이 말은 상당히 하기 어려웠다. 왜냐하면 그가 구분하고자 하는 것은 너무나 미묘해서 파악하기 힘들기 때문이다. 하지만 그가 결국 말해냈다. 그는 기분이 좋았다─말의 기교를 잘 부려서가 아니고, 마음속에 있는 진심을 쏟았기 때문에 만족했다. 그는 정말 적에게 투항하지 않을 것이고, 탈출하기도 쉽지 않은 상황이다. 이 두 개의 '사실'이 그에게 두 가지 빛을 선사해주었고, 그의 마음의 길을 비추어 잘 이해하도록 도와주었다. 덕분에 그의 말은 애매하지 않을 수 있었다.

루이펑은 멍해졌다. 그는 만에 하나 형이 이렇게 장황하게 잔소리를 늘어놓을 줄 몰랐다. 그는 구직하려는 시점에 일을 잘 찾았고, 그 일이 란둥양을 겁먹을 만한 일이니 천하에 이보다 더 간단하고 기뻐할 만한 일이 없다고 느꼈다. 그러니 그는 당연히 기뻐하고, 자기의 좋은 운과 앞날을 축하해야 한다 여겼다. 그런데 왜 말하다가 한간이니 아니니 하는 얘기를 꺼내는 거야? 그는 마음이 어지러웠다. 형이 무슨 뜻으로 저러는지 도저히 추측할 수 없었다. 그는 다시 묻지 않기로 했다. 그는 루이쉬안은 학벌이 자기보다 나은데도 불구하고 높은 자리에 못가서 질투가 났다고 추측했다. 질투하라면 하라지, 누가 둘째의 운이 이리 좋을 줄 알았나! 그는 일어나서 마고자의 옷깃을 바로잡고, 웃으려는 듯 말을 하려는 듯 행동했다. 하지만 결국 웃지도, 말도 하지 않고 어물쩍 넘어갔다. 그러더니 그렇게 자랑스럽진 않은 모습으로 나갔다. 형의 말도 완전히 알아듣겠고, 형의 질투를 줄일 방법도 찾지 못한 채 밖으로 나갈 수밖에 없었다. 손으로 형은 형의 생각이 있고, 동생은 동생대로 생각이 있으니 누구도 서로 간섭하지 말자는 표시를 했다.

그가 자기 방에 막 들어가려 할 때 관 선생, 다츠바오, 란둥양이 함께 들어왔다. 두 꾸러미의 선물을 남자 하인이 받쳐 들고 공손히 뒤를 따라왔다.

다츠바오의 목소리는 기세가 대단했고, 그녀의 첫 웃음소리에 대추나무 위의 참새가 놀라서 도망갔다. 둘째 웃음소리에 샤오순얼과 뉴쯔가 놀라서 부엌으로 도망갔다.

"엄마! 엄마!"

샤오순얼의 눈이 왕방울만 해져서 숨 넘어 가듯 소리 질렀다.

"저, 그 집의 붉은 여자가 왔어요!"

그렇다. 다츠바오의 옷은 대추 같은 붉은 색이었다. 셋째 웃음 소리에 치 노인과 톈유 부인은 방구들 위로 쫓기듯이 들어가서 누워 버렸다. 그리고 손님을 맞이하지 않겠다는 의미로 흥흥거렸다.

치 노인, 톈유 부인, 루이쉬안 부부 모두 손님을 맞이하러 나오지 않았다. 샤오순얼 애미가 원래 찻물을 내가려 했지만, 루이쉬안이 창문 너머로 눈알을 부라리자 주방으로 들어가 버렸다.

31

한 번의 행진, 또 한 번의 행진. 학생들, 거지들 모두 '행진'에 익숙해졌고 샤오추이와 쑨치 같은 사람들도 구경하는 데 익숙해졌다. 그들은 다시 학생들을 나무라지 않았고, 학생들도 다시는 심하게 머리를 숙이지 않았다. 모두가 어쩔 줄 몰라 되는대로 살아갔다. 고민, 걱정, 추위, 불안, 치욕은 사람들이 삶을 '고생 먹는' 과정일 뿐, 아무런 즐거움도 희망도 없는 것으로 여기게 했다. 그럼에도 불구하고, 그들은 살아갈 수밖에 없었다.

오직 하나의 희망이 있긴 했다. 각 전장에서 중국이 승리하는 것이다. 베이핑은 이미 비를 내린 구름처럼, 아무런 일도 안 하며 공중을 표류하고 있다. 베이핑은 그저 다른 곳의 구름이 비를 내려주길 바랄 뿐이었다. 전장 가운데 모두가 특별히 주의하는 곳은 상하이였다. 상하이는 모두의 큰 희망이었다. 그들은 시시각각 상하이 소식에 귀를 기울였다. 가짜 소식이라도 좋았다. 상하이의 승리만이 그들의 나라 잃은 병을 낫게 할 수 있을 것이다. 그들은 심지어 절을 찾아 향을 사르고, 교회당에서 기도로 승리를 빌었다. 그들은 거리의 신문팔이 아이들을 좋아했다. 아이들은 날카로운 목소리로 좋은 소식을 소리쳐 알려주기 때문이다—때로는 공교롭게도 신문보도와는 서로 정반대일 경우도 있었다. 사람들은 일본인이 운영하는 신문보다 신문팔이 아이들의 '예언'을 더 믿고 싶어 했다.

그러나 우리 중국은 상하이에서 패배했다!

난징은 어떤가? 상하이를 잃었는데, 난징을 지킬 수 있을까? 강화하게 되는 거 아닌지? 어떻게 강화할까? 화베이를 양도하게 되겠지? 그렇게 되면 베이핑은 영원히 일본인들 손에 들어간다!

쑨치는 바로 그때 집에서 작은 잡화상 점원의 머리를 깎아주는 중이었다. 문 밖에서 '호외' 소리가 들렸다. 과거 2~3개월의 경험으로 미루어 봤을 때, '호외'는 '부고'나 다름 없었다! 신문팔이가 지금까지는 불쾌한 낮은 소리로 호외를 외쳤다. 그들은 적들의 승리에 기분이 좋지 않았다. 코가 추위에 얼어서 빨간 소년이 점포 안으로 머리를 들이밀었다. 그는 적들을 선전할 생각은 조금도 하지 않고, 장사나 할 생각으로 조용히 물었다.

"호외 보십니까? 사장님!"

"무슨 일이냐?"

쑨치는 면도칼로 같은 부위를 계속 밀면서 물었다.

신문팔이는 코를 문지르며 말했다.

"상하이…"

"상하이가 어떻게 됐는데?"

"…후퇴!"

쑨치의 면도칼이 손에서 미끄러졌다. 면도칼이 점원의 어깨에서 다리로 떨어진 후에야 땅에 떨어졌다. 다행히 점원이 솜 저고리와 솜바지를 입고 있어서 상처를 입지 않았다.

"장난하는 거요? 쑨치!"

점원이 쑨치를 나무랐다.

"상하이가 끝장났다!"

쑨치는 천천히 떨어진 면도칼을 주으며 멍을 때렸다.

"오우!"

점원은 다시 성내지 않았다. 그도 '상하이가 끝장났다'는 것이 무슨 뜻인지 알았다.

신문팔이도 가만히 그 자리에 굳었다.

쑨치는 동전 한 푼을 주었다. 신문팔이는 한숨을 쉬더니 작은 호외를 하나 놓아두고 나갔다.

이발사와 손님이 앞다투어 신문을 보려 했다. "상하이에서 황군이 승리했다!" 점원은 신문을 빼앗아 구겨 버렸다. 그러고서는 땅에 냅다 던진 후 발로 문질러 버렸다. 쑨치는 면도를 계속했고, 근시안을 더 많이 깜빡거렸다!

샤오추이의 오이같은 얼굴, 청창순의 코맹맹이 소리가 격렬하게 논

614

쟁하고 있었다. 창순이 말했다. 우리가 상하이에서 지더라도 난징은
반드시 지킬 수 있을 거다! 난징을 반년만 지킬 수 있다면…… 적군이
올 때마다 물리친다면, 일본은 패배한 것이나 다름없는 것으로 간주할
수 있지. 생각해보라고, 일본처럼 작은 나라가 얼마나 많은 사람을
죽으라고 보내겠냐!

샤오추이는 난징을 지킬 수 있다는 사실에 매우 만족했지만, 상하이
의 패배는 그에게 큰 타격을 입혔다. 그는 다시 낙관하지 않기로 했다.
그는 하루 종일 거리에 사는 사람이라, 싸움은 이길 때도 있고 질 때도
있는 것을 잘 안다. '싸울 각오만 있다면, 지더라도 체면을 잃는 것은
아니야'. 이 이론을 바탕으로, 그는 난징이 계속 전쟁을 할지 의문이
들었다. 그는 난징이 전쟁을 계속하고, 패배로부터 승리를 이끌어내길
바랐다. 그러나 바라는 것은 바라는 것이고, 사실은 사실이다.'1·28'[103]
때는 상하이가 패배하자마자 강화하지 않았던가? 그는 창순에게 자신
의 우려를 표했다.

창순은 초등학교 교과서를 찾아내서 샤오추이에게 가리키며 보여
줬다.

"이 난징 지도 좀 봐라! 봐, 여긴 위화타이고, 여긴 장강[104]이야! 흥,
우리가 잘 지키면 새라도 날아 들어올 수 없어!"

"난커우, 냥쯔관, 모두가 지세가 험한 지역인데, 어떻게…"

창순은 샤오추이가 말을 마치기를 기다리지 못하고 끼어들었다.

• • •

103 1932년 1월 28일에 발생했으며, 제1차 상하이 사변으로도 일컬어진다. 상하이 국제 공동조계
    근처에서 중화민국과 일본 사이에 일어난 군사 충돌로, 중일 전쟁의 전조와도 같은 사건이다.
104 양자강.

"난징은 난징이고, 냥쯔관은 냥쯔관이야!"

그들의 얼굴이 붉어지고 급기야 눈에 눈물이 고였다. 그는 원래 외할머니가 밖에서 들을까봐 낮은 소리로 말했으나, 말할수록 목소리가 높아졌다. 그는 좀처럼 다른 사람과 논쟁하지 않았다. 그래서 한번 논쟁을 시작했다 하면 너무 진지해지곤 했다. 진지해지면 외할머니를 잊어버리곤 했다.

"창순!"

외할머니 목소리가 들렸다.

그는 외할머니의 다음 말이 무엇일지 알았다. 그래서 할머니가 말하기를 기다리지 않고, 방안으로 돌아갔다. 다음에 기회가 또 생기면 샤오추이와 논쟁하기로 했다.

6호의 류 사부와 딩웨한이 싸움을 벌였다. 평소에 두 사람은 머리만 끄덕이고 말을 많이 하지 않았다. 딩웨한은 자기가 영국부와 예수교에 속한다는 이유로 류 사부를 대수롭지 않게 보았다. 류 사부는 오히려 딩웨한이 영국부와 예수교에 속하기 때문에, 그를 대수롭지 않게 생각했다. 오늘 딩웨한은 영국부에서 버터를 가지고 와서 관 씨네에 줄 작정이었다—그는 관 씨 집 대문에 붉은 첩자가 붙은 것을 보았다. 그때 마당에서 우연히 류 사부와 마주쳤다. 서로 안 본지 5~6일은 되었지만, 류 사부와 많이 얘기할 준비는 하지 않았다. 그는 냉담하게—물론 아주 오만하게—머리를 끄덕였다.

류 사부는 가짜 서양인의 오만에 대꾸하지 않기로 했으나, 바깥 소식을 알고 싶었다. 그는 영국부의 소식은 굉장히 믿을 만한 것이 많을 것이라 생각했다. 그는 친절한 표정으로 웃으며 물었다.

"이제 오시오? 어때요?"

"무엇이 어때요?"

딩웨한의 얼굴은 깨끗이 면도가 되었고, 허리는 꼿꼿해서 기계화된 인간 같았다.

"상하이!"

류 사부는 몸을 돌려 딩웨한의 가는 길을 막았다. 그는 확실히 상하이 일로 조급했다.

"오우, 상하이라!"

딩웨한은 몰래 웃었다.

"끝장 났어요!"

말하고 그는 거의 책임을 다한 듯이 가려고 했다.

하지만 류 사부는 또 질문을 했다.

"난징은 어때요?"

딩웨한은 눈가를 찡그렸고, 기분이 급격히 나빠졌다.

"난징? 나랑 난징이랑 뭔 상관이오?"

그의 말은 확실히 사실이었다. 그는 영국부에 속한 사람이지, 난징을 신경 써서 뭐하나.

류 씨는 발끈했다. 입에서 말이 튀어나오듯 물었다.

"난징이 우리의 수도 아니답니까? 당신은 중국 사람이 아닌가요?"

딩웨한의 얼굴이 어두워졌다. 그는 류 씨의 질문이 그르 양놈의 노예라고 부르는 것과 같다는 것을 알았다. 그는 양놈 노예로 불리는 것을 두려워하지는 않았다. 루 사부—일개 냄새나는 천막장이—가 자기를 그렇게 부를 자격이 없다고 여길 뿐이었다!

"오우! 나는 중국인이 아니고, 당신은 중국인이라 치자. 그럼 어쩔건데? 나는 귀하께서 일본인 한 사람 때려 쓰러뜨린 모습을 본 적이 없는데!"

류 씨의 얼굴이 온통 홍당무가 되어, 귀까지 새빨개졌다. 딩웨한이 그의 아픈 상처를 헤집어 놓았다. 그는 무예를 조금 알고 애국심과 오기를 지녔지만, 일본인을 물리치러 가지 않았다! 만약 딩웨한이 영국부의 노예라면 자기—천막장이 류 씨—는 일본인의 노예인 셈이다. 베이핑이 일본인 점령 하에 있으니 말이다. 그와 딩웨한은 어떠한 차이도 없었다! 그는 아무 말도 할 수 없었다!

딩웨한은 떠나려고 한 발짝 옮겼다.

류 씨도 일보 물러났지만, 여전히 길은 막았다. 그는 딩웨한을 깨우치고 싶었다. 그들 둘은 근본적으로 같지 않다고. 하지만 당장 할 말도 없었으니, 잠시 딩웨한을 잡아놓을 수밖에 없었다.

딩웨한은 류 씨가 대답 못하는 것을 보자, 자기가 우위를 점했다고 생각했다. 그래서 류 씨가 무술 할 줄 알면서도, 여전히 가시 돋친 몇 마디를 더 하고 싶었다.

"내 갈 길을 왜 막지요? 자신이 있으면 일본인들의 탱크나 막아보시지?"

류 사부는 원래 싸우고 싶지 않았다. 그는 자기 손발이 매서워서 쉽게 남을 다치게 할 수 있다는 점을 알았다. 하지만 그 순간 그는 부끄럽고 분해서 눈을 부릅뜨고 있었다.

딩웨한은 속지 않고 재빨리 도망쳤다. 그는 류 사부를 말로 이기고, 류 사부의 주먹도 피해야 완전한 승리로 칠 수 있음을 알았다.

류 사부는 너무 성이 나서 어쩔 수 없었지만 쫓아가지 않았다. 딩웨한은 싸울 엄두를 못 내는 자인데, 괜히 그를 압박해서 뭐하나.

샤오원은 팔짱을 지른 채 미동도 없이 처마 아래에 서있었다. 그는 입에 담배를 물고 있었다. 담뱃재가 길게 늘어져서 가슴팍에 떨어지려 하고 있었다. 그는 아내를 위한 새 노래를 구상하고 있었다. 그는 딩웨한과 류 사부 두 사람이 왜 싸우는지 관심이 없었다. 마치 상하이 전쟁에서 누가 이겼고 졌는지에 관심이 없었던 것처럼 말이다. 그는 오로지 뤄샤에게 새 곡을 창작해 주려는데 마음을 쏟고 있었다. 이 신곡은 장차 베이핑의 극장, 찻집, 그리고 배우 조합에 파동을 일으켜 뤄샤에게 더 많은 영예를 가져다주고, 자기의 얼굴에도 몇 번의 미소를 더해줄 것이다. 그의 마음속에는 중국도 일본도 없었다. 그는 우주에 아름다운 거문고 소리와 부드러운 노래가 있다는 것만 알았다.

뤄샤는 감기에 걸려 일어나지 못했다.

샤오원은 띵과 딩웨한과 류 사부가 떠난 후에 홀연히 영감이 생겼다. 그는 급히 방안으로 들어가 호금을 들고 나왔다.

뤄샤는 몸이 성치 않았지만 그 신곡에 큰 관심을 가졌다.

"어때? 이제 됐어?"

그녀가 물었다.

"일단 방해하지 마! 곧 완성돼!"

딩웨한이 버터를 들고 축하 인사를 하러 관씨 댁에 가고 있었다.

다츠바오는 계산했다. 자기는 이미 '소장'이 되었으니, 웨이터를 동등한 자격으로대해도 되는 것이 아닌가? 버터를 보자 그녀는 주저하지 않고 딩웨한의 손을 잡았다. 그녀는 버터를 숭배했다. 그녀는 외국어를 할 줄 모르고, 외국에 대해서도 많이 알지 못했지만, 버터라는 말을 늘 형용사로 썼다—'저 아가씨 얼굴은 버터처럼 윤이 나는구나!' 이러한 형용 방식은 자기가 외국 일에 대해서 상당히 안다는 착각을 일으켰고, 외국어를 하는 듯한 느낌을 안겨줬다!

딩웨한은 영국부에 익숙해져서 사람을 어떻게 부를지 잘 알았다. 그는 한 마디 할 때마다 '소장'이라고 불러 다츠바오의 마음을 간지럽게 만들었다.

샤오허는 부인이 딩웨한을 전처럼 좋아하는 것을 보고, 외국 손님을 접대하는 듯한 예의를 갖추었다. 딩웨한을 마치 국제연맹이 파견한 사람처럼 대접했다. 예를 다한 후에 그는 탐색하는 듯이 물었다.

"영국부 쪽에서는 상하이 전쟁을 어떻게 봐요?"

"중국은 못 이길 겁니다!"

딩웨한은 지극히 침착하고 객관적으로, 마치 영국의 귀족인 양 냉정하고 거만하게 대답했다.

"오우, 이길 수 없다고?"

샤오허는 기쁜 마음을 조금 숨기기 위해 눈을 가늘게 떴다.

딩웨한은 고개를 끄덕였다.

샤오허는 마누라에게 눈짓으로 말했다.

"우리 마음 놓자. 일본인들은 베이핑을 곧 떠나지 않을 거야!"

"흥! 저놈은 나를 샀지만 딸을 팔았지! 나쁜 자식!"

퉁팡은 낮지만 격렬한 목소리로 말했다.

"나는 그런 놈에게 다시는 시집갈 수 없다! 안 되지!"

가오디는 울면서 말했다. 그놈은 바로 리쿵산이다. 다츠바오가 소장이 되자, 리쿵산이 가오디를 요구했다.

"그러나 걱정해봐야 소용없어! 방법을 생각해 봐!"

퉁팡 자기도 아무 생각을 할 수가 없었다. 그저 그녀 자신도 그렇게 말하며 '생각'이 '말'보다 훨씬 중요하다고 생각하게 되었을 뿐이다.

"아무 생각이 안 나!"

가오디는 솔직히 말했다.

"며칠 전에는 상하이 전쟁에서 이기면 리쿵산 같은 놈들은 모두 톈진으로 돌아갈 것이라 생각했어. 그래서 당황하지 않았지. 지금은 상하이를 잃었다는 소식이 들리고 난징도 지키지 못하니…"

그녀는 말을 이어갈 힘이 없었다. 그러나 퉁팡은 이어질 말을 쉽게 짐작할 수 있었다.

퉁팡은 관 씨 집에서 유일하게 진심으로 국사에 관심을 가지는 사람이다. 그녀는 둥베이 사람으로 자처하기 때문이다. 비록 그녀의 고향이 도대체 둥베이 어느 지역인지는 잘 몰랐지만, 항상 그녀와 같은 말을 쓰는 사람들이 있는 곳으로 돌아가고 싶어했다. 그녀는 선양의 '샤오허옌'도 기억했고, 적어도 언젠가 다시 샤오허옌의 경치를 볼 수 있으면 좋겠다고 생각했다. 이 때문에 그녀는 국사에 관심을 기울였다. 그녀는 중국이 강해져서 이겨야 둥베이를 수복할 수 있고, 자기도 고향에 돌아갈 수 있다고 생각했다.

그러나 그녀는 지금으로서는 고향 친정에 돌아갈 가능성이 없다는 것을 알고 절망에 빠질 때, 오히려 어쩔 수 없다며 자신을 비웃곤 했다.

"일국의 대사가 너 같은 조그마한 여자 하나를 위해서 준비된 것은 아니잖아?"

지금은 가오디의 말을 듣고 놀라면서 깨달았다. '원래 개인의 일은 모두 국가와 연관된 법이다! 그렇다면 가오디의 혼사도 국사와 관계가 있는 것이다!' 이러한 도리를 깨닫자 그녀는 무서워졌다. 만약 난징이 이기지 못하면 베이핑이 장기간 일본인들에게 점령당할 것이다. 그러면 가오디는 여자를 노리개로 여기는 리쿵산에게 팔려가지 않으면 안 될 것이다! 가오디는 자기의 좋은 친구다. 만약 그녀가 가정에서 한 남자와 함께 자는 노리개가 되고, 사회에서는 먹고 마시는데 쓰이는 폐물이 된다면? 그녀는 어떤 다른 여인이라도 자기와 같은 신세가 되기를 바라지 않았다. 하물며 자기의 좋은 친구라면 말할 필요도 없다.

"가오디! 너 도망가야 한다."

퉁팡은 간 크게 말했다.

"도망가야 한다구?" 가오디가 멍해졌다. 중스 같은 청년이 자기 옆에 있다면 그녀는 떠나는 것을 두려워하지 않았을 것이다. 사랑을 위해서라면 어느 젊은 처녀라도 한 번은 멀리 날아가고 싶어 한다. 그러나 자기 옆에 사랑스러운 젊은 청년도 없고, 정해진 목적도 없는데, 어떻게 집을 나간단 말인가? 평소에 어머니나 동생과 한 바탕 싸울 때마다 그녀는 스스로 매우 용감하다고 생각했다. 현재는 본인이 조금의 담력도 없다고 생각했다. 그녀의 옅은 역사 지식 속에서 본보기로 삼을 만한 것은 뮬란 외에는 찾아볼 수 없었다. 그러나 뮬란의 종군 행위의 자세한 내막과 경험 모두를 알 길이 없다. 중국 역사상에서 부녀자의 행동의 귀감이 될 만한 것은 너무나 미흡했다. 그녀는 자기가 예로부터 제일 적막한 사람이라고 생각하기에 이르렀다!

"제가 아가씨랑 같이 갈 수 있어요!"

퉁팡은 가오디가 혼자서 도망갈 용기가 없다는 것을 간파했다.

"너, 네가 왜 가?"

가오디는 스스로를 '집 없는 귀신'이라 여긴 한편, 퉁팡을 새장 안의 새로 보았다—먹을 것 있고, 마실 것 있고, 고정된 잠자리가 있다. 모든 것이 다 정해졌고, 더 이상 스스로 움직여볼 수가 없다.

"제가 왜 반드시 여기 있어야 하죠?"

퉁팡은 웃었다. 그녀는 원래 말하고 싶었다. 너의 어머니만 해도 진절머리 난다. 하물며 너의 어머니가 소장이 되었으니! 그러나 말이 입가에 머물러 밖으로 나가지 못하게 했다. 그녀의 처세술이 조심하게 했다—다츠바오가 아무리 싫어도, 가오디 역시 남이 자기 어머니를 공격하는 것을 좋아하지 않을 것이다.

가오디도 다시는 아무 말도 하지 않았다. 그녀의 마음은 혼란스러웠다. 그녀는 자기 자신부터가 떠나야 할지 말지 결정하지 못했는데, 더더구나 퉁팡을 위해서 무엇을 결정할 수 있겠는가? 그녀는 빨리 생각을 해내야 했지만 급할수록 더 결정할 수 없었다. 그녀는 한숨만 쉬었다.

톈유는 후퉁 입구에서 리쓰예를 우연히 만났다. 두 사람의 얘기는 아주 친밀하여 자기들도 모르게 함께 5호에 다다랐다.

치 노인은 이틀 동안 영 기분이 좋지 않아 흰 수염 손질조차 하지 않았다. 둘째 손자와 셋째 손자의 가출을 꾸짖을 이유도 많았지만, 그들을 용서할 이유도 많았다. 하지만 치 노인은 그들은 꾸짖지도, 용서하지도 않았다. 그는 마음이 답답하여 어쩔 줄 몰랐다. 그는 자랑하던 사세동당의 생활이 눈앞에서 재빨리 무너지고 있다고 생각했다. 손자가 이미 두 명이나 나갔다! 3개월이면 평안무사하리란 바람이 실현되지 않고 있다. 상하이를 잃었다! 그는 국사를 잘 모르긴 하지만, 돌아가는 일을 이해할 정도는 되었다. 상하이를 잃으면 베이핑을 회복할 희망조차 없어진다. 그러면 베이핑에 있는 일본인 손에서 어떤 일이든지 일어날 수 있다—셋째 손자가 탈출한 후에 둘째 손자가 나가지 않았는가? 루이펑과 루이취안이 살던 방을 보면서, 치 노인은 전쟁과 난리가 어떤 것인지 구체적으로 이해하게 되었다!

아들이 돌아오고 뒤에 리쓰예가 따라 들어오는 것을 본 노인의 눈에 웃는 빛이 번졌다.

톈유의 사상은 그의 마음이 부친보다 더 넓게끔 만들었다. 톈유는 셋째 아들이 도망가고, 둘째가 이사를 가도 크게 고통스러워하지 않았다. 그는 일가 모두가 화기애애하게 한 곳에 살기를 바랐다. 다만 그는 근래에 젊은이들의 가치는 값비싸지고, 노인들은 예전처럼 귀하게 생각되지 않는다는 것을 알았다. 그는 분명히 보았다. 아들들은 자기 나름의 생각이 있고 방법이 있고, 노인들은 그게 못마땅해도 못 본체 해주고 너무 진지하게 굴지 않는 편이 좋다. 그는 루이취안 때문에 고민하지 않았으며, 루이펑의 일에도 크게 관심을 두지 않았다.

그러나 두어 달 지나자 그의 머리에 갑자기 흰 머리카락이 많아졌다! 그는 부친보다 마음이 넓은 만큼 국사에 대해 더 걱정을 많이 했다. 치 노인 일생의 반은 청나라의 황제에 속했지만, 톈유는 중년에 이미 혁명을 목도했다. 나라 걱정부터 시작해서, 톈유는 줄곧 자신의 장사 일도 염려하였다. 나라와 그의 조그마한 장사는 살과 가죽처럼 불가분의 관계에 있었다. 그는 돈벌이에 반대하지 않았다. 그러나 그는 '성실함'을 몹시 중시했다. 그의 재산은 성실하게 규율에 따라 번 것이었다. 그는 영원히 '불난 틈을 노려서 도둑질 하기'나 '혼란한 틈을 타서 잇속 챙기기' 따위는 생각해 본 적도 없었다. 그는 지금까지 천하가 어지러울 때 부당한 수단을 써서 가서 금광에 다다를 수 있을 것이라고 상상해본 적도 없었다. 따라서 국가에 난이 일어나면 자기의 사업도 당연히 스산해질 것이고, 규칙대로 성실히 진행하는 그의 계획과 바람이 끝장날 수 있다는 점을 톈유는 너무나도 잘 알고 있었다! 그의 머리가 새지 않을 수가 없었다.

세 노인 중에 리쓰예가 당연히 제일 건장했다. 그러나 그의 등도 두서너 달 동안에 더 굽어졌다. 그는 먹고 입는 걱정은 없었고 국사를 크게 걱정하지도 않았다. 다만 일본인들이 직접적으로, 혹은 간접적으로 그에게 고통을 주어 이미 등에 무거운 돌을 지고 있는 것 같았다. 장례 행렬을 이끌거나 이사할 때 모두 막론하고, 늘 성문에서 검사를 받아야만 했다. 적들의 칼과 마주 대할 때마다 일을 제대로 처리하기 위해 얼마나 많은 허튼 소리와 이유 없는 사과를 해야 했는지 모른다. 그러나 죽은 자를 묻거나 성 밖으로 이삿짐을 옮긴 후, 미처 들어오기도 전에 성문이 닫혔다. 그는 성안으로 들어올 수 없어서 성 밖의 작은 점포에서 웅크리고 잤다. 70세 노인이니, 하루 힘들게 일을 하면 집에 돌아와 쉬어야 했다. 뜨거운 밥과 차를 즐긴 후, 뜨거운 물에 발을 담궈줘야 마땅했다. 그러나 그는 성 밖에 갇혔다. 그는 작은 상점에서 거지와 함께 하루 저녁을 보내야 한다. 어떤 때는 성문이 연달아 3-5일 열리지 않는다. 그는 옷 같은 거를 작은 가게나 노점에 저당 잡혀야지만 배를 곯지 않을 수 있었다. 그의 시간은 그렇게 헛되게 흘러가 버렸다! 그는 일본인들을 원망한다. 일본인은 자기네 멋대로 문을 잠가서 그를 웃긴다. 일본인들은 공연히 그의 시간과 자유를 빼앗아 갔다.

치 노인의 눈 속 웃음이 오래 가지 않았다. 그는 원래 리쓰예나 텐유와 함께 한 시간 정도 통쾌하게 얘기하여 심중의 우울을 모두 토해버릴 작정이었다. 그러나 그는 할 말을 찾지 못했다. 그가 매번 영험 있는 예언을 했다. '베이핑의 재난은 석 달이면 지나간다.' 이제는 그의 말이 영험이 없는 말임이 분명해졌다. 만약 그가 이번에도 제대로 알아 맞혔다면 아주 쉽게 과거의 많은 재난과 고생이 고자사[105]처럼 엮여 나왔을 것이다. 불행히도 이번에는 제대로 추측하지 못했다. 그는 다시 한 번 추측을 해야 되는 상황에 봉착했다. 국사에 대해 그는 아무것도 알아맞추지 못할 것 같았다. 그는 스스로 마치 미로 속에

• • •

105 북으로 박자를 맞추며 노래를 섞어 이야기하는 것.

혼자 남겨져서 동서남북을 분간 못하게 되어버린 것 같았다. 그는 자신감을 상실했다.

텐유는 노인이 입을 열지 않고 있는 것을 보자, 자신도 불평을 늘어놓기엔 거북했다. 만약 자기가 마음속의 걱정을 말하면 반드시 부친의 주의를 끌 것이다―종래에는 자기 머리에 늘어난 백발을 눈치채게 될 것이다. 그러면 부자 모두가 괴로울 게 뻔하다!

리쓰예는 하고 싶은 말이 치 노인보다 훨씬 더 많았다. 하루 종일 거리에 있으니 들은 것도 많고 본 것도 넓었다. 자연히 풍부한 화제를 가지고 있었다. 그러나 그는 보고할 기운이 나지 않았다―근래에 보고 들은 모든 것이 가슴을 답답하게 만드는 일들이라서, 얘기하면 걱정만 보탤 것이다.

세 노인이 모두 완전히 경직된 건 아니었지만, 모두 말이 잘 나오진 않았다. 그들은 억지로 미소를 짓고, 일부러 기침해 보았지만 모두 쓸모 없었다. 샤오순얼 애미가 들어와서 차를 따르며, 방안의 침울함을 느꼈다. 노인들을 기쁘게 하려고 그녀는 리쓰예에게 양고기 탕면을 잡수고 가라고 제안했다. 리쓰예는 제안을 받아들였지만, 이로 인해서 손님과 주인의 심정이 호전되지 않았다.

텐유 부인이 샤오순얼의 부축을 받고 리쓰예와 인사했다. 그녀는 며칠 동안 날씨도 춥고 천식 기운도 있었지만, 그래도 소식을 들으려고 힘겹게 나왔다. 그녀는 요즘처럼 이렇게 국사에 관심을 둔 적이 없었다. 그녀는 첫째로 셋째 아들이 걱정되었고, 둘째로는 자기가 일본인이 베이핑을 다스리는 동안 베이핑에서 죽게 되면―어쩌면 관이 성을

627

나가지도 못하게 되고, 혹시 묻는다 해도 도굴당하지 않을까 두려웠다. 이 두 가지를 염려하고 걱정하기에, 그녀는 중국의 승리를 바랐다. 오직 승리해야지만 셋째-그녀의 사랑하는 막내 아들이 돌아올 수 있고, 그녀도 안심한 상태에서 죽을 수 있다.

친밀함을 표시하기 위해 그녀는 리쓰예에게 그녀의 걱정을 말했다. 그녀 말이 세 노인의 마음을 즉시 얼어붙게 했다. 그들의 나이는 그녀보다 많았다. 낙관적으로 평생 살아온 치 노인조차 재수 없는 이야기를 꺼냈다.

"쓰예! 평생 이런 고통을 생각해보지 못했소. 늙어서 일본인들이 내 죽음을 수습하게 한다면, 그거야말로……"

그는 말을 잇지 못했다.

리쓰마는 거의 첸 씨 집 사람이 된 거나 마찬가지였다. 첸 씨 며느리도 첸 씨 집 다른 사람과 마찬가지로 강인하지만 다른 사람의 도움을 한사코 받지 않으려 했다. 그러나 리쓰마와 친해진 이후로, 다시는 고집을 부리지 않았다. 시아버지는 병들었고, 부친은 근래에 자주 오지 않으시니 그녀는 친구가 필요했다. 그녀는 말하기를 좋아하지 않지만 그녀의 마음에는 할 말이 많았다—하고자 하는 말들은 친구가 앞에 있어주기만 한다면, 입밖으로 내뱉지 않아도 통쾌하게 느껴졌다. 리쓰마가 남편을 대신할 수 없다 치더라도 그녀의 시어머니 대신은 될 수 있었다. 오히려 시어머니에 비해서 리쓰마는 친구이기 때문에 더 나았다. 시어머니는 어쨌든 시어머니이니까. 그녀는 남편을 생각했다. 그를 생각하기 때문에 뱃속에 있는 아기에게 특별히 주의했다. 그녀는 영원히 남편을 다시 볼 수 없다. 그러나 그녀는 자기 몸에서 곧 새 생명을 낳을 것이고, 새 생명이 있으면 자기의 남편의 일부분이 세상에 다시 살아나는 것이나 다름없다.

이 방면에서 그녀는 한 분의 연세 많은 부인이 자신의 경험을 말해줄 필요가 있었다. 이것은 그녀의 처음 임신이자 마지막 임신이었다. 그녀는 반드시 순산을 해서 아기를 손수 키워야 한다. 만약 아들이면—그녀는 아들이기를 간절히 바랐다—제2의 멍스가 될 것이다. 그녀는 멍스의 모습을 참조하여 그를 가리키고 키울 것이다. 그래서 멍스의 좋은 점 일체를 물려받고, 멍스의 나쁜 점은 하나도 물려받지 않은 사람이 되게 키울 것이다! 이런 생각을 하면서, 그녀는 아주 멀리까지 생각했다. 그러나 멀리 생각하면 할수록 아득해지고 두려워졌다. 그녀는 아이 하나를 임신했을 뿐만 아니라, '영생'에의 기대와 책임도 품은 셈이었다! 리쓰마는 그녀에게 많은 얘기를 할 수 있었지만 마음을 지나치게 혼란하게 하는 얘기는 하지 않았다. 리쓰마의 얘기는 그녀를 깨우쳤다. 출산은 출산이지, 신이나 귀신을 보는 일은 아니다. 리쓰마의 솔직함과 진정성은 첸 씨 며느리의 두려움과 불안함을 덜어 주었다.

첸 노인은 이미 잠깐 앉아 있을 수 있게 되었다. 그는 앉아있으니 누워있을 때보다 더 적막하다고 생각했다. 누워있을 때는 눈을 감고 이것저것 생각했다. 앉아 있게 되니 이야기를 나눌 사람이 필요했다. 서쪽방에서 리쓰마와 며느리와 두런두런 이야기를 하고 있었으니, 그녀를 불러올 순 없었다. 그녀와 리쓰마의 얘기는 거의 언제나 뱃속 아기의 몸과 그의 장래로 끝났고, 이야기가 항상 유쾌하게 마무리되는 것은 아니었다. 리쓰마는 왜 첸 선생이 때때로 그렇게 기뻐하는지, 심지어 4~5개월이 지나야 낳을 아기의 이름을 왜 벌써 지어주려 하는지 몰랐다.

"쓰다마, 첸융(勇)이 좋아요, 첸처우(仇)[106]가 좋아요? 처우 자가 더 대단한 것 같네요!"

그녀는 대답할 수 없었다. 평소에 그녀는 첸 선생을 두려워했다. 왜냐하면 첸 선생의 말을 알아듣기 힘들기 때문이었다. 지금은 어느 자가 좋은지 물으니 그녀는 너무나 막연해서 더 대답할 수 없었다. 하지만 그를 즐겁게 할 수 있다면, 쓰다마는 조금 답답해도 괜찮다고 생각했다. 하지만 노인은 어느 때는 미래의 아기 모습에 대한 이야기를 듣다가 돌연히 화를 내었다. 그럴 때면 쓰다마는 속수무책이었다. 왜 화를 내는 거지? 그녀는 며느리에게 물어보고 나서야, 노인이 망국노를 낳고 싶어하지 않는 것을 알았다. 비록 근래에 그녀도 이미 '망국노'의 뜻을 조금 알았지만, 왜 첸 선생이 그처럼 화를 내는지 분명하지 않았다. 그녀는 '망국노'가 '제기랄'처럼 듣기 좋지 않다고 여길 뿐이었다. 그녀는 이해가 되지 않아, 그저 근시인 눈을 껌뻑거리며 얼어붙거나 멍청하게 웃을 수밖에 없었다.

그렇다 치더라도 첸 선생은 역시 쓰다마를 매우 좋아했다. 그녀가 한나절만 안 와도 몇 번을 물어보는지 모른다. 그녀가 오기를 기다리고, 심지어 간절하게 수다를 떨듯이 그녀에게 사과를 했다. 그녀는 영문을 알 수 없었다. 그는 말하다보니 그녀에게 말실수를 했다고 생각했지만,

• • •

106 '융'은 '용감함'이나 '용기'를, '처우'는 '복수'를 의미한다.

리쓰마는 말 좀 세게 했다고 이렇게까지 예의 갖출 필요는 없다고 생각했다.

루이쉬안이 상하이의 나쁜 소식을 첸 선생께 전했다. 그가 가고 난 후 쓰다마가 왔다. 노인은 하루 종일 한 마디도 하지 않고 먹으려고 입조차 벌리지 않았다. 쓰다마는 급히 왔다 갔다 하면서, 몇 번이나 그와 말을 해보려고 생각했지만 감히 들어가지 못했다. 그녀는 때때로 창 밖에서 방안의 동정에 귀를 기울였지만 '분명 작은 망국노가 될거다!'라는 말을 들었을 뿐이다.

루이쉬안은 첸 선생께 소식을 전한 후에 혼자서 술집에서 6량의 고량주를 마셨다. 휘청휘청하면서 집에 들어와서는, 고꾸라져 잠이 들었다. 다시 눈을 뜨자 이미 등을 밝힐 때였다. 차를 두 잔 마시고 계속 잠들었다. 그는 잠들어서 다시 깨고 싶지 않았다. 영원히 다시 나쁜 소식은 듣고 싶지 않았다. 그는 지금껏 이렇게 '방탕'했던 적이 없었다. 오늘, 그는 다른 방법이 없었다!

32

난징 함락!

날씨가 꽤 쌀쌀했다. 회색빛 구름이 햇빛을 가렸다. 물을 땅에 부으면 곧장 얼어버렸다. 참새들이 처마 밑에 숨었다.

루이쉬안의 머리에 뜨거운 땀이 났다. 학교에 가다 도중에 역사적으로 몇 번 없었던 소식을 들었다. 그는 집으로 돌아갔다. 생각할 겨를도 없이 그저 한바탕 통곡을 하고 싶었다. 정신이 얼떨떨하게 뛰어 돌아왔다. 방에 닿자 그는 이미 머리가 땀으로 흠뻑 젖었다. 땀을 닦을 생각도 하지 않은 채, 그는 머리를 침상에 처박았다. 귓속이 윙윙하고 울렸다.

원메이는 뭔가 이상하다는 것을 느끼고 주방에서 뛰어나왔다.

"무슨 일이요? 수업하러 안 가요?"

루이쉬안은 갑자기 눈물을 흘렸다.

"무슨 일이요?"

그녀는 영문도 모른 채 놀라서 간곡하게 물었다.

그는 말이 나오지 않았다. 부모형제가 죽은 것처럼, 그는 우는 것을 조금도 부끄러워하지 않고 점점 큰 소리로 울었다.

원메이는 감히 다시 물을 수 없었다. 물어보지 않을 수도 없어서 대신 급히 루이쉬안의 등을 문질렀다.

루이쉬안은 힘들여 울음소리를 멈췄다. 그는 조부와 모친이 듣게 하고 싶지 않았다. 그래도 눈물을 흘리며 가래를 뱉었다. 그러고 나서 그녀에게 말했다.

"당신 가봐! 아무것도 아냐! 난징을 빼앗겼어!"

"난징을 빼앗겼다고요?"

원메이는 당연히 루이쉬안과 같은 지식이나 애국심은 없었으나 난징이 국도라는 것쯤은 알고 있었다.

"그럼 우리는 끝장 아닌가요?"

그는 아무 말 하지 않았다. 그녀는 어쩔 수 없어 밖으로 나갔다.

방송국 위에 다시 큰 풍선이 거만하게 올라갔다. 베이핑의 모든 시민이 감히 쳐다볼 수가 없었다. '경축 난징 함락!' 베이핑 사람들은 이미 자기네 성을 잃었다. 지금은 국가의 수도도 잃었다!

루이펑은 뚱보 부인과 함께 루이쉬안을 보러왔다. 그들은 먼저 관씨 댁에 갔다 왔다. 관 선생과 다츠바오는 열렬하게 그들을 환영했다.

다츠바오는 이미 관직을 얻었고, 지난 며칠간 여러 일을 계획하느라 바빴다. 첫째, 기녀들은 건달들과 긴밀한 관계를 가지기 때문에 건달들과 연락을 해야 했다. 관샤오허는 진싼예를 찾아가라고 건의했다. 진싼예에게 맞고 땅에 처박혀 그를 아버지로 두 번 부른 후, 관샤오허의 마음은 종종 주저했다—복수를 할까? 아니면 진싼예와 싸움 끝에 친구가 될까? 복수하자니 기분이 내키지 않았다. 복수, 이 두 글자는 듣기만 해도 무섭다! 성인은 인애를 알고, 영웅은 복수를 안다. 관샤오허는 영웅을 숭배하지 않아서 감히 복수는 하지 않는다.

관샤오허는 《수호전》을 정말이지 싫어했다—살인 방화를 저지르는 악당들 이야기니, 재미가 없다! 그는 진싼예와 술 한 상 차려두고 희희낙락하면서 지난날의 원한을 잊어버리고 싶었다. 그는 늘 진싼예의 모습, 행동, 능력 등이 강호의 협객 같다고 생각했다. 관샤오허는 그가 아무리 못해도 방회[107]의 어르신임에 틀림없다고 여겼다. 그래서 그는 심지어 진싼예를 스승으로 모시고 싶었다. 스승은 오륜[108]에 속하고, 그때 진싼예를 아버지라 불렀으니 무엇이든 못할 것이 없다.

지금은 다츠바오가 건달들과 손을 잡을 필요가 있으니, 방회의 어르신을 모실 필요가 더욱 절실하다. 진싼예의 그림자가 시시각각 눈앞에 어른거렸다. 게다가 그가 진싼예와 긴밀한 관계를 맺게 되면, 그 김에 첸 가와 관 가의 원한 관계도 끝낼 수 있을 것이다—그는 첸 선생이 일본인에게 이미 '교육'을 받았으니, 곤경에서 벗어날 기회를 찾고자 할 것이라 여겼다. 그러니 첸 선생도 관 씨와 사이 좋게 지내기를 거부하지 않을 것이다. 다츠바오도 이러한 제안에 찬성했다. 그녀는

• • •

107 깡패 조직.
108 중국에서 군신, 부자, 형제, 부부, 친구로 대표되는 윤리 관계이다.

패기 있게 눈을 지그시 감고 말했다.

"당연히 그렇게 해야지! 그가 방회 소속이 아니라 할지라도, 그의 무예로 우리의 경호원 노릇을 할 수도 있겠죠! 당신 그렇게 처리해요!"

샤오허는 만족스럽게 웃었다.

둘째, 어떻게 리쿵산과 란둥양을 구슬릴 것인지의 문제였다. 근래 둥양은 짬만 나면 방문했다. 비록 대놓고 구혼을 하지는 않았지만, 매번 올 때마다 땅콩 반근 혹은 얼린 홍시 두 개를 사서 관 씨네 아가씨들에게 줬다. 다츠바오는 그게 란 시인의 '사랑의 투자'임을 알았다. 그녀는 자오디는 쉽게 건드릴 수 없는 존재임을 남자들에게 보여주었다. 그녀는 마음속으로 말했다. 자오디는 최소한 일본 사령관 정도는 되어야 시집보내겠다! 그러나 그녀는 또 가오디가 말을 잘 듣지 않고, 부모의 뜻을 따라 일석이조로 리쿵산과 란둥양을 구슬리는 데 협조하지 않으리란 점도 잘 알았다.

이치로 따지자면 가오디는 리쿵산 것이다. 그러나 그녀는 쿵산이 부마109가 되기 전에 노력을 더하게 하고 싶었다. 일단 부마가 되면 장모는 적잖게 권위를 잃어버린다. 동시에 쿵산이 기다리게 하는 동안, 가오디가 둥양에게 조금이라도 친근하게 대하도록 해서 샤오허가 신민회 관직을 얻을 수 있게끔 하고 싶었다. 그런데 가오디는 두 남자에게 아주 쌀쌀맞게 대했다. 다츠바오는 둘째 딸이 나서도록 할 수가 없었기에, 유퉁팡을 떠올렸다. 그는 샤오허에게 설명했다.

"어쨌든 퉁팡이 추파를 던져 리쿵산에게 추파를 던지게 된다면, 너무

• • •

109 왕의 사위를 일컫는다.

가오디에만 절실하게 되지 않을 걸? 알잖아요, 가오디는 란둥양도 챙겨
야 한다고!"

"그럼 굉장히 난감하지 않겠나?"

샤오허는 얼굴에 미소를 띠고 말했다.

다츠바오는 얼굴이 어두워졌다.

"뭐가 난감해? 만약 내가 몰래 정을 통하게 된다면 당신은 바람 맞는
거잖아요! 유퉁팡은 뭔데? 당신이 왜 난감해? 리쿵산이 정말 그녀를
좋아하면, 그녀에게 안녕히 가시오 하면 되잖아요! 내 딸들은 데리고
있다가 더 괜찮은 사람에게 주고 말이야!"

샤오허는 마누라의 명령을 감히 어기지 못하면서도, 이 명령대로
하기에는 겸연쩍다고 여겼다. 아무리 파렴치한 남자라도 질투심이 완
전히 없는 것은 아니다. 퉁팡은 자기 것이다! 어쩔 수 없이 그는 퉁팡과
상의하기로 약속했지만, 상의만 하지 퉁팡을 대신해 뭔가를 결정할
수는 없었다. 이것이 다츠바오의 마음을 불쾌하게 했다. 그녀가 큰소리
로 말했다.

"나는 소장이야! 일가 모두가 내 덕에 먹고 마시는 거야. 내 분부를
들어야 해! 내 말을 안 들을 거면 다들 능력을 발휘해서 돈 좀 벌어오든지!"

셋째로, 그녀는 두 개의 중요한 공작을 전개해야 한다. 하나는 정밀히
검사하는 것이고, 또 하나는 힘을 다해 보호하는 것이다. 전자는 기녀들
을 빠르고 혹독하게 검사하는 것이다. 견디지 못하는 사람은 융통성
있게 면제를 받을 수 있다―돈을 기꺼이 쓸 의향이 있다면 말이다.
다음은 기녀들을 자기의 수양딸로 만드는 것이다. 서로 모녀관계를

맺으면 자연히 감정적으로 매우 친밀해질 것이다. 그들이 모두 '가족 관계 확인 비용'을 기꺼이 쓰고, 연중 중 세 차례 명절마다 선물을 보낼 의향이 있다면 말이다. 이 두 가지 작업은 모두 공고를 붙일 수 없으며, 대중에게 알려지지 않아야 한다. 게다가 두 가지 관계를 잘 조정할 수 있는 유능한 직원을 필요로 한다. 관샤오허가 이 사무를 담당하고 싶어 했지만 다츠바오는 그가 기녀들과 너무 많이 접촉하면 너절한 일이 생길까봐 다른 사람을 찾기로 했다—그래서 리쓰예가 첸 선생의 병을 진료할 때 불러왔던 의사를 청해오게 했다. 그의 이름은 가오이튀였다. 다츠바오는 그 사람이 마음에 들었고, 그가 인사 예물로 건넨 2000위안은 더더욱 좋았다.

넷째로 사창에 어떻게 대응할지의 문제였다. 전쟁과 재난은 모두 사창을 생산해낸다. 다츠바오는 이러한 사실을 잘 알았다. 그녀는 큰 사업을 하고 싶었다 — 표면적으로는 사창을 엄격히 금지하지만, 사실은 사창하는 자들로 하여금 '뇌물 건네주기'를 시키려는 속셈이었다. 사창들은 살기 위해, 최후의 염치를 지키기 위해, 법정에 서는 것을 피하기 위해 돈을 쓰지 않을 수 없었다. 다츠바오는 이 수입만으로도 돈을 상당히 많이 벌 수 있으리라 예상했다.

이러한 공작 계획을 실현하기 위해 바빠서 진이 빠진 다츠바오는 늘상 가볍게 주먹으로 가슴을 몇 번 쳤다. 그녀의 3 파운드짜리 보온병은 종종 닭곰탕으로 채워져 있었다. 그녀는 혹시나 과로로 몸이 상할까 싶어서 수시로 두어 모금 마셨다. 그녀는 목숨을 걸고 죽을 판 살판 일했다. 마음속으로는 전쟁이 갑자기 끝나버려서 중앙 관리들이 베이핑이 돌아올까봐 두려웠다. 그녀는 한푼 두푼 긁어모아 돈을 모아야 했다. 돈만 있으면 베이핑이 옛 모습으로 돌아가도 상관 없었다.

난징 함락! 다츠바오는 다시 가슴을 치면서 죽을 판 살 판 일할 필요가 없었다. 그녀는 이제부터 여유롭고 안정적으로 소장직을 수행하면 그만이었다. 그녀는 장차 '소장'을 사다리로 삼아 한 발짝씩 최고의 자리까지 올라갈 셈이었다. 그녀는 베이핑의 첫째 가는 여인이 될 것이다—자기 차로 둥자오민샹과 베이징 반점[110] 사이를 왔다 갔다 할 것이다. 가장 큰 다이아몬드가 박힌 반지를 끼고, 동아시아 전체의 여자 패션을 바꿀 만한 옷, 모자, 치마, 그리고 신발을 신을 것이다!

그녀는 열렬하게 루이핑 부부를 환영했다. 그녀의 환영사는 이랬다.

"우리 다 이제 근심 하나 사라졌네요. 마음 놓고 일할 수 있게 됐어요! 난징은 일 년 반 만에 되찾을 수 있는 게 아니니, 우리는 베이핑에서 이틀 정도 더 신나게 놉시다! 젊은이들에게 말하노니, 한 번 사는 인생, 먹고 마시고 노는 거 말고 더 있나? 늙어서 이 빠진 후에 먹고 싶다고 후회하지나 말고, 허리가 굽은 후에 예쁜 옷 입고 싶다고 하면 안되지. 그땐 이미 늦었다!"

그렇게 말한 후에 뚱보 부인에게 말했다.

"치 씨네 둘째 부인, 부인과 저는 하나가 되어야 해요. 제가 베이핑의 부녀계 제1호가 되면, 부인은 반드시 제2호가 되어야 하죠. 예를 들어 내가 오늘 머리를 마오터우잉 머리[111]로 파마를 하면 부인도 따라서

• • •

110 둥자오민샹은 베이징에서 대사관, 교회, 은행, 클럽 등이 모여 있는 유럽식 스타일의 거리로, 외교와 상업의 중심지였다. 베이징 반점은 100년이 넘은 베이징의 호텔이다.
111 민국 시기 중국 여성들 사이에서 유행했던 파마 머리 스타일. 마오터우잉은 중국어로 부엉이를

파마하세요. 그럼 우리 둘이 베이하이나 중산공원에서 한 바퀴 돌면 이튿날이면 베이핑 여인들이 앞다투어 마오터우잉 머리로 파마할 거예요! 그녀들이 급히 따라 파마할 때, 우리 둘은 머리 모양을 바꾸는 거죠! 우리는 그들이 급히 배우게 하지만, 따라잡을 수는 없게 할 거예요. 그들의 손발만 바쁘게 되어서, 어쩔 수 없이 머리를 조아리며 저희를 선생님으로 삼을 거예요!"

그녀가 여기까지 말하자 루이펑이 끼어들었다.

"관 소장! 제가 한 마디 하는 것을 양해해주십시오. 저는 한 이틀 동안 좋은 이름자를 찾아 명함을 새기려고 고심했습니다. 당신이 보시듯이 저는 과장이에요. 집사람도 교제가 많아지는데 명함이 있어야 합니다! 메이옌(美艳)이 좋아요, 쥐쯔(菊子)가 좋아요? 생각해주십시오. 그녀의 원래 이름은 위전(玉珍)이오. 굉장히 촌스러워요!"

다츠바오는 더 생각할 필요도 없이 즉석에서 결정했다.

"쥐쯔가 좋아요! 일본이름 같잖아요! 일본 맛이 나는 게 모두 유행입니다!"

샤오허는 고고학자처럼 말했다.

"'쥐쯔 부인'은 굉장히 유명한 영화였지요?"

"누가 아니라 합니까!"

루이펑은 존경스럽게 말했다.

"그 전고가 바로 그 영화에서 따온 것이구나!"

모두가 웃었다. 모두 대단한 학식을 가지고 있다고 생각했다.

• • •

뜻한다.

"치 과장!"

따츠바오가 큰 소리로 말했다.

"자네 형님께 말씀드려서 진싼예를 초대할 수 없는지?"

그녀는 상황의 요점을 설명하고 최후에 보충했다.

"천하는 우리 것이니, 오히려 우리는 교우 관계를 넓혀야 한다네!
자네 얘기해 보겠나?"

루이펑은 이런 종류의 일을 하기를 좋아하여 재빨리 동의했다.

"나는 루이쉬안과 다른 의논할 일이 있습니다."

말을 마치자 일어났다.

"쥐쯔, 당신 큰 집에 가지 않을래?"

뚱보 쥐쯔는 고개를 흔들었다. 가능하다면 평생 다시 5호집 문을
넘고 싶지 않았다.

루이펑은 혼자 집에 갔다. 공사를 처리하듯이 조부와 모친 안부를
묻고는, 곧장 루이쉬안과 얘기했다.

"그 뭐냐, 형, 형네 학교 교장이 사직했어―이 소식은 남이 모르는
일이야. 형도 비밀을 지켜 줘!―나는 형이 활동 좀 해야 한다고 생각해.
내가 교육국에 있으니, 경비는 적게 들 거야. 형도 알다시피 난징을
이미 잃었잖아. 우리는 이제 나라가 망했어요. 고집을 부릴 필요가
있겠어? 게다가 교육 경비는 며칠 내 곧 방법이 생길 거야. 형이 교육
경비를 많이 챙기면, 노인들도 고생을 덜 하실 수 있을 텐데요! 어때요!
일하시려면 빨리 해야 합니다! 요즘 세상에는 취직하기 쉽지 않아요!"

루이펑은 말을 하면서 집게손가락으로 새로 산 가짜 상아 파이프를

가볍게 튕겼다. 말을 마치자 파이프를 입에 물고, 고사포로 비행기를 찾듯이 좌우로 돌렸다. 가짜 상아 파이프를 물고 허세를 부리니, 그는 자신의 기백이 엄청나졌다고 여겼다. 심지어 과장이 지녀야 할 기백마저 초월한 듯했다!

루이쉬안의 눈은 아직 붉었고, 얼굴은 부은 것 같았다. 누렇고 처진 얼굴이었다. 동생이 말을 끝내자, 반나절은 말이 없었다. 그는 입을 열기 싫었다. 둘째는 나라를 팔아먹을 죄는 짓지 않았으나, 둘째의 심리와 태도는 매국노와 같았다. 그는 힘이 없어 매국노를 벌하지 못하지만, 매국노와 같은 맛이 나는 동생을 두고 싶지 않았다. 사실을 말하면 둘째는 경박하고 무료하고 속기가 찬 놈이지만, 절대로 큰 죄를 저지른 극악무도한 놈은 아니다. 그러나 나라가 망할 위험에 처해있을 때 경박함, 무료함, 속기가 사람을 한간이 되게 한다. 한간들 중에서 둘째는 작은 어릿광대에 불과해서, 교활한 간웅과는 거리가 먼 사람이다. 둘째는 밉스러우면서도 불쌍한 놈이다!

"어때? 형은 돈 얼마 낼 수 있어?"

둘째가 물었다.

"나는 교장이 되고 싶지 않아, 둘째야!"

루이쉬안은 감정 없이 말했다.

"형은 항상 그 모양으로 나가면, 형!"

루이펑의 얼굴이 굳어졌다.

"남이 돈을 얼마든지 써서 손에 넣으려 할 거야. 형은 왜 고깃덩어리를 밖에 던져버리려고 해? 형은 입만 열면 국가, 닫아도 국가하는데

국가가 어떤 꼴이 되어 있는지 봐! 난징조차 잃었는데, 형만 뼈대를
갖고 있으면 뭔 소용이야?"

둘째는 확실히 조급해졌다. 그는 진심으로 형이 운동하여 성공하기
바랐다. 그래야 형제가 교육계에서 작은 세력을 이루어, 피차 서로
돌봐줄 수 있을 것이다.

첫째도 말이 없었다. 그는 둘째와 논쟁하는 것은 입만 아프다고
생각했다. 그는 몇 번이나 둘째에게 충고했다. 둘째는 형의 말에 대해서
는 늘 마이동풍 격이 되었다. 그는 다시 힘을 빼고 싶지 않았다.

둘째는 원래 형을 상당히 두려워했다. 지금은 과장이 되고나서 간을
졸일 필요가 없다고 생각하는 것 같았다. 그는 과장이니 응당 형에게
훈화를 해야 한다고 생각했다.

"형, 나는 형 때문에 마음이 급해! 형이 지금 이 기회를 놓치면 나중에
밥을 못 먹게 되더라도 나를 원망하지 마! 내 지금 지위로는 사람들과의
교류 범위도 당연히 넓어지고, 돈도 많이 벌지만, 씀씀이도 커졌어.
내가 형의 생활을 도와주기를 바라지 마!"

루이쉬안도 둘째와 말하느라 힘을 더 빼고 싶지 않았다. 혼자 힘으로
가족을 부양할지언정, 둘째와 설왕설래하고 싶지 않았다.

"좋아! 나는 나대로 살 테니, 너는 너 좋은 대로 살아라!"

그의 목소리는 낮았으나 어기는 매우 강했다.

둘째는 형이 틀림없이 정신이 나갔다고 생각했다. 그렇지 않으면
감히 과장인 동생에게 실례를 할 이유가 없지 않나!

"좋아! 우리는 각자 자기 길로 가는 수밖에!"

둘째가 밖으로 나가다 멈춰 섰다.

"형, 뭐 하나만 부탁하자. 다른 사람이 부탁한 거라, 말을 전해야만 해!"

그는 간단하게 관 씨 집이 진싼예에게 술 마시자고 청했다는 말을 하고, 루이쉬안이 다리를 놓아주길 부탁했다. 그의 말은 아주 간단하여 형과 더 말하기 싫어하는 것 같았다. 마지막으로 그는 얼굴을 굳히며 형을 가르치려 들었다.

"관 씨 집은 곧 관직에 나갈 거야. 형은 그 사람들에게 예의 좀 갖춰! 요즘 같은 세상에 남에게 원망을 사서 좋을 것 없어!"

루이쉬안은 성이 북받쳐 오르는 것을 가까스로 참았다. 전처럼 상당히 부드럽게 말했다.

"나는 그런 하찮은 일 신경 쓸 여유가 없어. 미안!"

둘째는 문을 와락 열고 나가버렸다. 그는 다시는 정신 나간 형과 말을 섞지 않겠다고 결심했다. 마당에서 그는 큰 소리로 투덜거려서 노인들이 듣게 했다.

"정말 말도 안 돼! 쉽지 않다, 쉽지 않아! 좋은 일이 있어도 앞으로 가려고 힘쓰질 않네. 오히려 교장 되는 것을 체면 잃는 걸로 같이 생각하다니!"

"왜 그래? 둘째야!"

치 노인이 방안에서 물었다.

"무슨 일이냐?"

톈유 부인도 방안에서 물었다.

원메이는 주방에서 문에 붙은 유리 구멍으로 밖을 내다보았다. 상황을 확실히 알지 못해서 나오기 불편했다.

둘째는 조부 방에 들어가지 않고 마당에 서서 투덜거렸다.

"아무 일 없어요. 할아버지 안심하십시오! 형에게 좋은 일자리를 찾아주려했지만 형이 마다하네요! 앞으로 나는 쓸 곳이 많아서 노인들에게 효도할 수 없어요. 형은 돈을 더 벌려고 하지 않네요. 어쩜 좋아요? 전 어쨌든 형제로서 정을 다했어요. 이후에 가정이 어떻게 되던, 나는 책임지지 않을 거예요!"

"둘째야!"

엄마가 소리 질렀다.

"너 잠시 들어와! 내가 너에게 물어볼게 있다!"

"저도 일 있어요, 엄마! 한 이틀 지나고 다시 오지요!"

루이펑은 급히 나가버렸다. 그는 모친과 조부를 괴롭게 할 의도는 아니었지만, 관 씨 댁으로 급히 돌아갔다. 관 씨 집의 모든 것이 그를 안심시켰다.

톈유 부인은 쉽게 얼굴이 붉어지지 않는데, 이번에는 두 개의 광대뼈까지 빨개졌다. 그녀의 눈은 밝아졌다. 그녀는 화가 났다. 저게 그녀가 낳고 키운 자식이라니! 관리가 되고 어머니조차 상대하지 않으려 하다니! 최근 몇 년 동안 그녀의 병든 몸은 화를 이기지 못하기에, 보아도 못 본척하고 들어도 못 들은 척하는 버릇이 들었다. 이로써 병이 악화되는 걸 막으려 했다. 그럼에도 불구하고, 오늘 루이펑의 말투는 참기 힘들었다. 손이 떨리면서 자기도 모르게 욕이 나왔다.

"이 개 같은 새끼! 그래! 너 친애미도 모른 척하냐! 일개 과장이 되었다는 이유로!"

그녀가 이 말을 하자, 루이쉬안 부부가 급히 건너갔다. 그들은 어머니가 한번 성을 내면 반드시 큰 병이 온다는 것을 알았다. 루이쉬안은 일가 모두가 할 일 없이 말다툼이나 할까봐 가장 두려워했다. 그는 그게 대가족 제도에서 가장 짜증나는 부분이라고 생각했다. 그래서 모친이 성이 나면 무조건 달래지 않을 수 없었다. 여러 세기 전래되어온 규칙은 사람의 본능으로 바뀌기 마련이다. 기분이 좋건 나쁘건, 그는 성난 어머니에게 웃는 낯을 보일 수밖에 없었다. 다행히 그는 어머니께 다가가기만 하면 됐다. 그는 윈메이가 이런 상황에서 자기보다 훨씬 총명해서 말을 훨씬 잘할 수 있다는 것을 알고 있었다.

윈메이는 확실히 능력이 있었다. 그녀는 시어머니가 왜 화가 났는지 묻지 않았지만 핵심을 찔러 말했다.

"어머니, 몸을 생각하셔야죠! 왜 또 성을 내세요?"

이 두 마디가 즉시 늙은 시어미가 자기 자신을 가련하게 여겨, 두어 번 흥흥거릴 필요가 있다고 생각하게끔 했다. 한 번 흥흥거리면 노기가 반은 달아나고, 욕은 잔소리로 바뀌었다.

"정말 생각을 못했다. 그 녀석이 나에게 이럴 수가 있나! 자식들을 차별한 적도 없고, 다 똑같이 대했는데! 내가 둘째를 조금도 차별하지 않았다. 그런데…"

늙은 부인이 눈물을 흘렸다. 그러나 마음은 상당히 가라앉았다.

할아버지는 사태가 어떻게 되어 가는지 몰랐다. 얼마 후 물었다.

"도대체 무슨 일이냐? 엉망진창이구나!"

루이쉬안은 조부를 부축하여 앉혔다. 윈메이는 뜨거운 물수건을 짜서 얼굴을 닦아드렸다. 또, 두 분 노인에게 뜨거운 차를 따라드렸다. 그 후에 아이들은 주방에 데리고 들어가 남편과 노인들이 조용히 말할 환경을 마련했다.

루이쉬안은 노인들에게 사실을 정확하게 말할 필요가 있다고 생각했다. 난징이 함락되고 나라의 반은 이미 잃었다. 그는 한 사람의 자손으로서, 노인들을 적의 수중에 남겨두고 자기만 탈출하는 짓은 차마 할 수 없다. 그러나 부모와 조부에게 제대로 하는 것은 국가에 송구스러운 한 짓을 하는 셈이다. 국가에 대한 송구스러움을 속죄하기 위해서, 아무리 못해도 소극적으로라도 일본인과의 협력을 거부해야 했다. 그는 절개니 뭐니는 얘기하고 싶지 않았지만, 자기와 일본인 사이에 분명히 선은 그어야 된다는 점은 알았다.

그렇게 하려면 노인들의 협조를 얻어야 했다. 만약 노인들이 잘 먹고 잘 마시고 고생하지 않으려 하면, 둘째처럼 적들에게 항복하는 수밖에 없다. 그는 적들에게 투항하지 않기로 결정했다. 비록 노인들이 더 편한 삶을 원하는 것도 당연하지만 말이다. 그들은 이 세상에 사실 날이 얼마 남지 않았으니, 당연히 누리려고 하실 만하다. 그는 당연히 노인들에게 사과해야 하고, 동시에 분명히 말씀드려야 한다. 그들이 만약 누리기를 요구한다면 그는 모질게 마음먹고 베이핑을 탈출할 것이다.

아주 어렵게 자신의 마음속을 분명하게 얘기했다. 그의 말은 부드러웠지만 생각은 확고했다. 그는 노인들을 힘들게 하려 하진 않았지만, 불가피하게 힘들게 했다. 곧이곧대로 얘기를 마치자 병든 것을 도려내어 버린 듯 통쾌해졌다.

모친은 아주 좋다고 했다.

"복이 있으면 모두가 누리고, 괴로움이 있으면 모두가 당하는 거야. 큰애야. 너 마음 놓아라. 내가 너를 괴롭게 하지는 않겠다!"

치 노인은 두려워했다. 손자의 말을 들으니, 일본인들은 일단은 짧은 시간 내에 절대로 베이핑을 떠나지 않을 것이다! 일본인이 과거 2~3개월 동안 직접 자기를 해하지 않았다 해도, 이미 손자 둘을 떠나게 했다. 일본인이 오래 베이핑에 머무르면 이 일가가 모두 분산되지 않으리란 것을 어떻게 알 수 있나? 노인은 차라리 지금 당장 죽고 싶었지, 집이 사분오열하듯이 분산되는 것을 보고 싶지 않았다. 자식과 손자들이 눈앞에 없다면 살아도 죽은 거나 다름없이 적막하다. 그는 루이쉬안이 떠나게 할 수는 없었다! 그는 마음속으로 장손이 학교 교장 자리를 거절한 것은 지나쳤다는 생각이 들었지만 분명히 말할 용기는 없었다. 그는 자기가 루이쉬안을 위로해야 한다는 것을 알았다.

"큰애야. 이 일가 모두가 너를 의지하고 있어! 너가 좋다면 좋은 거야! 좋든 나쁘든 우리 모두가 하나 되어 참자. 이 불운을 참아내자! 어차피 나는 오래 살지 못하니, 네 입장에서도 흙을 파서 날 묻어주기를 기다리지 않을 수 있겠니!"

노인은 마지막 말을 내뱉을 때 이미 말소리가 떨렸다.

루이쉬안은 다시 아무 말 하지 않았다. 그는 이미 자기의 태도를 분명히 밝혔다고 생각했고, 더 말하면 적절하지 못하다고 여겼다. 그렇게 가련하게 말씀하시는 것을 보고 억지로 웃었다.

"맞습니다. 할아버지! 우리 함께 어려움을 헤쳐 나갑시다!"

말하기는 쉬웠다. 그러나 그는 마음속에 이렇게 승낙 받아야 할 말이 굉장히 많다는 것을 알았다. 그는 사세동당 일가 전부를 자기의 양 어깨에 짊어질 거라고 승낙했다! 동시에 그는 베이핑을 점령하고 있는 일본인으로부터 멀리 멀리 떨어져 숨고 있다! 그는 약간 후회했다. 그는 스스로 돈을 버는 재주가 없다는 점을 안다. 그의 명예를 중시하는 성품은 돈을 보자마자 움켜쥐지 못하게끔 한다. 그런데 그가 어떻게 일가의 생활을 지탱해낼 수 있을까? 게다가 일본인이 이미 베이핑의 주인이라면, 그들이 그에게 자유를 줄 수 있을까?

그러나 어떻게 되었든 그는 약간 자랑스러워졌다—그는 태도를 명백히 한 셈이다. 절대로 그들의 주구는 되지 않겠다! 두고봐라. 결국 어떻게 될지 누가 아는가!

그때 란둥양이 관 씨 집에 도착했다. 그는 난징 함락 경축 대회를 준비하기 위해 시청에 들렀고, 그 김에 관 씨 집의 여성들에게 경의를 표하려 했다—이번에 그는 5개의 사탕을 사왔다. 오는 길에 경축대회에 대해서 입을 다물기로 결정했다. 남이 알기를 원하지 않는 일이 생기면, 그는 항상 자신이 매우 중요하고 깊은 사람이라고 여겼다. 그 사건들을 비밀로 할 필요가 없는데도 말이다.

만약 그가 자기가 아는 것을 남에게 말하기 싫어하더라도, 남들은 아는 것을 자기에게 다 말해주길 원했다. 그는 화베이의 정부가 곧 성립—베이핑에 성립—된다는 말을 들었다. 화베이의 일본 군인들은 난징이 이미 함락되는 것을 보고 다시 지연시킬 수 없었다. 그들은 먼저 화베이 정부를 출범시켜—난징에 누구를 보내어 책임을 지우든 상관없이—난징 정부와 맞서고자 했다. 이 소식을 듣자 그는 마음을 놓고 귀를 쫑긋 세웠다. 화베이에 일본이 조직한 정부가 들어서면, 자기의 좋은 운이 연장될 것이기 때문에 마음을 놓았다. 귀를 쫑긋 세워서 소식을 더 많이 듣고, 문호를 더 넓혀, 자기의 지위를 더 높이고 싶었다. 그의 야심은 그의 문자와 비슷하여, 통하든 통하지 않든 상관하지 않고 고집스럽게 밀고 나갔다!

그는 이미 신문 혹은 하나의 문예지를 창간하기로 결정했다. 그는 교장이 되어야 한다. 그는 또 신민회 간사에서 승진하여 주임 간사가 되어야 한다. 그는 장차 성립될 정부에서 한 자리 차지해야 한다. 일이 많아질수록 요인이 될 수 있다. 다른 일을 생각하기 이전에 그는 위에 열거한 지위를 손에 넣기로 결정했다. 그는 스스로를 재주를 가진 불우한 사람으로 자처하기 때문에 이런 자리들을 응당, 반드시 손에 쥘 수 있다고 생각했다. 이제 때가 도래했다. 이제 시기가 되었다. 그는 시대의 요구에 따라 태어난 셰익스피어다. 그러나 그는 셰익스피어보다 관운, 재운, 여자운이 더 좋았다.

둥양은 방에 들어가자 과자 봉지를 탁자 위에 놓았다. 모두를 향해서 입을 삐죽거린 후에 나무처럼 의자에 털썩 주저앉았다. 그는 일본인을 제외한 아무에게도 예의를 차리지 않았다.

루이펑은 원망하듯 그리워하듯 자기 형을 비판했다. 그는 평생 교육국의 과장이 될 수 있다고 생각조차 못했다. 그는 과장이 하늘만큼 높다고 생각했다. 그는 자기와 과장을 하나로 연결하자 부득이 평소 자신의 모습을 잊어버리지 않을 수 없었다. 그는 관 선생과 같이 총명하지도 않고 란둥양과 같이 침묵을 지킬 줄도 몰랐다.

"정말! 교장이 되는 것이 체면을 잃어버리는 것 같다고 생각하다니! 당신들이 말했듯이 마침내 천하에 그런 인간도 있어요! 형은 서생티가 나지만, 공부 한 게 헛된 셈이죠!"

관샤오허는 자신을 추천하고 싶었다. 그는 종전에 작은 관직을 맡은 적이 있다. 이미 작은 관직을 맡았던 경험이 있으니 중학교 교장도 반드시 할 수 있다고 생각했다. 그러나 그는 곧장 입을 열고 싶지 않았다. 그러면 굶주려서 가려먹지 않은 꼴을 보이게 된다. 이 순간 그는 패배했다. 란둥양이 입을 열었다.

"뭐? 교장이 공석이 되었다고? 얼마만 쓰면 되겠소?"

란둥양은 말을 잘 안 하곤 했지만, 한 번 말하기 시작하면 핵심을 찔렀다. 그는 입을 열자마자 바로 값을 물었다.

샤오허는 고구마를 많이 먹은 모양이 되어 입에서 신물이 나왔다. 신물을 삼키고 전처럼 웃으며 조급한 모양을 보이지 않았다. 그는 다츠바오를 보았다. 그녀는 아무 말도 하지 않았다. 그녀는 교장을 대수롭지 않게 생각했고, 교장도 돈을 긁어모을 수 있다는 것을 몰라서 샤오허를 나무라지 않았다. 샤오허의 마음이 좀 안정되었다. 그는 부인이 손님 면전에서 자기를 무능하다고 욕하는 것이 너무나도 두려웠다.

루이펑은 둥양이 그렇게 강하게 나올 줄 몰라서 잠시 대답을 잊었다.

둥양은 오른쪽 눈알을 위로 치켜뜨고, 목구멍에서 끄윽 하는 소리를 냈다. 입술은 떨고 있었고, 루이핑에게 다가갔다. 고양이가 한 마리 벌레를 발견하고 앞으로 가려는 것처럼 긴장했다. 그의 얼굴색이 파랗게 변하고, 얼굴의 파란 핏줄이 튀어나왔다. 그의 입술이 사람을 물듯이 루이핑에게 말했다.

"자네가 처리해, 내가 2500위안을 내지! 자네가 그 중에 얼마를 먹든지 나는 상관하지 않아. 일이 성공하면 따로 자네에게 300위안을 주겠다! 오늘 내가 먼저 2500위안을 주면, 일주일 이내에 발령 받도록 해주게!"

"교육국은 나 한 사람의 것이 아니야!"

루이핑은 자기가 과장이라는 것을 잊었다. 그는 또 관리들 말투를 잊었다.

"그래! 그런데 어차피 자네는 과장 아닌가! 다른 과장도 사람을 추천할 수 있어. 자네는 왜 할 수 없는가? 자네는 과장을 뭐타러 해? 나를 위해 한 마디 할 수 없는데!"

둥양의 말은 그의 문장과 같다. 언제나 논리가 통하지 않고 힘만 있을 뿐이다.

"어떻게 되든, 자네가 나를 위해 일해서 성공시켜 주게. 만약 그렇지 않으면 내가 자네 일을 보고하러 가겠네!"

"무엇을 일러바친단 말인가!"

가련한 루이핑은 어리석게도 란둥양의 함정에 빠졌다.

"자네 동생이 밖에서 항일하고 있지 않은가? 좋아. 자네는 안에서 과장하고 자네 동생은 밖에서 유격전을 벌린다. 양쪽을 모두 자네들이 차지한다. 정말이지 얼마나 좋은가!"

둥양은 말을 할수록 기세가 커졌다. 푸른 얼굴에서 천천히 붉은 색이 보이기 시작했다.

"이, 이, 이건,"

루이펑은 말이 나오지 않았다. 작고 마른 얼굴이 화나서 누렇게 변했다.

다츠바오는 둥양을 차마 볼 수 없었다. 말조차 꺼낼 수 없었다. 그녀는 소장이니 쉽게 발언할 수 없었다.

샤오허는 한 가지 이치를 깨달았다. 어쩐지 그가 이렇게 여러 날 분주하게 돌아다녀도 한자리 차지하지 못하게 될 수밖에 없었더라. 시대는 변했다. 그의 방법은 이미 너무 낡았고 낙오되었다! 그 자신의 방법은 항상 술대접, 예물 보내기, 치켜세우기, 그리고 의젓한 언행이었다. 란둥양이란 인간을 보라! 남에게 엽관 운동 부탁하는 일이 싸움하듯이 예의라고는 없다! 그러나 그 인간은 이미 교무주임이고, 신민회 간사이고, 현재는 교장 자리를 '매수'하려고 눈알을 부라린다. 그는 둥양을 존경하게 되었다! 행동 방식을 바꾸지 않으면 천하는 전부 둥양의 손에 들어갈 것이고, 그의의 몫은 남지 않을 것이다!

뚱보 쥐쯔—줄곧 루이펑 보다 더 대단한 인재였다. 근래에는 자신의 운동으로 남편을 승진시키고 난 뒤 훨씬 자신이 생겼다—그녀는 둥양에게 자기의 능력을 알리고 싶었다. 그녀는 말도 하기 전에 먼저 둥양을 밀어서, 그를 거의 밀어 넘어뜨렸다. 잇따라서 그녀가 말했다.

"이 놈 자식아, 그런 소리 하지 마라. 그건 과장님께 말하는 방식이
아니야! 보고하러 가! 가! 가! 지금 가라고! 우리 일대일로 겨뤄봅시다.
누가 높고 누가 낮은지! 당신이 일러바치면 나도 못할 것 같소? 나도
사람들을 알아요. 몰랐으면 내 남편을 과장이 되게 했겠소! 당신이
밀고해도 좋아요. 우리 셋째가 항일한다고 말해요. 나는 당신을 공산당
이라고 말할 수 있어요! 누구한테 맞아서 이렇게 구는 겁니까? 당신에게
묻잖아요!"

뚱보 부인은 지금까지 큰 소리로 단숨에 이렇게 길게 말한 적이
없었다. 힘이 들어서 코에 기름이 비치고 가슴이 펄럭거렸다. 그녀의
얼굴이 빨개졌다. 그러나 마음속은 상당히 진정이 되었다. 그녀는 단숨
에 이렇게 장시간 나무랄 수 있으리라 생각지 않았다. 게다가 아주
잘해냈다고 생각했다. 아주 만족했다. 그녀는 평소에 다츠바오를 존경
했다. 오늘은 다츠바오 면전에서 자신의 능력을 과시했다. 자만하지
않을 수 없었다.

그녀가 밀어붙이고 욕을 해 둥양을 부드럽게 만들었다. 그의 얼굴에
있던 노기와 흉포함이 모두 갑자기 사라졌다. 마치 욕이 기분을 풀게
해준 것처럼 그는 웃었다.

샤오허는 둥양이 말하기를 기다리지 않고 입을 열었다.

"나는 아직 교장을 해본 적이 없어서 한 번 해보고 싶어. 치 과장,
어떻게 생각해? 오우, 둥양, 나는 자네의 일을 빼앗지 않아, 지레 겁먹지
말고! 나는 단지 이야기를 꺼내서 참조점을 제공하려는 생각이야. 어떻
게 하는 게 좋을지 함께 생각해보자구."

이 몇 마디가 아주 부드럽고 주도면밀해서 방안의 공기를 곧 풀리게 했다. 란둥양은 의자에 털썩 주저앉아, 누런 이빨로 손톱을 깨물었다. 루이펑은 만약 관 선생이 출마해서 둥양과 경쟁한다면 당연히 관 선생을 도왔으리라고 생각했다. 뚱보 쥐쯔는 다시 입을 열지 않았다. 왜냐하면 방금 자기가 말을 너무 잘해서 한 마디 한 마디 돌이켜 생각해보고, 친구들에게 외워서 들려주고 싶었기 때문이다.

다츠바오가 말했다. 먼저 발언하는 용감하지만, 나중에 발언하는 자가 잇속을 챙기기 마련이다. 그녀는 마지막으로 말을 했기 때문에 모두의 말보다 훨씬 총명하고 합리적으로 보였다.

"내가 보기에 어떻게 교장으로 만드느냐는 둘째로 미루고, 당신들 세 사람—둥양, 루이펑, 샤오허—이 할 일은 먼저 의형제를 맺는 것이오. 여러분들이 만약 동년동월동일에 태어나기를 원하지 않고, 동년동월동일에 죽기를 원하는 형제가 되면, 화기애애하고 진심을을 다하여 서로 도울 것이죠. 여러분들은 점차 새 조정의 세력으로 자리 잡을 거예요. 여러분, 안 그래요?"

루이펑은 연배를 따지면 샤오허를 아저씨로 불러야 해서, 자신을 한 세대 높게 잡는게 뭔가 숙쓰러웠다.

둥양은 관 씨의 사위가 될 사람이다. 그러니 장래의 장인과 먼저 의형제를 맺는 것이 계면쩍었다.

샤오허는 두 사람을 보면서 웃으면서 말했다.

"소장님 생각이 아주 옳아요! 나란히 형제가 되는데 내가 나이가 많다고 맘에 걸려할 피요 없어! 소장님, 향, 초, 종이 좀 부탁할게요!"

33

    루이쉬안은 화베이 정부가 이렇게 여러 날 걸려서 출범한 만큼, 그곳엔 반드시 자신이 모르는 사람이 여럿 있을 것이라 여겼다. 이로써 왕조가 바뀐 점을 드러내려는 속셈도 있을 것이다. 알고 보니, 그들 중에는 그가 잘 알고 혐오하는 군벌과 관료들이 있었다. 이 점에서 보면 그는 일본인들은 절대로 듣기 좋은 구호나 표어를 정말로 이행할 생각은 조금도 없다는 것을 알 수 있었다. 비루하고 무능한 사람만이 그들의 비위를 맞출 수 있다. 왜냐하면 그들은 중국인들을 탐관오리의 지배를 받는 어리석은 인간들—돼지와 개—로 밖에 보지 않기 때문이다.

    신문에서 정부 구성원들을 보고 그는 가슴이 막혀 어쩔 줄 몰랐다. 그는 왜 중국에는 감지덕지 주구가 되려는 사람이 이다지도 많은지 알 수가 없었다. 어디가 잘못된 것일까? 그래 역사, 문화, 시대, 교육, 환경, 정치, 사회, 민족성, 개인의 야심… 모두에서 이유를 찾아 낼 수 있었다. 다만 외세에 아첨해서 영예를 추구하는 자들의 수치는 그 무엇으로도 설명할 수 없다. 그들은 실제로는 화베이 인민의 진정한 대표자가 될 수 없지만, 명의 상으로는 그러고 있다. 그들 몇 사람의 행동이 화베이의 인민들에게 '인간'으로서의 광채를 잃게 했다.

그는 그런 인간 무리를 원망하고 그들의 이름과 존재를 저주했다.

그러나 잇따라서 그는 곧 루이펑과 둥양과 관샤오허를 생각했다. 이 세 사람의 지위는 가짜 정부의 구성원들보다 낮지만, 그들의 마음과 포부는 큰 한간들과 똑같았다. 루이펑이 교육감이 될 수 없다고 누가 말할 수 있는가? 관샤오허가 재무 총장이 안 되리라고 누가 감히 말할 수 있는가? 이런 생각을 하자 생각이 분명해졌다. 만약 성현이 도덕수양이 모이고 쌓인 사람이라면 한간은 정반대—도덕과 교양양을 내던져버린 사람이다. 성현은 긍정, 한간은 부정이다. 루이펑이나 샤오허처럼 경박함, 어리석음, 뻔뻔스러움을 갖춘 자들이야말로 일본인들이 원하는 것이다. 왜냐하면 그 덕목들은 모두 '부정'의 덕목이기 때문이다. 일본인은 중국 아편쟁이를 좋아하듯이 그들을 좋아한다.

여기에 생각이 미치자 그는 또 '마이너스'에 속한 사람을 대접하는 방법을 생각해냈다. 죽이는 것! 그들은 마이너스에 속하니 절대로 염치가 없다. 그들은 절대로 도덕이나 정의에서 비롯된 감동을 느낄 수 없다. 그들은 오로지 죽음을 두려워할 뿐이다. 해충을 없애려면 해충을 모조리 죽이는 수밖에 없듯이, 그들을 죽이는 것이 간단명료한 방법이다. 누가 그들을 죽이려 들겠는가? 화베이 사람 하나하나 모두가 그들과 연루되어서, 그들과 함께 인격을 상실했다. 그들을 죽이는 것과 일본인을 죽이는 것은 선량한 국민이 피할 수 없는 책임이다.

그러나 그는 자신의 동생을 제어할 수 없었다! 죽이는 것은 물론, 한 대 때리지도 못한다! 둘째가 일본인을 돕는다면, 그는 오히려 둘째를 도와서 일이 되게 해 줄 것이다! 그는 둘째와 마찬가지로 죄가 있다. 둘째가 나라를 팔아먹고, 형은 나라 팔아먹은 사람을 말리지 않았다. 그가 둘째를 말리지 않고, 전체 화베이 인민도 가짜 정부의 한간들을 말리지 않는다. 화베이는 미동도 없는 없는 죽은 바다가 되어, 썩은 냄새만 진동하게 된다! 여기에 생각이 미치자, 루이쉬안은 어쩔 수 없이 웃음이 났다. 일체의 마이너스—가짜 정부, 루이펑, 샤오허, 감히 한간을 죽이지 못하는 착실한 인간, 그리고 자기 자신! 그는 자기 자신의 존재조차 마이너스이기 때문에 자기 자신을 비웃을 수 밖에 없었다.

난징 함락을 경축하는 대회와 행진은 앞서 몇 번보다 훨씬 더 시끌벅적했다. 루이쉬안의 얼굴은 방안에서 거리의 거지와 고수들의 북소리, 징소리를 듣고 붉으락푸르락했다. 그는 괴로웠다. 그는 이제 다시 톈안먼이나 어떤 곳에서 어떤 반항적 거사가 일어나리라고 희망할 수 없다—모든 것이 마이너스다! 그는 이미 자기의 무능과 무용을 깨달았으니 다시 남을 탓하기가 불편했다. 자신이 유일하게 스스로를 용서할 수 있는 부분은 가정의 짐을 짊어졌다는 것이다. 그런데 그렇다면, 한간들조차 당연히 '짐'이 있으니 용서할 수 있는 꼴이 된다! 자신을 가장 잘 용서하는 자는 가장 쓸모없는 자다!

그러나 그는 오래잖아 이렇게 자기와 타인을 결명하는 태도를 버렸다. 그는 장제스 위원장의 항전 계속 선언을 들었다. 그 선언은 가장 호전적인 일본인들을 깜짝 놀라게 하고, 한간들의 마음을 서늘하게 하고, 루이쉬안의 가슴을 펴게 했다. 아니다! 그는 스스로를 마이너스로 자처하며 자포자기할 수는 없다. 남들은 중앙이 계속 항전하기 때문에, 나라를 위해 충성을 다하려고 베이핑을 탈출할 것이다. 그는 중앙이 필시 사람을 파견하여 민중을 달래고 한간을 징벌할 것이라고 생각했다! 기분이 좋아지자, 그의 상상력이 활발하게 활동했다. 그는 심지어 셋째가 몰래 돌아와서 한간들을 징벌하거나 다른 중요한 공작을 하리라고 상상했다. 그렇게 되면 얼마나 신나고, 전설과도 같을까, 만약 셋째를 다시 볼 수 있다면!

루이쉬안은 중국의 지식인으로서, 신이나 하나님이 자기 자신과 조국을 도와주기를 빌 수 없었다. 그는 다만 계속 항전하는 것이 중국의 유일한 희망이라고 생각했다. 그는 중국과 일본이 무력 차이가 얼마나 큰지 몰랐으며, 거의 알려고도 하지 않았다. 애국심은 오늘날 그의 종교와 믿음이 되었다. 그는 중국이 침략에 저항만 계속한다면 희망이 있다고 믿었다.

그는 첸 선생을 만나서 마음속에 있는 얘기를 모두 털어놓고 싶었다. 난징의 함락은 무대 위에 막이 내리는 것 같이 전투의 1막이 끝나는 것 같았다. 그러나 다 내린 막이 다시 올려지듯이, 전쟁은 결코 끝나지 않았다. 이렇게 항전을 계속하는 정부, 그리고 나라를 위해서 충성을 다하는 백성과 군인들이 장차 얼마나 고난을 겪고 무엇을 할 것이지 추측할 도리가 없다. 그러나 그는 장차 다시 개막이 될 때 자기 자신을 제대로 설명하고 싶었다. 그의 미래의 고난은 다른 사람에 비해 작지도, 적지도 않았다. 비록 전선에서 총을 멘 채 적을 죽이거나, 후방에서 의병이 될 수 없을지라도 말이다.

그는 결정했다. 함락된 성 안에서, 효자가 되기 위해 적에게 무릎을 꿇을 수는 없다. 그의 머리가 달아나더라도 절대로 무릎을 꿇지는 않겠다. 이 일은 바다에 빠진 사람이 바다 물을 먹지 않겠다 하는 것처럼 어려운 일이었다. 그러나 그는 어떤 고초를 겪더라도, 베이핑에서 국기를 다시 볼 때까지 열심히 버텨야겠다고 결심했다. 그는 셋째가 집에 없으니 이 결정을 첸 선생에게 털어놓기로 했다. 그를 존중하고 믿어주는 친구에게 설명해야지만 계획대로 일을 하고, 돈을 벌 수 있을 것 같았다. 그렇게 하지 않으면 일을 하고 돈을 버는 것이 투항하는 것과 마찬가지로 수치스럽다고 생각했다.

난징 함락 소식이 전해진 그날 첸 선생은 침상을 내려와 몇 걸음을 걸어보기로 결정했다. 몸의 상처는 거의 다 나은 것 같고, 얼굴에 살도 좀 붙은 것 같았다. 입은 여전히 오그라들었지만, 뺨의 움푹 패인 부분은 훨씬 작아졌다. 오랫동안 수염을 깎지 않아서 부드럽고 윤이 나는 검은 수염이 나니, 더욱 시인처럼 보였다. 그는 자신의 다리를 많이 걱정하였다. 두 다리의 발목이 자주 붓고 나고 쑤셨다.

그날 그는 상태가 매우 좋고 다리가 붓지도 않았다. 그래서 시험 삼아 침상을 내려가 보기로 결정했다. 그는 두 다리가 내상을 입어 영원히 걷지 못할까 두려워했다. 그는 며느리가 말릴까 싶어서 말을 하지 않았다. 가만히 일어나 앉았고, 다리를 내려놓았다. 머리를 숙였으나, 바닥에 신발이 없었다. 며느리를 불러서 신발을 가지고 오게 해야하나? 그가 주저하고 있을 때 쓰다마의 커다란 솜신이 타닥타닥하고 걸어오는 소리가 들렸다.

"오셨어요, 쓰다마?"

그는 부드럽게 물었다.

"왔습니다!"

쓰다마 마당에서 대답했다.

"말도 마슈! 그 늙은이랑 또 싸워서 속이 부글부글해!"

"이미 나이 칠십이나 되셨는데 뭘 또 싸우셨습니까!"

첸 선생은 상태가 특별히 좋아서 일부러라도 말을 걸고 싶었다.

"당신도 보다시피"

그녀는 창 밖에서 들어오려 하지 않았다. 아마 며느리가 들을까봐 염려되었기 때문인 듯 했다.

"그이가 밖에서 돌아오자마자 입을 씰룩거리더니, 뭐 난징을 잃었다고 지껄이더군요. 아주 화가 났는지 밥을 먹으려고도 마시려고도 하지 않던데요! 내가 난징 지키는 사람도 아닌데 나한테 성질을 내다니, 빌어먹을 영감탱이하고는!"

첸 선생은 '난징을 잃었다'는 말만 듣고 더는 들으려고 하지 않았다. 양말 밑바닥 부분을 내놓은 그의 발이 바닥에 닿았다. 그는 급히 일어나려 했다. 난징 함락 소식을 듣고서는, 자기가 반드시 일어나야 한다고 생각하는 것 같았다. 그의 다리 일부분이 땅에 닿자, 그의 발목은 부러진

갈대처럼 연약해졌다. 그는 힘없이 바닥에 고꾸라졌다. 결국 그는 기절했다. 얼음 같이 차가운 바닥에 한참이나 뻗어 있다가 천천히 정신이 들었다. 그의 팔다리가 감각이 없다가 저리기 시작했고, 쓰리고, 찌르는 듯한 통증이 찾아왔다. 그는 입술을 깨물고 끙끙거리는 소리도 내지 않았다. 아파서 머리에 콩알만 한 땀이 솟아났다. 그는 남은 이빨 몇 개를 악물고 소리를 내지 않으려 했다. 그는 애써서 일어나 앉아서 다리를 껴안았다.

그는 아팠다. 그러나 그는 자신의 다리가 오래 쓰지 않으면 마비된 것인지, 일본인에게 얻어맞아서 걷지 못하게 되는 것인지에 주의했다. 그는 이 차이를 명확히 알고 싶어 마음이 조급했다. 일본 놈들과 목숨 걸고 대항하려면 두 다리가 반드시 있어야 했기 때문이다. 침상을 잡고, 모진 마음을 먹고 일어섰다. 마치 백만 개의 바늘이 일제히 팔다리를 찌르는 것 같았다. 땀이 비 오듯 했다. 그러나 그는 일어서 있으려 했다. 버티고 있었다. 더 서 있으려는데 눈앞이 캄캄해지더니 침상 위에 쓰러졌다. 이렇게 오래오래 누워 있다가 천천히 침상 위를 기어서 반듯이 누웠다. 그의 다리가 또 아팠다. 그러나 그는 천천히 움직일 수 있고 반드시 걸을 수 있으리라 믿었다. 왜냐하면 방금은 잠시라도 서 있을 수 있었기 때문이다. 그는 눈을 감았다. 그의 마음에는 난징 함락과 다리가 아프다는 것, 두 가지 생각뿐이었다.

천천히 그의 다리는 지각을 잃었고, 아프지도 저리지도 않았다. 그는 다리가 없는 것처럼 느껴졌다. 그는 곧 달팽이처럼 몸을 구부려 손으로 더듬었다. 분명히 자기에게 다리가 있고, 그것도 완전한 한 쌍의 다리가 있었다. 그는 혼자 웃었다. 두 다리만 있으면 여전히 많은 일을 할 수 있다. 난징 함락은 멍스와 아내의 죽음과도 모두 관련 있는 일이다.

그는 처음부터 생각하기 시작했다. 그는 내일의 계획을 빨리 결정해야 하지만, 습관처럼 과거의 일을 다시 생각해야만 마음이 통쾌해지고 체계적으로 내일 일을 도모할 수 있을 것 같았다.

그는 체포당한 그날의 광경이 기억났다. 눈을 감으니 바이 순장, 관샤오허, 헌병, 아내, 멍스, 곧 그날의 상황이 눈앞에 펼쳐졌다. 그는 담장 밑에 피어있던 큰 가을 닥풀도 기억이 났다. 헌병과 함께 시단 시장 부근 후통에 갔다. 그는 당시 그곳이 어떤 후통인지 알았던 것 같지만, 지금까지도 생각이 나지 않았다.

후통 안의 조그마한 막다른 골목에 작은 문이 있었다. 그는 끌려 들어갔다. 작지 않은 마당이 있었고, 북쪽 방이 10여 칸 남쪽 방은 7~8칸으로 말 우리를 개조한 것 같았다. 마당은 삼합토[112]를 깔은 땅으로, 매우 평평하고 작은 운동장 같았다. 그가 문을 막 들어서자 남쪽 방에서 어떤 사람이 울부짖는 처참한 소리가 들려왔다. 그는 걸어오느라 땀으로 흠뻑 젖어 있었지만, 처참한 비명 소리를 듣자 전신이 얼어붙었다. 그는 멈춰섰다. 도살장 근방을 지나가는 소나 양처럼 본능적으로 위험을 감지했다. 헌병이 밀자 다시 앞으로 걷기 시작했다. 그는 마음을 다잡고 머리를 쳐들었다.

"기껏해야 죽는 거구나!"

• • •

112 석회, 모래, 진흙의 배합.

그는 입으로 중얼거렸다.

그가 동쪽 끝 방안에 이르자 헌병이 그의 몸을 검사했다. 그는 마고자 하나에 큰 장삼, 그리고 신발 외에 다른 물건이 없었다. 검사를 마치자 동쪽 둘째 방으로 끌려갔다. 거기서 중국말을 하는 일본인이 성명, 주소, 직업 등을 묻고 카드에 기록했다. 그가 직업이 없다고 대답하자 그 일본인은 연필을 입에 물고 자세히 첸모안을 뜯어 보았다. 그 사람은 여위고 고집 센 청백색 얼굴을 하고 있었다. 그는 이 마른 사람이 그렇게 모질지 않을 것이라 생각하고, 시원시원하게 그가 자신을 훑어 보게 냅두었다. 그 사람이 연필을 입에 문채 눈을 똑바로 뜨고 그를 보면서 물었다. "무슨 죄를 지었소?"

그는 확실히 자기가 무슨 죄를 지었는지 몰랐다. 그는 평소에 좋은 친구를 대하듯이 아주 천진하게 웃으며 머리를 저었다. 그의 머리가 미처 멈출 새도 없이 그 말라깽이가 한 마리 굶주린 늑대같이 재빨리 일어나더니, 아주 빠르게 귀싸대기를 날렸다. 그는 이빨 하나를 뱉었다. 말라깽이는 그대로 서 있었다. 청백한 얼굴에 서리가 내린 듯한 모습으로 또 질문했다.

"무슨 죄를 지었어?"

그의 노기가 아픔을 견디게 했다. 평온하고 거만하게 한 마디 한 마디 또박또박 말했다.

"나는 모른다!"

또 한 대 얻어맞았다. 몸이 휘청했다. 첸모안은 큰 소리로 그를 꾸짖고 싶었다. 그가 무슨 권리로 때리는지, 왜 때리는지 묻고 싶었다.

그러나 그는 눈앞에 있는 사람이 일본인이라는 생각이 났다. 일본인이 이성이 있었다면 중국을 침략할 리가 없다. 이 때문에 그는 아무 말도 하고 싶지 않았다. 한 마리의 짐승에게 말할 필요가 없었다. 그는 적어도 이 말은 했어야 했다. '너희들이 나를 잡아왔다. 나는 무슨 영문인지 모른다. 나야말로 물어보고 싶다, 내가 무슨 죄를 지었는지?' 그러나 그것조차 말하기 싫었다. 그는 옷깃의 피를 보고 눈을 감았다. 마음속으로 말했다. '때려라! 네가 나를 때려 얼굴을 망가뜨릴 수 있지만, 내 마음을 꺾지는 못할 것이다!'

깡마른 일본인이 숨을 삼키고 입을 열었다.

"죄를 지었느냐, 아니냐!"

이 말을 하며 그의 손은 이미 거리를 조절하였다. 그에게 돌아온 대답이 '아니'이거나, 고개를 젓는 것이면 힘껏 첸모인의 뺨을 때렸다.

그는 이제 상대방의 악의를 충분히 알지만, 오히려 마음을 다 잡았다. 피 섞인 침을 삼키고 다리를 약간 벌려서 바로 섰다. 그는 다시 입을 열지 않기로 결심하고 맞을 준비를 했다. 그는 분명히 알게 되었다. 상대의 장기는 사람을 때리는 것이다. 그는 어릴 때부터 사람을 때리는 것은 이치에 맞지 않은 것이라 생각했다. 그러니 맞을 준비를 하는 것 외에 달리 더 좋은 방법이 무엇인가? 게다가 그는 일생동안 국사로 인하여 형벌을 받을 것이라고 꿈에도 생각하지 못했다. 오늘 이러한 대우를 받으니, 극심한 통증을 느끼지만 아픈 중에서도 갑자기 영광이라는 생각이 들었다. 그는 이를 악물었다. 더 많은 영광을 얻기 위해, 그는 큰 고통을 받아들일 준비를 했다!

일본인의 손바닥이 첸모인의 얼굴로 또 날아왔고, 한꺼번에 10여 대를 맞았다. 그는 아무 소리도 내지 않고 신체를 꼿꼿이 하여 정신적으로 저항하려고 했다. 때리는 사람이 그의 어리석음을 비웃듯이 희미하게 미소를 띠었다. 천천히 그의 목에 힘이 빠졌다. 천천히 다리의 힘이 풀렸다. 그가 움직였다. 좌우로 활을 튕기듯이 뺨을 때리자, 첸모인은 오뚜기처럼 양쪽으로 왔다 갔다 했다. 때리는 사람이 소리 내어 웃었다―사람을 때리는 것은 그 사람의 직무가 아니고, 일종의 종교와 교육의 표현이었다. 그는 자기가 때릴 수 있고, 때릴 줄 알고, 기꺼이 때리고, 승리하는 것을 즐겼다. 맞는 사람은 머리를 숙이고 때리는 사람은 기술을 바꾼다. 갑자기 범인의 갈빗대에 주먹을 내지른다. 맞는 사람은 땅바닥에 넘어진다. 때리는 사람은 미소를 멈추고, 눈을 똑바로 뜬 채 50여 세나 되는 힘 빠진 고기 덩어리를 눈을 똑바로 뜨고 내려다본다.

그는 등불 아래서 큰 차 안에 던져진 기억이 난다. 얼굴이 너무 심하게 부어서 눈을 뜰 수 없었다. 게다가 무언가를 눈 뜨고 볼 겨를이 없었다. 자동차가 움직이자 그의 몸도 흔들렸다. 정신이 오락가락했다. 그러나 자기가 어디로 가는지, 무슨 물건 안에서 흔들리고 있는지 알긴 알아야 했다―그는 이것은 차가 아니라 풍랑 가운데에 있는 배라고 생각했다. 천천히, 찬바람이 그를 정신이 들게 했다. 눈꺼풀 사이로 차 밖의 등불이 뒤로 멀어져 가는 것을 보았다. 그는 현기증을 느끼고 눈을 감았다. 그는 어지러움을 느끼고 눈을 감았다. 그의 처, 시화, 화초, 인진주 모두가 옛날부터 자기 것이 아닌 것 같았다. 평소에 도연명의 시를 읽을 때, 혹은 그가 시를 쓰고 싶을 때, 그는 항상 아내, 자식, 그리고 약한 몸이 모두 장애물이고 번거로운 것이라 생각했다. 시는 바람과 밝은 달, 높은 산과 큰 강 사이에 존재한다고 생각했다.

시를 생각하면 그의 영혼은 일종의 추상적인 우주 속에 있는 것 같았다. 그곳에서는 가장 아름다운 풍경조차도 일시적이고 조잡하여, 깊은 사상을 방해하는 물건에 지나지 않았다. 그가 추구하는 것은 아름다운 현상뿐만 아니라 우주 중에 있는 숨결과 리듬이었다. 그는 일체의 장애를 걷어치우고, 스스로 숨결과 리듬 사이에 자리잡아 가사 없는 음악이 되고자 했다. 정말이지, 그는 지금까지 이러한 감각을 글로 써낸 적이 없다. 문자는 자신의 마음을 다 표현하기에 부족했다. 어울리는 글을 떠올리게 되면, 그는 즉시 자기의 마음을 제한시켰다. 문자는 그의 마음과 함께 날아가지도 못하고, 우주의 형체 없는 거대한 음악 속에서 함께 물결치지도 못했다. 그러나 그가 이러한 생각을 하고 있을 때, 시를 쓸 수 없을 지라도 오히려 약간의 기쁨을 느낄 수 있었다. 이러한 기쁨은 어떠한 물질이나 만질 수 있는 사물에서 기탁한 것이 아니고, 하나의 텅 빈 신비로운 영혼 같았다. 마치 푸른 파도처럼 사랑스럽고, 일종의 자유와 아름다움을 지녔다. 푸른 파도는 큰 바다로 들어가고, 그의 마음은 날아서 별 속으로 들어가려 한다. 이러한 시간에 첸모인은 육체를 완전히 잊어버린다. 무의식중에 옷이나 신체를 만지게 되면, 그는 갑자기 놀란 듯이 벌벌 떨었다.

지금은 눈을 감고 아무것도 생각하지 않으려 했다. 정말이지, 그가 제일 먼저 떠올린 생각은 다음과 같았다. '아마도 나를 끌어내어다

총살할 것이다!' 그러나 여기에 생각이 미치자마자, 그는 눈을 꼭 감고 자신에게 물었다. '두렵냐? 두려워?' 곧이어 재빨리 이 생각을 털어버리고, 시를 쓸 때와 같이 자기 자신과 일체를 잊어버리고자 했다. '죽음이 뭐 대수인가!' 그는 입 속에서 이 한마디를 곱씹었다. 얼마 지나서 그는 또 한 마디를 바꾸었다. '죽음이란 바뀌는 것이다! 바뀌는 것이다!' 그의 마음은 조금씩 조금씩 약간 유쾌해졌다. 그의 얼굴과 몸에 또 통증이 왔다. 그러나 그의 마음속이 유쾌함으로 통증을 경시하게 되어, 자신을 잊게 했다. 잠시 후에 정신이 혼미해진 후에 갑자기 생각이 났다. 지금 그를 '바뀌게' 하는 것은 시가 아니라, 이 세상의 추상적인 어떤 것이다.

어느 산천의 요정으로 변해서 최고의 평화와 안녕을 얻게 되는 것이 아니라, 저 사악한 힘에 저항하기 위한 굳세고 강한 기운이 되는 것이다. 그는 '바뀌기'만을 추구해선 안되고, 결국에는 저항하고 투쟁해야만 한다. 만약 그가 예전에는 우주의 감천(甘泉)으로 융화되고자 했다면, 지금은 피와 충의의 기운으로 바뀌어야 한다. 예전의 소망은 바라기만 할 뿐 실현할 수 없는 것이었지만, 현재는 인(仁)을 구하기만 하면 인을 얻을 수 있을 것만 같았다. 예전의 그는 천상의 것을 얻으려 했고, 지금은 인간적인 것을 얻으려하기 때문이다. 그렇다, 그는 피와 살을 적에게 던져 주어야 하고, 용기와 정의로 이 육체를 끝내야 한다. 뜨거운 기운이 그의 가슴을 채웠다. 그는 소리 내어 웃었다.

차가 멈췄다. 그는 그곳이 어딘지 몰랐고 자세히 볼 필요도 없었다. 순국을 하는데 장소를 가려 무엇 하랴. 그는 그것이 학교 비슷한 큰 건물이라는 것을 기억할 뿐이었다.

그는 매우 천천히 걸었다. 팔과 다리에 족쇄가 채워져 있었다. 그는 왜 적들이 자기를 그렇게 불안해하고, 반드시 수갑을 채워야 하는지 이해하지 못했다. 고의로 더 큰 고통을 주려는 의도가 아니라면 말이다. 그렇다, 적은 적이다. 적들이 조금이라도 인간성을 지녔다면 왜 전쟁을 일으키겠는가? 그가 천천히 걷자 또 맞았다. 어지럽고, 족쇄 때문에 아픈지 맞아서 아픈지 불분명한 상태에서 등불도 없는 방에 처박혔다. 그는 넘어졌는데, 어떤 사람의 몸 위로 넘어졌다. 아래에 깔린 사람이 욕을 해댔다. 그는 허우적거리고, 아래 깔린 사람은 밀쳤다. 얼마 후 그의 몸이 겨우 바닥에 닿았다. 그 사람은 다시 욕도 하지 않고 아무 소리도 내지 않았다. 바닥에는 아무 것도, 지푸라기 하나도 없었다. 그는 그렇게 정신을 잃고 잠에 빠져 들었다.

둘째 날, 하루 종일 두 사람이 더 들어온 것을 제외하고 아무 일 없었다. 그는 같은 방에 있는 사람들이 누구인지 볼 틈도 없었고, 방이 어떤지 볼 틈도 없었다. 그의 얼굴은 부어서 피가 올랐다. 이빨도 닦지 않고 얼굴을 씻지도 않았으며, 전신이 아프지 않은 곳이 없었다. 10시 쯤에 어떤 사람이 주먹밥 한 개와 더운 물 한 사발을 가지고 왔다. 그는 물은 마셨지만 주먹밥은 건드리지 않았다. 그는 눈을 감고 양 다리를 펴고 벽에 기대앉아 죽음을 기다렸다. 그는 빨리 죽기 바랐다. 방안에 있는 동반자를 보려고도 하지 않았다.

셋째 날, 아무 일도 없었다. 그는 화가 났다. 그는 이해하기 시작했다. 나라 잃은 사람은 죽으려 해도 죽을 수 없다. 적들은 총탄을 쓰기를 원할 때만 한 발만 총탄을 쓴다. 아니면 그들은 산채로 당신을 그

자리에서 썩게 할 수도 있다. 그는 눈을 부릅떴다. 방은 아주 작았고 아무 것도 없었다. 벽 위에 작은 창이 하나 있고, 그리로 햇빛이 뚫고 들어왔다. 창틀은 쇠창살이 쳐져 있었다. 방안에 마흔 살 정도의 남자가 누워 있었다. 그는 아마도 첸모인이 넘어지면서 깔아버린 사람인 것 같았다. 그 사람의 얼굴에 엉켜 붙은 피 가닥들이 가득했다. 그는 다리를 웅크렸지만 팔은 피고 있었다. 얼굴은 하늘을 향하고 눈은 감겨 있었다.

맞은편에는 청년 남녀가 꼭 붙어 있었다. 남자는 그렇게 잘 생기지 않았으나 여자는 아주 예뻤다. 남자는 고개를 들고 천장을 바라보면서 꼼짝하지 않았다. 여자는 한손으로 남자의 팔을 잡고 있었고, 다른 손은 자기 무릎에 놓아두고 있었다. 눈은—아름다운 한 쌍의 눈알이었다—아주 놀란 듯이 깜빡였다. 그들을 보자 첸모인은 죽고 싶었던 마음을 잊었다. 그는 입을 열었다. 그들과 얘기를 하고 싶었다. 그러나 입을 열자 말을 잊고, 혼란에 빠졌다. 그는 머리가 아팠다. 그는 눈을 감고 정신을 가다듬었다. 다시 눈을 뜨고 입술을 움직였다. 소리를 낮추어 진지하게 두 청년 남녀에게 물었다.

"너희들은 무엇 때문에 여기로 잡혀 온거니?"

청년은 깜짝 놀란 듯 천장에서 시선을 거두었다. 여자가 아름다운 눈으로 마치 두려운 무언가를 찾듯이 사방을 찾았다.

"우리는…"

남자가 여자를 다독거렸다. 여자는 몸을 더 기댔다.

"너희들 맞고 싶냐! 말하지 마!"

누워 있는 사람이 말했다. 이 말을 하고 그는 마치 자기의 손을 잃어버린 듯 했다. 손이 제멋대로 움직였다. 그는 아파서 눈과 코를 한 데로 비틀어 모았고, 머리는 좌우로 마구 흔들렸다.

"아야, 아야!"

그는 이 사이로 더 이상 막을 수 없는 비명을 질렀다.

"아야! 그들은 세 시간이나 나를 매달아 놓았어요. 손목이 꺾였어! 꺾였다고!"

여자는 얼굴을 전부를 남자 품에 묻었다. 청년은 침을 꿀꺽 삼켰다. 방 밖에서 움직임이 있었고, 굉장히 무거운 가죽 구두 소리가 복도에 울렸다. 중년 남성은 갑자기 일어나 앉았다. 눈에서 성난 빛을 발했다.

"나는…"

그는 크게 소리 지르고 싶었다.

그의 손이 재빨리 중년 남자의 입을 틀어 막았다. 그 남자의 입은 그래도 움직이고 있었다. 뜨거운 숨이 그의 손바닥에 스쳤다.

"나 소리 지른다. 짐승놈들을 불러올거다!"

중년 남자가 발버둥치며 말했다.

그는 중년 남자를 눌러 눕혔다. 방안에 아무 소리도 들리지 않았다. 복도에서는 여전히 구두 소리가 울렸다.

첸모인은 아주 낮은 소리로 물어 알게 되었다. 그 중년 남성은 자기가 무슨 죄를 지었는지 몰랐다. 다만 그의 얼굴이 어떤 사람과 닮았기 때문이라 했다. 일본인은 그 사람을 잡지 못하니, 그를 잡아서 다른 사람 대신에 죄명을 뒤집어 써주기 바랐다. 그는 수긍하지 않았다.

일본인은 그를 세 시간 매달아 놓고 팔을 꺾었다.

그 청년들도 무슨 죄를 지었는지 몰랐다. 전차 안에서 일본인에게 잡혀왔다. 그들은 동급생이고 사귀는 사이였다. 그들은 아직 심문을 받지도 않아서 더욱 두려워했다. 그들은 심문을 받으면 반드시 형을 받는 것으로 알았다.

그들의 '범죄' 경과를 알게 되고, 첸모인이 제일 먼저 마음에 떠올린 생각은 그들을 어떻게든 돕고 싶다는 것이다. 그러나 그는 다리에 채워진 족쇄를 보고 소리 없이 웃고는 다시 말하지 않았다. 멍하니 그 청년들을 보다가, 자기 아들 생각이 났다. 그 남학생은 멍스나 중스와 하나도 닮은 구석은 없었다. 하지만 추상적인 무언가에 착안하여 말하면, 보면 볼수록 남학생은 자기 아들과 닮았다. 몇 마디 말로 이들을 위로하고 싶었다. 얼마 후 또 그 청년이 아들과 하나도 닮지 않았다고 생각했다. 그의 아들 중스는 기꺼이 자기 몸을 일본인의 신체와 함께 갈아서, 한 덩어리의 즙처럼 되었다. 자기 아들은 장래에 민족의 마음속에 영원히 살 것이고, 찬미하는 시가 속에서도 영원히 살 것이다. 저 청년은 어떤가? 저 청년은 아마 애인과 사랑의 보금자리에서 살아가겠지! 그는 바로 입을 열었다.

"너희들 가슴을 펴라! 무서워 하지마라! 우리 모두 죽는다. 다만 꿋꿋이 죽어야 한다. 너희들 알아듣겠니?"

그의 목소리는 낮았다. 마치 자기에게 말하는 것 같았다. 그 청년은 그저 그를 향해 눈을 부릅뜰 뿐이었다.

그날 저녁 문이 열리고 적병이 손전등을 들고 들어왔다. 손전등으로 훑어보더니 그 처녀를 끌어내었다. 그녀는 날카롭게 비명을 질렀다. 남학생이 벌떡 일어나더니, 적병의 주먹 한 방에 고꾸라져 방구석에 처박혔다. 적병은 그녀를 끌어내려고 했다. 그녀는 발버둥쳤다. 또 한명의 적병이 들어와서 그녀를 안고 나갔다.

청년이 밖으로 쫓아갔으나 그의 면전에서 문이 잠겼다. 그는 문에 기대어 멍하니 서 있었다. 멀리서 여인의 날카로운 절규가 빛을 띤 날카로운 바늘처럼 뚫고 들어왔다.

여인은 더 이상 비명을 지르지 않았다. 청년은 낮은 소리로 흐느꼈다.

그는 일어나 청년의 손을 잡고 싶었다. 그러나 그의 다리가 이미 마비되어 일어날 수가 없었다. 그는 청년에게 몇 마디 위로하고 싶으나 혀가 마비된 것 같았다. 그는 어두움을 주시했다. 갑자기 생각이 났다. '죽을 수 없다! 죽을 수 없다! 나는 살아서 여기서 나가야 한다. 그들이 우리를 죽이는 것과 같은 방법으로 나도 그들을 죽여야 한다. 나는 원수를 갚기 위해 살아야 한다!'

날이 밝자 철조망 위에 거미줄이 파르르 떠는 것처럼 빛이 들어왔다. 작은 창문을 보고 그의 마음도 떨렸다. 그는 날이 밝기를 간절히 바랐다. 마치 날이 밝으면 그도 나갈 수 있는 것처럼 말이다. 그는 사방을 두리번거리며 청년을 찾았으나 볼 수 없었다. 그는 마음속의 말을 그에게 하고 싶었다. '나는 기독교 교회 밖에 쓰인 믿음, 소망, 사랑이란 글자들을 보았다. 나는 이 세 마디 말의 의미를 몰랐는데 오늘에야 명백히 알게 되었다. 너 자신의 능력을 믿어라. 너는 죽지 않겠다고 소망하라. 너의 국가를 사랑하라!'

그가 이렇게 생각하고 있을 때 문이 열렸다. 한 마리의 죽은 개처럼 그 아가씨가 방안으로 던져졌다.

작은 창문이 붉어지더니 빛이 떨리듯 들어왔다.

그녀의 하반신은 벗겨지고 상반신에는 몸에 붙는 작은 흰색 민소매만 입고 있었다. 그녀는 움직이지 않았다. 피가 그녀의 허벅지에 말라붙어 있었다.

청년이 자기 마고자를 벗어 그녀의 허벅지를 덮었다. 그리고 가만히 그녀를 불렀다.

"추이잉! 추이잉!"

그녀는 움직이지 않았다. 그리고 아무 말도 없었다. 그는 그녀의 손을 잡았다—이미 얼음처럼 싸늘했다! 그는 입을 그녀의 귀에 대고 소리 질렀다.

"추이잉! 추이잉!"

그녀는 움직이지 않았다. 그녀는 이미 죽은 지 한 시간이 넘은 상태였다.

청년은 다시 소리 지르지 않고 그녀를 건드리지도 않았다. 손을 바지 주머니에 넣고 작은 창을 향해 섰다. 태양은 이미 솟아올랐고, 작은 창의 쇠창살이 빛을 발했다—그 창살은 최근에 설치한 듯했다. 청년은 꼼짝 않고 서서 머리를 쳐들고 3~4개의 반짝이는 쇠창살을 보았다. 그는 족히 30분은 그렇게 서있었다. 갑자기 뛰어 올라 손으로 창틀을 잡고 머리를 창살에 받으려 했다. 그의 머리가 창살에 닿지 않았다. 그는 아주 실망한 듯이 뛰어 내려왔다.

그—첸 선생—는 멍하니 보고만 있었다. 청년이 도망가려는지, 자살을 하려는지 추측할 수가 없었다.

청년은 고개를 돌려 아가씨의 몸을 보았다. 보고 또 보다 뜨거운 눈물이 줄줄이 흘렀다. 그는 눈물을 흘리면서 뒤로 물러났다. 상당한 거리까지 물러나서 앞을 향해 뛰었다. 아마도 머리를 벽에 처박을 것 같았다.

"뭐하는 거야?"

그—첸 노인—가 소리를 꽥 질렀다.

청년이 멈칫했다.

"그녀가 죽었다. 너도 죽을 거냐? 그럼 누가 원수를 갚니? 젊은 청년이여, 강해져라! 복수해라! 복수해라!"

청년은 손을 호주머니에 넣고 우두커니 서 있었다. 그는 한참 서 있더니 시체를 향해 끄덕였다. 그 후에 그는 가만히 부드럽게 그녀를 껴안았다. 그리고는 그녀의 귀에 대고 낮은 소리로 몇 마디 했다.

그녀를 방구석에 내려놓고 그는 첸 선생을 향해 마치 노인의 충고를 받아들이겠다는 듯이 머리를 끄덕였다.

그때 문이 열리고, 적군 한 명이 의사를 데리고 방에 들어왔다. 의사는 시신을 보더니 한 장의 서류를 꺼내어 청년에게 서명하도록 했다.

"전염병!"

의사는 중국어로 말했다.

"너, 서명해!"

그는 청년에게 파커 만년필을 건네주었다. 청년은 입술을 깨물고

만년필을 받으려 하지 않았다. 첸 선생은 기침을 하고 눈짓을 했다. 청년은 서명을 했다.

의사는 서류를 조심스레 가방에 넣고, 밤새 조금도 소리를 내지 않은 중년 남성을 바라보았다. 그의 목구멍에서 두어 마디 소리를 냈지만, 눈을 뜨지는 않았다. 그는 성실한 사람이었다. 마지막 호흡에서도 흥흥하는 소리를 내지 않으려는 듯이, 지각이 없어진 후에도 원망과 고통을 삼키고 새어나오지 않게 했다. 그는 세계에서 평화를 가장 중요하게 여기는 중국인이었다. 의사는 만족스럽게 눈을 껌벅이더니, 예의 바르게 적병에게 말했다.

"소독하라!"

적병은 숨이 끊어지지 않은 중년 남성을 끌어내었다.

방안에는 의사와 살아 있는 두 사람만 남았다. 의사는 어떻게 하면 좋을지 모르는 듯 했다. 손을 비비더니 두어 번 숨을 들이 쉬고, 허리를 굽혀 절하더니 밖으로 나가서 문을 걸어 잠갔다.

청년은 벌벌 떨다가 힘없이 바닥에 주저앉았다.

"이게 전염병이라구!"

노인은 낮은 소리로 말했다.

"일본인은 병균이다! 자네가 전염되지 않으려면 나가는 수밖에 없다. 자살 같은 못난 짓은 하지마라!"

"너, 그녀, 나가!"

청년은 바닥에 있는 옷을 집어 들었다. 마치 굶주린 이리가 먹을 것에 덤비듯 일어섰다. 첸 선생은 기침을 하고 한 마디 했다.

"가거라!"

청년은 어쩔 수 없이 옷을 시신에 입히고 품에 안았다.

적병은 말했다.

"밖에 차가 있다! 다른 사람에게는 처형당한 거라 해! 처형이다!"

청년은 시신을 안은 채 첸 선생 옆에 서서 무엇을 말하려는 듯했다.

노인은 머리를 숙이고 있었다.

청년은 천천히 밖으로 나갔다.

34

그는 혼자 남았다. 갑자기 방이 굉장히 크다고 생각했다. 텅 비자 두렵기까지 했다. 방에 원래 아무것도 없긴 했지만, 지금은 더욱 공허해 보였다. 무언가를 잃어버린 것처럼 말이다. 눈을 감으니 약간 편안해졌다. 그의 마음속에는 여전히 바닥에 그 중년 남성이 누워 있었고, 방구석에는 청춘 남녀가 아직도 앉아 있었다. 그들이 있으면 의지가 될 것 같았다. 그는 그들의 목소리, 모습, 만남을 자세히 생각했다. 이를 통해서 그 청년 남자의 장래를 생각했다. 그는 장래 무엇을 할까? 군에 들어갈까? 아니면……

그 청년이 무엇을 하든 간에, 어쨌든 그에게 적절한 충고를 했다. 만약 그 청년이 그의 충고를 받아들이면, 그 청년은 중스와 마찬가지로 적군을 상대할 것이다. 그렇다. 적병은 전염병이다. 중스와 모든 청년들이 응당 소독제로 변해야 한다. 여기까지 생각하고 그는 눈을 떴다. 방이 그렇게 공허하지 않은 것 같았다. 방은 여전히 작고 견고했다. 이곳은 이미 작은 감방이 아니라, 적에게 저항하고 적병을 소멸하는 발원지나 다름없다. 적병은 아무 연고 없이 중년 남자와 아름다운 아가씨를 살해했다, 정말로. 그러나 그렇게 제멋대로인 도살만이 원한을 만들고 보복을 불러일으킨다. 적들은 잘 한 것이다! 그렇지 않으면 인진주를 담그고 화초를 기를 줄만 아는 자기 같은 책벌레가 어떻게, 국가의 흥망과 성쇠와 관계를 맺을 수 있겠나?

그는 마음이 편해졌다. 그는 다시는 적의 잔혹함 때문에 성을 내지 않았다. 지금은 이치를 중시할 때가 아니라, 죽이는 자가 이기는 때다. 그렇다, 그의 다리에는 족쇄가 채워져 있다. 그의 이빨은 벌써 여러 개가 흔들린다. 그의 몸은 죽음을 제조하는 작은 방안에 있다. 그러나 그의 마음은 지금처럼 충실했던 적이 없다. 몸은 작은 방에 갇혀 있지만, 그의 정신은 역사 속으로 날아 들어갔고, 중국의 모든 전장 위를 날고 있다. 그의 손에는 촌철도 없지만, 입에는 숨결이 남아 있다. 그는 이미 청년을 설득시켰다. 그는 장래에 여기서 더 많은 사람을 기다려 그의 입김으로 그들을 강하게 만들고, 그들을 격려할 것이다. 적들이 그를 때려 숨통이 끊어지게 되기 전까지 말이다! 그가 살아서 나갈 수 있다면, 장차 그의 뼈가 적들의 뼈와 함께 으스러질 것처럼. 중스처럼 말이다!

그는 시, 화, 술, 화초와 자신의 신체 모두를 잊어버리고, 그가 곧 하나의 입김에 불과하다고 생각했다. 그는 심지어 이 작은 방이 아름답다고까지 생각했다. 그 방은 자기의 감옥이고, 또 많은 사람의 감옥이라서 개인의 운명과 국가의 운명이 관계를 맺는 곳이다. 그는 다리의 족쇄를 보고 얼굴의 상처를 문지르며 웃었다. 그는 주먹밥을 먹기로 결정하고, 주어지는 한 점의 양분이라도 섭취하여 무정한 매질에 대항하려 했다. 그는 반드시 살아야 한다. 살아야 다시 죽을 수 있다! 그는 물에 빠진 사람처럼, 나뭇조각을 붙잡듯이 모든 소원을 그 생각 하나에 기탁했다. 그는 절대 다시 죽고 싶다는 생각을 해선 안됐다. 그는 이전에도 진정으로 살아 있었던 적이 없다. 꽃이니, 풀이니, 그것들은 정말이지 모래알처럼 손에서 떨어졌다. 이제 그는 생명이 있다. 이 생명은 진짜다. 피를 흘릴 수 있고, 아픔을 느끼고, 태산 같이 무거운 책임을 어깨에 질 수 있다.

5~6일 동안 아무 형벌도 받지 않고, 심문도 없었다. 처음에는 그도 마음이 조급했다. 서서히 그는 이해하게 되었다. 심문 여부의 결정 권한은 적들에게 달려 있다. 자기가 조급해보아야 무슨 소용이 있는가? 그는 자신의 노기를 억제했다. 문틈으로 짚이 한 다발 들어왔다. 그는 그것을 바닥에 깔고, 틈나면 두 가닥을 뽑아내서 엮으면서 놀았다. 풀 속에서 한 마리의 작은 벌레를 발견하고 조심스럽게 바닥에 내려놓았다. 새로운 친구를 얻은 듯 했다. 벌레는 놓인 곳에 순하게 거기에 엎드려 있다가 몸을 구부렸다. 그는 벌레를 보자 어떻게 하면 벌레가 활발해지고 기분이 좋아지게 할 수 있을지 생각해 내려고 애썼다. 그는 사과하듯이 벌레에게 말했다.

"너는 짚 속이 안전하다 생각했었는데, 내 손에 떨어졌구나! 나는 지금까지 안전하다고 생각했는데, 이제는 나의 모든 것이 이 짚만 못하다. 성내지 마라. 너의 생명과 나의 생명은 비슷한 크기다. 그러나 우리가 스스로를 보호할 수 있으면, 우리의 생명은 더 커지는 거야! 미안하다, 너를 내가 놀래 켰구나! 누가 네가 짚을 믿으라 했느냐?"

그가 작은 벌레를 잡은 그날 저녁에 끌려 나가 심문을 받았다. 심문받은 곳은 위층이었다. 굉장히 큰 방이고 교실 같았다. 방안이 원래는 아주 어두웠다. 그러나 그가 들어가자마자 강렬한 불빛이 정면에서 그를 향해서 쏟아져서 잠시 눈이 부셨다. 그는 심판관의 책상 앞에 끌려가서야 겨우 눈을 떴다. 한 눈에 세 개의 빛을 내는 파란 얼굴을 보았다―그들은 모두 화장을 한 듯했다. 세 개의 푸른 얼굴은 움직이지 않았다. 6개의 눈이 일제히 그를 응시했다. 마치 세 마리의 고양이가 일제히 쥐를 보는 것 같았다. 갑자기 세 개의 머리가 일제히 앞으로 머리를 내밀더니, 함께 흰 이를 드러냈다.

그는 그들을 보고 꼼짝도 하지 않았다. 그는 중국의 시인이다. 지금까지 '불가사의한 힘'을 믿지 않고, 광대놀음은 더욱이 어쭙잖게 여겼다. 그는 일본인들이 정중하게 광대놀음 하는 것이 굉장히 가소로웠다. 그러나 웃음소리를 내지 않았다. 왜냐하면 그는 일본인들이 마귀처럼 진심을 다해 행동하는 능력을 진심으로 탄복하기 때문이었다!

광대놀음이 끝나자 중간에 앉은 얼굴이 시퍼런 작은 악귀가 좌우를 향해 머리를 끄덕였다. 대체로 '이놈 대단하오!'라고 암시하는 듯 했다. 그가 질문을 시작했다. 서투른 중국어로 물었다.

"너는 무엇이냐?"

그는 입에서 나오는 대로 말하고 싶었다. '나는 중국인이다!' 그러나 그는 자제했다. 그는 자기의 몸을 보호하고 싶었다. 왜냐하면 일시적 즐거움으로 피골의 손상을 당하고 싶지 않아서였다. 동시에 그는 다른 적절한 대답이 떠오르지도 않았다.

"너는 무엇이냐?"

작은 악귀가 또 물었다. 곧이어 그는 자기의 생각을 설명했다.

"너, 공산당이지?"

그는 머리를 저었다. 그는 재치있게 반문하고 싶었다. '항전하는 난징 정부는 결코 공산당이 아니다!' 그러나 그는 자제했다.

왼쪽 푸른 얼굴이 말했다.

"8월 1일, 너는 어디에 있었나?"

"집에!"

"집안에서 뭐했나?"

생각을 해보고 나서 말했다.

"기억할 수 없다!"

왼쪽 푸른 얼굴이 오른쪽 두 푸른 얼굴을 향해 눈짓을 했다.

"이 자는 지독하다!"

왼편의 푸른 얼굴이 목을 쭉 빼고 마치 뱀처럼 입에서 '스스' 하는 소리를 냈다.

"너! 되게 얻어맞고 싶구나!"

잇따라서 그는 목을 움츠리고 오른손을 들어올렸다.

그의—첸 노인—몸 뒤에서 '휙' 하는 바람이 일었다. 가죽 채찍이 빨갛게 닳은 철사 같이 그의 등을 때렸다. 그는 앞으로 꼬꾸라져서 머리를 책상에 찧었다. 그는 자신을 통제할 수 없었다. 그는 성난 호랑이 같이 큰 소리로 울부짖었다. 그는 손을 책상에 올려놓았다.

"때려! 때려! 할 말이 없다!"

세 개의 푸른 얼굴이 이를 악 물며 미소 지었다. 그들은 쉬쉬하는 채찍소리와 노인의 성난 포효를 즐겼다. 그들과 그는 추호의 원한도 없었다. 그들은 첸모인의 범죄행위를 찾지 못하자, 그가 형벌을 받는 것을 보기만 원했다. 그의 괴로움에 찬 고함 소리를 듣는 게 좋았다. 그들의 직업과 종교, 그리고 숭고한 즐거움은 무고한 사람을 심하게 매질하는 것이었다.

가죽 채찍은 기계로 조종되듯이 규칙적으로, 끊임없이 목표에 정확하고 힘차게 내리 꽂혔다. 노인은 천천히 신음할 수밖에 없었고, 다리가 부러진 말처럼 거칠게 숨을 몰아쉬었다. 눈알이 튀어나왔다. 몇 대 얻어맞고 나더니 구역질이 났고, 급기야 혼절해 버렸다. 깨어났다. 그는 여전히 그 작은 방에 있었다. 그는 목이 말랐다. 그러나 물이 없었다. 등의 피는 멈췄다. 그러나 움직일 때마다 누군가가 상처를 찌르는 것 같았다. 그는 목마른 것을 참고 아픈 것도 참았다. 양 어깨를 벽 모서리에 기대어 그의 등이 벽에 너무 닿지 않도록 했다.

그는 지끈지끈 현기증이 났다. 현기증이 날 때마다 목숨이 증기처럼 밖으로 빠져나가는 것을 느꼈다. 그는 다시 아무 생각도 하지 않았다. 기절하려 하기 직전에 자기 이름만 불렀다. 그는 이제 밤낮을 구별할 수 없었고, 분노와 원한을 잊었다. 때때로 자기를 자신을 불러 일깨우려

했을 뿐이다. '살아야 한다! 살아야한다!' 이렇게 그의 생명의 기운이 어둠 속에서 날아오를 때, 멀리서 자기를 부르는 소리를 듣고 돌아왔다. 그는 이를 악 물고, 눈을 꼭 감고, 그 기운을 몸속에 가두었다. 생명의 운동이 몸의 고통을 감소시켜주었다. 반쯤 죽어 있을 때 그는 안정을 얻고 해탈을 얻었다. 그러나 그는 이렇게 다시 자신을 쉽게 놓아주고 싶진 않았다. 그는 차라리 고통을 참으면서 생명을 부여잡고 싶었다. 그는 살아야 했다. 살아야 했다.

일본이 사람을 고문하는 방식은 하나의 예술로 승화되었다. 그들이 2차로 그를 소환하여 심문할 때는 날씨가 좋은 날 오후였다. 심문관은 한 사람이었고, 평상복을 입고 있었다. 그는 아주 작은 방에 앉아 있었다. 벽은 옅은 녹색이었다. 창문은 모두 열려 있었다. 햇빛이 들어와 창문틀 위의 빨간 사계절 수국을 비추었다. 그는 작은 탁자 옆에 앉아 있었다. 탁자 위에는 진녹색 융단이 깔려 있었다. 고아한 작은 병에 가을꽃이 꽂혀 있었다. 병 옆에 작은 술잔 두 개와 담황색 술이 있었다. 그의 손에는 중국 고시집 한권이 들려 있었다.

첸 선생이 방에 들어갔을 때 그는 여전히 시집을 보고 있었다. 마치 그의 마음이 시를 따라 눈앞의 모든 것을 잊고 먼 곳에 가 있는 듯 했다. 노인이 가까이 가자, 그는 놀란 듯이 책을 내려놓고 재빨리 일어섰다. 그는 연이어 죄송하다는 말을 늘어놓으며 '손님'이 앉기를 청했다. 그의 중국어는 대단히 유창해서 자주 서면어를 쓰기도 했다.

노인은 앉았다. 그 사람은 계속해서 숨을 쉬더니 잔에 술을 따랐다. 다 따르자 먼저 잔을 들어 '마십시오!'라며 말했다. 노인은 목을 들어

술을 마셨다. 그 사람도 다 마시더니 숨을 쉬면서 술을 따랐다. 둘째 잔을 비우더니 웃으면서 말했다.

"모두가 오해요. 오해! 제발 개의치 마시오!"

노인은 술 두 잔을 배 속에 들어부은 후에 전신에 열이 났다. 그는 원래 한 마디도 않으려 했는데 술의 힘이 입을 열도록 재촉했다. 일본인은 정식으로 그의 말에 말대답하지 않고 교활하게 웃었다. 또 술을 따랐다. 노인이 술병을 잡고 마시는 것을 보고서야 말했다.

"당신 시도 쓰지요?"

노인이 지그시 눈을 감아서 대답을 대신했다.

"신시? 아니면 구시?"

"신시는 배운 적이 없소!"

"아주 좋아요! 우리 일본인은 구시를 아주 좋아해요!"

노인은 생각을 거듭하다 말했다.

"중국인이 너희들에게 구시 짓는 것을 가르쳤지. 당신네들 신시는 아직 못 배웠을 거요!"

일본인은 웃음을 짓다가 소리 내어 웃었다. 그는 잔을 들었다.

"우리 건배하죠, 일본과 중국 문화가 동일하다는 의미로. 함께 영광과 수치를 나눕시다! 사해 내에 사는 사람 모두가 형제이니, 우리도 동포 형제나 마찬가지요!"

노인은 잔을 들지 않았다.

"형제? 당신들이 와서 우리를 살육하니, 당신과 나는 원수요! 형제라니! 웃기는 소리!"

"오해요! 오해!"

그 사람은 여전히 웃고 있었지만 웃음이 부자연스러웠다.

"그들이 제멋대로 굴었어요. 나조차 그들에게 만족할 수 없어요!"

"그들이라니 누구요?"

"그들은…"

일본인은 눈알을 굴렸다.

"나는 당신의 친구요! 나는 당신이 나의 선의의 조그마한 충고만 받아들이면 당신의 좋은 친구가 되고 싶소! 당신도 술이나 마시고 시나 읊조리는 구세대의 중국인이지요. 나는 그런 사람을 매우 좋아합니다! 그들은 어쩔 수 없이 제멋대로 행동했지만, 그렇다고 그들이 눈을 감고 무작정 부닥치는 건 아녜요! 그들은 당신들의 청년들, 신시를 짓고 신시 읽기를 좋아하는 청년들을 좋아하지 않지요. 이러한 사람들은 정말이지 중국인 같지 않지요. 그들은 서양인들의 속임수에 넘어가 일본인들에 대항하고 있어요.

얼마나 바보스러운 짓인가요! 일본인들의 무력은 천하제일이지요. 감히 덤벼들다니 멸망을 자초하는 것이지요. 이 때문에 나는 그들이 무력을 동원하는 것을 막지 못하고, 당신들의 청년이 반항을 못하도록 권고하지도 못하지만, 중국인 친구들, 당신과 같은 친구들을 사귀기로 뜻을 세웠소. 당신과 내가 성의를 다하여, 우리가 차츰 우리의 세력과 영향력을 넓혀간다면, 일본과 중국의 관계가 좋아져서, 진정으로 서로 이해하고, 돕고, 함께 공존하고, 함께 망하는 익우가 될 수 있을 것입니다! 당신은 무엇이 되고 싶소? 말만 하십시오. 못할 것이 없습니다!

나는 당신을 석방시키고, 학문에 뛰어나 벼슬길에 오르는 사람으로
만들어줄 수 있어요!"

한참 동안 노인은 말이 없었다.

"어때요?"

일본인은 재촉했다.

"오우, 나는 당신을 몰아세우지 않아야겠군요! 진정한 중국인은 느긋
느긋해야 하니까요! 당신 천천히 생각해봐요?"

"생각할 필요 없어요! 나를 석방해주시오. 한시라도 빨리!"

"당신을 석방한 후에는?"

"나는 어떤 조건도 수용하지 않을 거요! 굶어죽는 것은 작은 일이고,
절개를 잃는 것은 큰일이요!"

"당신 나를 위해서 생각 좀 해주면 안되나요? 내가 그냥 당신을 석방
한다면 뭐라 변명해요?"

"그것은 당신의 자유야! 나는 나의 명을 귀하게 여기지만 나의 절개를
더 중하게 생각한다오!"

"절개가 무엇이요? 우리는 중국을 멸망시키고 싶지 않소!"

"그러면 전쟁은 왜 하지요?"

"그건 오해요!"

"오해? 마지막까지 오해만 지껄이던지! 역사가 모두 거짓말이 아니라
면, 어느 날 우리가 오해가 대체 뭔지 알겠지요!"

"좋아요!"

일본인은 천천히 얼굴을 문질렀다. 그는 오른쪽 눈을 실눈같이 뜨고

왼쪽 눈은 똑바로 떴다.

"굶어죽는 것은 작은 일이라. 당신 말 잘했어. 좋아. 내가 당신을 굶길 테니 다시 보자! 삼일 동안 당신은 어떤 음식도 못 먹을 거다!"

노인은 일어섰다. 머리가 어지러웠다. 탁자를 짚고 정신을 가다듬었다.

일본인은 손을 뻗쳤다.

"우리 악수하는 것이 좋지 않겠소?"

노인은 아무 말도 하지 않고 천천히 밖으로 나갔다. 그가 방문을 나가자 불러 세워졌다.

"언제라도 생각이 분명해지면 나에게 알려요. 나는 당신의 친구가 되고 싶소!"

방에 돌아오자 그는 아무 것도 더 생각하고 싶지 않았다. 굶주릴 각오를 단단히 했다. 그렇다. 일본인은 확실히 사람을 고문할 줄 알았다. 때려서 외상을 입히고 또 내면을 벌주었다. 그는 오히려 웃었다.

그날 저녁 작은 방에 세 명의 죄수가 왔다. 모두가 사십줄에 들어선 남자였다. 그들의 놀란 기색을 보고서 그들도 죄가 없다는 것을 알았다. 정말 잘못을 저지른 사람은 침착하게 판결을 기다린다. 그는 그들에게 아무것도 묻고 싶지 않았다. 그저 낮은 소리로 그들에게 부탁했다.

"너희들은 꿋꿋하게 고문을 받아라! 너희들은 죄를 인정해도 죽고, 인정 안 해도 죽는다. 더 지껄일 필요가 뭐가 있는가? 죽는 것은 마찬가지다. 나라가 망했으니, 너희들은 응당 죄를 받아야한다! 꿋꿋하라. 만일 꿋꿋이 버티어내면 그때쯤이면 원수를 갚을 줄 알게 될 것이다."

사흘간 그는 아무것도 먹지 못했다. 그 사흘 동안에 새로 온 사람들이 번갈아 고문을 당했다. 마치 그들이 맞는 것을 그에게 일부러 보여주는 듯했다. 굶주림, 통증, 그리고 눈앞에서 피와 살이 어지럽게 튀는 광경에 그는 눈을 감았다. 아무 소리도 내지 않았다. 그는 죽고 싶지 않았다. 그런데 죽음이 이미 와 있었다. 그는 피할 수 없었다. 그는 시종 무슨 죄를 지었는지 알 수가 없었다. 그는 일본인들이 왜 굳이 자기에게 투항하라고 권하는지 알지 못했다. 그는 답답했다.

그러나 사흘을 굶고 난 후 그의 머리는 한결 맑아졌다. 그는 분명히 볼 수 있었다. 일본인이 무엇을 하려고 하든, 어쨌든 자기는 응당 흔들림이 없어야 한다고 생각했다. 일본인이 유죄라 하면 그는 곧 유죄이고, 반드시 독한 고문을 받고 피가 튀고 살이 찢어져야 한다. 일본인이 투항하라고 말하면 자기는 무죄다. 그는 자기의 생명을 깨트려서 자기의 절개를 온전히 했다. 그는 이를 깨닫자 사정이 아주 간단하며 고민할 필요가 없다는 것을 깨달았다. 그는 스스로 하나의 비유를 설정하였다. 만약 호랑이를 만나면 호랑이와 사리를 따질 필요가 없다. 그리고 감히 호랑이와 투쟁할 수 있는지 없는지를 결정해야 한다! 호랑이가 왜 너를 잡아먹는지, 아니면 잡아먹지 않는지는 일단 신경 쓰지 마라. 복수해서 호랑이를 때릴 방법만 생각해라!

그는 작은 아들 중스가 그리웠다. 그는 왜 일본인들이 시종 중스의 이름을 거론하지 않는지 분명히 알 수 없었다. 중스가 그러한 영광스러운 일을 하지 않아서가 아닐까? 관샤오허가 다른 죄를 밀고해서인가? 만약 그가 중스의 일 때문에 잡혀왔다면 조금도 주저하지 않고, 죄를 인정하고, 안심하고 사형을 기다릴 것이다. 그렇다. 그는 정말로 목숨을 보전해서 더 의미 있는 일을 하고 싶었다. 그러나 중스의 장렬함에 힘을 더하기 위해서라면, 바로 죽어도 두렵지 않다. 그러나 일본인은 중스의 이름을 거론하지 않고 투항을 권한다. 이게 무슨 의미인가? 설마 일본인들의 눈에는 그가 처음부터 투항할 사람으로 보였는가?

이렇게 생각하자 화가 났다. 정말이지, 그는 50년 넘게 살았고 국가와 사회에 유익한 일을 해본 적이 없다. 그러나 소극적으로 보자면 그는 국가나 사회에 누가 되는 짓을 한 적도 없다. 왜 일본인들은 그를 한간으로 보는가? 아! 아! 그는 생각이 났다. 산수화 속 헐렁한 옷을 입고 느슨하게 띠를 맨 인물, 거문고 소리 듣고 꽃을 감상할 줄만 아는 인물, 이들도 국사에 대해서는 수수방관하는 사람이 아닌가? 일본인들은 당연히 그들을 좋아한다. 그들은 기껏해야 '주나라 곡식은 먹지 않으려고'[113] 산림 속으로 은퇴하려 할 것이다. 그들은 절대로 목숨 걸고 일본인에게 덤비지 않을 것이다.

"좋아! 좋아! 좋아!"

그는 자기에게 말했다.

"중스가 그 일을 했거나 안 했거나, 나는 응당 국가와 함께 묶인 새로운 사람이 되어 국사를 수수방관한 죄를 대속해야 한다. 나는 국가 일 때문에 연루된 게 아니라, 여유 부리고 게으름 피우며 국사를 소홀히 했기에 죄를 받는 것이다. 나는 당연히 죄가 있다! 오늘부터 생사를

• • •

113 상나라의 충신 '백이(伯夷)'와 '숙제(叔齊)'가 주나라에 의해 상나라가 멸망당하자, 주나라에서 자라는 곡식을 먹지 않고 산에 은둔하며 지내다가 결국 굶어 죽은 이야기에서 나온 말이다.

불문하고 내버려두었던 생명을 보전할 것이다. 이로써 내 생명을 완전히 국가에 바칠 것이다!"

그는 그렇게 깨닫게 되니, 온몸이 때와 상처로 덮여있었지만 오히려 한 덩어리의 수정처럼 온몸이 투명하게 느껴졌다.

일본인은 그가 수정이기 때문에 고문을 멈춘 것은 절대로 아니었다. 그가 다이아몬드일지라도 그를 때려 부술 방법을 썼을 것이다.

그는 끽소리 내지 않고 버티고 버텼다. 참을 수 없을 때는 소리질렀다.

"때려! 때려! 나는 할 말이 없다!"

그는 이를 악물었지만, 이는 모두 빠져버렸다. 그는 정신이 나가버렸다. 일본인들은 차가운 물을 부어 첸모인이 정신을 차리게 했다. 그들은 찬물을 통째로 첸모인에게 들이부었고, 그 물을 다시 토해내게 했다. 그들은 몽둥이로 그의 허벅지를 누르고, 부싯깃으로 머리를 지졌다. 그는 참고 버텼다. 정신이 들 때는 날이 아주 느리게 갔다. 그가 기절한 동안은 날이 아주 빨리 지나갔다. 그는 굴복하지 않기로 결심했다. 그는 생명을 침처럼 대하며, 토해내고 싶을 때도 다시 삼켰다.

그를 심문하는 사람은 매번 바뀌었다. 사람마다 다른 고문을 하고 다른 말을 했다. 그는 이제 다시 자기가 무슨 죄를 지었는지 추측해내려고 마음 쓰지 않았다. 그는 깨달았다. 만약 자백을 하면, 곧 일체의 죄를 지은 것이 되고, 아무 사건이나 자기 죄로 인정하면 몸이 머리와 분리될 수 있다. 반대로 그가 마음 굳게 먹고 버티면 그는 아무 죄도 저지르지 않은 게 되고, 스스로를 모함하지 않은 이유로 고문을 당할 뿐이다. 그는 분명히 알게 되었다. 일본인도 누가 무슨 죄를 지었는지 확실히 알지 못한다. 그러나 그를 이미 잡아다 놓았으니 쉽게 내보낼 수도 없었다. 되는대로 그를 두들겨 패면서 즐기는 것도 좋았다. 고양이는 쥐를 잡을 뿐만 아니라 때로는 무고한 예쁜 새 새끼를 잡아서 반나절이나 가지고 논다.

그와 같은 방에 있는 사람들은 수시로 들락날락 했다. 그는 모두 몇 사람 같이 있었는지 기억이 나지 않았다. 그들이 석방이 되었는지 피살되었는지 알 도리가 없었다. 어떤 때는 한 나절 이상 기절하기도 했다. 다시 눈을 뜨면 방에는 사람들이 바뀌어 있었다. 그들은 그가 피와 살이 엉켜 붙어있는 모양을 보고 그들은 모두 감히 말을 엄두를 내지 못했다. 하지만 그는 힘이 조금이라도 돌아오면 그들을 격려하고 그들이 원수를 기억하고 원수를 갚도록 준비하라고 가르친다. 그게 그가 살아가는 유일한 목적이고 사명이 된 것 같았다. 그는 완전히 자신을 잊었고, 하나의 목소리만 알고 있었다. 숨만 붙어있으면 그 소리를 낼 수 있다─호소하여 연민을 구하는 것이 아니고, 모두가 허리를 꼿꼿이 펴고 눈썹을 바로 세우라는 신호 말이다.

최후에 이르자 그의 힘은 다시 그를 지탱해주지 못했다. 고통도 없고 기억도 없었다. 며칠이 지나도록 죽은 것처럼 혼절해서 깨어나지 못했다.

어느 날 태양이 이미 서쪽으로 기울었을 때 깨어났다. 눈을 뜨자 그는 풍채가 좋은 한 사람이 방안에 서서 자기를 내려다보고 있는 것을 보았다. 그는 눈을 감았다. 정신이 오락가락하는데 그 사람이 그에게 무언가를 묻고 묻는 대로 답했다. 무엇이라고 답했는지 기억조차 나지 않았다. 그러나 그는 그 사람이 아주 부드럽고 친절하게 그의 손을 잡자 갑자기 정신이 뚜렷해졌다는 기억이 났다. 그 사람 손의 열기가 심장에 전해지는 것 같았다. 그는 그가 말하는 소리를 들었다.

"그들이 나를 잘못 잡아왔소. 잠시 있다가 나도 나갈 수 있을 거요. 나는 당신을 구할 수 있소. 나는 조직(팡)에 속해 있소. 내가 당신도 조직에 속해있다고 할거요. 어떻소?"

그 후의 일은 분명히 기억이 나지 않았다. 얼떨떨한 중에 어떤 책 위에 지문을 찍은 것 같았고, 다른 사람에게 자기가 받은 괴로움과 고문을 영원히 얘기하지 않으리라고 약속한 것 같았다. 불빛 속에서, 그는 대문 밖으로 밀어 던져졌다. 그는 깨어 있는 듯, 잠자는 듯 벽 아래에 누워있었다.

가을바람이 차가웠다. 때때로 바람에 정신이 들었다. 주위가 아주 어두웠고 행인 하나 없었다. 먼 곳에 등불이 보였고 개도 짖고 있었다. 그는 이전의 모든 것을 잊었고, 이후에 무엇을 해야 할지도 몰랐다. 그에게 남은 것이라고는 그저 몇 발자국 옮길 정도의 힘뿐이었다. 어디로 가야할지도 모르고, 어디로 가야할지에도 관심도 없었다. 죽을힘을 다해 앞으로 걸을 뿐이었다. 손에 힘이 빠지자 그는 또 땅바닥으로 엎드려 넘겨졌다. 그는 아직 죽지 않았다. 다만 손발에 움직일 힘이 없을 뿐이었다. 막 잠이 들려할 때처럼, 어렴풋하게 중에 한 사람—관샤오허—을 보았다.

곧 익사할 사람은 한순간에 일생동안의 일을 볼 수 있고, 아주 빠르게 모든 것을 떠올릴 수 있다고 한다. 관샤오허는 이 모든 것의 시작이다. 어디서 났는지 모르는 힘이 그의 머리를 들어올렸다. 그는 분명히 보았다. 그의 몸 뒤에 그가 여러 날 살았던 곳, 즉 베이징대학이 있었다. 그는 서쪽으로 가기로 결심했다. 관샤오허는 서쪽에 있다. 그는 집 생각을 하지 않았다. 다만 서쪽에서 관샤오허를 찾을 수 있다는 생각만 했다! 관샤오허는 그를 감옥에 보냈고, 그를 돌아오게도 한다. 그는 반드시 먼저 관샤오허에게 자기가 죽지 않았음을 보여야 한다!

그는 애써 기어갔고, 굴러갔다. 몸에는 피와 땀이 범벅이 되어 흘러내렸다. 땀이 상처에 들어가서 극심하게 아팠다. 그러나 앞으로 나아가는 것을 멈추지 않았다. 그의 앞에는 언제나 관샤오허가 있었다. 관샤오허는 웃으며 앞에서 그를 인도했다.

그는 샤오양쥐안에 이르렀다. 이제는 최후의 숨만 남아 있었다. 그는 자기 집 대문으로 기어갔다. 그는 어떻게 자기 방에 들어갔는지 몰랐다. 그는 자기 방을 알아보지 못했다. 정신이 들자 곧 관샤오허가 생각이 났다. 한 사람의 선량한 사람을 다치게 하면 영원한 죄악을 얻는 법이다. 그는 곧 관샤오허의 죄악을 선포해야 한다…

아주 느리지만 그는 사람을 알아보게 되고, 지난 일을 떠올릴 수 있게 되었다. 그는 거의 관샤오허에게 감사해야 한다. 관샤오허가 아니면 상처 입은 들개처럼 길에서 죽었을 것이다. 그가 다시 웃을 수 있게 된 후, 그는 종종 이 사실을 웃음거리로 삼았다 ─사람을 해친 자가, 자기 자신도 모르게 자신이 해치려 했던 사람을 구한 셈이다!

루이쉬안, 진싼예와 쓰다마가 보살펴주고 시중 들어주었다. 그는 감격했다. 그러나 그는 그들에게 감격하는 것을 출발점으로 삼지 않고, 어떻게 그들에게 보답할까 생각했다. 다만 하나의 일이 머릿속에 맴돌았다—그는 체포되어서 옥에 들어가고 거기에서 나오게 되는 전 과정을 완전히 떠올리고 싶었다. 그는 매일매일 한 번씩 생각했다. 병이 괜찮아질 수록 더 많이 떠올리려 노력했다. 그렇다, 그 중에는 곳곳에 수많은 공백이 있었다. 그러나 점점 사정의 경과를 파악하여 큰 그림을 그려낼 수 있게 되었다. 점점 그는 그 중에 어떤 사건이라도 기억해낼 수 있고, 곧 맥락을 고려하여 그 사건과 관계되는 내용을 찾아낼 수 있었다. 마치 어릴 때 《대학》, 《중용》을 외울 때처럼 선생이 어떤 구절을 끄집어내든지 즉시 이어서 외울 수 있었다. 이렇게 과거의 일을 숙지하고 있으니, 몸의 회복이나 친구들의 선의와 정을 핑계로 잊어서는 안 될 일—복수—을 잊지 않을 수 있었다.

루이쉬안이 누누이 그에게 물었다. 그는 말하려 하지 않았다. 적들과 맹새했기 때문이 아니고, 진기한 보물처럼 마음속에 고이 간직하여 다른 사람에게 보이고 싶지 않았던 것이다. 마음속에 엄밀하게 간직해야지만, 엄밀하게 복수 계획을 실행할 수 있을 것 같았다. 서생은 모두 종이 위에서 탁상공론하기 좋아해서, 말만하고 실천하지 않는다. 자기도 서생이다. 그는 자기를 어떻게 교정할지 알고 있다.

그가 감옥에 있던 과정을 떠올렸을 때 아쉬운 점은 자기를 구해준 사람이 누구인지 기억 못하는 것이다. 그가 겨우 기억하는 것은 그 사람의 생김새다. 성명, 직업, 어디 사람인지는 기억할 수 없었다. 어쩌면 애초에 자세히 물어보지 않았을 수도 있다. 그는 보은하고 싶었던 것은 아니다. 보은보다 원수 갚는 것이 더 중요하다. 그렇더라도 그는 역시 그가 누구인지 알고 싶었다. 적어도 그는 친구를 하나 더 사귈 필요가 있다 여겼다. 어쩌면 그 사람이 그가 원수를 갚는 것을 도와줄 수 있을지도 모른다.

처와 아들은 항상 생각이 났지만, 특별히 그들만 생각하지는 않았다. 그는 그들과 감옥에서의 경험을 함께 생각하며 마음속 원한을 증가시켰다. 그는 감옥에 가선 안됐으며, 그들도 죽어선 안됐다. 그러나 그가 감옥에 들어갔고 그들은 죽었다. 이것이 모두 우연은 아니다. 일본인이 그를 잡고 죽이려는 데는 원인이 있다. 그는 배운 사람으로서 그는 마땅히 은원 관계를 분명히 해야 한다. 그가 고문과 살해를 '운명이란 원래 그런 것이다'라며 생각한다면, 그는 다시 사람답게 살 수 없고 사람답게 죽을 수 없다!

그는 감옥에 들어간 후의 모든 일들을 다 생각하고, 미래를 생각하기 시작했다.

미래에 대해서는 며느리를 안정시킬까 하는 문제 외에 아무 것도 고려할게 없었다. 그녀를 어떻게 안정시킬 수 있을까. 하지만 그녀는 임신 중이다. 그는 모든 것을 잊을 수 있지만, 아직 세상에 나오지 않은 손자 혹은 손녀를 쉽게 잊진 못했다. 그는 자신을 희생해야지, 자신의 후손에 관심을 갖지 않을 수 없었다. 그는 반드시 원수를 갚아야 한다. 그러나 손자도 반드시 보호해야 한다. 복수의 끝단은 사랑이며, 이 양 끝이 한 곳에서 만나면 하나의 원을 이룰 수 있다.

"며늘아!"

그는 가만히 불렀다.

그녀는 들어왔다. 그는 한참 그녀를 보고 있다가 입을 열었다.

"너 걸을 수 있니! 가서 아버지 좀 오시라 해라."

그녀는 바로 승낙했다. 그녀는 건강을 이미 완전히 회복하고 얼굴에는 약간의 붉은 색이 떠올랐다. 그녀는 마음의 상처가 다 낫진 않았지만, 뱃속의 아기와 쓰다마의 간절한 권유를 위해 함부로 울거나 혼자 고민하지 않기로 했다. 아이에게 해를 끼치고 싶진 않았다.

그녀가 나간 후에 그는 일어나 앉았다. 눈을 감고 진싼예가 오기를 기다렸다. 그는 진싼예가 빨리 오기 바랐다. 그러나 며느리에게 너무 서두르지 말라고 부탁하지 않은 것이 후회되었다. 혼자서 중얼거렸다.

"그녀는 조심할 거야! 그럴거야! 불쌍한 아이야!"

몇 번 중얼거리다 스스로를 비웃고 싶었다. 이렇게 소심하고 마음 약해서야 어떻게 적을 죽이고 원수를 갚겠는가!

며느리가 거의 한 시간 후에서야 돌아왔다. 진싼예의 번쩍거리는 이마에 땀이 났다. 많이 걸어서 땀이 난 게 아니라, 딸이 한 발짝 한 발짝 천천히 걸어서 조급한 탓에 땀이 난 것이다. 그는 방에 들어와서 숨을 토해냈다.

"하루만 애랑 걸어도 성질이 나서 죽겠다!"

며느리는 지금까지는 말하는 것을 좋아하지 않았다. 그러나 부친 면전에서는 애교를 부리곤 했다.

"저는 정말 빨리 걸었는데요!"

"좋아! 좋아! 가서 쉬어라!"

첸 노인의 눈에는 온화한 빛이 서렸다. 평소에 그는 그녀를 특별히 좋아하지도, 싫어하지도 않았다. 며느리만 있고 시아버지와 며느리 사이에는 장막이 가로막고 있는 듯 했다. 현재 그는 그녀가 가장 가련하고 존경할 만한 사람이라고 생각했다. 장차 모든 것이 멸망하더라도, 그녀는 반드시 살아서 하나의 생명을 보태어야 한다. 죽은 자가 죽지 않게 해줄 생명 말이다.

"싼예! 수고 좀 해요. 탁자 아래 있는 술병 좀 가져와줘요!"

그는 미소를 띠면서 말했다.

"마침 잘 됐어. 술을 마시고 싶었거든!"

진싼예는 절친한 친구에게는 번거로운 예의를 차리려 하지 않았다. 그러나 술병을 꺼내고, 찻잔 두 개를 찾았다. 반잔 정도 따르고 사돈을 힐끗 보고서 말했다.

"이만하면 됐어?"

첸 선생은 약간 서두르는 모습이었다.

"내게 주어! 내가 따르지!"

진싼예는 한숨 쉬더니 한 잔 가득 술을 따라서 사돈에게 주었다.

"자네는?"

첸 노인이 술잔을 들고 물었다.

"나도 마셔야 돼?"

첸 노인이 머리를 끄덕였다.

"그래, 한 잔 해야지!"

진싼예는 자기 잔에도 스스로 술을 따를 수밖에 없었다.

"마셔!"

첸 선생이 잔을 들었다.

"천천히!"

진싼예는 마음을 못 놓아서 말했다.

"괜찮아!"

첸 선생은 두 번에 나누어 다 마셨다.

모인은 잔 밑바닥을 보이며 사돈댁이 다 마시기를 기다렸다. 그가 다 마신 것을 보자, "싼예!"라고 소리 지른 후에 힘껏 잔을 바닥에 던져서 깨버렸다.

"왜 그래?"

진싼예는 영문을 몰라 물었다.

"지금부터 다시는 술을 마시지 않겠다!"

첸 선생은 눈을 감았다.

"그래, 좋아!"

진싼예는 눈을 껌벅거리며 의자를 당겨 침상 앞에 앉았다.

첸 선생은 사돈댁이 앉자 침상에서 미끄러지듯이 땅바닥에 꿇어앉았다. 사돈이 생각할 틈도 주지 않고 그에게 벌써 절을 올리는 중이었다.

진싼예는 급히 사돈을 일으켰다.

"이제 무슨 짓이야? 무슨 일이야?"

진싼예는 말하면서 사돈을 부축하여 침대 가장자리에 앉혔다.

"싼예, 당신도 앉아요!"

진싼예가 앉는 것을 보고 첸 선생이 말을 이었다.

"싼예, 내가 당신에게 부탁할 일이 있소! 내가 머리를 조아렸지만 당신이 할 수 있으면 하십시오. 강요하지는 않겠소!"

"말해요, 사돈, 당신의 일이 나의 일이오!"

진싼예는 담뱃대를 꺼냈다. 천천히 담배를 비틀었다.

"이 일은 작은 일이 아니요!"

"우선 겁주지 말아요!"

진싼예는 웃었다.

"며느리가 임신을 했소. 내가 시아버지로서 그녀를 돌볼 수가 없어요. 나는…"

"걔를 친정에 보낼 거죠, 그렇지요? 말만 하면 됐지, 그 일이 뭐 머리 조아릴 일이요? 걔는 내 딸이오!"

진싼예는 자기가 총명하고 기개가 있다고 생각했다.

"아니요, 굉장히 귀찮은 점이 있다오! 그녀가 애를 낳으면 당신이 첸 가를 대신하여 키워주어요! 나는 며느리와 후대를 당신에게 넘겨줍니다! 며느리는 아직 젊소. 그녀가 수절하고 싶어 하지 않으면, 그녀가 재혼하더라도 나에게 상의할 필요가 없소. 그녀가 재혼하면 아기는 당신에게 부탁할테니, 당신이 친손자처럼 키어주어요. 난 다른 것은 신경쓰지 않겠소. 그저 아이에게 조부, 부친, 숙부가 어떻게 죽었는지 자주 말해주길 부탁하오! 싼예, 이것이 보통 귀찮은 일이 아니요. 생각해보고 답을 해주오. 당신이 응낙하면, 우리 첸 집 역대 조상과 영혼이 있는 모든 사람이 모두 당신에게 감격할 것이오. 당신이 응낙하지 않으면 나는 절대로 당신을 곤란하게 하지 않겠소! 당신이 생각해 보시기 바라오!"

진싼예는 약간 혼란스러워 담뱃대를 물고 멍하니 서있었다. 그는 계산할 수 있었지만 사고할 줄은 몰랐다. 딸이 집에 돌아오고 외손자의 부양을 맡는다. 다 할 수 있는 일이었다. 집안에 식구가 둘 늘어난다고 큰 부담이 생길 정도는 아니다. 그러나 사돈은 무슨 생각을 하고 있는 거야. 그는 도무지 알 수 없었다! 그는 더 이상 가만히 있고 싶진 않아서 반문했다.

"당신은 어떻게 할 거요?"

취기가 올라서 첸 선생의 얼굴이 약간 붉어졌다. 그는 약간 조급했다.

"나에게 관심두지 말아요. 나는 나름대로 방법이 있어요! 당신이 만약 딸을 데리고 가면, 나는 이 낡은 탁자와 의자를 리쓰예에게 부탁하여 팔거요. 그후에 나는 아마 베이핑을 떠나고, 작은 방을 하나 세낼 수도 있어요. 혼자서 되는대로 살아 갈 거요. 어차피 나는 나대로의 방법이 있어요! 나대로의 방법!"

"그러면 나는 걱정이 돼!"

진싼예 얼굴의 붉은 빛이 점점 사라졌다. 그는 확실히 사돈이 걱정됐다. 그는 사회에서 아무 지위가 없다. 그보다 가난한 사람은 그가 수전 노이며, 손발이 매섭다는 점을 알았다. 그래서 그를 향해서 허리 굽혀 존경을 표하지만, 그를 멀리 했다. 그보다 부유한 그에게 일을 시킬 때만 그를 불렀다. 일을 다 마치면, 그는 품삯을 받았다. 그러면 그 사람들은 다시 그를 상대하지 않았다. 첸 선생만이 사업적인 관계가 아니더라도 함께 술을 마시고 마음을 털어놓을 수 있는 좋은 친구였다.

그는 사돈이 베이핑을 떠나서 작은 방에 세내어 혼자서 되는대로 살아가게 할 수 없었다.

"그러면 안 돼! 당신도 내 딸을 데리고 우리 집으로 와요! 내가 당신들을 먹여 살릴 수 있소! 당신은 오십이 넘었고, 나도 곧 육십이 되니, 우리 둘이 날마다 함께 술 두어 잔 마십시다!"

"싼예!"

첸 선생은 이렇게 그를 부르고 나서, 다른 말을 하지 않았다. 그는 자기의 계획을 발설할 수 없었다. 그러면 '다른 사람에게 말할 수 있는 일은 없다'는 도리를 위반한 것이 된다. 하지만 한편으로는 진싼예의 말이 진심에서 우러나온 것인 줄 안다. 모진 마음을 먹고 사실대로 말하지 않아선 안 된다. 한참 침묵한 후, 그가 겨우 입을 열었다.

"싼예, 시대가 바뀌었소. 우리는 각자 가야 할 길을 가야 해! 간단히 말하죠. 제 부탁을 들어주실 건가요?"

"당연히 들어줄거야! 당신도 내 부탁 들어줘요. 우리 집으로 갑시다!"

첸 선생은 매우 슬퍼하며 거짓말을 했다.

"이렇게 하자. 당신이 먼저 나를 시험해보고 나 혼자 이럭저럭 살아갈 수 있는지 보라고! 안 되면 반드시 자네를 찾아가겠네!"

진싼예가 한참이나 말없이 있더니 억지로 머리를 끄덕였다.

"싼예, 사정이 빠르면 빠를수록 좋아! 며느리가 가지고 가고 싶어하는 물건은 마음대로 가져가게 해! 자네가 그녀에게 가자고 하게. 나는 그녀에게 말할 면목이 없다! 싼예, 자네가 큰 도움이 되었네! 내가 죽기 전까지는 영원히, 영원히 자네의 은혜를 잊지 않겠네!"

진싼예는 눈물을 흘렸다. 급히 일어나서 담뱃대를 두어 번 힘껏 빨았다. 그 후에 한숨을 쉬더니 딸의 방으로 갔다.

첸 선생은 침상에 도로 앉았다. 기분이 좋아야 할지, 괴로워야 할지 알 수 없었다. 아내, 멍스, 중스는 다시 볼 수 없다. 지금은 옛 친구와 며느리—그리고 아직 태어나지 않은 손자—와 또 결별해야 한다. 그는 사실 손자의 작은 얼굴을 볼 때까지 기다려야 한다. 그 작은 얼굴이 멍스를 닮은 것이라 믿었다. 동시에 그는 이러한 독한 마음을 가져야지, 손자를 보고 나면 아마도 조부 노릇 하는 데만 정신이 팔려 다른 일은 모두 잊어버릴까봐 걱정되었다.

'이렇게 하는 게 역시 좋겠어! 내 목숨은 공짜로 얻은 것이니, 손자나 품에 안고 지내서는 안된다! 나는 스스로 모진 마음을 지닌 점을 축하해야 해—적들은 나보다도 훨씬 모진 자들인걸!' 술병을 바라보니, 다시 한 잔 마시고 싶었다. 그러나 그는 술병을 잡고 싶지 않았다. 술이 자기를 기분 좋게 할 수 있지만, 땅바닥에 깨어진 잔에 대해 떳떳해져야 한다! 그는 침을 꿀꺽 삼켰다.

이렇게 멍하게 앉아있는데 예추가 살금살금 방에 들어왔다. 노인은 웃었다. 결심대로면 한 사람의 친척 혹은 친구를 더 보느냐 아니냐는 이미 아무 관계도 없다. 그러나 역시 결국에는 한 사람이라도 더 만나고 싶었다. 바로 그때 예추가 왔다.

"오? 이제 앉을 수도 있네?"

예추도 기분이 좋았다.

첸 선생은 웃으며 머리를 끄덕였다.

"오래잖아 나는 곧 걸을 수 있을 거야!"

"아주 좋아! 아주 좋아!"

예추는 손을 문지르면서 말했다.

예추의 얼굴은 평소에 비해 보기 좋고, 살이 많이 없어도 안색이 파랗지는 않았다. 그는 새로 만든 청색 면 두루마기를 입고 발에도 새 면 신발을 신고 있었다. 매부와 한담을 하면서 안주머니를 더듬었다. 호주머니에서 1위안짜리 15장을 꺼냈다. 웃으면서 침상 위에 지폐를 놓았다.

"뭐야?"

첸 선생이 물었다.

예추는 한참 웃다가 겨우 입을 열었다.

"자네가 뭐 좀 사서 먹게!"

말을 마치자 자형이 돈을 받지 않을까 두려워하는 듯이, 작고 얇은 입술을 꼭 다물었다.

"자네가 어디서 돈이 나서 나에게 주는 거야?"

"나, 나, 내가 상당히 좋은 일자리를 찾았어!"

"어디서?"

예추의 눈동자가 멈추더니 한동안 가만히 있었다.

"새 정부가 들어서지 않았니?"

"어떤 새 정부 말인가?"

예추는 한숨을 쉬었다.

"자형! 자네는 알잖나. 나는 줏대 없는 는 사람은 아니야! 하지만

8명의 자식들과 병으로 골골대는 아내가 있으니, 내가 어떻게 하겠나? 정말로 내가 눈을 똑바로 뜨고 그들이 굶어 죽어가는 것을 볼 수 있겠나?"

"그래서 자네, 일본 사람이 조직한 정부에서 일을 찾았나?"

첸 선생이 눈도 깜빡이지 않고 예추의 얼굴을 노려보았다.

예추의 얼굴이 떨렸다.

"나는 아무도 찾지 않았어! 나도 염치를 안다고! 그들이 나를 찾아와서 나에게 도움을 청했어. 나의 양심으로 그 정도 일은 스스로를 용서할 수 있었다고!"

첸 선생은 천천히 15장의 지폐를 집어 들더니, 아주 빠르게 그것들을 예추의 얼굴에 던졌다.

"너, 나가! 영원히 영원히 다시 오지마. 나는 너 같은 친척은 없다! 가!"

그는 손을 떨면서 문을 가리켰다.

예추의 얼굴이 새파랗게 질렸다. 그는 진심으로 자형에게 돈을 주고 자형의 환심을 사고 싶었다. 그런데 이렇게 쌀쌀맞게 대할 줄 누가 알았겠는가. 그는 자형의 말을 반박할 수 없었다. 자형의 책망이 모두 옳았다. 그는 자형이 자신이 부득이해서 그렇게 되었다는 것을 알아주길 바랄 수밖에 없었으나, 자형은 이해하려고도 하지 않았다. 그러니 그는 방법이 없었다.

그는 그냥 이렇게 나와 버리기엔 멋쩍었다. 자형은 병들었으니, 화가 더 많이 날 수도 있는 법이다. 그가 당연히 참아야 한다. 다음에 피차간에 좋은 얼굴로 만나기 위해 평화롭게 마무리 짓는 게 좋다. 자형은 이미 가장 가까운 친척일 뿐만 아니라 가장 존경하는 친구다. 그는 이렇게 나와 버려서 절교할 수는 없다. 그는 쉴 새 없이 그의 얇은 입술을 빨았다. 앉아도 편치 않고, 서있는 것도 마음이 놓이지 않고, 어찌해야 좋을지 몰랐다.

"아직도 안 가?"

첸 선생의 노기는 조금도 가라앉지 않았고, 빨리 가라고 예추를 독촉했다.

예추는 눈물을 머금고 일어섰다.

"모인! 우린 이렇게…"

부끄러움과 괴로움이 그의 말을 막았다. 그는 머리를 숙이고 밖으로 나갔다.

"기다려!"

첸 선생은 그를 멈춰 세웠다.

그는 꾸지람 듣는 젊은 여인처럼 멈춰 섰다. 여전히 머리를 숙이고 있었다.

"자, 저 상자를 열어봐! 저 안에 두 장의 작은 그림이 있을 것이다. 한 장은 석계 것이고 한 장은 석곡[114] 것이다. 그것은 나의 집안을 편안케 하는 보물이다. 나는 아주 싸게 사서 합쳐서 300위안 밖에 안해. 석계의 그림 한 장만 해도 잘 받으면 400~500위안은 받을 수 있다. 가지고 가서 조그마한 장사라도 해. 땅콩장사라도 하는 것이 투항하는

• • •

114 석계와 석곡 모두 청나라 시기의 화가다.

것 보다 낫다!"

이렇게 말을 하고나니 첸 선생의 노기도 반이나 줄어들었다. 그는 예추의 학식을 사랑하고, 그의 곤궁한 처지를 알았다. 좋은 친구를 돕는 것은 친구를 꾸짖는 것보다 더 의의 있는 일이다.

"가!"

그의 목소리는 평소처럼 부드러웠다.

"가지고 가. 그것들은 내 작은 장난감이었지. 이제는 다시 가지고 놀 기분이 없어!"

예추는 그림을 가지고 갈지 말지도 생각하지 않고 급히 상자를 열려 했다. 그는 이렇게 복종해서 자형을 기쁘게 해주고 싶었다. 상자 안에는 물건이 몇 개 없었고 있는 것도 찢어지고 썩은 책 몇 권 밖에 없었다. 그는 두 장의 그림을 찾고 싶었다. 그러나 아무렇게 휘저을 수는 없었다. 그는 책을 귀하게 생각했고 특별히 자형의 책은 더 귀하게 생각했다. 책이 찢어지고 헤어졌을수록 더 조심했다. 한참 찾아도 찾고 싶은 물건 은 없었다.

"없어?"

첸 선생이 물었다.

"못 찾았어!"

"그 쓸모없는 물건들 다 들고 와 봐. 여기 놓아!"

그는 침상을 두드렸다.

"내가 찾지!"

예추는 가만히 진귀한 보물을 옮기듯이 하나하나씩 책을 놓았다.

첸 선생은 한 권씩 넘겨보았다. 그들은 두 장의 그림을 찾지 못했다.

"며늘아!"

첸 선생은 큰 소리로 며느리를 불렀다.

"여기 좀 와보렴!"

그의 고함 소리가 커서 진싼예조차 며느리를 따라 들어왔다.

예추의 불안한 안색, 사돈의 다급함, 그리고 침대 위의 찢어지고 헤진 책을 보고 진싼예가 말했다.

"또 무슨 일이죠?"

며느리가 예추에게 인사를 하고 싶었으나, 시아버지가 먼저 말했다.

"그 두 장 그림은?"

"어떤 그림요?"

"상자 안에 있던 두 장의 그림. 값이 꽤 나가는 그림!"

"저는 모릅니다!"

며느리는 영문을 몰라 하며 대답했다.

"너 생각해봐. 누가 이 상자를 연적이 있는지!"

며느리는 생각이 났다.

진싼예도 기억이 났다. 며느리는 남편과 시어머니 생각이 나서 마음이 아팠으나, 감히 울 수는 없었다.

"그거 종이 두루마리 아닌가?"

진싼예가 말했다.

"그래! 그래! 표구가 되지 않은 그림이지!"

"멍스의 관 안에 넣었어!"

"누가?"

"사부인께서!"

첸 선생은 한참 동안이나 말문이 막혔다. 그러고는 한숨을 쉬었다.